西藏民族大学资助出版

中国社科

和瑛研究

严寅春◎著

光明日报出版社

图书在版编目（CIP）数据

和瑛研究 / 严寅春著. -- 北京：光明日报出版社，2025.1. -- ISBN 978-7-5194-8376-0

Ⅰ. I206.49

中国国家版本馆 CIP 数据核字第 2025NY3307 号

和瑛研究
HEYING YANJIU

著　　者：严寅春	
责任编辑：房　蓉	责任校对：郭玫君　贾　丹
封面设计：中联华文	责任印制：曹　诤

出版发行：光明日报出版社
地　　址：北京市西城区永安路 106 号，100050
电　　话：010-63169890（咨询），010-63131930（邮购）
传　　真：010-63131930
网　　址：http://book.gmw.cn
E - mail：gmrbcbs@gmw.cn
法律顾问：北京市兰台律师事务所龚柳方律师

印　　刷：三河市华东印刷有限公司
装　　订：三河市华东印刷有限公司

本书如有破损、缺页、装订错误，请与本社联系调换，电话：010-63131930

开　　本：170mm×240mm	
字　　数：360 千字	印　　张：19.5
版　　次：2025 年 1 月第 1 版	印　　次：2025 年 1 月第 1 次印刷
书　　号：ISBN 978-7-5194-8376-0	
定　　价：98.00 元	

版权所有　　翻印必究

目　录
CONTENTS

绪　论 ·· 1

第一章　家世及其生平 ·· 4
第一节　家世概说 ·· 4
第二节　早年及任职户部时期（1741—1786） ··············· 10
第三节　任职皖川陕三省时期（1786—1793） ··············· 14
第四节　任职西藏时期（1793—1801） ························ 22
第五节　任职山东、新疆两地时期（1801—1809） ········ 32
第六节　任职二京时期（1809—1820） ························ 40

第二章　著述考述 ·· 46
第一节　著述叙录 ·· 46
第二节　《三州辑略·艺文门》的文献价值 ··················· 59
第三节　《卫藏通志》著者平议 ·································· 67

第三章　文学交游考述 ··· 75
第一节　文学交游考 ·· 75
第二节　科考与交游 ·· 103
第三节　文学交游述论 ··· 112

第四章　诗歌的社会文化内涵 ····································· 119
第一节　西藏诗 ··· 119
第二节　西域诗 ··· 138

1

第三节　岑参、和瑛西域诗比较 …… 154
　　第四节　纪行诗 …… 168

第五章　诗歌艺术特点 …… **181**
　　第一节　大量融入少数民族语汇 …… 181
　　第二节　诗歌学问化倾向 …… 187
　　第三节　性情化书写 …… 196

第六章　对唐宋诗人的接受 …… **208**
　　第一节　对杜甫的接受 …… 208
　　第二节　对韩愈、白居易、李商隐等中晚唐诗人的接受 …… 217
　　第三节　对邵雍、苏轼等宋代诗人的接受 …… 228

第七章　《西藏赋》 …… **240**
　　第一节　版本及流传 …… 240
　　第二节　对汉大赋的突破与超越 …… 248
　　第三节　叙事策略研究 …… 258

第八章　《草堂寤》 …… **270**
　　第一节　历代杜甫戏叙录 …… 270
　　第二节　《草堂寤》对杜甫戏的发展 …… 279
　　第三节　《草堂寤》艺术成就 …… 284

结语 …… **288**

参考文献 …… **290**

后记 …… **304**

绪　论

和瑛（1741—1821），原名和宁，道光元年（1821）因避道光皇帝旻宁名讳而改名，字润平，号太庵，亦作太菴，额尔德特氏，蒙古镶黄旗人，祖籍喀喇沁地方。乾隆三十六年（1771）进士，官至刑部尚书，曾在军机大臣任上行走，卒赠太子太保，谥简勤。他在西藏任西藏帮办大臣、驻藏办事大臣等职长达8年，在新疆任叶尔羌帮办大臣、喀什噶尔参赞大臣、乌鲁木齐都统等长达6年，熟稔边疆民族事务，是乾嘉时期著名的封疆大吏。他一生笔耕不辍，醉心于学术研究和文学创作，刊行有《读易汇参》《西藏赋》《易简斋诗钞》，另有《易贯近思录》《读易拟言》《经史汇参补编》《古镜约篇》《躬瓤心经》《回疆通志》《三州辑略》《热河志略》《太庵诗稿》《草堂癖》《卫藏和声集》《杜律精华》等抄稿本传世，是乾嘉时期重要的蒙古族学者、文学家。《清史稿》本传称其"娴习掌故，优于文学""器识渊雅，述作斐然"[①]。其文学创作涉及诗、赋、戏曲等领域，且都有较高的艺术造诣，在少数民族学者中难能可贵，因此有深入研究的必要。

有清一代，诗文作者多不胜数，诗文作品更是卷帙浩繁，但清代诗文研究，尤其是相对于宋元以前的诗文研究，还比较薄弱。1999年，时值世纪之交，吴承学曾回顾清代诗文研究的发展历程，在肯定成绩的同时，也指明了清代诗文研究的方向，希望能够"加强文本研究，加强文学内部的研究"[②]。2011年，周明初盘点新世纪十年明清诗文研究的得失，认为清代诗文研究向纵深发展的一个显著标志便是作家和作品的个案研究不断深入，但也强调清代诗文研究的方向之一是微观研究、作家作品个案研究，"作家及作品个案研究方面还有非常繁重的工作可做"，"这些工作做得深入、细致了，明清诗文发展的面貌才有可能

---

① 赵尔巽，等.清史稿：卷三百五十三[M].北京：中华书局，1977：11284，11287.
② 吴承学，曹虹，蒋寅.一个期待关注的学术领域：明清诗文研究三人谈[J].文学遗产，1999（04）：1-16.

完整、清晰地呈现出来"①。在清代文学中，还有一个现象值得重视，即民族作家群体的勃兴，大批民族作家步入文坛，自觉运用汉语进行文学创作，且成就斐然。乾隆时期诗坛领袖袁枚曾感叹"近日满洲风雅，远胜汉人；虽司军旅，无不能诗"②。铁保编辑《熙朝雅颂集》收录八旗诗歌100多卷，盛昱编《八旗文经》收录八旗文赋56卷，其成就也可见一斑。和瑛是清代蒙古族作家群体中的一位生活经历丰富、作品数量众多、艺术造诣颇深、有一定社会影响的文学家，立足其作品、深入其内部进行全面、细致地研究，有助于勾勒清代诗文创作的多样性、交融性等特征，因此和瑛研究在清代文学个案研究中有着代表性。

中国是一个多民族国家，各民族文化都是中华文化的有机组成部分。在中国文化传承发展过程中，各民族文化互相交流融合，互相影响摄入，你中有我，我中有你，共同创造了灿烂的中华文化。中国文学的发展历程，是中华文化发展历程的缩影。和瑛祖籍喀喇沁，其始祖于顺治元年（1644）随军入京，家族世任武职，具有浓郁的草原民族传统；和瑛弃武从文，由科举步入仕途，并逐渐融入了汉族文人生活圈，能用汉语熟练地进行经学研究和文学创作。其文学创作既有北方草原民族的率性任真，又有重学问、重家法的时代特点。研究和瑛的文学创作有助于准确把握蒙汉文化交流融合的途径、特点等重要命题，因此和瑛研究是我国少数民族作家文学研究的有机组成部分。

清代是一个充满矛盾的社会，诸多矛盾集中体现在和瑛身上，既有家族传统与现实、性格与诗学实践等自身矛盾，又有朝廷对汉族文化的提防与认同、对蒙古族部落的拉拢与防范等上层政治架构矛盾。通过解读和瑛，对这些矛盾的深层社会背景、时代意义、消解趋向等问题进行剖析，可以进而全面认知蒙古族学者在蒙满汉之间、在多种角色之间的徘徊与抉择、自我调适与顽强坚持。

清代中央政府在少数民族聚居区因地制宜推进政治改革，建立行政建置，颁布法令，把西藏、新疆等区域都纳入中央直接管辖的政治体系内，使中国境内不同的民族进一步团结融合起来，较好地处理了民族问题。和瑛长期在西藏、新疆等边疆地区任职，秉承经世致用思想，参与边疆治理的具体工作，是中央治边方略的坚决贯彻者之一。深化和瑛个案研究，全面探讨其治边思想、政治思想，有助于进一步深化清代治边方略研究。

和瑛在西藏、新疆等地区任职期间，创作了《西藏赋》和一批西藏诗、西

---

① 周明初. 走出冷落的明清诗文研究——近十年来明清诗文研究述评［J］. 文学遗产，2011（06）：147-155.
② 袁枚. 随园诗话补遗：卷七［M］. 顾学颉，点校. 北京：人民文学出版社，1982：742.

域诗,编纂了《卫藏和声集》《杜律精华》等诗歌选集,编纂或参与编纂了《卫藏通志》《回疆通志》《三州辑略》等地方志,为西藏、新疆等地区的文化繁荣做出了积极贡献。深入研究和瑛,可以从一个侧面来了解、认识清代中期西藏、新疆等民族地区的文化发展状况,丰富民族文化研究的内容。

和瑛在世时就有学者对其经学、文学成就予以评价,开和瑛研究的先声。《国朝耆献类征初编》《清史稿》等著述都收有和瑛传记,较详细地介绍了其生平,客观评价了其政治、学术、文学成就,打下了和瑛研究的基础。20世纪80年代以来,随着清代文学研究的深入,和瑛也开始受到学者们的关注,形成了和瑛研究的小高潮。

第一章

家世及其生平

第一节 家世概说

和瑛为蒙古镶黄旗人，祖籍蒙古卓素图盟喀喇沁地方。《额尔德特氏家谱·序》："国朝定鼎以前，我额尔德特氏祖籍蒙古卓素图盟喀喇沁地方。"① 文康《桐华竹实之轩诗草序》谓"（和瑛之孙谦福）先世为蒙古卓索图部之喀喇沁地方人"。② 卓素图盟，即卓索图盟，为漠南蒙古东三盟之一。

元亡明兴，蒙古族退出中原，北返故土，分为瓦剌、鞑靼两部。到明代后期，又分为漠西、漠北、漠南三部。"漠"即蒙古高原上的戈壁沙漠，大漠以西为漠西蒙古，即原瓦剌部，又称卫拉特四部；大漠以北为漠北蒙古，又称外喀尔喀三部；大漠以南即漠南蒙古。清代，漠南蒙古东接盛京、黑龙江，西接伊犁东路，南至长城，北逾绝漠，袤延万余里，包括哲里木盟、昭乌达盟、卓索图盟、锡林郭勒盟、伊克昭盟、乌兰察布盟六盟。其中卓索图盟位于内蒙古东部区域，是距离京师最近、面积最小而人口较多的一个盟，有喀喇沁、土默特等部。《藩疆揽要》："喀喇沁、土默特等五旗曰卓索图盟，其游牧地方在哲里木盟西南，与山海关外之老边、九关台及关内之喜峰口连界，西与热河围场东崖口连界也。"③

卓索图盟之喀喇沁部游牧在今辽宁、河北、内蒙古三省交界处，东接今辽宁省西部，北部部分区域属今内蒙古自治区，西部部分区域属今河北省，是蒙

---

① 额尔德特氏家谱［M］. 清抄本.
② 谦福. 桐华竹实之轩诗草［M］//清代诗文集汇编：第632册. 上海：上海古籍出版社，2010：62.
③ 松筠. 藩疆揽要［M］//清代边疆史料抄稿本汇编：第10册. 北京：线装书局，2003：4-5.

古诸部中距离京师最近的部落。《钦定外藩蒙古回部王公表传》卷二十三《喀喇沁部总传》："喀喇沁部在喜峰口外，至京师七百六十里，东西距五百里，南北距四百五十里，东界土默特及敖汉，西界察哈尔正蓝旗牧场，南界盛京边墙，北界翁牛特。元时有扎尔楚泰者，生济拉玛，佐元太祖有功，七传至和通，有众六千户，游牧额沁河，号所部曰喀喇心。"① 明后期，喀喇沁部由元太祖十五世孙达延汗孙把都儿管领，嘉靖初年驻牧于明宣府之北。嘉靖中，把都儿与土默特部俺答汗及察哈尔打来孙汗等一起向明朝朝贡，并瓜分了原驻牧明蓟镇边外的朵颜卫。喀喇沁部获得了以朵颜卫都督长昂为首的主要部分。隆庆和议后，喀喇沁部控制着明宣府镇张家口等处与蒙古贸易的市口，察哈尔、喀尔喀等左翼部落也要由此入市贸易，一度声名显赫。明末清初，察哈尔汗为躲避后金攻击，由原驻地西拉木伦河迤北一带西迁喀喇沁部。天聪元年（1627），喀喇沁等蒙古右翼三部受到察哈尔部的致命打击。右翼三部自知不敌察哈尔部，其时鄂尔多斯向明朝求援，喀喇沁与后金联盟，共同对抗察哈尔部。天聪二年（1628）二月初一，喀喇沁苏不地等致书后金，谓察哈尔部欺凌喀喇沁部众，喀喇沁与土默特、喀尔喀等部联合在赵城地方击杀察哈尔兵四万，又截杀赴明请赏察哈尔兵三千，希望与后金联合抗击察哈尔部。得信后，皇太极立即派人与喀喇沁部联系，可惜两批使者都被察哈尔部截杀，直到二月底后金使者方才抵达喀喇沁。七月，喀喇沁部派使者至后金。八月，喀喇沁部与后金盟誓，共同讨伐察哈尔部。九月，后金征察哈尔，约喀喇沁等蒙古部落出兵。喀喇沁部如约出兵，喀喇沁部汗喇思喀布、布颜阿海之子台吉毕喇什、万旦卫征、塔布囊马济、贝勒耿格尔及众小台吉、塔布囊率兵协助后金。天聪三年（1629）正月，皇太极颁布命令，命喀喇沁等五部落悉遵后金制度，初步将喀喇沁纳入了后金统治体系。此后，喀喇沁部多次出兵协助后金军队征明、察哈尔，其他领主贵族也不断有归附后金者。天聪六年（1632）四月，皇太极率八旗兵联合喀喇沁等部进军归化城，察哈尔汗林丹西奔，病死在祁连山南的祁连城，后金也初步完成了对漠南蒙古的统一。天聪八年（1634）十月，后金为喀喇沁部及附近的翁牛特部、巴林部、奈曼部等划定牧界。天聪九年（1635）二月，后金编审内外喀喇沁蒙古壮丁，共16953名，整合新旧蒙古壮丁，重新编为十一旗。除古鲁思辖布旗等三旗属外藩蒙古三旗外，其余八旗纳入八旗序列，从属于八旗满洲，称"八旗蒙古"。自此，八旗蒙古成为真正意义上集生产、行政、军事为一体的社

---

① 钦定外藩蒙古回部王公表传：卷二十三［M］//文渊阁四库全书：第454册．台北：台湾商务印书馆股份有限公司，1986：380．

会组织形式，其组织形式及内部机构与八旗满洲完全相同，只是甲喇、牛录的额定数量较少而已，其地位低于八旗满洲而略高于八旗汉军。八旗蒙古旗下人员亦称为"旗人"，以区别及高于民人。此后，八旗蒙古离开蒙古族的故乡，跟随后金（清）东征西讨，为清王朝的建立和稳定立下了汗马功劳。

镶黄旗又作"厢黄旗"，为清代八旗之"头旗"，居上三旗之首，建于明万历四十三年（1615），因旗色为镶红边的黄色旗帜而得名。镶黄旗由皇帝亲自统帅，不另设旗主，兵为皇帝亲兵。蒙古镶黄旗于天聪九年（1635）二月组建，由原镶黄旗吴思库、拜浑岱等之壮丁及在内旧喀喇沁壮丁共1415名，合旧蒙古编为一旗，任命达赖为固山额真。和瑛先祖大约是在这个时期被编入蒙古镶黄旗，成为"旗人"。

额尔德特氏，亦称鄂尔克特氏、鄂尔特氏，源出蒙古东方三部落之一的鄂尔克特部，世居喀喇沁、黑龙江流域等地，较早即归附后金。顺治元年（1644），八旗兵随龙入京。和瑛先祖亦跟随入关，按所在旗分被分配在北京安定门内定居。《额尔德特氏家谱·序》："自顺治元年，始祖赠光禄大夫廷公始隶京都镶黄旗。"[1] 和瑛祖墓在顺义县（今北京市顺义区）河南村，礼阔泉《顺义县志》："和瑛墓，在河南村西，丰碑石坊，茔前并立。"其卷十三《人物志·附录》谓和瑛及其子孙皆为河南村人。[2] 嘉庆十六年（1811），和瑛自京赴盛京，一路过漕河，过涿州，东北行，顺道祭拜祖墓。《易简斋诗钞》卷四有《大风拜别祖墓》诗，谓："盘盂杂沓楮纷纭，杨雨松涛振不群。为护孙儿天马壮，故教一酹起风云。"[3] 清朝定都北京后，圈占畿辅田地，分拨给八旗官员兵丁，每丁5垧。《额尔德特氏家谱·序》附有和瑛于乾隆五十九年（1794）自正黄旗包衣邢文焕处购得地段二倾九十七亩的地契，此地段在顺义县河南村平谷庄，用作护坟地。据此可知，和瑛祖坟当在顺义县河南村，或即其高祖廷弼在清初时分拨的田地。

和瑛高祖廷弼，曾祖旺鏊，祖满色。《额尔德特氏家谱》载：始祖额尔德特氏廷弼，原住喀喇沁地方，镶黄旗蒙古六甲，诰赠光禄大夫。二世旺鏊，诰赠光禄大夫，子三人，分别为达色、满色、柏京。三世满色，诰赠光禄大夫，妻李佳氏，子一人。四世德克精额，原任御前三等侍卫，军功叙给头等功牌，诰

---

[1] 额尔德特氏家谱［M］.清抄本.
[2] 礼阔泉.（民国）顺义县志［M］//中国地方志集成·北京府县志辑：第6册.上海：上海书店出版社，2002：209，338.
[3] 和瑛.易简斋诗钞：卷四［M］//续修四库全书：第1460册.上海：上海古籍出版社，2002：525.

授中宪大夫，诰赠光禄大夫，妻张佳氏，子一人即和瑛。《清代诗文集汇编》第399册《易简斋诗钞》作者小传云"和瑛……德保子"①，不知所据。御前侍卫为清代御前大臣属官，职掌内廷警卫、传宣谕旨、引见官员、扈从宿卫等事，随侍皇帝左右，一般由皇帝从侍卫处侍卫中特简勋戚子弟及有奇才异能者充任。侍卫处辖三等侍卫270人，秩品为正五品，从镶黄、正黄、正白等上三旗中拣选。

和瑛于乾隆六年（1741）七月出生在北京，《额尔德特氏家谱》载其生日为二十七日酉时，杨钟羲《雪桥诗话》三集卷八记为二十三日②。妻伊尔根觉罗氏姊妹。《额尔德特氏家谱》载："伊尔根觉罗氏，五月三十日忌日，诰赠一品夫人，内务府汉军赵讳其慧公长女，生庆昌。伊尔根觉罗氏，乾隆十九年甲戌三月初八日寅时生，嘉庆二十二年丁丑九月二十七日戌时忌日，内务府汉军赵讳其慧公次女，生奎昌、璧昌。"③

和瑛有子三人，分别为庆昌、奎昌、璧昌。《国朝耆献类征初编》："子庆清三等侍卫，奎昌山东登莱青道，璧昌内大臣。"④ 文康《桐华竹实之轩诗草·序》："（和瑛）子三人，为云甫庆公，原官侍卫；榆村奎公，原官山东登莱青道；星泉璧公，以世臣起家县令，开府三江，作镇八闽，武功震铄西陲，载在国史，内召为内大臣，赐谥勤襄。"⑤ "庆清"或为庆昌之误，庆昌字云甫，曾任三等侍卫，不幸早卒。次子奎昌，字榆村，由二品荫生以主事用，嘉庆间历任礼部主事、员外郎、郎中，官至山东登莱青道。⑥ 三子璧昌（？—1854），也作璧昌，号星泉，官至内大臣，《清史稿》有传。有《星泉吟草》《守边辑要》《牧令要诀》《叶尔羌守城纪略》等著述传世。《八旗画录》引《绘境轩读画记》谓璧昌"工缋事，尝画《担秋图》赠钱塘许玉年明府乃毂，玉年又有《璧参赞画虎歌》"⑦。

---

① 清代诗文集汇编：第399册：和瑛小传［M］．上海：上海古籍出版社，2010．
② 杨钟羲．雪桥诗话全编·雪桥诗话三集：卷八［M］．雷恩海，姜朝晖，校点．北京：人民文学出版社，2011：1824．
③ 额尔德特氏家谱［M］．清抄本．
④ 李桓．国朝耆献类征初编：卷一百［M］//周骏富．清代传记丛刊：第146册．台北：明文书局，1985：742．
⑤ 谦福．桐华竹实之轩诗草［G］//清代诗文集汇编：第632册．上海：上海古籍出版社，2010：62．
⑥ 秦国经．中国第一历史档案馆藏清代官员履历档案全编：第2册［M］．上海：华东师范大学出版社，1997：504．
⑦ 李放．八旗画录：后编卷中［M］//周骏富．清代传记丛刊：第80册．台北：明文书局，1985：514．

和瑛孙有恒福、同福、谦福等人。恒福（？—1862），字月川，壁昌之子，官至直隶总督，谥恭勤，《清史列传》卷四十八有传。《易简斋诗钞》卷四有《二月孙恒福出痘一颗花朝喜而赋诗》，谓"老夫旧衣钵，传尔法门胎"①。谦福（1809—1861），字吉云，壁昌之子，过继奎昌后改字小榆。道光十五年（1835）进士，授户部主事，迁詹事府詹事，官至翰林院侍讲，后以病引退，不复出仕，有《桐华竹实之轩诗草》传世。彭蕴章赞其诗"近体佳句，嗣响晚唐；古诗疏宕，风骨高骞，各极其妙"。文康称其"试帖谨严以中矩胜，近体空灵以写性胜"。② 同福，壁昌子。李光廷《西藏赋跋》谓恒福兄弟三人，其中同福未出仕。③《顺义县志》卷八《教育志·科名·进士》："锡珍，字席卿，壁昌之孙，同福之子。"④

和瑛曾孙现知有锡珍、锡佩、锡璋、锡庄、除格、锡婉等人。锡珍（？—1889），字席卿，壁昌之孙，同福之子，同治七年（1868）进士，曾任总理各国事务衙门大臣，官至吏部尚书，《清史列传》有传，有《国朝典故志要》《锡席卿先生遗稿》等著述传世。锡佩，字峨卿、韦卿，监生，恒福子，嘉庆四年（1799）赏员外郎，曾任职吏部，官至川东兵备道。锡璋，恒福子，曾官理藩院员外郎。《八旗画录》载："锡璋，字奉之，满洲人，由进士官口北道。《绘境轩读画记》云'善丹青'。"⑤ 又有《云林飞瀑》手卷传世，或即同一人。锡庄，字绳村，谦福继子。谦福《桐华竹实之轩诗草》有《余年近五十尚有商瞿之慨宗人议以锡庄继承先祀式穀得人颇慰茕独喜极赋二律以志之》诗。⑥ 文康《桐华竹实之轩诗草·序》："（谦福）年逾五十无子，乃兄月川爱踵家乘以行，以文甫公文孙锡庄为之后，字之曰绳村。"⑦ 除格（1857—？），谦福之子。《桐华

---

① 和瑛．易简斋诗钞：卷四［M］//续修四库全书：第1460册．上海：上海古籍出版社，2002：523．
② 谦福．桐华竹之实轩诗草［M］//清代诗文集汇编：第632册．上海：上海古籍出版社，2010：60，63．
③ 李光廷．西藏赋跋［M］//陈建华，曹淳亮．广州大典：第66册：守约篇乙集．广州：广州出版社，2008：321．
④ 礼阔泉．（民国）顺义县志［M］//中国地方志集成：北京府县志辑：第6册．上海：上海书店出版社，2002：265．
⑤ 李放．八旗画录后编：卷中［M］//周骏富．清代传记丛刊：第80册．台北：明文书局，1985：523．
⑥ 谦福．桐华竹之实轩诗草［M］//清代诗文集汇编：第632册．上海：上海古籍出版社，2010：85．
⑦ 谦福．桐华竹之实轩诗草［M］//清代诗文集汇编：第632册．上海：上海古籍出版社，2010：63．

竹实之轩诗草》有《丁巳除日余年将五十始举一子遂命乳名除格口占三绝句书以志之》。① 锡婉,同福女,字芳云,适爱新觉罗·溥芸,为金启孮曾祖母。② 恒福女(？—1904③),适盛昱(1850—1900),能诗。杨钟羲《意园事略》载盛昱字伯熙,妻额尔德特氏。④《雪桥诗话》卷十亦言:"伯熙祭酒,月川制府壻也。"⑤ 李慈铭《翠楼吟》题下自注:"同年宗室伯希孝廉盛昱……其闺人及令妹皆能诗。"⑥ 谦福女,适成志。《桐华竹实之轩诗草》有《闰五月初四日以小女许字成生因与诗桥亲家同迭前和三字韵作感婚诗二首互赠志喜》,诗中自注"成生名志,行五"。⑦

和瑛玄孙现知有仲荣、端恭、华堪、成㝢、炎舒、荣轼、荣旗、善宝等。仲荣,锡珍子,恩赏员外郎。端恭,锡珍子,妻博尔济吉特氏、蒋氏。华堪,锡珍第五子,清代最后一任吏部尚书。成㝢,《和瑛丛残·草堂寱》封内题"先高祖简勤公遗著,孙成㝢谨识"。炎舒,《和瑛丛残·御制回疆诗》封内题"先高祖简勤公手钞,孙炎舒敬识"。荣轼(1870—1876)、荣旗(1875—？)、善宝(1893—)三人皆盛昱之子,恒福女所生。⑧

和瑛五世孙现知有黑大姐、文绣、文珊等。黑大姐,端恭妻博尔济吉特氏所生。文绣(1909—1953),端恭妻蒋氏所生,又名蕙心,自号爱莲,与溥仪离婚后用名傅玉芳。她1922年被选为末代皇妃,1931年8月因与溥仪登报离婚而名噪一时,同年10月与溥仪离婚。文珊,文绣之妹,端恭妻蒋氏所生。

---

① 谦福. 桐华竹之实轩诗草 [M] //清代诗文集汇编:第632册. 上海:上海古籍出版社,2010:106.
② 金启孮. 清代蒙古史札记·卷一·额尔德特氏 [M]. 呼和浩特:内蒙古人民出版社,2000:3-4.
③ 杨钟羲《意园事略》载盛昱卒于光绪二十五年(1899)十二月二十五日,又言"妻额尔德特氏后五年卒",则盛昱妻卒于光绪三十年(1904)。
④ 盛昱. 意园文略:卷首 [G] //清代诗文集汇编:第772册. 上海:上海古籍出版社,2010:205.
⑤ 杨钟羲. 雪桥诗话全编. 雪桥诗话:卷十 [M]. 雷恩海,姜朝晖,校点. 北京:人民文学出版社,2011:586.
⑥ 李慈铭. 越缦堂日记·第八册·桃花盛解庵日记:庚集 [M]. 扬州:广陵书社,2004:5734.
⑦ 谦福. 桐华竹之实轩诗草 [M] //清代诗文集汇编:第632册. 上海:上海古籍出版社,2010:96.
⑧ 盛昱. 意园文略:卷首 [G] //清代诗文集汇编:第772册. 上海:上海古籍出版社,2010:205.

附：

和瑛家族谱系树

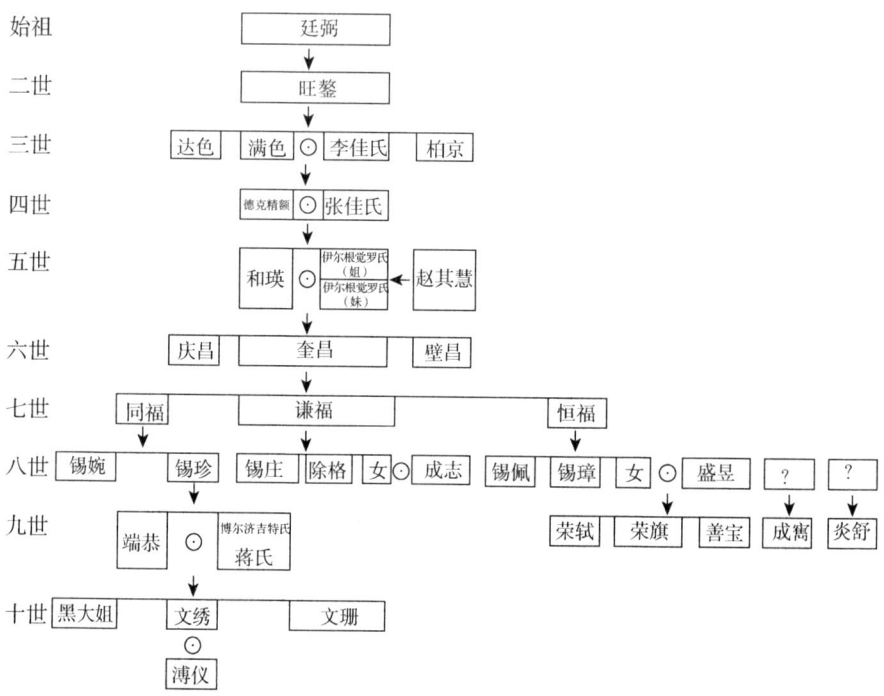

图例说明：↓、←表示父子关系，⊙表示夫妻关系

第二节　早年及任职户部时期（1741—1786）

和瑛出生在中上层旗人家庭，从小受到了良好的教育。乾隆十二年（1747），和瑛七岁，启蒙于绍兴俞敦甫先生，至13岁读完五经，此后又数易其师，17岁时受业于名师何嵩堂，学习制艺，准备参加科举考试。① 和瑛在《祭灶书怀二首》其一"忆昔耽经史，三冬媚灶寒"句下自注："余寓成贤街灶君庙读书，三年不出。"② 可知其读书之专心与刻苦。成贤街即今北京国子监街，东

---

① 荣苏赫，赵永铣，梁一儒，等．蒙古族文学史：第二册［M］．呼和浩特：内蒙古人民出版社，2000：752.
② 和瑛．易简斋诗钞：卷二［M］//续修四库全书：第1460册．上海：上海古籍出版社，2002：488.

西路口各有一座额题"成贤街"的牌楼，因国子监在此街而得名，街边还有祀唐代大文学家韩愈的韩文公祠和始建于明代的火神庙、祀灶王爷的灶君庙。古人多有在寺庙读书的习惯，取其环境清净。他出任地方官长后，在学校考核学生时，也时常提及早年辛苦读书的生活。乾隆五十二年（1787），和瑛在颍州府试院课上劝勉诸学生说"诸君莫厌官间冷，我亦三条烛下客"①，意思是说你们不要嫌弃现在在府学学习清冷，作为知府，我跟你们一样，也是这样一场一场考试考过来的。"三条烛"借指科举考试。薛能《省试夜》："白莲千朵照廊明，一片承平雅颂声。更报第三条烛尽，文昌风景画难成。"②《册府元龟》载后晋开运元年（944）十一月窦贞固奏表谓："进士考试杂文及与诸科举人入策，历代已来皆以三条烛尽为限。"③胡仔《苕溪渔隐丛话》后集引《复斋漫录》云："《杜阳杂编》言：'舒元舆举进士，既试，脂炬人皆自将。'以余考之，唐制如此耳，故《广记》云：'唐制，举人试日，既暮，许烧烛三条。'韦永贻试日，先毕，作诗云：'三条烛尽钟初动，九转丹成鼎未开。明月渐低人扰扰，不知谁是谪仙才？'而旧说亦言举人试日，已晚，试官权德舆于帘下戏云：'三条烛尽，烧残举子之心。'而举子遂答曰：'八韵赋成，惊破侍郎之胆。'乃知唐制许举子见烛三条。"④

和瑛通过童生试后，进入顺天府学学习，成为顺天府学廪生。府学位于今北京市东城区府学胡同内，府学胡同即由此得名。原建筑大部分已被拆除，现仅存大成殿及部分配房，1984年被列为文物保护单位。顺治八年（1651），始准八旗子弟参加科举院试，考中者入顺天府学，且府学有限额，其中满洲120名，蒙古60名，汉军120名。后来又多次削减学额，到康熙九年（1670）将满洲学和蒙古学合一，康熙三十三年（1694）确定学额为满洲蒙古60名，汉军40名。⑤至此京师八旗学额再无变化，直到咸同年间捐输广额时，方才有所增加。和瑛入顺天府学，是八旗子弟中较为优秀的一分子。

乾隆三十三年（1768），和瑛28岁，乡试中式第二十名举人。此年顺天乡试正考官为兵部尚书陆宗楷，副考官为左副都御史景福。陆宗楷，字建先，浙

---

① 和瑛. 易简斋诗钞·卷一·颍州府试院赋赠诸广文 [M]//续修四库全书：第1460册. 上海：上海古籍出版社，2002：458.
② 彭定求，等. 全唐诗：卷五百六十一 [M]. 北京：中华书局，1960：6513.
③ 王钦若，等. 册府元龟·卷六百四十二·贡举部 [M]. 台北：台湾中华书局股份有限公司，1996：7700.
④ 胡仔. 苕溪渔隐丛话（后集）：卷二十一 [M]. 廖德明，校点. 北京：人民文学出版社，1962：150.
⑤ 清会典事例·卷三百七十·礼部 [M]. 北京：中华书局，1991：54-55.

江海宁人，雍正元年进士。景福，字介之，满洲镶白旗人，乾隆十七年进士。试题题目为"言悖而出"四句，"子曰吾见"二句，"观水有术"四句；试律题目为《赋得"白驹空谷"得"心"字》。① 乾隆三十六年（1771），和瑛参加太后八旬万寿恩科会试中式，第三十一名。恩科为皇帝特诏增加举行的科举考试，始于宋代，清代时常举行。会试正考官为大学士刘统勋，副考官为左都御史观保、内阁学士庄存与，同考官有祝德麟等人。刘统勋字延清，号尔纯，山东诸城人，雍正二年（1724）进士。观保字伯容，满洲正白旗人，乾隆二年（1737）进士。庄存与字方耕，江南武进人，乾隆十年（1745）进士。试题题目为"子曰若臧"四句，"明乎郊社"二句，"今曰性善"二句；试律题目为《赋得"下车泣罪"得"惭"字》。② 会试中，和瑛试卷由祝德麟批荐，是为房师。祝德麟（1729—1798）字止堂，一字芷塘，浙江海宁人，乾隆二十八年（1763）进士，任官翰林，后离官归里，侨居五湖三泖间，授徒自给。其诗以性灵为主，亦能驱遣故实，欲力追其乡先辈查慎行及其房师赵翼两先生，有《悦亲楼诗集》。《悦亲楼诗集》卷七有《春闱分校二首》，表达自己的喜悦之情。殿试结束后，门生获得第一名的好成绩，祝德麟又特意作《分校礼闱所得士金榜廷试第一诗以志喜》，自注中又说"是科江南馆选六人，余门下居其四"，自豪之情溢于言表。辛卯榜号称得人最盛，鲁九皋在《与同年龚惟广书》中说："（辛卯）榜中得人最盛，或以经术显，或以文章称，或以风节著，皆卓卓有声京师；其出而任监司、治郡县者，皆迥绝流辈。"③ 和瑛厕身其间，与诸同年时相过从酬唱，多有浸染。

乾隆三十六年（1771）四月，和瑛殿试列第三甲第九十六名进士。殿试读卷官为大学士刘统勋、刘纶，内阁学士全魁，吏部尚书程景伊，侍郎曹秀先，兵部侍郎觉罗奉宽，左都御史观保、张若渟。五月，新科进士觐见，和瑛被分派户部学习，不久补广东司主事，开始了自己的仕途生涯。进士分部学习是清代一种官制，新科进士引见后，在六部额外主事上学习行走，这实际上是读书人进入仕途后的一段见习期，主要是熟悉如何处理政务。学习行走三年期满后，由各部堂官具题补授实缺；其中如果有材猷出众、明练政治之人，一年期满便可由该堂官保奏引见。《额尔德特氏家谱》附录《简勤公列传》："签分户部，寻补广东司主事。"学习行走时间不长即补授户部广东司主事，可见和瑛属于精

---

① 法式善. 清秘述闻：卷七 [M]. 北京：中华书局，1982：224.
② 法式善. 清秘述闻：卷七 [M]. 北京：中华书局，1982：235.
③ 鲁九皋. 鲁山木先生文集：卷四 [M] // 清代诗文集汇编：第378册. 上海：上海古籍出版社，2010：72.

练能干之人，深得户部主管的信任，主事甫一出缺便保奏和瑛补授。广东司即户部所属十四个清吏司之广东清吏司，掌管广东钱粮奏销，并管八旗之继嗣及本部所属官差的更替、汉官的升补等事。广东司设满汉郎中各一人；宗室缺、汉缺员外郎各一人，满洲缺员外郎一人，主事二人。主事秩品为正六品，掌章奏文移及缮写诸事。

和瑛在户部时，恰值第二次平定大小金川之役。乾隆十二年（1747），岳钟琪率兵讨伐金川。到乾隆中期，大小金川土司再次叛乱，不断侵扰邻近土司。乾隆三十一年（1766），四川总督阿尔泰联合九土司兵攻大金川，劳师无功。乾隆三十六年（1771），清兵反为大小金川土兵所败。乾隆派大学士温福督师，以尚书桂林为四川总督，再次进剿大小金川，又为其所败。乾隆三十八年（1773），温福所率清军接连溃败，温福战死沙场，军粮被劫。乾隆在热河闻报后，急调健锐、火器营二千，吉林索伦兵二千增援，命阿桂为定西将军，并严令剿灭叛乱。乾隆四十一年（1776），才最终平定大小金川。在平定大小金川的关键时刻，乾隆三十八年（1773），和瑛奉命督饷入蜀，与四川有了第一次接触。乾隆五十三年（1788），和瑛自皖调任四川，留别鲁研川时，曾提及此次入蜀，谓"癸巳督饷入蜀，今迁蜀臬，则十五年"①。途经华阴时，和瑛还曾拜谒杨震祠堂。杨震（59—124），字伯起，东汉弘农华阴人。少好学，明经博览，无所不究，诸儒号为"关西孔子"。性公廉，不受私谒，其赴东莱太守任时，途经昌邑。昌邑令王密为其在荆州时所荐举茂才，谒见至夜，送金十斤，杨震谓："故人知君，君不知故人，何也？"王密云："暮夜无知者。"杨震说："天知，神知，我知，子知，何谓无知？"王密惭愧而出。后世遂称其为"四知先生"。杨震墓在陕西华阴县（今陕西华阴市）东十里，明万历初建享堂，拓地34亩。后享堂倒塌，陕西按察司副使、潼关道汤斌于顺治十三年（1656）重建。和瑛拜谒杨震祠堂，并赋诗明志，其同年章铨有《和同年和太庵农部宁〈过杨伯起先生祠〉韵》诗。

乾隆四十五年（1780），和瑛升任浙江司员外郎，不久调山西司员外郎。除掌管本省民赋，"浙江司兼稽杭州织造支销，杭州、乍浦驻防俸饷，及各省民数、谷数""山西司兼稽游牧察哈尔地亩，土默特地粮，喀尔喀、回部定边左副将军办事官属，张家口、赛尔乌苏台站俸饷，乌里雅苏台、科布多屯田官兵番换，并各省岁入岁出之数"②。员外郎秩为从五品，协助郎中处理本司事务。乾

---

① 和瑛.易简斋诗钞·卷一·鲁研川广文送别赋诗二首次韵并留别诸君子自注［M］//续修四库全书：第1460册.上海：上海古籍出版社，2002：460.

② 赵尔巽，等.清史稿：卷一百一十四［M］.北京：中华书局，1977：3275，3276.

隆四十七年（1782），和瑛充张家口税关监督。监督为督查官，属于临时性差遣，非正式官职，往往以原职原品赴任，到期更代。税关监督为税关主官，掌税收之征收、查核、解运、奏销事务，由京内各衙门保送司员，经户部引见后派充，专职税关监督，为期一年。张家口为户部所属税关之一，驻地在今河北省张家口市，征税口岸有边口、通桥、居庸关等。乾隆四十九年（1784），和瑛又充理藩院内馆监督。内馆位于京城东长安门外玉河桥旁，为理藩院接待内扎萨克年班来京人员居住的场所。内馆设稽察内馆监督一人，由六部保送司官，理藩院引见后充补，每年更换一次。

乾隆五十一年（1786）正月，吏部带领京察保送一等之内阁侍读学士富昆等284人引见，和瑛等敕准一等加一级。京察是明清时期对京官的一种考核制度，明代六年一次，清代改为三年一次，逢子、午、卯、酉年举行。和瑛为从五品京官，由本衙门注明考语，吏部会同大学士、都察院吏科及京畿道定稿，缮写等第黄册具题。考语分为三等，一等为称职，二等为勤职，三等为供职，从品质作风、才能、奉职态度、年龄和身体状况四个方面综合考察。此次会核，和瑛考核为一等称职，例加一级。

和瑛在户部任职，自乾隆三十六年五月至乾隆五十一年（1771—1786），将近16年；从正六品到从五品，用了9年时间；升任浙江司员外郎后，很快又被调整到山西司；在员外郎任上，先是被临时差遣到张家口，接着又充理藩院内馆监督，其仕途虽说不坎坷，但也颇多延蹇。乾隆四十五年（1780）三月，英廉迁离户部，左侍郎和珅继任尚书，直到乾隆四十九年（1710）七月福康安接任。和瑛久滞户部，接连外派，或与和珅有关。

第三节　任职皖川陕三省时期（1786—1793）

乾隆五十一年（1786）六月，和瑛外任，授太平府知府。知府秩为从四品，掌理所属州县的田赋、户籍、刑名等事务，检察所属官员贤否、职事修废等。太平府属安徽，领当涂、芜湖、繁昌等县。《大清一统志》载："秦为丹阳县，属鄣郡，汉属丹阳郡。后汉因之，晋初分置于湖县，仍属丹阳郡。咸和初，始分丹杨，于于湖侨置淮南郡。四年，侨置豫州。宋大明三年，割郡属南豫州。五年，徙州来治。六年，改淮南，置宣城郡。八年，复曰淮南郡。泰始三年，还属扬州。四年，又属南豫州。五年，又还扬州。齐永明二年，复置南豫州。梁末，州废。隋平陈，郡废改县，曰当涂，仍属丹阳郡。唐武德三年，复于当涂置南豫州。八年，州废，属宣州。五代初，属杨吴，后属南唐。保大末，于当涂置新和州，寻改雄远军。宋开宝八年，改曰平南军。太平兴国二年，升为太平州，属江南东路。元至元十四年，升为太平路，属安徽省，领县三。明直隶南京，本朝属安徽省。"① 对于此次外任，和瑛满腔欣喜。《扬州舟次》云："凌晨雨歇卧烟艇，初听扬州欸乃腔。谁识太庵新太守，太平人渡太平江。"② 即将抵任，喜悦之情溢于言表。

太平府府治在当涂县，为晋桓温故居，附近有周瑜、谢朓、李白等遗迹，和瑛有《太平府八咏》咏府廨景物，描写自己的生活，谓"登楼觅句人皆古，挂笏看云政自闲"③。《纪游行》亦谓："一麾五马守丹阳，落落琴鹤古柏堂。青山采石传谢李，不闻人去吊周郎。"④ 府廨内有射圃，射圃内建有一亭，和瑛题额为"无争"，撰联谓"正己而后发，反求诸其身"。乾隆五十一年（1786）七月末，和瑛游历池州、宁国、安庆、江宁诸府。途中作有《五溪桥望九华山二绝》《生日池州登舟》《黄溢渡江遇风》《金陵夜雨有怀周霁堂幕友》《灵谷寺八景诗八首》等诗。《纪游行》："五溪桥畔九华主，地藏仙人餐白土。夜半长江一叶舟，抛天胁月黄溢浦。海门第一旧舒城，皖口曾传博士名……东下平江是润州，玉皇阁畔景阳楼……钟阜龙蟠灵谷寺，比邱也学探奇字。半山月明一楼云，不管人间兴败事。"⑤ 和瑛自太平府西行，入池州府境，过五溪桥，登九华山。五溪桥在池州青阳县，位于五溪口，横跨九华河，是登九华山的必经之路。从九华山下来后，到池州府治，在黄溢口渡江，一路向西，到安庆府，至皖口凭吊。随后顺江东下，直到江宁府。在江宁，曾登钟山，游灵谷寺。十一月，安徽学政徐立纲邀请和瑛等人同游府治三十里外的青山，有《雪中游青山歌》。此次出游，和瑛原本拟邀幕友周梦溪同游，周氏因故未至，遂依原韵唱和，和瑛则又答赋一首，往相应和。在太平府任上，和瑛与云在上人两次唱和，一为《赠云在上人》，一为《宿三里甸再赠云在上人》。他还曾到金陵拜访袁枚，遗憾的是恰好袁枚外出，未能一见。后和瑛在拉萨读到《袁才子诗集》，思及此次

---

① 钦定大清一统志·卷八十四·太平府［M］//文渊阁四库全书：第475册. 台北：台湾商务印书馆股份有限公司，1986：655.
② 和瑛. 太庵诗集［M］. 抄本. 中山图书馆藏.
③ 和瑛. 易简斋诗钞·卷一·太平府廨八咏［M］//续修四库全书：第1460册. 上海：上海古籍出版社，2002：455.
④ 和瑛. 易简斋诗钞·卷二·纪游行［M］//续修四库全书：第1460册. 上海：上海古籍出版社，2002：499.
⑤ 和瑛. 易简斋诗钞·卷二·纪游行［M］//续修四库全书：第1460册. 上海：上海古籍出版社，2002：499.

拜访不遇，题诗一首。诗谓："名园曾访白云隈，虎踞关南看竹来。文苑耆年钦宿老，吟编万里得奇瑰。脱离尘迹堪称子，道尽人情信是才。风雅摩婆过半百，心花从此赖君开。"① 对袁枚满怀钦敬之情。

乾隆五十一年（1786）十二月，和瑛调任颍州府，第二年方才莅任。颍州府亦属安徽，在安徽西北部，毗邻河南省，辖阜阳县、颍上县、霍邱县、太和县、蒙城县五县和一直隶州亳州，府治在阜阳县。乾隆五十二年（1787）四月十日，阜阳县令张护邀请和瑛游城北刘秀才勺园，欣赏牡丹。不凑巧，和瑛一行刚坐下便狂风大作，无法开宴，只好返回，和瑛赋四绝句记其事。同月，和瑛主持颍州府试，有《颍州府试院赋赠诸广文》诗，勉励诸生刻苦学习，"他年快意称无私，华萼楼前无曳白"。② 六月，和瑛到清颍书院考核学生，清颍书院在府治东金鸡嘴，兴建于乾隆十二年（1747）。考核清颍书院学生后，和瑛携阜阳县令张护、蒙城县令裴振等在西湖劝农。兴学、劝农，这是中国传统社会治理中的两大法宝，和瑛谓："士居四民首，造若弓受檠。农为八政先，获若身随影。我来一麾守，春迎太平景。量移汝阴邱，开田及望杏。"③ 士为四民之首，农为八政之先，自量移颍州以来，一方面课士督学，另一方面便是开田劝农。夏天，颍州水灾，和瑛奉命督赈，直到八月。《高宗实录》乾隆五十三年（1788）六月条谓："蠲免安徽凤阳、颍州、泗州、宿州四府州卫，乾隆五十二年水灾额赋有差。"④《纪游行》谓："天上黄河决谯亳，白圭治水邻为壑。哀哉万姓苦怀襄，禾黍芄芄未及获。庄生庙里动波涛，颓堤露宿敢言劳。批牒未回先发粟，千村雁户哺嗷嗷。"自注"丁未移守颍州，六月督赈水灾"。⑤ 治水督赈时，和瑛露宿颓堤，不辞辛劳；不等开仓放粮的批牒下来，便自担风险，做主开仓赈民，尽到了一名地方官的责任。六月二日，颍州百姓报飞蝗僵死秫杆之祥瑞，和瑛不以为瑞，反而作诗自警，谓："但使普天皆化蝶，颍川何必凤凰来""僵头抱叶休称贺，须记飞曾入境来"。⑥ 和瑛在颍州时，一次宿于阜阳马

---

① 和瑛．题袁才子诗集［M］//卫藏和声集．抄本．
② 和瑛．易简斋诗钞：卷一［M］//续修四库全书：第1460册．上海：上海古籍出版社，2002：458．
③ 和瑛．易简斋诗钞：卷一·清颍书院课士毕偕张松泉裴西鹭两明府劝农西湖上燕集会老堂即席赋诗［M］//续修四库全书：第1460册．上海：上海古籍出版社，2002：459．
④ 清实录·第二十五册·高宗纯皇帝实录［M］．北京：中华书局，1986：582．
⑤ 和瑛．易简斋诗钞：卷二［M］//续修四库全书：第1460册．上海：上海古籍出版社，2002：499．
⑥ 和瑛．易简斋诗钞：卷一·六月二日郡民报飞蝗僵死秫上持秸以献因赋诗自警二首［M］//续修四库全书：第1460册．上海：上海古籍出版社，2002：459．

家店吴育亭书斋，见其书架上收藏有名集数百卷，院中花木葱郁，生意勃然，遂名之为一掌园，并以"一掌园"为韵，赋诗以记。

乾隆五十二年（1787）八月，和瑛擢庐凤道，移驻凤阳府。《纪游行》自注"秋八月，督赈毕，升凤庐观察使"。① 道为清代省以下、府以上的一级地方行政区划，称分巡道、分守道。道员秩正四品，尊称"道台"，别称"观察""监司"等，协助布政使、按察司办理地方政务。分巡道简称"巡道"，辅助按察使掌理所属地方的刑名、监察等事务。庐凤道即分巡庐凤道，康熙九年（1670）复设，驻扎凤阳府，领庐州、凤阳、颍州等府以及泗州、六安、滁州、和州等直隶州，乾隆三十二年（1767）又加兵备衔。加兵备衔即由分巡道、分守道节制辖境内的都司、守备、千总、把总等武官及所属军队，称兵备道。乾隆五十二年（1787）十一月，李世杰由两江总督调任四川总督，和瑛等属员在江宁为其送行。属员赠送的礼品李世杰一概不受，其廉介之气为和瑛所钦佩。和瑛《奉和李云岩制府留别元韵四首》自注："丁未冬，予观察凤庐，适公移节西蜀。送别时，僚属馈遗悉屏辞不受。时论以为叉手上车，不取药笼，有赵都督廉介之风。"② 第二年开春，和瑛游庐州府、六安州、无为州、和州、滁州、宿州、徐州等地，登八公山，入华阳洞，探清流关，访醉翁亭。其《题醉翁亭二首》其一谓"名醉名贤同不朽，谁知翁醉是翁醒"③，深得"醉翁"之本心。

乾隆五十三年（1788）二月，和瑛升任四川按察使，入京觐见后赴任，四月抵达成都任事。二月初十乾隆谕旨"以安徽庐凤道和宁为四川按察使"④，和瑛《鲁研川广文送别赋诗二首次韵并留别诸君子》有"三春花柳喜莺迁"之句⑤，可知和瑛于春间交代离任，告别凤阳。《纪游行》："百八珠曹十五年，小车此日驶朝天。江淮作吏废乐事，无援进序岁三迁。"⑥ "岁三迁"即和瑛在一年时间内相继任颍州知府、庐凤道、四川按察使三职；"驶朝天"当即自庐凤道

---

① 和瑛. 易简斋诗钞：卷二 [M] //续修四库全书：第1460册. 上海：上海古籍出版社，2002：499.

② 和瑛. 易简斋诗钞：卷一 [M] //续修四库全书：第1460册. 上海：上海古籍出版社，2002：461-462.

③ 和瑛. 易简斋诗钞：卷一 [M] //续修四库全书：第1460册. 上海：上海古籍出版社，2002：460.

④ 清实录·第二十五册·高宗纯皇帝实录 [M]. 北京：中华书局，1986：456.

⑤ 和瑛. 易简斋诗钞：卷一 [M] //续修四库全书：第1460册. 上海：上海古籍出版社，2002：460.

⑥ 和瑛. 易简斋诗钞：卷二 [M] //续修四库全书：第1460册. 上海：上海古籍出版社，2002：500.

离任，赴京觐见。《过获鹿蓬溪旧令刘进士德懋见访旅舍兼馈酒肴寄以志谢》"书生犹记阻宽川"句下自注"戊申夏同赴蜀任，雨阻于南栈宽川峡"①，《海上雨甚逆旅主人款留未许赋诗二首》其二"栖岩忆巴蜀"句下自注"戊申夏雨，阻于蜀栈"②，《纪游行》"不愁子胥十丈涛，岂怕王尊九折阪"句下自注"四月，迁蜀臬使"③，可知和瑛陛见后，经陕入蜀，四月抵达成都任事。按察使，全称为"提刑按察使司按察使"，别称"臬台""臬司""外台"，为省级最高司法长官，掌管全省刑名，整饬官吏风纪，秩为正三品。是年，格勒克那木喀喇嘛奉使入藏，途经成都，和瑛与之盘桓。《七月二十五日奉诏熬茶使至恭纪五律》自注"格勒克那木喀喇嘛戊申使藏过成都"。④ 此年在成都又得《西藏志》抄本，数年后予以刊行。

  乾隆五十三（1788）年十月，乾隆将自己仿宋李迪的《鸡雏待饲图》墨刻颁赏给各省督抚，以惊醒督抚"时时以保赤为念……勿忘小民嗷嗷待哺之情，庶几视民如子，克称父母斯民之责"⑤。后来又仿作唐韩干的《试马图》墨刻分赏内外大臣。各省督抚、内外大臣收到分赐画作后，纷纷上表谢恩。乾隆五十四年（1789）八月，乾隆降旨谓："前将御题《鸡雏待饲图》、韩干《试马图》及《太常仙蝶诗》等墨刻，分赏内外大臣。近据各督抚陆续奏谢，阅其奏折，俱用骈体，未免意涉铺张……各督抚祗领后，于奏事之便，附陈谢悃，数语可毕，何必纷纷效用骈体铺张，过尚词华……内外大臣务宜益矢悫诚，勉襄政治，以副朕黜华崇实至意。"⑥ 和瑛作《成都题〈鸡雏待饲图〉呈李云岩制府》及《御制题〈明皇试马〉恭次元韵》等诗，谓自己将以圣言为戒，以史为鉴，努力体恤百姓，恪尽职守。在成都，和瑛与总督李世杰交往密切。李世杰任两江总督，和瑛任太平府知府、颍州知府以及庐凤道，恰为两江总督属员；李世杰调任四川总督时间不长，和瑛亦来到成都，二人既为同僚，又为旧识，时相唱和。和瑛代李世杰籍田，有《三月六日雨中代制府耕耤东郊四首》；李世杰返京疗病，和瑛有《奉和李云岩制府留别元韵四首》；李世杰去世后，和瑛正在西

---

① 和瑛. 太庵诗草［M］.
② 和瑛. 易简斋诗钞·卷四·巡海杂诗［M］//续修四库全书：第1460册. 上海：上海古籍出版社，2002：528.
③ 和瑛. 易简斋诗钞：卷二［M］//续修四库全书：第1460册. 上海：上海古籍出版社，2002：500.
④ 和瑛. 易简斋诗钞：卷二［M］//续修四库全书：第1460册. 上海：上海古籍出版社，2002：497.
⑤ 清实录·第十七册·高宗纯皇帝实录［M］. 北京：中华书局，1986：753.
⑥ 清实录·第十七册·高宗纯皇帝实录［M］. 北京：中华书局，1986：1119-1120.

藏，半年后方闻噩耗，有《挽李云岩制军二首》。乾隆五十四年（1789）年初，和瑛与林俊等人出游，有《林西崖观察招游杜少陵草堂放船锦江访薛涛井登同庆阁晚酌四首》。九月，因秋审中出现纰漏，"于罪无可逭之犯，轻纵多起"，作为刑名负责人，和瑛交吏部议处。①

乾隆五十五年（1790）二月，和瑛补授安徽布政使，未及交代离任，因四川乏人，三月即调任四川布政使。乾隆谕旨："昨据孙士毅奏，王站柱现患中风，势难骤痊，暂委和宁署理藩司印务等语。王站柱染患风痰，一时不能就愈……至和宁前已升授安徽布政使，令闻嘉言调补四川按察使。今闻嘉言到任尚需时日，该省大员乏人，和宁于川省事务尚为熟练，且系蒙古人员，于番情更属谙习。所有四川布政使员缺，即著和宁调补。"布政使，全称承宣布政使司布政使，别称藩司、藩台、藩宪、方伯，省级民政长官，职掌全省钱粮民事，管理府州县以下官员，秩为从二品。七月，和瑛进京为乾隆皇帝祝寿。和瑛为新任布政使，上任前又未曾陛见，为此乾隆要求"新授四川藩司和宁前来叩祝"，并于七月"二十九日以前到京，随班祝嘏，并可面聆训示"。②《纪游行》亦谓："祝厘策马滦阳道，巷舞衢歌气皡皡。"③ 九月，调和瑛任陕西布政使，入冬后到西安任事。他在《纪游行》"报政惶恐下下科，帝曰关中汝其保"句下自注"庚戌春，迁安藩司，未之任，调蜀藩，冬调陕藩"。④ 是年，和瑛有《咏史十七首》《马道驿口占》《题煎茶坪吾泉》《韩侯岭遇安邑山长王恭寿孝廉》等诗。《咏史十七首》分咏唐及唐以前历史人物17人，其中春秋战国时期1人，汉魏六朝6人，唐代10人。马道驿、煎茶坪俱在陕西境内，韩侯岭在山西境内，诸诗当是往返京城时所作。

和瑛在陕西任布政使时，正值大军入藏，反击廓尔喀。廓尔喀本为尼泊尔的一个部族，后来征服尼泊尔，并在尼泊尔停止旧钱，发行掺铜的新钱，导致尼泊尔币值大幅下降。由于尼泊尔旧钱在西藏广为流通，币值骤降，直接损害了西藏地方经济利益，七世达赖喇嘛为此曾向尼泊尔提出禁止发行新钱的要求。乾隆五十三年（1788），廓尔喀借口聂拉木官员"妄增税课""盐掺杂质"，入侵西藏，占领济咙、聂拉木、宗喀三个宗。乾隆派理藩院侍郎巴忠赴藏查办，

---

① 清实录·第二十五册·高宗纯皇帝实录［M］.北京：中华书局，1986：1147.
② 清实录·第二十六册·高宗纯皇帝实录［M］.北京：中华书局，1986：104-105.
③ 和瑛.易简斋诗钞：卷二［M］//续修四库全书：第1460册.上海：上海古籍出版社，2002：500.
④ 和瑛.易简斋诗钞：卷二［M］//续修四库全书：第1460册.上海：上海古籍出版社，2002：500.

派成都将军鄂辉率兵三千入藏，武力驱除廓尔喀。慑于清军压力，廓尔喀通过沙玛尔巴讲和，巴忠派总兵官穆克登阿、噶厦政府派噶伦丹津班珠尔前往谈判。未经中央授权，丹津班珠尔、沙玛尔巴等私许廓尔喀每年银9600两作为赔偿，廓尔喀退出三宗。当廓尔喀人到拉萨讨要赔偿银两时，遭到了达赖喇嘛的断然拒绝。乾隆五十六年（1791）七月，廓尔喀又以西藏地方不履行合约为名，第二次侵入西藏，劫掠了扎什伦布。得知廓尔喀再次入侵，清朝中央政府立即从各地征调兵力、筹集军饷，派福康安为大将军，海兰察为参赞大臣，率兵进藏，驱逐廓尔喀，保护西藏。陕西为西北、西南门户，是连接京城与西藏的重要节点。九月，乾隆皇帝钦点和瑛负责陕西驿站，确保文报驰递通畅，为驱廓战争提供后勤保障。十二月，海兰察带领巴图鲁、侍卫、章京一百员，副都统乌什哈达、岱森保带领索伦达呼尔兵一千名，经由直隶、河南、陕西、甘肃、青海等地入藏，和瑛奉命督率所属，来往照料，一路护送大军过境。其《嘉平月护送参赞海公统军赴藏四首》即记其事，诗中对西藏情形、廓尔喀来历、战火起因、大军赴藏艰辛等言之甚详，亦可见其对西藏情形的熟悉。和瑛《纪游行》中的"将军大斾指西南，羽林千骑齐分甘。席地不供颍王锦，恶饼谁挞驿亭男"① 等句，也是描写此次护送大军赴藏之事。大军进藏后，孙士毅等人负责驱廓保藏战争的后勤保障，由于川藏线道路险要，运输困难，在得知陕西骡马惯于跋涉后，特地向陕西求援，请陕西支援骡马，保障前线的后勤给养。和瑛立即与陕西巡抚秦承恩一道捐献银两，派妥干人员到渭南一带购置骡马，并送到四川。② 大军进藏，从日喀则经宗喀、济咙直向廓尔喀腹地进攻。第二年五月，清军进逼廓尔喀首都阳布附近的热索桥，廓尔喀被驱逐出境，并纳表称臣。驱廓保藏胜利后，和瑛作《喜闻廓尔喀投诚大将军班师纪事》，称美统帅谋略精深，将士英勇善战；九月自陕还京，在风陵渡渡河时见廓尔喀进贡的大象，作《渡象行》，谓"驯象来从廓尔喀……风陵谋渡昆仑水"，并称朝廷看重的不是驯象这类所谓的奇珍异宝，"岂知圣主齐尧年，所宝惟贤风云合"③。《纪游行》亦谓："一岁功成廓尔喀，迢迢万里西琛纳。风陵象马渡黄河，月窟鸾皇集

---

① 和瑛. 易简斋诗钞: 卷二 [M] //续修四库全书: 第1460册. 上海: 上海古籍出版社, 2002: 500.
② 卫藏通志·卷十三（中）[M] //李毓澍. 中国边疆丛书: 第一辑. 台北: 文海出版社, 1965: 668.
③ 和瑛. 易简斋诗钞: 卷一 [M] //续修四库全书: 第1460册. 上海: 上海古籍出版社, 2002: 467-468.

紫阁。"①

乾隆五十七年（1792）夏，关中大灾。同州府蒲城县粮正冯廷琏呈报："陕省年荒，西至泾三、礼泉、乾州，东至同州府属之蒲城、华州十数州县，民不聊生，壮者逃散，老弱啼饥；又有扶老携幼，拖妻抱子，接踵而行；并有弃其妻子而不顾。西张堡已有卖妇人市一载，礼泉县主枷号乡地驱逐，至七月犹未尽散。西连乾州，间有将逃空村庄，呼号转徙，饥渴遁步。"② 灾情之严重，由此可见一斑。作为布政使，和瑛职掌赈济，灾起后，亲往咸阳、兴平、武功、礼泉、韩城、三原、宝鸡等地巡查灾情，并向朝廷及时报告灾情，奏准赈灾部署，"咸阳、临潼、渭南灾五分，长安、乾州灾六分，武功、兴平灾七分，均因大路粮多，籴食稍易，无论正赈加赈，银米兼放；其泾阳、三原、高陵、蒲城、韩城灾七分，礼泉灾八分，系偏僻地方，粮食较少，应请正赈全支本色，加赈仍银米兼放，不敷，饬邻邑拨济仓粮。"③ 巡查途中，和瑛有《阅赈道中作杂诗九首》，语重心长地交代各县令"均荒良策仗公完"。④ 在兴平县（今兴平市），他批评县令不恤民生，不无愧疚地说："簇拥篮舆愧若何，书生意气肯消磨。一餐十户中人赋，足饱饥年百户多。"⑤ 在武功，他对县令说"烦君快指三千斛，胜我愁酬五石樽"⑥，现在急需的是把平粜政策贯彻下去，解决百姓无粮的困境，而不是招待一顿美酒。《次韵秦芝轩中丞听雨》亦谓："黄封下廪赈，赤印悬租宽。虫虻趁之戊，布种肉已剜。潇潇连夜雨，听之鼻观酸。甘津令人饱，望梅止渴难。自古重备虞，下策惭素餐。润兹池鱼涸，捕彼仓鼠奸。政去害民者，驱鳄宜师韩。"⑦《纪游行》追忆赈灾之事："两秋无麦又无禾，使君空报雨滂沱。厅树青青枝叶满，惠归一尉悔如何。计口授粟勤荒政，金带解腰济民病。

---

① 和瑛．易简斋诗钞：卷二［M］//续修四库全书：第1460册．上海：上海古籍出版社，2002：500.
② 中国第一历史档案馆藏军机处呈文325-70. 转引自张莉．乾隆朝陕西灾荒及救灾政策［J］．历史档案，2004（03）：81-87.
③ 清实录·第二十六册·高宗纯皇帝实录［M］．北京：中华书局，1986：1012.
④ 和瑛．易简斋诗钞·卷一·阅赈道中作杂诗九首［M］//续修四库全书：第1460册．上海：上海古籍出版社，2002：466.
⑤ 和瑛．易简斋诗钞·卷一·阅赈道中作杂诗九首［M］//续修四库全书：第1460册．上海：上海古籍出版社，2002：466.
⑥ 和瑛．易简斋诗钞·卷一·阅赈道中作杂诗九首［M］//续修四库全书：第1460册．上海：上海古籍出版社，2002：466.
⑦ 和瑛．易简斋诗钞：卷一［M］//续修四库全书：第1460册．上海：上海古籍出版社，2002：465.

郑公曾活万人来，胜廿四考中书令。"① 和瑛不计个人得失，以"活人"为己任，润涸鱼、捕仓鼠，双管齐下，赈济遭灾百姓。

乾隆五十八年（1793）八月，陕西巡抚秦承恩入觐，和瑛护理陕西巡抚，奏请裁撤驿站员弁，减轻驿站负担，得旨嘉奖。乾隆谕旨谓："护理陕西巡抚、布政使和宁奏，前因进剿廓尔喀，往来文报紧要。陕省地方安设正腰各站，添派员弁，多备马匹。现军务已竣，文报渐稀，先经将各站减彻一半。兹据四川督臣知会，川省各台，奏准裁彻。陕省事同一例，拟即全行彻回。得旨嘉奖。"② 战时文报紧要，需要加派人员等；战后文报渐少，理当裁撤临时加派的人员、马匹，乾隆对和瑛的提议非常认同，传旨嘉奖。八月底，和瑛自潼关渡河，经山西回京。在潼关渡河时，见到廓尔喀进贡的驯象，作《渡象行》。经晋抵京，一路上有《赠夏县鲁闻喜四两明府同年》《获鹿道上》《滹沱河》等诗。回京后，九月九日祭扫祖墓，在《九日还都省墓二首》中称"报政归来日，冠裳近上台。还乡仍作客，扫墓更吁哀"③。"报政"借指出任地方官，和瑛久在外地，回乡祭扫祖坟，恍惚间犹如做客。此后，和瑛自京返陕，一路风尘一路诗，相继有《晓发涿州》《定州邮馆遇鄂制军话旧》《过正定城市》《宿井陉》《寿阳晓发》《平遥县》《赵城旅舍忆青门阁郎五首》《晓发侯马镇》《早度潼关》等诗作28题36首。④

第四节　任职西藏时期（1793—1801）

乾隆五十八年（1793）十一月，和瑛授内阁学士兼礼部侍郎、副都统，自陕西启程，急赴西藏，帮同和琳办事。乾隆谕旨："成德在外已久，年力就衰，且非能办事之人。陕西布政使和瑛，系蒙古人员，人尚明白，亦稍谙卫藏情形，著赏给副都统职衔，即由彼处驰赴西藏，更换成德，帮同和琳办事，不必来京请训。"⑤《国朝耆献类征初编》："五十八年，赏副都统衔，命赴西藏办事。寻

---

① 和瑛.易简斋诗钞：卷二［M］//续修四库全书：第1460册.上海：上海古籍出版社，2002：500.
② 清实录·第二十七册·高宗纯皇帝实录［M］.北京：中华书局，1986：195.
③ 和瑛.易简斋诗钞：卷一［M］//续修四库全书：第1460册.上海：上海古籍出版社，2002：468.
④ 和瑛.太庵诗草［M］.
⑤ 清实录·第二十七册·高宗纯皇帝实录［M］.北京：中华书局，1986：237-238.

授内阁学士兼礼部侍郎衔，仍兼副都统。"① 内阁学士、副都统等俱为从二品，都是兼衔，只是为便于执行公务，并非实职，更无实权。驻藏大臣全称"驻扎西藏办事大臣"，是清代派驻西藏的最高军政长官，雍正五年（1727）正式设置②。乾隆五十八年（1793）《钦定西藏善后章程二十九条》中明确规定驻藏大臣督办藏内事务，自噶伦以下僧俗官员事无大小均要禀明驻藏大臣办理，驻藏大臣负责审核达赖喇嘛、班禅额尔德尼的财政收支情况。驻藏大臣一般派驻二人，一为办事大臣，一为帮办大臣，帮办大臣协助办事大臣处理政务。驻藏大臣衙门设在拉萨，驻藏大臣定期到后藏等地巡视。驻藏大臣所属理藩院司官、笔帖式、粮务等属员，一般三年更换一次。驻藏大臣制度是清代治藏方略的重要组成部分，一改元至清初四百年间对西藏仅封王而不派官的间接统治政策，有力地强化了对西藏地方的直接管理，翻开了中央政府对西藏地方管理新的一页。和瑛派驻西藏，任帮办大臣，协助驻藏大臣和琳办理西藏事务时，正值驱廓保藏后中央政府新颁布《钦定西藏善后章程二十九条》之际，中央政府的治藏方略有了大调整、大转折，各项除弊革新措施陆续执行。而新的治藏方略能否得到全面贯彻执行，驻藏大臣人选尤为重要。和琳作为乾隆皇帝的得力干将，不仅参与了驱廓保藏战争，协助福康安驱逐了廓尔喀入侵者，更是参与了《钦定西藏善后章程二十九条》的酝酿与具体制定，担纲驻藏大臣全面落实治藏方略的大调整。然而帮办大臣成德，却是"在外已久，年力就衰，且非能办事之人"③，不能替和琳分忧，于是乾隆调派和瑛驰驿进藏，接替成德任帮办大臣，帮同和琳办事。接到朝廷的任命后，和瑛有《冬至月奉命以内阁学士兼副都统充驻藏大臣恭纪》，自称"黑头方伯虚谈政，白发儒生壮统军。敢信文章夸异俗，漫劳弓矢建殊勋。"④

和瑛十一月奉旨，十二月行抵成都。在成都故地重游，四川总督孙士毅、按察使林俊等人为其壮行。和瑛有《孙补山相公招饮绛雪书堂》《林西崖廉访饯

---

① 李桓. 国朝耆献类征初编：卷一百[M]//周骏富. 清代传记丛刊：第146册. 台北：明文书局，1985：735.

② 关于驻藏大臣设置时间，众说纷纭，有康熙四十四年（1705）、四十八年（1709）、五十九年（1720），雍正二年（1724）、三年（1725）、四年（1726）、五年（1727）、六年（1728）、七年（1729）以及始于康熙而定制于雍正、雍正四年议设五年创设等诸多说法。本文取吴丰培、曾国庆《西藏驻藏大臣制度的建立与沿革》（中国藏学出版社，1989年）之观点。

③ 清实录·第二十七册·高宗纯皇帝实录[M]. 北京：中华书局，1986：237。

④ 和瑛. 易简斋诗钞：卷一[M]//续修四库全书：第1460册. 上海：上海古籍出版社，2002：468.

席志别》《留别闻鹤村徐玉崖两同年》《姚一如太守偕诸寅好再集绛雪书堂小酌》《王秋汀观察偕同人招饮新构华馆》等诗，与诸人宴集。孙士毅《百一山房诗集》卷十一《寄泰庵阁部西藏》："记从饯腊敞离筵，绛雪台中染翰妍。"自注"去冬奉饯于升庵旧墅，时绛雪书堂甫落成，阁部曾题长律。"① 和瑛离开成都，一路上有《城南野望》《年景花》《新津》《严君平故里》《卓文君旧宅》《望蒙山》诸诗。除夕到达四川雅州府，有《除日雅州道上》《除日抵雅州度岁》等诗。

乾隆五十九年（1794），自雅州入藏，途中作《瓦屋山》《大关山》《板屋》《相公岭》《清溪县夜坐》《晓发清溪》《飞越岭》《喜晴》《泸定桥》《头道水观瀑，步孙补山相国、惠瑶圃制军壁间元韵二首》《再次徐玉崖观察同年元韵四绝》《出打箭炉》《折多过提茹山至阿娘坝》《东俄洛至卧龙石》《中渡至西俄洛》《咱马纳洞至里塘》《宿头塘》《喇嘛丫至立登三坝》《小歇松林口》《大所山》等纪游诗。行至昌都，因为瓦合山大雪封山，无法通行，只好滞留在昌都，雪消后方才翻过丹达山。过丹达山时，和瑛撰《丹达庙神赞》，悬于庙中，"好语慰忠魂"②，并向丹达庙神祈祷，而风雪立霁③。其赞曰："骅骝骋景，凤凰高飞。蹇蹇匪躬，之子安归。节彼丹达，神其凭依。在昔悬贲，浴马知冤。伤哉雪峤，羁挂游魂。藏舟千古，齐寿昆仑。石沉星陨，天鉴纯忱。忠信笃敬，灵感斯深。典守发省，履道惊心。巍巍示象，馨香既升。得大自在，超最上乘。愿施勿畏，勿坠神灯。"④ 丹达庙中供奉的是云南参军彭元辰。乾隆十八年（1753），彭元辰带队为驻藏官兵解送饷银，途经丹达山时，不幸遭遇雪崩，没于雪窟。来年开春，方才掘出其身，但见其面色如生，屹立不倒。当地人称奇，视为山神。福康安凯旋，途经丹达山，感念彭参军以身殉国，遂将事迹上奏朝廷。乾隆五十八年（1793）四月初九，诏封彭元辰为"昭灵助顺山神"，载入祀典，春秋致祭，御书"教阐遐柔"匾额。

---

① 孙士毅. 百一山房诗集：卷十一［M］//清代诗文集汇编：第347册. 上海：上海古籍出版社，2010：601.
② 和瑛. 易简斋诗钞：卷一：雪后度丹达山［M］//续修四库全书：第1460册. 上海：上海古籍出版社，2002：471.
③ 孙士毅. 百一山房诗集·卷十一·寄泰庵阁部西藏［G］//清代诗文集汇编：第347册. 上海：上海古籍出版社，2010：601.
④ 卫藏通志·卷六·寺庙［M］//李毓澍. 中国边疆丛书：第一辑. 台北：文海出版社，1965：402-403.

乾隆五十九年（1794）三月，和瑛抵达前藏，有《三月抵前藏渡噶尔招木伦江》①。《卫藏通志》卷九《镇抚》："内阁学士、副都统和宁乾隆五十九年三月到任，换成德回京。"② 三月初十，成德尚以"钦差协理西藏事务副都统职衔赛尚阿巴图鲁"的名义发给扎什城万寿寺主持喇嘛令牌③，可知此时成德尚未交代离任。和瑛在拉萨有《大招寺》《小招寺》《布达拉》《木鹿寺经园》《第穆呼图克图园中牡丹将谢遂不果游》等诗。五月，和瑛与和琳联名奏请驻藏大臣每年于五六月间农闲之时阅边看兵一次。随后和瑛留守拉萨，和琳出巡后藏，出巡途中，二人叠相唱和，达11首之多。④ 和琳返回拉萨后，二人同住一衙，诗酒棋射，过从更为密切，互相唱和有《济咙禅师祈雨辄应志喜二首》《赋得虞美人》《喜雨》《旅馆独酌》《夜雨屋漏呼童戽水》《壬子岁春敬斋相国率六师徂征廓尔喀……》《分赋赏心十咏》《夏日遣怀即事以少陵"灯花何太喜，酒绿正相亲"为韵五律十首》《食菜叶包戏成五律》《大暑节后，得食王瓜、茄子，喜赋十二韵，兼以致谢》《七夕遣怀》《立秋日遣怀》《蛮讴行》《关帝庙拈香口号》《中元夜感怀》《达赖喇嘛浴于罗卜岭往候起居》《太庵生日》《中秋无月》《食桃偶成》《小恙顿愈》《口占》共21题，联句2题。和琳离任之际，和瑛有《希斋司空奉命节制全川，将东归，为赋韵诗三十首，述事志别》，回忆与和琳共事期间的点点滴滴。和琳亦有《甲寅冬仲予奉诏东旋谨成四律留别太庵》，谓和瑛"半载追随互见招，深谈不惜坐通宵。灯明客馆杯浮蚁，月转碉楼句入瓢。治藏有经烦手纂，理川无策代梅调"⑤。和琳"治藏有经烦手纂"一句，亦被学者视作和瑛参与编纂《卫藏通志》的重要证据。十一月初，和瑛出巡后藏，途中有《夜抵僵里》《曲水见雁》《过巴则山》《海子》《亚喜茶憩》《宿浪噶子》《宜椒道上》《晓发江孜》《札什伦布》《班禅额尔德尼》《春堆口占》《望多尔济拔姆宫》《登舟》等诗，记沿途所见所闻。和瑛出巡途中，和琳有《答太庵和少宗伯自后藏见寄》，言"磨盘开祖帐，小别又经旬"⑥；和瑛有《次希斋

---

① 和瑛.易简斋诗钞：卷一[M]//续修四库全书：第1460册.上海：上海古籍出版社，2002：471.
② 卫藏通志：卷九[M]//李毓澍.中国边疆丛书：第一辑.台北：文海出版社，1965：507.
③ 何晓东.关于扎什城的几件历史档案[J].西藏档案，2012（02）：92-93.
④ 卫藏和声集[M].抄本.
⑤ 卫藏和声集[M].抄本.
⑥ 和琳.芸香堂诗集[M]//四库未收书辑刊：第拾辑28册.北京：北京出版社，2000：561.

韵》，谓二人"聚散风花梦，沉浮雪爪身"①。和瑛返回拉萨后，和琳即将启程返川，有《致意太庵由后藏回署》，谓："握晤余旬日，欢肠别绪并。儿童齐秣马，行李预登程。足未离三藏，心先抵上京。防公乡思炽，不敢炫归情。"同时安慰和瑛说："佛法虽无补，天恩自有余。云笺期不乏，一样叩兴居。"② 和琳于十二月交代离任，行至江达，作《江达寄太庵》，谓"他日蓉城畔，为公拂路尘"，期以在成都为和瑛接风洗尘。③和琳离藏后，和瑛编半年多来二人相互唱和诗歌为一集，名为《卫藏和声集》，共收诗88题193首，其中和琳30题59首，和瑛56题132首，二人联句2题。这也是笔者所见唯一一部内地文人在西藏唱和的诗集，弥足珍贵。

乾隆五十九年（1794），除与和琳唱和外，和瑛还与房师祝德麟、同年徐长发、吴树萱等人相唱和。正月十日，祝德麟在松江得徐长发来信，知和瑛等人近况，有《寄玉厓兼示泰庵和宁》诗，序中不无自豪地说："近和泰庵方伯擢内阁学士加副都统衔，乘驿驻藏，经理善后事……二三良彦，或效绩疆场，或宣威藩服，于通门与有荣施，特毛锥衣钵。畴昔之岁，不知作何传授，既以自笑又以自庆。"④ 夏天，和瑛收到徐长发转寄的诗篇，作《答祝止堂师见寄元韵并简玉崖观察同年》，云"何当吟作庄生蝶，游遍江南廿四风"⑤，期待再沐房师春风。同时亦有《次徐玉崖同年见寄元韵》诗，谓自己忝列师门"名附尾"，称美徐长发"寰中君更老筹边"。⑥ 收到和瑛的次韵诗，祝德麟又作《门人和泰庵自西藏见余所寄徐玉崖七言古诗一篇次韵邮致因答二律》，以"江南棠树待栽花"相许。⑦ 嘉庆元年（1796），祝德麟再作《玉厓枉书兼寄新刻遗答三律末章怀泰庵西藏》，谓："亦有薇垣客，三年佛土留。书邮长不达，诗侣定谁酬。使命无中外，诸番待抚柔。雪来兼柳往，何日大刀头。"⑧ 和瑛赴藏时，吴树萱为四川学政，曾寄诗存问，和瑛有《答吴寿庭学使同年见寄元韵四首》，称自己"万里岩疆佐镇叨"，高歌"寒士却惭香案吏，丈夫须配赫连刀"。⑨

---

① 卫藏和声集［M］. 抄本.
② 卫藏和声集［M］. 抄本.
③ 和琳. 芸香堂诗集［M］//四库未收书辑刊：第拾辑 28 册. 北京：北京出版社，2000：562.
④ 祝德麟. 悦亲楼诗钞：卷二十七［M］. 刻本. 姑苏，1797（清嘉庆二年）.
⑤ 卫藏和声集［M］. 抄本.
⑥ 卫藏和声集［M］. 抄本.
⑦ 祝德麟. 悦亲楼诗钞：卷二十八［M］. 刻本. 姑苏，1797（清嘉庆二年）.
⑧ 祝德麟. 悦亲楼诗钞：卷二十八［M］. 刻本. 姑苏，1797（清嘉庆二年）.
⑨ 卫藏和声集［M］. 抄本.

第一章 家世及其生平

在拉萨，和瑛参与了金瓶掣签、扎什城阅兵等活动。金瓶掣签是《钦定藏内善后章程二十九条》中规定的活佛转世灵童认定办法，也是中央政府对西藏宗教，特别是藏传佛教进行直接管理的具体体现。和瑛在《西藏赋》"金瓶选佛，意象空无"句下自注："自达赖喇嘛、班禅额尔德尼、大小胡图克图、沙布咙等，凡转世初生幼童，皆曰呼毕勒罕，神异之称也。喇嘛旧俗，凡呼毕勒罕出世，悉凭垂仲降神指认，遂致贿弊百出。乾隆五十八年钦颁金奔巴瓶一具，牙签六枝，安放大招宗喀巴前供奉。如有呈报呼毕勒罕者，将小儿数名生辰书签，入瓶掣定，永远遵行。"① 和瑛到拉萨不久，便参与了一次金瓶掣签活动，《大招掣胡图克图即事》即记其事，诗谓："古殿奔巴设，祥晨选佛开。谁家聪令子，出世法门胎。未受三涂戒，先凭六度媒。善缘升已定，信手我拈来。"② 奔巴即藏语"金瓶"的意思，和瑛亲手从金瓶中掣出牙签，选定灵童。《夏日遣怀即事以少陵"灯花何太喜，酒绿正相亲"为韵五律十首》其十"万里岩疆重，皇家设教神。空瓶开善种，客宦斗强身"，《希斋司空奉命节制全川，将东归，为赋韵诗三十首，述事志别》其十一"雪窦参儒戒，金瓶衍法灯。烦君烧佛手，愯尽黄衣僧"，都是描写金瓶掣签，肯定中央政府对藏传佛教的管理。扎什城是雍正年间在拉萨城北为驻藏清军修建的屯驻之所，驻藏大臣每年都要在这里检阅军队，履行中央对西藏地方军队的管理职责。驱逐廓尔喀后，中央政府鉴于西藏地方军队战斗力薄弱，遂进行了整顿。《西藏赋》自注转引乾隆五十八年（1793）《钦定章程》谓："戴琫四品，管兵五百名；如琫五品，管兵二百五十名；甲琫六品，管兵一百二十五名；定琫七品，管兵二十五名。共额设番兵三千名。前藏驻扎一千，后藏驻扎一千，江孜五百，定日五百，俱隶绿营。将备随时，一律操演。"③ 乾隆五十九年（1794），和琳、和瑛前往扎什城阅兵，正是操演前藏驻扎的一千藏军。中军大旗立起，敲响战鼓，两名戴琫率先肃立，向和瑛诸人致礼，如琫、甲琫们个个披挂整齐，等待中军指令。一声令下，将士人人争先，刀箭火炮轮番上阵，逐一操练。看着将士认真操练，和瑛自谓虽是"军中两儒服"，但"岂知座上人，阃外春秋熟"，深谙统兵之道，"练锐术无他，渴赏成心腹""犒赏欣有差，劣者施鞭扑"。④ 乾隆六十年（1795），和瑛再次到扎什城阅兵，作《秋阅行》记其事。可见，驻藏大臣检阅藏军已成定制。

卫藏永安寺在磨盘山南麓，驱逐廓尔喀后，参赞海兰察等捐资五千修建，

---

① 和瑛.《西藏赋》校注［M］. 池万兴，严寅春，校注. 济南：齐鲁书社，2013：91.
② 卫藏和声集［M］. 抄本.
③ 和瑛.《西藏赋》校注［M］. 池万兴，严寅春，校注. 济南：齐鲁书社，2013：160.
④ 和瑛. 扎什城大阅番兵游色拉寺书事四十韵［M］//卫藏和声集. 抄本.

为济咙呼图克图驻锡之所。乾隆五十九年（1794）竣工，六十年（1795）御赐庙名为"卫藏永安"，并颁四译字匾额。卫藏永安寺竣工后，和瑛撰写碑文记其事，谓："文殊皇帝，真天人师，大千普育，法轮护持。阿耨波净，耆阇云垂。憬彼廓番，蜗触坤维。皇帝震怒，乃命麾戈。大将军福，大司空和，军筹战律，秉算靡讹。巴图鲁海，霹雳摧阿。克震克捷，壬子之秋，元戎奏绩，虎将陈猷。爰发愿力，仰答神庥。布金五千，作庙山陬。载谋载度，济咙浮屠。鸠工阅岁，葳厥宏谟。翼翼辉辉，宝像金躯。于万斯年，永祝皇图。"①

松筠《西招纪行诗》开篇便谓："治道无奇特，本知黎庶苦。卫藏番民累，实因频耗蠹。"② 和瑛入藏不久，看到西藏百姓生活困顿，亦曾感叹"毛地产无多，毳僧食已太""减汝拂庐征，为渠平屋足"③。乾隆六十年（1795），朝廷普免天下漕粮，又豁免各省节年民欠。和瑛与松筠向达赖喇嘛一干人等介绍乾隆皇帝登极六十年来，多次豁免天下钱粮，赈济灾民，减免民欠，数以亿万万计。在和瑛等人的动员下，达赖喇嘛当即表示："唐古忒百姓即系大皇帝之百姓，我受大皇帝栽培覆育之恩至优极渥，意欲推广大皇帝普惠百姓之皇仁，将所属唐古忒百姓本年应纳粮石，及旧欠各项钱粮，概行豁免，以期恭祝大皇帝圣寿无疆。再，唐古忒百姓尚有穷苦失业者，亦应一体分别抚恤，俾安生业。我住所现有积存布施银三万余两，今情愿发出银三万两，交商上查明各处穷苦百姓，按户散给口粮籽种，令其各勤农业，如有房间坍坏者，酌给银两修补，俾各穷民有所栖止，以副大皇帝予惠天下百姓之鸿慈，且小僧亦得稍申报答高厚之诚心。"④ 并请驻藏大臣酌定章程，办理蠲免钱粮、散给口粮籽粮等事。听闻达赖喇嘛蠲免钱粮，班禅额尔德尼亦派商卓特巴向驻藏大臣报告，后藏所属百姓本年应交粮石豁免一半，旧欠粮银概行豁免。二月初十，和瑛与松筠联名上折，奏闻达赖喇嘛、班禅额尔德尼蠲免前后藏本年粮石及旧欠钱粮、资养百姓、修理房屋等事。三月初九，奉到乾隆朱批"好事，即有旨"及谕旨，赏赐达赖喇嘛、班禅额尔德尼无量寿佛、朝珠等物件，赏前藏银三万两、后藏银一万两，要求松筠、和瑛等悉心办理。随后，驻藏大臣衙门出告示并拟定乾隆六十年

---

① 卫藏通志·卷六·寺庙［M］//李毓澍. 中国边疆丛书：第一辑. 台北：文海出版社，1965：393.
② 松筠. 松筠丛著［M］//北京图书馆古籍珍本丛刊：第79册. 北京：书目文献出版社，1998：710.
③ 和瑛. 夏日遣怀即事以少陵"灯花何太喜，酒绿正相亲"为韵五律十首（其四、其七）［M］//卫藏和声集. 抄本.
④ 卫藏通志·卷十四·抚恤［M］//李毓澍. 中国边疆丛书：第一辑. 台北：文海出版社，1965：809-810.

（1795）办理抚恤款项节目，通行晓谕。严令各地营官、第巴等不得额外增加乌拉赋税，招回并妥善安置流亡百姓。四月初二，和瑛等又联名上折，奏报抚恤款项办理情况并奏请蠲免三十九族地方贡马银。和瑛督率办理前藏东、南、北各处抚恤事宜，松筠借巡阅之际，督率办理前藏至后藏定日西南大路一带抚恤事宜。四月三十日，和瑛具奏前藏抚恤银两办理完竣，不久松筠亦具奏后藏抚恤事宜办理完毕。在松筠、和瑛的倡导和全力实施下，此次减免西藏百姓负担、赈济贫民的活动圆满完成，西藏百姓得到了实实在在的实惠。尤其是松筠、和瑛等拟定的办理抚恤款项章程，以法律条文的形式，明确规定不分世家贫民俱应一体当差，不论是达赖喇嘛还是世家大户，在征用民夫时必须给付价银，减低商上征收赋税标准等。这对西藏地方经济复苏、生产恢复、百姓生活改善都具有积极意义。此事得以办成，多赖松筠、和瑛之力。和瑛在《上元立春以斋西隙地为太平街灯市纵番民游观如三夜放灯之制以春灯二字为韵赋诗十五首以纪其盛云》其五"雁户依依耗土民，佛心安集感斯辰"句下自注："藏中多流民，达赖喇嘛出赀安集之，湘浦司空偕余劝谕之力也。"①

乾隆六十年（1795），廓尔喀商人穆吉赖在拉萨经商，租住噶尔达的房屋，在噶尔达催要房租时二人发生争执，噶尔达用小刀刺伤穆吉赖，导致穆吉赖死亡。和瑛得知此事后，秉公审理，将噶尔达正法。六月，乾隆皇帝看到和瑛奏折后，谓："前藏为各部落番民聚集之所，似此逞凶毙命，自应立正刑诛，以彰国宪。和宁于审明后，即将噶尔达正法，所办尚为迅速。但穆吉赖系廓尔喀商民在藏贸易，今被内地番民刃伤致毙，将来便中不妨将此案情节匡略告知拉特纳巴都尔，俾知天朝法律森严，中外一体，毫无枉纵。自必益深敬畏，于藏地更为有益。"② 乾隆对和瑛的处理非常满意，并提醒和瑛在方便的时候，将穆吉赖一案的处理情况通报给廓尔喀，以避免产生误会，让廓尔喀更加敬畏朝廷。

松筠接替和琳任驻藏大臣后，和瑛继续任帮办大臣，成为松筠的得力助手。二人公事之暇，亦多唱和。乾隆六十年（1795），和瑛有《闻二月一日答裘静斋先生春分雪后小集元韵并简松湘浦司空》《答松湘浦咏园中双鹤元韵》；嘉庆元年（1796），松筠建成四明楼，和瑛有《四明楼吟》，出巡后藏时有《怀松湘浦大司空》《端阳书怀寄前藏湘浦司空二首》《松湘浦寄瓮头春酒至喜赋七绝》，又有《登楼即事次湘浦元韵》《喜雪次湘浦韵》《手煎白菜羹饷湘浦并致以诗》等诗；嘉庆二年（1797），和瑛有《八月十五夜小集同人坑月并简湘浦司空四

---

① 和瑛. 太庵诗草［M］.
② 清实录·第二十七册·高宗纯皇帝实录［M］. 北京：中华书局，1986：768.

首》；嘉庆四年（1799）十二月，和瑛为松筠《藩疆揽要》作序，又有《对月怀湘浦制军》；嘉庆五年（1800），和瑛出巡后藏，有《定日阅兵得廓王信有怀松湘浦赴伊江二首》；嘉庆七年（1802），和瑛缘事遭谴，历任叶尔羌办事大臣、喀什噶尔参赞大臣、乌鲁木齐都统，时松筠任伊犁将军，先后有《巡阿克苏城有怀松湘浦将军》《寄别湘浦将军、瘦石参赞四首》等诗。和瑛还一直收藏着松筠《丁巳秋阅吟》的抄本，并作为遗物为子孙所保存，收入《和瑛丛残》，流传至今。和瑛、松筠同为八旗蒙古，同为边疆重臣，其友谊在雪域高原得以深化，从此成为一生的朋友。

嘉庆元年（1796）夏，和瑛第二次出巡后藏，沿途有《石壁大佛》《喇嘛鸳鸯》《皮船渡江》《咏铁索桥》《宿春堆寨》《札什伦布朝拜太上皇帝圣容》《班禅额尔德尼共饭》《佛母来谒》《游拉尔塘寺》《晓发彭错岭》《辖载道上口占》《甲错岭风雪凛冽瘴气逼人默吟》《咏山花》《宿胁噶尔寨》《定日营书事》《闻项午晴刺史抵前藏粮台任寄赠》《宿萨迦庙》《班禅尔德尼燕毕款留精舍茶话》《留别班禅额尔德尼》等诗48题。

嘉庆二年（1797），和瑛在拉萨建成挹翠山庄，有《山庄落成题曰挹翠用杜少陵游何将军山林韵赋诗十五首》。五月，完成《西藏赋》，赋及自注近三万字，是唯一一篇描写西藏的舆地大赋。李光廷谓"凡佛教、寺庙、官制、风物、物产、地界，无一不详"[①]，姚莹称"于藏中山川风俗制度，言之甚详，而疆域要隘，通诸外藩形势，尤为讲边务者所当留意，不仅供学人文士之披寻也"[②]。

嘉庆四年（1799）正月诏命松筠回京供职，五月兵部侍郎英善任事。八月，和瑛编辑完成《杜律精华》。和瑛翻阅边连宝《杜律启蒙》三十多年，在藏无事，"复慎加披拣，比依事类，列门十有六，得二百余首，题曰《杜律精华》"[③]，且沿用了边氏注解和体例。《杜律精华》堪为《杜律启蒙》的精缩本，也是和瑛习杜的心得。诸家著录有《杜律》《杜律选》《杜诗精华》等，实际上都是指《杜律精华》。又模仿李商隐转韵体作《纪游行》，共一百七十六句，记乾隆五十一年（1786）出任太平府知府以来自己的行程。[④] 七月二十五日，73岁的格勒克那木喀喇嘛抵达拉萨，奉诏熬茶，和瑛有《七月二十五日奉

---

① 李光廷.西藏赋跋［M］//陈建华，曹淳亮.广州大典·第66册·守约篇乙集.广州：广州出版社，2008：321.
② 姚莹.康輶纪行.卷九［M］.施培毅，徐寿凯，点校.合肥：黄山书社，1990：262.
③ 和瑛.杜律精华［M］.抄本.
④ 和瑛.易简斋诗钞·卷二·纪游行序［M］//续修四库全书：第1460册.上海：上海古籍出版社，2002：499.

诏熬茶使至恭纪五律》。

嘉庆五年（1800）二月丁未，英善因前在平定白莲教时贻误军机诸事，革去吏部侍郎衔，加恩赏四品顶戴，随同和瑛在西藏办事。此时和瑛升任办事大臣，英善为帮办大臣。七月，和瑛第四次出巡后藏，在札什伦布度过了自己的六十岁生日。途中有《札什伦布六十初度二首》《柳泉浴塘邀班禅额尔德尼传餐阅武》《擦咙道上口占》《定日阅兵得廓王信有怀松湘浦赴伊江二首》《萨迦呼图克图遣使谢过书事》《胁噶尔寨》等诗。此次出巡，和瑛在札什伦布邀请班禅额尔德尼一同检阅军队。出巡到定日时，遇到廓尔喀王的使者，称廓尔喀王要到定日来迎接和瑛一行，和瑛"谕止之"①。在萨迦，萨迦呼图克图听信谣言，婉拒和瑛一行过境，以躲避差徭。和瑛"严斥之"，萨迦呼图克图立即派人前往谢过，过境时又献万灵丹赎罪。和瑛在《萨迦呼图克图遣使谢过书事》中批评萨迦呼图克图"未除悭吝性，枉住净明台""即心原是佛，那复献如来"。② 七月，和瑛调任理藩院右侍郎；十月，调任镶白旗蒙古副都统，此皆为兼衔。是年，和瑛派人在三十九族地区打击抢劫等行为，将作恶多端的扎买长老扎萨姆、甲玛阿扎的百长衮却囊结及其兄弟索南丹结三名匪首游街示众，处以极刑，17名从犯交由各宗严加管制。和瑛为此发出藏文告示，晓谕三十九族地区之百户、百长和总百户，尔等均为皇帝委任，并给予执照，世代均应感激大皇帝的恩德，要严加管理所属头人百姓，"对于暗中出谋掠夺百姓者，该百户、百长应立即禀报，并捕获送至拉萨，以法裁决"，如果再出现像扎萨姆、衮却囊结这样进行掠夺而不禀报者，定将严惩。③ 是年二月，和瑛还编纂完成了《**朏朒**心经》。"**朏朒**"源自道书，"心经"出于释典，合释道二家为一体，却是取二家矛盾之处，以尊六经之《易》。全书十三篇，乃撷录《周易》《黄帝内经》《素问》等著作中相关养生之说而成。

嘉庆六年（1801）正月，和瑛调为工部右侍郎，随后交代离任④。二月二

---

① 和瑛.易简斋诗钞·卷二·定日阅兵得廓王信有怀松湘浦赴伊江二首自注［M］//续修四库全书：第1460册.上海：上海古籍出版社，2002：502.
② 和瑛.易简斋诗钞：卷二［M］//续修四库全书：第1460册.上海：上海古籍出版社，2002：502.
③ 孟庆芬译.驻藏办事大臣和宁等为三十九族颁发之文告［M］//陆莲蒂，王玉平，等译.西藏社会历史藏文档案资料译文集.北京：中国藏学出版社，1997：129-130.
④ 国庆.清代驻藏大臣一览表［J］.西藏研究，1986（03）：60-77.《简勤公列传》载五年"十一月，交代回京"，而《易简斋诗钞》有嘉庆六年《五月还都进打箭炉口再赋炉城行》诗，或为十一月朝廷发出调任诏令，第二年正月或稍后交代离任。

十日，因蒲顺杀伤兵丁段贵事中拘泥请旨交部议。① 外委蒲顺在恩达寨地方驻防，向所辖番民任意需索。该管游击何得方访查属实。因需索之事，由兵丁田俸说出，蒲顺心怀气愤，用刀连砍田俸。兵丁段贵上前抱救，蒲顺遂拔取小刀及菜刀、木器、柴斧等先后砍打，致段贵毙命。嘉庆皇帝认为该犯先既婪索番民，又复逞凶泄愤，致兵丁一死一伤，情节甚为严重，审明后应一面奏闻，一面就地正法，以肃营伍而靖边防。和瑛等将该犯蒲顺拟斩，仍复请旨正法，实属拘泥，因此和瑛、英善交部察议。四月初一，调为正红旗满洲副都统，转工部左侍郎。二十二日，由工部右侍郎转左侍郎。是年在西藏上书，请求赴川楚军营任职。和瑛在《冬猎杂诗·勒福得恩初围》"敢辞擐甲老，孰与枕戈寒"句下自注"辛酉，予由西藏告赴川楚军营，上以臣年过六旬未许"②。五月，途经打箭炉，赋《五月还都进打箭炉口再赋炉城行》。

第五节　任职山东、新疆两地时期（1801—1809）

嘉庆六年（1801）七月二十五日，和瑛调任户部左侍郎，因那彦宝出差故兼署工部左侍郎。与祖之望等赴通州查办达庆、邹炳泰"于军船回空挂欠米石将余米抵补一事"，九月初一在通州接任仓场侍郎。侍郎为清代中央部院副长官，协助尚书处理部中事务，秩为正二品。仓场侍郎即仓场总督，全称户部总督仓场侍郎，设满、汉各一人，分驻通州、新城，总理仓谷积聚及北河运粮事务。在通州，和瑛带人到张湾一带实地考察河道，绘图贴说呈进，驳回了铁保奏请因张湾水溜沙淤而改疏超河一事。③ 十月十一日，补授安徽巡抚，随即秉命回京请训，再赴新任。未及之任，十一月初四，又受命调山东巡抚。巡抚，别称抚台、抚军、抚院，为一省最高行政长官，秩从二品。山东巡抚驻扎济南府，掌管全省财政、民政、吏治、刑名，兼提督衔，管理军政。赴山东途中，和瑛奉旨查勘景州大道积水一事，疏消景州上下游河道。到济南后，有《济南珍珠泉恭和高宗纯皇帝御制诗元韵》《登城望千佛山》《珍珠泉上玩雪四首》等诗。嘉庆七年（1802）五月，为吴俊《荣性堂诗集》作序，称："予读百日，竟其

---

① 清实录·第二十九册·仁宗睿皇帝实录［M］. 北京：中华书局，1986：22-23.
② 和瑛. 易简斋诗钞：卷四［M］//续修四库全书：第1460册. 上海：上海古籍出版社，2002：531.
③ 清实录·第二十九册·仁宗睿皇帝实录［M］. 北京：中华书局，1986：150-151.

卷，始为之序。"① 是年，奏请增设秦博士伏胜后裔为五经博士。②

和瑛任山东巡抚时，吴俊于嘉庆六年（1801）出任山东布政使，刘凤诰于嘉庆六年（1801）七月出任山东学政，陈钟琛于嘉庆六年（1801）十二月出任按察使，崔映辰于嘉庆六年（1801）八月任济东泰武临道观察，沈琨于嘉庆六年（1801）十月出为泰安知府，赵怀玉于六年十一月自老家抵达济南。吴俊为和瑛同年吴树萱之弟，和瑛在《荣性堂诗集序》中署名即"年愚弟"，又与刘凤诰早有唱和；刘凤诰、赵怀玉为同年，沈琨为吴树萱门生，刘凤诰、沈琨、赵怀玉、蒋因培诸人又都多次参与京城以法式善为中心的唱和，赵怀玉更是法式善交际圈中的重要人物。在和瑛任职山东之前，诸人便或师或友，有了较多联系与酬唱。和瑛抵任后，很快便开始了以济南为中心，兼及泰安、兖州等地的雅集与唱和，在不到一年的时间里，和瑛诸人唱和近40次，联句5次，题画6幅。

嘉庆七年（1802）二月，和瑛到济南学宫参加典礼。在奏乐时，和瑛听出学宫磬声不调，特意致函安徽卢凤珠观察，请代购灵璧石磬。不久，卢凤珠寄来24枚石磬，皆和音律。和瑛还曾出巡泰安、兖州、济宁、曹州等地，拜谒曲阜孔庙，登泰山，夜宿黄河堤岸，有《登岱》《泰山杂咏》《泰安试院七柏一松歌用少陵古柏行韵》《金丝堂听乐》《恭谒圣林》《谒颜子庙》《题南池杜子美像》《望太白楼》《宿黄河堤上》等诗。和瑛在《续纪游行》中回顾了登泰山、瞻孔庙等事，谓"泰山绝顶乐登临，壮怀恨未及观海。观海岂如游圣门，庭罗商鼎加周樽。天通神道真不朽，摩挲楷桧盘古根"③。

嘉庆七年（1802）四月，山东金乡县生员李玉灿纠合举人尚荣衮等控告张敬礼以皂役孙冒考，知县汪廷楷处置失当，尚荣衮等扬言要率众罢考。出现学生罢考事件，干系不小，学政刘凤诰不敢轻忽，立即上奏。嘉庆皇帝命和瑛、吴俊等提齐案证，秉公审办，不得稍有偏徇。和瑛、吴俊将审理一事委托济南府知府德生、青州同知赵怀玉等审理。一干人等拿到审问，很快事情的真相便浮出水面。检点皂隶名册，并无张敬礼爷爷张荩臣的名字；而李玉灿父子坐馆于张氏时间最长，且张某前次县试举人时，尚荣衮为廪生，还曾具保。所谓冒

---

① 吴俊．荣性堂集［G］//清代诗文集汇编：第408册．上海：上海古籍出版社，2010：421．
② 张曜，等．山东通志·卷十一·通纪［M］//山东文献集成编纂委员会．山东文献集成：第一辑第21册．济南：山东大学出版社，2006：497．
③ 和瑛．易简斋诗钞：卷四［M］//续修四库全书：第1460册．上海：上海古籍出版社，2002：533．

考一事，实为李玉灿等索诈不遂，挟嫌报复。但因主审之人各持门户之见，济南知府与局中一二好事之人日以严刑恐吓，拖延三月而不能结案。不久，武生李长清在都察院衙门控告刑讯逼供，械系原告。奉旨解任之金乡县知县汪廷楷借捕蝗为名回县，协同署任提拿人证，有搜求报复之嫌。历城人汪镛任给事，将此事陈奏，嘉庆震怒，七月，派刑部侍郎祖之望与汪镛前往山东按察，命和瑛回京候旨。八月，祖之望继任山东巡抚，奏德生等人滥刑枉断，和瑛被革职。不久祖之望又奏济南等府属五十余州遭蝗灾，而此前和瑛奏报称济宁等处间有飞蝗，不伤禾稼。至此，和瑛先是日事文墨，又不亲加提讯，再加匿灾不报，嘉庆皇帝认为仅仅是免职还不够，着发往乌鲁木齐效力赎罪。同时，吴俊也因他事被降职处分，调任别处。十月，张敬礼冒考定案，济南知府德生等于二十八日自济南启程前往戍地①。金乡县知县汪廷楷因金乡县交代，延迟两月，于嘉庆七年（1802）除夕自济南历下启程，前往伊犁。

  清代在藏任职一般都是三年，且内调后多有重用，以示酬劳。和瑛在藏任职八年，年过六旬，方才内调；入京席不暇暖，又放外任；外任不足一年，即被参劾，发往乌鲁木齐效力赎罪，其仕途之坎坷，可见一斑。落职西役，和瑛自嘲地说："不观海市游沙市，才别金山到玉山。"② 海市借指山东，金山借指西藏，沙市、玉山借指新疆，这里说自己才出西藏，又到新疆，自嘲中饱含着几多无奈。西行途中，《月令诗》其一《鸿雁来》谓："霜信能先觉，西循七宿回。喜无矰缴避，那用荻芦猜。羊祜江边宿，苏卿海上来。陇坻围解未，翘伫别书开。"③ 大雁先觉，西行有期，七宿而回。飞行途中不用躲避弓箭的伤害，不用担心芦荻丛中暗藏有危机。反观自己，却没有这种先觉，年过花甲，却要去乌鲁木齐效力赎罪，一路上克日计程，栉风沐雨，何其辛苦，哪有大雁的悠闲和自在。在其二《元鸟归》诗中，更是向"司分鸟"提出忠告——"旧巢春色好，乐住莫嫌低"④。此句与唐代宋之问的"但令归有日，不敢恨长沙"⑤ 有

---

① 汪廷楷．西行草：除夕历城早发［G］//刘志佳．汪廷楷西行草整理与研究．乌鲁木齐：新疆师范大学，2011：46.
② 和瑛．易简斋诗钞·卷三·鸭子泉和常中丞原韵［M］//续修四库全书：第1460册．上海：上海古籍出版社，2002：511.
③ 和瑛．易简斋诗钞：卷三［M］//续修四库全书：第1460册．上海：上海古籍出版社，2002：508-509.
④ 和瑛．易简斋诗钞：卷三［M］//续修四库全书：第1460册．上海：上海古籍出版社，2002：509.
⑤ 沈佺期，宋之问．沈佺期宋之问集校注（下册）·宋之问集校注［M］．陶敏，易淑琼，校注．北京：中华书局，2001：428.

异曲同工之妙,其辛酸可知。十月,和瑛途经咸阳,遇同年庄炘长子庄逵吉,庄逵吉向和瑛赠送管世铭诗文全集。和瑛与管世铭为乡试同年,又在户部同事九年,自乾隆五十一年(1786)别过后,再未谋面,如今管世铭已经去世四年。和瑛览卷感怀,不胜感慨,评价管世铭"取人巨眼,无乖崖气,读书得间,无穿凿语",惋惜"一生真抱负,留取伴青灯"。① "一生真抱负"的感叹,又何尝不是借他人之酒杯,浇自己之块垒呢。渡泾河时,和瑛谓:"合渭泥论斗,难言尔独清。竿头真面目,终古得分明。"② 泾渭合流后,再也分不清谁清谁浊,但和瑛坚信,只要认真梳理源头,泾清渭浊,自然分明。

不过,生性豪爽的和瑛对于怀才不遇、暮年西戍的牢骚,很快便被西域雄奇的风光所冲淡。行至甘州,即今甘肃张掖,面对朔风霜天,和瑛夜半起舞,挑灯写下《甘州歌》:"朔风渾波霜天高,弱水冻涩流沙焦。行人到此缩如猬,况复西指瀚海遥。老我崛强兴不浅,夜半起舞听鸡号。欲写胸中磊块气,挑檠炙砚濡冰毫。"③ 行人的苦不堪言,与自己的豪兴不减,形成了鲜明对比。进入戈壁,行人需要以车载水,和瑛却戏称"千里行军匣养鱼"④。在安西直隶州,同年胡纪谟知州,盛情款待。在留别胡纪谟时,和瑛谓:"不唱阳关曲,安西更有西。风沙随地转,雪岭与天齐。仆马贫能壮,琴书老任携。子高原旷达,挥别漫愁凄。"⑤ 仆马尚壮,琴书任携,旷达之人,离别之际哪有那么多的伤感呢?

嘉庆七年(1802)除夕,和瑛行进到哈密,接到赏蓝翎侍卫、改任叶尔羌帮办大臣的诏令。在《哈密度岁简胡息斋》句中自注"适逢恩命,赴叶尔羌办事"⑥。《风戈壁吟》谓:"我度瀚海来,屈指轮台中。忽传伊吾庐,朵云下邮筒。恩命抚娑军,兼驭于阗戎……改辙土番道,行李戒仆童。"⑦ 蓝翎侍卫秩正

---

① 和瑛. 易简斋诗钞·卷三·读管韫山侍御遗稿二首[M]//续修四库全书:第1460册. 上海:上海古籍出版社,2002:510.
② 和瑛. 易简斋诗钞·卷三·渡泾河[M]//续修四库全书:第1460册. 上海:上海古籍出版社,2002:510.
③ 和瑛. 易简斋诗钞:卷三[M]//续修四库全书:第1460册. 上海:上海古籍出版社,2002:511.
④ 和瑛. 易简斋诗钞·卷三·戈壁道上载水[M]//续修四库全书:第1460册. 上海:上海古籍出版社,2002:511.
⑤ 和瑛. 三州辑略·卷九·艺文门[M]//中国方志丛书·西部地方. 台北:成文出版社,1968:323-324.
⑥ 和瑛. 三州辑略·卷九·艺文门[M]//中国方志丛书·西部地方. 台北:成文出版社,1968:324.
⑦ 和瑛. 易简斋诗钞:卷三[M]. 上海:上海古籍出版社,2002:512.

六品，为侍卫处所辖侍卫之一，和瑛所授为兼衔。叶尔羌办事大臣为南疆叶尔羌地区军政长官，掌驻防旗营官兵及四城一应事务，乾隆二十四年（1759）设置，驻叶尔羌，受喀什噶尔参赞大臣管辖。帮办大臣协助办事大臣处理事务，并兼任叶尔羌领队大臣。

嘉庆八年（1803）正月，和瑛自哈密前行，经吐鲁番、喀喇沙尔、库车、阿克苏，抵达叶尔羌，途中有《鸭子泉和常中丞原韵》《风戈壁吟》《小歇土鲁番城》《题路旁于阗大玉》《度海都河冰桥》《宿库车城》《渡浑巴什河》等诗。路旁于阗人玉即乾隆五十四年（1789），叶尔羌伯克玉素甫在密尔岱山所采的三块大玉，青色者重万斤，葱白色者重八千斤，白色者重三千斤。伯克投乾隆所好，拟整体运往北京。由于玉石过于庞大，需要特制的大轮车驮运，从乾隆五十五年（1790）运到嘉庆四年（1799），耗费八年时间方才运至喀喇沙尔东一百八十里的乌沙克搭拉军台。沿途征用徭役、粮草不计其数，地方怨声载道，鸡犬不宁。乌什办事大臣都尔嘉上奏，嘉庆四年（1799）二月下令停运，三块大玉连同驮运的大车都弃置在乌沙克搭拉军台路旁。"回民闻弃此玉，无不欢欣鼓舞，其喜可知也"①。和瑛见到弃置的大玉及朽烂的大车，赋诗云："诏弃于阗玉，埋轮蔓草芜。来从西旅道，采自罽宾隅。驾鼓劳天马，投渊却海珠。何如此顽石，罢役万民苏。""不刻摩崖字，光明帝德昭。瑞同麟在野，喜见鹊来巢。昆璞依然古，羌戎逖矣朝。鬼神牢守护，莫任斧斤招。"② 在和瑛看来，三块弃置的大玉，彰显的是朝廷重民、体恤边民的主张，希望鬼神牢牢守护，不要再招来斧斤，劳民伤财。嘉庆十一年（1806），喀拉沙尔办事大臣玉庆上奏，请求将弃掷之玉复贡京城。嘉庆皇帝斥责玉庆"所奏图利失体，断不可行"，"试思玉块重至数千斤，其运送车辆需马五六十匹、三四十匹不等……沿途各处，皆须派员帮护。种种烦扰举致此无用之物，实属轻举妄动。朕不贵异物，务恤远人……今玉庆必欲将此玉料锐意运京，不顾地方纷扰，是诚何心？玉庆着传旨严行申饬，并交宗人府议处"，三块大玉"仍应在该处弃置"③。嘉庆末年（1802），徐松路过此地时，三块大玉尚存，只是"玉之面南者俱为风日所燥，剥落起皮"④。1917年，谢彬赴新疆考察，其《新疆游记·焉耆道及甘回风俗》载9月6日在乌沙塔拉市见"市北田中有玉一块，体积视南方方棹略小……今

---

① 姚元之. 竹叶亭杂记：卷三［M］. 北京：中华书局，1982：80.
② 和瑛. 易简斋诗钞：卷三［M］. 上海：上海古籍出版社，2002：512.
③ 清实录·第三十册·仁宗睿皇帝实录［M］. 北京：中华书局，1986：216.
④ 姚元之. 竹叶亭杂记：卷三［M］. 北京：中华书局，1982：80.

残存系大者，而次者、小者早已被人零截尽矣"①。

叶尔羌有玉河，每年入河采玉，以充土贡。和瑛在任时，也曾率人到河中采玉。采玉场面颇为壮观，和瑛谓："帜扬青云杪，人喧白水滨。惰兰齐攫拾，伯克竞游巡。"② 此次采玉，采得三十八斤重大玉一块，实属罕见。在叶尔羌，和瑛有《叶尔羌城》《咏蝼蚁》《洗箔》《咏园中五雁》《鹰》《河干采玉》《观雕搏狐》《获大白玉》《辟勒山书事二十四韵》《祭河神》《观回俗贺节》以及《蝼蚁赋》等诗。

嘉庆八年（1803）十月，和瑛擢三等侍卫，升任喀什噶尔参赞大臣。喀什噶尔参赞大臣为南疆喀什噶尔地区军政长官，掌理喀什噶尔、英吉沙尔、叶尔羌、和田、阿克苏、乌什、库车、喀喇沙尔八个回城事务。乾隆二十四年（1759）设置，驻喀什噶尔，即今新疆喀什市。得令后，和瑛即从叶尔羌出发，经英吉沙尔，大约在年底到达喀什噶尔任事。

嘉庆九年（1804）六月，和瑛在喀什噶尔编纂完成《回疆通志》。叙云："稽册籍以成编，毕胪形胜；叨旌麾以治事，恪守规模。惟愿职斯土者，修其教不易其俗，齐其政不易其宜，矢志公清，俾怀恩信，不负我皇上倚畀岩疆之至意云尔。"③ 全书十二卷，第一卷录御制诗文碑记，第二至六卷载回部王公、台吉表传，第七至十一卷分别介绍喀什噶尔、英吉沙尔、叶尔羌、和田、阿克苏、乌什、库车、喀喇沙尔南部八大回城以及吐鲁番、哈密两城的沿革、疆域、山川、河道、建置、古迹、官制、营伍、粮饷、贡赋、租税、卡伦、军台、伯克诸事，卷十二统记回部风俗、物产等。1925年，北洋政府外交部长沈瑞麟盛赞此书："裁融方册，校核前闻，证必穷源，辞无甚泰。事为后法，则昔略而今详；义在办方，必州居而部别。识道里山川之数，度幕不迷；籍军屯什伍之资，防秋有据。土均地会，审物产之异宜；件系条分，谱名王之氏族。信可谓备写情形，审求根实者也。"④ 七月，赏三品顶戴，授理藩院右侍郎；九月，转左侍郎，仍留喀什噶尔办事。十二月，和瑛奏准调剂喀什噶尔、英吉沙尔两属仓储余粮，在明年春季青黄不接时按市价粜出；从嘉庆十年秋季开始，改收钱文，

---

① 谢彬. 新疆游记［M］//民国丛书·第二编·第87册. 上海：上海书店，1990：291.
② 和瑛. 易简斋诗钞·卷三·河干采玉［M］//续修四库全书：第1460册. 上海：上海古籍出版社，2002：514.
③ 和瑛. 回疆通志［M］//中国边疆丛书·第二辑·第24册. 台北：文海出版社，1966：8.
④ 沈瑞麟. 校印回疆通志序［M］//中国边疆丛书·第二辑·第24册，回疆通志. 台北：文海出版社，1966：4.

以免百姓驮运粮米之劳。在喀什噶尔，和瑛有《英吉沙尔》《壶天园卧游阁》《四照轩澄心潭》《哀叶尔羌阿奇木阿克伯克二首》等诗。

嘉庆十年（1805）四月，和瑛奏准照顾阿奇木伯克迈玛特阿布都拉之遗孀，以迈玛特阿布都拉之长子二等台吉迈玛特阿散为叶尔羌六品伯克。十一月，查参喀喇沙尔亏空库项等事。喀喇沙尔办事大臣来灵接任时奏称仓库无亏，及至交代，方参奏已故粮员伊精额在喀喇沙尔办理粮饷十一年之久，亏短库项至一万两之多。嘉庆皇帝命和瑛亲自提审，按律定拟。经和瑛彻底清查，喀喇沙尔库贮银两自乾隆五十九年（1794）以来，历任大臣官员等不但私行借用，并放贷给该处兵丁百姓等使用，以致续亏累累。十二月，兼正红旗汉军副都统。是年，和瑛巡查各城，有《巡边宿阿斯图阿尔图什》《伊兰乌瓦斯河》《布鲁特酋长献鹰马，却之》《图舒克塔什河》《喀浪圭卡伦》《巡阿克苏城有怀松湘浦将军》《乌什城远眺》等诗。在喀什噶尔，还有《山房晚照》《城堞春阴》《澄碧新秋》《百尺垂虹》《孤舟钓雪》《小桃源》《望春台》《妙空禅院》《瓜菜园》等诗。

嘉庆十一年（1806）正月，和瑛调为吏部右侍郎、镶蓝旗满洲副都统。五月，调仓场侍郎。在喀什噶尔有《咏乳燕》《奉诏还都恭纪》《寄别湘浦将军、瘦石参赞四首》《巢燕去而复返，呢喃似作别意》等诗，自喀什噶尔返京途中有《越祁连山东抵三堡口号》《苦水驿守风，简哈密成误庵侍郎》。行至凉州，接十月诏令，授乌鲁木齐都统。和瑛遂自凉州折返，有《自凉州返辔，出关驰驿，再宿苦水驿》。十二月，和瑛抵达乌鲁木齐任事，兼任乌鲁木齐领队大臣。乌鲁木齐都统，为派驻乌鲁木齐的军政长官，职掌乌鲁木齐驻防旗营及一应军政事务，兼辖吐鲁番、库尔喀喇乌苏、巴里坤、古城四处领队大臣。乾隆三十六年（1771），设乌鲁木齐满兵驻防，置参赞大臣二人。乾隆四十八年（1783）改置都统、副都统各一人，隶属伊犁将军。到乌鲁木齐后，和瑛有《闻城上海螺》《巩宁城望博克达山》等诗。十一月十五日，和瑛行至嘉峪关，接军机处信函，要求调查雅尔湖、葡萄沟一带旷地是否可以招商开垦。十二月二十四日，和瑛奏称吐鲁番为回部旧地，"雅尔湖、葡萄沟一带无论是否可耕，应请毋庸招商开垦，以杜烦扰回疆之渐"。[1]

嘉庆十二年（1807）正月，和瑛鉴于"地方官不知体恤民艰，踵增剥削，借口采买仓粮，出陈易新，并出借籽种口粮等款，一切短发浮收，催科勒派，

---

[1] 和瑛. 三州辑略·卷三·库藏门［M］//中国方志丛书·西部地方. 台北：成文出版社，1968：87.

百弊丛生，实非驭边氓之道"，因此提出了五条意见，拟革除弊政：一是停州属四乡按户摊买，采买仓粮十万石事；二是通行裁革夏间出借口粮；三是春间出借籽粮，禁止摊派；四是仓粮出陈易新宜照旧例遵行，每年春将十年前存贮旧粮按时价粜卖，秋成后买补还仓；五是吐鲁番、宜禾等地仓储不足支放口粮，宜照旧例采买兵粮。① 经过与户部的多次据理力争，和瑛所提革弊五策照准执行，有效堵住了仓粮出借采买中的漏洞，减轻了当地百姓的负担。三月，完成《心经集注》。颜检《题和太庵先生心经集注卷后》谓："一经度众生，慈航到彼岸。与世千瞿昙，同龛坐禅观。所谓如来身，即当如是看。先生揭其真，笔底心花粲。妙谛通吾儒，觉路非汗漫。知止得所止，终始事不乱。毋意亦毋我，垢净宁参半。虚灵一性中，真实一理贯。我初识迷途，捧书手亲盥。印心默自思，得心词莫赞。合掌证菩提，今非门外汉。"② 五月，奏请停调经费银两，改由镇迪道库存支发。乌鲁木齐所属每年经费银两例由陕甘总督调取，解赴乌鲁木齐使用。和瑛盘查库存，发现镇迪道库存银两二十一万四千四百两，而乌鲁木齐所属一年经费银两为六万六千余两，因此和瑛奏请停调经费银两，以节省转运糜费。是年，和瑛有《九日书怀和颜岱云制军，用陶诗〈拟古〉韵》《大雪书怀和颜岱云元韵》《宿松树塘》《题巴里坤南山唐碑》《九日土鲁番送玉达斋还都》《雪后下乱山子》等诗。

嘉庆十二年（1807），和瑛编纂完成了《三州辑略》。因乌鲁木齐、土鲁番、哈密三地当唐代伊、西、庭三州，故称"三州"。全书共九卷，分沿革、疆域、山川、官制、建置、库藏、仓储、户口、赋税、屯田、俸廉、粮饷、营伍、马政、台站、礼仪、旌典、学校、流寓、艺文二十门，叙述三地自然地理、社会生活等内容，屯田门最为详尽，艺文门篇幅最长。书中收录资料截至嘉庆十二年（1807）秋，成书当不早于此。又书前有嘉庆十年（1805年）孟冬自序，称作书之志，"匪干著作之林，聊当簿书之薮。若夫颂扬盛烈，愿质实于石渠宿老之门；点缀鸿词，甘让能于艺苑才人之笔"③。然嘉庆十年，和瑛尚在喀什噶尔参赞大臣任，此时拟编纂乌鲁木齐等地志书，似有不合情理处。

在乌鲁木齐，和瑛与颜检、李銮宣等人过从密切，时相唱和。颜检（1757—1832）原任直隶总督，李銮宣（1758—1817）原任云南按察使，嘉庆十一年

---

① 和瑛．三州辑略·卷三·仓储门［M］//中国方志丛书·西部地方．台北：成文出版社，1968：91-93．
② 颜检．衍庆堂诗稿·卷四·题和太庵先生心经集注卷后［G］//清代诗文集汇编：第446册．上海：上海古籍出版社，2010：275．
③ 和瑛．三州辑略［M］//中国方志丛书·西部地方．台北：成文出版社，1968：1．

（1806）谪戍乌鲁木齐，嘉庆十三年（1808）三月释回。三人都是暮年遭谪，沦落天涯，又都是饱学之士，和瑛对颜、李二人也多有照拂。交往中，三人"入座无杂宾，诗书乐情素""时有会心处""闲吟搜奇句"①"开轩纳凉意，论世畅遥襟"②，几天不见，便有"数日将迎稀，遂令知交隔"③ 之感。在二人眼里，和瑛"穷年手一编""居易能安命"④"一榻罗书史，千秋有寸心"⑤"不愧读书人"⑥。在这里，没有都统，没有成员，没有汉族，没有蒙古族，有的只是一群惺惺相惜的读书人。

第六节　任职二京时期（1809—1820）

嘉庆十三年（1808年）十月，诏命和瑛回京，另候简用。嘉庆十四年（1809）正月，和瑛自乌鲁木齐启程回京，途中受命署理陕甘总督，驰驿赴兰州审理长龄案，五月实授陕甘总督。总督别称制台、制军、制府，为一省或数省最高长官，乾嘉时期全国共设8名总督，秩为从一品或正二品。陕甘总督全称"总督陕甘等处地方、提督军务粮饷、管理茶马兼巡抚事"，驻甘肃兰州，兼甘肃巡抚事。陕甘总督原为长龄，因在山东巡抚任时动用库帑供应钦差侍郎广兴，被革职拿问。经和瑛提讯，长龄曾劝阻布政使邱庭漋动用库帑，后来张鹏升等回明已借库存养廉垫办，并未详细询问。嘉庆皇帝以长龄在山东时吏治松弛，毫无整顿，听任属员借帑办差，发往伊犁效力赎罪。

和瑛在陕甘总督任时，曾循例到兰山书院考课学生，有诗赠书院山长张澍（1781—1847）。及其离任时，又邀请张澍一道赴京。张澍有《和太荐宁制军以它事牵连降阶被旨以京堂补用和其留别入都元韵》，以召公比况和瑛，称美其

---

① 颜检．衍庆堂诗稿·卷五·和太庵先生以九日言怀诗见示赋此奉答［G］//清代诗文集汇编：第446册．上海：上海古籍出版社，2010：296．
② 颜检．衍庆堂诗稿·卷五·立秋日过都护署复呈太庵先生［G］//清代诗文集汇编：第446册．上海：上海古籍出版社，2010：287．
③ 颜检．衍庆堂诗稿·卷五·五月一日疾愈至都护署中与和太庵先生讲《易》用陶公《乙巳岁三月为建威参军使都经钱溪》韵［G］//清代诗文集汇编：第446册．上海：上海古籍出版社，2010：281．
④ 李銮宣．坚白石斋诗集：卷十［M］．太原：山西人民出版社，1991：335．
⑤ 颜检．衍庆堂诗稿·卷五·立秋日过都护署复呈太庵先生［G］//清代诗文集汇编：第446册．上海：上海古籍出版社，2010：287．
⑥ 颜检．衍庆堂诗稿·卷五·呈都护和太庵先生［G］//清代诗文集汇编：第446册．上海：上海古籍出版社，2010：287．

"《易贯近思录》，中言三十六宫之义，为先儒所未及"①。张澍虽未随和瑛赴京，后来还是离开兰州到了西安，在西安成就了其学术事业。严烺（1768—1840）早在嘉庆十一年（1806）二月便曾手钞《西藏赋》一册，并加眉批46条，从内容、章法结构、遣词使典等方面予以评点。嘉庆十三年（1808）二月，严烺任甘肃兰州道。和瑛莅任后，严烺为属员，曾以李商隐自喻，作《上和太庵制府五言四十韵用李义山〈述德抒情诗献杜仆射相公〉元韵》，称美和瑛文采政绩，诗及自注亦多用和瑛《西藏赋》的内容。

嘉庆十三年（1808）六月，和瑛因在仓场侍郎任内失察仓书、私出黑档、盗领米石降五品京堂，回京任职。其时，嘉庆皇帝因仓场弊窦丛生，将历任仓场侍郎，按照年月久暂及失察弊窦轻重，分别予以惩处。和瑛在任一月以上，任内有黑档舞弊之事，出米不少，因此被降职、分赔。

嘉庆十五年（1810），补大理寺少卿。大理寺为审核刑狱案件的专门机构，与刑部、都察院合称"三法司"，"凡审录，刑部定疑谳，都察院纠覈。狱成，归寺平决。不协，许两议，上奏取裁"②。大理寺卿为正三品，可参与朝廷大政事。少卿秩正四品，辅佐大理寺卿处理事务。冬天，与马慧裕、邵洪、郑澄、李潢等辛卯同年聚会，五人为同年中仅存者，都年近七旬。是年和瑛有《恭翼斋大宗伯馈黄鲷鱼》《晨粥》《咏萤火》《追和陶渊明〈形影神〉三首元韵》《咏栀子花》《食蟹》《自述》《秋热》《咏法船》《咏蝉》《蜘蛛》《叩头虫》《狗蝇》《络纬》《蝎》《中秋玩月》等诗。

嘉庆十六年（1811）三月，和瑛擢任盛京刑部侍郎。清（后金）初都辽阳，天命十年（1625）努尔哈赤迁都沈阳，并着手修建皇宫等建筑，天聪八年（1634）皇太极改沈阳为盛京。顺治元年（1644）八月迁都北京，各官署也相应随迁，盛京成为陪都，留内大臣镇守。顺治十五年（1658），在盛京置礼部，顺治十六年（1659）置户部、工部，康熙元年（1662）置刑部，康熙三十年（1691）置兵部，并置侍郎以下各官，称盛京五部。盛京刑部侍郎额缺满洲一人，秩正二品，为盛京刑部长官。和瑛三月自京城出发，一路过漕河，拜慈航寺方恪敏公祠，雨宿桦皮村，经涿州，拜别祖墓，出山海关，宿松山，渡巨流河，四月抵达盛京。四月二十一日，朝谒福陵。福陵即东陵，为清太祖努尔哈赤和孝慈高皇后的陵寝。随后朝谒昭陵，昭陵即北陵，为清太宗皇太极和孝端

---

① 张澍. 养素堂诗集：卷九［M］//续修四库全书：第1506册. 上海：上海古籍出版社，2002：219.
② 赵尔巽，等. 清史稿：卷一百一十五［M］. 北京：中华书局，1977：3308.

文皇后的陵寝。七月十五日又朝谒永陵，永陵为爱新觉罗氏的祖陵，安葬着努尔哈赤的父亲、祖父、曾祖、远祖及伯父、叔叔等皇室亲族。永陵、福陵、昭陵合称"关外三陵""盛京三陵"，永陵在今辽宁省抚顺市新宾满族自治县，福陵、昭陵分别在今辽宁省沈阳市的东郊和北郊。九月初四至十一月十六日，和瑛巡海，有《巡海杂诗》纪行。途经辽阳，曾寻访辛卯同年王瑶峰旧居。

嘉庆十六年（1811）十一月，复州、宁海、岫岩等处被灾，盛京将军观明、盛京工部侍郎兼管奉天府尹博庆额等讳灾不报。十二月，观明等被革职，和瑛补授盛京将军，富俊补授盛京工部侍郎兼管奉天府尹。盛京将军为盛京驻防八旗的最高长官，统掌驻防旗营军政事务，镇守封疆。和瑛接任后，立即奉命确查被灾情况，积极筹办赈恤，查处复州知州敖时忏等人匿灾不报。

嘉庆十七年（1812）四月，因山东荒歉，百姓大量涌入奉天府。和瑛奏请妥为安顿已经到奉天府的灾民，除有亲友可投靠者，对穷苦者，加米煮赈，于省城饭厂散放，直至四月十五日；四月中旬后，辽宁开冻，耕耘等需要大量人力，灾民可以佣工度日。六月，和瑛奏请将奉天囤积高粱分一半贩运接济山东，帮助山东度过灾荒。九月，嘉庆皇帝到木兰秋狝，和瑛带兵出威远堡，参与秋狝。年底，和瑛随年班入京觐见。

嘉庆十九年（1814）正月，和瑛因误拿张观澜事，部议革职，旋加恩改为留任盛京将军。山海关副都统额勒金布缉获匪犯王立安，供称与新民屯之张姓勾结滋事。和瑛派人前往捉拿人犯，误捉拿了屯民张建谟等，并械送京师。经刑部审理，始知误拿人犯，和瑛上书自请处分。二月，调任热河都统。闰二月，任礼部尚书，不久调兵部尚书，但都未及赴任，一直在盛京将军任内。四月，因失察谪居盛京宗室裕瑞买有夫之妇为妾事，被降职为盛京副都统，署理盛京将军。五月，升任热河都统，仍署理盛京将军事务，一直到晋昌到任，方才离任赴京。晋昌到八月才能从乌鲁木齐抵达北京，从北京到盛京，约需一月。和瑛约在九月、十月间，自盛京赴京陛见，然后赴热河都统任所。热河都统为热河地区最高军政长官，执掌热河驻防旗营、围场及当地蒙古等一切军民事务。康熙中期在热河建避暑山庄，雍正二年（1724）设热河总管一人，乾隆三年（1738）改设副都统一人，嘉庆十五年（1810）改为都统一人。热河都统辖承德府及内蒙古昭乌达和卓索图二盟。

在盛京期间，政务清闲，和瑛与贵庆、蒋祥墀等人时相唱和。蒋祥墀《散樗老人自纪年谱》谓"时将军和泰庵先生及副都统、五部侍郎多旧识者，情甚投惬"，"署中清简无事，惟与和泰庵将军、贵云西少寇酬咏而已，有《沈阳采风随笔》二卷"①。到热河不久，和瑛又完成了《删注黄庭经》，"刊落芜辞存奥旨"②。

嘉庆二十年乙亥（1815）正月十五，和瑛编纂完成《热河志略》。《热河志略·跋》谓："检志书所载，廷议所陈，撮其大纲，约为二卷，庶便稽览，勿致愆忘。"③ 春分日，和瑛祭祀兴安山神，随后出栅口，巡视热河各地，五月初一返回署衙。十二月，缉办土默特旗地方传习邪教事。嘉庆皇帝得奏后称："蒙古等习气素尚淳朴，惟敬喇嘛，并无沾染汉民习气、持斋作会等事。近年蒙古渐染汉民恶习，竟有建造房屋、演听戏曲等事。此已失其旧俗，兹又习邪教，尤属非是。愚民习教，乃前明流传恶习，岂可流传蒙古地方，以致坏其淳朴之风。"④

嘉庆二十一年（1816）七月，和瑛回京，授工部尚书兼正黄旗汉军都统。尚书秩从一品，掌一部之事，直接对皇帝负责。九月，充满洲翻译乡试正考官，赏紫禁城骑马。十二月，与刑部左侍郎帅承瀛赴甘肃查按西宁县知县杨毓锦等亏缺仓库案。陕甘总督先福因徇隐不办亏缺仓库案，被革去顶戴。嘉庆二十二年（1817）二月，第二次署理陕甘总督，直到长龄到任交代后方起程回京。谕旨自京至伊犁，长龄交代后再自伊犁至兰州，需数月时间，和瑛四月尚以署理总督名义奏事，此次署理时间稍长一些。六月，调兵部尚书，加太子少保。七月，署理藩院尚书，又调礼部尚书兼镶蓝旗满洲都统。九月二十七日，妻子伊尔根觉罗氏去世，享年六十四岁。十一月，复调兵部尚书。

嘉庆二十三年（1818）二月，和瑛在军机大臣上学习行走，署户部尚书。学习行走是清代的一种授官方式，属于对资历较浅官员充任较高职务时的一种变通，与正式任职人员名义上稍有区别，实际职权上并无太多差别。军机大臣为军机处主要官员，掌军国大政、参赞机务，虽为兼职，但实权在大学士、六部尚书之上，时人视若真宰相。三月，嘉庆皇帝恭谒西陵，和瑛与庄亲王绵课、大学士曹振镛、尚书英和等留京办事。五月，充文颖馆总裁官，纂辑《明鉴》。嘉庆皇帝降旨，令模仿范祖禹《唐鉴》编纂一部《明鉴》。但初稿编成后，嘉庆皇帝觉得体例不精，词义纰缪，极不满意，因此改派托津、章煦、英和、卢

---

① 蒋祥墀.散樗老人自纪年谱［M］//北京图书馆藏珍本年谱丛刊：第126册.北京：北京图书馆出版社，1999：490，491-492.
② 和瑛.易简斋诗钞：卷四［M］.上海：上海古籍出版社，2002：536.
③ 和瑛.热河志略［M］.抄本.
④ 清实录·第三十二册·仁宗睿皇帝实录：卷三百一十三［M］.北京：中华书局，1986：165.

荫溥、和瑛充总裁官，另行召集人手，重新编辑。七月，嘉庆皇帝赴盛京恭谒祖陵，和瑛与庄亲王绵课、大学士曹振镛、章煦、尚书英和等留京办事。八月，充崇文门监督。九月，授正黄旗领侍卫内大臣、阅兵大臣。领侍卫内大臣为侍卫处长官，统领侍卫、亲军及一应宿卫扈从之事。额设六人，上三旗各二人，秩正一品。十月，充上书房总谙达。谙达，又作"安达"，为满语音译，意为"宾友"，引申为师傅。清代负责在皇子读书的上书房、总学、觉罗学教授满蒙文和马步箭者，称谙达。上书房设总谙达一人，以亲贵大臣充任，总管教课事务。

嘉庆二十四年（1819）正月，调刑部尚书，专任部务，不再在军机大臣任上行走。四月，奉使册封奕纬为多罗贝勒。七月，嘉庆皇帝赴木兰秋围，与肃亲王永锡、大学士曹振镛、章煦，尚书英和等留京办事。嘉庆二十五年（1820）正月，署经筵讲官。三月，嘉庆皇帝恭谒东陵，与肃亲王永锡、大学士曹振镛、尚书英和等留京办事。四月，授内大臣，充翻译会试正考官。八月，罢总谙达。十月，调正蓝旗满洲都统。十一月，署镶红旗汉军都统。

道光元年（1821），和瑛八十一岁，六月二十九日巳时卒于家，葬顺义县河南村。七月，御赐祭葬碑文，谥简勤。《晋赠刑部尚书和瑛文》云："朕惟简册宣猷，历兼勤乎中外；鼎钟纪绩，恩荣罔间乎初终。载沛丝纶，用贞珉石。尔晋赠太子太保、原任刑部尚书和瑛，帜拔礼闱，籍登版使。考膺上等，领名郡以分符；治表循声，授监司而布化。甫陈时臬，继任维藩。树屏翰于南邦，还绥关内；著贤劳于西藏，克抚边陲。贰职频迁，水部迭更乎民部；雄藩浒擢，扬州爰及乎青州。洎夫铨选，严一字之题；旋以建节，重三边之望。寅清聿协，翔画省之声华；韬略夙娴，总戎枢之纲纪。驭师干而统制，式固岩疆；联藩服以怀柔，并权乐律。枢机出纳，恭勤襄密勿之思；讼狱平反，明允赞协中之治。翊三朝而矢恪，彰一德以陈谟。正倚赖之方深，俄典型之已谢。靖共瘝瘁，轸惜良殷。生前之吏议胥捐，恩施用渥；身后之官衔特贲，礼数攸隆。谥以简勤，昭其梗概。于戏执事无愆，丕焕易名之典；持躬匪懈，益申锡命之文。式是丰碑，允恭无斁。"① 七月十八日，《谕祭太子太保和瑛文》云："弼教任隆旧德秉纪纲之肃，饬终礼重新纶焕钟鼎之光。惟委寄之方殷，斯馨香之特贲。式颁奠醊，聿考彝章。尔晋赠太子太保、原任刑部尚书和瑛，清白传家，丹黄通籍。始郎官之备位，继行省之宣猷。绝徼驰驱，卧鼓布边陲之化；雄藩抚驭，建牙

---

① 礼阔泉．（民国）顺义县志［M］//中国地方志集成·北京府县志辑·第6册．上海：上海书店出版社，2002：346.

胥专阃之权。屡叨登进之阶,旋予超迁之职。廷尉持平于棘寺,将军坐镇于陪都。复以历有年,恩荣载晋,秩宗掌礼,工正饬材。宫衔炳耀乎崇班,枢密承宣夫内制。老成可倚,命出入以升华;明允是持,俾平反而专掌。阅年八袠,曾邀宠锡之殊恩;寝疾一旬,忽睹哀鸣之遗表。深为轸恤,爰与褒嘉。易名之典方申,赐祭之文并逮。于戏耆英告逝,伫怀四国之仪型;懋绩云存,眷念中朝之闻望。灵其不昧,歆此苾芳。"①

---

① 礼阔泉.(民国)顺义县志[M]//中国地方志集成·北京府县志辑·第6册.上海:上海书店出版社,2002:349.

第二章

著述考述

第一节 著述叙录

和瑛一生勤于著述,笔耕不辍,"手纂稿本盈箱累架"①,"所著录不下数千卷"②。但仅有《西藏赋》《易简斋诗钞》《读易汇参》等数种刊刻行世,其他或藏或湮,为人所知者寥寥。现就笔者所见,综合各家著录,叙录如下。

一、《读易汇参》

存,刻本,十五卷,卷首一卷,共十六册,页8行,行22字,道光二十三年(1843)八月易简书室刻印。卷首分释河图、洛书、伏羲始画八卦、先天八卦及六十四卦横图、圆图、方图等基本概念,卷一至卷十二分叙六十四卦,卷十三、十四释系辞,卷十五为《说卦传》《序卦传》《杂卦传》。体例上,先列《周易》经文,下列"本义",释经文大意;次列"集说",集诸家之说;时有"折中""谨案"等名目,评说诸家之论,阐明自己的观点。书末有归安张珍臬跋,叙刻书缘由,谓和瑛"所著录不下数千卷,是书尤生平学力之所荟萃","湛深易理,甄总群言,申以己意,大旨一宗传义,而以后世政治得失之迹证明经文,盖于消息、盈虚之道,三致意焉"。③ 方履籛《万善花室文稿》卷五有《和简勤公读易汇参序》。

---

① 杨钟羲.雪桥诗话全集编·雪桥诗话·卷十[M].雷恩海,姜朝晖,校点.北京:人民文学出版社,2011:586.
② 张珍臬.读易汇参跋[M]//和瑛.读易汇参.刻本.易简书室,1843(清道光二十三年).
③ 张珍臬.读易汇参跋[M]//和瑛.读易汇参.刻本.易简书室,1843(清道光二十三年).

二、《易贯近思录》

存，抄本，一函四册四卷，国家图书馆藏。白口，有圈点。卷一正文首页右下有"富察恩丰席臣藏书印"一枚，可知此书为富察恩丰所收藏。嘉庆十四年（1809）六月，张澍于《和太莽宁制军以它事牵连降阶被旨以京堂补用和其留别入都元韵》下自注"公著《易贯近思录》，中言三十六宫之义，为先儒所未及"①，可知该书完成不迟于此。此书将《周易》内容分类编排，卷一有学修、言行、主敬、存诚、省察、克治、戒惧、谦谨、静止、刚决、柔和、文辞等条目，卷二有摄生、正家、交友等条目，卷三有君道、臣道、上下之交、任贤、去佞等条目，卷末有境遇、世运等条目，共二十二个条目。每条先引经文，次作疏解，往往繁引历代事迹以印证。

三、《经史汇参》

佚。马若虚《题太庵宗伯己未诗集后》谓和瑛"坐镇西南夷，七载振干羽"，又于"公余弄柔翰，六经缵鸿绪"句下自注"公著《经史汇参》方成"。② 此时马若虚正在后藏，另有《和太庵少宗伯巡阅后藏》③一诗。和瑛乾隆五十九年（1794）抵藏任事，至嘉庆五年（1800）第四次出巡后藏，恰七年，和瑛整六十岁，故此书当成书于嘉庆五年。据其《经史汇参补编》推断，当不少于四卷，或与《读易汇参》体例相近。

四、《经史汇参补编》

存，抄本，一函二册，国家图书馆藏。白口，页8行，行21字，小字双行，朱笔圈点。上册卷首增补河图、洛书、伏羲始画八卦、八卦方位、六十四卦等图，卷二补商纣囚西伯昌下，卷四补周成王周公居东二年下；下册增补卷二鲁哀公十四年西狩获麟下。则此书当为增补《经史汇参》所作，以史证经，以经注史，经史参照。又有"集说""谨案"等名目，集诸家之说并评说发明，阐述自己观点。

---

① 张澍. 养素堂诗集：卷九 [M] //续修四库全书：第1506册. 上海：上海古籍出版社，2002：219.
② 马若虚. 实夫诗存：卷一 [M] //吴海鹰. 回族典藏全书：第202册. 兰州：甘肃文化出版社，银川：宁夏人民出版社，2008：30.
③ 马若虚. 实夫诗存·卷三·和太庵少宗伯巡阅后藏 [M] //吴海鹰. 回族典藏全书：第202册. 兰州：甘肃文化出版社，银川：宁夏人民出版社，2008：121.

五、《读易拟言内编》

存，抄本，一函二册上下卷，国家图书馆藏。白口，页9行，行24字。书前有和瑛自叙。此书为和瑛研读《周易》十余载之心得，"因先儒已成之说，而究其所以得失之故，务求其是而正其非，信者录之，疑者阙焉"①。上卷正文第一页缺角，缺损20余字。

六、《读易拟言外编》

佚。震均《天咫偶闻》卷五著录《读易拟言》内外编②，抄本《读易拟言内编》目录作"读易拟言卷之一内编上""读易拟言卷之二内编下"，可知《读易拟言》原有内编、外编之分。

七、《卫藏通志》

存，抄本，十六册，北京大学图书馆藏李盛铎癸丑（1913）秋日重装本，《北京大学图书馆稀见方志丛刊》据以影印。页8行，行18字。书前有"提要"四十一条，大略言拟收内容。该书分为方舆、僧俗、镇抚、纪略、外部、艺文六门，每门下又分若干目，共二十五目。李盛铎题记云："此书当是官撰未成之书，所分六门廿五目，按之亦不尽合。第纂辑较他书为详，考藏时者或有取焉。"③书中尚有部分内容重复，书末附有《文告》，亦未编次，确为未竟之书。关于该书作者有和琳、松筠、和瑛以及三人合作等说法，按《提要》第二条云"旧藏志戊申年得自成都，抄本"，此"旧藏志"应即和瑛在成都得到且后来刊刻的《西藏志》，因此在纂辑《卫藏通志》的过程中，和瑛应该是主要参与者。

光绪二十一年（1895）袁昶延请龙继栋校刻《卫藏通志》，收入《渐西村舍丛书》刊行，书前有龙继栋《卫藏通志校字记》，书后附有袁昶《刻卫藏通志后叙》。刻本《卫藏通志》十六卷卷首一卷，页10行，行19字。卷首载御制诗文，十六卷依次为考证、疆域、山川、程站、喇嘛、寺庙、番目、兵制、镇抚、钱法、贸易、条例、纪略、抚恤、部落、经典等门，与抄本编次多有出入，不复有抄本原貌。1937年上海商务印书馆、1965年台湾文海出版社等均据《渐西村舍丛书》印行，1982年西藏人民出版社出版了吴丰培整理本。

---

① 和瑛. 读易拟言内编 [M]. 抄本.
② 震均. 天咫偶闻：卷五 [M]. 北京：北京古籍出版社，1982：114.
③ 北京大学图书馆. 北京大学图书馆稀见方志丛刊：第325册 [M]. 北京：国家图书馆出版社，2013：407.

又，《西陲纪事初稿》与《卫藏通志》系同书异名。吴丰培云："兹见一书，名为《西陲纪事初稿》，不分卷，署名长白松筠，为咸、同时抄本，字体甚工，核其内容，于《卫藏通志》除叙次不同，略有重复外，其文义则一字未易也。"①

又，阙名《西陲纪事本末》，抄本，四卷，页8行，行18字。卷一抄录《御制十全记》《双忠祠碑记》等文；卷二番目，卷三程站，卷四抄录《征廓尔喀纪功碑铭》。经与抄本《卫藏通志》核对，系截取《寺庙》《程站》《章程》《镇抚》等目部分内容而成，惟抄录中偶有错行漏字。成文出版社据以影印，谓乾隆间抄本，系于新疆。②

八、《回疆通志》

存，刻本，十二卷，和瑛任总理回疆事务参赞大臣时编纂。卷首有嘉庆九年（1804）自序，叙编纂缘起；次有例言十条，叙编纂体例；卷一至卷六载乾隆御制诗及钦定哈密回部总传等，卷七至卷十一分叙喀什噶尔、英吉沙尔、叶尔羌、和田、乌什、阿克苏、库车、喀喇沙尔、吐鲁番、哈密等地的沿革、疆域、山川、建置、官制、古迹、营伍、粮饷、贡赋、租税、回务、事宜等内容，卷十二载纪略、回族、风俗、物产等。另有嘉庆九年（1804）抄本，国家图书馆等藏。1925年，吴兴、沈瑞麟校订重印《回疆通志》，胡惟德题写书名，卷首有沈瑞麟《校印回疆通志序》。《中国边疆丛书》第二辑、《中国西北文献丛书》第五十九卷、《中国边疆史志集成·新疆史志》第三部第一册等据此本影印。薛宗正的《简评〈回疆通志〉》对该书做了深入研究③，王安芝在《清代新疆文献〈回疆通志〉考略》中对该书亦有介绍。④

又，北京大学图书馆藏有抄本《回疆事宜》，与《回疆通志》系同书异名。⑤

九、《三州辑略》

存，九卷，和瑛任乌鲁木齐都统时编纂，因乌鲁木齐、吐鲁番、哈密三地

---

① 吴丰培．西藏史料题记［J］．西藏研究，1983（01）：109-113+115．
② 西陲纪事本末［M］//中国方志丛书·西部地方·第三号．台北：成文出版社，1968．
③ 纪大椿．新疆地方志简介［M］．长春：吉林省地方志编纂委员会，吉林省图书馆学会，1985：27-36．
④ 王安芝．清代新疆文献《回疆通志》考略［J］．兰州教育学院学报，2012（05）：30-31．
⑤ 新疆地方志目录［J］．新疆地方志通讯，1983（01）：31．

当唐代伊、西、庭三州，故称"三州"。首有嘉庆十年（1805）孟冬自序，全书分沿革、疆域、山川、官制、建置、库藏、仓储、户口、赋税、屯田、俸廉、粮饷、营伍、马政、台站、礼仪、旌典、学校、流寓、艺文二十门，叙述三地自然地理、社会生活等内容。孙殿起《贩书偶记》卷七载录："《三州辑略》九卷，蒙古和宁撰，旧抄本，嘉庆十年刊。"① 书中收录资料截至嘉庆十二（1807）年秋，成书当不早于此，故"嘉庆十年刊"之说有误，此误或缘自书前自序署"嘉庆十年孟冬"。又嘉庆十年时和瑛尚在喀什噶尔任职，此时编乌鲁木齐等地志书，恐于情理不太合。颜检在《呈都护和太庵先生》诗中自注："先生曾作《回疆通志》及《西藏赋》，考据详而且确。近又纂乌鲁木齐志书。"② 这里所谓的"乌鲁木齐志书"，应当就是《三州辑略》。有嘉庆、民国刻本及抄本等多种版本传世。《中国方志丛书·西部地方》第十一号据嘉庆十年修旧抄本影印，《中国西北文献丛书》二编第五卷据刻本影印。又，新疆师范大学图书馆藏有十卷本抄本，其中《艺文门》分为四卷，较九卷本多一卷，多收纪昀《滦阳消夏录》《槐西杂志》《万寿云》3篇文章。高远、靳焱的《〈三州辑略〉版本研究》详细介绍了《三州辑略》版本以及九卷本、十卷本的差异③。齐清顺的《〈三州辑略〉介评》评价了该书价值④。

十、《藩疆揽要》

存，抄本，页16行，行18字，松筠撰，嘉庆四年（1799）十二月和瑛编纂。和瑛在《藩疆揽要叙》中称："吾友松湘甫《绥服诗注》，纪述确核，而语无伦次，爰厘正厘略，著曰《藩疆揽要》。其间考核未周，容俟博采广舆、志乘诸书，续加参订焉。"⑤ 盖和瑛为其厘定条理、拟定书名，在松筠《绥服纪略》的基础上编辑而成。全书记新疆、蒙古、青海、西藏兼及俄罗斯等地部落界址及驻扎地方，界址部分略载各部事迹、游牧区域、部落建置、宗族人口、与中央政府的关系等，驻扎部分载各地道里山川、卡伦兵防、关隘险要、风土物产

---

① 孙殿起.贩书偶记（附续编）：卷七［M］.上海：上海古籍出版社，1999：182.
② 颜检.衍庆堂诗稿·卷五·呈都护和太庵先生［G］//清代诗文集汇编：第446册.上海：上海古籍出版社，2010：287.
③ 高远，靳焱.《三州辑略》版本研究［J］.伊犁师范学院学报（社科版），2010（01）：51-55.
④ 纪大椿.新疆地方志简介［M］.长春：吉林省地方志编纂委员会，吉林省图书馆学会，1985：36-46.
⑤ 和瑛.藩疆揽要叙［G］//国家图书馆分馆.清代边疆史料抄稿本汇编：第十册.北京：线装书局，2003：3.

等内容。《清代边疆史料抄稿本汇编》据国家图书馆藏抄本影印。

十一、《热河志略》

存，不分卷，抄本，和瑛任热河都统时所编。首有和瑛嘉庆二十年（1815）正月十五所作跋记，两处"瑛"字有明显涂改痕迹，当是后来因避讳所改。和瑛谓："检志书所载，廷议所陈，撮其大纲，约为二卷，庶便稽览，勿致怠忘。"① 其次为目录，有星野、疆域、山川、行宫、寺庙、守卫、设官、兴学、统制、驻防、营汛、驿站、围场、藩卫等内容。《续修四库全书》第730册据北京师范大学图书馆藏清抄本影印。

十二、《钦定明鉴》

存，刻本，二十四卷，卷首一卷。嘉庆时，仿范祖禹所著《唐鉴》一书所作，叙明代事迹，以为借鉴。此书初为他人承办，但书成后，嘉庆认为体例不精，卷帙浩繁，词义纰缪，大乖立言之旨。嘉庆二十三年（1818）五月改派托津、章煦、英和、卢荫溥、和瑛等充总裁官，纂修承办。当年即纂辑完成，武英殿刊行。《仁宗实录·序》谓嘉庆"鉴古昔，则《唐文》《明鉴》，亲加裁定，荟萃成书"。②

十三、《续水经》

佚，恩华《八旗艺文编目》著录。③

十四、《孔子年谱》

佚，恩华《八旗艺文编目》著录，恩华有收藏，谓原书附刻于《经史汇参》。④

十五、《古镜约篇》

存，抄本，两册两卷，北京大学图书馆藏。白口，页9行，行20字，题下署"蒙古和瑛太庵"。该书为富察恩丰所抄并收入其所编《八旗丛书》第一函

---

① 和瑛．热河志略［M］．抄本．
② 仁宗睿皇帝实录序［M］//清实录·第二十八册·仁宗睿皇帝实录．北京：中华书局，1986：5．
③ 恩华．八旗艺文编目［M］．关纪新，点校．沈阳：辽宁民族出版社，2006：20．
④ 恩华．八旗艺文编目［M］．关纪新，点校．沈阳：辽宁民族出版社，2006：40．

第三、四册。书前有和瑛自序,谓:"经也者,史之镜也;史也者,人之镜也;经与史,则古之人皆今之人之镜也……余尝读古名儒、名臣、循吏、高士诸传,见夫处则为名儒高士,出则为循吏良臣,合言之则为儒臣、为士吏,儒而吏者有之,士而臣者有之。夷考其行,要不越乎。孝弟忠信以端其本,礼义廉耻以修其行,才智勇艺以达诸用,教养农行以济乎时,于此见道学政术非两途,经义治事非空谈也。爰衷事类,冠以儒宗为门二十四,乃瞿然曰:士君子训不式古,事不师古,殆将反镜而索照耶。阅岁书成,手钞集帙,题曰古镜。盖如秦镜之照胆,明镜之照心。"是书选编汉唐以来名儒行事,加以评论,以供读者借鉴。序称分二十四门,检书唯有儒宗、著述、源流等门,儒宗下又按"授经之儒""传道之儒""治世之儒"分类胪列,列历代名儒93人。《八旗丛书》被收入《域外汉籍珍本文库》,周斌据美国哈佛大学燕京图书馆所藏抄本点校整理。①

十六、《朒朓心经》

存,抄本,一卷,页8行,行20字,白口,有圈点眉批。1976年,自由出版社影印,收入文山遯叟萧天石主编的《道藏精华》第十四集之三。书前有和瑛自序,署"嘉庆五年岁次庚申二月太庵和宁叙于乌斯藏",述著作缘起。"朒朓"源自道书,"心经"出于释典,合释道二家为一体,却是取二家矛盾之处,以尊六经之《易》。全书十三篇,乃摭录《周易》《黄帝内经》《素问》等著作中的相关养生之说而成。

十七、《铁围笔录》

佚,震均《天咫偶闻》卷五著录,二十四册。②

十八、《删注黄庭经》

佚,不见著录。嘉庆十九年(1814),和瑛有《删注黄庭经成题句》诗,谓:"漆园柱著养生篇,一卷黄庭尚可诠。莫讶松梢甘露降,任夸槿树好花妍。壬夫丁女元无鼎,癸穴庚涡信有泉。刊落芜辞存奥旨,丹经从此不流传。"③ 可见其曾对前人注释《黄庭经》做过"刊落芜辞"的工作。

---

① 富察恩丰. 八旗丛书[M]. 周斌,校点. 重庆:西南师范大学出版社,北京:人民出版社,2012.
② 震均. 天咫偶闻:卷五[M]. 北京:北京古籍出版社,1982:115.
③ 和瑛. 易简斋诗钞:卷四[M]. 上海:上海古籍出版社,2002:536-537.

十九、《心经集注》

佚，不见著录。颜检《题和太菴先生心经集注卷后》诗谓："一经度众生，慈航到彼岸。与世千瞿昙，同龛坐禅观。所谓如来身，即当如是看。先生揭其真，笔底心花粲。妙谛通吾儒，觉路非汗漫……我初识迷途，捧书手亲盥。印心默自思，得心词莫赞。合掌证菩提，今非门外汉。"① 据《衍庆堂诗稿》编排体例，此诗作于嘉庆十二年（1807）清明之后，三月二十八日之前，则《心经集注》完成不晚于嘉庆十二年（1807）三月。

二十、《易简斋诗钞》

存，道光初刻本，四卷，页 9 行，行 18 字，版心有"易简斋诗钞"字样。卷首有道光三年（1823）"浙西六家"之一、山东布政使吴俊之子吴慈鹤序，自称"东吴侄"。收诗 576 首，按年代编排，起于乾隆五十一年（1786）任安徽太平府知府时，止于道光元年（1821）去世前。《续修四库全书》第 1460 册据道光刻本影印。赵永铣等《蒙古族文学史》②、米彦青《清代蒙古族诗人和瑛与他的〈易简斋诗钞〉》③ 中有较详细介绍。

二十一、《太庵诗稿》

存，抄本，复旦大学图书馆藏，九卷。和瑛嘉庆十六年（1811）自订稿本，收诗 1060 首，按时间顺序编排，始于乾隆二十六年（1761），止于嘉庆十五年（1810）。卷首有嘉庆十六年（1811）作者自序。《太庵诗稿》初集、二集，即作于乾隆二十六年（1761）至乾隆五十一年（1786）间的 100 余首诗歌，为《易简斋诗钞》所未收；《易简斋诗钞》卷四全部诗歌作于嘉庆十五年（1810）之后，亦不见于《太庵诗稿》。对此，赵永铣等《蒙古族文学史》④、米彦青《清代蒙古族诗人和瑛与他的〈易简斋诗钞〉》⑤ 中有较详细介绍。

---

① 颜检. 衍庆堂诗稿：卷四 [G] //清代诗文汇编：第 446 册. 上海：上海古籍出版社，2010：275.
② 赵永铣，等. 蒙古族文学史 [M]. 呼和浩特：内蒙古人民出版社，2000：758.
③ 米彦青. 清代蒙古族诗人和瑛与他的《易简斋诗钞》[J]. 内蒙古社会科学（汉文版），2006（04）：128-131.
④ 赵永铣，等. 蒙古族文学史 [M]. 呼和浩特：内蒙古人民出版社，2000：758.
⑤ 米彦青. 清代蒙古族诗人和瑛与他的《易简斋诗钞》[J]. 内蒙古社会科学（汉文版），2006（04）：128-131.

二十二、《太庵诗集》（太庵诗草）

存，抄本，不分卷，三册，页8行，行20字，红线网格，广东省立中山图书馆藏。收丙午、丁未、壬子、癸丑、甲寅、乙卯、丙辰、丁巳等年创作诗歌259题457首及《磨盘山庙碑》。柯愈春《清人诗文集总目提要》有载录，误记为中山大学图书馆藏。① 第一册卷首署《太庵诗集》，其余两册俱署《太庵诗草》。

二十三、《己未诗集》

佚，未见著录。马若虚《题太庵宗伯己未诗集后》谓和瑛："坐镇西南夷，七载振干羽……示我己未编，词源珠琲吐。意蕊开心灯，飞涛卷银浦。字字如金汤，气象真吉甫。襟怀浩无涯，品类尽可俯。"② 此时马若虚正在后藏，另有《和太庵少宗伯巡阅后藏》③ 一诗。己未即嘉庆四年（1799），和瑛于乾隆五十九年（1784）抵藏任事，至嘉庆五年（1800）第四次出巡后藏，恰七年，和瑛整六十岁，故此诗集当编成于嘉庆五年（1800），或为嘉庆四年（1799）所作诗之诗集。

二十四、《卫藏和声集》

存，抄本，一卷，页8行，行20字，广东省立中山图书馆藏。孙殿起《贩书偶记续编》卷十九著录："《卫藏和声集》一卷，清□□太庵编，底稿本，甲寅年希斋、太庵唱和诗。希斋、太庵，皆名和某，乾嘉时人。"④ 集中诸诗下署作者分别为"希斋""太庵"，卷头"卫藏和声集"下署"甲寅"二字。甲寅年即乾隆五十九年（1794），和琳号希斋，和瑛号太庵，时分别任驻藏办事大臣、帮办大臣，二人多有唱和。集中所收作品，亦与二人别集相合，故此集为和瑛、和琳在西藏任职时期的唱和集。集中所收作品起于乾隆五十九年和琳自拉萨启程巡视后藏所作《宿宜党寄怀》，迄至年底和琳离开西藏前所作《致意太庵由后藏回署》，共88题193首，其中，和琳30题59首，和瑛56题132首，二人联

---

① 柯愈春.清人诗文集总目提要[M].北京：北京古籍出版社，2001：812.
② 马若虚.实夫诗存：卷一[M]//吴海鹰.回族典藏全书：第202册.兰州：甘肃文化出版社，银川：宁夏人民出版社，2008：30.
③ 潘衍桐.两浙輶轩续录：卷二十五[M]//续修四库全书：第1685册.上海：上海古籍出版社，2002：718.
④ 孙殿起.贩书偶记（附续编）[M].上海：上海古籍出版社，1999：314.

句2题。又集中收和瑛的《题袁才子诗集》《挽云岩李司马四首》《答祝止堂师见寄元韵并简玉崖观察同年》《次徐玉崖同年见寄元韵》以及是年和瑛巡视后藏时所作十余首纪行诗，此集所收作品以和瑛的为主，当为和瑛所编。

二十五、《西藏赋》

存，一卷，尾署"嘉庆二年岁次丁巳五月卫藏使者太庵和宁著"。全文并自注近三万字，是唯一一篇描写西藏的舆地大赋。李光廷称"凡佛教、寺庙、官制、风物、物产、地界，无一不详"①，姚莹谓"于藏中山川风俗制度，言之甚详，而疆域要隘，通诸外藩形势，尤为讲边务者所当留意，不仅供学人文士之披寻也"②。《西藏赋》有嘉庆年间刻本，一卷一册，页8行，行20字。《守约篇》《反约篇》《榕园丛书》《元尚居汇刻三赋》《八旗文经》等丛书都收有《西藏赋》。光绪十二年（1886）黄沛翘《西藏图考》成书，收有《西藏赋》并对作者自注间有增减，1982年西藏人民出版社出版印行了吴丰培校订的《西招图略·西藏图考》。嘉庆二十一年（1816）重修的《四川通志》中亦收录《西藏赋》，无注。复旦大学图书馆收藏有严烺手抄《钞本西藏赋》，间有眉批。齐鲁书社2013年出版了池万兴、严寅春的《〈西藏赋〉校注》，书前有赵逵夫序。

二十六、《西藏志序》

存。乾隆五十七年（1792）三月作。乾隆五十三年（1788），和瑛在成都得《西藏志》抄本，乾隆五十七年刊刻，"以公同志"。③ 序中称"是书传为国朝果亲王所撰"，为研究《西藏志》的成书及作者提供了线索。恩华《八旗艺文编目》疑此序为伪托，谓："王薨于乾隆三年，谥曰'毅'。和简勤序在乾隆五十八年，相距已五十余载，岂有一二品大员序书不称果毅亲王而称国朝果亲王之理？又，序中称，引西藏多用印度故实，疑和序亦伪托也。"④ 然《卫藏通志·提要》中亦曾提及"旧藏志，戊申年得自成都，抄本"⑤，与"和序"恰相照应，故"和序"恐非伪托。

---

① 李光廷．西藏赋跋［M］//陈建华，曹淳亮．广州大典·第66册·守约篇乙集．广州：广州出版社，2008：321.
② 姚莹．康輶纪行［M］．施培毅，徐寿凯，点校．合肥：黄山书社，1990：262.
③ 西藏志：卫藏通志［M］．拉萨：西藏人民出版社，1982：2.
④ 恩华．八旗艺文编目·卷二·史类·地志［M］．关纪新，点校．沈阳：辽宁民族出版社，2006：17.
⑤ 卫藏通志［M］//北京大学图书馆．北京大学图书馆稀见方志丛刊：第325册．北京：国家图书馆出版社，2013：409.

二十七、《荣性堂集序》

存。嘉庆七年（1802）五月作，为吴俊《荣性堂集》序。序称"予读百日，竟其卷，始为之序"，序中集中表述了和瑛对诗歌创作的看法，认为"因其诗而知其所学，因其学而知其所以为官。夫乃叹物而不化非学也，华而不实非诗也，诗浮而夸非性也，诗冷而苦非荣也。是编落落成一家，言艺以书，实小中见大。"① 序成之后，吴俊以诗为谢，和瑛有《序荣性堂诗集蠡涛以诗谢次韵》为酬。

二十八、《丹达庙神赞》

存。乾隆五十九年（1794）初，途经丹达山时作。《卫藏通志》卷六《寺庙·丹达庙》："乾隆五十九年，钦差内阁学士兼礼部侍郎和宁悬挂神赞，其赞曰……"② 其进藏时所作《雪后度丹达山》诗谓"小心惊旅梦，好语慰忠魂"，自注"予作丹达山神赞悬于庙"。③ 孙士毅在《百一山房诗集》卷十一《寄泰庵阁部西藏》自注言和瑛进藏时在丹达山祷风雪，风雪立霁。④

二十九、《卫藏永安寺碑》（磨盘山庙碑）

存。乾隆五十九年（1794）作。《卫藏通志》卷六《寺庙·卫藏永安寺》："乾隆六十年，御赐庙名曰卫藏永安，颁四译字扁额，建在磨盘山之南麓，参赞公海兰察巴图鲁等捐资修建，为济咙呼图克图住锡之所。乾隆五十九年竣工，钦差驻藏内阁学士兼礼部侍郎和宁撰碑文，其辞曰……"⑤《太庵诗草》亦收有该碑文，题作《磨盘山庙碑》。

三十、《蝼蚁赋》

存。咏物小赋，见和瑛《三州辑略》卷八，题下自注"叶尔羌"，当为创

---

① 吴俊. 荣性堂集［G］//清代诗文集汇编：第408册. 上海：上海古籍出版社，2010：421.
② 卫藏通志·卷六·寺庙［M］//李毓澍. 中国边疆丛书·第一辑·第15册. 台北：文海出版社，1965：402-403.
③ 和瑛. 易简斋诗钞·卷一·雪后度丹达山［M］. 上海：上海古籍出版社，2002：471.
④ 孙士毅. 百一山房诗集·卷十一·寄泰庵阁部西藏［G］//清代诗文集汇编：第347册. 上海：上海古籍出版社，2010：601.
⑤ 卫藏通志·卷六·寺庙［M］//李毓澍. 中国边疆丛书·第一辑. 台北：文海出版社，1965：393.

作地点。《蝼蚁赋》以蚂蚁为题,铺陈所居之地蚂蚁之多,百计驱除而不见效,由此生发感叹"乾之道,各正性命;坤之德,万物化光。未闻因毒螫而绝蜂虿,为搏噬而蔑虎狼。夫奚恨乎蝼蚁,又何论乎戎羌"①。

三十一、《放狐赋》

存。咏物小赋,见和瑛《三州辑略》卷八,题下自注"喀什噶尔",当为创作地点。《放狐赋》借放生狐狸发端,铺陈狐狸的诸般特点,进而劝诫其"毋游犬队兮而为临江之鹿,毋假虎威兮而为黔水之驴。尔其率幽草兮翘彗尾,穴丛棘兮理雪毛。时竦身而拜月,偶散发而吹箫。全天年以终老,适野性以自豪。尚其感吾文之解祟,无或逞尔智以为妖"②。

三十二、《祈雨》

存。见和瑛《三州辑略》卷七,是和瑛在乌鲁木齐任都统祈雨时所作,包括《博克达山文》《祷风神文》《告城隍文》三篇文章,分别向博克达山神、风神、城隍祈雨。③

三十三、《河南村重修关帝碑》

佚。礼阔泉《(民国)顺义县志》卷十五《金石志·石刻》:"河南村重修关帝碑,嘉庆二十五年立,赐进士出身、太子少保、经筵讲官、刑部尚书邑人和瑛记。"④

三十四、《杜律精华》

存,抄本,四册一函,清华大学图书馆藏。页8行,行20字,小字双行,白口,无行格,精工小楷书写,朱笔圈点品评。嘉庆四年(1799)八月完成,署名太庵和宁。分朝直、居处、时景、世事、感兴、宴集、游览、登眺、山川、寺庙、送别、怀忆、赠答、哀挽、咏古、赋物16类,编选杜甫律诗229首。书

---

① 和瑛.三州辑略:卷八[M]//中国方志丛书·西部地方.台北:成文出版社,1968:302.

② 和瑛.三州辑略:卷八[M]//中国方志丛书·西部地方.台北:成文出版社,1968:303.

③ 和瑛.三州辑略:卷七[M]//中国方志丛书·西部地方.台北:成文出版社,1968:269-270.

④ 礼阔泉.(民国)顺义县志:卷十五[M]//中国地方志集成·北京府县志辑:第6册.上海:上海书店出版社,2002:380.

前有嘉庆四年（1799）中秋所作自序。是书在边连宝《杜律启蒙》的基础上，进一步精简篇目，分类编排而成，但沿用了边氏的注解等内容，实为《杜律启蒙》的精缩本。诸家著录多作《杜律》《杜律选》《杜诗精华》等，当是简称或误记。马强才《清华大学图书馆所藏清代杜诗学著作四种经眼录》简要介绍了《杜律精华》及其价值。①

三十五、《风雅正音》

佚。震均《天咫偶闻》卷五著录，六册。②

三十六、《山庄秘课》

佚。震均《天咫偶闻》卷五著录。③

三十七、《草堂寤》

存，抄本，一册，四折杂剧，北京大学图书馆藏，收入《和瑛丛残》。邓之诚《桑园读书记》曾提及，谓"和瑛手稿《草堂寤填词》……藏于燕京大学"④。该剧分为仙降、尘游、感庄、应梦等四折，敷演杜甫《饮中八仙歌》，叙上八仙醉酒失仪，谪落凡间，化为饮中八仙，八人各道不得意之人生；东方朔因偷吃蟠桃，谪落人间，化为杜甫，流落成都草堂，感叹自己漂泊无依，因思昔日朋友饮中八仙；夜中，得道卢生为杜甫应梦，与八人相见，纵酒高会。拈出失意、饥寒困苦等来解读杜甫与饮中八仙的人生遭际。剧本前附有脚色、间色、曲牌等说明。《和瑛丛残》中收有《草堂寤》抄本两种，均为一册装，有朱笔圈点。一本为朱格抄本，页8行，行20字，小字双行，单鱼尾，书衣题"草堂寤"，内署"先高祖简勤公遗著，孙成寯谨识"；一本为无格抄本，页6行，小字双行，书衣残失，扉页题"简勤公遗著""草堂寤"等，字体与朱格抄本的题识不同。两本内容基本相同，唯具体细节小异。

三十八、《臣道》

存，抄本，一册，白口，无网格，朱笔圈点，北京大学图书馆藏，收入

---

① 马强才. 清华大学图书馆所藏清代杜诗学著作四种经眼录[J]. 杜甫研究学刊，2010(01): 83-88.
② 震均. 天咫偶闻：卷五[M]. 北京：北京古籍出版社，1982: 120.
③ 震均. 天咫偶闻：卷五[M]. 北京：北京古籍出版社，1982: 120.
④ 邓之诚. 桑园读书记[M]. 北京：生活·读书·新知三联书店，1955: 27-28.

《和瑛丛残》。封内题"简勤公"三字。此书以为臣之道为中心，解读《周易》中的相关章句，如"巽六四，悔亡，田获三品"，句末小字"臣道"，另行第一格谓"四居高位，上承九五，履正近君，无进退之疑，勇于奉命，而有功已"。邓之诚《桑园读书记》谓："和瑛手稿《草堂瘗填词》《臣道》……藏于燕京大学。"①

三十九、《和瑛丛残》

存，一函7种8册，北京大学图书馆藏，各册形制、体例不一，当非一时所抄，各本之间亦少关联。除《草堂瘗》《臣道》外，尚有和瑛手抄之《吕子节录》一册二卷、《东坡诗注》一册、《御制回疆诗》一册以及抄本《青囊经》一册、《丁巳秋阅吟》一册。《吕子节录》封内题"先高祖简勤公手钞"，系对明吕坤《呻吟语》的摘录。卷上为修己，有学问、省察、克治、涵养、存心、力行、慎言、处人、应事诸目，朱笔圈点；卷下为为官，无圈点。《东坡诗注》封内题"高祖简勤公手钞"，有网格。此本不抄苏轼诗原文，惟大字单行抄所注之词句，小字双行抄所注之内容。《御制回疆诗》封内题"先高祖简勤公手钞，孙炎舒敬识"，页6行，行24字，白口，小字双行，朱笔圈点。抄有乾隆御制回疆诗16题以及《御制回疆三十韵》《御制平定回部勒铭业尔奇木之碑》《御制双义诗》等内容。《青囊经》为抄本，白口，系抄录蒋大鸿《地理辨正》之《青囊经》。《丁巳秋阅吟》署"松湘浦制"，页8行，行20字，有网格，小字双行。此为嘉庆二年（1797），驻藏大臣松筠巡阅后藏时所作纪行诗。此本字体与同函其他书不类，或为和瑛所藏之卷。

四十、《云峰诗集》（待考）

存，抄本，美国普林斯顿大学东亚图书馆藏。署名和宁，为嘉庆道光间手定底稿本。

第二节 《三州辑略·艺文门》的文献价值

嘉庆十二年（1807），乌鲁木齐都统和瑛编纂完成《三州辑略》，详细记录了乌鲁木齐、哈密、吐鲁番三地的政治、经济、军事、文化的历史与现状，保

---

① 邓之诚. 桑园读书记［M］. 北京：生活·读书·新知三联书店，1955：27-28.

留了大量详尽、准确的历史资料,成为乾嘉时期乌鲁木齐等三地社会历史研究的重要参考资料。《三州辑略》分沿革、疆域、山川、官制等20门,其中《艺文门》三卷,收录汉唐以降至清嘉庆十二年(1807)以来的诗文赋碑等作品,从一个侧面反映了西域文学的发展与繁荣,具有重要的历史意义。现就《艺文门》的文献价值概述如下。

一、西域文学之渊薮

中国向来有修地方志的传统,尽管因为地域文化、经济等发展不平衡,导致各地地方志数量不均衡,但各地的修志史,一直绵延流传。在和瑛《三州辑略》完成之前,新疆地方志已经有诸如唐代的《西州都督府图经》、明代的《石城哈密纪略》、清代的《西域图志》《西域闻见录》《回疆志》《回疆通志》等志书出现。这些较早的新疆志书在记录新疆风土人情、历史沿革、建置官制等方面都各具特色,也有其不可替代性。但相对于中原地区地方志,新疆较早的志书中普遍存在没有"艺文志"的缺憾,偶尔收录一点艺文,也大多是"天章""御制"。《大清一统志·西域新疆统部》《西域闻见录》没有收录艺文,《西域图志》《回疆志》《回疆通志》等都在卷首收录了一部分相关的御制诗、御制碑文。当然,这些地方志中不收录艺文,既有体例限制的原因,也有文献阙如的原因。松筠主持编纂的《西陲总统事略》,与《三州辑略》差不多同时完成,其最后一卷收录了《汉乌孙释地》《唐西突厥释地》《哈萨克马说》《渥洼马辩》《厄鲁特旧俗纪闻》《回俗纪闻》4篇学术考证文章和2篇杂记,具有"艺文志"的特点。《三州辑略》在借鉴前人成就的基础上,专设"艺文门",厘为三卷,收录了历代各体文学作品148题287篇(首),完成了西域文学的一次大规模的汇集。《艺文门》收录各体作品数量如下。

表1 《艺文门》收录各体作品数量

文体	碑碣	序	记	杂记	祭文	赞	赋	诗	合计
篇数	20	1	6	5	2	4	4	106	148

从表中可以看出,《艺文门》所收各体作品中,诗最多,其次为碑碣。在20通碑碣中,有汉碑两通,分别是《汉张骞碑》残句和《汉裴岑碑》,唐碑一通即《唐左屯卫将军姜行本勒石碑文》,其余都是清代碑文。17通清碑中有12通集中在巩宁城和迪化城。因此,虽然号为"三州",实际上还是以乌鲁木齐为主,哈密、吐鲁番为辅。

《艺文门》所收诗歌同样也不平衡,收录不同诗人作品情况如下。

表2 《艺文门》收录不同诗人作品情况

作者	题数	篇数	备注
王芑孙	1	60	《西陬牧唱词》，据《西域图志》所载敷演成章
鄂尔泰	1	1	《送查大冢宰领大将军出嘉峪关》，"查"即查郎阿
常 钧	1	1	乾隆三十二年贬喀喇沙尔办事
伍弥泰	1	1	乾隆二十七年调伊犁，二十八年调乌鲁木齐
沈青崖	1	1	雍正十一年以西安粮监道管军需库务驻肃州
丁 菜	1	1	雍正十三年作于巴里坤军营①
褚廷璋	1	12	《西域诗十二首》，参编《西域图志》《同文志》
曹麟开	3	54	乾隆四十六年谪戍乌鲁木齐
洪亮吉	13	13	嘉庆四年谪戍伊犁
秦承恩	1	1	嘉庆四年谪戍伊犁
和 瑛	35	50	
成 林	2	2	嘉庆十一年谪戍乌鲁木齐
颜 检	27	34	嘉庆十二年谪戍乌鲁木齐
李銮宣	18	27	嘉庆十二年谪戍乌鲁木齐
合 计	106	258	

《艺文门》中，诗歌分为两卷，收录在卷八、卷九中，录存14位诗人的106题258首，其中和瑛自己35题，颜检27题，李銮宣18题，收诗最多。在14位诗人中，褚廷璋、王芑孙二人未曾到过西域，依据文献材料敷演出《西陬牧唱词》和《西域诗十二首》；鄂尔泰亦未曾到过西域，只是赋诗为查郎阿送行；沈青崖、丁菜二人则是在巴里坤军营任职；伍弥泰、和瑛二人先在伊犁、南疆任职，后调乌鲁木齐任职；洪亮吉、秦承恩谪戍伊犁，途经乌鲁木齐；成林、颜检、李銮宣三人谪戍乌鲁木齐，为和瑛所统属。

综观《艺文门》所收西域艺文，有以下几个特点：

一是不收"天章""御制"。和瑛此前及同时代的新疆地志，大多都收有乾隆等皇帝的御制诗文，且多列于卷首。这样的体例，只是封建时代皇权至上的象征，并非代表御制诗文的成就足以列入方志，永垂不朽。和瑛编纂《三州辑略》，不收"天章""御制"，反而收录了大量谪戍西域文人的作品，难能可贵。

---

① 星汉. 清代西域诗研究[M]. 上海：上海古籍出版社，2009：52.

二是略古而详今。《艺文门》收录清代以前作品仅《汉张骞碑》残句、《汉裴岑碑》、《西域图记序》和《唐左屯卫将军姜行本勒石碑文》4篇，其余都是清代作品。收录诗歌106题258首，皆为清代作品，对历来推崇有加、传诵不已的唐代西域诗，则一首未收。即便是清代作品，其收录的乾隆朝作品数量也远远不及嘉庆朝作品数量。

三是目的性非常明确。和瑛在《艺文门》小序中称："国朝辟新疆四十余年，恐有提絜怀铅，吟披啸卷于其间而湮没不传者，爰博采以观乎人文，亦足徵化成大下之盛云。"他是带着非常明确的目的来编纂《艺文门》的——旨在保存西域文学文献，恐其湮没不传。

二、辑佚、校勘价值

《艺文门》收录作品众多，具有鲜明的地域性，尤其是收录了当时生活在乌鲁木齐等地诗人的大量作品，这对于校勘作家传世刻本、补辑散佚作品都有重要意义。以颜检为例，《艺文门》载录其诗歌27题34首，起于嘉庆十一年（1806）除夕，至嘉庆十二年（1807）立秋。道光年间，颜检之子颜伯焘在闽浙督署刊刻颜检诗集《衍庆堂诗稿》，编颜检诗为10卷，其中《西行草》为其谪戍乌鲁木齐及西行途中所作作品，分为三卷，收录作品数百首，收录较为完备。但翻检《艺文门》，仍然发现《西行草》失收《宿沙泉》《宿苦水》两首作品。

《宿沙泉》

路上半沙碛，山中宁有泉。水悬车一篓，人憩屋三椽。墙角唤新鸟，几前寒旧毡。天涯不岑寂，展筐理诗篇。①

《宿苦水》

昨日宿沙泉，今日宿苦水。沙泉泉不甘，苦水水非旨。水胡以苦名，事则以实记。以此例沙泉，纯盗虚声矣。日午闻村鸡，我车适至止。茶炉手自烹，松炭烟徐起。把彼峡水来，悟彻清冷指。古琴和者希，独弹有妙理。澹味知者谁，交深莫与比。悁悁证素心，穆然思君子。②

《衍庆堂诗稿》卷四按颜检行程，依次收录有《宿星星峡》《出星星峡》

---

① 和瑛. 三州辑略：卷九 [M] //中国方志丛书·西部地方. 台北：成文出版社，1968：331-332.

② 和瑛. 三州辑略：卷九 [M] //中国方志丛书·西部地方. 台北：成文出版社，1968：332.

《由沙泉至苦水》《由苦水过天生墩红山至格子烟墩》等诗①。"沙泉"即沙泉驿，也作沙井驿，"苦水"即苦水驿，都是西行途中的台站。《三州辑略》卷五《台站门》载哈密副将管理的东西两路13个台站中有星星峡、沙井子台、苦水台、天生墩腰台、格子烟墩台等，出星星峡七十里至沙井子台，又七十里至苦水台，再七十里至天生墩腰台。② 林则徐于道光二十二年（1842）谪戍伊犁，其西行时日记载，九月十八宿星星峡，十九日西行九十里宿沙泉，二十日行八十里至苦水，再行八十里到红山墩，二十一日行六十里到格子烟墩。③ 与颜检诗中"昨日宿沙泉，今日宿苦水"的描述以及《衍庆堂诗稿》卷四的诗歌正相吻合。

李銮宣在成都去世后，蒋攸铦继任四川总督并整理其遗稿，"汰其十之三四，总为《坚白石斋集》十有六卷，付之梓"④。其中《荷戈集》为其谪戍乌鲁木齐及往返途中所作作品，分为三卷，收古今体诗256题。与《艺文门》所收李銮宣作品相对勘，《艺文门》所收18题27首中，8题17首为《坚白石斋集》所未收，如《塞上曲》：

莫翻旧谱谱伊凉，夜气昏昏日影黄。一领羊裘便消夏，边城六月有飞霜。⑤

又如《感兴》：

亲老儿迁谪，离思触万端。穷愁著书易，明哲保身难。日落寒鸦叫，天高健鹘盘。轮台风飒飒，何处着南冠。⑥

和瑛编纂《三州辑略》时，颜检、李銮宣等尚在乌鲁木齐，与之朝夕相处，谈诗论文。《艺文门》中所收录作品，很多都是直接出自本人手本。而择选者，还很可能便是作者本人，因此《艺文门》所收作品也具有很高的校勘价值。如

---

① 颜检. 衍庆堂诗稿：卷四 [M] //清代诗文集汇编：第446册. 上海：上海古籍出版社，2010：266.
② 和瑛. 三州辑略：卷五 [M] //中国方志丛书·西部地方. 台北：成文出版社，1968：179.
③ 中山大学历史系近现代教研组研究室编. 林则徐集：日记 [M]. 北京：中华书局，1962：425-426.
④ 李銮宣. 坚白石斋诗集 [M]. 刘泽，等，点校. 太原：山西人民出版社，1991：528.
⑤ 和瑛. 三州辑略：卷九 [M] //中国方志丛书·西部地方. 台北：成文出版社，1968：336.
⑥ 和瑛. 三州辑略：卷九 [M] //中国方志丛书·西部地方. 台北：成文出版社，1968：336.

《衍庆堂诗稿》卷四《新正四日由永昌县至水泉驲感怀》"去年白泉住,寺古听泉鸣"句下自注:"去年新正四日,送少海同燾儿赴寺读书。"①《艺文门》自注则作"去年居易州之白泉,正月四日命燾儿偕汪少海孝廉赴龙山寺读书"。②《衍庆堂诗稿》删去"居易州之白泉"及"龙山"二字,对地点交代不明。

《衍庆堂诗稿》卷四《嘉峪关》"天山留雪白,边市映灯红"句下无注③,在《艺文门》中句末自注"时正月望日也"。《衍庆堂诗稿》中《嘉峪关》前一首即《上元日由肃州至嘉峪关》,颜检在嘉峪关略事休整后方才启程,删去自注则时间不明。

《衍庆堂诗稿》卷四《出红柳园》"新正晴暖多如愿,旧日襟怀且莫论"句下无注④,《艺文门》则注"年侄王辛叔同行,每谓予旷怀不殊旧日,故云"⑤。王辛叔受父亲的委托,陪侍颜检远赴西域,颜检集中有《赠王辛叔》《与王辛叔由介休至灵石》等诗。《衍庆堂诗稿》删去自注,使得句意难解,"莫论"二字难以着落。

《衍庆堂诗稿》卷四《出城望红山》"可望不可即,寒光相萦回"句下自注"红山顶即博克达山,俗称囊山,三峰积雪,高插云霄"⑥,《艺文门》自注则为"红山顶望博克达山,三峰积雪,高插云霄"⑦。《三州辑略》卷一《山川门》载:"博克达山,乌鲁木齐东二百余里,北天山之间,突起三峰,高插云霄,削如太华,丰下而锐上,四时积雪不消……自巩宁城望之在东南。"又"红山,巩宁城东南三里,山高里许,周宽数里,峭壁悬崖,形如蟾蜍昂首……山巅建玉皇庙一座,堆鄂博。东面为望祀博克达山之所……南北两路称乌鲁木齐为红庙

---

① 颜检. 衍庆堂诗稿:卷四[M]//清代诗文集汇编:第446册. 上海:上海古籍出版社,2010:262.
② 和瑛. 三州辑略:卷九[M]//中国方志丛书·西部地方. 台北:成文出版社,1968:330.
③ 颜检. 衍庆堂诗稿:卷四[M]//清代诗文集汇编:第446册. 上海:上海古籍出版社,2010:262.
④ 颜检. 衍庆堂诗稿:卷四[M]//清代诗文集汇编:第446册. 上海:上海古籍出版社,2010:266.
⑤ 和瑛. 三州辑略:卷九[M]//中国方志丛书·西部地方. 台北:成文出版社,1968:331.
⑥ 颜检. 衍庆堂诗稿:卷四[M]//清代诗文集汇编:第446册. 上海:上海古籍出版社,2010:274.
⑦ 和瑛. 三州辑略:卷九[M]//中国方志丛书·西部地方. 台北:成文出版社,1968:335.

子，本此"①。红山为"望祀博克达山"之地，与博克达山相距较远，并非一山。《衍庆堂诗稿》改"望"为"即"，恐是将红山与博克达山混为一谈了。

三、展示内地儒家文化与边疆文化的交流融合

清政府在平定准部、回部叛乱后，鉴于新疆北路一带疆域辽阔，"于惠养生民，甚为有益"②，因此迁徙内地人口到新疆北路等地实边屯耕，恢复和繁荣当地社会。随着军屯、民屯、犯屯、旗屯等多种形式的屯田大肆兴起，伊犁、乌鲁木齐等新疆城镇不断发展壮大，由内地迁徙而来的人口日益增加。《三州辑略》卷三《户口门》载和瑛亲询嘉峪关关吏，称"内地民人出关者，岁以万计，而入关者不过十之一二"③。内地百姓迁徙到乌鲁木齐，不论是屯田还是经商，将自己原来的生活习惯、文化传统等都带到了这里，内地儒家文化与边疆文化不断交流融合。而从《艺文门》所收录的乌鲁木齐碑文中，也能很深刻地感受到这一点。

关羽"生为名将，死为名神"④，作为忠义的化身，得到了中国传统社会上层和下层的共同认可。自东汉以来，历代统治者不断对其封侯封王，明万历二十二年（1594）晋封为帝，与帝王平起平坐，万历四十二年（1614）加封"三界伏魔大帝神威远镇天尊关圣帝君"，清顺治九年（1652）封为"忠义神武大帝"，雍正三年（1725）进一步追赠关羽曾祖、祖父、父亲爵位。与当政者的倡导相呼应，民间关羽信仰也是蔚为大观，人们尊其为关公、关老爷，关帝庙无所不在，祭祀也是四季不绝。清赵翼在《陔余丛考》中描绘关公信仰时说："南极岭表，北极塞垣，凡儿童妇女，无有不震其威灵者，香火之盛，将与天地同不朽。"⑤ 信仰之盛，可见一斑。乾隆年间平定回部后，在乌鲁木齐先后修建了巩宁城、迪化城，以屯兵安民，同时在城内敕建关帝庙，供奉关羽。《艺文门·巩宁城庙宇碑记》载有乌鲁木齐总统索诺木策凌的《关帝庙东亭碑文》和《西

---

① 和瑛. 三州辑略：卷一 [M] //中国方志丛书·西部地方. 台北：成文出版社，1968：22、23.
② 清实录·第八册·高宗纯皇帝实录·卷六百零四 [M]. 北京：中华书局，1986：786.
③ 和瑛. 三州辑略：卷三 [M] //中国方志丛书·西部地方. 台北：成文出版社，1968：100.
④ 冯梦祯. 汉寿亭侯赞 [M] //张镇编纂. 解梁关帝志：卷四. 太原：山西人民出版社，1992：364.
⑤ 赵翼. 陔余丛考·太原：卷三十五 [M]. 北京：中华书局，1963：757.

亭碑文》，详载在巩宁城建关帝庙的起因，并谓迪化城内"恭建万寿宫、关帝庙如制"①，而乾隆三十二年（1767）建立的《迪化城关帝庙碑文》亦谓"建城之初，即崇庙祀"②。巩宁城、迪化城，一为满城，一为汉城，但在建城之初即建有关帝庙，可见当政者对关羽信仰的推波助澜之用心。乾隆三十五年（1770）当地百姓有感于迪化城关帝庙"堂宇促狭"，遂"增修膳厅三大间""以见忠义之在人心"。③ 增修关帝庙，标榜忠义为人心之共秉，此则见民间信仰关羽之初心，亦可见民间信仰之广泛。

随着内地百姓出关，随之而来的不仅仅是关羽信仰和关帝庙，其他诸如城隍、财神、马王等也都一起来到了关外，并融入了当地的生活。迪化城内建有城隍庙，也称乾州庙，由定居在迪化城的陕西乾州人集资共建，祭祀奉天城隍。王众震嘉庆三年（1798）八月撰《城隍庙碑文》谓："昔唐德宗遭东山朱泚之乱，维时我州城隍大施神力护佑，永成大宝之功，是以唐敕封奉天辅德侯。其灵应昭昭于乾之地者，非一日也。自乾隆二十四年开辟新疆，我州之人云集乌鲁木齐者，不少以为我州奉天城隍，灵应丕昭，可护庇我乾人于东者，亦可护庇我乾人于西，是以乾隆四十二年在汉城西北择地创修。庙宇所占地基与所买园地，共地五十三亩，以备香火养瞻之资。"④ 城隍庙最初修建时，永寿、武功二县之人也曾参与，而庙宇所占地亩也经批准，免去地粮。药王庙创建于乾隆三十六年（1771），"王文隆等初发善念，重以邀请此地众商贸及由口内发买药材之客，善信同心，协力募化，捐资以共襄盛事"。乾隆六十年（1795）重修时，除本地募化外，又"远赴昌吉、绥来、伊犁等处，在于各同乡善信内告助"。迪化城里还有一官庙，供奉如来、孔子、太上老君、救苦祖师和鲁班，由通街六行、五行以及铁匠、木匠等捐修，财神庙供奉文昌、魁星和财神，马王庙供奉天驷房星、火帝真君、赐福财神。《艺文门》所收《药王庙碑文》《一官庙碑文》《财神楼碑文》《马王庙碑文》等文详细记载了各庙宇的创建修缮、供奉供养等情况，为了解当时乌鲁木齐的民间信仰和百姓生活提供了丰富的第一手资料。

在出关的众多百姓当中，晋商尤为引人注目。乾隆三十七年（1772），陕甘

---

① 和瑛. 三州辑略：卷七 [M] //中国方志丛书·西部地方. 台北：成文出版社，1968：251.
② 和瑛. 三州辑略：卷七 [M] //中国方志丛书·西部地方. 台北：成文出版社，1968：257.
③ 和瑛. 三州辑略：卷七 [M] //中国方志丛书·西部地方. 台北：成文出版社，1968：258.
④ 和瑛. 三州辑略：卷七 [M] //中国方志丛书·西部地方. 台北：成文出版社，1968：259.

总督文绶在巴里坤看到"城关内外,烟户铺面比栉而居,商贾毕集,晋民尤多"①。纪昀《乌鲁木齐杂记》说:"大贾皆自归化城来,土人谓之北套客,其路乃客贿蒙古人所开,自归化至迪化仅两月程,但须携锅帐。"② 山西方志中有许多有关晋商在新疆的记载,如临汾田树楷,"父经商在外,因亏欠不能回里,后遂无音信",稍长,树楷出门寻访,"三载有余,心不稍懈,竟于肃州旅邸遇其父,奉之以归"③;临晋县"王元泰,性慷慨,家贫,贾于新疆迪化州。曲沃张本贯,贩布有积蓄,娶于迪,生子女"④;稷山"吕清,家贫,父凤仪贸易西口外,累年音问杳然。清因寄母外家,自为卖药人,以寻父焉。历吐鲁番、迪化州、昌吉县、哈喇沙尔等地,皆不遇"⑤。乌鲁木齐是天山北麓的商业贸易中心,也是晋商在新疆的最大集聚地。而随着晋商的集聚,晋商文化也在这里开始传播。乾隆四十一年(1776),晋商动工开建山西会馆,乾隆四十四年(1779)建成,索诺木策凌撰《创建山西会馆碑文》,嘉庆十年(1805)扩建翻修,有《重修庙宇碑文》。清代的山西会馆是晋商文化的集中体现,馆内供奉山西老乡关圣帝君,逢年过节则老乡聚会于此,共同祭祀;平常则是众人交流信息、协调商业活动、解决商业纠纷、资助帮扶老乡的公共场所。因此会馆具有报神恩、联乡情、诚义举的三大功能,所谓"答神功之福照边疆""敦桑梓之谊,庚雍睦之休""敦信义而昭诚敬也"⑥。

不论是药王还是财神,不论是官修还是民建,诸多神佛所代表的都是中原民俗文化、传统文化,其在乌鲁木齐落地生根,并不断融入当地生活,所折射的正是中原文化向边疆地区的传播,是中原文化与边疆文化的交流与融合。

第三节 《卫藏通志》著者平议

《卫藏通志》为清代前期西藏地方志的权威著作之一,具有很高的文献价值

---

① 贺长龄,等.皇朝经世文编:卷八十一[M].石印本.上海:上海中西书局,1899(清光绪二十五年):6.
② 王锡祺.小方壶舆地丛钞:第二帙[M].杭州:杭州古籍书店,1985.
③ 高塘.(乾隆)临汾县志·卷八·人物[M].刻本.1779(清乾隆四十四年).
④ 艾绍濂.(光绪)续修临晋县志[M].刻本.1880(清光绪六年).
⑤ 沈凤翔.(同治)稷山县志:卷六[M].石印本.1865(清同治四年).
⑥ 和瑛.三州辑略:卷七[M]//中国方志丛书·西部地方.台北:成文出版社,1968:264-265.

和学术意义，但也因其抄本、刻本俱未署撰者姓氏，导致著作权多有异说。袁昶在《刻卫藏通志后叙》的补记中疑其为和琳所编[1]，震钧《天咫偶闻》著录为和琳[2]，恩华藏有该书并称为和琳所撰[3]。吴丰培认为"松筠撰较和琳撰可据"[4]，张羽新证为和宁[5]；孙福海认为和琳是最早组织者而和宁参与了编撰工作[6]，曹彪林则认为和琳、松筠、和宁等都参加了编纂工作[7]。然袁昶、震钧等没有申明依据，吴丰培、张羽新、孙福海、曹彪林等仅据袁昶刻本《卫藏通志》立论，难免有所不到者。本部分内容借鉴诸家之说，参考抄本《卫藏通志》，进一步申论之。

一、《卫藏通志》编纂起因

西藏地处徼远，地域辽阔，政治、经济、文化都有其特殊性，因此中央政府治藏既要有完善的章程，又要注意治藏方针政策的执行力和延续性。第二次驱逐廓尔喀之后，中央政府颁行了《钦定藏内善后章程二十九条》，规范驻藏大臣的职权，强化中央政府对西藏地方的直接管理。和琳参与了驱逐廓尔喀的战争，协助福康安划定疆界，从西藏实际出发提出了一些治藏意见，是《钦定藏内善后章程二十九条》的主要草拟者之一。大军凯旋后，和琳留藏任钦差办事大臣，贯彻执行《钦定藏内善后章程二十九条》等治藏方针政策，整顿西藏地方。在和琳的悉心整顿下，西藏地方诸多宿疾逐渐肃清，确立了新的办事章程，"一切驾驭各部落，训练番兵，所办俱有条理"[8]。

和琳在藏日久，加之白莲教起义愈演愈烈，乾隆五十九年（1794）七月，乾隆调正在荆州办事的松筠，就近驰驿赴藏，接替和琳，和琳调任四川总督，与福康安、孙士毅等联手破敌。确定松筠替换和琳后，乾隆一再强调，要求"和琳再向松筠将钜细事宜，面为告知，俾得循照成规经理，倍臻妥协，以副委

---

[1] 袁昶. 刻卫藏通志后叙 [M]//李毓澍. 中国边疆丛书：第一辑. 台北：文海出版社，1965：1137.
[2] 震钧. 天咫偶闻：卷五 [M]. 北京古籍出版社，1982：113.
[3] 恩华. 八旗艺文编目·卷二·史类：地志 [M]. 关纪新，点校. 沈阳：辽宁民族出版社，2006：17.
[4] 西藏志：卫藏通志 [M]. 拉萨：西藏人民出版社，1982：569.
[5] 张羽新.《卫藏通志》的著者是和宁 [J]. 西藏研究，1985（04）：99-107.
[6] 孙福海.《卫藏通志》的编撰与流传 [J]. 西藏民族学院学报（哲学社会科学版），2008（06）：60-62，73-124.
[7] 曹彪林.《卫藏通志》作者辨析 [J]. 西藏研究，2009（04）：76-80.
[8] 清实录·第二十七册·高宗纯皇帝实录 [M]. 北京：中华书局，1986：432.

任"①"和琳俟松筠抵藏，面行交代，并将应办事宜，详悉告知"。② 嘉庆元年（1796）正月，乾隆传谕班禅额尔德尼，又称："前因藏内事务，噶布伦等措置乖方……命尚书和琳革除积习，酌定章程，一切井然有绪。又命松筠等驻彼，循守成规，办理诸事。"③ 可见，乾隆皇帝非常重视和琳、松筠二人的交代，反复叮咛离任者要"钜细事宜，面为告知"，继任者要"循守成规，办理诸事"，以保证中央确定的治藏方略的顺利延续。

和琳如何"详悉告知"松筠治藏应办事宜，今已不可考，但朝廷如此重视驻藏大臣交代，和琳离任不应该只是"面为告知"，口头交代。同为驻藏大臣，松筠离任之前编纂有《西招图略》，旨在"便于交代，以代口述之未尽者"④，和瑛离任时也曾"将藏内一切应办事宜纂成则例，作为交代"。⑤ 可以想见，和琳交代时，除面为告知外，还应留下一份书面材料，详载办事内容和办事成规，以供继任者熟悉情况、了解政策，方便"循守成规，办理诸事"。同时，和琳留别和瑛诗中称"治藏有经烦手纂，理川无策代梅调"⑥，在肯定和瑛半年多襄助之功的同时，也传递出手纂治藏之"经"的信息。手纂治藏之"经"，正是编纂《卫藏通志》的直接原因。

二、《卫藏通志》乃未成之官书

《卫藏通志》抄本较刻本更多地保留了该书原貌，一是《钱法》《贸易》二目重出；二是书末有《文告》一目，未在书前目录中出现，亦未编次，重复者甚多，刻本谓"原未列入门类，今新编入，分为上下二卷"⑦；三是《提要》及书中提及福康安、孙士毅、和琳等人时，多有空格，不填其名讳，如《提要》其八"自五十六年大将军福□□、钦差和□、大学士孙□□一切奏章及善后事

---

① 清实录·第二十七册·高宗纯皇帝实录［M］.北京：中华书局，1986：432.
② 清实录·第二十七册·高宗纯皇帝实录［M］.北京：中华书局，1986：432.
③ 清实录·第二十七册·高宗纯皇帝实录［M］.北京：中华书局，1986：1002.
④ 松筠.西招图略［M］//北京图书馆古籍珍本丛刊·第79册·松筠丛著.北京：书目文献出版社，1998：673.
⑤ 一史馆藏宫中朱批奏折，转引自刘丽楣.关于驻藏大臣与达赖喇嘛相见礼仪问题［J］.中国藏学，1997（01）：69-75.
⑥ 和琳.芸香堂诗集：甲寅冬仲余奉诏东旋留别太庵四律聊作骊歌一阕耳［M］//四库未收书辑刊·第拾辑·第28册.北京：北京出版社，2000：560.
⑦ 卫藏通志：目录［M］//李毓澍.中国边疆丛书·第一辑·第15册.台北：文海出版社，1965：2.

宜"、其十"大将军福□□、钦差和□勘定边界，设立鄂博原奏"等①，而刻本径行填入名讳。又《卫藏通志》所分六门二十五目，与书中内容不尽相符；在四十一条"提要"中，有十五、十八、二十五、二十七至三十、三十三至三十六、三十九、四十等条内容未曾落实。由此，李盛铎断定《卫藏通志》为"未成之书"②。

张羽新考证"提要"实际上是编写前的"编写纲要"而非成书之后的"内容提要"，而正文中凡乾隆五十九年（1794）之前的内容大多包括在"提要"中，乾隆六十年（1795）及以后内容则在"提要"中没有反映；又《条例》下按语谓"自乾隆五十八年钦定章程及大臣奏议，均已分载各门，谨遵照原委，纂成条例，汇为一门，以便检查"，说明各种章程、条例、奏议的截止时间为乾隆五十八年（1793），故"是书始编于乾隆五十九年"。③ 抄本《卫藏通志》最后两册将乾隆六十年（1795）以来奏议单独汇编，实可与张羽新所论相印证，若张氏得见抄本《卫藏通志》，则所论当更为剀切。《卫藏通志》始编于乾隆五十九年（1794），是年三月和瑛抵拉萨任事，七月谕旨调和琳任四川总督、松筠继任办事大臣，十二月和琳交代、松筠任事，则是书的编纂与谕旨"将钜细事宜，面为告知，俾得循照成规经理"的要求恰相一致。

一般而言，作为"通志"，属于史书的范畴，重在贯通历史，全面载录，但从《提要》的内容来看，《卫藏通志》并没有这样的自觉。其一，不载西藏既往历史，但却博采"史鉴类函及杂书所载汉唐以来故事有关于卫藏浮图者"，详载"达赖喇嘛、班禅额尔德尼及各瑚图克图、呼必尔罕世纪源流"④。清代治藏，贯彻始终的大原则之一即"兴黄教，即所以安众蒙古"⑤，《提要》第一条即谓"汉唐以来故事有关于卫藏浮图者，博采以备参考"，正是这一原则的体现，治藏者当先了解西藏佛教，尤其是黄教，以便处理地方政权与黄教，驻藏大臣与达赖喇嘛、班禅额尔德尼的关系。松筠赴任之际，乾隆特别交代，"伊系蒙古，素遵黄教"，"抵藏后，接见达赖喇嘛等，不可叩拜"。⑥ 松筠任事后，特意向乾隆报告，自己跟和琳一样，见达赖喇嘛不行叩拜礼。黄教之事，事关治

---

① 北京大学图书馆. 北京大学图书馆稀见方志丛刊·第325册·卫藏通志［M］. 北京：国家图书馆出版社，2013：410-411.
② 北京大学图书馆. 北京大学图书馆稀见方志丛刊·第325册·卫藏通志［M］. 北京：国家图书馆出版社，2013：407.
③ 张羽新.《卫藏通志》的著者是和宁［J］. 西藏研究，1985（04）：99-107.
④ 卫藏通志［M］//李毓澍. 中国边疆丛书：第一辑. 台北：文海出版社，1965：5-6.
⑤ 爱新觉罗·弘历. 喇嘛说［M］//李毓澍. 中国边疆丛书：第一辑. 台北：文海出版社，1965：98.
⑥ 清实录·第二十七册·高宗纯皇帝实录［M］. 北京：中华书局，1986：462-463.

藏，事关安蒙，和琳不能不向松筠详细交代。其二，不言清初以来治理西藏诸事，但却载录"自五十三年廓藩起衅旧案""自五十六年廓藩不靖军兴原委及投诚档案""自五十六年大将军福康安、钦差和琳、大学士孙士毅一切奏章及善后事宜""大将军福康安、钦差和琳勘定边界、设立鄂博原奏"等①。第二次驱逐廓尔喀后，和琳等人大力整顿西藏地方，革除积习，酌定章程，形成了以《钦定藏内善后章程二十九条》为标志的一系列善后及治藏章程，详载这些章程的出台始末和具体内容，这正是和琳"面为告知"的主要内容，也是松筠所循守之成规。其三，载录"钦差衙门、文武衙门用度章程"以及"钦差衙门一切公务分别具奏及应行咨报理藩院、户部条款"。②衙门用度即办公经费的开支，应行咨报条款即公务处理中需要向上级部门请示、报告、备案的程序及内容，这些内容鲜有入地方志者，但却是继任者尽快熟悉工作所必须了解的内容。

从史料来源来看，虽然大部分史料来自《西藏志》《西藏图志》《四川通志》及"番册"，但也有相当一部分来自驻藏大臣衙门所收藏的档案。如《劝人恤出痘碑》，载于抄本《卫藏通志·艺文》中，没有拟题，落款中"琳"与具体日期空格，附记"碑额拟镌刻'永定规条'四字，篆字横写"。③对照碑石拓本，则碑阳额题"永远遵行"四字；"恐行之日久，番氓无知，渐踵故习"一句中删去"番氓无知"四字；落款中亦补齐"琳"字。可知《卫藏通志》所收碑文并非从碑石上迻录，而是直接抄录底稿。再如《镇抚》"驻藏大臣衔名"按语称"乾隆十五年以前驻藏大臣接任卸事年月因珠尔墨特那木札尔不法，册档无存，今将自十五年起至五十九年止奉旨驻藏办事大臣衔名按年编纂"。所谓"珠尔墨特那木札尔不法"事即驻藏大臣傅清、拉布敦诛杀谋叛之珠尔墨特那木札尔，余党围攻驻藏大臣衙门事。此次平叛中，傅清、拉布敦死难，驻藏大臣衙门遭毁，乱平后移至珠尔墨特那木札尔处办公。衙门遭毁，各种册档亦不复存，故编纂衔名表只能从乾隆十五年（1750）开始。此亦反证《卫藏通志》史料来源于驻藏大臣衙门所存档案。

从书中按语来看，编纂《卫藏通志》旨在查考检验。书中各门、目下，多有按语，交代体例、缘由诸事，然时有"以备查验""以昭遵行"等语。如《镇抚》下按语云："卫藏事务向由商上自行经理，自乾隆五十七年钦定章程，一切大小事件统归驻藏大臣办理，责任綦重。今汇纂镇抚一门，以昭遵行。"《钱法》

---

① 卫藏通志[M]//李毓澍. 中国边疆丛书：第一辑. 台北：文海出版社，1965：6.
② 卫藏通志[M]//李毓澍. 中国边疆丛书：第一辑. 台北：文海出版社，1965：10.
③ 北京大学图书馆. 北京大学图书馆稀见方志丛刊：第326册[M]. 北京：国家图书馆出版社，2013：675-678.

下按语云:"卫藏地方向系由廓尔喀铸造番钱,运来行使,仍兑换银两运回。自乾隆五十七年钦奉谕旨,在藏安设炉座,派员监造'乾隆宝藏'银钱,其廓尔喀番钱永远停止。今照依编纂。"《条例》下按语云:"自乾隆五十八年钦定章程及大臣奏议均已分载各门,谨遵照原案纂成条例,汇为一门,以便检查。"《部落》下按语云:"纪其沿革,载其方隅,以备稽考。"《番目》下按语云:卫藏番目"其品级、考铨、选法,实与内地官阶无异。谨查明编纂,以昭遵行"①。可知《卫藏通志》编纂的初衷在于汇集资料,以便工作。

同样具有资政的作用,但《卫藏通志》在取材内容、编纂体例等方面都与地方志有着明显的区别,地方志特点较为淡薄,而工作则例的属性却很突出。与其说《卫藏通志》是一部地方志,不如说是一部便于交代、便于工作的"志书类资料汇编"②,是一部未成之官书。

三、和琳有参与《卫藏通志》编纂的主客观条件

排除和琳为《卫藏通志》作者的原因之一即"文笔之事,恐非所长",其实不然。张羽新在《〈卫藏通志〉的著者是和宁》一文中已有论述,其随身携带并时常诵读《小仓山房诗稿》,有《芸香堂诗集》传世,诗歌亦颇有韵味,不乏文采。③ 和瑛在拉萨时与和琳交往密切,唱和频繁,所谓"半载追随互见招,深谈不惜坐通宵。灯明客馆杯浮蚁,月转碉楼句入瓢"④,《卫藏和声集》为二人在藏的唱和诗集,收二人其间唱和等诗88题193首,有往返迭唱数次者。和瑛被誉为"旗人文宗",其与和琳迭相唱和,快意诗酒,可见和瑛亦是雅人。《卫藏和声集》中收有和瑛、和琳联句诗二首,分别为《旅馆小酌联句》和《联句》。联句为即席赋诗,最考究才思。二人旅馆小酌,兴起赋诗,不可能找人代笔。和琳由生员补笔帖式,开始步入仕途。笔帖式为办理文字及文档工作的书记官,乾隆时期笔帖式尚未泛滥,和琳任笔帖式,当能比较熟练地处理一些文字工作。故和琳之才思毋庸置疑,其具备编纂志书的客观条件。

《卫藏通志提要》第二条谓"旧藏志戊申年得自成都,钞本,所载程站、风

---

① 北京大学图书馆.北京大学图书馆稀见方志丛刊·第326册·卫藏通志[M].北京:国家图书馆出版社,2013:71,106,561,624.
② 孙福海.《卫藏通志》的编撰与流传[J].西藏民族学院学报(哲学社会科学版),2008(06):60-62,73,124.
③ 张羽新.《卫藏通志》的著者是和宁[J].西藏研究,1985(04):99-107.
④ 和琳.甲寅冬仲予奉诏东旋谨成四律留别太庵[M]//卫藏和声集.抄本.

土、山川颇详，随笔采择"①，此为和瑛参与编纂《卫藏通志》的力证，也与和琳"治藏有经烦手纂"的诗句相照应②。"烦"即烦请，是和琳的谦称。和瑛是乾隆皇帝特意为和琳选派的副手，到任四个月左右，和琳即接到调任四川总督，及将"钜细事宜，面为告知"的谕旨。和琳烦请和瑛编纂治藏之经，且与理川之策相对举，则"手纂"时间系乾隆五十九年（1794）七月之后是比较合乎情理的。联系前述《卫藏通志》的编纂起因，则和琳具备编纂志书的客观条件，而且是此项工作的主导者。

恩华《八旗艺文编目》卷二《史类·地志》著录有《卫藏通志》，并注明"十六卷（收），满洲和琳著"。《八旗艺文编目例言》谓："予于八旗人著作，颇嗜收藏。故各目下有注'收'字者，是此书已经藏弆；有注'抄'字者，因已假得移录。"又谓："凡朝廷诏撰各书及省、府、州、县官书，其领衔大臣或长官例得书名者，皆不编录。必间有其书，确为本官所自撰，或署名纂著者，始一并采入。"可知恩华对于著录是非常审慎的，其收藏《卫藏通志》，并著录为"满洲和琳"，是有依据的，并非虚言。

四、松筠续成其事

嘉庆年间，龙万育尝谓："我国家发祥东土，北抚喀尔喀内外诸札萨克，南县台湾、寺卫藏，西开伊犁、定回疆，幅员之广，千载一时，不可无书纪盛美……盛京、热河、台湾有通志，蒙古地理有程春庐先生书，卫藏地理有松湘浦先生书。"③ 此处所言卫藏地理书，是《卫藏通志》还是《西招图略》，抑或二者兼有，不敢骤断。但可以肯定的是，松筠著有卫藏地理书且知名。嘉庆元年（1796），松筠在拉萨筑四明楼，和瑛《四明楼吟》中谓"我来面壁届三载，了无文字留蛮椒"，称松筠则"去梯刻志读经史，雅客争许兰奢招"④。此"刻志"即指编纂《卫藏通志》，也不是没有可能性。

松筠也有编纂志书则例、方便继任者的习惯。乾隆六十年（1795），《西招纪行诗序》云："余因巡抚志实，次第为诗共八十有一韵，虽拙于文藻，或亦敷陈其事之义，名曰《西招纪行诗》。后之君子，奉命驻藏者，庶易于观览，且于边政防务不无小补。"⑤ 嘉庆三年（1798），《西招图略序》说："名之曰《西招

---

① 卫藏通志［M］//李毓澍．中国边疆丛书：第一辑．台北：文海出版社，1965：5．
② 和琳．甲寅冬仲予奉诏东旋谨成四律留别人庵［M］//卫藏和声集．抄本．
③ 龙万育．西域水道记叙［M］//徐松．西域水道记：外二种．北京：中华书局，2005：7．
④ 和瑛．易简斋诗钞：卷二［M］．上海：上海古籍出版社，2002：484．
⑤ 松筠．松筠丛著［M］//北京图书馆古籍珍本丛刊：第79册［M］．北京：书目文献出版社，1998：710．

图略》，庶便于交代，以代口述之未尽者。后之奉命驻藏君子，其尚有以发于予所欲言而不及者，尤厚望焉。"① 不论是《西招纪行诗》还是《西招图略》，松筠都着眼于后之继任者，着眼于交代便宜。当和琳将治藏之成规向其"面为告知"之时，松筠便接过了和琳的接力棒，并向下传递，以此来保证治藏方略的延续性。

《卫藏通志》收录了不少松筠任内之事，尤其是最后两册之内容均为乾隆六十年（1795）松筠等办理抚恤事宜之相关奏折、章程，又收录松筠《巡边记》等；松筠多有记边地情形之著述，又有署名松筠的《西陲纪事初稿》，与《卫藏通志》"文义则一字未易"，故吴丰培认为松筠为《卫藏通志》之作者。② 《西陲纪事初稿》虽不得见，但有阙名《西陲纪事本末》四卷本传世，与《卫藏通志》颇有渊源；《西陲纪事初稿》署名"长白松筠"，其八旗蒙古而标"长白"等者亦非特例，如冯桂芬《奉直大夫内阁中书加四级常熟叔岩曾君墓表》中即有"总督长白松筠"之说③，和瑛之孙谦福在诗集中署"柏山谦福"，因此吴氏之观点不能轻易否定。

"提要"中不少条目在正文中并没有得到落实，亦有《提要》未及而正文载入者，可知《提要》早于正文完成，正文陆续有补入者。松筠在西藏有刻志的实践，有刻志的动机，其续成《卫藏通志》当是可信的。

五、和瑛参与其中

张羽新《〈卫藏通志〉的著者是和宁》等著述已经较全面地梳理了和瑛与《卫藏通志》的关系，认为和瑛主持或参与了编纂工作。前述编纂动因、官书性质等已可知编纂工作是一种官府行为，行政主管发挥着主导作用，和瑛作为和琳、松筠的副职，其主导编纂工作的可能性不大。从和琳"治藏有经烦手纂"的诗句中亦可知和瑛只是奉命编纂，并不能主导编纂工作。而和瑛熟悉藏事、收藏有"旧藏志"、《西藏赋》征引《卫藏通志》内容等，也只能证明其有完成《卫藏通志》的便利，参与了具体编纂工作。

综上所述，兼采诸家之说，可以认定《卫藏通志》是一部未竟之官书，起于和琳，成于松筠，和瑛多有参与。

---

① 松筠. 松筠丛著［M］//北京图书馆古籍珍本丛刊：第79册［M］. 北京：书目文献出版社，1998：673.
② 吴丰培. 西藏史料题记：《卫藏通志》著者考［J］. 西藏研究，1983（01）：112.
③ 冯桂芬. 显志堂稿：卷七［M］. 刻本. 冯氏校邠庐，1876（清光绪二年）.

第三章

文学交游考述

《论语》曰:"有朋自远方来,不亦乐乎?"《礼记》谓:"独学而无友,则孤陋而寡闻。"文学交游作为中国文士的一种传统生活方式,同声相应,同气相求,如切如磋,如琢如磨,因此在学问日进的同时,各自周围也形成了一个相对稳定的交游圈。物以类聚,人以群分,通过考察作家的交游圈,可以来观照作家自身的诗学渊源、文学风尚等特征。

第一节 文学交游考

和瑛一生勤于笔耕,身历乾嘉道三朝,官至尚书,寿至耄耋,交游众多。本章以有诗文酬唱、文字交往为标准,大体以结识交游时间为序,逐一考证其文学交游。

管世铭

管世铭(1738—1798),字缄若,一字韫山,江苏武进人。乾隆三十九年(1774)举人,乾隆四十三年(1778)进士,授户部主事,调山东司,充军机章京,擢云南司员外郎。乾隆六十年(1795)改浙江道监察御史,嘉庆三年(1798)转广西道监察御史。管世铭入直军机处时,和珅为军机大臣,正是权倾朝野之际,无人敢撄其锋,唯管世铭"时时持正论,折其角牙。和恨之甚,欲中以危法者屡矣"[①]。管世铭善诗,尤工古文,精研经术,有《韫山堂诗集》《韫山堂文集》,编有《读雪山房唐诗选》《宋人绝句》。《春冰室野乘》谓管世铭诗"宗法杜、苏,不随俗靡。方袁随园之执牛耳于东南也,天下之士从之如市,侍御独不肯附和。尝赋诗以见志曰:'耆旧风流属此翁,一时月旦擅江东。

---

① 李孟符.春冰室野乘[M].张继红,点校.太原:山西古籍出版社,1995:38.

寸心自与康成异，不肯轻身事马融。'可谓婉而严矣。"① 此诗即《寓江宁日客有劝谒袁简斋者诗以谢之》。

和瑛与管世铭为乾隆三十三年（1768）戊子科同年，先后进士及第，又任职户部，同事九年。乾隆五十一年（1786）二月，管世铭奉使浙中，与和瑛别过。和瑛《读管韫山侍御遗稿二首序》："管韫山侍御讳世铭，知名日下久，三屈副车，予戊子北闱同年也……自丙午别十七霜，而韫山宿草已四白矣。"② 管世铭《韫山堂诗集》卷九有《丙午仲春从大司农曹竹墟先生奉使浙中往返凡六阅月纪事述怀八首》③。二月，管世铭奉使浙中，其时和瑛尚在京师，六月即出为太平府知府。管世铭返京途经江苏，当不至枉道太平府过访。

嘉庆七年（1802）十月，和瑛西戍途经咸阳，得睹管世铭诗文全集。此时管世铭去世已四年，睹物思人，遂作《读管韫山侍御遗稿二首》，缅怀管世铭，谓："琢肾雕肝手，如椽笔独能。茗柯人竞许，蓬艳子羞称。不重分金友，尤轻割席朋。一生真抱负，留取伴青灯。"诗序中评价管世铭，"取人巨眼，无乖崖气；读书得间，无穿凿语"。④

庄炘

庄炘（1735—1818），字景炎，一字似撰，号虚庵，江苏武进人。与洪亮吉、孙星衍、赵怀玉、张惠言共为汉学，尤深于声音训诂，参与校刻《一切经音义》。乾隆三十三年（1768）副贡生，由州判补陕西咸宁知县，累迁榆林知府。有《师尚斋诗集》八卷。

和瑛与庄炘为乾隆三十三年（1768）戊子科同年。嘉庆七年（1802）十月，和瑛道出咸阳，庄炘长子庄逵吉赠其管世铭诗文全集。集前有庄炘序，和瑛遂作《读管韫山侍御遗稿》诗二首。

胡纪谟

胡纪谟（1743—1810），字献嘉，晚号息斋，浙江山阴人，寄籍顺天通州。乾隆三十三年（1768）举人；乾隆四十六年（1781）大挑一等，分发甘肃以知县用，知姑臧、乐浪、镇原、安定、中卫、皋兰等县；乾隆六十年（1795）升安西直隶州知州。嘉庆九年（1804）署巩昌府知府，嘉庆十年（1805）十二月引见，升补巩昌府知府，嘉庆十五年（1810）致仕。九月去世，年六十八。

---

① 李孟符著，张继红点校．春冰室野乘［M］．太原：山西古籍出版社，1995：38-39．
② 和瑛．易简斋诗钞：卷三［M］．上海：上海古籍出版社，2002：509-510．
③ 管世铭．韫山堂诗集：卷九［G］//清代诗文集汇编：第393册．上海：上海古籍出版社，2010：419．
④ 和瑛．易简斋诗钞：卷三［M］．上海：上海古籍出版社，2002：509-510．

胡纪谟精于舆地之学。杨芳灿《芙蓉山馆文钞》卷八《甘肃巩昌府知府胡公墓志铭》载其乾隆五十二年（1787）抵达中卫任职，"会高宗纯皇帝阅宋苏辙、元曹伯启诗，以泾清渭浊其说可，据毛郑传注或有谬误，特命西省大臣察视。大府素重公方闻博识，因檄公与巩泰阶道李公殿图分查二水。公乃登笄头，涉薄落，穷源溯流，澄清无滓，恭著《泾源记》，绘图以献。奏上，纯皇帝韪之，学过郦元，堪补《水经》之注；功侔王景，合赐《禹贡》之图"①。嘉庆四年（1799），洪亮吉贬谪伊犁，出安西州后，有《与安西州守胡纪谟书》，言"前者坐次纵谈，知足下素留心舆地之学"②，遂与商讨耿恭所守之疏勒城必非疏勒国都城之义。

胡纪谟与和瑛为顺天乡试同年。嘉庆七年（1802）十二月，和瑛西行，途经安西州，有《宿安西州赠胡息斋同年》。行抵哈密，又有《哈密度岁简胡息斋》二首，其二谓李殿图《渭源记》与胡纪谟《泾源记》乃"天教二妙成"，称美胡纪谟"谈经逾郑叟，注水迈郦生"，相期"河源探取日，更话月氏城"。③

蔡必昌

蔡必昌（1738—?），字予嘉，绍兴人，侨居保定，后买宅于涿城东门，入籍大兴④。乾隆四十三年（1778）进士。乾隆四十三年十月初二上《履历表》称："蔡必昌，顺天府宛平人，年三十九岁，由戊戌科进士引见，以知县即用。本年七月分，原选广东镇平县知县，预呈亲老，改补近省。今签掣山西潞安府屯留县知县……"⑤后任徐沟县知县，大计卓异，旋即丁忧。乾隆四十九年（1784），服阙补安徽宁国府太平县知县。⑥升任安徽寿州牧，履任一月，结前官积案三百余起，一时称能。后为四川重庆府知府，金川军功赏戴花翎。世传必昌判冥，见《柳崖外编》及《阅微草堂笔记》。⑦

和瑛《太庵诗集》丁未年有《题蔡予嘉同年游黄山诗集》，谓："羡君黄山

---

① 杨芳灿.芙蓉山馆全集：文钞卷八［G］//清代诗文集汇编：第435册.上海：上海古籍出版社，2010：672.
② 洪亮吉.更生斋集·文甲集：卷一［G］//清代诗文集汇编：第414册.上海：上海古籍出版社，2010：2.
③ 和瑛.三州辑略：卷九［M］//中国方志丛书·西部地方.台北：成文出版社，1968：324.
④ 宋大章.（民国）涿县志·第六编·人物［M］.铅印本.1936（民国二十五年）.
⑤ 秦国经.中国第一历史档案馆藏清代官员履历档案全编：第21册［M］.上海：华东师范大学出版社，1997：58.
⑥ 秦国经.中国第一历史档案馆藏清代官员履历档案全编：第21册［M］.上海：华东师范大学出版社，1997：626.
⑦ 宋大章.（民国）涿县志：第六编：人物［M］.铅印本.1936（民国二十五年）.

七日游……发为歌诗才一本,千岩万壑光熊熊。"①

祝德麟

祝德麟(1729—1798),字止堂,一字芷堂,浙江海宁人,乾隆二十八年(1763)进士,任官翰林,其间或典试或视学,关中天府、川中地险以及八闽滨海之区,无不备历。及改官御史,以言事不合,镌级归里,侨居五湖三泖间,日事诗酒,授徒自给。诗以性灵为主,亦能驱遣故实,欲力追其乡先辈查慎行及其房师赵翼两先生。有《悦亲楼诗钞》。

祝德麟任职翰林时,分校辛卯年太后恩科会试,和瑛即出其门下。乾隆五十九年(1794)正月十日,祝德麟得知门生徐长发、和瑛近况后,有诗《寄玉厓兼示泰庵和宁》,不无自豪地说:"近和泰庵方伯擢内阁学士加副都统衔,乘驿驻藏,经理善后事……二三良彦,或效绩疆场,或宣威藩服,于通门与有荣施,特毛锥衣钵。畴昔之岁,不知作何传授,既以自笑又以自庆。"② 和瑛看到此诗后,次韵相答,称"何当化作花间蝶,游遍江南廿四风"③。收到和瑛次韵诗,祝德麟又有《门人和泰庵自西藏见余所寄徐玉崖七言古诗一篇次韵邮致因答二律》,想象和瑛与和琳二人在西藏"知己联吟妙句夸",并以"江南棠树待栽花"相许。④ 嘉庆元年(1796),徐长发书信问候,祝德麟又作《玉厓柱书兼寄新刻遣答三律末章怀泰庵西藏》,第三首诗谓:"亦有薇垣客,三年佛土留。书邮长不达,诗侣定谁酬。使命无中外,诸番待抚柔。雪来兼柳往,何日大刀头。"⑤

章铨

章铨(1740—1810后),字拊廷,号湖庄,浙江归安人。乾隆三十六年(1771)进士,选翰林院庶吉士,散馆后授户部主事,升郎中,出为宁夏知府,历任湖北襄阳知府、广东韶州知府、广东粮储道。嘉庆十五年(1810)尚在世。著有《吴兴旧闻补》《染翰堂诗集》。

和瑛与章铨同出祝德麟房,同在户部任职,长达十年之久。乾隆三十八年(1773),和瑛督饷入蜀时,拜谒杨震祠堂,章铨有《和同年和太庵农部宁过杨

---

① 和瑛. 太庵诗集 [M]. 清抄本.
② 祝德麟. 悦亲楼诗钞:卷二十七 [M]. 刻本. 姑苏,1797(清嘉庆二年).
③ 和瑛. 答祝止堂师见寄元韵并简玉崖观察同年 [M]//卫藏和声集. 抄本.
④ 祝德麟. 悦亲楼诗钞:卷二十八 [M]. 刻本. 姑苏,1797(清嘉庆二年).
⑤ 祝德麟. 悦亲楼诗钞:卷二十八 [M]. 刻本. 姑苏,1797(清嘉庆二年).

伯起先生祠韵》。① 乾隆四十五年九月二十八日，祝德麟服阕回京，同门燕集陶然亭，章铨在《辛卯同门陪房师祝芷堂先生陶然亭公燕》的自注中特别说明"是日同门至者……共九人，其因病不到者和太庵一人"②。

徐长发

徐长发（1728—?），字象乾，号玉崖，江苏松江府娄县人。乾隆二十五年（1760）举人，待诏翰林院，乾隆三十五年（1770）推升户部司务。乾隆三十六年（1771）进士，以主事签分兵部，历任主事、员外郎、郎中，乾隆五十一年（1786）九月任四川建昌道。乾隆五十六年（1791），廓尔喀入侵西藏，徐长发随孙士毅督运粮草，一同入藏。年七十，以原品致仕。著有《寒玉山房诗钞》。

徐长发与和瑛同出祝德麟房中。乾隆五十八年（1793）十二月，和瑛赴藏，途经成都，徐长发与闻嘉言招饮于亦园唱和，有《留别闻鹤村徐玉崖两同年》；乾隆五十九年（1794）正月，和瑛自雅州西行，有《再次徐玉崖观察同年元韵四绝》。乾隆五十九年（1794）正月九日，祝德麟得徐长发信函，询问信使，始知徐长发、和瑛近况，初十日有《寄玉厓兼示泰庵和宁》诗相赠。和瑛看到房师诗后，有《答祝止堂师见寄元韵并简玉崖观察同年》及《次徐玉崖同年见寄元韵》，云"门下我曾名附尾，寰中君更老筹边"③。嘉庆元年（1796），徐长发寄赠和瑛《寒玉山房诗集》及南酒，和瑛诗以简谢。

闻嘉言

闻嘉言（1744—?），字或号为鹤村，河南开封府祥符人。由进士签分兵部，乾隆三十九年（1774）五月任主事，历任员外郎、郎中。乾隆四十六年（1781）二月丁母忧，乾隆四十八年（1783）服阕补用为兵部武库司郎中，乾隆四十九年（1784）三月任登州知府，乾隆五十四年（1789）任广东高廉道，十月任广西按察使，乾隆五十五年（1790）二月调任四川按察使，乾隆五十七年（1792）调任浙江按察使，乾隆五十八年（1793）三月升任四川布政使，乾隆六十年（1795）三月调广西布政使。嘉庆五年（1800）任太常寺卿，嘉庆六年（1801）二月降补通政使司参议，嘉庆十二年（1807）二月以原品致休。

钱楷在《绿天书舍存草》卷四《和中丞正月十四日游七星岩饭栖霞寺二首原韵》"松径题诗去年事"句下自注："客正七日，偕台弼卿中丞、闻鹤村方

---

① 章铨. 染翰堂诗集［G］//清代诗文集汇编：第404册. 上海：上海古籍出版社，2010：68.
② 章铨. 染翰堂诗集［G］//清代诗文集汇编：第404册. 上海：上海古籍出版社，2010：126.
③ 和瑛. 太庵诗草［M］. 抄本. 中山图书馆藏.

伯、孙寄圃廉访饮此。"①《绿天书舍存草》系诗于庚申，即嘉庆五年（1800），"去年"则为嘉庆四年（1799），时钱楷任广西学政、闻嘉言任布政使、孙玉庭任按察使，可知"闻鹤村方伯"即闻嘉言。

乾隆五十五年（1790）二月，和瑛由四川按察使升任安徽布政使，闻嘉言继任四川按察使，因布政使王站柱生病、闻嘉言一时不能到任等原因，和瑛暂留四川，随后调任四川布政使，二人得以共事。乾隆五十八年（1793）十二月，和瑛途经成都进藏，时闻嘉言为四川布政使，在亦园为和瑛饯行，和瑛有《留别闻鹤村徐玉崖两同年》，谓"兰谱重逢人渐老，花时一醉岁仍催"②。

吴树萱

吴树萱（1746—1800），初名杰，字寅万，一字春晖，号少甫，又号寿庭，江苏吴县人。乾隆三十九年（1774）顺天乡试举人，乾隆四十五年（1780）进士，选翰林院庶吉士，散馆授内阁中书。历官宗人府主事、吏部员外郎，先后主湖南、河南、四川、广西乡试。乾隆五十七年（1792）八月任四川学政，后署四川盐茶道。工诗，工篆隶，有《霁春堂集》。

乾隆五十九年（1794），和瑛在西藏，有《答吴寿庭学使同年见寄元韵四首》③。嘉庆七年（1802）五月，和瑛为吴树萱之兄、山东布政使吴俊《荣性堂集》作序，自称"年愚弟"。

于宗瑛

于宗瑛（？—1782），字英玉，号紫亭，汉军镶红旗人。乾隆十九年（1754）进士，官御史。性简淡，不趋荣利。工诗文，著有《来鹤堂集》。书学颜真卿，参以苏、米两家，极苍古浑厚之致。山水得倪瓒三昧，间作写意人物及花卉、禽虫，颇有天趣。

杨钟羲《雪桥诗话三集》卷六载："于紫亭，高雅淡静。辛卯以翰林改户部，辛丑迁御史，次年卒官。傅凯亭，善指头画，紫亭颇得其法。和太庵题其水墨画册，颇致推挹。癸巳，太庵《使蜀过杨伯起祠》有句云：'不见衔鱼来讲幄，祇闻鸣鸟落潼亭。'紫亭为易一'啼'字，亦可谓一字师。"④ 据此，则于宗瑛与和瑛同为乾隆三十六年（1771）入户部任职，二人共事十二年。

---

① 钱楷．绿天书舍存草：卷四［M］．刻本．阮元，1818（嘉庆二十三年）．
② 和瑛．易简斋诗钞：卷一［M］．上海：上海古籍出版社，2002：469．
③ 卫藏和声集［M］．抄本．
④ 杨钟羲．雪桥诗话全编·雪桥诗话三集：卷六［M］．雷恩海，姜朝晖，校点．北京：人民文学出版社，2011：1739．

徐立纲

徐立纲，字条甫，号百云，浙江上虞人，乾隆四十年（1775）进士，乾隆四十五年（1780）以翰林院编修出任安徽学政，乾隆四十八年（1783）改任，乾隆五十一年（1786）再任。著有《五经旁训》《辨体合订》《铁厓诗文集》《皖江采风录》等。

自雍正三年（1725）起，安徽学政驻扎在太平府。徐立纲与和瑛同在太平府任官，乾隆五十一年（1786）十一月，徐立纲邀请和瑛等人同游当涂青山，和瑛有《雪中游青山歌》。诗序云："青山去郡城三十里……余莅姑孰半载，未遑游。仲冬下浣，学使徐条甫邀余偕毛别驾、顾明府往游。大雪竟日，虽背山起楼，揽胜未尽。然把浊酒，听清唱，亦颇尽欢。"①

张护

张护，江苏丹徒县人，乾隆三十六年（1771）北榜举人，历任阜阳等县知县，官至池州府同知。周天爵等《（道光）阜阳县志》卷八《秩官·乾隆·知县》载："张护，江苏丹徒县，举人。五十年三月初八日任，五十一年十月二十日委署亳州卸事。""五十一年十一月十五日回任，五十三年二月二十四日引见卸事。"② 和瑛于乾隆五十一年（1786）十二月调任颍州知府，阜阳为颍州属县，府治驻地。乾隆五十二年（1787），和瑛有《四月十日城北刘秀才勺园牡丹盛开阜阳张松泉大令携榼邀赏坐未定暴风大作遂罢燕还赋绝句四首》《清颍书院课士毕偕张松泉裴西鹭两明府劝农西湖上燕集会老堂即席赋诗》等诗，可知张松泉大令即张护。

裴振

乾隆五十一年（1786）十二月至乾隆五十二年（1787）八月，和瑛任颍州知府，有《清颍书院课士毕偕张松泉裴西鹭两明府劝农西湖上燕集会老堂即席赋诗》。乾隆时期，颍州府辖5县1直隶州，即阜阳、颍上、霍邱、蒙城、太和、亳州。查《中国地方志集成·安徽府县志辑》所收5县1直隶州志，在和瑛任职知府期间，裴姓知县唯有裴震。汪篪《民国重修蒙城县志》卷七《职官志·知县》："裴震，直隶天津，进士，乾隆四十九年任。温从准，直隶大兴，举人，乾隆五十二年任。"③ 又钟泰、宗能征《光绪亳州志》卷九《职官志》载"裴振，山西曲沃，进士"，乾隆五十二年（1787）署亳州知州、五十三年

---

① 和瑛. 太庵诗集 [M]. 抄本.
② 周天爵，等. （道光）阜阳县志：卷八 [M]. 刊本. 1829（清道光九年）.
③ 汪篪. 民国重修蒙城县志：卷七 [M]. 铅印本. 1915（民国四年）.

(1788)任亳州知州。① 又《清代官员履历档案全编》乾隆朝《裴振履历》载：乾隆四十八年（1783）十月二十八日奏称"裴振，直隶天津府天津县，进士，祖籍山西，年三十五岁，原任奉天府教授。六年俸满……签掣河南开封府密县知县缺"②。另，检朱保炯、谢沛霖《明清进士题名碑录索引》有"裴振"，直隶天津人，乾隆四十年三甲十九名，而无"裴震"之名。③"裴震"或应作"裴振"，"裴西鹭"当即裴振（1749—?），字或号为西鹭，直隶天津县人，原籍山西曲沃，乾隆三十九年（1774）举人，乾隆四十年（1775）进士，曾任奉天府教授、河南密县知县、安徽蒙城知县、亳州知州等职。

谷廷珍

谷廷珍（1741—?），字或号为竹村，直隶遵化州丰润县人。乾隆三十年（1765）举人，遵例捐纳直隶州州同，拣发河东河工差遣委用，历任山东东平州判、曹州府曹仪通判。乾隆四十七年（1782）正月二十日，因抢堵青龙冈漫口落水受伤。大学士阿桂以受伤甚重奏闻，回籍调理。乾隆四十八年（1783）十二月伤愈引见，留部以同知用。乾隆四十九年（1784）签掣江西袁州府同知，乾隆五十二年（1787）四月以安徽知府补用，历任凤阳、安庆知府。乾隆五十五年（1790）八月引见，十月内用江苏淮扬道。著有《余生纪略》，记其落水之事。沈叔埏《颐彩堂文集》卷十二有《书谷观察〈余生记略〉后》，陈奉兹《敦拙堂诗集》卷十一有《书谷观察〈余生记略〉》。

谷廷珍正月二十日落水，复被救起，遂以是日为生日。乾隆五十三年（1788），谷廷珍四十八岁，任凤阳府知府，和瑛任庐凤道，同驻凤阳，遂有《寿凤阳太守谷竹村》一诗，为其祝寿。

李世杰

李世杰（1716—1795），字汉三，号云岩，贵州黔西人。乾隆初年捐任富安吏员，历任常熟黄浦泗巡检、金匮县主簿。乾隆二十二年（1757）又捐任泰州知州，乾隆二十七年（1762）任镇江知府，乾隆三十年（1765）任安徽宁池太广道，乾隆三十六年（1771）调四川盐驿道，七月升任四川按察使，总理大小金川之役南路军粮饷。乾隆四十四年（1779）任广西布政使，乾隆四十六年（1781）任湖南巡抚，乾隆四十七年（1782）九月任河南巡抚，协助大学士阿桂

---

① 钟泰，宗能征.（光绪）亳州志：卷九［M］.刊本.1894（光绪二十年）.
② 秦国经.中国第一历史档案馆藏清代官员履历档案全编：第21册［M］.上海：华东师范大学出版社，1997：556.
③ 朱保炯，谢沛霖.明清进士题名碑录索引［M］.上海：上海古籍出版社，1980：542，2741.

治理黄河水患。乾隆四十八年（1783）五月升任四川总督，乾隆五十一年（1786）五月任两江总督，乾隆五十二年（1787）十一月复任四川总督，乾隆五十五年（1790）三月任兵部尚书，乾隆五十五年（1790）告老还乡，乾隆五十九年（1794）正月十九日卒于家，谥恭勤。

李世杰"少而倜傥，读书略观大意，不屑章句，旁及骑射、拳勇、博簺、管弦之事，靡不涉历"。① 李世杰在四川料理军需粮饷长达九年之久，此时和瑛正在户部任主事，乾隆三十八年（1773）还一度督饷入川。乾隆五十一年（1786）五月，李世杰任两江总督。六月，和瑛自户部出为太平府知府，乾隆五十二年（1787）冬，和瑛升任庐凤道，为两江总督属员，曾谒见李世杰，而李世杰已经病重。十一月，李世杰复任四川总督，自江宁赴成都，属员为之送行，和瑛一直将李世杰送到临淮。数年后，和瑛回忆送别时情景，谓"濠梁一别情怀邈，药笼相将未肯留"，自注"丁未冬，予观察凤庐，适公移节西蜀。送别时，僚属馈遗悉屏辞不受。时论以为叉手上车，不取药笼，有赵都督廉介之风"。② 乾隆五十三年（1788）二月，和瑛调任四川按察使，再为李世杰属员，政暇之际多出游唱和，有《成都题鸡雏待饲图呈李云岩制府》《奉和李云岩制府留别元韵四首》等，又有《三月六日雨中代制府耕耤东郊四首》等描写二人政事之作。李世杰在成都因病去职，回贵州老家疗养，有诗留别，和瑛有《奉和李云岩制府留别元韵四首》。乾隆五十九年（1794）正月，李世杰在贵州老家去世。其时，和瑛任职西藏，讯息不便，直到夏天才得知李世杰辞世的消息。知道消息后，和瑛有《挽云岩李司马四首》寄托自己的哀思，"万里惊砂客，难禁哲萎悲""两行知己泪，不尽写哀诗"。③

法式善

法式善（1753—1813），乌尔济氏，本名运昌，字开文，号时帆、陶庐，自署小西崖居士，蒙古正黄旗人。乾隆四十五年（1780）进士，选翰林院庶吉士，散馆授检讨，历任国子监司业、侍讲学士、国子监祭酒，以洗马充文渊阁校理，累官庶子。工诗文，善书画，主盟文坛三十年。有《存素堂诗初集录存》《存素堂诗二集》《存素堂续集》《存素堂诗稿》《存素堂文集》《存素堂文续集》以及《清秘述闻》《槐庭载笔》等。

法式善久在馆阁任职，主盟文坛三十年，与和瑛诸多师友都有唱和。乾隆

---

① 管世铭. 兵部尚书谥恭勤李公世杰墓志铭［M］//钱仪吉. 碑传集：卷七十三［M］. 北京：中华书局，1993：2090.
② 和瑛. 易简斋诗钞：卷一［M］. 上海：上海古籍出版社，2002：461.
③ 卫藏和声集［M］. 抄本.

五十五年（1790），和瑛升任四川布政使，法式善《寄泰庵和宁方伯》云："宛转碧幢影，曾来秋水庐。猿啼巴雨外，马踏塞云初。酒半休看剑，花间且读书。少年旧狂态，老去可能除。"① 和瑛任山东巡抚时，法式善有《柬和泰庵中丞》，谓："官职君屡迁，性情知未改。老来愈真率，别久想风彩……日对明湖水，豪情增几倍。新诗肯细吟，旧约夫何悔。"②

林俊

林俊，字西崖，晋江人，寄籍北京大兴。乾隆二十五年（1760）举人，乾隆二十六年（1761）拣发入川，历署安县、威远、乐山、温江、荣县等处捕头，乾隆三十一年（1766）授内江知县，乾隆三十四年（1769）调成都知县，兼署华阳知县，乾隆三十八年（1773）出守分巡川南永宁道。乾隆四十一年（1776）二月特调四川通省盐茶分巡绵兼管水利道，乾隆五十八年（1793）升任四川按察使。嘉庆二年（1797）擢四川布政使，嘉庆五年（1800）以疾乞归，赠光禄大夫柱国大学士。林西崖工诗，与同时在蜀为官者顾光旭、吴省钦、查礼、王凤仪、沈清任、杨潮观等人时相唱和。

和瑛任四川按察使、布政使时，林俊正任盐茶道，同驻成都，时有唱和往来。乾隆五十四年（1789），林俊、和瑛等同游杜甫草堂等名胜古迹，和瑛有《林西崖观察招游杜少陵草堂放船锦江访薛涛井登同庆阁晚酌四首》。乾隆五十八年（1793），和瑛赴藏途经成都，林俊为四川按察使，在按察使衙门为和瑛饯行。和瑛故地重游，有《林西崖廉访饯席志别》，诗谓"竹圃桐轩忆旧游，小山依样送岚幽。怀人夔道成陈迹，送客蓉城得少留"③，别有一番感慨。

秦承恩

秦承恩，字慎之，号芝轩，江苏江宁人。乾隆二十六年（1761）进士，选庶吉士，乾隆二十八年（1763）散馆授编修，乾隆三十三年（1768）迁左赞善，乾隆三十四年（1769）擢侍讲，乾隆三十六年（1771）授江西广饶九南道，乾隆四十五年（1780）调福建延建邵道，乾隆四十六年（1781）二月升福建按察使，十一月调陕西按察使，乾隆四十八年（1783）三月擢四川布政使，五月调湖南布政使，乾隆五十一年（1786）二月调陕西布政使，乾隆五十四年（1789）七月擢陕西巡抚。嘉庆三年（1798）春丁母忧，军事方亟，夺情视事。嘉庆四年（1799）因师久无功，战事失利，褫职，回籍守制。嘉庆五年（1800）服阕，

---

① 法式善. 存素堂诗初集录存：卷二［M］. 刻本. 萍乡：王塪.1820（清嘉庆二十五年）.
② 法式善. 存素堂诗初集录存：卷十三［M］. 刻本. 萍乡：王塪.1820（清嘉庆二十五年）.
③ 和瑛. 易简斋诗钞：卷一［M］. 上海：上海古籍出版社，2002：469.

遣戍伊犁。嘉庆七年（1802）二月释回，以六部主事用，七月充会典官纂修，八月补授直隶通永道，十一月补授江西巡抚。嘉庆十年（1805）授左都御史，嘉庆十一年（1806）五月授工部尚书，六月调刑部尚书。嘉庆十三年（1808）因事降为编修，在文颖馆效力。嘉庆十四年（1809）三月擢司经局洗马，四月晋秩三品卿，寻卒。《晚晴簃诗汇》卷九十、《三州辑略》卷九收有秦承恩诗。

乾隆五十五年（1790）九月至乾隆五十八年（1793）十一月，和瑛任陕西布政使，为陕西巡抚秦承恩属员，公事之余，时相唱和。乾隆五十七年（1792），和瑛有《次韵秦芝轩中丞听雨》诗，谓"政去害民者，驱鳄宜师韩"。① 和瑛编纂《三州辑略》，收录秦承恩新疆戍边时诗一首。

孙士毅

孙士毅（1720—1796），字智冶，号补山，浙江仁和人。乾隆二十六年（1761）进士，以知县归班待铨。乾隆二十七年（1762），乾隆南巡，献诗召试一等第一，授内阁中书，军机处行走，迁侍读。乾隆三十三年（1768），随大学士傅恒督师讨缅甸，典章奏。师还，迁户部广西司郎中。历任贵州学政、大理寺卿、广西布政使、云南巡抚。总督李侍尧以赃败，坐不先举劾，遣戍伊犁。未至军台，起用为翰林院编修。旋授山东布政使，历任广西巡抚、广东总督兼管粤海关务，升任工部尚书，署四川总督。乾隆五十五年（1790）调两江总督，未半年授吏部尚书、协办大学士，回京任职。乾隆五十六年（1791），用兵廓尔喀，奉命到打箭炉办理军需。廓尔喀平，授文渊阁大学士，仍留前藏办事。乾隆六十年（1795），黔楚乱起，波及四川，统兵围剿。嘉庆元年（1796），卒于军营，谥文靖。

乾隆五十四年（1789）冬，孙士毅署理四川总督，第二年实任，乾隆五十六年（1791）夏升任协办大学士。孙士毅在四川总督任时，和瑛自四川按察使转为安徽布政使，后留四川任布政使。七月，和瑛进京陛见，藩司即由孙士毅署理。乾隆五十六年（1791）八月，孙士毅自京驰驿赴川，九月十五日抵任，署理总督。九月，乾隆谕旨，和瑛自四川布政使调任陕西布政使。自孙士毅抵任，到和瑛交代离任，计诏令传递、交代事务，需时当在月余，二人此次成都相聚一月左右。其时，四川在积极筹办军需，以备西藏用兵之需。乾隆知道"西藏地方，途长站远，所有兵饷台站，并口内外军行一切事宜，最关紧要"，"孙士毅曾在军营行走，本系熟手"，因此要求"孙士毅抵任后，即照应办各事

---

① 和瑛．易简斋诗钞：卷一［M］．上海：上海古籍出版社，2002：465．

宜，先事豫筹，悉心妥办，使粮饷军需等项，得以源源接济，不致临事周章"。① 和瑛任职布政使，为孙士毅属员，职掌财赋、人事，二人交往当较平日更为频繁。

孙士毅以大学士署理四川总督，后又赴前藏，一直在料理西藏用兵的后勤保障事务。二人自四川一别，虽难谋面，但和瑛在陕西任职布政使，亦是西藏用兵后勤保障的重要一环。九月，乾隆钦命和瑛专司经理自京至后藏，陕西沿途驿站。乾隆五十七年（1792）五月，孙士毅以西藏运输急需驮骡事，会商陕西布政使，在陕西采买驮骡。和瑛当即与陕西巡抚秦承恩等捐资，委员购买健骡一千头及鞍屉、笼缰、铁掌等件，解赴成都交收，为此次用兵的物资运输提供了保障。

乾隆五十八年（1793）十二月，和瑛途经成都进藏。其时，孙士毅在成都，并在杨慎旧居为和瑛送行，和瑛席上有《孙补山相公招饮绛雪书堂》诗。乾隆五十九年（1794）正月初七，和瑛途经头道水，有《乾隆甲寅人日头道水观瀑布敬步补山相国、瑶圃制军原韵二首》。和瑛抵达西藏任职后，孙士毅有《寄泰庵阁部西藏》二首。在诗中，孙士毅回忆了去年冬天成都分别时的唱和，用韩愈云开衡岳的典故称美和瑛祷雪丹达山神事。②

马若虚

马若虚（？—1824），字实夫，本姓李，其先西域人，籍浙江钱塘。官铜仁府正大营巡检，署松桃同知。以失因去官游蜀，终老成都。性伉爽，重然诺，谈辞如云，一时贤豪乐从之游。有《海棠巢词稿》《实夫诗存》，其"诗多雄伟悲壮之气"，词则"腻柳豪苏兼有其胜"。③

马若虚游蜀时，以诗为孙士毅所激赏。后随孙士毅入藏，绳行沙度，穷历荒渺，多有吟咏。姚莹《东溟文集·文外集》卷二《陈息凡康邮小草序》谓："王我师、马若虚诸人则从事幕府，作为篇什纪咏。"④

嘉庆五年（1800），和瑛第四次出巡后藏，在札什伦布恰逢六十岁生日，有《札什伦布六十初度二首》及《柳泉浴塘邀班禅额尔德尼传餐阅武二首》等诗。

---

① 清实录·第二十六册·高宗纯皇帝实录［M］.北京：中华书局，1986：614.
② 孙士毅.百一山房诗集：卷十一［M］//清代诗文集汇编：第347册.上海：上海古籍出版社，2010：601.
③ 潘衍桐.两浙輶轩续录：卷二十五［M］//续修四库全书：第1685册.上海：上海古籍出版社，2002：717.
④ 姚莹.东溟文外集［G］//清代诗文集汇编：第549册.上海：上海古籍出版社，2010：573.

是时，马若虚有《题太庵宗伯己未诗集后》《和太庵少宗伯巡阅后藏》两诗①。《题太庵宗伯己未诗集后》谓和瑛"坐镇西南夷，七载振干羽"，《和太庵少宗伯巡阅后藏》"介寿烦生佛"句自注"谓班禅"，又有"祝暇万禅僧""投醪千虎贲"等句，与和瑛《札什伦布六十初度二首》《柳泉浴塘邀班禅额尔德尼传餐阅武二首》其二"百丈僧传偈"句下自注"是日班禅集僧百八诵经为吾寿"及诗题"传餐阅武"正相吻合。② 立秋日，和瑛带人在工布塘观稼骑射，马若虚随同前往，并有《工布塘观较猎应和太庵宗伯命》③ 和和瑛《立秋日观稼工布塘》诗。

和琳

和琳（1753—1796）④，满洲正红旗人，钮祜禄氏。乾隆四十三年（1778）由生员补吏部笔帖式，累迁郎中。乾隆五十二年（1787）擢湖广道御史，巡视山东漕务。乾隆五十六年（1791）九月，奉命勘验潼关城垣工程。乾隆五十七年（1792）二月，福康安率兵进藏，和琳督前藏以东台站、乌拉等事。大军凯旋，和琳与福康安等处理善后事宜，奏陈治藏章程。嗣后，和琳留任驻藏大臣。乾隆五十九年（1794）七月，授四川总督，十二月交代离藏。嘉庆元年（1796）八月卒于军中。有《芸香堂诗集》。

乾隆五十七年（1792），和琳奉命赴藏，途经陕西，有《度凤岭口占却寄秦中丞、和方伯》诗。"秦中丞"即陕西巡抚秦承恩，"和方伯"即和瑛。乾隆五十八年（1793）十一月，和瑛任帮办大臣，协助和琳处理西藏事务。和琳"雅兴颇豪，朝夕唱和"⑤，共事半年多，二人往来唱和不断，所谓"半载追随互见招，深谈不惜坐通宵"，唱和诗编为《卫藏和声集》一册，唱和之作有109首。和琳交代离任时，和瑛作《希斋司空奉命节制全川，将东归，为赋韵诗三十首，述事志别》，和琳有《甲辰仲冬余奉诏东旋留别太庵四律聊作骊歌一阕耳》，途中又作《江达寄太庵》，期以在成都为和瑛接风洗尘。嘉庆元年（1796）五月，和瑛出巡后藏，途中有《端阳书怀寄前藏湘浦司空二首》，谓"看星占福将，卧

---

① 马若虚. 实夫诗存：卷一，卷三［M］//吴海鹰主编. 回族典藏全书：第202册. 兰州：甘肃文化出版社，银川：宁夏人民出版社，2008：30-31，121.
② 和瑛. 易简斋诗钞：卷二［M］. 上海：上海古籍出版社，2002：501.
③ 马若虚. 实夫诗存：卷二［M］//吴海鹰主编. 回族典藏全书：第202册. 兰州：甘肃文化出版社，银川：宁夏人民出版社，2008：156.
④ 和琳《芸香堂诗集》癸丑年有《西招四旬初度》诗，则乾隆五十八年（1793）恰四十岁。
⑤ 和瑛. 太庵诗草［M］.

月梦和军",自注"福敬斋、和希斋时统军湖广"①,希望早日接到和琳凯旋的喜讯。

松筠

松筠（1752—1835），字湘甫，号百二老人，马拉特氏，蒙古正蓝旗人。以翻译生员任理藩部笔帖式，充军机章京，累迁银库员外郎。乾隆四十八年（1783）超擢内阁学士、副都统。乾隆五十年（1785），赴库伦处理俄罗斯贸易事，后任办事大臣。乾隆五十八年（1793）任御前侍卫、内务府大臣、军机大臣。乾隆五十九年（1794）升工部尚书兼都统，充驻藏大臣。嘉庆四年（1799），召授户部尚书，寻授陕甘总督加太子太保。嘉庆五年（1800），充伊犁领队大臣。嘉庆七年（1802），擢伊犁将军。嘉庆十四年（1809），降为喀什噶尔参赞，复授陕甘总督，后调两江总督。嘉庆十六年（1811），调两广总督，召为吏部尚书。嘉庆十八年（1813），复为伊犁将军。历任察哈尔都统、礼部尚书、兵部尚书、盛京将军、左都御史、热河都统。道光元年（1821），召授兵部尚书，调吏部，复为军机大臣。道光二年（1822），因事降为员外郎，复历任光禄寺卿、左都御史、盛京将军、吉林将军，还朝历任左都御史、礼部尚书，又出为乌里雅苏台将军、热河都统、直隶总督。道光九年（1829），调兵部尚书。道光十四年（1834），以都统衔致休。道光十五年（1835）卒，赠太子太保，谥文清，祀伊犁名宦祠。著有《西藏巡边记》《西招纪行诗》《丁巳秋阅吟》《西招图略》《西招图说》《古品节录》《钦定新疆识略》《伊犁总统事略》《绥服纪略图诗》等。

乾隆五十九年（1794）年底，松筠抵藏任办事大臣，和瑛为帮办大臣，二人过从密切，多有唱和。乾隆六十年（1795），和瑛有《闰二月一日答裘静斋先生春分雪后小集元韵并简松湘浦司空》《答松湘浦咏园中双鹤元韵》；嘉庆元年（1796），松筠建成四明楼，和瑛有《四明楼吟》，出巡后藏时有《怀松湘浦大司空》《端阳书怀寄前藏湘浦司空二首》《松湘浦寄瓮头春酒至喜赋七绝》，又有《登楼即事次湘浦元韵》《喜雪次湘浦韵》《手煎白菜羹饷湘浦并致以诗》等诗；嘉庆二年（1797），和瑛有《八月十五夜小集同人玩月并简湘浦司空四首》；嘉庆四年（1799）十二月，和瑛为松筠《藩疆揽要》作序，称"吾友松湘甫绥服诗注，纪述确核，而语无伦次，爰厘正崖略，著曰《藩疆揽要》"②，又有

---

① 和瑛. 易简斋诗钞: 卷二 [M]. 上海: 上海古籍出版社, 2002: 486.
② 和瑛. 藩疆揽要叙 [M] // 国家图书馆分馆. 清代边疆史料抄稿本汇编·第10册·藩疆揽要. 北京: 线装书局, 2003: 3.

《对月怀湘浦制军》；嘉庆五年（1800），和瑛出巡后藏，有《定日阅兵得廓王信有怀松湘浦赴伊江二首》。松筠任伊犁将军时，和瑛缘事遭谴，历任叶尔羌办事大臣、喀什噶尔参赞大臣、乌鲁木齐都统，先后有《巡阿克苏城有怀松湘浦将军》《寄别湘浦将军、瘦石参赞四首》等诗。和瑛一直收藏松筠《丁巳秋阅吟》，并作为遗物为子孙所保存，收入《和瑛丛残》。

项应莲

项应莲（1748—1824），字西青，号蕊峰，又号午晴，安徽歙县人，乾隆三十九年（1774）举人。历任四川彭山、南充、宜宾知县。廓尔喀侵藏，福康安统兵出征，项应莲赴前藏办理军务，川东道观察谓"上马杀贼，下马草露布，于君见之矣"。乾隆六十年（1795）升巴州知州，八月调赴西藏，督理西藏粮台。嘉庆元年（1796）正月，项应莲启程赴藏。嘉庆五年（1800）二月，任满离职，返回成都。四月，升奉天府治中。嘉庆八年（1803），授贵州思南府知府。道光四年（1824）去世。诗宗韩白，文学《战国策》和苏轼，间作半山体，制艺以归黄为宗。有《求慊堂诗古文集》四卷、《佣书杂著》四卷、《水经注所见参疑》二卷、《金沙江源委》一卷、《历代纪元》四卷、《西藏志稿》两卷、《思南府志稿》八卷、《西行草》四卷、《西昭竹枝词》一卷、《记事引申录》十一卷。①

项应莲任职彭山时，成功审理陈何两姓盐井控案和堰工吃紧案，总督保宁大为赞赏；任职南充时，整肃考场，上下咸服。项应莲"以长于听断，每岁调赴省垣，平反庶狱"。以其在省垣日久，以至于每年同僚都要请知府转禀总督，督促臬使放项应莲回县任事，观察使林俊与其开玩笑说"'君来省久，贵本府速牒又将至矣。'语竟而牒至"。乾隆五十三年（1788）二月，和瑛调任四川按察使；乾隆五十五年（1790）三月，任四川布政使；九月，调陕西布政使。和瑛任职按察使，职掌一省刑名，在其任职前，项应莲已经以"长于听断"而闻名，每年都要到省城参与案件审理。和瑛上任后，在审理案件中也应有所接触。项应莲久任四川，往来省城，与四川总督、布政使、按察使等都官长都比较熟悉，与和瑛的交往圈子相重合，这是二人交往的又一便利条件。

乾隆六十年（1795），驻藏大臣松筠札商四川总督英善，请英善物色"品学俱优，谙律例，工翰墨之员"，项应莲成为不二人选，调任粮台之任。项应莲于嘉庆元年（1796）正月启程赴藏，此时和瑛仟西藏帮办大臣。项应莲抵任时，

---

① 项铨恩.午晴府君行述［M］//国家图书馆分馆.中华历史人物别传集·第38册.北京：线装书局，2003：16.

和瑛正出巡后藏,途中闻知此事,作《闻项午晴刺史抵前藏粮台任寄赠》,"犹忆琴堂问政余"一句回忆在成都二人商讨政事的情景,"不妨棋局消长夏,更有诗坛好唱予"两句则憧憬二人在拉萨的诗酒生活。①

项应莲在西藏,政事上,协助松筠、和瑛等设痘厂、奠双忠祠,"一意抚循,军民爱戴,有'活菩萨'之称";文学上,与诸人多有唱和,和瑛有《项午晴刺史以弈负饷蒸鸭漫成五律》《谢午晴刺史馈绍酒》《见和饲鱼诗,答项午晴刺史》《谢项刺史书梵相》。嘉庆四年(1799),项应莲任满,和瑛作《对菊书怀送项午晴秩满还蜀八首》,为其送行。

刘印全

刘印全(1745—?),字慕陔,江苏常州府武进人,寄籍顺天,赵翼内侄。乾隆三十七年(1772)进士,乾隆四十九年(1784)简选为四川资阳县知县②。福康安用兵西藏时,以合州知州衔随军听用,《卫藏通志》卷六载札什伦布关帝庙碑碑阴衔名中有"合州知州刘印全",又卷十四(上)和宁《恩赏前藏抚恤银两办理完竣缘由》奏折载松筠"带同知州刘印全、游击什格分途散给"。③赵翼《瓯北集》卷五十三《内侄刘慕陔运副自潮州致政归里喜赠》谓其"生平宦辙总遐边……西辟张骞凿空天",自注"先曾驻西藏三年"。④嘉庆元年(1796)内召,因其"管理西藏粮务三年期满,即升"⑤,任绵州知州。嘉庆五年(1800),白莲教袭扰锦州,刘印全筑城池,练乡勇,渡船救人,颇有政声。李调元《童山集》卷四十一嘉庆六年(1801)《人日祝绵州刺史刘慕陔先生五十初度四首》、赵翼《檐曝杂记》附录《书刘慕陔绵州救难民事》、王培荀《听雨楼随笔》卷二对其都有记述。嘉庆十年(1805)六月升两广盐运司运同⑥,汤贻汾《琴隐园诗集》卷六嘉庆十五年(1810)有《长至后二日邀同董定园丈杨星园舅氏刘慕陔副使蒋春榭上舍郑萱坪马德隅二茂才白云山濂泉寺看梅留饮分韵》。后解职返乡,赵翼嘉庆十六年(1811)有《内侄刘慕陔运副自潮州致政归

---

① 和瑛. 易简斋诗钞:卷二[M]. 上海:上海古籍出版社,2002:487.
② 秦国经. 中国第一历史档案馆藏清代官员履历档案全编·第21册·刘印全履历折[M]. 上海:华东师范大学出版社,1997:594.
③ 卫藏通志[M]//李毓澍. 中国边疆丛书:第一辑. 台北:文海出版社,1965:428,871.
④ 赵翼. 赵翼全集:瓯北集[M]. 曹光甫,点校. 南京:凤凰出版社,2009:1094.
⑤ 秦国经. 中国第一历史档案馆藏清代官员履历档案全编·第24册·刘印全履历折[M]. 上海:华东师范大学出版社,1997:211.
⑥ 秦国经. 中国第一历史档案馆藏清代官员履历档案全编·第24册·刘印全履历折[M]. 上海:华东师范大学出版社,1997:211.

里喜赠》诗，谓"拾级正堪前齿屐，收篷偏趁顺风船。始知身处脂膏润，原有文臣不爱钱"①。

乾隆六十年（1795），刘印全即将交代离任，和瑛有《喜闻刘慕陔太守代成有人》，谓"四稔乌斯客，瓜期一指弹""一肩民社重，再借老书生"。② 嘉庆元年（1796），和瑛出巡后藏，途中有《怀刘慕陔刺史》诗，谓其"儒术原通释，三年学睡仙"③；刘慕陔自西藏返回，和瑛有《送别刘慕陔、邹斛泉中表东归六言诗三首》，谓"乐些一场春梦，肩头扛佛旋归"④。

范宝琼

范宝琼（1754—?），字操衡，号六泉，浙江嘉兴府嘉善人。乾隆四十五年（1780）进士，乾隆五十五年（1790）选授山西大同府山阴令，引见时改四川乐山，历署石砫同知、嘉定府知府，调赴西藏管理钱局。在西藏，因"藏俗亲死不葬，教之殡殓。又畏出痘，有患者辄委弃致死，为设痘局，处病者医治之"⑤。西藏任职期满，升任知府，嘉庆五年（1800）升湖北黄州府蕲州知州。⑥ 著有《古品节录》《行军须知》《驻藏识略》。

范宝琼乾隆五十六年（1791）任乐山令，钟人杰嘉庆元年（1796）继任，⑦ 又四川学政吴树萱乾隆六十年（1795）到嘉州考课生员时有《乐山令范六泉同年刺舟来迓赋赠》⑧，则范宝琼进藏当在嘉庆元年（1796）。和瑛嘉庆元年（1796）有《范六泉明府燕客乃藏地闰九日也》《谢范六泉馈火钻》诗，嘉庆二年（1797）有《简裘静斋范六泉二首》《送别范六泉秩满还蜀》诗。

刘凤诰

刘凤诰（1760—1830），字丞牧，号金门，又号无虚，江西萍乡人。乾隆五十四年（1789）一甲三名进士，授翰林院编修，迁侍读学士，历任广西学政、湖北乡试正考官、太常寺卿。嘉庆六年（1801）七月充山东乡试正考官，旋提

---

① 赵翼. 赵翼全集·瓯北集·卷五十三 [M]. 曹光甫, 点校. 南京：凤凰出版社，2009：1094.
② 和瑛. 太庵诗草 [M].
③ 和瑛. 太庵诗草 [M].
④ 和瑛. 易简斋诗钞：卷二 [M]. 上海：上海古籍出版社，2002：488.
⑤ 许瑶光.（光绪）嘉兴府志：卷五十四 [M]. 刊本. 1879（清光绪五年）.
⑥ 秦国经. 中国第一历史档案馆藏清代官员履历档案全编：第22—23册 [M]. 上海：华东师范大学出版社，1997：528，682.
⑦ 文良, 朱庆镛. 同治嘉定府志 [M] // 中国地方志集成·四川府县志辑·第37册. 成都：巴蜀书社，1992：189.
⑧ 吴树萱. 霁春堂集：卷四 [M] // 清代诗文集汇编：第412册. 上海：上海古籍出版社，2010：267.

督山东学政。嘉庆七年（1802），授内阁学士兼礼部侍郎。嘉庆九年（1804）六月，迁兵部右侍郎，七月转左侍郎，八月学政任满回京，十一月因事降一级，补授内阁学士充实录馆总纂。嘉庆十一年（1806），复任兵部右侍郎，十月调吏部右侍郎。嘉庆十二年（1807），加太子太保衔，任浙江学政。嘉庆十四年（1809），因乡试弊事，发黑龙江效力赎罪。嘉庆十八年（1813）释回。嘉庆二十三年（1818），复召为编修。道光元年（1821）秋，以病辞。道光十年（1830），病逝于扬州。富于学识，工于文章，石韫玉称"凡朝廷有大著作，无不与闻于其间，所学经史百家，无不洞悉其源流，而于朝常国故尤所熟悉，凡祖宗神功圣德皆言之，凿凿可据，尤熟于乾隆一代事迹"①。著有《五代史记注》《江西经籍志》四卷、《存悔斋集》二十八卷、《杜诗话》五卷。

刘凤诰嘉庆六年（1801）七月任山东学政，和瑛十一月任山东巡抚，同在济南任职。和瑛"日以文墨为事"，诸人多有唱和，蔚为盛事。刘凤诰《存悔斋集》卷十八收有《次和太庵中丞登城望千佛山诗原韵》《次太庵中丞珍珠泉庭前喜雪元韵》《次太荈中丞示守令诗韵》三首唱和诗。嘉庆七年（1802），二人具奏，立伏生为博士。嘉庆十八年（1813），刘凤诰自黑龙江赎回，途经盛京，和瑛时任盛京将军，赠扇送行。刘凤诰答以《和太庵将军以画菊扇赠行戏题》，言说返乡心切。

吴俊

吴俊（1744—1815），字奕千，号蠡涛，晚号昙绣居士，江苏吴县人。乾隆三十七年（1772）进士，任内阁中书。乾隆五十一年（1786）任云南学政，嘉庆三年（1798）任广东按察使，嘉庆六年（1801）四月升任山东布政使，十一月署理山东巡抚。嘉庆七年（1802）因事去职，署惠潮嘉道，嘉庆十年（1805）复任广东按察使，嘉庆十三年（1808）以年老解任回京，任光禄寺少卿。后以病归，主紫阳书院。工诗古文词，有《荣性堂集》《荣性堂文集》《庄子解》等。

乾隆三十六年（1771），和瑛进士及第，在户部学习；乾隆三十七年（1772），吴俊进士及第，任内阁中书。此时，和瑛已"慕其名而颇奇其貌，伟其才"只是"未见其诗"。及至嘉庆六年（1801）和瑛任职山东，"因其诗而知其所学，因其学而知其所以为官""读百日，竟其卷""始为之序"。② 序成，吴

---

① 石韫玉. 独学庐五稿·卷二·存悔斋集序 [G] //清代诗文集汇编：第 447 册. 上海：上海古籍出版社，2010：598.
② 吴俊. 荣性堂集 [G] //清代诗文集汇编：第 408 册. 上海：上海古籍出版社，2010：421.

俊作《太庵中丞见余荣性堂诗集制序见赠辄赋二律报谢》，和瑛作《序荣性堂诗集蠡涛以诗谢次韵》相答。

在山东，二人多有唱和。《荣性堂集》卷十九有《和中丞阅城望千佛山作诗示僚属依韵奉呈》《次和中丞珍珠泉庭前喜雪元韵》《和太荎幕府春燕观珍珠泉》《和和中丞耕耤礼成排律原韵》《中丞以廉访都转诸公和章不至迭韵促之复迭奉呈》《中丞于谷雨日冲雨还省三迭前韵赐示仍迭奉呈》《复敬和绝句元韵》《和太庵中丞谢丁方轩都转馈虾元韵》，卷二十有《五月朔日太庵中丞诣东郊观麦还集小沧浪精舍用坡翁放鱼西湖诗韵赋诗见示辄和二首》《中丞节院西偏修竹成林今岁新笋迸发多于往时赋诗二章以颂》《今年二月释奠于先师太庵中丞徧审乐器以磬声不调函致安徽卢凤珠观察购材于灵璧今远寄二十四枚扣之中律因赋古诗十二韵纪盛辄和奉呈》等诗相酬唱。和瑛《易简斋诗钞》卷三有《喜吟碧山房竹胜往年次吴蠡涛方伯韵》《夜雨书怀用蠡涛西园夜月韵》等诗次韵。二人还有《题济南太守德壸圃寒香课子图》《题壸圃五峰祷雨图》《泰安试院七柏一松歌用少陵古柏行韵》等同题题画诗。

吴慈鹤

吴慈鹤（1778—1826），字韵皋，号巢松，又号岑华居士，江苏吴县人。早年随侍父亲吴俊游历广东、山东等地。嘉庆十四年（1809）进士，选翰林院庶吉士，嘉庆十九年（1814）散馆授编修。道光二年（1822）任河南学政，道光五年（1825）调山东学政，官至翰林院侍讲。工诗，善骈体文，有《吴侍读全集》。

在山东时，和瑛颇赏识吴慈鹤的才华，多有赞誉，有《题钟馗画扇次吴巢松公子韵》。和瑛、吴俊因事被谪，吴慈鹤作《八月辞济南行》为鸣不平。嘉庆十年（1805），吴慈鹤作《蒙古和太庵先生以名进士为省郎……》怀念和瑛，回顾和瑛行事，希望和瑛早日归来。嘉庆二十三年（1818）五月，和瑛等人充文颖馆总裁官，奉命纂修《明鉴》，吴慈鹤时亦入馆，草撰朱元璋、朱由检两朝内容。

和瑛尝与吴慈鹤置酒对酌，以编纂诗集事相托付。和瑛去世后，璧昌等将和瑛手订诗集交付吴慈鹤。道光三年（1823）七月，吴慈鹤作《和简勤公易简斋诗钞·序》，盛称和瑛诗歌"乃欧梅之替人，夺苏黄之右席……趣远旨超，自成一家"[1]。

---

[1] 和瑛.易简斋诗钞［M］.上海：上海古籍出版社，2002：454.

沈琨

沈琨（1745—1808），一作焜，字兼山，号舫西，晚号归云居士，浙江归安人。乾隆三十六年（1771）举人，乾隆四十一年（1776）授内阁中书，旋在军机处行走。乾隆五十一年（1786）授广东佛山同知，未及赴任而丁父忧。乾隆五十四年（1789）服阙入京，补中书，历任工部都水司主事、营缮司员外、制造库郎中。嘉庆二年（1797）改陕西道监察御史，旋掌京畿道。嘉庆六年（1801）十月，出为山东泰安知府。嘉庆九年（1804）秋，以病告归，主讲扬州梅花书院、徽州紫阳书院。琨生而颖异，过目不忘，积学多通，尤肆力于诗，有《嘉荫堂文集》《嘉荫堂诗存》等。

沈琨任泰州知府时，和瑛曾来巡视，登泰山，并有《和沈舫西太守登岱元韵二首》，以"达者"称美沈琨。①

陈钟琛

陈钟琛（1738—?），广西桂林府临桂人。由举人捐知县，选授直隶抚宁县，乾隆四十四年（1779）服满签掣河南原武县知县，乾隆四十六年（1781）升云南丽江府鹤庆州知州，乾隆四十八年（1783）内用浙江宁波府知府。嘉庆六年（1801）十二月任山东按察使，嘉庆七年（1802）八月署任布政使，十一月升任布政使。

吴俊《荣性堂集》卷十九有《中丞以廉访都转诸公和章不至迭韵促之复迭奉呈》《中丞于谷雨日冲雨还省三迭前韵赐示仍迭奉呈》诗，可知陈钟琛亦参与了和瑛在山东时的唱和。

丁阶

丁阶，字（或号）方轩，浙江山阴人，寄籍顺天通州。乾隆四十九年（1784）进士，签分户部学习，补本部主事，乾隆五十五年（1790）八月升本部员外郎，保列一等。乾隆五十八年（1793）正月内用山东盐运使。

和瑛任山东巡抚时，丁阶在山东盐运使任，曾馈送和瑛海虾，和瑛答以《丁方轩鹾使馈海虾》诗，吴俊有《和太庵中丞谢丁方轩都转馈对虾元韵》。吴俊《荣性堂集》卷十九有《中丞以廉访都转诸公和章不至迭韵促之复迭奉呈》《中丞于谷雨日冲雨还省三迭前韵赐示仍迭奉呈》诗，可知丁阶亦参与了和瑛在山东时的唱和。

蒋因培

蒋因培（1768—1838），字伯生，江苏常熟人，定居山东汶上。十七岁以国

---

① 和瑛. 易简斋诗钞：卷三 [M]. 上海：上海古籍出版社，2002：505.

子监生应顺天乡试，为法式善所激赏，由是知名。嘉庆二年（1797），以监生入赀为县丞，权费县巡检，后补阳谷县丞，累署汶上、金乡、峄、滕、高密、巨野等县，真授泰安令。丁母忧，服阕补齐河县。道光元年（1821），因事被谪戍军台。释回后，闲游各地，放情山水，寓意诗酒。有《乌目山人诗集》六卷。

和瑛在济南时，蒋因培有《三月二十日和太庵中丞冲雨旋辕三迓耕耤诗韵志喜奉和》《呈中丞用前韵》等诗相唱和。和瑛、吴俊、蒋因培都有题济南知府德生《寒香课子图》诗。蒋因培与吴俊父子、刘凤诰等亦多有唱和。

德生

德生，字体仁，号垕圃，汉军正黄旗人。乾隆四十三年（1778）进士，点庶吉士，乾隆四十五年（1780）散馆授检讨，乾隆五十五年（1790）五月内保送御史，乾隆五十六年（1791）十月内补授山东道监察御史，京察保列一等。嘉庆三年（1798）九月内用山东登州府知府，嘉庆五年（1800）调济南知府，嘉庆七年（1802）升兖沂道。在承办皂孙冒考案中，德生等人办理不力，给事中汪镛弹劾滥刑枉断，牵连和瑛被革职，德生也被发配伊犁。

和瑛任巡抚时，德生任济南知府，同驻济南。和瑛有《题济南太守德垕圃寒香课子图》《题垕圃五峰祷雨图用东坡张龙公诗韵》等诗相酬唱。

赵怀玉

赵怀玉（1747—1823），字亿孙，号味辛，又号映川，晚号收庵居士，江苏武进人。乾隆四十五年（1780），乾隆第五次南巡，召试举人，授内阁中书。嘉庆六年（1801）出为山东青州府同知，先后署理登州、兖州知府。嘉庆八年（1803）丁父忧去职，闲居乡里，不复出仕。晚年主讲石港、关中、爱山书院。有《亦有生斋集》。

嘉庆六年（1801）十一月，和瑛任山东巡抚，其时赵怀玉始自家抵济南，十二月赴青州同知任。嘉庆七年（1802）二月，赵怀玉奉命署理登州知府，至济南与同年刘凤诰等游大明湖。未及两月，继任者至，返回青州。不久，再次到济南，奉命参与审理皂孙冒考案。审理中询得实情，并告知吴俊，遂招怨忌。赵怀玉方拟托疾回青州，适委任署兖州知府。和瑛、吴俊相继去职后，赵怀玉因丁父忧亦去职，不复出仕。

在山东期间，赵怀玉与和瑛相处颇为相得，谓和瑛"邃于《易》，工诗，尤精律吕之学"[①]，并有《博尔济吉特抚部和宁观麦东郊还泛大明湖集小沧浪用东

---

① 赵怀玉. 收庵居士自叙年谱略[M]//北图社古籍影印编辑室. 乾嘉名儒谱：第9册. 北京：北京图书馆出版社，2006：509.

坡迁鱼韵见示奉和一首》《博尔济吉特抚部以济南学宫磬音未调致书庐风观察得灵璧二十四具用备雅乐作诗志盛即次元韵》《飞蝗行和博尔济吉特抚部》等诗相唱和；又与刘凤诰、沈琨等人多有唱和，亦有题济南知府德生《寒香课子图》诗。

颜检

颜检（1757—1832），字惺甫，号岱山，又号岱云，别号槎客，广东连平县人，生于山东泰安，山东巡抚颜希深之子。乾隆四十二年（1777），以拔贡生朝考入选一等，授礼部七品京官，后升仪制司员外郎、主事。乾隆五十八年（1793）出任江西吉安知府，历任云南盐法道、迤南兵备道。嘉庆二年（1797）任江西按察使、河南布政使，嘉庆四年（1799）调任直隶布政使，嘉庆六年（1801）升河南巡抚，嘉庆七年（1802）九月任直隶总督。嘉庆十年（1805）因事革职，发南河县任职。嘉庆十一年（1806）发往乌鲁木齐效力赎罪，嘉庆十二年（1807）二月抵达乌鲁木齐，嘉庆十三年（1808）三月释回。后历任西仓监督、大通桥监督、户部主事、湖南岳常澧道、云南按察使、贵州巡抚、山东盐运使、浙江巡抚、福建巡抚、直隶总督、户部右侍郎、仓场侍郎等职。道光四年（1824）调任漕运总督，道光五年（1825）因京杭大运河河道淤塞降职致仕，道光十二年（1832）去世。有《衍庆堂奏议》《衍庆堂诗稿》。

颜检发往乌鲁木齐效力赎罪，在都统和瑛辖下，二人时相过从。嘉庆十二年（1807）三月，和瑛完成《心经集注》后，颜检有《题和太庵先生心经集注卷后》诗，谓和瑛集注"妙谛通吾儒"[1]。五月一日，颜检病愈，赴和瑛署中谈《易》，有《五月一日疾愈，至都护署中与和太庵先生讲〈易〉用陶公〈乙巳岁三月为建威参军使都经钱溪〉韵》。[2] 七月，有《呈都护和太庵先生》，自注"先生曾作《回疆通志》及《西藏赋》，考据详而且确，近又纂乌鲁木齐志书"，并誉美和瑛"不愧读书人"，有"古大臣"之胸怀，为一代之"儒将"。[3] 又有《立秋日过都护署复呈太庵先生》，描写和瑛"一榻罗书史，千秋有寸心"，二人相逢，"开轩纳凉意，论世畅遥襟"，和瑛的卓识高论，令其有"如闻太古

---

[1] 颜检.衍庆堂诗稿：卷四[M]//清代诗文集汇编：第446册.上海：上海古籍出版社，2010：275.

[2] 颜检.衍庆堂诗稿：卷五[M]//清代诗文集汇编：第446册.上海：上海古籍出版社，2010：281.

[3] 颜检.衍庆堂诗稿：卷五[M]//清代诗文集汇编：第446册.上海：上海古籍出版社，2010：287.

琴"的感觉。① 重九日，和瑛作《九日书怀和颜岱云制军，用陶诗〈拟古〉韵》，随后颜检作《和太庵先生以九日言怀诗见示赋此奉答》。和瑛还有《大雪书怀和颜岱云元韵》等诗与颜检唱和。嘉庆十三年（1808）正月，晋昌赴乌里雅苏台将军任，途经乌鲁木齐，盘桓五日，有《留别和太庵都护》诗，颜检次韵有《赠晋斋将军即次晋斋留别太庵都护韵》诗。三月，颜检内召，和瑛等为其送行。颜检《奉命释回即赴南河工次纪恩述事四首》其三有"结束征衣欲跨鞍，使君酌酒其盘桓"句，自注"和都护、定提军皆依依饮饯，不忍话别"。② 和瑛《三州辑略》卷九中载录颜检诗歌达27题之多。和瑛为颜检乌鲁木齐寓所题写了匾额，颜检《题亦吾庐》题下自注"都护和太庵先生颜寓斋曰'亦吾庐'"。③

李銮宣

李銮宣（1758—1817），字伯宣、凤书，号石农，山西静乐人。乾隆五十五年（1790）进士，授刑部主事，历任提牢厅、安徽司主事、湖广司员外郎。嘉庆二年（1797）京察一等，嘉庆三年（1798）擢浙江温处道，嘉庆九年（1804）擢云南按察使。嘉庆十一年（1806）因事被参，谪往乌鲁木齐，嘉庆十三年（1808）三月释回。嘉庆十五年（1810）二月以六部主事用，六月补兵部武库司主事，七月迁直隶天津道。嘉庆十九年（1814）七月调通永道，八月授直隶按察使。嘉庆二十年（1815）三月调广东按察使，十二月迁四川布政使。嘉庆二十二年（1817）九月擢云南巡抚，护理四川总督印务，不久病故，未及赴任。《国朝诗人征略》卷五十一引《听松庐诗话》谓李銮宣"正直而和易，虚己而爱才。其诗模山范水自具清雄，吊古言怀每多沉郁，至《荷戈集》中《述哀》诸篇能使读者愀然以悲"。④《皇清书史》卷二十三引《郁栖书话》谓其"真行书，秀建有法"。⑤ 有《坚白石斋诗集》。

在乌鲁木齐，"昕夕往来皆戍客"，李銮宣经常"壶中岁月幻中身，闭户钞

---

① 颜检. 衍庆堂诗稿：卷五 [M] //清代诗文集汇编：第446册. 上海：上海古籍出版社，2010：287.
② 颜检. 衍庆堂诗稿：卷七 [M] //清代诗文集汇编：第446册. 上海：上海古籍出版社，2010：315.
③ 和瑛. 三州辑略：卷九 [M] //中国方志丛书·西部地方. 台北：成文出版社，1968：335.
④ 张维屏. 国朝诗人征略·卷五十一·李銮宣 [M]. 陈永正，点校. 广州：中山大学出版社，2004.
⑤ 李放. 皇清书史 [M] //周骏富. 清代传记丛刊：第87册. 台北：明文书局，1985：213.

书又浃旬"①。和瑛虽然是乌鲁木齐都统，但亦是贬谪西来之人、"闭户钞书"之人，与李銮宣同病相怜，对李銮宣等人多有照拂。嘉庆十三年（1808）三月，东归入关，李銮宣有《寄怀和太庵都护三首》，谓和瑛"穷年手一编""居易能安命""亮节天山峻，雄辞瀚海吞……禾黍三州渥，风云万马屯"，感念和瑛"怜才到鲰生""玉关回首望，犹忆笑言温"。②在和瑛编纂的《三州辑略》卷九中，载录李銮宣诗歌17题26首。

晋昌

晋昌（1759—1828），字晋斋、戬斋，号红梨主人，爱新觉罗氏，满洲正蓝旗。恭亲王常宁五世孙，初授三等侍卫、辅国将军，乾隆五十三年（1788）袭封镇国公，乾隆五十九年（1794）擢正红旗蒙古副都统。嘉庆元年（1796）兼镶白旗护军统领，历任宗人府右宗人、内大臣、左宗人、盛京将军。嘉庆八年（1803）革职夺爵，嘉庆十年（1805）充乌什办事大臣，嘉庆十一年（1806）授喀什噶尔参赞大臣，嘉庆十二年（1807）十月授乌里雅苏台将军，嘉庆十四年（1809）三月调伊犁将军，嘉庆十六年（1811）九月改授乌鲁木齐都统，嘉庆十九年（1814）二月复授盛京将军，嘉庆二十二年（1817）二月复调伊犁将军。嘉庆二十五年（1820）四月内调领侍卫内大臣，五月在御前大臣上学习行走，十二月授理藩院尚书，充崇文门监督。道光元年（1821）七月调兵部尚书，八月实授御前大臣，道光二年（1822）再授盛京将军，道光七年（1827）调绥远城将军，道光八年（1828）正月因事去职回京，八月去世。工画能诗，《八旗画录》引《墨香居画识》谓"能点染花卉"③，有《且住草堂诗稿》《戎旃遣兴草》等。

嘉庆十年（1805），晋昌任乌什办事大臣，为喀什噶尔参赞大臣和瑛属下；嘉庆十一年（1806）正月，和瑛内召，晋昌则继任为喀什噶尔参赞大臣。嘉庆十二年（1807）十月，晋昌授乌里雅苏台将军，嘉庆十三年（1808）正月途经乌鲁木齐，与和瑛、颜检等人诗酒唱和，盘桓五日。晋昌《戎旃遣兴草》卷下《留别和太庵都护》谓："别后情深见更深，天涯有幸又追寻……秋月春云游子意，高山流水故人心。知君未许轻离别，绿酒擎来细细斟。"④

---

① 李銮宣. 坚白石斋诗集：卷九 [M]. 太原：山西人民出版社，1991：298.
② 李銮宣. 坚白石斋诗集：卷十 [M]. 太原：山西人民出版社，1991：335.
③ 李放. 八旗画录前编：卷中 [M]//周骏富. 清代传记丛刊：第80册. 台北：明文书局，1985：458.
④ 晋昌. 戎旃遣兴草 [G]//清代诗文集汇编：第456册. 上海：上海古籍出版社，2010：57.

玉德

玉德（？—1808），字达斋，号他山，瓜尔佳氏，满洲正红旗。乾隆三十三年（1768）由官学生考补内阁中书；乾隆三十七年（1772）迁侍读；乾隆三十九年（1774）授湖南衡州府知府；乾隆四十一年（1776）迁岳常澧道；乾隆四十二年（1777）九月丁忧回旗，在刑部郎中任上行走；乾隆四十四年（1779）署山东济东泰武道。乾隆四十五年（1780）因事降级调用，在刑部行走；乾隆四十八年（1783）署员外郎；乾隆四十九年（1784）升郎中；乾隆五十一年（1786）擢山东按察使，调安徽按察使；乾隆五十四年（1789）六月迁安徽布政使，十月擢刑部右侍郎；乾隆五十七年（1792）转左侍郎；乾隆六十年（1795）正月授山东巡抚。嘉庆四年（1799）十月署闽浙总督，嘉庆五年（1800）正月实授。嘉庆十一年（1906）因事发伊犁效力赎罪，嘉庆十二年（1807）十月任乌什办事大臣，嘉庆十三年（1808）四月因病恩准回旗，十二月卒。《八旗画录》引《绘境轩读画记》谓"工诗画，法时帆、铁梅庵俱盛推之"①。

嘉庆十二年（1807），玉德因事发往伊犁效力赎罪，途经乌鲁木齐，颜检有《晤玉制军时以遣戍伊犁过此》。玉德赴京，在吐鲁番与和瑛相遇，和瑛有《九日土鲁番送玉达斋还都》，谓："番城九日驻旌旄，老健心朋此会豪。别赠一枝花晚节，天山登后莫登高。"②

成书

成书（1760—1821），字倬云，号误庵，穆尔察氏，满洲镶白旗。乾隆四十九年（1784）进士，签分户部，历任户部主事、翰林院侍讲、侍讲学士、侍读学士、詹事府少詹事、詹事。嘉庆三年（1798）擢升内阁学士，历任兵、工、户部侍郎。嘉庆九年（1804）因事降四级调用，嘉庆十年（1805）充哈密帮办大臣，嘉庆十一年（1806）任办事大臣，十一月召任工部右侍郎。嘉庆十九年（1814）授直隶泰宁镇总兵，嘉庆二十一年（1816）因失察事为古城领队大臣，寻调乌什办事大臣，嘉庆二十三年（1818）调叶尔羌办事大臣。嘉庆二十五年（1820）召回，补太常寺少卿。道光元年（1821）擢任兵部左侍郎，调户部右侍郎。六月，奉命赴山东、河南审案，卒于途次。成书有《多岁堂诗集》四卷，年轻时编《古诗存》八卷，选诗、评诗都别具一格。

乾隆四十九年（1784）四月，成书会试中式，廷试三甲，签分户部，与和

---

① 李放. 八旗画录后编：卷中 [M] //周骏富. 清代传记丛刊：第80册. 台北：明文书局, 1985：498.

② 和瑛. 易简斋诗钞：卷四 [M]. 上海：上海古籍出版社, 2002：519.

瑛同供职户部。在《和泰庵参赞英自喀什噶尔内召路过伊吾留宿衙斋快谈三日别后有诗见怀赋此却寄》自注中谓"余与太庵共事农曹有年"。嘉庆六年（1801）二月，成书举家自沈阳回京，并任工部右侍郎，寻转工部左侍郎，四月转兵部右侍郎，八月总理咸安宫官学事务；同年，和瑛亦自西藏应召回京，正月调工部右侍郎，约六七月间抵京，七月调户部左侍郎兼署工部左侍郎，九月到通州仓场办事，二人在京城相聚共事两月左右。

嘉庆十一年（1806），和瑛应召回京，途经哈密，两人"快谈三日"；别后，和瑛有《苦水驿守风，简哈密成误庵侍郎》，成书欣然作《和泰庵参赞英自喀什噶尔内召路过伊吾留宿衙斋快谈三日别后有诗见怀赋此却寄》与和瑛相唱和，谓"莽莽云山万里随，轺车今始见归期。一身奉使俄经屡，数载相逢未恨迟。旧日郎官添白发，故园松竹待新诗。蒲桃细酌穹庐雪，珍重天涯此会寄"①。

嘉庆十五年（1810）、嘉庆二十五年（1820）、道光元年（1821），和瑛与成书同在京城任职，二人或有往来。

张澍

张澍（1781—1847），字时霖，一字伯瀹、寿谷，别号介侯、介白、鸠民，甘肃武威人。嘉庆四年（1799）进士，选翰林院庶吉士。嘉庆六年（1801）散馆授知县，历任贵州玉屏、遵义，四川屏山、兴文、铜梁、南溪，江西永新、泸溪等县知县，为宰三十年。晚年家于西安，锐心文献。博闻丽藻，谙通经史，善诗文，著述有《姓氏五书》《续黔书》《秦音》《蜀典》《养素堂诗集》《养素堂文集》，编有《二西堂丛书》《五凉旧闻》等。

嘉庆十二年（1807），张澍返乡，主讲兰州兰山书院。嘉庆十四年（1809）正月，和瑛自乌鲁木齐内召，途中受命署理陕甘总督，五月后实授，六月因事去职。和瑛在兰州期间，循例赴兰山书院考课，张澍有《和太荅宁制府书院课士奉赠四章》，自注"公专藩关中日，修棘院，兴起人文"，又谓"公精《易》"②。六月，和瑛因事去职赴京，有入都留别诗，并邀请张澍赴京。张澍有《和太荅宁制军以它事牵连降阶被旨以京堂补用和其留别入都元韵》诗相唱和，以召公比况，并称和瑛"《易贯近思录》，中言三十六宫之义，为先

---

① 成书.多岁堂诗集：卷三[M]//续修四库全书：第1483册.上海：上海古籍出版社，2002：458.
② 张澍.养素堂诗集·卷九·兰山集[M]//续修四库全书：第1506册.上海：上海古籍出版社，2002：216，217.

儒所未及"①。

严烺

严烺（1774—1840），字存吾，一字小农，号匡山，一号红茗山人，云南宜良人，祖籍浙江江阴。嘉庆元年（1796）进士，选为庶吉士，散馆后以部用，历任监察御史、给事中。嘉庆十二年（1807）以京察一等补为道府，六月出为山东巡漕，嘉庆十三年（1808）二月除甘肃兰州道，嘉庆十九年（1814）擢湖北按察使，历任甘肃布政使、湖北按察使、河东河道总督、江南河道总督。道光十一年（1831）十月因病解任，道光十四年（1834）赴浙江办理海塘工程。道光二十年（1840）卒。有《红茗山房诗文集》《馆课诗》《两河奏疏》《东西两防海塘图》等。

嘉庆十一年（1806）二月，严烺手钞《西藏赋》一册，并加眉批四十六条，从内容、章法结构、遣词使典等方面评点，并给予了很高评价。嘉庆十四年（1809）正月，和瑛由乌鲁木齐都统内召，途中署理陕甘总督，五月实授，六月去职。此时，严烺为和瑛属员，以李商隐自喻，作《上和太庵制府五言四十韵用李义山述德抒情诗献杜仆射相公元韵》，详述和瑛任职经历，称美和瑛文采政绩，诗中自注多用和瑛《西藏赋》的内容。

蒋祥墀

蒋祥墀（1761—1840），字盈阶，一字长白，号丹林，湖北天门人。乾隆五十五（1790）年进士，改翰林院庶吉士，乾隆五十八年（1793）四月散馆授编修，乾隆五十九年（1794）充国史馆协修。嘉庆元年（1796）充国史馆纂修，嘉庆四年（1799）丁父忧，嘉庆七年（1802）服阙，嘉庆九年（1804）充日讲起居注官，嘉庆十二年（1807）升国子监司业，嘉庆十三年（1808）迁司经局洗马。嘉庆十四年（1809）二月升右春坊右庶子，三月充会试同考官，四月转左庶子，八月升国子监祭酒。嘉庆十七年（1812）七月擢詹事府少詹事，九月迁奉天府府丞兼提督学政。嘉庆十八年（1813）八月调顺天府府丞，十一月升通政使司副使。嘉庆十九年（1814）七月升光禄寺卿，十月升宗人府府丞。嘉庆二十年（1815）四月擢都察院左副都御史，嘉庆二十三年（1818）缘事调用，以三品京堂候补。嘉庆二十四年（1819）复补光禄寺卿，旋丁母忧。道光元年（1821）服阙，道光四年（1824）补原官，历任太常寺卿、左副都御史、鸿胪寺卿。道光十四年（1834）以原品致仕，道光二十年（1840）卒，年七十九岁。

---

① 张澍. 养素堂诗集·卷九·兰山集［M］//续修四库全书：第1506册. 上海：上海古籍出版社，2002：219.

有《印心堂文集》四卷、《印心堂诗集》十二卷。

嘉庆十七年（1412）十月十三日，蒋祥墀抵达盛京任奉天府府丞兼学政。蒋祥墀在《散樗老人自纪年谱》中谓："时将军和泰庵先生及副都统、五部侍郎多旧识者，情甚投惬。""署中清简无事，惟与和泰庵将军、贵云西少寇酬咏而已，有《沈阳采风随笔》二卷。"①

蒋祥墀之子蒋立镛为《散樗老人自纪年谱》注："府君到沈后，每月必寄信二次，询问祖母起居。吾母朝夕事奉，虽病乳隐痛而寝食行动不离左右。适寓中有子母二猫，依依几席间，必俟其母食毕而后食。家信偶言及，府君益感叹，作《猫侍母食歌》二章，归美于吾母之能养而自以不逮将母为愧，反复唱咏。沈阳同寅皆咏其事。未几，而恩命召还，人以为诚孝所感。"② 嘉庆十八年（1813），和瑛有《和蒋丹林猫侍母食歌韵》，即为此次唱和之作。

贵庆

贵庆（1775—1847），字月山、云白，又字云西，号梦荄，满洲镶白旗。嘉庆四年（1799）进士，选翰林院庶吉士，嘉庆六年（1801）散馆以部属用，寻改检讨，八月升侍讲。嘉庆八年（1803）大考三等，降为詹事府左赞善，旋复升侍讲，充功臣馆提调。嘉庆九年（1804）充日讲起居注官，京察一等，转侍读。嘉庆十年（1805）升侍讲学士，嘉庆十一年（1806）转侍读学士，分校《高宗实录》。嘉庆十二年（1807）正月稽查西四旗觉罗学，五月升詹事，十月授内阁学士兼礼部侍郎衔。嘉庆十三年（1808）补公中佐领，充文渊阁直阁事。嘉庆十四年（1809）二月署稽查中书科，三月充会试副考官，五月教习庶吉士，六月授正红旗汉军副都统。嘉庆十五年（1810）二月授盛京户部侍郎，八月缘事镌二级，以三品京堂候补，九月补授大理寺卿。嘉庆十六年（1811）十二月授盛京刑部侍郎。嘉庆十九年（1814）因误拿张观澜案，降三级留任。嘉庆二十年（1815）八月因病开缺，十一月病愈，署理藩院左侍郎兼镶黄旗满洲副都统，十二月授礼部右侍郎兼署刑部右侍郎，授镶红旗汉军副都统，旋缘事降补奉天府尹。嘉庆二十三年（1818）以擅行御道殴打防御使革职，发往黑龙江效力赎罪。嘉庆二十五年（1820）九月释回，赏主事。道光元年（1821）充实录馆提调，道光四年（1824）六月补通政司参议，道光五年（1825）五月擢内阁学士兼礼部侍郎衔，历任兵部、吏部、刑部侍郎、泰宁镇总兵、仓场侍郎、礼

---

① 蒋祥墀. 散樗老人自纪年谱[M]//北京图书馆藏珍本年谱丛刊：第126册. 北京：北京图书馆出版社，1999：490，491-492.
② 蒋祥墀. 散樗老人自纪年谱[M]//北京图书馆藏珍本年谱丛刊：第126册. 北京：北京图书馆出版社，1999：494-495.

部尚书。道光二十七年（1847）卒。有《囤山纪游诗》《醉石龛即事诗》《镜心堂七言律选》《绮语旧作》等。谢堃《春草堂诗话》卷五谓"人多以月山先生称之，诗法盛唐，务尚魄力，乾嘉以来一大宗也"①，杨钟羲《雪桥诗话》谓其"工诗文，《塞上》诸作，人比之明七子"②。震钧《天咫偶闻》云："贵云西侍郎庆平生有砚癖，刻有咏研诗一册，皆同人倡和之作。"③

贵庆任盛京刑部侍郎时，和瑛任盛京将军，蒋祥墀任奉天府丞兼学政，诸人多有唱和。蒋祥墀《散樗老人自纪年谱》谓："署中清简无事，惟与和泰庵将军、贵云西少寇酬咏而已。"④

第二节　科考与交游

科举制是对察举制的一次革命，是中国古代人才选拔制度的一次创新。科举自隋兴以来，中经唐宋，明清极于鼎盛，绵延1300多年，对中国的政治、经济和文化都产生了极大的影响。清代亦重科举，"二百余年，虽有以他途进者，终不得与科举出身者相比"⑤。早在清军入关之前，皇太极便通过考试录取满汉文士从事文案工作，入关之后，顺治很快就宣布沿袭明朝惯例，按期开科取士。顺治二年（1645）秋，在北方数省举行乡试，录取了清朝的首批举人；顺治三年（1646）春，在北京举行会试，录取了清朝的首批进士；顺治四年（1647）春，加行会试，多取江南文士。自此以后，基本上每三年举行一次乡试、会试，皇帝登基、万寿大庆等则开恩科，有清一代260多年，乡试、会试有102科之多，录取进士26362人。⑥清代在承袭明代科举制度，实行乡、会、殿试三级考试制度的同时，由科举衍生的科场文化也同时被传承下来。座主、房师、门生、同年情谊，正是科场文化的产物之一，是文士人际关系网络的重要一环，是文学交游的重要组成部分。

---

① 谢堃.春草堂诗话：卷五［M］.刻本.
② 杨钟羲.雪桥诗话全编·雪桥诗话：卷十一［M］.雷恩海，姜朝晖，校点.北京：人民文学出版社，2011：600.
③ 震钧.天咫偶闻：卷三［M］.北京：北京古籍出版社，1982：69.
④ 蒋祥墀.散樗老人自纪年谱［M］//北京图书馆藏珍本年谱丛刊：第126册.北京：北京图书馆出版社，1999：491-492.
⑤ 赵尔巽，等.清史稿·卷一百六·选举志［M］.北京：中华书局，1976：3099.
⑥ 李树.中国科举史话［M］.济南：齐鲁书社，2004：258-259.

李肇《唐国史补》卷下称："俱捷谓之同年。有司谓之座主。"① 顾炎武《生员论》谓："生员之在天下，近或数百千里，远或万里，言语不同，姓名不通，而一登科第，则有所谓主考官者，谓之座师；有所谓同考官者，谓之房师；同榜之士，谓之同年；同年之子，谓之年侄；座师、房师之子，谓之世兄；座师、房师之谓我，谓之门生。"② 在唐代，进士放榜次日，由状元带队，集体参拜主考官，正式确立座主、门生之关系。座主对门生有知遇奖掖之恩，视门生若子弟。《独异志》载崔群知贡举，取士30人，自称"有三十所美庄良田遍天下"③。柳宗元在《与顾十郎书》中写道："凡号门生而不知恩之所至者，非人也。"④ 座主、门生关系密切，有一荣俱荣、一损俱损之势，极易流为朋党。到宋代，改革科举制度，其中之一便是增加殿试环节，由皇帝亲自充任主考官，所取之士号为"天子门生"，以此来杜绝座主、门生关系过于密切、滋生朋党的流弊。但实际效果并不理想，登科之士依然习惯于称有司为座主，自称门生；明清时期增加分房阅卷同考官后，又增加了房师一层关系。明清时期座主、房师与门生联系也非常密切，甚至结成利益共同体。熊召政在《明代座主》中说，整个明代，门生弹劾或讽刺座主的，仅有两例，一是罗玘讽谏李东阳，但罗玘不忘师恩，只是将信交到李东阳手上，而没有公开，且始终以师生情谊为切入点；二是刘台上书弹劾张居正，张居正向皇帝递交辞呈，谓"我朝开国以来，未有门生弹劾座主，臣深感羞耻，唯有去职以表明心迹"，结果张居正无伤，刘台被流放。⑤ 乾隆四十一年（1776）十月，德保出任福建巡抚，代理漕运总督，离京之际，有130多名门生为其送行⑥。对于座主、房师与门生的这种密切关系，顾炎武曾有尖锐批评，谓"朋比胶固，牢不可解，书牍交于道路，请托遍于官曹，其小者足以蠹政害民，而其大者，至于立党倾轧，取人主太阿之柄而颠倒之"⑦。顾炎武所论虽难免纵横习气，多有夸张，但座主、房师与门生关系非同一般，也可见一斑。

---

① 李肇. 唐国史补 [M]. 上海：上海古籍出版社，1979：55.
② 顾炎武. 顾亭林诗文集·亭林文集·卷一 [M]. 北京：中华书局，1959：23.
③ 李冗. 独异志·卷下·崔群庄园 [M]. 张永钦，侯志明，点校. 北京：中华书局，1983：59.
④ 柳宗元. 柳宗元集：卷三十 [M]. 北京：中华书局，1979：804.
⑤ 熊召政. 明代座主 [J]. 紫禁城，2007（08）：45-49.
⑥ 德保. 乐贤堂诗钞·卷下·丙申十月，余奉命简任闽抚，暂权漕事，癸未、己丑两科暨召试诸及门共百三十余人置酒公饯，即席留赠 [G] //清代诗文集汇编：第344册. 上海：上海古籍出版社，2010：544.
⑦ 顾炎武. 顾亭林诗文集·亭林文集·卷一 [M]. 北京：中华书局，1959：23.

和瑛于乾隆三十三年（1768）乡试中式，正考官为兵部尚书陆宗楷，副考官为左副都御史景福；乾隆三十六年（1771）会试中式，正考官为大学士刘统勋，副考官为左都御史观保、内阁学士庄存与，同考官为祝德麟。刘统勋（1698—1773），字延清，号尔钝，山东诸城人，雍正二年（1724）进士，官至内阁大学士。乾隆三十八年（1773）十一月卒于任，谥文正。为官清廉刚正，品德学业无愧完人，礼亲王昭梿赞其"性简傲，不蹈科名积习，立朝侃然，有古大臣风"①。《（道光）诸城县续志》称其："刚毅笃棐，久值机密，襄赞纶扉，随事献纳，推贤黜佞，为百余年名臣第一。数谳大狱，无纵无枉。家故有田数十亩，敝庐一区，服官五十余年，不增尺寸……"② 刘统勋曾任《四库全书》总裁，参与《四库全书》的编辑。刘统勋门下士也多有参与《四库全书》的编辑校定诸工作者，辛卯年进士中便有程晋芳、邵晋涵、周永年等人。乾隆三十九年（1774），辛卯同年团拜，为座师新丧而停止演戏。章铨《染翰堂诗集》有《辛卯同年团拜时以座师刘文正公新丧停止演戏》诗，谓："何必丝与竹，言寻觞咏风。相期逢献岁，高会得群公。立雪师门事，伤心我辈同。侧身尊酒列，悲感意何穷。"③ 章铨用程门立雪的典故借指座师刘统勋跟诸同年，并为座师的仙逝而伤心。昭梿赞刘统勋"有古大臣风"，颜检誉美和瑛则有"不愧读书人""裘带今儒将，襟期古大臣"④ 之说，座师、门生同有古风。

乾隆三十六年（1771），祝德麟作为同考官，参与了是年会试的分房阅卷，取中了和瑛、徐长发等人。《悦亲楼诗集》卷七《春闱分校二首》其二谓："敢道量才玉尺持，苦帘情味最能知。衔将冤鸟前生石，吐尽春蚕未死丝。当日苦辛当日梦，几回风雨几回思。红纱笼眼欺人语，郑重抽毫落纸时。"⑤ 回想自己当年科场的辛苦，再看今日持尺量才之重任，面对考卷，每当要抽笔下判时，不由得郑重再三。诗中既有分校取士的喜悦之情，又有为国取才的慎重。乾隆三十七年（1772），祝德麟再次分校会试，所取士金榜殿试中列为一甲第一名，喜而赋诗，谓金榜曰："金榜名题金榜首，芬芳姓氏合称奇。荨树人道难为弟，衣钵君真得自谁。在昔已无温饱志，从今更树鼎台基。"⑥ 乾隆四十五年

---

① 昭梿. 啸亭杂录：卷二 [M]. 何英芳，点校. 北京：中华书局，1980：49.
② 刘光斗等修，朱学海纂. 诸城县续志 [M]. 台北：成文出版社有限公司，1976：302.
③ 章铨. 染翰堂诗集 [G] //清代诗文集汇编：第404册. 上海：上海古籍出版社，2010：72.
④ 颜检. 衍庆堂诗稿·卷五·呈都护和太庵先生 [G] //清代诗文集汇编：第446册. 上海：上海古籍出版社，2010：287.
⑤ 祝德麟. 悦亲楼诗钞：卷七 [M]. 刻本. 姑苏，1797（清嘉庆二年）.
⑥ 祝德麟. 悦亲楼诗钞：卷七 [M]. 刻本. 姑苏，1797（清嘉庆二年）.

(1780)九月二十八日,祝德麟服阕回京,与诸门生在陶然亭燕集,参与者有在京门生9人,和瑛因病未能到场。祝德麟特意推掉别人的邀约,参加了诸门生的聚会,兴致勃勃地登高赏花,谓"美酒醇醲最相近,秋花孤洁不能腴。浑疑再展重阳会,策杖登高病已苏",并自谦自己虽然学问不及欧阳修,但诸门生"才华岂让苏"。① 章铨《辛卯同门陪房师祝芷堂先生陶然亭公燕》:"江亭幸得共壶觞,况待春风几席旁。暄暖竟忘交十月,登临籍可补重阳,燕吴契阔添情绪,馆阁升沉感在亡。却羡老僧全不管,当筵指点菊花黄。"②

乾隆五十九年(1794)正月十日,祝德麟退隐在家,当得知门生徐长发、和瑛各有事业后,不无自豪地说:"近和泰庵方伯擢内阁学士加副都统衔,乘驿驻藏,经理善后事……二三良彦,或效绩疆场,或宣威藩服,于通门与有荣施,特毛锥衣钵。畴昔之岁,不知作何传授,既以自笑又以自庆。"③ "不知作何传授"是祝德麟的自谦之词,实际上其一言一行都有可能成为弟子们学习的对象,"桃李不言,下自成蹊"。年中,和瑛方才收看到祝德麟诗,次韵相答,称"何当化作花间蝶,游遍江南廿四风",期待有朝一日能到江南,再沐房师春风。④ 收到和瑛次韵诗,祝德麟又有《门人和泰庵自西藏见余所寄徐玉崖七言古诗一篇次韵邮致因答二律》,想象和瑛与和琳二人在西藏"知己联吟妙句夸",并以"江南棠树待栽花"相许。⑤ 嘉庆元年(1796),徐长发书信问候,祝德麟又作《玉厓枉书兼寄新刻遣答三律末章怀泰庵西藏》,谓和瑛:"亦有薇垣客,三年佛土留。书邮长不达,诗侣定谁酬。使命无中外,诸番待抚柔。雪来兼柳往,何日大刀头。"⑥

座师、房师与门生情如父子,同年之间则谊如兄弟。自发榜之日起,同榜之人便确立了绵延一生的同年友谊,构成了社会关系中的重要一环。宋代柳开曾指出:"同年登第者,指呼为同年,其情爱相视如兄弟,以至子孙累代莫不为昵比,进相援为显荣,退相累为黜辱。君子者成众善,以利国与民;小人者成众恶,以害国与民,耳闻目观,不越于此。"⑦ 明代何乔新说:"同年者,四海

---

① 祝德麟. 悦亲楼诗钞:卷十[M]. 刻本. 姑苏,1797(清嘉庆二年).
② 章铨. 染翰堂诗集[G]//清代诗文集汇编:第404册. 上海:上海古籍出版社,2010:126.
③ 祝德麟. 悦亲楼诗钞:卷二十七[M]. 刻本. 姑苏,1797(清嘉庆二年).
④ 和瑛. 答祝止堂师见寄元韵并简玉崖观察同年[M]//卫藏和声集年. 抄本.
⑤ 祝德麟. 悦亲楼诗钞:卷二十八[M]. 刻本. 姑苏,1797(清嘉庆二年).
⑥ 祝德麟. 悦亲楼诗钞:卷二十八[M]. 刻本. 姑苏,1797(清嘉庆二年).
⑦ 柳开. 河东先生集·卷九·与朗州李巨源谏议书[M]//文渊阁四库全书:第1085册. 台北:台湾商务印书馆股份有限公司,1986:305.

九州之人而偶同科第耳。然自唐以迄于今，士君子之交游，于其同年尤加厚焉。何哉？盖其进也同道，其升也同时，意气相孚，道谊相合，固非燕游之好者比，其加厚也宜矣。"① 清代小说《官场现形记》第十九回《重正途宦海尚科名　讲理学官场崇节俭》曾塑造了一位十分看重同年关系的钦差，对老年伯毕恭毕敬，"请老年伯上坐，自己并不敢对面相坐，却坐在下面一张椅子上。言谈之间，着实亲热，着实恭敬"，还热心为老年伯排忧解难；对同年也是另眼看待，有一知县官司缠身，托人求请，"副钦差听了这话，立即翻出同年齿录一看，果然不错，满口答应替他开脱"②。可见，在科举时代，同年是很重要的社会关系。唐代进士发榜后，有期集拜见、曲江游宴、雁塔题名、杏园探花等同年聚会活动，宋代则盛行有同年序齿之仪式，而编撰同年录、登科录，举办同年会等也都是加强同年关系的有效方式。

和瑛为辛卯进士，辛卯同年经常在京城举办团拜、销寒等名义的同年聚会。乾隆三十七年（1772）九月，燕集陶然亭。孔广森《壬辰九月陶然亭燕集·序》："岁旅执徐，日躔天蝎，辛卯同年进士会于城西之陶然亭。"③ 章铨《辛卯诸同年集陶然亭程鱼门吏部晋芳斐然有作走笔和之》，诗有"无边景色秋光天"句④。乾隆三十八年（1773），首举销寒之会。邵晋涵《南江文钞》卷六《销寒叠韵诗序》："余忆同年销寒之会始于程鱼门，是为癸巳之冬。"⑤ 乾隆三十九年（1774），辛卯同年团拜。章铨《辛卯同年团拜时以座师刘文正公新丧停止演戏》记其事⑥。乾隆四十三年（1778），在王增寓所举行销寒会。邵晋涵《南江文钞》卷六《销寒叠韵诗序》："戊戌入都，则集于王方川所。"⑦ 乾隆四十五年（1780）九月二十八日，祝德麟服阕回京，同门燕集，和瑛因病未到。祝德麟有

---

① 何乔新. 椒邱文集·卷九·同年燕集诗后［M］//文渊阁四库全书：第1249册. 台北：台湾商务印书馆股份有限公司，1986：153.
② 李宝嘉. 官场现形记［M］. 北京：人民文学出版社，1957：303-305.
③ 孔广森. 骈俪文：卷二［G］//清代诗文集汇编：第431册. 上海：上海古籍出版社，2010：199-200.
④ 章铨. 染翰堂诗集［G］//清代诗文集汇编：第404册. 上海：上海古籍出版社，2010：66.
⑤ 邵晋涵. 南江文钞：卷六［G］//清代诗文集汇编：第405册. 上海：上海古籍出版社，2010：377.
⑥ 章铨. 染翰堂诗集［G］//清代诗文集汇编：第404册. 上海：上海古籍出版社，2010：72.
⑦ 邵晋涵. 南江文钞：卷六［G］//清代诗文集汇编：第405册. 上海：上海古籍出版社，2010：377.

《九月二十八日诸门生治具燕余于陶然亭仍迭苏字韵二首》诗①，章铨《辛卯同门陪房师祝芷堂先生陶然亭公燕》自注"是日同门至者……共九人，其因病不到者和太庵一人。"②乾隆四十九年（1784）正月二十六日，辛卯同年团拜。章铨《元夕》诗末自注正月"二十六日，辛卯同年团拜，王瑶峰侍御、祝留村比部司其事"③。四月二十二日，大家宴请座师庄存与，同年与会者三十一人。④嘉庆十五年（1810），和瑛七十岁，尚与辛卯同年聚会。《过辽阳城访故传胪王瑶峰同年宅并索齿录及其遗稿》诗中自注"庚午冬，予与马朗山、邵海图、郑秋圃、李云门会于京都，俱年近七旬，同年存者五人"⑤。马朗山即马慧裕，邵海图即邵洪，郑秋圃即郑澄，李云门即李潢。

和瑛与同年其他交往亦复不少。乾隆五十八年（1793）十二月，和瑛赴藏，途经成都，与徐长发、闻嘉言有唱和，有《留别闻鹤村徐玉崖两同年》《次建昌观察徐玉崖同年韵二首》等诗，感叹谓"兰谱重逢人渐老，花时一醉岁仍催"⑥。乾隆五十九年（1794）正月祝德麟有诗相赠，年中和瑛有《答祝止堂师见寄元韵并简玉崖观察同年》诗相答。和瑛在西藏，还有《答吴寿庭学使同年见寄元韵四首》⑦，与吴树萱唱和。嘉庆七年（1802）五月，和瑛在山东为吴树萱之兄、山东布政使吴俊《荣性堂集》作序，自称"年愚弟"。十月，和瑛西戍途经咸阳，从庄炘长子庄逵吉手中得睹管世铭诗文全集，作《读管韫山侍御遗稿二首》缅怀管世铭。十二月，途经安西州，有《宿安西州赠胡息斋同年》，行抵哈密又有《哈密度岁简胡息斋》二首，并称李殿图《渭源记》与胡纪谟《泾源记》为"二妙"，称美胡纪谟"谈经逾郑叟，注水迈郦生"，相期"河源探取日，更话月氏城"⑧。嘉庆十六年（1811）九月至十一月，和瑛自盛京出海巡视，途径辽阳，特意拜访同年王瑶峰旧宅，并向其家人索看同年齿录及其

---

① 祝德麟. 悦亲楼诗钞：卷十［M］. 刻本. 姑苏，1797（清嘉庆二年）.
② 章铨. 染翰堂诗集［G］//清代诗文集汇编：第404册. 上海：上海古籍出版社，2010：126.
③ 章铨. 染翰堂诗集［G］//清代诗文集汇编：第404册. 上海：上海古籍出版社，2010：155.
④ 章铨. 染翰堂诗集［G］//清代诗文集汇编：第404册. 上海：上海古籍出版社，2010：157.
⑤ 和瑛. 易简斋诗钞：卷四［M］. 上海：上海古籍出版社，2002：529.
⑥ 和瑛. 易简斋诗钞：卷一［M］. 上海：上海古籍出版社，2002：469.
⑦ 卫藏和声集［M］. 抄本.
⑧ 和瑛. 三州辑略：卷九［M］//中国方志丛书·西部地方. 台北：成文出版社，1968：324.

遗稿。①

和瑛乡试、会试同年中，才俊辈出，既有文学之士，亦有学问之人。鲁九皋称"（辛卯）榜中得人最盛，或以经术显，或以文章称，或以风节著，皆卓卓有声京师；其出而任监司、治郡县者，皆迥绝流辈"②。和瑛厕身其间，与老师、诸同年时相过从酬唱，多有浸染，对于其增进学问、锤炼诗艺等不无裨益。

附录一：

乾隆三十三年顺天乡试同年名录③

辛开一	邵昌皋	汪师曾	张奇毓	汤大源	郑陈善
熊言孔	黄　轩	谢肇渚	夏璇源	姚能士	宁　贵
汪梦祺	汪佑煌	王用仪	徐长发	王　珣	王廷相
吉士璜	和　宁	袁其栩	叶大奇	胡腾基	蔡长汧
张元恺	傅　瑢	陈嗣老	吴　模	张　振	姜　恂
冯履丰	景　文	毛凤仪	黄瀛元	梁承泰	张虎拜
张　珠	杨以湲	王春煦	邱青藜	吴来仪	楚惟荣
卜惟吉	陈悥言	嵩　庆	吴熊光	吴嗣德	边时举
纪曾符	图萨布	蔡其明	陈　宾	李　典	陈　咏
谢　暹	梁　嶹	刘图南	邵利达	吴　哲	沈玉魁
许学范	张时宪	蒋谢庭	张　钦	张俊民	李斯咏
李　簧	恒　明	宋枋远	胡纪谟	李阳林	边纶禧
马思圣	姚步瀛	施光辂	溜元鼎	郭仪唐	边性敏
郑宗彝	金光悌	朱勤学	周兆兰	觉罗德兴	文　龄
陈文枢	孙文清	王赐均	边开禧	王殿模	金思义
杨梦龙	永　锡	张　珣	刘　礼	焦长发	高虞祥
沈以显	杨懋德	项　朱	王丽焘	葛建楚	张士钥
逢　盛	刚　柱	陆　敬	张兆星	沙士炽	冯　迈
赵吉兰	冯世机	张百龄	包百行	田赋均	马衍宗

---

① 和瑛．易简斋诗钞：卷四［M］．上海：上海古籍出版社，2002：529．
② 鲁九皋．鲁山木先生文集·卷四·与同年龚惟广书［G］//清代诗文集汇编：第378册．上海：上海古籍出版社，2010：72．
③ 乾隆三十三年戊子科顺天乡试录［M］．乾隆刻本．

109

元振采	兴　德	明　良	觉罗达宗阿	刘瞻云	边玉琛
商　琏	边士堪	王应期	郝允哲	纪汝伦	双　德
文殊保	贾肇新	曹德昌	苏应龙	朱维钟	王　柱
赵　璟	刘　诗	李道敏	焦式冲	王鸿谟	解元爔
曾日景	觉罗长林	觉罗长春	明　新	李敏仁	石　棐
郭陞宗	蔡必昌	全　柱	克兴额	瑚图礼	李国晦
王发传	李敬凭	冯　堉	四　德	李天培	杜景湘
章兆基	高为济	额尔登额	福泽纳	黄廷璋	陈文衡
卫　统	侯　恺	董瑞麟	陈源焘	张　亮	李尚志
范　鏊	盛邦璋	古宁阿	五十六	修　仁	康仪均
杨辉祖	邵奎璧	阴　璿	张汝绪	楚惟宁	明　伦
克　明	陆　倬	李咸一	李畏天	李镜图	王汝翼
李士杰	杨养心	冯际盛	燕　嵒	德　瑞	刘　模
窦　熙	德　布	慧　林	何广生	王　埙	王青箱
刘见龙	徐元度	王国隆	张中行	刘廷献	杨克学
王　箴	史积容	宋　赫	白之纶	赵宝德	洪道济
李开图	魏　纯	潘中矩	杨开基	彭景宣	纪承曾
朱近曾	纪锦曾	王颖蕙	陈　冰	张肇㮢	路逢吉
李天挺	王之屏	包豫观	平　章	康　铎	赵廷琰
吴际泰	魏　浩	查奕俊			

附录二：

乾隆三十六年辛卯会试同年名录①

一甲三名：

黄　轩　　王　增　　范　衷

第二甲五十五名：

王尔烈	黄瀛元	吴震起	林树蕃	吴覃诏	周兴岱
张明谦	李　簧	周厚辕	马启泰	李　潢	侯学诗
杨以湲	吴　昕②	钱伯坰	熊　枚	曹　城	郑　楖
蔡辉祖	谢宜发	饶崇魁	程世淳	陈源煃③	程晋芳
项家达	张华甫	鲁仕骥	史积容	吴俊升	邵晋涵
周永年	凌世御	杨芳春	吴　斐	仓圣脉	姜开阳
李光云	朱　诰	燕位璋	孔继涵	蒋泰来	郭绥光
祝　昴	郑安道	尹　潮	张荣间	郎克谦	陈昌齐
闵思诚	李　堡	杨楸珩	劳宗茂	张时宪	冯　培
朱依鲁					

第三甲一百三名：

陈承曾	顾　葵	邱文恺	韩　畅	郑　澄	王斗文
洪　朴	崔修绅	徐长发	孔广森	钱　澧	敷森布
周元鼎	李镜图	包　愫	田凤仪	胡世铨	彭孕星
杨殿梓	沈廷献	方　昂	辛开一	沈　沆	董子醇
邵　洪	刘文徽	龚大万	倪　霖	刘　煦	潘观成
陈国玺	江　琅	马慧裕	杨九思	叶　炜	沈荣嘉
曾力行	龚景瀚	李道南	陈作芹	林其宴	王　悽
胡绍峰	朱钟麒	陆苍霖	吴　封	杨浣雨④	彭载鏖
章　铨	彭锡璜	张家相	梁孔珍	墙见美⑤	周景益
龚朝聘	李如桐	王积熙	何　昱	胡　章	萧永庚

---

① 朱保炯，谢沛霖. 明清进士题名碑录索引［M］. 上海：上海古籍出版社，1980：2737-2739.
② 原注"改名：吴树本"。
③ 原注"复姓：郑源煃"。
④ 原注"碑作：杨沅雨"。
⑤ 原注"碑作：墙见羹"。

111

董维城	秦　睿	许　镇	郎若伊	佛尔卿额	程　夔
姚文起	杨　浧	臧梦元	赵　铨	谢肇渚	赵　璥
毛晋登	吴思树	陈怀仁	吴元琪	陈廷栋	朱　颍
王遡曾	宋昌芹	邹拔祖	金　黻	刘德风	陈尧光
唐　琦	王孙晋	赵来震	刘敏达	戴书绅	赵永禔
郭士衡	范宗裕	薛又谦	朱本楫	陆光旸	和　宁
姚象谦	周　揿	杨全蕴	孙文起	孙尚简	韦典治
杨　鼎					

第三节　文学交游述论

《孔子家语》卷四："入芝兰之室，久而不闻其香，即与之化矣……入鲍鱼之肆，久而不闻其臭，亦与之化矣。"[①] 文学交游是交游者志趣相投、爱好相近所致，文学交游又反作用于交游者，对各自的志趣爱好、审美倾向等都会产生积极影响。《管子·权修》："观其交游，则其贤不肖可察也。"考察和瑛文学交游，有助于更深入地认知和瑛及其时代。

一、在文学交游中切磋诗艺

"独学而无友，则孤陋而寡闻。"不仅学问如此，诗艺亦然，需要与别人交流，在交流中切磋提高。八旗入关后，面对迎面而来的汉族先进文化，顺治、康熙、雍正、乾隆等朝，基于维护和稳定统治地位的需要，大多时候都是采取一种开放接受的心态，主动学习汉族文化，在经学、诗文等方面企图与汉族文士比肩。在这样的背景下，八旗作家迅速崛起，逐渐成为文坛上不可小觑的一支重要力量。而八旗作家崛起的原因之一便是与汉族文士密切交往，或延请汉族老师教诲指导，或呈献当代名家删定评点，或与朋友一起研讨评点，在交往中不断学习锤炼。[②]

和瑛出身蒙古镶黄旗，从小受到了良好的教育，家里为其延师启蒙，教授汉族文化。七岁时启蒙于绍兴俞敦甫先生，十三岁读完五经，十七岁时受业于名师何嵩堂，学习制艺，准备参加科举考试。和瑛在《祭灶书怀二首》其一

---

① 陈士珂.孔子家语疏证：卷四[M].北京：中华书局，1985：105.
② 张佳生.独入佳境：满族宗室文学[M].沈阳：辽宁人民出版社，1997：211-214.

"忆昔耽经史，三冬煳灶寒"句下自注："余寓成贤街灶君庙读书，三年不出。"① 可知其读书之专心与刻苦，很多汉族读书人犹有不及。由于试帖诗是科举考试必考课目，和瑛在准备的过程中，除了揣摩经义和八股文外，也得练习创作试帖诗。在延师学习的过程中，和瑛的诗艺也得到启蒙，开始了自己的文学创作。《太庵诗稿》中所收诗歌，最早的一首作于乾隆二十六年（1761）和瑛21岁时，距离其乡试中式还有8年时间。

和瑛步入诗坛的时候，正是袁枚高举"性灵"大旗，"以诗古文主东南坛坫"② 之际，"《随园诗文集》，上至朝廷公卿，下至市井负贩，皆知贵重之"③。宗室文人弘旿、昭梿、裕瑞等都曾将自己的诗作呈送袁枚，请袁枚指正评改。④乾隆五十一年（1786）秋，和瑛到南京，探访随园，求见袁枚。遗憾的是袁枚不在，缘悭一面。乾隆五十九年（1794），和瑛在拉萨任职，因缘际会，得睹袁枚诗集，《题袁才子诗集》谓："名园曾访白云隈，虎踞关南看竹来。文苑韶年钦宿老，吟编万里得奇瑰。脱离尘迹堪称子，道尽人情信是才。风雅摩婆过半百，心花从此赖君开。"在首句下自注："丙午秋，余游金陵，访随园未遇。"⑤和瑛自称"文苑韶年"，念念不忘八年前的随园不遇。可以想见，乾隆五十一年（1786）秋天的拜访，有请诗坛"宿老"指点品题的意思。如今捧读《袁才子诗集》，虽然远隔万里，和瑛还是感受到了袁枚"脱离尘迹"的洒脱人生和"道尽人情"的旷达诗意，对"才子"的含义有了更深入的认知。反复阅读袁枚诗集，和瑛有茅塞顿开之感，才体会到作诗的真谛，所谓"心花从此赖君开"。和瑛有着马背民族特有的率性任真，因此与袁枚的性情、诗情，心有戚戚焉。他也将自己诗歌方面的领悟归功于袁枚及其诗作。和瑛在拉萨阅读的《袁才子诗集》，当即和琳收藏之《小仓山房诗集》。和琳喜读袁枚诗，自称"每得随园片纸只字，朝夕讽诵，虔等佛经"⑥。后来得到一部《小仓山房诗集》，"读而爱之，挟置行箧，日夕玩咏不辍"⑦。和瑛到拉萨后，与和琳通宵达旦对坐畅

---

① 和瑛. 易简斋诗钞：卷二 [M]. 上海：上海古籍出版社，2002：488.
② 钱仲联. 清诗纪事：第8册 [M]. 南京：江苏古籍出版社，1989：5091.
③ 姚鼐. 惜抱轩诗文集：卷十三 [M]. 刘季高，标校. 上海：上海古籍出版社 1992：202.
④ 张佳生. 独入佳境：满族宗室文学 [M]. 沈阳：辽宁人民出版社，1997：214.
⑤ 卫藏和声集 [M]. 抄本.
⑥ 席佩兰. 长真阁集 [G] //清代诗文集汇编：第464册. 上海：上海古籍出版社，2010：615.
⑦ 袁枚. 小仓山房诗集·卷三十五·福敬斋孙补山两相国和希斋大司空惠瑶圃制府同征西藏军中各寄见怀之作赋诗答谢 [M] //周本淳，标校. 小仓山房诗集. 上海：上海古籍出版社，1988：980.

谈，交谊益深，唱和密切，共同研读《袁才子诗集》也在情理之中。

除了延师指点、读书学习外，持续不断提升诗艺的途径还有与朋友的唱和交流。唱和既是一种重要的文学交游形式，也是一种特殊的文学切磋方式。吴承学考察唱和诗文体特征时指出，"原作与唱和诗在题材与体裁等方面，往往是比较相近甚至相同的，这种创作形态对于诗人们来说，既可以以文会友，在艺术上起一种切磋促进作用，也是潜在的竞赛和优劣的比较"[1]。在和瑛诗歌酬唱诸人中，唱和最频繁的为和琳。乾隆五十七年（1792）正月，和琳有诗寄和瑛；自乾隆五十九年（1794）三月至十二月，和瑛、和琳在藏共事，经常"深谈不惜坐通宵"，唱和诗编为《卫藏和声集》一册，唱和20余次，唱和之作100多首。唱和持续时间最长的是松筠，从乾隆五十九年（1794）在西藏共事开始，二人往来唱和持续了十多年。文坛影响最大的则是法式善，主盟文坛三十年，是乾嘉时期最重要的诗人之一，和瑛交游圈中的不少人也都参加过法式善发起组织的雅集活动。和瑛文学交游遍及朝野上下，联络着京城内外多个层次的诗人圈子，沟通了不同流派的诗人，这使他能够接触到多种风格，得到广泛的切磋磨砺，诗艺日渐精进。在这种文学交游中，和瑛的文学成就也逐渐得到了同仁的认可。马若虚在《题太庵宗伯〈己未诗集〉后》诗中便盛赞和瑛"坐镇西南夷，七载振干羽……示我己未编，词源珠琲吐。意蕊开心灯，飞涛卷银浦。字字如金汤，气象真吉甫。襟怀浩无涯，品类尽可俯"[2]。马若虚难免有过誉之词，但对和瑛的肯定却是毋庸置疑。

二、外任时文学交游最为活跃

八旗入关后，虽然大多时候都是采取一种开放接受的心态，主动学习汉族文化。但不少旗人弃武从文，师从汉族学者学习制艺，攻琢诗文，沉湎其中，也使得统治者非常担忧，害怕旗人沾染汉人习气，反而丢失了自己的传统，从"马背英雄"沦为"酸腐文人"。因此，在学习汉族先进文化的时候，时常要踩刹车，强调"国语骑射"的本色。乾隆二十年（1755）五月，乾隆借胡中藻《坚磨生诗钞》案大做文章，整饬八旗风俗，谕旨云："满洲本性朴实，不务虚名，即欲通晓汉文，不过于学习清语、技艺之暇，略为留心而已。近日满洲熏染汉习，每思以文墨见长，并有与汉人较论同年行辈往来者，殊属恶习。夫弃

---

[1] 吴承学，何志军．诗可以群：从魏晋南北朝诗歌创作形态考察其文学观念 [J]．中国社会科学，2001（5）：167．
[2] 马若虚．实夫诗存：卷一 [M] //吴海鹰．回族典藏全书：第202册．兰州：甘肃文化出版社，银川：宁夏人民出版社，2008：30-31．

满洲之旧业，而攻习汉文，以求附于文人学士……此等习气，不可不痛加惩治。嗣后八旗满洲须以清语骑射为务……如有与汉人互相唱和，较论同年行辈往来者，一经发觉，决不宽贷。"① 六月，谓舒赫德"以满洲世仆，渐染汉人习气，每日记事作诗，即不必治罪，亦不宜加恩，此乃伊之自误"②。乾隆二十五年（1760）九月，降旨批评原任翰林萧郎阿"弃舍满洲本业，效汉人侥幸献诗""传谕八旗，嗣后旗人务守满洲淳朴旧习，勤学骑射清语，断不可熏染汉人习气，流入浮华，致忘根本"③。乾隆三十一年（1766）五月，借十一阿哥题画诗落款署别号事，谓"朕昔在藩邸，未尝不留意诗文，然从未有彼此唱酬题赠之事，亦未敢私取别号"④。乾隆屡次强调八旗子弟以满语骑射为事，禁止与汉人以诗文相标榜、以文字相往来。嘉庆时期也多次降旨批评旗人沾染汉人习气，重文学，轻骑射。"诗缘情而绮丽"，草原民族率真的性情正适合在诗歌的世界里加以张扬，但当政者的刻意打压，却使得诗人们不得不压抑诗兴。但诗兴毕竟是压抑不住的，诗人一当离开京城，远离政治中心，被压抑的诗兴便蓬勃而出，一发而不可收。成书为乾嘉时期的满族诗人，刘治为其编有《多岁堂诗集》，收诗426首，但在京中任职时作品寥寥无几，甚至接连几年都没有作品。如乾隆四十九年（1784）中式，签分户部，是年惟奉命赴东陵办事时有《蓟州道中》三首，乾隆五十年（1785）有《代苏价人赠其乡人》三首，乾隆五十一年（1786）至乾隆五十五年（1790）则连续六年无诗作。外任或贬谪时则诗兴大发，诗作迭出。嘉庆十年（1805），成书任哈密帮办大臣，四月离京，六月抵达哈密，途中作诗87题92首；在哈密半年时间作诗42题86首，且不乏佳作。

和瑛作为一名乾嘉时期弃武从文，步入仕途，长期在京城任职的旗人，尽管诗兴盎然，也不能拂逆统治者的意志，只能选择沉默。和瑛早年即能作诗，《易简斋诗钞》收诗576首，作于京城的作品仅25题31首，其中外任太平府知府前作品和嘉庆六年（1801）在京作品一首未收，嘉庆十五年（1810）至嘉庆十六年（1811）在京时作品22题28首，嘉庆二十一年（1816）自热河返京后作品1首，嘉庆二十二年（1817）至嘉庆二十五年（1820）未有作品，道光元年（1821）有诗2首。外任时，诗兴勃发，年年都有诗；而在京城则作品寥寥无几，甚至连年无诗，其诗兴之压抑，可以想见。与其文学创作相一致，其文学交游也有着鲜明的阶段性。四十六岁之前，和瑛在京读书、参加科举考试、

---

① 清实录·第十五册·高宗纯皇帝实录 [M]. 北京：中华书局，1986：131.
② 清实录·第十五册·高宗纯皇帝实录 [M]. 北京：中华书局，1986：177.
③ 清实录·第十六册·高宗纯皇帝实录 [M]. 北京：中华书局，1986：971.
④ 清实录·第十八册·高宗纯皇帝实录 [M]. 北京：中华书局，1986：366.

任职户部，文学交游主要为同年，但交游频次较低；自乾隆五十一年（1786）六月外任太平府知府以来，到乾隆五十九年（1794）三月任职西藏，文学交游比较活跃，人数较多，对象组成复杂；乾隆五十九年（1794）至嘉庆六年（1801），西藏任职八年，文学交游人数不多，但交游频次较高，尤其是与和琳、松筠的交游，非常密切、密集；嘉庆六年（1801）至嘉庆七年（1802），任职山东巡抚，文学交游比较频繁，但交游对象主要是僚属；嘉庆七年（1802）至嘉庆十四年（1809），任职西域，文学交游中最多的则是谪戍之士，常有"同是天涯沦落人"之感；晚年任职二京，在盛京多有交游之举，在京师则鲜有唱和之作。和瑛文学交游的阶段性特点，与清代统治者对汉族文化的矛盾心理不无关系。

三、文学交游是孤独时的慰藉

孤独是人类永恒的主题，当置身于一个完全陌生的环境时，孤独之感更甚。《庄子·徐无鬼》谓："不闻夫越之流人乎？去国数日，见其所知而喜。去国旬月，见其所尝见于国中者喜。及期年也，见似人者而喜矣。不亦去人滋久，思人滋深乎？夫逃虚空者，藜藋柱乎鼪鼬之径，踉位其空，闻人足音，跫然而喜矣，而况乎昆弟亲戚之謦欬其侧者乎。"① 韩愈以斥佛贬谪潮州，但在潮州却召僧人大颠至州，盘桓十数日，唯因"远地无可与语者"，而大颠又"颇聪明，识道理"②。清代学者陈澧退居家乡，因"无可语之人，唯有读书，老觉古人亲"③。和瑛孤身赴藏，任职八年，这是一个语言、文化、自然环境等与内地完全不同的地方。自然环境方面，"乌斯水冷夹山童，不施草木光熊熊"④ "招西入夏冷如秋"⑤ "节近天中犹见雪"⑥ "焦暑三旬雪未融"⑦；生活方面，蔬菜稀缺，以至"菘芥如蹯掌"⑧，碰到王瓜、茄子等时令蔬菜，则"吟诗大嚼挑银

---

① 王先谦. 庄子集解：卷六 [M]. 上海：上海书店，1987：42-43.
② 韩愈. 韩昌黎文集校注：卷三 [M]. 马其昶，校注，马茂元，整理. 上海：上海古籍出版社，1986：212.
③ 黄国声. 东塾先生年谱简编 [M]//陈澧集：第6册. 上海：上海古籍出版社，2008：382.
④ 和瑛. 大暑节后，得食王瓜、茄子，喜赋十二韵，兼以致谢 [M]//卫藏和声集. 抄本.
⑤ 和瑛. 答寄怀元韵 [M]//卫藏和声集. 抄本.
⑥ 和瑛. 代白牡丹答叠前韵 [M]//卫藏和声集. 抄本.
⑦ 和瑛. 答立秋日遣怀 [M]//卫藏和声集. 抄本.
⑧ 和瑛. 食菜叶包戏成五律 [M]//卫藏和声集. 抄本.

灯"①。在这样的陌生环境中，思乡之情也时常泛起，"遥忆深闺增惆怅，牵牛独见在河西"②"十年虚扫墓，风雨故园听"③。嘉庆元年（1796）除日，和瑛在拉萨还没有收到朝廷颁发的历书，遂致信蜀中，催促朋友尽快办理。《除日时宪书不至寄蜀中诸友》谓："作札锦官友，夙好敦无遗。倘惠一卷书，奉之如灵蓍。"独在异乡被人遗忘的孤独之感溢于言表。此时此地，来自朋友的关心和问候，与朋友间的诗文酬唱，无异于"空谷足音"，足以慰藉和瑛孤独的心灵。乾隆五十九年（1794），和瑛收到房师祝德麟自松江寄来的存问诗篇，一扫音信阻隔的苦闷。《答祝止堂师见寄元韵并简玉崖观察同年》谓："髳山四面炎天雪，鸦飞不到音书绝。忽传邮骑鱼通来，扫髅老将霓旌回。缄开细字寒暄问，道自昆山寄岩信。信中遥及客雕题，关情数语投筌蹄。井瓶消息何所有，浩气蟠空歌一首。锦笺字字讶骊珠，犹是当年射雕手……新诗一寄塞垣中，蛮陬万里如惊鸿。何当吟作庄生蝶，游遍江南廿四风。"④ 生日的时候，和琳赠诗为贺，和瑛老怀大慰，步韵回赠："吟君雅什眼花新，屈指同科祝老椿……一生心印选千佛，百岁秋光聚两人。"⑤ 病中，和琳送来橄榄膏止咳，牵来蓄羊为之祈福，又端来清爽的素肴，关怀备至。病愈后，和瑛赋《小恙顿愈》为谢，感谢和琳馈赠橄榄膏、蓄羊、素肴，随后二人叠相酬唱，打趣中透着一份朋友的真诚。在西藏，和瑛与和琳、松筠、项应莲、范宝琼、刘印全等人时相过从，酬唱不断，既是对朋友的安慰关心，也是对自己的一种自我调适。他们在西藏相逢相遇，彼此关心照顾，用文学的方式排解着"无可语之人"的孤独。也因为远离了中原政治上的尔虞我诈、钩心斗角，人情之真善美得以彰显，人与人之间更富有人情味。

嘉庆七年（1802），从西藏内调一年多的和瑛遭受无妄之灾，被发配到新疆效力赎罪。八年戍守西藏，年过花甲之人席不暇暖，又西出阳关，其情何堪。西行途中，《月令诗》其一《鸿雁来》谓："霜信能先觉，西循七宿回。喜无赠缴避，那用荻芦猜。羊祜江边宿，苏卿海上来。陇坻围解未，翘伫别书开。"⑥ 大雁先觉，西行有期，七宿而回。反观自己，年过花甲，落了个乌鲁木齐效力

---

① 和琳. 答和宁. 大暑节后，得食王瓜、茄子，喜赋十二韵，兼以致谢 [M] //卫藏和声集. 抄本.
② 和瑛. 七夕遣怀 [M] //卫藏和声集. 抄本。
③ 和瑛. 中元夜感怀 [M] //卫藏和声集. 抄本.
④ 卫藏和声集 [M]. 抄本.
⑤ 和瑛. 答太庵生日韵 [M] //卫藏和声集. 抄本.
⑥ 和瑛. 易简斋诗钞：卷三 [M]. 上海：上海古籍出版社，2002：508-509.

赎罪，且一路上克日计程，栉风沐雨。其二《元鸟归》诗中，更是向"司分鸟"提出忠告——"旧巢春色好，乐住莫嫌低"①，与唐代宋之问的"但令归有日，不敢恨长沙"② 有异曲同工之妙。嘉庆七年（1802）除夕，和瑛行抵哈密，改任叶尔羌办事大臣，嘉庆八年（1803）十月升任喀什噶尔参赞大臣，嘉庆十一年（1806）内召，行至凉州，又改任乌鲁木齐都统。"玉门重出感残年，都护恩纶降自天"③，风烛残年，重出玉门，和瑛何其无奈。在乌鲁木齐，和瑛与颜检、李銮宣等人过从密切，时相唱和。三人都是暮年遭谪，沦落天涯，又都是饱学之士，"入座无杂宾，诗书乐情素""时有会心处""闲吟搜奇句"④"开轩纳凉意，论世畅遥襟"⑤。几日不见，便有"数日将迎稀，遂令知交隔"⑥ 之感。在这里，没有都统，没有戍员，没有汉族，没有蒙古族，有的只是一群同病相怜、惺惺相惜的读书人。大家聚在一起，谈古论今，品酒赋诗，在文学交游中，暂时忘却"天涯沦落"之感。

驻守西藏八年，谪戍新疆七载，作为一名"奴才"，和瑛不但别无选择，还不敢有任何牢骚和不满，这是有清一代旗人的不幸。然而，不论是雪域还是西域，和瑛都遇到了一群志趣相投的朋友，大家在诗酒酬唱中，消磨着岁月，也消磨着无尽的孤独。

---

① 和瑛. 易简斋诗钞：卷三 [M]. 上海：上海古籍出版社，2002：509.
② 沈佺期，宋之问沈佺期宋之问集校注 · 下册 · 宋之问集校注：卷二 [M]. 陶敏，易淑琼，校注. 北京：中华书局，2001：428.
③ 和瑛. 易简斋诗钞：卷三 [M]. 上海：上海古籍出版社，2002：517.
④ 颜检. 衍庆堂诗稿 · 卷五 · 和太庵先生以九日言怀诗见示赋此奉答 [G] //清代诗文集汇编：第446册. 上海：上海古籍出版社，2010：296.
⑤ 颜检. 衍庆堂诗稿 · 卷五 · 立秋日过都护署复呈太庵先生 [G] //清代诗文集汇编：第446册. 上海：上海古籍出版社，2010：287.
⑥ 颜检. 衍庆堂诗稿 · 卷五 · 五月一日疾愈至都护署中与和太庵先生讲《易》用陶公《乙巳岁三月为建威参军使都经钱溪》韵 [G] //清代诗文集汇编：第446册. 上海：上海古籍出版社，2010：281.

第四章

诗歌的社会文化内涵

和瑛雅好诗文,"虽南北东西而必携铅椠""虽高牙大纛不废雅歌"①,创作诗歌60年,有诗集《卫藏和声集》、《太庵诗稿》九卷、《易简斋诗钞》四卷、《太庵诗集》三册等,传世诗歌近千首。其诗歌内容广泛,有西藏诗、西域诗、纪行诗、咏史诗、咏物诗、咏怀诗等题材,反映了广阔的社会生活,折射了诗人的心路历程。

第一节 西藏诗

西藏诗包括以西藏为题材的诗歌和在西藏创作的诗歌,特指用汉语书写的古典诗歌。作为行政区域,西藏不等同于吐蕃、乌斯藏、图伯特、卫藏等称谓。杨芳灿等重修《四川通志》中有《西域志》六卷,载录西藏情事。编者特意申明:"旧以打箭炉迤西之里塘、巴塘属于西域,谓入藏之路自打箭炉始也。按雍正五年,副都统鄂齐、内阁学士班第、四川提督周瑛于巴塘之西、察木多之东勘定疆界,立界碑于南登之宁静山,是南登以东为雅州府之舆地,南登迤西之江卡为入藏之门户矣。故首列江卡,自东而西,以次叙载,志其山川营置,纪其风土人物,以备职方。"②可知西藏疆界是非常明确的,不宜混淆或随意扩大。

和瑛出身蒙古,崇信藏传佛教,通晓藏语③,熟悉卫藏情形,并缘此被派赴

---

① 吴慈鹤.易简斋诗钞序[M]//和瑛.易简斋诗钞.上海:上海古籍出版社,2002:453.
② 常明,杨芳灿,等.四川通志·卷一百九十一·西域志[M].台北:京华书局,1967:5569.
③ 赵相璧.历代蒙古族著作家述略[M].呼和浩特:内蒙古人民出版社,1990:127.

西藏①，驻藏长达八年之久，是清代驻藏时间最长的驻藏大臣。政事之暇，和瑛先后创作了331题382首西藏诗②，是清代西藏诗创作数量最多、成就最高的诗人之一。其西藏诗记录了自己在西藏的所见所闻所感，勾勒出一幅绚丽多彩的雪域图画。

一、高寒的自然环境

西藏处于高寒地带，气温低，风雪多，节令不同于内地。和瑛自雅州前行，尚未到西藏，但沿途茫茫雪海，令人震撼。"玉华高缀树，冰乳倒垂萝……云天连一色，不辨路嵯峨"③ "迢迢大雪山，万顶覆银瓯。皎然无黑子，寒光射酸眸"④，诗人感叹"谁知镜海上，雪比琉璃曜"⑤。大雪覆盖群山，虽然道路艰辛，还能勉强前行。行抵昌都，大雪封山，无法通行。《大雪封瓦合山阻察木多寺》写道：

> 虎踞龙蟠地，西天第一门。双桥环古寺，半载访真源。信宿登云路，羁迟卧旅魂。开山三月暮，冰雪丈寻屯。⑥

察木多即今西藏昌都，寺即昌都强巴林寺，为昌都最大的格鲁派寺庙。察木多为藏语，为水流交汇的意思，昌都因地当札曲、昂曲两河汇合处的舌状河原而得名。寺前两河之上，各有一桥，分别通向四川和云南，得名四川桥、云南桥。和瑛驰驿赴藏，但入藏后，却因瓦合山大雪封山，不得不"羁迟"在察木多。瓦合山，在今西藏洛隆县境东北、类乌齐县境西南。《卫藏通志》卷三《山川·类乌齐》载瓦合山"绵亘一百六十里，四时积雪，有数十丈之窖，行其上，愁云瘴雾，日色惨淡"。⑦ 瓦合山不但大雪封山，而且冰雪累积一丈有余，封山一直要持续到"三月暮"。西藏的冰天雪地，由此可见一斑。即便是进入夏天，西藏依然是白雪皑皑。和瑛感叹"五月寒犹峭，遥空雪嵌山"⑧ "节近天中

---

① 清实录·第二十七册·高宗纯皇帝实录 [M]. 北京：中华书局，1986：238.
② 其中《太庵诗集》157题297首，《易简斋诗钞》98题125首，剔除重复合计331题382首.
③ 和瑛. 易简斋诗钞：卷一 [M]. 上海：上海古籍出版社，2002：469-470.
④ 和瑛. 易简斋诗钞：卷一 [M]. 上海：上海古籍出版社，2002：470.
⑤ 和瑛. 易简斋诗钞：卷一 [M]. 上海：上海古籍出版社，2002：471.
⑥ 和瑛. 易简斋诗钞：卷一 [M]. 上海：上海古籍出版社，2002：471.
⑦ 卫藏通志 [M] //李毓澍. 中国边疆丛书·第一辑. 台北：文海出版社，1965：231.
⑧ 和瑛. 晓望即事 [M] //卫藏和声集. 抄本.

犹见雪"①"焦暑三旬雪未融"②"招西入夏冷如秋"③"髳山四面炎天雪"④。内地的五月已经赤日炎炎，但在西藏却是寒风料峭，山顶都堆积着白雪，如同戴着一顶白帽。嘉庆元年（1796）五月，和瑛出巡后藏，更深切地体验了西藏的高寒，《甲错岭风雪凛冽瘴气逼人默吟》谓：

　　甲错天摩顶，清凉蒇以加。罡风吹不断，白日冷无华。雪柱思冈底，河源问殑伽。寒暄变如此，何处觅飞鸦。⑤

《端阳述怀奉简松湘浦大司空》云：

　　五月披裘客，霄峥石窟眠。雪埋羊胛熟，风逐马头旋。紫椹真希有，朱樱绝少鲜。囊珠千里贶，解粽亦欣然。⑥

诗中自注"甲错山顶，重裘尚觉寒噤"。甲错山在今西藏定日县境内，海拔5252米，山势崔嵬，罡风猎猎。《西藏赋》自注"五六月间，重裘寒噤，雹雪时至，风尤劲烈，瘴烟逼气，令人作喘"⑦，所谓"令人作喘"并非瘴气所致，而是海拔太高出现高原反应的症状。松筠《西招纪行诗》亦谓"进发甲错麓，罡风拂面来"，自注"甲错山无水草，土石色尽青黑，有瘴气，罡风阵阵，行人五月尚披重裘焉"。⑧ 和瑛五月端午前后登甲错山，其时内地已经进入仲夏，而在甲错山上穿着厚厚的皮衣还感觉寒噤不已，反差之大，非亲临其地者不能想象。

西藏崇山叠岭，水湍急，山峭耸，路难行，亦为内地来人所惊叹。"自渡鱼通水，巉岩万古稀。冰餐鸦攫肉，雪卧犬牵衣。夜怖枫人渡，朝看飓母飞。"⑨这是和瑛在拉萨回想进藏时的经历，"鱼通水"即大渡河，自从跨过大渡河，便踏上了进藏的征程，一路上巉岩峭壁，风雪交加，万古所稀见。进入西藏，翻越的第一险关便是丹达山。《雪后度丹达山》描写翻越丹达山的情景：

---

① 和瑛. 代白牡丹答叠前韵［M］//卫藏和声集. 抄本.
② 和瑛. 答立秋日遣怀［M］//卫藏和声集. 抄本.
③ 和瑛. 答寄怀元韵［M］//卫藏和声集. 抄本.
④ 和瑛. 答祝止堂师见寄元韵并简玉崖观察同年［M］//卫藏和声集. 抄本.
⑤ 和瑛. 易简斋诗钞：卷二［M］. 上海：上海古籍出版社，2002：486页.
⑥ 和瑛. 太庵诗草［M］.
⑦ 和瑛.《西藏赋》校注［M］. 池万兴，严寅春，校注. 济南：齐鲁书社，2013：221.
⑧ 松筠. 西招纪行诗［M］//北京图书馆古籍珍本丛刊·第79册·松筠丛著. 北京：书目文献出版社，1998：713.
⑨ 和瑛. 希斋司空奉命节制全川，将东归，为赋韵诗三十首，述事志别［M］//卫藏和声集. 抄本.

丹达寒山暮，青灯古庙存。小心惊旅梦，好语慰忠魂。雪顶千迷道，冰城一线门。扶筇安稳度，天险不须论。①

古庙即丹达神庙，《卫藏通志》载丹达"山之东麓有丹达神庙，最称灵验。凡过者，必虔诚祷祝，乃得平安。相传云南某参军解饷过阎王碥，饷鞘落雪窖中，身与之俱坠，人无知者。迨春夏雪消，犹僵坐鞘上。土人惊异，遂奉其尸而祀焉"②。和瑛路过此处，作《丹达神庙赞》，悬挂庙中，即所谓"好语慰忠魂"。《西藏赋》"丹达冰城"句下自注则详细描写了此次登山过程："上丹达山，颇侧难行，俯临雪窖，西望峭壁摩空，门通一线，乃冰雪堆成也。行人蜿蜒而上，过阎王碥，凛冽刺肌夺目，无风乃可过也。"③《卫藏通志》载：丹达山"峭壁摩空，蜿蜒而上。过阎王碥，夏则泥滑难行，冬春冰雪成城，一槽逼仄，行人拄杖鱼贯而进。此赴藏第一险阻也"④。和瑛诗、赋对丹达山的描写，可与《卫藏通志》的记载相照应。乾隆五十九年（1794）三月抵达拉萨，是冬即出巡后藏，则体验了另一番艰辛。《过巴则岭》谓：

曳罢牦牛纤，声声异老竿。石林穿有径，江涘俯无澜。坡仄群羊吒，天空一鹗寒。世途多险隘，行路岂知难。⑤

巴则岭即岗巴拉山，在西藏贡嘎县境内，海拔4794米，山麓北侧紧邻雅鲁藏布江，南侧有羊卓雍措，为前藏经江孜到日喀则的必经之路。和瑛坐船自曲水渡江，江流湍急，人力难支，只能用牦牛拉纤。刚渡江，又要爬山，滑竿在号子声中，穿行在崎岖的山路上。逼仄的山坡上不时传来牧羊人呵斥羊群的声音，天空中雕、鹗一类猛禽眼中闪着寒光，寻觅着地上的猎物。世人徒知世路不平，哪知道在这里行路更是艰难。也正是有了走马雪域的经历，有了穿行在生命禁区的体验，和瑛不无骄傲地说："我笑青莲眼界窄，枉说当年蜀道难。"⑥

二、独特的民俗文化

西藏民俗文化自成体系，而又内容丰富，具有浓郁的民族特点与地域特色。

---

① 和瑛.易简斋诗钞：卷一［M］.上海：上海古籍出版社，2002：471.
② 卫藏通志·卷六·寺庙［M］//李毓澍.中国边疆丛书：第一辑.台北：文海出版社，1965：400.
③ 和瑛.《西藏赋》校注［M］.池万兴，严寅春，校注.济南：齐鲁书社，2013：240.
④ 卫藏通志·卷四·程站·察木多至拉里［M］//李毓澍.中国边疆丛书：第一辑.台北：文海出版社，1965：275.
⑤ 和瑛.易简斋诗钞：卷一［M］.上海：上海古籍出版社，2002：473.
⑥ 和瑛.易简斋诗钞：卷二［M］.上海：上海古籍出版社，2002：500.

和瑛长期生活在西藏,对西藏民俗了解甚详,诗中多有描写。

(一) 岁时民俗

藏历也是阴阳历的一种,与夏历基本一致但略有不同。藏历以五行、阴阳和十二生肖相配合计年,每六十年一轮替,为一个"绕迥"。以月相圆缺的变化周期为一月,一年12个月,小月29天,大月30天,三年一闰月。日数中,"凶日"可除去,"吉日"可重复。和瑛在西藏时,注意到了藏历与夏历的不同,诗谓:"谁知赵畋传新历,犹是嘉平月半春。"自注:"是日立春犹为藏历腊月。"①夏历立春的时候,藏历还在腊月。又谓:"嗟哉朱尔亥,晦朔恒愆期。"自注:"唐古特历书名朱尔亥,其减日、闰日不与中华同。"② 他在《西藏赋》"减凶辰而闰日,畋历真奇;别正朔以为年,梵书考最"句下自注:"藏中朱尔亥如初一、初二、初三,初二日凶,则减去初二日,闰初三日,故无小建。""其正朔与中国不同,止有八大节。其交节之日亦前后差数日。三年置闰,亦与中国异。考旧说西藏用地支而不用天干,非也。今见藏中纪年,如甲子年则云木鼠,乙丑年则云木牛,丙寅火虎,丁卯火兔,戊辰土龙,己巳土蛇,庚午铁马,辛未铁羊,壬申水猴,癸酉水鸡,以此推之,亦六十甲子,仍用天干也。"③ 和瑛不仅注意到藏历与夏历的区别,还用事实澄清了内地人对藏历的误读。

(二) 歌舞文化

西藏是歌舞的海洋,藏语谚云"会走路的就会跳舞,会说话的就会唱歌",此言不虚。锅庄舞是一种娱乐性的舞蹈,也是流行最广泛的舞蹈。跳舞人数不限,无伴奏,不化妆,随时随地就可以即兴表演。跳舞时,一般排成两排,围成圆圈,弯腰搭臂,跟着领舞的人沿顺时针方向边歌边舞。《蛮讴行》女主人公年方十五,却是"早学锅庄踏地舞""苏银欢乐柳林湾,连臂叶通声阙阙"④。"苏银"是藏语别人的意思,"叶通"是藏语唱歌的意思,诗中说女主人公小小年纪便学会了锅庄舞,在她辛勤劳作时,别人却在柳林湾跳起了欢快的锅庄舞。跳舞的人手拉着手,边跳边唱。"衔刀观市舞,踏地听林歌"⑤,也是描写跳锅庄舞的场景。《夏日遣怀即事以少陵"灯花何太喜,酒绿正相亲"为韵五律十首》其七"村讴山水绿"句,则写锅庄无处不在。锅庄舞是一种民间舞蹈,而

---

① 和瑛. 易简斋诗钞: 卷二 [M]. 上海: 上海古籍出版社, 2002: 476.
② 和瑛. 太庵诗草 [M].
③ 和瑛.《西藏赋》校注 [M]. 池万兴, 严寅春, 校注. 济南: 齐鲁书社, 2013: 173.
④ 卫藏和声集 [M]. 抄本.
⑤ 和瑛. 希斋司空奉命节制全川, 将东归, 为赋韵诗三十首, 述事志别: 其十三 [M] // 卫藏和声集. 抄本.

羌姆则是典型的寺院舞蹈。羌姆也称"跳神",是藏传佛教特有的一种面具舞蹈,是苯教祭祀巫舞、藏族民间舞蹈和印度金刚舞结合而生成的一种宗教艺术形式。和瑛《上元观番童跳月斧次杨览亭韵》中的舞蹈正是布达拉宫的"跳神",该诗生动形象地描写了跳舞的情景:"天枪耀中垣,影落井鬼旁。化为仪锽舞,月斧流奇光。鼓动阊阖风,金气协金刚。折腰效鸲鹆,翘足俄商羊。白帊称锦缬,又如鸾鹤翔。僸佅始何年,云传甲噶方。宫商曲三迭,音胜冈洞长。箫管裛裛中,雷门节低昂。不作佅(僸)乐,曷为都护羌。聊聚四海人,天末乐未央。"① 在冈洞、箫管等乐器的伴奏下,跳舞之人戴着各种造型的面具,手持各式道具,忽而折腰,忽而翘足,不一而足。和瑛出巡后藏,班禅设宴招待,宴席上,也曾欣赏羌姆舞。《班禅额尔德尼燕毕款留精舍茶话》一诗记载了当时跳舞的情景:"须臾乐奏鼓鏮镗,火不思配箫管扬。佽童十人锦彩裳,手持月斧走跳跟。跨踔应节和锵锵,和南捧佛币未将。哈达江噶加缥缃,花球霞毷兜罗黄。槃蒲伊兰螺甲香,主人顾客乐未央。"② 这是一个小型表演,用以招待贵宾。《六月二日夜雨滂沱……》谓:"番市连朝忙社鼓,灵童出海商羊舞。"这里所说的商羊舞,实际上也是羌姆表演。羌姆表演时,伴奏乐器中有冈洞、海螺等。冈洞,也作刚凌、冈凌、刚铃,即腿骨号,是用人的小腿骨制作的乐器。《西藏赋》自注:"冈洞,人胫骨也,吹之以驱鬼祟。"和琳在《藏中杂感四首》其三"一声冈洞僧茶罢"句下自注:"人腿骨,吹之其声似喇叭。"③ 这是西藏古老的乐器,也是佛教音乐吸收西藏本土音乐的表现。冈洞的声音凄厉尖硬,藏传佛教各派的羌姆舞中,都用它作伴奏,烘托护法神挥动武器处决鬼魔时的威严气氛。④ 因此,在西藏时常能听到冈洞的声音,和瑛诗谓"冈冻声无赖,晨喧大小招"⑤。青藏高原原为汪洋大海,随着造山运动,沧海变桑田,喜马拉雅山耸立而成高原,大海也逐渐退去。随着海水退去,大地上遗留下许多海的痕迹,海螺便是其中之一。在西藏海螺具有特殊的意义,被视作最吉祥的象征,既是妇女必备嫁妆、饰品,也是重要的乐器,普遍使用于各种宗教仪式中。《西藏赋》自注谓:"洞噶,海螺也,佐以铙、鼓、长号。"⑥《希斋司空奉命节制全

---

① 和瑛. 易简斋诗钞: 卷二 [M]. 上海: 上海古籍出版社, 2002: 484.
② 和瑛. 易简斋诗钞: 卷二 [M]. 上海: 上海古籍出版社, 2002: 487.
③ 和琳. 芸香堂诗集 [M] //四库未收书辑刊·第拾辑: 第28册. 北京: 北京出版社, 2000: 539-540.
④ 边多. 西藏音乐史话 [M]. 北京: 中国藏学出版社, 2006: 12.
⑤ 和瑛. 希斋司空奉命节制全川, 将东归, 为赋韵诗三十首, 述事志别: 其五 [M] //卫藏和声集. 抄本.
⑥ 和瑛.《西藏赋》校注 [M]. 池万兴, 严寅春, 校注. 济南: 齐鲁书社, 2013: 101.

川将东归为赋韵诗三十首述事志别》其十三谓:"蛮女招松石,番僧斗海螺。"①描写宗教仪式中,僧人吹海螺的情景,用"斗"字尤其形象。

(三)居住文化

由于生活方式的不同,西藏居住类型主要有帐篷和碉楼。《唐书》谓:"屋皆平头,高者至数十尺。贵人处于大毡帐,名为拂庐"②"有城郭庐舍不肯处,联毳帐以居,号大拂庐,容数百人……部人处小拂庐"③。住帐篷的习俗,一直相沿至今,牧区为生活方便,不得不住帐篷;城镇、农区群众在过林卡的时候,也喜欢在郊外支起帐篷,供亲朋好友聚会嬉戏。和瑛《西藏赋》中描写沐浴节情景时写道:"南依江浤,北望山陬……拂庐星布,支炷云稠。"南到江边,北到山脚,到处都是支起的帐篷和简易炉灶。在城镇、定居点,人们居住的主要是碉楼,一种四方平顶碉堡式的楼房,往往是厚墙小窗低矮门,一楼堆放杂物,二楼以上住人。和瑛在拉萨旅馆放眼望去,到处都是碉楼,感叹"漫空碉寨似星罗"④。暮春大雪,僧人拥炉取暖,百姓和衣卧雪,和瑛效仿杜诗写道:"拥炉释子闭碉楼,露寝番黎无瓦片。"⑤

(四)饮食民俗

西藏高寒,在食材和饮食加工方法上都有自己的特点。青稞是西藏的主要农作物,在青藏高原已有4000多年的种植历史。和瑛《答和琳〈札什伦布对雨有感〉》诗中写道:"黄毳千家当昼呗,青稞万陇趁晴耘。"⑥ 僧人们大白天都在诵经,农夫们却趁着雨后时机忙着在地里耕耘青稞。青稞收获后,先将青稞炒熟,再磨成面,即为糌粑。糌粑的吃法很简单,通常是将青稞面盛到木碗里,放上奶渣、酥油等,用手揉成一坨,顺手送到嘴边直接进食。《蛮讴行》谓女主人公"阿卓胼胝落呢马,费尽涉磨萨糌粑",意思是说从早忙到晚,费尽力气,也只能吃点糌粑。和瑛自注"萨糌粑"即"食炒面"。《夏日遣怀即事以少陵"灯花何太喜,酒绿正相亲"为韵五律十首》其六"捻麨酥糊口,饮泉泥在手"⑦、《班禅额尔德尼共饭》"团堕欺侁饭"⑧、《班禅额尔德尼燕毕款留精舍茶

---

① 卫藏和声集[M].抄本.
② 刘昫,等.旧唐书:卷一百九十六上[M].北京:中华书局,1975:5220.
③ 欧阳修,宋祁.新唐书:卷二百一十六[M].北京:中华书局,1975:6072.
④ 和瑛.答和琳《旅馆独酌》[M]//卫藏和声集.抄本.
⑤ 和瑛.易简斋诗钞:卷二[M].上海:上海古籍出版社,2002:484.
⑥ 卫藏和声集[M].抄本.
⑦ 卫藏和声集[M].抄本.
⑧ 和瑛.易简斋诗钞:卷二[M].上海:上海古籍出版社,2002:485.

话》"麦炒豆瓷盂釜量"①等诗句，便是描写进食糌粑的情景。"麨"即炒面，"捻麨"即揉制糌粑。"团堕"，和瑛《西藏赋》自注："释氏团堕，言食堕在钵中也。梵言傧茶波，又曰傧茶夜，华言团。团者，食团，行乞食也。今考番僧食糌粑皆手团而食之。"糌粑进食方便，游牧或远行时，只需随身携带一只木碗和一条装糌粑的口袋即可，是最理想的干粮。故和瑛谓"蛮程每滞乌拉少，旅橐还欣糌粑多"②，可知和瑛出巡时，也是以糌粑为干粮的。干肉是青藏高原上的又一主食，也有一套自己的贮藏法和独特的吃法。在藏历十二月底天气最冷的时候，将牛羊肉切成尺余长、寸余宽的长条，抹上盐和一些野生的香料，挂在通风、阴凉的地方，让其自然冰冻风干。这样，牛羊肉既去了水分，又保持着鲜味，到了来年春天食用，口感酥脆，味道鲜美，既是平日的主食，也是待客的佳品，所谓"生肉竟充肴"③，以生肉充当菜肴。班禅额尔德尼宴请和瑛，主食之一便是干肉，《班禅额尔德尼共饭》谓"毡根胜臭铜"④，《班禅额尔德尼燕毕款留精舍茶话》云"藤根剒剒刲干羊"⑤。"毡根"即干羊，也就是风干的羊肉。在西藏，牛羊肉除了风干做成干肉外，还经常用来清炖，将大块的鲜肉或冻肉放入清水中煮熟，盛到盘子里，然后一手拿小刀，一手抓肉，割一块，抓起来吃一块，景象非常豪放壮观。乾隆五十九年（1794），和瑛在札什城阅兵，又到色拉寺参加宴集，诗谓："色拉寺中来，佛阁行厨沃。刲羊烧炙香，杯酒抒心蓄。"⑥"刲羊烧炙香"便是描写大块吃肉的情景。自从茶叶传入藏地，与酥油相结合，酥油茶便成了青藏高原上最盛行的饮品，是日常生活不可或缺的重要构成。达赖拜访驻藏大臣时，"盘蒸云子饭，壶泄乳酥茶"⑦，"乳酥茶"即酥油茶。班禅额尔德尼款待和瑛，则"鸠盘茶杵牛酥浆"⑧，准备的有酥油茶。"鸠盘"，和瑛在《西藏赋》中自注："茶块。"⑨"杵牛酥浆"则是用茶叶和酥油搅拌，熬制酥油茶。藏族群众不仅爱喝酥油茶，也爱喝酒，在农区不论

---

① 和瑛. 易简斋诗钞：卷二［M］. 上海：上海古籍出版社，2002：487.
② 和瑛. 答吴寿庭学使同年见寄元韵四首：其一［M］//卫藏和声集. 抄本.
③ 和瑛. 希斋司空奉命节制全川，将东归，为赋韵诗三十首，述事志别：其二十七［M］//卫藏和声集. 抄本.
④ 和瑛. 易简斋诗钞：卷二［M］. 上海：上海古籍出版社，2002：485.
⑤ 和瑛. 易简斋诗钞：卷二［M］. 上海：上海古籍出版社，2002：487.
⑥ 和瑛. 札什城大阅番兵游色拉寺书事四十韵［M］//卫藏和声集. 抄本.
⑦ 和瑛. 希斋司空奉命节制全川，将东归，为赋韵诗三十首，述事志别：其十［M］//卫藏和声集. 抄本.
⑧ 和瑛. 易简斋诗钞：卷二［M］. 上海：上海古籍出版社，2002：487.
⑨ 和瑛.《西藏赋》校注［M］. 池万兴，严寅春，校注. 济南：齐鲁书社，2013：72.

男女老少都酷爱青稞酒。和瑛描写藏族群众生活时谓:"裹露不为羞,群酣阿拉酒。"① 酣畅饮酒,裹衣外露,不以为羞。《蛮讴行》中描写西藏贵族生活时谓:"萨通丰盈褚巴新,甲仓阿拉不离口。"② 和瑛自注"甲仓"为黄酒,"阿拉"为清酒,意思是说富人们食物充足,衣服常新,天天黄酒、清酒不离口。

(五)其他生产生活民俗

沐浴节是藏族群众特有的节日,一般在藏历七月上旬,历时一周。节日期间,一到日落,男女老少全家出动,到河边沐浴,尽情享受清凉河水的洗涤。沐浴的同时,人们也会在河边扎起帐篷,聚餐嬉戏,休闲娱乐。和瑛《西藏赋》自注:"唐古特俗,夏秋之交,无论男女,群浴于藏布江之氾,以祓除厉疫,乃古所谓秋禊也。布达拉西南十五里名罗卜岭冈,藏布江北岸,密树周阿,绿苔曲径,中有方池石甃,引江水注之。达赖喇嘛每岁下山澡浴于此,群僧诵经于外……信宿约二十余日,始还山。"③ 乾隆五十九年(1794),达赖喇嘛在罗卜林卡过沐浴节时,和瑛曾前往看望问候。《达赖喇嘛浴于罗卜岭往候起居》:"黄云麦熟绕诸蛮,览兴初登笔洞山。绝巘晴开天北路,大江流折海西湾。牧羊石叱羊群起,调象人依象教闲。月髓从今成外户,那凭达赖扣禅关。""芝径云林响碧湍,锦床趺坐当蒲团。杉槽漆斛全无用,白鸽黄鸳且共欢。活水探源来石甃,野花随意数雕栏。笑渠离垢何缘洗,我欲临流把钓竿。"诗赋互参,正可见达赖喇嘛在罗卜林卡沐浴的情景。

西藏多河流深壑,出行少不了坐船和过桥。和瑛《渡象行》描写大象长途跋涉时谓:"金江黑水势汹涌,索桥皮船济纷沓。"④ 大象坐皮船,过索桥,从阳布出发,穿过西藏,来到黄河边。"索桥"即铁索桥,即在水面上空拉几根铁索,供人脚踩手扶,勉强能够通行。和瑛《咏铁索桥》:"锁结罘罳苇,凌空一木悬。不愁江面阔,只恐脚跟偏。"⑤ 铁索凌空,人们不用再担心"河广那可渡",可是只要脚下不小心,脚跟一偏,就容易出现险情。"皮船"即牛皮船,拉萨河、雅鲁藏布江两岸群众常用,船身长近2米,宽1米许,前窄后宽,以坚韧的硬木棍做成骨架,其外紧绷四张生牛皮为船身。船身很轻很小,只能坐三五个人。和瑛描写乘牛皮船渡江时谓:"森森长江水,皮船一勺登。轻于浮笠

---

① 和瑛. 希斋司空奉命节制全川,将东归,为赋韵诗三十首,述事志别:其六[M]//卫藏和声集. 抄本.
② 和瑛. 蛮讴行[M]//卫藏和声集. 抄本.
③ 和瑛. 《西藏赋》校注[M]. 池万兴,严寅春,校注. 济南:齐鲁书社,2013:149.
④ 和瑛. 易简斋诗钞:卷一[M]. 上海:上海古籍出版社,2002:467.
⑤ 和瑛. 易简斋诗钞:卷二[M]. 上海:上海古籍出版社,2002:485.

汉，闲似渡杯僧。竹叶图中泛，仙槎日下乘。此船成大愿，那用挽金绳。"①皮船如同一把勺子一样，漂浮在浩渺的江面上，轻巧有似浮笠汉，悠闲如同杯渡僧。"金绳"又一语双关，既指佛教中的金绳觉路，又指拉纤的纤绳。皮船外形扁圆，如同蟹壳。和瑛在《登舟》中写道，"铁索桥边渡，争呼蟹壳船"②。又牛皮船用时下水，不用时则反扣在沙滩上曝晒，因此和瑛谓："更从江北望，陆地负船行。"自注："皮船负而曝之"。③

天花是一种烈性传染病，清代时人们还无法遏制此病，遇有出天花者，往往任其自生自灭。在西藏，由于对天花知之甚少，尤其害怕，避之如蛇蝎。《西藏赋》谓"畏天花而弃子如遗"，自注："藏地小儿向不出痘，近岁传染甚盛。遇有出痘者，遂弃之荒山僻野，冻馁而死，其俗甚惨。自乾隆五十九年（1794）劝谕达赖喇嘛，捐资于离藏幽僻处建盖房间，供给糌粑、酥茶，以资抚养。又派妥干番目经理。如此数年来，全活甚众，藏风稍变。"④ 其诗中也言及此，谓："雪窦禅师休说法，苾刍生怕出天花。"⑤ "苾刍"，泛指僧人，畏惧天花的不只普通百姓，诵经说法的僧人也一样害怕。

三、驻藏官员的日常生活

西藏"土瘠水寒种易馁"，除了青稞等耐高寒农作物外，其他菜蔬种植不易，只能从四川等地调运，故西藏谚云"穷人吃肉，富人吃菜"。不要说在清代中期，即便是科技、交通都已经高速发展的20世纪80年代，在拉萨吃到新鲜时令蔬菜都还是一件比较奢侈的事情，从内地休假回来，馈赠亲友一把青菜，算是上好礼物。因此，当和瑛在拉萨吃到菜叶包时，特作诗纪之，谓"菘芥如蹯掌""入口知兼味，沾唇免代庖"⑥。内地平常之极的素包子，在拉萨却如同山珍海味一般，令人吃得不亦乐乎。夏天，有人从帕克里送来王瓜、茄子，和瑛喜不自胜，谓之"珍蔬"，烹制了鸡汁煨瓜、蒜泥茄子两道菜，大快朵颐，并赋《大暑节后，得食王瓜、茄子，喜赋十二韵，兼以致谢》云：

……忽传山外寄珍蔬，谁道天涯生意窄。亭亭青玉束王瓜，累累紫瘿盛蕃茄。落苏依法和盐豉，雪片瓠丝溅齿牙。喜无耑飨分甘每，瓜未瓞

---

① 和瑛．易简斋诗钞：卷二［M］．上海：上海古籍出版社，2002：485．
② 卫藏和声集［M］．抄本．
③ 和瑛．易简斋诗钞：卷二［M］．上海：上海古籍出版社，2002：489．
④ 和瑛．《西藏赋》校注［M］．池万兴，严寅春，校注．济南：齐鲁书社，2013：176．
⑤ 和瑛．易简斋诗钞：卷二［M］．上海：上海古籍出版社，2002：484．
⑥ 和瑛．食菜叶包戏成五律［M］//卫藏和声集．抄本．

瓠茄未馁。会教夷夏俨同风,气味吾乡终不改。清脄见晚恨难胜,煸斓佐酒共挑灯。此邦此味谁得似,冰壶先生玉版僧。①

内地习见的王瓜、茄子,在拉萨却是难得一见的"珍蔬"。更难得的是王瓜、茄子品相完好,口味未改。诗人赶快依法烹调,挑灯佐酒,大有相见恨晚之感。和琳和诗谓"中原肴馔纷横陈,豪来不觉天地窄""红尘一骑帕克里,强于西域得佛牙……太庵宗伯喜不胜,吟诗大嚼挑银灯"。② 和琳借用"一骑红尘妃子笑,无人知是荔枝来"的诗意,描写自帕克里送来的王瓜、茄子比西域的佛牙还要珍贵,人在拉萨得尝内地菜肴,如同杨贵妃吃到荔枝一般,故和瑛喜不自胜,挑灯大嚼,不顾形象地做了一回"恶客"。《阳八井喜青菜寄至》亦云:

雪岩飞到绿云筐,行庖镣子喜气扬。雨中韭菜剪钟乳,露下莴笋擘苍筤。白荚圆融辣底玉,翠菘滑腻甜底霜。水芹波菱含馊馅,晶葱银蒜熏椒姜。噫嘻!五菜甘腴皆真味,一弓两席锄芬芳。民间此色不可有,书生此味不可忘。自古瘠地牧肥羊,清如笞帚扫枯肠。膻风难得菜园踏,五脏神快还故乡。③

阳八井,也作羊八井,位于拉萨西北当雄县境内,是诗人此次出巡的最后一站。在这里,和瑛收到别人寄来的青菜,如同天外飞石一般,惊喜不已。看着青菜,仿佛一桌喷香的饭菜已经摆在面前,诗人连用六句描写青菜诱人的色泽质感,谋划如何加工食用,急切地召唤五脏神赶快回来享用。实际上,寄送来的青菜早已不复原来的色香味了。和琳诗谓:"卫藏原田何每每,土瘠水寒种易馁。尝从巴蜀驿致之,到此空嗟色香改。"④ 从四川等地调运过来的蔬菜,经过长途贩运,早已失去了新鲜。然而就是这样"色香改"的青菜,驻藏大臣尚且欣喜不已,其生活条件之艰苦,可见一斑。

不仅菜蔬稀缺,其他生活用品也匮乏。嘉庆元年(1796)除日,新的日历还没有寄送来,和瑛作诗催促:

羲和古命官,钦哉授人时。我虽宅昧谷,悉共玑衡推。胡为纪数书,

---

① 卫藏和声集[M]. 抄本.
② 和琳. 芸香堂诗集:答太庵大暑节后得食王瓜茄子喜赋元韵[M]//四库未收书辑刊·第拾辑:第28册. 北京:北京出版社,2000:557.
③ 和瑛. 太庵诗草[M].
④ 和琳. 芸香堂诗集:答太庵大暑节后得食王瓜茄子喜赋元韵[M]//四库未收书辑刊·第拾辑:第28册. 北京:北京出版社,2000:557.

不到天一涯。无那邮筒塞，浮沈冰雪池。坐使混沌客，枉掣修蛇悲。年华早变冀，灯光补重离。嗟哉珠尔亥，晦朔恒愆期。随月绝蓂荚，占闰无桐枝。仰慕燕雀智，能避巢与泥。爱作甲子图，循环布星棋。正月朔旦始，壬寅纪干支。涂抹过半载，三点尽成伊。作札锦官友，夙好敦无遗。倘惠一卷书，奉之如灵蓍。①

《书·尧典》："分命和仲，宅西，曰昧谷。"孔传："昧，冥也。日入于谷而天下冥，故曰昧谷。""宅昧谷"，这里借指自己居住在极西之地。诗人虽然在极西之地，但也一样有岁月变换，需要日历记时。眼看着旧年结束，新年到来，但日历却还没有来，不由生出种种猜测，难道日历随邮筒掉入了冰雪池不成。旧日历已经用了半年多，涂抹殆尽，不能再用，因此特地写信给成都的朋友，希望能够尽快惠赠一册历书。诗虽有调侃、自嘲之意，但新年已至，历书未到，却是现实。

在西藏，新鲜蔬菜不易得，酥油茶、马奶酒却比较方便。和瑛出身蒙古，流淌着游牧民族的血液，对此甘之如饴。嘉庆二年（1797）秋，和瑛作《马㮰酒歌》，谓：

> 房星之精天驷光，渥洼青海名驹场。饥食雪山草，渴饮天池水，化为刚中柔顺之潼浆。潼浆生不入烟火，蒸云沃雪羞杜康。清于醍醐洌于泉，酿蜜缩头甘醴藏。曲生风味岂不好，用物终嫌谋稻粱。身处脂膏不自润，屏绝麦黍头低昂。圣贤中之聊尔耳，井花冰液足清凉。却走丹田暖春风，入髓筋骨强。东坡真一过酽烈，洞庭春色名虚张。饮中八仙傥得此，当年肯入无功乡。②

房星为二十八星宿之一，《晋书·天文志》：房四星"亦曰天驷，为天马，主车驾"。③《瑞应图》："马为房星之精。"④"渥洼"为水名，在今甘肃省瓜州县境，传说为产神马之处。《史记·乐书》："又尝得神马渥洼水中，复次以为《太一之歌》。"裴骃集解引李斐曰："南阳新野有暴利长，当武帝时遭刑，屯田燉煌界。人数于此水旁见群野马中有奇异者，与凡马异……（利长）代土人持勒靽，收得其马，献之。"这里借用了两个典故，谓马之神奇，秉天地日月之精

---

① 和瑛.易简斋诗钞：卷二［M］.上海：上海古籍出版社，2002：489.
② 和瑛.易简斋诗钞：卷二［M］.上海：上海古籍出版社，2002：491.
③ 房玄龄，等.晋书.卷十一·天文志［M］.北京：中华书局，1974：300.
④ 杜公瞻，高士奇.编珠·卷四·车马部［M］//文渊阁四库全书：第887册.台北：台湾商务印书馆股份有限公司，1986：103.

华，产刚中带柔之奶浆。马奶不经烟熏火燎，而是储存在皮囊中，加以搅拌，数日后乳脂分离，自然发酵。酿制而成的马奶酒色泽亮白，欺云赛雪，比醍醐清澈，比泉水甘冽，味道悠长。内地酿酒，借助酒曲发酵，风味虽然也不错，但终究是要浪费稻粱的。民间有"一斤酒，三斤粮"之说，用粮食酿酒，在吃饭都成问题的年代，无疑是极大的浪费。马奶酒不仅酿制简单，节约粮食，而且喝起来味道效用都不错。与马奶酒相比，苏轼的真一酒过于浓烈，"洞庭春色"徒有虚名，当年饮中八仙如果喝到马奶酒，哪里还会遁世而逃呢。

四、关注西藏民生

和瑛任职西藏，"责在司民"①，其对西藏民生问题有较多的关注。《蛮讴行》描写了一名普通藏族女孩的悲惨人生，诗谓：

> 博穆_女恨不生中原，世为墨赛_{百姓}隶西番。阿叭_父阿妈_母尽老死，捞乌角_{弟兄}趋沙门。剩有密商_{单身}年十五，早学锅庄踏地舞。胭脂粉黛通麻琼_{不见}，拉萨_{佛地}认通_{永远}充役苦。苏银_谁欢乐柳林湾，连臂叶通_唱声关关。自寻擢卡_夫索诺木_{造化}，几迷_妻坐就时开颜。上者确布_{富者}饶塞藕_{金银}，木的_{珍珠}角鹿_{珊瑚}缀囚首。萨通_{饮食}丰盈褚巴_{衣服}新，甲呛_{黄酒}阿拉_{清酒}不离口。次者买布_{贫者}嫁农商，毕噶_春动噶_秋勤稞秧。闲时出玛_{街市}售囊布_{氆氇}，贡达_晚樵汲无灯光。一朝擢卡_夫还育密_{中国}，亢罢_{房屋}萧条谁悯恤。生儿携去塔戎布_{远方}，陈各尼参_{昼夜}泪如渾。忽听传呼朗仔辖_{管地方头目}，安奔_{大人}达洛_{今年}修官衙。铲泥筑土莫共泽_{懒惰}，鸠工火速董_打来加。阿卓_{早晨}胼胝落呢马_{日落}，费尽涉磨_{气力}萨糌粑_{食炒面}。更番倘㑊端聂儿_{公干}，章喀_{银钱}亲交业尔把_{管事人}。达楞_{今日}无奈起蛮讴，相思苦楚端_情交愁。播依_{番音}那用吹令卜_笛，呷唔敕勒动高楼。高楼索勒银钱赏，棕棕_{笑也}越唱青云朗。来朝忙布_{多多}买玛拉_{酥油}，燃灯喇谷_{佛像}前供养。祷祝来生多抢错_{叩头}，男身宫脚_{保佑}转中华。不然约古_{跟随}河伯妇，乌拉_{差徭}躲却随鱼虾。②

诗中的女主人公，父母老死，兄弟出家，剩下孤身一人。十五岁开始学跳锅庄舞，在拉萨充劳役，女儿家用的胭脂、粉黛从来都没有见过。稍大后嫁人为妇，依然是日夜操劳，闲时织氆氇卖氆氇，晚上摸黑劈柴挑水。丈夫带着孩子去了远方，自己还得听从朗仔辖的安排，服徭役，修官衙。稍有懈怠，监工

---

① 和瑛. 六月二日夜雨滂沱……[M]//卫藏和声集. 抄本.
② 卫藏和声集[M]. 抄本.

131

就来鞭打。从早到晚，费尽力气，却只能吃点糌粑。出工迟一点，还要被罚钱。女主人公困苦无奈，只能多多买酥油，到佛前点灯磕头，祈祷来生转生男身投胎到内地。不然别无活路，只能投水跟随河伯妇，伴随鱼虾，以躲避繁重的乌拉徭役。《暮春大雪四首》其一"拥炉释子闭碉楼，露寝番黎无瓦片"①，仿照杜甫"朱门酒肉臭，路有冻死骨"的笔法描写西藏社会的贫富差距，天寒地冻，僧人们紧闭碉楼，围着火炉取暖，穷人们则露宿街头，头顶无片瓦。《亚喜茶憩》云："匝绕勾弦路，停骖亚喜村。覆碉藏哺燕，突灶集悬鹑。家室经年复，牛羊望岁蕃。此邦旋定后，曷策抚诸番。"② 这是乾隆五十九年（1794）和瑛出巡后藏时所见，村落凋敝，百姓流离失所，房屋倒塌，成为燕子、鹌鹑等禽鸟的乐园。第二年，和瑛即与松筠联名奏请朝廷办理抚恤事宜，督促达赖、班禅蠲免百姓本年粮石及旧欠钱粮，严令各地营官、第巴等不得额外增加乌拉赋税，招回并妥善安置流亡百姓。此惠政的实施，或与和瑛出巡后藏的所见所闻有关。

西藏百姓生活艰辛，除自然环境恶劣外，根本原因在于西藏宗教上层的穷奢极欲、横征暴敛。对此，和瑛时有抨击。《夏日遣怀即事以少陵"灯花何太喜，酒绿正相亲"为韵五律十首》其四："毛地产无多，毳僧食已太。牒巴庆弹冠，噶伦知束带。铨除辨等威，事更劳沙汰。"③ 西藏土地贫瘠，出产本就不多，但上层僧侣消耗太甚，需要裁撤。其七更是直言"减汝拂庐征，为渠平屋足"④，减少宗教上层的赋税，以保证西藏百姓的富足。《蛮讴行》中，女主人公本就生活艰辛，但朗仔辖一声令下，就得去服劳役，为大人们修官衙，稍有迟误，还得罚交银钱。诚如和琳《答蛮讴行》开篇所言："佛教为己非为人，君不见，三藏刍狗劳斯民。黄衣坐食黑衣养，役及妇女都无瞋。"⑤ "黄衣"在这里借指格鲁派僧侣，"黑衣"则借指西藏百姓，上层僧侣们以百姓为刍狗，他们所标榜的一切都是为了自己而非普度众生，但僧侣们安享百姓的供养，劳役遍及妇人小孩，却无丝毫慈悲。

五、讴歌大一统

孟子回答"天下恶乎定"的问题时，给出的答案是"定于一"⑥；《公羊

---

① 和瑛. 易简斋诗钞：卷二 [M]. 上海：上海古籍出版社，2002：484.
② 卫藏和声集 [M]. 抄本.
③ 卫藏和声集 [M]. 抄本.
④ 卫藏和声集 [M]. 抄本.
⑤ 卫藏和声集 [M]. 抄本.
⑥ 焦循. 孟子正义：卷三 [M]. 沈文倬，点校. 北京：中华书局，1987：71.

传》开宗明义，谓"何言乎王正月？大一统也"①。肇端于先秦的大一统思想已成为中华文化的重要组成部分，数千年来一直浸润着中华民族的思想感情，形成一种向心、回归的精神力量。②和瑛"邃于《易》""精律吕之学"③，深受儒家文化影响，其以诗资政，讴歌驱廓保藏的胜利，讴歌文成公主入藏，讴歌中央治藏方略，捍卫国家统一和主权完整，体现了大一统思想的自觉传承。

（一）"由来古佛国，持护仗天兵"——称美驱逐廓尔喀

乾隆五十六年（1791）七月，廓尔喀第二次入侵西藏，攻入日喀则，将扎什伦布寺洗劫一空。清朝中央政府立即从各地抽调兵力，派福康安为大将军、海兰察为参赞大臣，率兵入藏。这时，和瑛在陕西布政使任，亲自护送海兰察所率大军通过陕西，经甘肃、青海入藏。《嘉平月护送参赞海公统军赴藏四首》诗纪此事，称廓尔喀侵藏，如同"穴争同鼠雀，蛮触起商参"。海兰察等率"百骑巴图鲁，千员默尔庚"入藏，必定"一战擒"敌酋，高奏凯歌还。诗人感叹"由来古佛国，持护仗天兵"，西藏这片古老土地，其和谐稳定全靠中央的保护。④乾隆五十七年（1792）五月，清军收复失地，廓尔喀上表投诚，清军班师回朝，驱逐廓尔喀战争全面胜利。闻知此事，和瑛作《喜闻廓尔喀投诚大将军班师纪事》六首，记大军入藏驱廓经过，称美将帅谋略、士卒英勇。乾隆五十八年（1793）秋，和瑛自陕赴京，在风陵渡看到廓尔喀输诚进献的驯象，和瑛作《渡象行》，谓："驯象来从廓尔喀，困顿深山迹迹茸阗。蛮酋百计出巉岩，道兑欸诚喇特纳。"⑤驯象出自阳布深山中，廓尔喀人将之贡献朝廷，表达首领喇特纳投降的诚意。不过朝廷所看重的不是驯象、藏獒这些珍奇，而是圣贤风云际会，天下升平。

乾隆五十九年（1794），和瑛到西藏任职，亲见驱廓保藏时运饷入藏的巴蜀百姓，为他们的牺牲精神所感动。诗谓："哀鸿鸣万里，旋定无人招。云天入绝眦，雪岭排嶕峣。嗟哉巴蜀民，孰非襁褓么……当其初出役，泣别妻儿娇。父母握手嘱，生还继宗祧。仁者念及此，草木回枯焦……"⑥巴蜀百姓也是娘生爹养，家国有难之际，他们挺身而出，担负起了运输物资给养的重任，穿行在

---

① 何休，徐彦. 春秋公羊传注疏［M］. 上海：上海古籍出版社，1990：10.
② 杨向奎. 大一统与儒家思想［M］. 北京：北京出版社，2011：1.
③ 赵怀玉. 收庵居士自叙年谱略［M］//北图社古籍影印编辑室·乾嘉名儒谱：第9册. 北京：北京图书馆出版社，2006：509.
④ 和瑛. 易简斋诗钞：卷一［M］. 上海：上海古籍出版社，2002：465.
⑤ 和瑛. 易简斋诗钞：卷一［M］. 上海：上海古籍出版社，2002：467.
⑥ 和瑛. 太庵诗草［M］.

崇山峻岭之间，为驱廓保藏战争的胜利做出了自己的贡献。当他们告别家人时，妻泣儿哭，父母握手叮咛，一定要活着回来。此情此景，闻者伤心。在西藏时，和瑛在诗中也多次提及驱廓保藏战争，称美各族人民齐心协力取得了驱廓保藏的胜利。《宿协噶尔寨》："宝盖香炉迓帛和，此邦操刺属头陀。贫婆绝顶风霜古，涩浪悬崖埤埦多。自有三衣遮法座，不须一箭过新罗。阇黎盖胆毛如猬，墨守强于狐兔讹。"自注："前廓匪入寇，喇嘛击之遁。"① 讴歌协噶尔当地僧人自发抗击入侵的廓尔喀。《夏日遣怀即事以少陵"灯花何太喜，酒绿正相亲"为韵五律十首》其一谓："劫来妖祲靖，无尽礼燃灯。"其三："那用轮铃响，荒酋乐止戈。廓藩成赤子，法域普春和。"《札什城大阅番兵游色拉寺书事四十韵》："天威薄海西，绝徼无飞镞。"《希斋司空奉命节制全川，将东归，为赋韵诗三十首，述事志别》："月窟烽烟息，天边法雨涵。""草檄传诸部，群怀邓使君。永无东向马，岂有北来军。雪巘封千叠，关河界两分。"② 都是称美驱逐廓尔喀，保护西藏安宁祥和，捍卫国家主权完整的诗篇。驱逐廓尔喀，保护西藏地区的安宁，是乾隆皇帝的"十全武功"之一，御制有《十全武功纪功碑》。《夏日遣怀即事以少陵"灯花何太喜，酒绿正相亲"为韵五律十首》其二所谓"十全垂翰藻，万古老烟霞"即指此碑。③

（二）"万善兴于公主"——咏歌文成公主

唐文成公主入藏，嫁吐蕃赞普松赞干布，建立了唐蕃之间的甥舅关系，成为汉藏友好的象征。文成公主去世后，藏族僧俗为其塑像立祠，其故事也传唱至今。和瑛甫到拉萨，便去拜谒文成公主的塑像和遗迹，礼赞其为汉藏友好做出的贡献。《大招寺》谓："古柳盟碑在，昙云法象传。唐家外甥国，赞普迹萧然。"④ 古柳即唐柳，也称公主柳，相传是文成公主手植，至今郁郁葱葱。盟碑即矗立在大昭寺外的长庆唐蕃会盟碑，也是汉藏"和协一家"的象征。和瑛称西藏为"唐家外甥国"，称"万善兴于公主"⑤，既是对文成公主入藏的肯定，也是对西藏历史地位的准确判断，自觉维护中央政府的大一统。

《小招寺》谓："左计悲前古，和亲安在哉。乌孙魂已断，青冢骨成灰。独有金城坐，长留玉殿隈。千年香火地，应作望乡台。"⑥ 乌孙、青冢分别指汉代

---

① 和瑛. 易简斋诗钞：卷二 [M]. 上海：上海古籍出版社，2002：486.
② 卫藏和声集 [M]. 抄本.
③ 卫藏和声集 [M]. 抄本.
④ 和瑛. 易简斋诗钞：卷一 [M]. 上海：上海古籍出版社，2002：472.
⑤ 和瑛.《西藏赋》校注 [M]. 池万兴，严寅春，校注. 济南：齐鲁书社，2013：48.
⑥ 和瑛. 易简斋诗钞：卷一 [M]. 上海：上海古籍出版社，2002：472.

和亲乌孙的乌孙公主刘细君、和亲匈奴的王昭君，此二人的和亲都没有取得理想效果，堪为"左计"。唯独文成公主入藏，生前受人尊敬，死后受人供养，塑像长留在大昭寺，享受着千年的香火。小昭寺东向而造，代表着公主对长安的思念；大昭寺长存公主像，昭示着僧俗群众对汉藏一家亲、世代大一统的渴望。

（三）"金瓶衍法灯"——礼赞金瓶掣签

驱逐廓尔喀后，朝廷颁布了《钦定藏内善后章程二十九条》，整顿西藏地方，进一步强化中央政府对西藏的治理。《钦定善后章程二十九条》第一条规定："蒙古和西藏地区活佛及呼图克图转世灵童时，依照西藏旧俗，常问卜于四大护法神，因依口传认定，未必准确，兹大皇帝为弘扬黄教，特颁金瓶。嗣后认定转世灵童，先邀集四大护法神初选灵异幼童若干名，而后将灵童名字、出生年月日书于签牌，置于金瓶之内，由具大德之活佛讽经祈祷七日后，再由呼图克图暨驻藏大臣于大昭寺释迦佛尊前共同掣签认定。"[①] 和瑛在《西藏赋》"金瓶选佛，意象空无"句下自注："喇嘛旧俗，凡呼毕勒罕出世，悉凭垂仲降神指认，遂致贿弊百出。乾隆五十八年（1793）钦颁金奔巴瓶一具，牙签六枝，安放大招宗喀巴前供奉。如有呈报呼毕勒罕者，将小儿数名生辰书签，入瓶掣定，永远遵行。"[②] 可知，金瓶掣签进一步完善了藏传佛教活佛转世制度，有效杜绝了转世灵童认定中的弊端，是中央政府直接管理西藏地方宗教事务的重要举措。

和瑛任职西藏，"责在司民兼选佛"，亲自参与了多次金瓶掣签活动，认定转世灵童。《定日阅兵得廓王信有怀松湘浦甫伊江二首》其二"西天传法嗣"句下自注："金奔巴掣呼毕勒罕十三人。"[③]《大招掣胡图克图即事》一诗较详细地记载了其金瓶掣签之事，诗谓："古殿奔巴设，祥晨选佛开。谁家聪令子，出世法门胎。未受三涂戒，先凭六度媒。善缘升已定，信手我拈来。"[④] 首句写清晨在大昭寺安放御赐金瓶，开始抽签选佛，中间四句写转世灵童的聪慧以及来历，最后两句则强调灵童签牌由自己拈来。《夏日遣怀即事以少陵"灯花何太喜，酒绿正相亲"为韵五律十首》其十说"万里岩疆重，皇家设教神。空瓶开善种，客宦斗强身"[⑤]，则肯定了金瓶掣签的积极意义，称美朝廷重视边疆、以

---

① 廖祖桂，等.《钦定藏内善后章程二十九条》版本考略［M］.北京：中国藏学出版社，2006：17-18.
② 和瑛.《西藏赋》校注［M］.池万兴，严寅春，校注.济南：齐鲁书社，2013：91.
③ 和瑛.易简斋诗钞：卷二［M］.上海：上海古籍出版社，2002：502.
④ 卫藏和声集［M］.抄本.
⑤ 卫藏和声集［M］.抄本.

神设教，因势利导。《希斋司空奉命节制全川，将东归，为赋韵诗三十首，述事志别》："雪窦参儒戒，金瓶衍法灯。烦君烧佛手，愳尽黄衣僧。"① 这是称美和琳主持金瓶掣签，认定转世灵童，存传藏传佛教的香火，而朝廷也借此加强了对藏传佛教的管理。和瑛用诗歌再现了金瓶掣签的场景，评价金瓶掣签制度实施后的成效，对于了解和认识这一制度，还原历史真实，具有重要意义。

（四）"兜罗哈达讯檀越"——平等相接达赖、班禅

在清代，驻藏大臣代表着朝廷与皇帝，而达赖喇嘛则是西藏地区政教合一的领袖，双方的见面礼仪问题，关乎着中央行政权力在西藏的贯彻落实，有一个漫长嬗变到成为定制的过程。② 第二次驱逐廓尔喀后，乾隆皇帝对此前驻藏大臣过分崇敬达赖喇嘛导致驻藏大臣实际地位下降大为不满，降谕旨批评，"驻藏大臣不谙大体，往往因接见时瞻礼，因而过于谦逊，即与所属无异，一切办事与噶伦等视若平行，授人以柄，致为他等所轻，诸事专擅，并不关白大臣"③，多次指示"钦差驻藏大臣与达赖喇嘛系属平等，不必瞻礼，以宾主礼相接""不准与达赖喇嘛叩头"④。乾隆五十八年（1793），颁行《钦定藏内善后章程二十九条》，明确规定了驻藏大臣与达赖喇嘛、班禅额尔德尼的关系，驻藏大臣负责审核达赖喇嘛与班禅额尔德尼的收支用度，与达赖喇嘛、班禅额尔德尼地位平等，自噶伦以下番目及管事喇嘛等统归驻藏大臣管辖。⑤ 乾隆特意表彰和琳，"见达赖喇嘛，不行叩拜。达赖喇嘛惟命是听……和琳如此举动，甚为得体"。⑥ 嘉庆十九年（1814），时任兵部尚书的和瑛专门上折，阐明颁行《钦定藏内善后章程二十九条》后，驻藏大臣与达赖喇嘛相见礼仪问题，奏称："奴才伏查唐古特俗，平等相见，彼此手持哈达，互相问慰。西藏因达赖喇嘛掌天下黄教，最为番众所信崇，是以从前相沿旧习，驻藏大臣见达赖喇嘛亦以佛法瞻礼，达赖喇嘛并不下座。自乾隆五十八年（1793）钦奉上谕：钦差驻藏大臣与达赖喇嘛系属平等，不必瞻礼，以宾主礼相接。钦此。奴才即于是年冬钦派驻藏办事，大学士松筠亦于五十九年（1794）冬到任，奴才等因公赴布达拉与达赖喇嘛相见时，达赖喇嘛下座迎至楼门内，彼此以哈达相授，达赖喇嘛仍上高座。至奴

---

① 卫藏和声集［M］. 抄本.
② 刘丽楣. 关于驻藏大臣与达赖喇嘛相见礼仪问题［J］. 中国藏学，1997（01）：69-75.
③ 清实录·第二十六册·高宗纯皇帝实录［M］. 北京：中华书局，1986：852.
④ 刘丽楣. 关于驻藏大臣与达赖喇嘛相见礼仪问题［J］. 中国藏学，1997（01）：69-75.
⑤ 廖祖桂，等.《钦定藏内善后章程二十九条》版本考略［M］. 北京：中国藏学出版社，2006：57，64.
⑥ 清实录·第二十七册·高宗纯皇帝实录［M］. 北京：中华书局，1986：462.

才等坐位,设在达赖喇嘛高座之西,俱一字平例南向。事毕,达赖喇嘛送到楼门内。其帮办藏务之瑚图克图系属旁坐。查全藏事务俱听驻藏大臣督办,与达赖喇嘛、班禅额尔德尼实属平等。奴才于嘉庆六年(1801)离任时,曾将藏内一切应办事宜纂成则例,作为交代,并未闻后任更改坐次。"①可见,《钦定藏内善后章程二十九条》颁行后,驻藏大臣与达赖喇嘛、班禅额尔德尼等见面礼仪成为定制。

此定制在和瑛的诗、赋中都有体现。《西藏赋》谓:"兜罗哈达讯檀越如何,富珠礼翀答兰奢遮莫。"自注:"旧俗,驻藏大臣见达赖喇嘛,以佛礼瞻拜。乾隆五十八年(1793)奉旨:'钦差驻藏大臣与达赖喇嘛系属平等,不必瞻礼,钦此。'以后皆宾主相接也。"② 富珠礼翀,即孛术鲁翀,《元史》载:元文宗时,以年札克喇实为帝师,至京师,敕朝臣一品以下皆白马郊迎,众大臣俯伏进觞,帝师不为动。国子祭酒富珠礼翀举觞立进,说:"帝师,释迦之徒,天下僧人师也。余,孔子之徒,天下儒人师也。请各不为礼。"帝师笑而起,一饮而尽。众人为之凛然。③ 和瑛《希斋司空奉命节制全川,将东归,为赋韵诗三十首,述事志别》其十谓:"达赖勤人事,寒暄问早衙。盘蒸云子饭,壶泄乳酥茶。毳衲还虚寂,笼官靖谍哗。"④ 达赖喇嘛勤于人事,带着一班僧官,端着云子饭、酥油茶等西藏饮食,到驻藏大臣衙门看望和琳等人。达赖与和琳互相寒暄,互致问候,随行僧官个个肃立,不敢喧哗,亦可见驻藏大臣与达赖喇嘛执宾主礼,僧俗官员皆受驻藏大臣管辖。和瑛到罗布林卡游玩,"达赖步行,导游园景一匝"⑤,达赖步行陪同,充当向导,可见二人确实执宾主礼。乾隆六十年(1795)九月十五,和瑛到布达拉宫萨松朗杰殿朝拜乾隆皇帝像,其时达赖喇嘛即到布达拉门口迎接,诗谓"路转青螺回,门迎赤帻斜",即达赖等人在门口迎接的情景;瞻拜完毕,和瑛与达赖喇嘛在禅室喝茶谈话。一番茶话,"化工无语偈,达赖心已降",⑥ 达赖降心而服,所服者是中央朝廷,是中央朝廷的钦差大臣。嘉庆元年(1796),和瑛出巡后藏,到扎什伦布寺朝拜乾隆皇帝圣容,随后与班禅额尔德尼"共饭",班禅额尔德尼"安排众香钵,供养老黄童";从定日等处巡视返回,班禅额尔德尼安排"法筵"、月斧舞等宴请和瑛,饭后又款留精

---

① 刘丽楣. 关于驻藏大臣与达赖喇嘛相见礼仪问题[J]. 中国藏学, 1997 (01): 69-75.
② 和瑛. 《西藏赋》校注[M]. 池万兴, 严寅春, 校注. 济南: 齐鲁书社, 2013: 74.
③ 宋濂, 等. 元史·卷一百八十三·富珠哩翀传[M]. 北京: 中华书局, 1976: 4222.
④ 卫藏和声集[M]. 抄本.
⑤ 和瑛. 易简斋诗钞: 卷二[M]. 上海: 上海古籍出版社, 2002: 482.
⑥ 和瑛. 易简斋诗钞: 卷二[M]. 上海: 上海古籍出版社, 2002: 482.

舍茶话。① 出巡结束时，题诗书扇奖励陪同出巡的噶布伦。《喇嘛噶布伦坚巴多布丹从余巡视勤慎赋诗书扇以奖之》云："本是头陀性，真源悟狭宽。业儒吾选佛，出世尔为官。身受四知戒，心希二谛难。不为乾没计，省虑子孙寒。"② 嘉庆五年（1800）秋，例行出巡后藏时，萨迦呼图克图听信谣言，婉拒和瑛一行过境，以躲避差徭。和瑛"严斥之"，萨迦呼图克图立即派人前去谢过，过境时又献万灵丹赎罪。和瑛《萨迦呼图克图遣使谢过书事》特意载其事，并批评萨迦呼图克图"未除悭吝性，枉住净明台""即心原是佛，那复献如来"。③ 和瑛在藏时，与达赖喇嘛、班禅额尔德尼以"宾主礼相接"，始终坚持中央政府关于驻藏大臣与达赖喇嘛相见礼仪的定制，行使驻藏大臣的法定权利，维护中央政府对西藏地方政府的直接管辖权。

"因其诗而知其所学，因其学而知其所以为官"，这既是和瑛对吴俊诗歌的评价，也是和瑛自己诗歌的写照。解读和瑛的西藏诗，可以清晰地看到，和瑛自觉地把自己及西藏地方纳入大一统的思想和实践中，在大一统的前提下观照西藏的经济、文化、政治、宗教等问题，要求西藏地方统一于中央政权。

蒋寅曾在谈及清代文学特征时说，清代诗人面对抒情题材被写遍，一切感情经验都不新鲜的现实，迫切需要改变，并付出了种种努力，"其中最引人注目的是大力开拓旅行和怀古题材，通过旅行接触新异景观，通过怀古想象历史情境，作家由此摆脱日常经验的包围，磨去日常感觉的厚茧，获得全新的感觉和体验"。④ 确实，清代诗人并不甘心于学唐模宋，当"一切好诗都被写尽"的时候，只能另辟蹊径，寻求新的审美体验了。西藏独特的自然环境、人文环境给予和瑛强烈的审美震撼，这是一种在内地无法体验的审美，也是前代诗人很少体验过的审美，将之形于诗，丰富了诗歌题材，也丰富了诗歌中的审美体验。

第二节 西域诗

西域诗这里特指描写西域风光、生活等内容，用汉语书写的古典诗歌。西域诗的创作，起于汉，盛于唐。汉代西域诗以乌孙公主为代表。唐代西域诗作

---

① 和瑛.易简斋诗钞：卷二 [M].上海：上海古籍出版社，2002：485.
② 和瑛.太庵诗草 [M].
③ 和瑛.易简斋诗钞：卷二 [M].上海：上海古籍出版社，2002：502.
④ 蒋寅.清代文学的特征、分期及历史地位 [M]//清代文学论稿：上编.南京：凤凰出版社，2009：17.

为边塞诗的重要组成部分,以骆宾王、岑参等人为代表,无论是题材内容还是艺术成就都达到了一个高峰。至清代,中央政府先后平定了准噶尔部和大小和卓的叛乱,结束了长达数百年的分裂割据局面,实现了新疆南北的统一和中央政府的直接。伴随着新疆的开发,大批文士通过各种途径进入新疆,创作了大量西域诗。

和瑛于嘉庆七年(1802)八月缘事发往乌鲁木齐效力赎罪,十二月底改任叶尔羌帮办大臣,嘉庆八年(1803)十月升任喀什噶尔参赞大臣,嘉庆十一年(1806)十月改任乌鲁木齐都统,嘉庆十四年(1809)正月自乌鲁木齐启程返京。自嘉庆七年(1802)赴西域,至嘉庆十四年(1809)返京,和瑛在西域生活了八个年头。在西域,和瑛醉心文墨,"一榻罗书史"①"不愧读书人"②,先后编纂《回疆通志》《三州辑略》等地方志,创作咏物小赋2篇、西域诗64题90首③。

一、风沙:西域生活的初体验

西域地域广袤,阿尔泰山、天山、昆仑山三山中间夹着准噶尔盆地和塔里木盆地,即所谓"三山夹两盆"。与西藏的高寒不一样,西域更多的是罡风猎猎,黄沙阵阵,绿洲星罗,河流蜿蜒。嘉庆七年(1802),和瑛一路向西,经河北、山西、陕西、甘肃进入漫漫戈壁,开始了西域之旅。而专车载水穿过戈壁沙漠,便是和瑛西域之行的初体验。李銮宣《苦水题壁》有"客子装车先载水"之句④,可见穿越戈壁沙漠,水是第一重要物资。和瑛在《戈壁道上》写道:

千里行军匪养鱼,壶浆那管万人虚。闲情更著名泉谱,争识西来一勺无。

汲得澄泉载后车,不堪满腹惜如珠。阴阴默祷同云雪,却胜东坡调水符。⑤

---

① 和瑛. 三州辑略·卷九·立秋日过都护署复呈太庵先生[M]//中国地方志丛书:西部地方. 台北:成文出版社,1968:335.
② 和瑛. 三州辑略·卷九·呈都护和太庵先生[M]//中国方志丛书:西部地方. 台北:成文出版社,1968:335.
③ 其中《易简斋诗钞》卷三收57题65首,《三州辑略》卷九收35题53首,剔除重复合计64题90首。
④ 李銮宣. 坚白石斋诗集:卷九[M]. 太原:山西人民出版社,1991:286.
⑤ 和瑛. 三州辑略:卷九[M]//中国地方志丛书:西部地方. 台北:成文出版社,1968:323.

和瑛此前在泉城济南任职，尝游济南名泉，孰知西行戈壁，不要说泉眼了，就连一勺水都很难寻觅。跋涉在戈壁中，不得不安排专门车辆拉水，以供途中饮用。只是人多水少，滴水如珠。行旅之人原本最担心的是途中有雨雪，然而行走在戈壁中的旅人却是祈祷早降雨雪。在大家的"默祷"中，雪花飘然而至，和瑛欣然作《戈壁喜雪》：

  西母嵊山雪，平铺瀚海遥。吻疑尝醴润，渴似望梅消。风味欺陶谷，诗情胜灞桥。自怜冰氏子，肯向冶炉招。①

《太平御览》引王子年《拾遗记》云："穆王东至人掫之谷，西王母来进嵊州甜雪。嵊州去玉门三十万里，地多寒雪，霜露着木石之上，皆融而甘，可以为菜也。"② 行走在戈壁道上，不期而至的一场雪，不仅不是旅程的烦扰，反而是西王母的甜雪。领略着雪花的滋润，如同品尝美酒一般，戈壁沙漠带来的干渴之感也随之而去。此时此地，风味远胜掏雪烹茶，诗情浓于灞桥雪柳。《沙泉》更是写道："地宝澄泉涌，平沙月卧帘。有孚占习坎，不满见流谦。率土甘浆湿，行人润德沾。一瓢期饮腹，那复问贪廉。"③ 一泓泉水，滋润着干涸的沙漠，也滋润着焦渴的行人。一瓢水，延续生命，哪里还能顾得上贪泉还是廉泉。

穿行在戈壁滩中，体验到的不只是缺水与干渴，更有飞沙走石，狂风肆虐。诗人在《风戈壁吟》中感叹：

  大块有噫气，一息千里通。巽五挠万物，折丹神居东。风穴地轴裂，风门天关冲。奇哉风戈壁，勃发乾兑冲。当夫初起时，黑霭蟠虬龙。焚轮瞬息至，万骑奔长空。石飞轻于絮，辎重飘若蓬。灵驼识猛烈，一吹无停从……④

题下自注"自梧桐窝十三间房至齐克滕木台四百余里，春夏间多怪风"。这怪风，仿佛是造物主打了个饱嗝，气息直冲千里；又仿佛风穴的门户损坏，风不受约束，蜂拥而来。风初起时，如一条黑龙盘旋在远处，瞬息间就来到了近处，如万马奔腾一般，声势骇人。风中，石头像柳絮，辎重像蓬草。《苦水驿站守风简哈密成误庵侍郎》也有同样的描写，"土口截祁连，空轮一噫旋。辎车轻

---

① 和瑛. 易简斋诗钞：卷三 [M]. 上海：上海古籍出版社，2002：511.
② 李昉，等. 太平御览：卷十二 [M] //文渊阁四库全书：第893册. 台北：台湾商务印书馆股份有限公司，1986：260.
③ 和瑛. 三州辑略：卷九 [M] //中国地方志丛书：西部地方. 台北：成文出版社，1968：324.
④ 和瑛. 易简斋诗钞：卷三 [M]. 上海：上海古籍出版社，2002：512.

似羽，沙石扬如绵……莫愁平地险，说骖稳于船"，① 苦水驿正在风口前，所谓"守风"便是等着风势消歇后再启程赶路。和瑛对大风的描写，与岑参"一川碎石大如斗，随风满地石乱走"有异曲同工之妙。

二、采玉：西域特殊的生产方式

新疆产玉，尤其以昆仑山北麓和田一带所产玉最负盛名，至晚在殷商时期和田玉已经传入中原。1976年，在中国科学院考古研究所对河南安阳殷王武丁（公元前1339至前1281年在位）妻妇好墓的发掘中，出土玉器755件，考古工作者对其中约300件标本进行了鉴定，仅有4件不是新疆玉，其余基本上都是新疆玉，产地来自新疆和田及叶尔羌地方的山上和河谷。② 汉武帝刘彻叔父刘胜夫妇去世后，有金缕玉衣陪葬，玉衣用玉片2495件，俱为和田玉料。史书也常有和田一带产玉的记载。《史记·大宛列传》载于阗"多玉石"③，《汉书》载莎车"有铁山，出青玉"④。于阗即和田，莎车即叶尔羌。清代，每年和田、叶尔羌等处采挖的玉石都要交叶尔羌办事大臣，统一运送京城。和瑛任叶尔羌办事大臣期间，曾主持采玉、贡玉等事，诗中也多次提及采玉之事，这是在其他地方生活所无法经历的一种体验。

玉分水产和山产两种。产于河中者为河玉，又称籽玉，原生矿自然分化，为雪水、洪水带入河中，水流冲刷磨蚀，逐渐形成一种鹅卵状的玉石。河玉质地更为细腻、滋润、致密、坚硬，外皮色彩斑斓，令人赏心悦目。其中产于和田者为和田玉，最为上品；产于叶尔羌河者为叶尔羌玉，较次之。河玉主要是从河中捞取，每年春汛、夏汛过后，玉石在河水平缓的地方沉积，这个时候人们便开始入水捞玉。椿园《西域闻见录》载："河底大小石错落平铺，玉子杂生其间。采之之法……或三十人一行，或二十人一行，截河并肩，赤脚踏石而步。遇有玉子……鞠躬拾起。"⑤ 姚元之《竹叶亭杂记》亦谓："叶尔羌之玉则采于泽普勒善阿。采恒以秋分后为期，河水深才没腰，然常浑浊。秋分时祭以羊，以血沥于河，越数日水辄清，盖秋气澄而水清。彼人遂以为羊血神矣。至日，叶尔羌帮办莅采于河，设毡帐于河上视之。回人入河探以足，且探且行。试得

---

① 和瑛. 易简斋诗钞：卷三 [M]. 上海：上海古籍出版社，2002：512.
② 中国社会科学院考古研究所. 殷虚妇好墓 [M]. 北京：文物出版社，1980：114.
③ 司马迁. 史记·卷一百二十三·大宛列传 [M]. 北京：中华书局，1982：3160.
④ 班固. 汉书·卷九十六·西域传 [M]. 北京：中华书局，1975：3897.
⑤ 七十一. 西域闻见录·卷二·新疆纪略 [M]//中国边疆史志集成·新疆史志·第一部. 全国图书馆文献缩微复制中心，2003：143.

之，则拾以出水，河上鸣金为号。一鸣金，官即记于册，按册以稽其所得。采半月乃罢，此所谓玉子也。"① 在叶尔羌时，和瑛也曾组织人力到河中采玉，有《河干采玉》记其事，谓：

> 西极昆仑产，琳琅贡紫宸。千斤未为宝，一片果何珍。帜扬青云杪，人喧白水滨。惰兰齐攫拾，伯克竞游巡。自分澄心滓，还须洗眼尘。琢成和氏璧，良璞免沈沦。②

"惰兰"本是回族头人的奴隶，"专为酋长养鹰鹞者"③，这里借指被征召下河采玉的回人。伯克是清政府任命的回族地方官员，负责管理地方具体事务。采玉时，旗帜招展，人声鼎沸，采玉者在水中一步一步走过，时不时弯腰拾取，伯克们来回巡视，到处一片繁忙。在采玉中，采得三十八斤重的大白玉，诗人兴奋不已，作《获大白玉》诗，谓："天璞盈钧重，携从辟勒东。韫藏山有力，涤荡水居功。"④ 虽然辟勒山孕育了白玉，但河水涤荡也居功甚伟。不过，在诗人看来，玉石"未必连城贵"，只是"由来任土供"，希望"丰年寰海报，多胜玉膏输"。

采自山中者为山玉，也称山料玉。清代新疆开采山料玉的地方主要在辟勒山，故宫博物院珍藏玉雕《大禹治水图》，重5350公斤，是中国古代最大的玉雕作品，就采自此山。辟勒山即密尔岱山，又称玉山、密山、密尔台塔班等，昆仑东干，位于新疆叶城县棋盘乡棋盘河上游支流汗亚依拉克河西岸，南通后藏冈底斯山，东连巴颜喀拉山，山下玉河直达蒲昌海。七十一《西域闻见录》谓："出叶尔羌二百三十里，有山曰米尔台搭班，遍山皆玉，五色不同。然石夹玉，欲求无瑕而大至千万斤者，则在绝高，人不能到之峰。土产牦牛，惯于登涉，回人携具，乘牛攀援搥凿，任其自落而收取焉。俗谓礤子石。"⑤ 姚元之《竹叶亭杂记》谓："叶尔羌西南曰密尔岱者，其山绵亘，不知其终。其上产玉，凿之不竭，是曰玉山，山恒雪。欲采大器，回人必乘牦牛，挟大钉、巨绳以上。纳钉悬绳，然后凿玉。及将坠，系以巨绳徐徐而下，盖山峻，恐玉之卒然坠地裂也。"⑥ 和瑛《辟勒山书事二十四韵》写道："玉圃东南蜕，撑霄弥勒台。河

---

① 姚元之. 竹叶亭杂记：卷三 [M]. 北京：中华书局，1982：80.
② 和瑛. 易简斋诗钞：卷三 [M]. 上海：上海古籍出版社，2002：514.
③ 和瑛. 易简斋诗钞：卷三 [M]. 上海：上海古籍出版社，2002：513.
④ 和瑛. 易简斋诗钞：卷三 [M]. 上海：上海古籍出版社，2002：514.
⑤ 七十一. 西域闻见录·卷二·新疆纪略 [M] //中国边疆史志集成·新疆史志：第一部. 北京：全国图书馆文献缩微复制中心，2003：143-144.
⑥ 姚元之. 竹叶亭杂记：卷三 [M]. 北京：中华书局，1982：80.

源三迭上，天柱九区开。鳞次龙沙坦，翚飞鹫岭嵬。巴延山似砺，罗卜海如杯。禹力不能到，郦经犹未该……昆仑人罕到，咫尺问瑶台。"① 和瑛称其为"玉圃"，比之为"瑶台"，正是看到了辟勒山的"蕴藏力"。乾隆五十四年（1789），叶尔羌伯克玉素甫采得三块大玉，青色者重万斤，葱白色者重八千斤，白色者重三千斤。伯克投乾隆所好，拟整体运往北京。由于玉石过于庞大，需要特制的大轮车驮运，从乾隆五十五年（1790）起运到嘉庆四年（1799），耗费八年时间方才运至乌什他拉地方。沿途征用徭役、粮草不计其数，地方怨声载道，鸡犬不宁。乌什办事大臣都尔嘉上奏，嘉庆四年（1799）二月，嘉庆下令"不论这些玉石运至何处立即抛弃，不再运送"，三块大玉连同驮运的大车都被弃置在喀喇沙尔东一百八十里乌沙克搭拉军台路旁。"回民闻弃此玉，无不欢欣鼓舞，其喜可知也。"② 嘉庆八年（1803），和瑛赴叶尔羌任，途经此地，见到弃置的大玉，作《题路旁于阗大玉》诗，谓：

诏弃于阗玉，埋轮蔓草芜。来从西旅道，采自罽宾隅。驾鼓劳天马，投渊却海珠。何如此顽石，罢役万民苏。

不刻摩崖字，光明帝德昭。瑞同麟在野，喜见鹊来巢。昆璞依然古，羌戎邈矣朝。鬼神牢守护，莫任斧斤招。③

在和瑛看来，三块弃置的大玉，彰显的是朝廷重民、体恤边民主张，希望鬼神牢牢守护，不要再招来斧斤，劳民伤财。嘉庆十一年（1806），喀拉沙尔办事大臣玉庆上奏，请求将弃掷之玉复贡京城。嘉庆皇帝斥责玉庆"所奏图利失体，断不可行"，"试思玉块重至数千斤，其运送车辆需马五六十匹、三四十匹不等……沿途各处，皆须派员帮护。种种烦扰，举致此无用之物，实属轻举妄动。朕不贵异物，务恤远人……今玉庆必欲将此玉料锐意运京，不顾地方纷扰，是诚何心？玉庆着传旨严行申饬，并交宗人府议处"，三块大玉"仍在该处弃置"④。嘉庆末年（1820），徐松路过此地时，三块大玉尚存，只是"玉之面南者俱为风日所燥，剥落起皮"⑤。1917年，谢彬赴新疆考察，其《新疆游记·焉耆道及甘回风俗》载9月6日在乌沙塔拉市所见，"市北田中有玉一块，体积视

---

① 和瑛. 三州辑略：卷九［M］//中国地方志丛书：西部地方. 台北：成文出版社，1968：326-327.
② 姚元之. 竹叶亭杂记：卷三［M］. 北京：中华书局，1982：80.
③ 和瑛. 易简斋诗钞：卷三［M］. 上海：上海古籍出版社，2002：512.
④ 清实录·第三十册·仁宗睿皇帝实录［M］. 北京：中华书局，1986：216.
⑤ 姚元之. 竹叶亭杂记：卷三［M］. 北京：中华书局，1982：80.

南方方棹略小……今残存系大者,而次者、小者早已被人零截尽矣"①。民国期间,此玉被运至乌鲁木齐西公园"阅微草堂"南一长亭处放置,玉已被截残。1975年,该玉调运北京。

三、城镇：西域经济社会发展的缩影

和瑛任职西域时期,正是新疆社会经济处于上升时期,清政府建立推行军府制、伯克制等,推进屯垦,发展农牧业,鼓励内外贸易,新疆社会经济出现了空前的繁荣,城镇经济也有了前所未有的发展。政暇时,和瑛用诗歌记述了叶尔羌、喀什噶尔、乌鲁木齐等城镇的生活概况,为了解乾嘉时期新疆城镇建设发展提供了帮助,也展示了西域经济社会发展的一个缩影。

城镇历史悠久 早在汉代,西域地区依托绿洲建立的诸多"城廓诸国",已具有城镇雏形。唐代以安西四镇为代表的军事中心,也有了早期城镇的特点。嘉庆八年(1803),和瑛自哈密赴叶尔羌,途经吐鲁番、库车等城,时常凭吊汉唐遗迹,追溯城镇历史。《小歇土鲁番城》谓:"战绩侯姜说有唐,西州名改旧高昌。而今莫问童谣谶,日月长照旧高昌。"②"侯姜"即侯君集与姜行本;"高昌"即汉代车师,唐贞观十四年(640),以高昌失礼,侯君集、姜行本等统兵进讨高昌。高昌王文泰闻唐起兵,谓国人曰:"唐去我七千里,而砂碛居二千里,地无水草,寒风如刀,热风如烧,安能致大军乎。"及闻唐兵临碛石,忧惧而卒,子智盛继位。其时,高昌有童谣云:"高昌兵马如霜雪,汉家兵马如日月。日月照霜雪,回首自消灭。"及至唐兵兵临城下,智盛出降,列其地为西州。③姜行本勒石为记,即所谓"姜行本纪功碑"。和瑛在吐鲁番城歇息,想起汉唐以来历史变迁,不由感叹"日月霜雪今一家"④。《宿库车城》谓:"万里龟兹国,千层佛洞山。壁经唐代古,城垒汉时残。"自注:"城西六十里,山有大佛洞""佛洞中有观音大士像,壁刻汉楷《轮回经》一部,相传唐人所为""城东十里有土城,汉时屯兵处"。⑤ 库车城历史悠久,汉代称龟兹,为西域三十六国之一,汉代西域都护、唐代安西都护府都驻扎于此。清乾隆二十三年(1758)定名为库车,设库车办事大臣统辖。和瑛途经库车,瞻拜汉唐遗迹,想见昔日繁华,感叹"天西无警燧"。英吉沙尔为古代依耐国,和瑛诗谓"地传依耐虚迁

---

① 谢彬. 新疆游记[M]//民国丛书·第二编:第87册. 上海:上海书店,1990:291.
② 和瑛. 易简斋诗钞:卷三[M]. 上海:上海古籍出版社,2002:512.
③ 刘昫,等. 旧唐书:卷一百九十八[M]. 北京:中华书局,1975:5296.
④ 和瑛. 易简斋诗钞:卷三[M]. 上海:上海古籍出版社,2002:518.
⑤ 和瑛. 易简斋诗钞:卷三[M]. 上海:上海古籍出版社,2002:513.

国"；叶尔羌为汉代莎车国，喀什噶尔为汉代疏勒国，和瑛诗谓"早是莎车登衽席，更于疏勒树屏藩"①，这些城市，自汉唐以来，绵延不绝，历史悠久。

城镇依河而建 新疆是典型的干旱区，河水滋养着绿洲，绿洲则是人类活动的基本空间，因此新疆城市集中分布在绿洲中心区，城边往往有河水流过。和瑛《伊兰乌瓦斯河》诗写河边百姓生活情景，谓"春林系马成城闲，橡帐团团绿水湾"②。《英吉沙尔》诗谓"河绕图舒任剪莱"，自注"城西图舒克塔什河，回人赖其水利"。③ 图舒克塔什河是英吉沙尔的母亲河，各族百姓皆赖其生活。不仅英吉沙尔，和瑛在南疆所经诸城皆依河而建，如喀喇沙尔城西有海都河，阿克苏城西有浑巴什河等。《海都河冰桥》题下自注"喀喇沙尔城西南有海度河，俗名通天河，冬月冰冻甚坚，车马径过，名曰冰桥"④。《钦定西域同文志》载："准语，海都，曲折也。哈喇沙尔以北，诸水曲折汇入于此，故名。"⑤《大清一统志》载："海都河，在哈喇沙尔西，其上流在哈喇沙尔西北，下流在其西南。源出天山中，自伊犁东南境合三哈布齐垓河、东西裕勒都斯河，旁挟众水，东南流出海都山口，始名海都河。迂曲而南二百五十里，始抵哈喇沙尔城北，环其西南，稍折而东，汇入博斯腾淖尔。河面冬春广不过一里，夏秋涨发，辄三四里，奔腾澎湃，中溜更迅急。哈喇沙尔屯田悉借此水。其下流入博斯腾淖尔，复骊而出西南流，仍名海都河……东南流入罗布淖尔，是为西域大河之支源。"⑥ 海都河流经喀喇沙尔段，水面夏天宽广，冬天收缩变窄，水面结冰后，便成为天然桥梁，行李往来，络绎不绝。阿克苏河在温宿县西南向东流60余里，河流一分为二，东支阿克苏市南，又东南流往浑巴什军台东30里，这一段称为浑巴什河。《阿克苏浑巴什河》题下自注"（浑巴什河在）城西五十里，源出穆苏尔达巴罕，乃冰山也。水自北来，西南折，东南流入蒲昌海"⑦。阿克苏河与叶尔羌河、喀什噶尔河等河流汇合为塔里木河，注入蒲昌海。蒲昌

---

① 和瑛. 易简斋诗钞：卷三［M］. 上海：上海古籍出版社，2002：514.
② 和瑛. 三州辑略：卷九［M］//中国地方志丛书·西部地方. 台北：成文出版社，1968：328.
③ 和瑛. 易简斋诗钞：卷三［M］. 上海：上海古籍出版社，2002：513.
④ 和瑛. 三州辑略：卷九［M］//中国地方志丛书·西部地方. 台北：成文出版社，1968：325.
⑤ 钦定西域同文志·卷六·天山南路水名［M］//故宫博物院编. 故宫珍本丛刊：第726册. 海口：海南出版社，2001：410.
⑥ 钦定大清一统志：卷四百一十八［M］//文渊阁四库全书：第483册. 台北：台湾商务印书馆股份有限公司，1986：519.
⑦ 和瑛. 三州辑略：卷九［M］//中国地方志丛书·西部地方. 台北：成文出版社，1968：325.

海即罗布泊，浑巴什河携冰山雪水奔腾而来，直入蒲昌海，如同诸侯朝见天子，故和瑛诗中谓"穆苏融向日，罗卜暗朝宗"。

城市生活繁荣 清朝统一新疆后，随着社会经济的发展与繁荣，出现了许多区域性的政治、军事、经济、文化中心，奠定了今天新疆城镇发展的初步基础。喀什噶尔为参赞大臣驻所，是南疆最重要的政治、军事、经济、文化中心，也是最古老的城镇之一。七十一《西域闻见录》："喀什噶尔，回疆大城也。"① 喀什噶尔回城，"周四里余"②"城内房屋稠密，街衢错杂"③"极繁盛""风尚奢华"④。乾隆二十七年（1762），参赞大臣永贵增筑新城，赐名"徕宁"，俗称"汉城"，位于旧城西北二里许大和卓布拉泥敦旧园，为参赞大臣驻地。乾隆五十九年（1794），参赞大臣永保请于新城南门外添盖厢房，增设铺面一百五十间，"迁内地商民居之，列市肆"⑤，城市规模进一步扩大。和瑛驻扎喀什噶尔时，有《徕宁城卧游阁即事》《四照轩澄心潭》《山房晚照》《城堞春阴》《澄碧新秋》《百尺垂虹》《孤舟钓雪》《小桃源》《望春台》《妙空禅院》《瓜菜园》等诗，描写徕宁城内壶天园、卧游阁、四照轩、澄心潭、观音阁、亦足以山房、大树亭、澄碧亭、长桥、小桃源、望春台等景观。为了增加游览情趣，徕宁城内添设有妙空禅院，不过禅院并非砖瓦所建，而是用画板涂抹而成，"远望如寺"⑥。徕宁城由和卓园扩建而成，历任参赞大臣多有增修，从和瑛诗中可以窥见喀什噶尔城市繁荣之一斑。城市的繁荣，还表现在城市中各族人民的优游生活。自乾隆初平定大小和卓叛乱以来，各族人民共同生活，人心思安，社会经济发展都走上了快车道，人民生活优游自足。和瑛《叶尔羌城》谓："呼鹰尽出桑麻里，戏马闲看果蓏村。镇抚羌儿高枕卧，双岐铜角听黄昏。"⑦ 骑马架鹰，出入在桑麻丛里、果树林中，不论是镇抚官员还是当地百姓，俱是太平人，可以高枕而眠。《观回俗贺节》写道："怪道花门节，刲羊血溅腥。羯鸡充羧里，

---

① 七十一．西域闻见录·卷二·新疆纪略［M］//中国边疆史志集成·新疆史志．北京：全国图书馆文献缩微复制中心，2003：145．
② 西域图志校注：卷十七［M］．钟兴麒，王豪，韩慧，校注．乌鲁木齐：新疆人民出版社，2002：271．
③ 苏尔德．新疆回部志：卷一［M］//中国边疆史志集成：新疆史志·第一部·第一册．北京：全国图书馆文献缩微复制中心，2003：17．
④ 七十一．西域闻见录·卷二·新疆纪略［M］//中国边疆史志集成·新疆史志．北京：全国图书馆文献缩微复制中心，2003：145．
⑤ 和瑛．回疆通志·卷七·喀什噶尔［M］//中国边疆史志集成·新疆史志．北京：全国图书馆文献缩微复制中心，2003：189．
⑥ 和瑛．易简斋诗钞：卷三［M］．上海：上海古籍出版社，2002：516．
⑦ 和瑛．易简斋诗钞：卷三［M］．上海：上海古籍出版社，2002：513．

娄鼓震羌庭。酉拜摩尼寺，僧喧穆护经。火祆如啖蜜，石樟信通灵。"① 古尔邦节为伊斯兰教三大传统节日之一，又称库尔班节、宰牲节、忠孝节。相传，伊斯兰教古代先知易卜拉欣梦见真主安拉命他宰杀爱子伊斯玛仪献祭，以考验他对安拉的虔诚。易卜拉欣顺从了真主的命令，一边流泪一边宰杀伊斯玛仪。然而在宰杀时，锋利的刀片却始终割不开伊斯玛仪的喉咙。安拉感受到易卜拉欣父子的虔诚，遂派天仙吉布拉依勤背来一只黑头羝羊作为祭物，代替伊斯玛仪。易卜拉欣顺利地宰杀了羝羊，作为献祭。于是，伊斯兰教有了"宰牲节"。伊斯兰教传入我国后，信奉伊斯兰教的诸民族逐渐将这一宗教节日发展为一种民族传统节日。节日期间，家家宰杀羊、牛和骆驼等牲畜，所宰的肉分成三份，一份自己食用，一份馈送亲朋、招待客人，一份济贫施舍。诗人看到宰羊杀牛的情境，不由感叹"怪道花门节，刲羊血溅腥"。西域素有歌舞之乡的美誉，日常生活中随处都有歌舞，逢此佳节，歌舞更是必不可少。诗谓"羯鸡充羨里，娄鼓震羌庭"，正是古尔邦节时大家载歌载舞、鼓乐喧天情景的真实再现，也使这个宗教节日具有了浓郁的民族氛围。"**羯鸡**""**娄鼓**"即鸡娄鼓，是西域特有的一种乐器。北魏崔鸿《十六国春秋》："（吕光）因得其乐器……腊鼓、腰鼓、**羯**鸡娄鼓、钟鼓。"② 元马端临《文献通考》卷一百三十六载："鸡娄鼓，其形正而圆，首尾所击之处平可数寸，龟兹、疏勒、高昌之器也。后世教坊奏龟兹曲用鸡娄鼓，左手持鼗牢，腋挟此鼓，右手击之以为节焉。"注："其形如瓮，腰有环，以绥带系之腋下。"③ 古尔邦节清晨，人们还要穿戴整齐，到清真寺参加礼拜，并由阿訇宣讲经文，大家互道"色俩目"问好。"酉拜摩尼寺，僧喧穆护经"两句便是描写信徒礼拜时的情境。"摩尼寺"指举行礼拜的清真寺，诗人自注《唐书·回鹘传》：元和二年，回纥请于河南府、太原府置摩尼寺，许之。即今礼拜寺""唐制：祠部岁祀磧西州火祆，即今阿浑所供奉之摩尼神"。"穆护经"则借指阿訇等宣讲的经文，诗人自注"《通鉴》注：大秦穆护，释氏之外教也"。《英吉沙尔》谓："羌登衽席欢无比，娄鼓年年闹古台。"诗人自注"城南十里兆公台，回人四月间绕台歌舞"。衽席本指床褥、席子等卧具，后借指太平安居的生活，语出《大戴礼记·主言》"是故明主之守也，必折冲乎千里之外；其征也，衽席之上还师"④。和瑛谓当地回人赶上了太平盛世，每年四月

---

① 和瑛.易简斋诗钞：卷三［M］.上海：上海古籍出版社，2002：514.
② 崔鸿.十六国春秋·卷八十一·后凉录［M］//影印摛藻堂.四库全书荟要：第203册［M］.影印本.台北：世界书局，1988：966.
③ 马端临.文献通考·卷一百三十六·乐［M］.北京：浙江古籍出版社，1988：1208.
④ 王聘珍.大戴礼记解诂：卷一［M］.王文锦，点校.北京：中华书局，1983：2.

都要拿出各种民族乐器，围绕兆公台，载歌载舞，抒发喜悦之情。这种悠游自在的生活，正是城市繁荣的具体表征。

四、物产：内地难以领略的体验

西域多戈壁沙漠，空气湿度低，土壤干燥，白天无法蒸发降温，夜晚不能保持热量，形成了昼夜温差大的独特气候。"早穿棉袄午穿纱，围着火炉吃西瓜"是其真实写照。昼夜温差大，日照时间长，有利于瓜果积累碳水化合物，因此西域不仅瓜果出产丰富，而且口味非常甜美。在清代，由于保鲜、运输等困难，内地人还很难吃到西域瓜果。因此自内地到西域者，得尝鲜美的西域瓜果，莫不交口称赞。和瑛在《辟勒山书事二十四韵》中形象描写了西域瓜果，谓"笼泻青珠挂，盘盛火齐堆。花瓜方蜜醴，冰果亚琼瑰"。[①]"青珠挂""火齐堆"两句分别描写西域葡萄与石榴，诗人从视觉着眼，抓住葡萄、石榴的外形特征加以刻画，描写传神逼真。"花瓜"泛指甜瓜、西瓜等，诗人自注"甜瓜、西瓜，秋后更佳"。"冰果"即冷藏苹果，诗人自注"冰苹果经夏雪冻复长青，赤若琉璃，香芬耐久"。描写甜瓜、西瓜、苹果等果木时，诗人则从味觉、嗅觉入手，刻画花瓜甘甜、冰果香郁，读来不觉口舌生津。而诗人记录的苹果贮藏方法，更是难能可贵的文献资料，可补《新疆通志·瓜果志》等志书的不足。

和瑛西域诗中有一首《过昂吉图淖尔盐池》，反映了新疆池盐的生产情况。诗谓："夙沙初煮海，粒民五味厌。青齐伯图继，江淮蹉政添。奇哉祁连顶，天池珠漾帘。停车问野老，野老语安恬。此中饶白卤，往来劳一杴。轮台不淡食，万斛充闾阎。官无榷税扰，民无私贩嫌。售钱斗三十，八口温饱兼。予闻野老语，敛容感至诚。玉华漉北诏，水晶剐南岩。不费炀灶烈，更省火井炎。地道不爱宝，顿教水石咸。天道施美利，绝塞民夷沾。敲诗笑东坡，三月食无盐。"[②] 昂吉图淖尔即鄂们淖尔，亦称柴鄂博海子，在迪化城东南九十里。陶保廉《辛卯侍行记》卷六记十二月初六自达坂城西北行七十多里，"又一泽，俗呼柴鄂博海子"。自注："蒙语呼鄂们淖尔，又称昂吉图尔淖尔，谓淡黄海也。东西长二十余里，南逼高山，乍视疑相距数里，实则南北宽十余里也。万山中留此洼地，夏秋融雪汇注成海，涨时合为一，涸时分为二三，旁无支流，潜渗沙

---

① 和瑛. 三州辑略：卷九 [M] //中国地方志丛书·西部地方. 台北：成文出版社，1968：327.
② 和瑛. 易简斋诗钞：卷三 [M]. 上海：上海古籍出版社，2002：519.

底。滩渚渟汜，易成盐碱，塞外多如此。"① 夙沙，也作"宿沙"，是生活在山东半岛滨海地区的古代部落，商周之际已经熟练掌握煮海为盐的技术，春秋中期被奉为渔盐之利的创始人，成为后世尊奉的三位盐宗神之一。夙沙之民煮海为盐，粒食之民方才五味备全。齐国凭借海盐之利得以称霸，江淮凭借盐政得以称富。不经意间，在祁连山山顶，竟然发现咸水湖，可以产盐，而且湖中盐矿丰富，开采简便，不需要架火煮水，只需要一把木枕，从湖水中直接捞取即可。蕴藏丰富而又开采简易，方圆百姓皆赖此为生，免受公私盐商的侵扰。诗人感叹此诚为天地不吝宝藏，惠爱苍生，不分夷夏，遗此"美利"。

五、统一：西域诗歌的主题

和瑛在西域生活时，正是清朝先后平定大小和卓叛乱，统一西域，步入长期稳定发展的历史时期。和瑛巡视各地，凭吊旧战场，看到各族百姓安居乐业，抚今追昔，对清朝统一西域充满了骄傲与自豪。故在其西域诗中，讴歌一统、讴歌和平成为一个重要主题。

嘉庆七年（1802），和瑛在西行途中有《甘州歌》，诗风雄壮豪迈，一改此前的骚怨，转而言说建功立业的渴望，讴歌清王朝一统伟业。诗云：

> 朔风漂波霜天高，弱水冻涩流沙焦。行人到此缩如猬，况复西指瀚海遥。老我崛强兴不浅，夜半起舞听鸡号。欲写胸中磊块气，挑檠炙砚濡冰毫。古称秦折天下脊，张兹臂披传嫖姚。我朝幅员迈往古，拓疆二万神武昭。删丹合黎今内腹，削平版土苏碱烧。五十二渠尽沃壤，南蕃北部无喧嚣。斯民衽席奠厥始，屈指旗常辉斗杓。聚米坪前孟心亭，扫除贺逆如烬毛。次者喀喇巴图鲁，蚩熊更突八㧑轺。草滩以北无栋帐，黑河青海沈波涛。嘻吁乎，祁连东下数千里，终南直达川楚交。军容十万劳七载，三帅齐名凌烟标。愧予不能持寸铁，八声甘州歌习习。更闻屯图能代梦，伊吾策马鸣萧萧。②

一路西行，感受着自然环境的变化，朔风猎猎，河流干涸，流沙干焦。行路之人无不猬缩一团，唯独诗人不以为然，闻鸡起舞，挑灯炙砚，书写心中的块垒之气。满腔热情源自登陇坂行以来的诸多真切感受，秦汉之强盛，尚且边事不断，清朝定鼎不过百年，却是先后底定西藏、西域等地，疆域"东极三姓

---

① 陶保廉. 辛卯侍行记［M］//续修四库全书：第737册. 上海：上海古籍出版社，2002：613.
② 和瑛. 易简斋诗钞：卷三［M］. 上海：上海古籍出版社，2002：510.

所属库页岛，西极新疆疏勒至于葱岭，北极外兴安岭，南极广东琼州之崖山……汉、唐以来未之有也"①。遥想当年孟乔芳讨平贺锦、喀喇巴图鲁张勇突入大草滩等英雄事迹，思及川楚一带的连年用兵，诗人自愧无缘持兵刃、突敌锋，为维护国家统一、社会稳定做出自己的贡献。当川楚乱起时，远在西藏的和瑛曾上书请命，欲到军前效力。前此未能如愿，如今阴错阳差，却到乌鲁木齐效力赎罪。一路行来，感受着前辈英雄们的事迹，去职西役的骚怨之情也逐渐淡去，取而代之的想法是此去屯垦亦是为国家效力，也能替代自己效力军前的梦想，故而在别人猬缩踯躅之际，诗人却不顾年迈，豪兴大发，想象着策马伊吾的壮举。

平定大小和卓叛乱是乾隆皇帝的"十全武功"之一，也是我国西北边疆完成深刻统一的里程碑，标志着清代统一战争的完成，奠定了新疆此后六十多年的稳定局面。乾隆二十年（1755）清军平定准噶尔后，将被囚禁的大和卓布拉尼敦、小和卓霍集占释放，并派布拉尼敦招抚天山南路各城。乾隆二十二年（1757），清军第二次平定准噶尔叛乱，此前留在伊犁的小和卓霍集占潜逃至南疆，并策动其兄大和卓布拉尼敦举兵叛乱，企图脱离清政府而"自立"。消息传到伊犁，定边右副将军兆惠忙于准噶尔叛乱的善后事宜，遂派副都统阿敏道带百余人前往查看事情并相机招抚。阿敏道到达库车后，贸然入城，致使本人及所部官兵全部遇害。乾隆二十三年（1758）五月，乾隆命雅尔哈善为靖逆将军，额敏和卓等为参赞大臣，率兵万余人，由吐鲁番进军，围攻库车。霍集占率军自叶尔羌来援，首战即溃，仅以身免，逃入库车城。雅尔哈善久攻不下，遂改用围困之法，霍集占伺隙逃脱。雅尔哈善被革职，改派兆惠指挥平叛。兆惠受命后，即率步骑四千自伊犁出发，翻越冰山抵达阿克苏。兆惠留副将富德驻守阿克苏，自己则率兵轻进，直趋叶尔羌。此时霍集占已自库车窜回叶尔羌，布拉尼敦也从喀什噶尔率兵抵达。兆惠进至叶尔羌后陷入重围，在叶尔羌河南岸的一片树林中扎营固守，因叶尔羌河又名喀喇乌苏，意为黑水，史称"黑水营之围"。其间，叛军掘堤灌水，兆惠开渠泄水并解决了水荒；又在林中挖得粮窖三十多处，解决了粮食问题；火炮、鸟枪所缺铅丸，则从树木中弹处得到补充。兆惠被围后，靖逆将军纳木札勒、参赞大臣三泰带二百余人自阿克苏前来救援，途中遭遇数千叛军，寡不敌众，全军覆没。乾隆二十四年（1759）正月初六，副将军富德及参赞大臣舒赫德、阿里衮等率部来救，途中与大小和卓所率五千敌骑相遇，激战五日四夜，重创叛军。兆惠等听到远处的炮声，知援军已到，

---

① 赵尔巽，等.清史稿·卷五十四·地理志[M].北京：中华书局，1976：1891.

遂一齐冲出，内外夹击，大获全胜。六月，兆惠由阿克苏进军喀什噶尔，富德自和阗进军叶尔羌，大小和卓自知不敌，经葱岭进入巴达克山，被巴达克山首领素勒坦沙擒杀，叛乱遂平。和瑛任叶尔羌办事大臣时，其衙署即大和卓旧居，《叶尔羌城》云："羌城古塔绿阴屯，名迹曾探和卓园。百战风霜沈义冢，九霄霜月护忠魂……"自注："城东五十里，官兵阵亡合葬二冢，清明致祭。……都统纳木扎勒、参赞三泰尽节于此。敕建显忠祠，并御制双义诗勒石。"① 昔日和卓旧居，如今为自己的衙署，出入于此，和瑛感慨良多。又有《洗箔》诗，直接歌颂了兆惠在黑水营坚守待援的事迹，诗云：

当年黠虏逞妖氛，众志坚城义薄云。欲访黑河三捷处，逢人大树说将军。②

自注云："将军兆惠被围于此，掘得米窖，士卒坚壁以守。逆酋施放鸟枪，悉中大树，得铅丸数万。后援军掩至，内外夹攻，贼众大溃。今树枪痕尚在。""黑水之围"的硝烟虽然散去，但枪痕尚存的大树却向世人诉说着当年兆惠将军的坚守。大树所诉说的不只是当年的硝烟，还有后人对先烈的崇敬、对一统大业的执着与坚守……后和瑛十余年，徐松也来此地凭吊，谓："余往寻遗踪……至洗泊，旁建显佑寺，北为后土祠，中一枯树，合十数人抱，枝柯朽秃，砖石甃之，即曾受铅丸者"③。

在西域，和瑛亲身感受到大小和卓乱平后各族百姓的熙乐祥和，由衷地感叹"日月霜雪今一家"。《小歇土鲁番城》云：

战绩侯姜说有唐，西州名改旧高昌。而今莫问童谣谶，日月长年照雪霜。④

侯姜即初唐时平定高昌的侯君集和姜行本。高昌地当丝绸之路要道，高昌王麴文泰初与唐交好，后来又与西突厥结盟，阻断西域通道，掳掠焉耆等地。唐太宗征麴文泰入朝，麴文泰称病不至。贞观十四年（640），命吏部尚书侯君集为交河道大总管，率步骑数万人进讨高昌。大军进抵高昌，麴文泰惶骇无计，发病而死，其子智盛继立，不久城破投降。唐太宗以其地置西州，又置安西都护府，驻兵镇戍。其时高昌有童谣云："高昌兵马如霜雪，汉家兵马如日月。日

---

① 和瑛．易简斋诗钞：卷三 [M]．上海：上海古籍出版社，2002：513．
② 和瑛．易简斋诗钞：卷三 [M]．上海：上海古籍出版社，2002：513．
③ 徐松．西域水道记：卷一 [M]．朱玉麒，整理．北京：中华书局，2005：58．
④ 和瑛．易简斋诗钞：卷三 [M]．上海：上海古籍出版社，2002：512．

月照霜雪，回首自消灭。"① 诗人反用此典，侯君集、姜行本等的战绩已经成为云烟，如今大清抚有四海，不必借童谣谶纬来说事，日月常年照耀着雪霜，真正实现了"溥天之下，莫非王土，率土之滨，莫非王臣"的理想。《题巴里坤南山唐碑》亦谓："吁嗟韩碑已仆段碑残，犹有姜碑勒青嶂。岂知日月霜雪今一家，俯仰骞岑共惆怅。"② 以汉唐盛事为衬托，讴歌如今日月霜雪为一家、高昌内地共一体的大一统。也正是在大一统的局面下，西域百姓才能够安居乐业。《英吉沙尔》云：

斗大孤城四面开，能量千万斛车来。地传依耐虚迁国，河绕图舒任翦莱。万马悉从葱岭度，百花今傍柳泉栽。羌登衽席欢无比，娄鼓年年闹古台。③

"哪个皇帝不交粮"，对于普通百姓而言，谁来当政都一样，只要对他压榨少一些，赋税轻一些，便心满意足、鼓腹而歌乐终日了。清军翻越葱岭雪山，追剿大小和卓叛军，结束了和卓的残暴统治，英吉沙尔的各族百姓也开始了简单而快乐的生活，安享着图舒克塔什河的滋润。"古台"即兆公台，和瑛自注"城南十里兆公台，回人四月间绕台歌舞"，相传兆惠进兵时曾在此安营扎寨。回人四月间在兆公台下唱歌跳舞，或许有纪念兆惠统兵平定大小和卓叛乱的意味，正是因为昔日"万马悉从葱岭度"，方才有了"百花今傍柳泉栽"。在《叶尔羌城》诗里，和瑛以浓笔描画当地百姓的祥乐生活，谓："呼鹰尽出桑麻里，戏马闲看果蓏村。镇抚羌儿高枕卧，双岐铜角听黄昏。"④ 镇抚、百姓皆高枕而眠，活脱脱一幅尧唐印象，不过这样的祥和却是因为昔日"百战风霜沈义冢，九霄霜月护忠魂"，是无数先烈用鲜血生命换来的。

和瑛此前在西藏任职八年，已经积累了丰富的治边经验，在西域诗中，也多次表露自己的治边理念，即轻徭薄赋，因势利导，尽心履行"父母官"的职责。和瑛曾主持叶尔羌的采玉，并采得三十八斤重的大白玉，但他却说"丰年寰海报，多胜玉膏输"⑤，四海尽丰年，远胜这些奇珍异宝。布鲁特酋长进献鹰马，和瑛却之不受，云"穹庐夜不惊鸡犬，便是祥麟威凤群"⑥，治下能够路不

---

① 刘昫，等. 旧唐书：卷一百九十八 [M]. 北京：中华书局，1975：5296.
② 和瑛. 易简斋诗钞：卷三 [M]. 上海：上海古籍出版社，2002：518.
③ 和瑛. 易简斋诗钞：卷三 [M]. 上海：上海古籍出版社，2002：513.
④ 和瑛. 易简斋诗钞：卷三 [M]. 上海：上海古籍出版社，2002：513.
⑤ 和瑛. 易简斋诗钞：卷三 [M]. 上海：上海古籍出版社，2002：514.
⑥ 和瑛. 易简斋诗钞：卷三 [M]. 上海：上海古籍出版社，2002：513.

拾遗、夜不闭户，便是最大最好的祥瑞，至于鹰马这些俗物，不是自己所需要的，所需要的是"官声慕梁毗，边策戒任尚"①。梁毗为隋朝人，任西宁州刺史十一年。"先是，蛮夷酋长皆服金冠，以金多者为豪俊，由是递相陵辱，每寻干戈，边境略无宁岁。毗患之，后因诸酋长相率以金遗之，于是置金座侧，对之恸哭，谓曰：'此饥不可食，寒不可衣，汝等以此相灭。今将此来，欲杀我邪！'一无所纳，悉以还之。于是蛮夷感悟，遂不相攻。文帝闻而善之，征为散骑常侍、大理卿。"②任尚代班超为西域都护，向班超请教治理经验，班超谓："塞外吏士，本非孝子顺孙，皆以罪过徙补边屯。而蛮夷怀鸟兽之心，难养易败。今君性严急，水清无大鱼，察政不得下和，宜荡佚简易，宽小过，总大纲而已。"任尚不以为意，"数年而西域反乱，以罪被征，如超所戒"③。和瑛在《乌什城远眺》中写道：

> 百战经营漫负隅，尉头几换古名区。泉开杨柳枝头水，城抱骊龙颔下珠。绝国牛羊今受牧，降王鸡犬昔全屠。叮咛旄节花开处，常使春晖入画图。④

这是和瑛任喀什噶尔参赞大臣后，循例巡视各城时，在乌什城远眺所感。乌什城诸峰环抱，大河交流，北望冰山，东通阿克苏，西南一带山场沃野，草湖茂密，汉魏时为尉头国，唐置尉头州，元明时为巴什伯利，一直绵延不绝。因其地偏远险要，常有负隅顽抗、企图分裂独立者，乾隆三十年（1765）即有赖黑水图拉之判。虽然叛乱最终平定，赖黑水图拉等被处以极刑，但阿齐木伯克阿布都拉、乌什办事大臣素诚等官员贪酷淫暴而致乱也值得后人警戒。因此和瑛叮咛乌什办事大臣等官员持节任事，要像春晖一样滋润这如画江山，而不要像阿布都拉、素诚等人那样鱼肉百姓。

和瑛是这样说的，也是这样做的，其在新疆调剂仓储余粮、奏准照顾阿奇木伯克迈玛特阿布都拉的遗孀、奏陈革弊五策等，无一不是这一理念的体现。以其多有惠政，故"其子璧昌治回疆，回部犹归心焉"⑤。

落职西役，一路西行，及至在西域生活前后八个年头，沉浸在沙漠绿洲之间，出入于多民族文化之中，日理边政万机，暇赋诗歌文赋，深得江山之助。

---

① 和瑛.易简斋诗钞：卷三［M］.上海：上海古籍出版社，2002：515.
② 李延寿.北史·卷七十七·梁毗传［M］.北京：中华书局，1974：2621.
③ 范晔.后汉书·卷七十七·班超传［M］.北京：中华书局，1965：1586.
④ 和瑛.易简斋诗钞：卷三［M］.上海：上海古籍出版社，2002：516.
⑤ 赵尔巽，等.清史稿：卷三百五十三［M］.北京：中华书局，1977：11284.

西域特有的意象频繁出现，渲染了和瑛诗歌斑斓多彩的艺术世界，西域的奔放热情滋养着和瑛的身心，使其走出落职西役的沉闷，转而追求外在事功，"何当力挽沧浪水，浇遍西濛旌节花"①。在得江山之助的同时，和瑛也通过自己的政事活动和文学创作，赋予了西域更多的人文气息，与其他文学家一道构建起了西域的人文长廊。

第三节　岑参、和瑛西域诗比较

岑参、和瑛分别是唐代和清代西域诗的代表作家，二人都有长期在西域生活的经历，在且南疆、北疆都留下了足迹；二人都在王朝上升时期赴边，具有强烈的功业思想，高扬爱国激情，有着较为相近的思想基础；二人都用好奇的眼光、率性的性灵在西域寻觅诗情，感受着共同的风情……但二人在心态、艺术手法等方面也有着显著的区别，因此，比较二人的西域诗，有助于进一步了解西域诗风格的多样性，以及不同时期的发展变化。

一、寻梦与栖身——赴西域初衷不同

天宝八载（749）十月，已经三十出头的岑参离开长安，一路西行，翻陇山，过河西，岁末抵达玉门。年后，继续西行，折向西南，过莫贺，出铁关，到达目的地安西都护府驻地龟兹（今新疆库车），入安西四镇节度使高仙芝幕任节度使掌书记。天宝十载（751）正月，高仙芝入朝，改任河西节度使，岑参也自安西返回，在凉州逗留一段时间后回到长安。天宝十三载（754）三月，安西节度使封常清入朝，摄御史大夫，权北庭都护，表岑参为大理评事，摄监察御史，充安西北庭节度判官。岑参遂再次启程出塞，抵达北疆，常驻轮台。天宝十五载（756）即至德元年，因封常清、李栖筠等人相继离开北庭，岑参也离开了轮台，十二月到达玉门，第二年二月返回凤翔，入唐肃宗行在。② 岑参两次赴塞，在安西、北庭先后生活了六个年头。

嘉庆七年（1802）八月，从驻藏大臣内调不久，和瑛便因日事文墨以及皂隶之孙冒考案承审不力、匿蝗不报等事，遭部议，革去山东巡抚职，后又发往乌鲁木齐效力赎罪。自京城出发，过山西、陕西、甘肃，于岁末行抵哈密。在

---

① 和瑛. 易简斋诗钞：卷三 [M]. 上海：上海古籍出版社，2002：515.
② 孙映逵. 岑参边塞经历考 [J]. 徐州师范学院学报，1984（02）：54-62.

哈密，和瑛得到朝廷旨意，恩赏蓝翎侍卫，充叶尔羌帮办大臣。哈密度岁后，和瑛改道西南，经吐鲁番、喀喇沙尔、库车、阿克苏，到叶尔羌任职。嘉庆八年（1803）十月，擢升三等侍卫，升任喀什噶尔参赞大臣。嘉庆十一年（1806）内召，十月行至凉州，接朝廷旨意，改任乌鲁木齐都统。遂自凉州返回，再经哈密、吐鲁番，十二月抵达乌鲁木齐任事。嘉庆十四年（1809）正月，自乌鲁木齐启程返京，途中受命署理陕甘总督。自嘉庆七年（1802）赴西域至嘉庆十四年（1809）返京，和瑛在西域生活了八个年头。

同样是出塞，同样是奔赴西域，但岑参与和瑛的初衷却不同。在唐代，汉魏以来品评人物的余风尚在，士人不论是参加科举考试还是参加吏部铨选，社会声望都是不小的助力，甚至可以左右结果。唐代亦有崇尚武功的传统，尤其是盛唐时期，不少大臣出将入相，在朝廷内外都很有影响力。同时，朝廷也有特殊政策鼓励士人到边塞任职①。因此出塞入幕与干谒、漫游、隐居等一样，成了士人养望待时的一条捷径。岑参早年隐居嵩山读书，成年后出入两京，漫游河朔，投献干谒，一度隐居终南山，积极为进士及第而努力。天宝三载（744），岑参三十岁，方才进士及第，授官右内率府兵曹参军。右内率府为太子属官，"掌东宫千牛备身侍奉之事，而立其兵仗，总其府事"②，兵曹参军品阶又是从八品下。岑参进士高第，这样的任职已属难得，然而这与岑参的期望还是有很大差距。岑参的祖父、伯祖父、伯父都官至宰相，父亲也两任刺史，但到岑参时已经家道中衰，其曾感叹"昔一何荣矣，今一何悴矣"③，也曾感叹"功名须及早，岁月莫虚掷"④。缘此，在别人眼里已属难得的"右内率府兵曹参军"，于他而言却是近于鸡肋。他在《初授官题高冠草堂》中说："三十始一命，宦情多欲阑。自怜无旧业，不敢耻微官。涧水吞樵路，山花醉药栏。只缘五斗米，辜负一渔竿。"⑤ 孔子说"三十而立"，现在岑参已三十，仅获一从八品下太子属官，情何以堪，以致宦情阑珊。本想挂冠而去，再归山林，但不得不在乎那

---

① 王溥《唐会要》卷七十五开元十七年三月敕："边远判官，多有老弱。宜令吏部每年选人内，简择强干堪边任者，随缺补授。秩满，量减三两选与留，仍加优奖。"（上海古籍出版社，2006：1612页）
② 刘昫，等. 旧唐书·卷四十四·职官志 [M]. 北京：中华书局，1975：1913.
③ 岑参. 岑参集校注：卷五 [M]. 陈铁民，等，校注. 上海：上海古籍出版社，1981：438.
④ 岑参. 岑参集校注：卷一 [M]. 陈铁民，等，校注. 上海：上海古籍出版社，1981：30.
⑤ 岑参. 岑参集校注：卷五 [M]. 陈铁民，等，校注. 上海：上海古籍出版社，1981：52.

点俸禄。其实，真正在乎的并非"五斗米"，岑参进士及第前亦"无旧业"，如今"辜负一渔竿"，告别高冠草堂，主要还在于归隐之路已经走过，并且此路不通。微官非所愿，归隐路不通，长安蹉跎数年后，岑参感叹"丈夫三十未富贵，安能终日守笔砚"①，毅然投笔从戎，出塞入幕，踏上了西域之旅，寻求自己建功立业的梦想。陇山也称陇坂、陇坻，横亘陕甘间，是离开关中平原西行的第一站。郭仲产《秦州记》谓："陇山东西百八十里。登山岭，东望秦川四五百里，极目泯然。山东人行役升此而顾瞻者，莫不悲思。故歌曰：'陇头流水，分离四下。念我行役，飘然旷野。登高远望，涕零双堕。'"② 辛氏《三秦记》谓："陇渭西关，其阪九回，上有水四注下。俗歌云：'陇头流水，鸣声幽咽。遥望秦川，肝肠断绝。'"③ 可见度陇离乡之人的感伤。岑参翻越陇山时，虽也有思乡的哀怨，但更多的则是对功业的诉求。第一次翻越陇山，他在《初过陇山途中呈宇文判官》诗中表白："万里奉王事，一身无所求。也知塞垣苦，岂为妻子谋。……与子且携手，不愁前路修。"④ 天宝十三载（754），度陇后，自临洮出发，岑参在《发临洮将赴北庭留别》诗中说："闻说轮台路，连年见雪飞。春风不曾到，汉使亦应稀。白草通疏勒，青山过武威。勤王敢道远，私向梦中归。"⑤ 明知道西域道里遥远，生活环境恶劣，但诗人一心"勤王""奉王事"，希冀建功立业，实现人生价值，花前月下、儿女情长等只能暂时放下。

与岑参的寻梦不同，和瑛赴西域则是效力赎罪，实属无奈。乾隆五十八年（1793）十一月，和瑛五十三岁，急调西藏任帮办大臣。在清代，赴西藏任职被视为苦差，和瑛在西藏任职长达八年之久，直到嘉庆六年（1801）方才获准内调。和瑛于嘉庆六年（1801）五月始行抵打箭炉，约七月抵京，九月调补仓场侍郎，十月授安徽巡抚，十一月调山东巡抚，嘉庆七年（1802）八月缘事解职，发往乌鲁木齐效力赎罪。和瑛自嘲"不观海市游沙市，才别金山到玉山"⑥，"海市"借指山东，"金山"借指西藏，"沙市""玉山"借指新疆。西藏戍边八年，内调京城，席不暇暖，接连外任，一年左右即因"日事文墨"等事被革职

---

① 岑参.岑参集校注：卷二［M］.陈铁民，等，校注.上海：上海古籍出版社，1981：79-80.
② 范晔.后汉书：卷三十三［M］.北京：中华书局，1965年，3518.
③ 徐坚.初学记：卷十五［M］.北京：中华书局，1962：378.
④ 岑参.岑参集校注：卷二［M］.陈铁民，等，校注.上海：上海古籍出版社，1981：73.
⑤ 岑参.岑参集校注：卷二［M］.陈铁民，等，校注.上海：上海古籍出版社，1981：142.
⑥ 和瑛.易简斋诗钞：卷三［M］.上海：上海古籍出版社，2002：511.

发配。六十多岁的老人，抛妻别子，孤身赴西域，其心情难以想象。和瑛西行途中有《月令诗》，自注"落职西役，途中杂咏"，其一《鸿雁来》谓："霜信能先觉，西循七宿回。喜无矰缴避，那用荻芦猜。羊祜江边宿，苏卿海上来。陇坻围解未，翘伫别书开。"① 大雁先觉，西行有期，七宿而回。飞行途中不用躲避弓箭的伤害，不用担心芦荻丛中暗藏有危机。反观自己，诗人无疑是在感叹自己没有这种先觉，戍守西藏，八年劳苦，如今年过花甲，却落个乌鲁木齐效力赎罪，而且一路上克日计程，栉风沐雨，何其辛苦，哪有大雁的悠闲和自在。在其二《元鸟归》诗中，更是向"司分鸟"提出忠告——"旧巢春色好，乐住莫嫌低"②，这何尝不是诗人自己的心声，与"但令归有日，不敢恨长沙"③ 有异曲同工之妙。嘉庆七年（1802）除夕，和瑛行抵哈密，在度岁之际也接到朝廷的任职旨意，改任叶尔羌办事大臣，这是西行途中少有的几件乐事。嘉庆八年（1803）十月，和瑛升任喀什噶尔参赞大臣，嘉庆十一年（1806）内召。"天西兀兀守残晖"，四年后，和瑛六十六岁，终于得到了内召的机会，喜不自胜，自谓"六十犹痴臣未老，年开七秩勉知非"④。要离开西域返京，和瑛寄别松筠等朋友，谓："检点巾箱正及瓜，归心匆匆过龙沙。何当力挽沧浪水，浇遍西濛旌节花。"⑤ 交代离任，归心似箭，虽然先行一步，但没有忘记还在西域戍边的朋友们，有机会会拉一把的。留别檐前的燕子，"谁知燕燕秋为客，送客还乡作主人""明窗几砚饱窥予……此日相抛情脉脉""他年偶忆呢喃语，含翠堂前到也不？"⑥ 感谢檐前燕子的数年相伴和呢喃留别，并期再会之约。回程翻越祁连山，行抵三堡，诗谓："一派霜林近小春，荒亭容膝意何亲。六千沙碛开颜处，得见黄花似故人。"⑦ "生入玉门关"的喜悦之情溢于言表，翻山越碛亦不再感觉艰难，别有一番寻觅故人的情调。然而，就在和瑛憧憬天伦之乐的时候，行至凉州，朝廷一纸调令，调任乌鲁木齐都统。和瑛调转马头，向乌鲁木齐进发。"玉门重出感残年，都护恩纶降自天"⑧，风烛残年，重出玉门，幸

---

① 和瑛. 易简斋诗钞：卷三 [M]. 上海：上海古籍出版社，2002：508-509.
② 和瑛. 易简斋诗钞：卷三 [M]. 上海：上海古籍出版社，2002：509.
③ 沈佺期，宋之问. 沈佺期宋之问集校注·下册·宋之问集校注·卷二 [M]. 陶敏，易淑琼，校注. 北京：中华书局，2001：428.
④ 和瑛. 易简斋诗钞：卷三 [M]. 上海：上海古籍出版社，2002：516-517.
⑤ 和瑛. 易简斋诗钞：卷三 [M]. 上海：上海古籍出版社，2002：517.
⑥ 和瑛. 三州辑略·卷九·艺文门 [M] //中国方志丛书·西部地方. 台北：成文出版社，1968：329.
⑦ 和瑛. 易简斋诗钞：卷三 [M]. 上海：上海古籍出版社，2002：517.
⑧ 和瑛. 易简斋诗钞：卷三 [M]. 上海：上海古籍出版社，2002：517.

乎悲乎,和瑛的无奈岂是一语能够道尽的。

同样的行程,同样的风沙,岑参请缨赴边,慨当以歌,自以为功业可立就,时时洋溢着一种"让暴风雨来得更猛烈些"的豪迈;和瑛则是谪戍守边,愁云惨淡,不知何日是归年,总有一种"被驱无异犬与鸡"的无奈与哀伤。

二、幕僚与主政——在西域的角色不同

岑参两次出塞入幕,一任掌书记,一任判官。掌书记的职责类似于文字秘书,负责幕中文字工作。韩愈《徐泗豪三州节度掌书记厅石记》云:"书记之任亦难矣!元戎整齐三军之士,统理所部之氓,以镇守邦国,赞天子施教化,而又外与宾客四邻交;其朝觐聘问慰荐祭祀祈祝之文,与所部之政,三军之号令升黜:凡文辞之事,皆出书记。非闳辨通敏兼人之才,莫宜居之。"① 判官的职责类似于秘书长、办公室主任,协助幕主总统诸曹,处理日常政务。其时,无论掌书记还是判官,乃至行军司马、副使等都由幕主自己辟请置属,岑参所谓右威卫录事参军、大理评事、监察御史等职衔,例为虚衔。作为边军统帅所辟请的文职属员,岑参实际上是一名高级秘书,除了充当幕主的参谋、助手、智囊等角色,还要充当幕主文学侍从的角色。检岑参诗集,其第一次出塞有《碛西头送李判官入京》《武威送刘单判官赴安西行营便呈高开府》《武威送刘判官赴碛西行军》《送李副使赴碛西官军》等酬唱之作。第二次出塞时,自《日没贺延碛作》至《酒泉太守席上醉后作》共有诗35题,酬唱赠献之诗即有28题,其中献幕主封常清之作有5题,奉陪封常清宴游之作有3题,与幕中诸人酬赠之作15题。② 可见,在所有角色中,最能体现其价值的恐怕还是文学侍从这一角色,其他角色当乏善可陈。岑参赴塞,是以"国士"、班超自况的,希望得到幕主赏识,进而建功立业。其在《北庭西郊候封大夫受降回军献上》诗中说:"何幸一书生,忽蒙国士知。侧身佐戎幕,敛衽事边陲。自逐定远侯,亦着短后衣。近来能走马,不弱并州儿。"③ 本为一介书生,幸得封常清欣赏,招致幕中,而自己亦以班超相期,着短衣,事弓马,希望能有一番作为。然而文学侍从的角色,不过像东方朔、枚皋等人一样类于"倡优","俳优畜之"。文学侍从的依附与建功立业的梦想、文人崇尚自由的个性形成了强烈冲突,也使得岑

---

① 韩愈. 韩昌黎文集校注:卷二 [M]. 马其昶,校注,马茂元,整理. 上海:上海古籍出版社,1986:85.
② 本文有关岑参的数字统计均据陈铁民等校注《岑参集校注》统计。
③ 岑参. 岑参诗集校注:卷二 [M]. 陈铁民,等,校注. 上海:上海古籍出版社,1981:150.

参在西域幕中内心充满矛盾,既有"万里奉王事"的渴望与"功名只向马上取"①的豪情,又有"天涯独未归"②的感伤和"军中日无事"③的无奈。

　　同时,岑参出塞入幕,与幕主建立了一种荣辱与共的依附关系。幕主在位,自可给予幕僚一份生活、仕途的保证;而当幕主失势,幕僚们亦只能作鸟兽散,甚者还要受到牵连。天宝十载(751)正月,新破羯师的高仙芝入朝,献所俘突骑施可汗、吐蕃酋长、石国王、羯师王勃特设等,改为河西节度使。河西节度使安思顺不愿离职,唆使群胡割耳劘面请留,朝廷遂改高仙芝为右羽林大将军。大约在高仙芝改任之时,岑参已由安西返回凉州。高仙芝改任无果,当仍回安西任,而在随后爆发的怛罗斯之役中失利,损失惨重,不得不黯然离开安西。高仙芝先是改任无果,继之大败,自顾尚且无暇,一干幕僚自也不会有满意的结果。天宝十四载(755),封常清入朝。十一月,安史之乱起,封常清请命赴洛阳招募兵力,平定叛乱。十二月,叛军渡河而下,封常清仓促应战,接连失利,退守潼关。玄宗"削其官爵,令白衣与仙芝军效力",后又听信谗言,下令处死。"常清性勤俭,每出征或乘驿,私马不过一两匹。"故其天宝十四载(755)入朝时,岑参等幕僚尚在北庭,及至得罪削爵,幕下僚众多有离开北庭者。岑参《送张都尉东归》题下自注"时封大夫初得罪"④,《送四镇薛侍御东归》谓"相送泪沾衣,天涯独未归",并言"将军初得罪,门客复何依"⑤。"门客复何依""自怜弃置天西头"⑥,正是包括岑参在内的诸多幕僚的共同心声。天宝十五载(756)春,岑参也离开北庭,踏上了归程。直到至德二载(757),杜甫等人举荐,岑参始在凤翔行营获授右补阙一职。此次任职与其两次出塞入幕似乎没有直接关联。

　　与岑参幕僚的角色不同,和瑛本为效力赎罪的犯官,途中收获意外之喜,得任叶尔羌帮办大臣,后又任喀什噶尔参赞大臣、乌鲁木齐都统等职,俱为

---

① 岑参. 岑参集校注:卷二[M]. 陈铁民,等,校注. 上海:上海古籍出版社,1981:175.
② 岑参. 岑参集校注:卷二[M]. 陈铁民,等,校注. 上海:上海古籍出版社,1981:52.
③ 岑参. 岑参集校注:卷二[M]. 陈铁民,等,校注. 上海:上海古籍出版社,1981:152.
④ 岑参. 岑参集校注:卷二[M]. 陈铁民,等,校注. 上海:上海古籍出版社,1981:174.
⑤ 岑参. 岑参集校注:卷二[M]. 陈铁民,等,校注. 上海:上海古籍出版社,1981:175.
⑥ 岑参. 岑参集校注:卷二[M]. 陈铁民,等,校注. 上海:上海古籍出版社,1981:177.

"有土有民"之实职,可以在自己的辖区从容行政,一定程度上践行自己的政治主张,为朝廷分忧,为民众造福。嘉庆八年(1803)正月,和瑛在哈密改道东南,前往叶尔羌。和瑛途中有《风戈壁吟》,描写戈壁风沙,并表示"原筮西南利,努力往有功"①,希望自己此次前往叶尔羌,能够有所作为,为当地谋得福利。途经喀喇沙尔乌沙克搭拉军台,看到于嘉庆四年(1799)奉旨停运弃置的三块大玉,诗人说"罢役万民苏",由衷地盛赞此举,并祈祷"鬼神牢守护,莫任斧斤招",不要再出现役使万民之事②。在叶尔羌时,和瑛循例采玉,获大白玉,赋诗谓"丰年寰海报,多胜玉膏输"③;在喀什噶尔时,布鲁特酋长献以鹰马,和瑛赋诗婉谢,称"穹庐夜不惊鸡犬,便是祥麟威凤群"④。诗人所期望的是百姓安居乐业,而不是玉石鹰马等俗物。在西域任职期间,和瑛因地制宜,主持推行过一些造福地方百姓的政策。例如,嘉庆九年(1804)十二月奏准调剂喀什噶尔、英吉沙尔仓储余粮,减少百姓运送耗费。《仁宗实录》卷一百三十八载:"和宁、伊斯堪达尔奏调剂喀什噶尔、英吉沙尔两属仓贮余粮一折,据称该处仓贮三色粮八千四百余石,并备贮小麦一万石,足敷支放官兵口食,请将从前减运伊犁布匹改收之粮四千石,照乌什粜粮之例,于明春青黄不接之时,按市价酌减钱文出粜,并请将此项粮石,自嘉庆十年秋季为始,改收钱文,小麦每石交钱一百四十文,大麦、高粱每石交钱一百文……以平回庄市价等语。着照所请行。"⑤ 再如嘉庆十二年(1807)正月,和瑛鉴于"地方官不知体恤民艰,踵增剥削,借口采买仓粮,出陈易新,并出借籽种口粮等款,一切短发浮收,催科勒派,百弊丛生,实非驭边氓之道",奏陈五条意见,拟革除弊政。⑥和瑛与户部等部门公文往返,据理力争,其五条意见最终被朝廷采用,在乌鲁木齐等地实行。和瑛在西域任职期间,"努力有功",为当地百姓谋福利,也为自己赢得了生前身后名。《清史稿》卷三百五十三《和瑛传》谓:"(和瑛)久任边职,有惠政。后其子璧昌治回疆,回部犹归心焉。"⑦

---

① 和瑛.易简斋诗钞:卷三[M].上海:上海古籍出版社,2002:512.
② 和瑛.易简斋诗钞:卷三[M].上海:上海古籍出版社,2002:512.
③ 和瑛.三州辑略:卷九[M]//中国方志丛书·西部地方.台北:成文出版社,1968:326.
④ 和瑛.易简斋诗钞:卷三[M].上海:上海古籍出版社,2002:514.
⑤ 清实录·第二十九册·仁宗睿皇帝实录·卷一百三十八[M].北京:中华书局,1986:880-881.
⑥ 和瑛.三州辑略:卷三[M]//中国方志丛书·西部地方.台北:成文出版社,1968:91.
⑦ 赵尔巽,等.清史稿:卷三五三[M].北京:中华书局,1977:11284.

岑参两次出塞入幕，其本意在于谋求自己的进身之阶，除了收获边塞诗的盛名外，几乎一无所得，故在西域时有空蹉跎之感。和瑛赴西域本为栖身，得任官职出乎意外，尽心所任，既不负自身怀抱，亦是进身之途，故赢得了生前身后名。

三、无限与有限——失意时的调适不同

诗人首先是士人，同样承载着崇尚自由的传统。君臣遇合，风云际会，兼济天下，立功立德，张扬个性，实现担当，亦是诗人的毕生追求。岑参、和瑛身上都有豪放率性的一面，都有张扬个性的诉求，当个性不得张扬、担当无从实现时，失意之感便不期而至。岑参带着"功名只向马上取"的豪情奔赴西域，但"军中日无事"的现实和"类于倡优"的侍从身份，使他油然而生"寂寞不得意"①"出塞独离群"②"未尽平生怀"③等感叹。和瑛谪戍西域，西行之际他讥刺群鸟"生无鸾凤志，巧作稻粱谋"④，自我表白"不作沉沦想，凌空志未灰"⑤，在乌鲁木齐勉励朋友"驾鼓终利用，强于皂枥损"⑥，又何尝不是满腹牢骚呢？

司马迁言："西伯拘羑里，演《周易》；孔子厄陈蔡，作《春秋》；屈原放逐，著《离骚》；左丘失明，厥有《国语》；孙子膑脚，而论兵法；不韦迁蜀，世传《吕览》；韩非囚秦，《说难》《孤愤》；《诗》三百篇，大抵圣贤发愤之所为作也。"⑦在司马迁看来，周文王、孔子诸人都是发愤著书，以此来自我调适，宣泄胸中所积。岑参、和瑛亦是"意有所郁结，不得通其道"者，故"努力事笔砚"成为其自我调适的重要途径。在西域期间，岑参创作诗歌47题，就数量而言属于生平创作的高峰时期之一，就质量而言《白雪歌》《走马川行》等一批西域诗都成为传世经典，成就了文学史上"边塞诗人"的盛名；和瑛创

---

① 岑参. 岑参集校注：卷二 [M]. 陈铁民，等，校注. 上海：上海古籍出版社，1981：84.
② 岑参. 岑参集校注：卷二 [M]. 陈铁民，等，校注. 上海：上海古籍出版社，1981：82.
③ 岑参. 岑参集校注：卷二 [M]. 陈铁民，等，校注. 上海：上海古籍出版社，1981：159.
④ 和瑛. 易简斋诗钞：卷三 [M]. 上海：上海古籍出版社，2002：509.
⑤ 和瑛. 易简斋诗钞：卷三 [M]. 上海：上海古籍出版社，2002：509.
⑥ 和瑛. 易简斋诗钞：卷三 [M]. 上海：上海古籍出版社，2002：518.
⑦ 司马迁. 史记：卷一百三十 [M]. 北京：中华书局，1982：3300.

作诗歌58题①,是其生平创作最活跃的阶段,同时,和瑛还编著了《回疆通志》十二卷、《三州辑略》九卷以及《心经集注》②等著述。心理学学者指出,沉浸体验是一种幸福的感觉,当人们全身心地沉浸在某一项活动中时,是不会想起日常生活中的忧虑、挫折等不愉快的,而完成此项活动后重新出现的自我仿佛更为强大,自我意识也得到增强。③岑参、和瑛等沉浸在自己的诗歌、学术世界当中,用诗艺的展现、学术的提升来自我调适,消解失意。

  同样的沉浸体验还有饮酒,借酒精的麻痹来暂时忘却自己的不如意,即所谓"何以解忧,唯有杜康"。赴西域后,岑参时常参加酒宴,诗中多有"酒"字,如"送子军中饮,家书醉里题"④"置酒高馆夕,边城月苍苍"⑤"军中日无事,醉酒倾金罍"⑥"中军置酒饮归客,胡琴琵琶与羌笛"⑦……岑参西域诗中饮酒诗有十余首之多。"乡愁对酒宽"⑧"醉眠乡梦罢"⑨是借酒浇愁,而"一生大笑能几回,斗酒相逢须醉倒"⑩则是借酒助兴,释放被压抑的个性。和瑛为蒙古族,有嗜酒的传统,此前的诗歌亦多言酒事,其在《四明楼吟》中曾高唱"酒酣何以慰乡愁"⑪,《祭灶书怀》中也有"天末友朋聚,岁除诗酒赊"⑫

---

① 此据《易简斋诗钞》卷三统计,《三州辑略》卷九《艺文门》有3题为《易简斋诗钞》所未收。
② 颜检《衍庆堂诗稿》卷四《题和太菴先生心经集注卷后》谓:"我初识迷途,捧书手亲盥。印心默自思,得心词莫赞。合掌证菩提,今非门外汉。"(清代诗文汇编:第446册[G].上海:上海古籍出版社,2010:275.)诗成于嘉庆十二年(1807)春,可知和瑛此时完成有《心经集注》一书。
③ CARR A. 积极心理学:关于人类幸福和力量的科学[M]. 郑雪,等译校. 北京:中国轻工业出版社,2008:54-55.
④ 岑参. 岑参集校注:卷二[M]. 陈铁民,等,校注. 上海:上海古籍出版社,1981:83.
⑤ 岑参. 岑参集校注:卷二[M]. 陈铁民,等,校注. 上海:上海古籍出版社,1981:91.
⑥ 岑参. 岑参集校注:卷二[M]. 陈铁民,等,校注. 上海:上海古籍出版社,1981:152.
⑦ 岑参. 岑参集校注:卷二[M]. 陈铁民,等,校注. 上海:上海古籍出版社,1981:163.
⑧ 岑参. 岑参集校注:卷二[M]. 陈铁民,等,校注. 上海:上海古籍出版社,1981:96.
⑨ 岑参. 岑参集校注:卷二[M]. 陈铁民,等,校注. 上海:上海古籍出版社,1981:143.
⑩ 岑参. 岑参集校注:卷二[M]. 陈铁民,等,校注. 上海:上海古籍出版社,1981:144.
⑪ 和瑛. 易简斋诗钞:卷二[M]. 上海:上海古籍出版社,2002:484.
⑫ 和瑛. 易简斋诗钞:卷二[M]. 上海:上海古籍出版社,2002:488.

的感叹。然而在西域时期，和瑛少有酒诗，也很少描写宴游之事，此次贬谪打击之大、影响之深可见一斑。

　　岑参调适失意还有思乡与归隐两端。岑参奔赴西域虽然不为"妻子谋"，但自翻越陇山以后，思乡之情便不时泛起。看见渭水，诗人谓"渭水东流去，何时到雍州？凭添两行泪，寄向故园流"；逢人入京，便嘱咐"凭君传语报平安"；夜宿铁关，举头望明月，却是"那知故园月，也到铁关西"；在安西，"寂寞不得意"，因发思乡之叹，希望"遥凭长房术，为缩天山东"，希望能够学会缩地成寸的神术，举步便可回到长安。在淡淡的乡愁中排解失意，用对故园的牵挂安慰漂泊的心灵，这是古往今来失意之人的必然选择。和瑛孤身在西域，家人隔关山，乡愁也无时不在，但在西域诗中，和瑛只是偶尔借用隐喻的手法提一下，总是一种欲说还休的感觉。如"帝乡春色好，太液好栖迟"[①]"纤禽解识天伦乐，不肯分巢各自飞"[②] 等句，借对大雁、燕子的描写来委婉地表达自己的思乡之情。在西域不得意时，岑参一度还有归隐的想法，感叹"功名是何物"[③]，怀念"咸阳旧酒徒"[④]"忆作捕鱼郎"[⑤]，大有"此处不留爷，自有留爷处"的豪放。在和瑛的西域诗中，归隐之思没有一点踪迹，非但没有归隐之思，在年近古稀之时，尚在感念皇恩"许拜温纶驸马归"，表白忠心，"心清不厌升沉梦，力定能占下上飞。六十犹痴臣未老，年开七秩勉知非"[⑥]。

　　春秋战国时期，中国士人阶层出现并形成了崇尚自由、张扬个性的传统，他们凭借自己的才智赢得社会的尊重与认可，抗礼王侯。秦汉统一后，在中央集权建立的过程中，士人传统也经历了痛苦的改造，自由被限制，个性受压抑。魏晋南北朝时期，士人处境进一步恶化，朝代更替，门阀林立，士人无暇顾命，崇尚自由、张扬个性的传统几乎不保。到了唐代，尤其是盛唐时期，统治者奉行儒道相结合的治国思想，国力处于上升阶段，社会当中形成了一种尊重士人个性的风气。岑参欣逢其时，崇尚自由、张扬个性的传统得以延续。因此岑参

---

① 和瑛．三州辑略：卷九［M］//中国方志丛书·西部地方．台北：成文出版社，1968：326.
② 和瑛．易简斋诗钞：卷三［M］．上海：上海古籍出版社，2002：516.
③ 岑参．岑参集校注：卷二［M］．陈铁民，等，校注．上海：上海古籍出版社，1981：145.
④ 岑参．岑参集校注：卷二［M］．陈铁民，等，校注．上海：上海古籍出版社，1981：166.
⑤ 岑参．岑参集校注：卷二［M］．陈铁民，等，校注．上海：上海古籍出版社，1981：143.
⑥ 和瑛．易简斋诗钞：卷三［M］．上海：上海古籍出版社，2002：516-517.

选择出塞从军，企图寻求一条不同寻常的仕途之路，实现自己张扬个性、兼济天下的人生梦想；当出塞从军不尽如人意时，他可以纵酒、可以思乡、可以归隐……选择的多样性使岑参诗歌中始终洋溢着一种不安分，一种对现实的不满和对未来的憧憬，在无限的空间内进行自我调适。宋元以来，特别是明清时期，士人处境最为恶劣，崇尚自由、张扬个性的传统被遏制，妻妾人格被成功塑造。和瑛不幸，恰生活在封建专制极盛时期，对高高在上的皇权而言，他不是士人，而是被规训为愚忠的奴才，步入仕途，再无退路。谪戍西域，和瑛不是没有怨言，而是不敢有怨言，唯有随遇而安，苦中作乐，在有限的空间内进行自我调适。①

四、逞奇与使才——诗歌表达方式不同

面对西域风光这个共同的题材，岑参、和瑛分别用自己的方式方法进行了体认和表现，呈现出不同的情趣。风沙是西域诗不可或缺的内容，岑参《走马川行奉送出师西征》写道："轮台九月风夜吼，一川碎石大如斗，随风满地石乱走。"② 和瑛《风戈壁吟》则感叹："大块有噫气，一息千里通。巽五挠万物，折丹神居东。风穴地轴裂，风门天关冲。奇哉风戈壁，勃发乾兑冲。当夫初起时，黑霭蟠虬龙。焚轮瞬息至，万骑奔长空。石飞轻于絮，辎重飘若蓬……"岑参用白话式的语言，夸张地展示了西域之风，而和瑛则堆砌了一大堆典故和五个比喻来形容西域之风，呈现出完全不同的两种审美趣味。岑参诗歌具有逞奇的一面，这是历代学者的共识，杜甫谓"岑氏兄弟皆好奇"③，殷璠评价岑诗"语奇体峻，意亦造奇"④，翁方纲云"边塞之作，奇气益出"⑤，此不必赘述。而和瑛诗歌则不然，逞奇的一面很难看到，更多的时候则是使才，以才为诗，以才取胜。其使才有以下几端，一是化用前人成句，如"西陲靖戎马，那用带吴钩"⑥ 反用李贺"男儿何不带吴钩"之句，"行人到此缩如猬"⑦ 则是化用杜

---

① 吴相洲. 唐诗繁荣原因重述 [J]. 北京大学学报（哲学社会科学版），2009（05）：66.
② 岑参. 岑参集校注：卷二 [M]. 陈铁民，等，校注. 上海：上海古籍出版社，1981：148.
③ 杜甫. 杜诗详注：卷三 [M]. 仇兆鳌，注. 北京：中华书局，1979：179.
④ 殷璠. 河岳英灵集注：卷中 [M]. 王克让，注. 成都：巴蜀书社，2006：201.
⑤ 翁方纲. 石洲诗话：卷一 [M]. 陈迩冬，校点. 北京：人民文学出版社，1981：31.
⑥ 和瑛. 三州辑略：卷九 [M] //中国方志丛书·西部地方·第11号. 台北：成文出版社，1968：323.
⑦ 和瑛. 易简斋诗钞：卷三 [M]. 上海：上海古籍出版社，2002：510.

甫的"牛马毛寒缩如猬"① 一句。二是诗中说理,如《望春台》"骑驴觅驴偈,迷悟何时了。人在春风中,却望高台表。"全在说理。三是用典,如《闻城上海螺》第一首四句诗②,"书剑孤悬""渴睡人"等都是用典。四是诗中加注,如《巩宁城望博克达山》共4联56字,加注5处120余字,将诗中所涉及的地理方位都交代得清清楚楚。

  岑参具有典型的诗人气质,喜欢直抒胸臆,将自己的喜怒哀乐直接呈现在诗歌中,一览无余。在西域日久思乡,诗人写道:"晓笛引乡泪,秋冰鸣马蹄。一身虏云外,万里胡天西。终日见征战,连年闻鼓鼙。故山在何处,昨日梦清溪。"③清晨的笛声引发了诗人的思乡之情。家在何处?家在梦里。思乡之情喷薄而出。送幕主出征,诗人直说"虏骑闻之应胆慑,料知短兵不敢接,车师西门伫献捷"④,情感淋漓。说自己,谓"近来能走马,不弱并州儿",没有虚伪;发牢骚,谓"早知安边计,未尽平生怀",不加曲饰。林庚先生曾用"少年精神"来描述盛唐诗坛,岑参的直抒胸臆恰是这种精神的一个注脚。岑参西域诗,还善于用奇景映情,如《热海行送崔侍御还京》,诗人以极度夸张的手法描写热海的神奇景象,海水如煮、众鸟不飞、鲤鱼肥大、绿草常青……并质疑造物主为何偏偏要用阴火烘烤热海。在奇景之后,诗人笔锋陡转,落脚在送行之上,"柏台霜威寒逼人,热海炎气为之薄"。崔子还京任侍御史,一身"霜威",寒气逼人,热海的热气都无法与之相提并论。诗中对热海奇景的描摹,只是为最后的抒情做铺垫、做陪衬,用奇景映盛情,情感喷薄而出,而非借景抒情、寓情于景。诸如《轮台歌奉送封大夫出师西征》《走马川行奉送出师西征》《白雪歌送武判官归京》《火山云歌送别》等以写西域奇景著称的作品,无一不是用奇景映盛情,直抒胸臆。和瑛久经风霜,又因"日事文墨"而获罪,其诗歌中能够袒露胸臆的,唯有一些歌功颂德的作品,如《风戈壁吟》《奉诏还都恭纪》等不加隐讳地感念皇恩浩荡、圣慈覆育;在表达个人思乡、失意等情感时,则是"犹抱琵琶半遮面",往往借物寓情,婉曲叙说。

---

① 杜甫. 杜诗详注:卷二十一 [M]. 仇兆鳌,注. 北京:中华书局,1979:1845.
② 和瑛. 三州辑略:卷九 [M] //中国方志丛书·西部地方·第11号. 台北:成文出版社,1968:329.
③ 岑参. 岑参集校注:卷二 [M]. 陈铁民,等,校注. 上海:上海古籍出版社,1981:85.
④ 岑参. 岑参集校注:卷二 [M]. 陈铁民,等,校注. 上海:上海古籍出版社,1981:148.

五、独乐与众乐——西域民俗文化描写不同

西域是我国少数民族主要聚居区之一，在这里生活的各个民族都有自己独特的民俗文化，各民族之间、西域与中原之间文化交流融合非常频繁。用诗歌的形式描写西域民俗文化，一直是西域诗的重要题材。岑参、和瑛在西域生活了较长时间，西域民俗文化强烈的地方色彩和民族特色深深吸引了他们，其诗歌创作中时常出现西域民俗文化。

唐代盛行胡风，向达《唐代长安与西域文明》谓："长安胡化盛极一时，此种胡化大率为西域风之好尚：服饰、饮食、宫室、乐舞、绘画，竞事纷泊；其极社会各方面，隐约皆有所化，好之者盖不仅帝王及一二贵戚达官已也。"[①] 岑参长在两京，对胡风并不陌生，而当其来到西域后，身处其间，耳闻目染，诗中更是胡风大炽。"凉州七里十万家，胡人半解弹琵琶"[②]，是对西部歌舞普及状况的总括，音乐舞蹈无时不在。《田使君美人舞如莲花北旋歌》则是对西部具体歌舞的描写，诗人刻画舞姿后，感叹"始知诸曲不可比，《采莲》《落梅》徒聒耳。世人学舞只是舞，姿态岂能得如此"[③]。《酒泉太守席上醉后坐》描写歌舞盛会："酒泉太守能剑舞，高堂置酒夜击鼓。胡笳一曲断人肠，庭上相看泪如雨。琵琶长笛曲相和，羌儿胡雏齐唱歌。浑炙犁牛烹野驼，交河美酒金叵罗。三更醉后军中寝，无奈秦山归梦何！"[④] 宴会上，吃着烤肉，喝着美酒，在琵琶胡笳的伴奏下尽情地歌唱。酒酣耳热之际，太守亲自下场舞剑助兴。这样的歌舞盛会至今依然活跃在新疆各地。"雨拂毡墙湿，风摇毳幕膻"[⑤]"暖屋绣帘红地炉，织成壁衣花氍毹。灯前侍婢泻玉壶，金铛乱点野酡酥"[⑥] 以及《优钵罗花》等诗描写了西域物产。《胡歌》《赵将军歌》等则描写了各族将领的融洽生活。刘坎龙等谓"唐代西域戍边军中多有习于征战的少数民族部落，西域驻军

---

① 向达. 唐代长安与西域文明 [M]. 石家庄：河北教育出版社，2001：42.
② 岑参. 岑参集校注：卷二 [M]. 陈铁民，等，校注. 上海：上海古籍出版社，1981：144.
③ 岑参. 岑参集校注：卷二 [M]. 陈铁民，等，校注. 上海：上海古籍出版社，1981：185.
④ 岑参. 岑参集校注：卷二 [M]. 陈铁民，等，校注. 上海：上海古籍出版社，1981：188.
⑤ 岑参. 岑参集校注：卷二 [M]. 陈铁民，等，校注. 上海：上海古籍出版社，1981：182.
⑥ 岑参. 岑参集校注：卷二 [M]. 陈铁民，等，校注. 上海：上海古籍出版社，1981：165.

中蕃汉杂处的情况应该很普遍,将士们在一起宴饮、娱乐也应是常事,中原文化和西域文化的杂陈与融合是一种客观现象。但这种融洽、和悦、生动、欢快的场景,以及民族文化融合的客观存在,只有在岑参诗中才得以形象地展现,这正是亲历西域者的诗歌所具有的不可替代性的价值"①。

岑参诗歌中描写的西域民俗文化固然有其"不可替代性的价值",但其描写主要局限于军幕之中,远不如和瑛西域诗中描写之广泛和接近民间。和瑛描写西域平民百姓的生活,谓"双岐铜角听黄昏",自注"回俗每于日入时鼓吹诵经,其铜角双岐两口"②;谓"羌登衽席欢无比,娄鼓年年闹古台",自注"(英吉沙尔)城南十里兆公台,回人四月间绕台歌舞"③。《观回俗贺节》描写回族民众庆祝节日的情景,谓:"怪道花门节,刲羊血溅腥。羯鸡充餕里,娄鼓震羌庭。酋拜摩尼寺,僧喧穆护经。火祆如唊蜜,石樟信通灵。"④描写西域社会融洽,各族民众共同生活,谓"镇抚羌儿高枕卧,双岐铜角听黄昏",又谓"氏羌同化日,况是弋人稀"⑤。叶尔羌多蚂蚁,和瑛有《咏蝼蚁》及《蝼蚁赋》歌咏之。"笼泻青珠挂,盘盛火齐堆。花瓜方蜜醴,冰果亚琼瑰",分别描写西域的葡萄、石榴、甜瓜、西瓜、苹果等果木,并谓"甜瓜、西瓜,秋后更佳""冰苹果经夏,雪冻复长青,赤若琉璃,香芬耐久"⑥。对西域物产的描写,较岑参更为丰富、深入。和瑛还有描写西域生产活动的诗歌,其《河干采玉》便描写了当地百姓下河采玉的场景,"帜扬青云杪,人喧白水滨。惽兰齐攫拾,伯克竞游巡"⑦,河边旗帜飘扬,人声鼎沸,惽兰在水中捡拾玉石,伯克来回巡视。这样的情形,也是岑参诗中所没有的。

囿于时代所限,岑参西域活动主要集中在军幕与行伍,没有机会进入民间,其对西域民俗文化认知的主要途径便是幕中游宴,更多的时候是作为旁观者来欣赏民俗文化。经过汉唐时期的开发,到清代乾嘉时期,西域经营已经非常成

---

① 刘坎龙,吕亚宁. 论唐代西域屯垦戍边诗的思想意蕴[J]. 新疆大学学报(哲学·人文社会科学版),2011(06):117-118.
② 和瑛. 三州辑略·卷九·叶尔羌[M]//中国方志丛书·西部地方. 台北:成文出版社,1968:325.
③ 和瑛. 易简斋诗钞:卷三[M]. 上海:上海古籍出版社,2002:513.
④ 和瑛. 易简斋诗钞:卷三[M]. 上海:上海古籍出版社,2002:514.
⑤ 和瑛. 三州辑略:卷九[M]//中国方志丛书·西部地方. 台北:成文出版社,1968:326.
⑥ 和瑛. 三州辑略:卷九[M]//中国方志丛书·西部地方. 台北:成文出版社,1968:327.
⑦ 和瑛. 易简斋诗钞:卷三[M]. 上海:上海古籍出版社,2002:514.

熟,各民族水乳交融,共同生活在这块神奇的土地上。和瑛主管地方军政,有更便利的条件融入当地生活,作为社会的一分子来感受西域独特的民俗文化,故其西域诗中的西域民俗文化具有更深刻的认知意义。

第四节　纪行诗

纪行诗是诗人在行旅中创作的记载途次见闻感受、风物人情等内容的诗作。由于交通条件限制,古人宦游、迁徙、谪戍、游历等行旅往往费时较长,旅途内容也比较丰富,凡山川景物、名胜古迹、风土人情、社会风貌、宴集迎送、思亲思乡等不一而足。同时,因行旅原因离开自己熟悉的环境,进入一个相对陌生的环境,也容易激发诗人的审美体验,触发诗人的诗情,进入一个创作的高峰期。

和瑛一生鞍马劳顿,宦游南北西东,足迹遍布半个中国。杨钟羲《雪桥诗话》载:"和简勤以辛酉七月廿三日生,星家言有十万里驿马。"① 综观其一生,督饷入蜀,监税张家口,出守安徽,调任川陕,出驻西藏,四次巡视后藏,巡抚山东,西戍安西,巡视南疆北疆,驻扎盛京,都统热河等,真可谓"潏水穷三千,奇山越五经"②,行程又何止十万里。其《纪游行》《续纪游行》两诗,回顾自己数十年来的十四万余里的旅程。和瑛每次出行,几乎都有纪行诗创作,考察《易简斋诗钞》《三州辑略》《太庵诗草》等,其纪行诗主要有以下30组(次)。

1. 督饷入蜀

乾隆三十八年(1773),任职户部,奉命督饷入蜀。途经华阴时,拜谒杨震祠堂,有"不见衔鱼来讲幄,祇闻啼鸟落潼亭"之句③,章铨有《和同年和太庵农部宁〈过杨伯起先生祠〉韵》诗。

2. 出守太平

乾隆五十一年(1786)六月,授太平府知府,自京抵皖,途中有《扬州舟

---

① 杨钟羲. 雪桥诗话全编·雪桥诗话三集·卷八[M]. 雷恩海,姜朝晖,校点. 北京:人民文学出版社,2011:1824.
② 和瑛. 易简斋诗钞:卷三[M]. 上海:上海古籍出版社,2002:521.
③ 杨钟羲. 雪桥诗话全编·雪桥诗话三集·卷六[M]. 雷恩海,姜朝晖,校点. 北京:人民文学出版社,2011:1739.

次》云："凌晨雨歇卧烟艇，初听扬州欸乃腔。谁识太庵新太守，太平人渡太平江。"① 扬州为京杭运河的重要码头，由此西行，可到金陵、太平府，味此诗当是乘船赴任途中所作。

3. 太平夏游

乾隆五十一年（1786）七月末，游历池州、宁国、安庆、江宁诸府。《纪游行》："五溪桥畔九华主，地藏仙人餐白土。夜半长江一叶舟，抛天胁月黄湓浦。海门第一旧舒城，皖口曾传博士名。记得黄荆塔畔句，一根除净六根清。"② 自太平府西行，入池州府境，过五溪桥，登九华山，到池州府治，在黄湓口渡江，一路向西，到安庆府，至皖口凭吊。随后顺江东下，直到江宁府。在江宁，曾登钟山，游灵谷寺，探访随园。途中有《五溪桥望九华山二绝》《生日池州登舟》《黄湓渡江遇风》《金陵夜雨有怀周霁堂幕友》《灵谷寺八景诗八首》等诗。

4. 修觐滦阳

乾隆五十五年（1790）七月，进京为乾隆皇帝祝寿。和瑛为新任布政使，上任前未曾陛见，为此乾隆要求"新授四川藩司和宁前来叩祝"，并于七月"二十九日以前到京，随班祝嘏"。③《纪游行》亦谓："祝厘策马滦阳道，巷舞衢歌气皞皞。"④ 往返途中有《马道驿口占》《题煎茶坪吾泉》《韩侯岭遇安邑山长王恭寿孝廉》等诗。马道驿在今陕西留坝县，煎茶坪在今陕西宝鸡市，韩候岭则在今山西灵石县，皆为京城至成都沿途驿站，此亦可知往返京城之路线。

5. 报政归京

乾隆五十七年（1792）八月，在陕西布政使任，在潼关渡黄河，自晋抵京。九月九日，在京祭扫祖墓。不久，自京经晋返陕。往返途中有《渡象行》《赠夏县鲁闻喜四两明府同年》《获鹿道上》《滹沱河》《扫墓二首》《晓发涿州》《定州邮馆遇鄂制军话旧》《过正定城市》《宿井陉》《寿阳晓发》《平遥县》《赵城旅舍忆青门阁郎五首》《晓发侯马镇》《早度潼关》等诗作28题36首⑤

6. 关中查赈

乾隆五十七年（1792）九月、十月间，在陕西布政使任，自省城西安出发，巡查咸阳、兴平、武功、乾州、醴泉、三原、蒲城、韩城等地赈灾情况。途中有组诗《查赈道上杂诗》，共13题16首。

---

① 和瑛. 太庵诗集 [M]. 抄本.
② 和瑛. 易简斋诗钞：卷二 [M]. 上海：上海古籍出版社，2002：499.
③ 清实录·第二十六册·高宗纯皇帝实录 [M]. 北京：中华书局，1986：104-105.
④ 和瑛. 易简斋诗钞：卷二 [M]. 上海：上海古籍出版社，2002：500.
⑤ 和瑛. 太庵诗草 [M].

7. 驰驿赴藏

乾隆五十八年（1793）十一月，自陕西驰驿赴藏，替换成德。十二月抵成都，除夕抵雅安，乾隆五十九年（1794）三月抵达拉萨，一路上经邛、黎、雅、建诸州，出鱼通、大渡，泛鸦陇、金沙、澜沧、穆鲁诸江，越昌都、瓦合、丹达、鲁工诸大雪山。《纪游行》云："柱天都部转金藏，腐儒叨佩赫连刀。跋马鱼通风土恶，背枕寒灯苦瘴药。冰城雪窖走六千，越见兰台莹且博。乌斯使者来真丹，庞头佉子惊飞翰。我笑青莲眼界窄，枉说当年蜀道难。"① 自西安至成都，途中有《千佛崖》《夜过梓潼岭拜文昌帝君庙》诸诗；在成都，与诸人宴集，有《补山相国招饮绛雪书堂》《林西崖廉访招饮且园即事》《闻鹤村徐玉崖两同年招饮亦园》《姚一如太守偕诸寅好再集绛雪书堂小酌》《王秋汀观察偕同人招饮新构华馆》等诗；离开成都，一路上有《城南野望》《年景花》《新津》《严君平故里》《卓文君旧宅》《望蒙山》诸诗；除夕，到达四川雅州府，有《除日雅州道上》《雅州守岁》等诗；乾隆五十九年（1794）正月，自雅州入藏，途中作《瓦屋山》《大关山》《板屋》《相岭》《清溪县夜坐》《晓发清溪》《飞越岭》《喜晴》《泸定桥》《头道水观瀑，步孙补山相国、惠瑶圃制军壁间元韵二首》《再次徐玉崖观察同年元韵四绝》《打箭炉》《折多过提茹山至阿娘坝》《东俄洛至卧龙石》《中渡至西俄洛》《咱马纳洞至里塘》《头塘》《喇嘛丫至立登三坝》《松林口》《大所山》《大雪封瓦合山阻察木多寺》《雪后度丹达山》《三月抵前藏渡噶尔招木伦江》等诗。

8. 初巡后藏

乾隆五十九年（1794）十一月，初次出巡后藏，自拉萨出发，在曲水过雅鲁藏布江，翻巴则山，经江孜，抵札什伦布，继续西行至春堆一带，巡视结束后原路返回拉萨。途中有《夜抵僵里》《曲水见雁》《过巴则山》《海子》《亚喜茶憩》《宿浪噶子》《宜椒道上》《晓发江孜》《札什伦布》《班禅额尔德尼》《次希斋韵》《春堆口占》《望多尔济拔姆宫》《登舟》等诗。

9. 再巡后藏

嘉庆元年（1796）四五月间，再次巡视后藏，自拉萨出发，走东线，经江孜抵札什伦布，向西到定日、萨迦一带，随后折回札什伦布，走西线，经生多、阳八井等处，返回拉萨。巡视途中有组诗《巡边四十八首》。

10. "纪游行"诗

嘉庆四年（1799），在拉萨，作《纪游行》诗，纪十四年行旅。序谓："山

---

① 和瑛．易简斋诗钞：卷二［M］．上海：上海古籍出版社，2002：500．

庐寂静，梵阁清寒，偶忆丙午至己未，游十四载，山川风景如在目前，爱效玉溪生转韵体，作纪游一百七十六句。"①《续纪游行》诗序亦谓："前诗纪游，起乾隆丙午，止嘉庆己未，盖行十万余里。"②

11. 四巡后藏

嘉庆五年（1800）七月，第四次出巡后藏，在札什伦布度过了自己的六十岁生日。途中有《札什伦布六十初度二首》《柳泉浴塘邀班禅额尔德尼传餐阅武二首》《擦咙道上口占》《定日阅兵得廓王信有怀松湘浦赴伊江二首》《萨迦呼图克图遣使谢过书事》《胁噶尔寨》等诗。

12. 自藏返京

嘉庆六年（1801），自西藏返京。五月，进抵打箭炉，有《五月还都进打箭炉口再赋炉城行》。

13. 山东出巡

嘉庆七年（1802），在山东巡抚任，巡视泰安、兖州、济宁、曹州等地。《续纪游行》云："蓬莱仙人舣舟待，勤民先务辍轩采。泰山绝顶乐登临，壮怀恨未及观海。观海岂如游圣门，庭罗商鼎加周樽。天通神道真不朽，摩挲楷桧盘古根。"③ 途中有《登岱》《泰山杂咏》《泰安试院七柏一松歌用少陵古柏行韵》《和沈舫西太守登岱元韵二首》《金丝堂听乐》《恭谒圣林》《谒颜子庙》《题南池杜子美像》《望太白楼》《宿黄河堤上》等诗。

14. 落职西役

嘉庆七年（1802）八月，以事落职，发配乌鲁木齐效力赎罪，由山西渡黄河，出潼关，过长安、皋兰，涉泾渭、黑河、弱水，出酒泉、玉门，越瀚海、龙堆。除夕进抵哈密，改任叶尔羌帮办大臣，遂在吐鲁番改道南下，经喀喇沙尔、库车、阿克苏等地，到叶尔羌任事。《风戈壁吟》谓："我度瀚海来，屈指轮台中。忽传伊吾庐，朵云下邮筒。恩命抚娑军，兼驭于阗戎……改辙土番道，行李戒仆童。"④《续纪游行》云："三藏川前宿宾雁，天风吹送玉门西。……莲花井子月牙泉，南祁连更北祁连。伊吾守岁孤灯影，温纶飞下九重天。布干登曹程一线，白雪如云今内面。劝投承嗣旋风笔，愿借光庭驱蚊扇。白龙堆北连高昌，阚曲黑子曾僭王。自从勒勋侯君集，日月千载照雪霜。戈壁惊砂卷辽旷，辎车轻起飘篷扬。火州城当火山前，故垒久传虎头将。冯耆飞出惰兰雕，开都

---

① 和瑛. 易简斋诗钞：卷二 [M]. 上海：上海古籍出版社，2002：499.
② 和瑛. 易简斋诗钞：卷四 [M]. 上海：上海古籍出版社，2002：533.
③ 和瑛. 易简斋诗钞：卷四 [M]. 上海：上海古籍出版社，2002：533.
④ 和瑛. 易简斋诗钞：卷三 [M]. 上海：上海古籍出版社，2002：512.

河上愁冰消。南接沮洳蒲昌海，万马竞渡苇湖桥。丁谷浮图出云表，车不旋轮路窘窅。当年面缚龟兹王，班门不愧将军小。温宿短垣白水澄，源泻穆苏百丈冰……旌节花荣乌什城，苏摩遮唱柳泉清。"① 此次西行，途中有《月令诗》《题印川和尚小照》《读管韫山侍御遗稿二首》《渡泾河》《经古浪峡》《长至日宿水泉堡》《甘州歌》《出嘉峪关》《戈壁道上》《戈壁喜雪》《宿安西州赠胡息斋同年》《沙泉》《哈密度岁简胡息斋》《鸭子泉和常中丞原韵》《风戈壁吟》《小歇土鲁番城》《题路旁于阗大玉》《度海都河冰桥》《宿库车城》《渡浑巴什河》等诗。

15. 昆仑采玉

嘉庆八年（1803）春，采玉弥尔岱山。《续纪游行》谓："昆仑玉圃高嶙峋，团丁五百捞河滨。漫道羌儿少知识，下马罗拜璞千钧。弥勒岱前排剑盾，帐外雄风试雕隼。"② 可知《河干采玉》《观雕搏狐》《获大白玉》等诗作于此时。

16. 赴任喀什

嘉庆八年（1803）十月，升任喀什噶尔参赞大臣，掌理南疆八城。自叶尔羌赴喀什噶尔，英吉沙尔为必经之地，《续纪游行》有"驱车遥指古依奈，巴达克山亘徼外"之句③，古依奈即英吉沙尔。有《英吉沙尔》诗，或是途中所作。《易简斋诗钞》卷三系成于癸亥年④，《三州辑略》卷九系成于甲子年⑤，按英吉沙尔与叶尔羌无统属关系，和瑛作为帮办大臣，较少有机会离开属地。又，嘉庆于八年（1803）十月底发出调任喀什噶尔参赞大臣的诏令，达庆自仓场侍郎降职继任，路途不少于三个月，则和瑛交代离任，当在三四个月以后，甚至更迟；诗中有"百花今傍柳泉开"之句，自注"城南柳树泉，花果最盛"，状百花盛开之景，此亦是春间之常态，故该诗系作于甲子年，为赴喀什噶尔任时，途中所作，较为合理。

17. 出巡卡伦

嘉庆九年（1804），巡视喀什噶尔所属十三卡伦。《回疆通志》载"参赞大

---

① 和瑛．易简斋诗钞：卷四［M］．上海：上海古籍出版社，2002：533-534．
② 和瑛．易简斋诗钞：卷四［M］．上海：上海古籍出版社，2002：534．
③ 和瑛．易简斋诗钞：卷四［M］．上海：上海古籍出版社，2002：534．
④ 和瑛．易简斋诗钞：卷三［M］．上海：上海古籍出版社，2002：513．
⑤ 和瑛．三州辑略·卷九·艺文门［M］//中国方志丛书·西部地方．台北：成文出版社，1968：327．

臣到任后，巡查本属卡伦十三处一次"，①《雪桥诗话》转引和瑛自述谓"甲子，西北巡葱岭布鲁特部，即古大小勃律"②。途中有《巡边宿阿斯图阿尔图什》《伊朗乌瓦斯河》《布鲁特酋长献鹰马，却之》《图舒克塔什河》《喀浪圭》等诗。《三州辑略》卷九系此组诗于乙丑年③，《易简斋诗钞》录《喀什噶尔巡边》《布鲁特酋长献鹰马，却之，赋绝句》《喀浪圭卡伦》等三首且系于甲子年④，所收三诗与《三州辑略》所收唯诗题小异。

18. 巡视回城

嘉庆十年（1805），巡视南疆各回城。《回疆通志》载"参赞大臣到任后……巡阅各回城一次"⑤，《易简斋诗钞》"乙丑"年下以小字注"巡查各城"⑥。途中有《巡阿克苏城有怀松湘浦将军》《乌什城远眺》等诗。

19. 二出玉门

嘉庆十一年（1806），自喀什噶尔召回，行至凉州，得诏令调任乌鲁木齐都统，遂折返，二出玉门，赴乌鲁木齐任。《续纪游行》谓："节钺名叨铠脚政，三年报最许朝请。野店黄花逢故人，生入玉门童仆庆。伊州唱罢唱凉州，旅梦题诗竹叶舟。脚底天山自东转，眼前弱水还西流。邮传天语轮台守，匆匆重别金兰旧。祝我天马壮秋风，土饭尘羹而今又。回车嘉峪沙漫漫，强支干力弓刀寒。简书叱驭折罗坂，库舍图下七二盘。岭上姜碑读浩汗，功并贰师两重案。西望灵山白骨堆，浪传十万阿罗汉。木垒连冈万株松，参天翠幄霜雪封。遥呼石老人识道，石老终古不龙钟。崎岖滑趹行客恐，驮载全凭马背肿。孤城旧说涌神泉，耿恭端不让班勇。膏腴瓯脱虎爪东，岑碑寺镌永和中。连宵蒲类海边睡，苦乐人闲梦觉空。堪笑痴顽踏破甓，私厨饬传相献弄。震摇山岳一笔勾，夜鬼挪揄人喧哄。北庭重镇古车师，簿书丛脞无了期。"⑦ 途中做有《越祁连山东抵三堡口号》《苦水驿守风，简哈密成误庵侍郎》《自凉州返辔，出关驰驿，

---

① 和瑛. 回疆通志：卷七［M］//中国边疆丛书·第二辑·第24册. 台北：文海出版社，1966：211.
② 杨钟羲. 雪桥诗话全编·雪桥诗话三集·卷八［M］. 雷恩海，姜朝晖，校点. 北京：人民文学出版社，2011：1825.
③ 和瑛. 三州辑略·卷九·艺文门［M］//中国方志丛书·西部地方. 台北：成文出版社，1968：327-328.
④ 和瑛. 易简斋诗钞：卷三［M］. 上海：上海古籍出版社，2002：514-515.
⑤ 和瑛. 回疆通志：卷七［M］//中国边疆丛书·第二辑·第24册. 台北：文海出版社，1966：211.
⑥ 和瑛. 易简斋诗钞：卷三［M］. 上海：上海古籍出版社，2002：515.
⑦ 和瑛. 易简斋诗钞：卷四［M］. 上海：上海古籍出版社，2002：534-535.

再宿苦水驿》等诗。

20. 东西巡视

嘉庆十三年（1808）八九月间，巡视乌鲁木齐都统所辖各地。《雪桥诗话》转引和瑛自述谓："戊辰，西巡玛纳斯，古阳关，至伊江雅尔诸界。东巡渠犁城、蒲类海、山南伊吾庐、土尔番城，即车师南庭也。"《易简斋诗钞》卷三收有《宿松树塘》《题巴里坤南山碑》《过昂吉图淖尔盐池》《九日土鲁番送玉达斋还都》等诗，且系成于丁卯年，即嘉庆十二年（1807）。按，《易简斋诗钞》丁卯年下，在此组诗之前尚收有《巩宁城望博克达山》《九日书怀和颜岱云制军用陶诗拟古韵》《大雪书怀和颜岱云韵》，"九日"一般专指重阳日九月九，和瑛不能同日在乌鲁木齐、吐鲁番分别出现；又玉德于嘉庆十一年（1806）因事发伊犁效力赎罪，十三年（1808）因病自乌什回旗疗养，《九日土鲁番送玉达斋还都》一诗也当作于嘉庆十三年（1808）九月九日，此时和瑛恰好巡视至吐鲁番，与玉德再相逢，故有"番城九日驻旌旄，老健心朋此会豪"之句①；另外，《易简斋诗钞》卷三逐年排比，但缺戊辰年，则卷三所收《宿松树塘》等四首诗当为戊辰年所作，刻本或夺"戊辰"二字。

21. 赴任盛京

嘉庆十六年（1811）三月，擢任盛京刑部侍郎，自京城出发，一路过漕河，拜慈航寺方恪敏公祠，雨宿桦皮村，经涿州，拜别祖墓，出山海关，宿松山，渡巨流河，四月抵达盛京。《续纪游行》云："敝车笑指卢龙塞，五花城畔眠腐儒。山海雄关披云睹，块视九州真乐土。"② 途中有《过漕河慈航寺方恪敏公祠》《雨宿桦皮村米生饷熟鸡子以京笔答之》《涿州偶忆黄相士五十余年矣感赋》《大风拜别祖墓》《玉田道上》《沙流河村市》《渡河抵永平府》《出山海关作长歌》《望海店》《途中绝句》《宿松山述事》《大风渡巨流河》等诗。

22. 朝谒永陵

嘉庆十六年（1811）七月十五，朝谒永陵。永陵为爱新觉罗氏的祖陵，安葬着努尔哈赤的父亲、祖父、曾祖、远祖及伯父、叔叔等皇室亲族，在今辽宁省抚顺市新宾满族自治县。途中有《登威虎渡河》《中元节朝谒永陵恭纪》等诗。

23. 盛京巡海

嘉庆十六年（1811）九月初四至十一月十六，出省巡视，作《巡海杂诗》

---

① 和瑛. 易简斋诗钞：卷四 [M]. 上海：上海古籍出版社，2002：519.
② 和瑛. 易简斋诗钞：卷四 [M]. 上海：上海古籍出版社，2002：535.

纪行，有《柳河沟道上》《抵广宁城》《九日登医巫闾山》《补天石》《观音阁二首》《旅馆夜坐》《天桥厂海口谒天后宫》《海船》《旅食》《海上雨甚逆旅主人款留未许赋诗二首》《钓鱼台》《觉华岛》《咏人参》《野寺聋僧》《过辽阳城访故传胪王瑶峰同年宅并索齿录及其遗稿》《连云岛商船候风》《复州咏古三首》《小平岛》《和尚岛》《海口十月见菊有怀松湘浦制军并简寄》《晓发永定硐》《两物》等题。

24. 盛京冬猎

嘉庆十七年（1812），时任盛京将军，在盛京围场冬猎。盛京围场为东北最大围场，南起三知河，北至伊通河，东自辉发城，西至威远边门。此次围猎由和瑛主持，为历年应捕围，旨在操练弓马、捕打贡献。途中作《冬猎杂诗》纪行，有《马上口占》《铁岭有怀高且园画虎》《出威远堡》《勒福得恩初围拜赐鲜麋脯》《哈苏尔罕博业二围》《得奇三围》《爱新尼雅木招四围》《赓克依五围》《察库兰六围》《石人沟拔营》等诗。

25. 年班入觐

嘉庆十七年（1812）冬，随班入觐，年后返回盛京。途中有《年班入觐冰上过巨流河》《度天桥岭》。

26. 续纪游行

嘉庆十八年（1813），在盛京，作《续纪游行》。诗序谓："前诗纪游，起乾隆丙午，止嘉庆己未，盖行十万余里。自庚申至癸酉，阅十四载，又历四万余里，其间景物聊可更仆。兹留守陪都，公余，仿李义山转韵二百句，为《续纪游行》，恐阳里子华未免操戈逐儒生也。"①

27. 调任热河

嘉庆十九年（1814），调任热河都统，自盛京进京陛见，随后走中路，出古北口，赴热河。途中有《姜女庙》《入山海关》《出古北口》等诗。

28. 祭祀山神

嘉庆二十年（1815）二月春分日，祭祀兴安岭山神。《（光绪）承德府志》载："兴安大岭，在热河北，雄峙塞上，素著灵应，屡见于高宗御制集中。嘉庆十五年秋，仁宗巡幸，晴雨应时，聿昭顺佑，命礼臣酌议祀典，以隆望秩，爰视四镇之仪，春秋致祭。"有《春分日祭兴安山神》《祭毕出栅口》等诗。

29. 热河出巡

嘉庆二十年（1815）三四月间，自承德抵平泉，北上赤峰，五月初一始还

---

① 和瑛. 易简斋诗钞：卷四［M］. 上海：上海古籍出版社，2002：533.

署。途中有《平泉虑囚》《过大宁故城》《喀喇沁札萨公玛哈巴拉宅晚餐》《赤峰咏古》《食苦菜》《荷包牡丹》《马蹄兰》《蝎子草》《乌兰哈达北渡老河》《大雪过杜梨沟梁》《八沟咏古》《过东六沟金庄头家》《五月朔日还署作》等诗。

30. 扈驾秋狩

嘉庆二十年（1815）秋，嘉庆帝北巡塞外，木兰行围，和瑛作为热河都统，一直扈从侍卫。有《九月望前二日恭送圣驾进古北口回署古城川途中作》诗。

以上30组（次）纪行诗的创作，共计275题，为其诗歌中的一大宗。在一次次的旅途中，和瑛除了勤于王事外，也详细记述了自己的行踪，记录了自己沿途的所见所闻、所思所想，内容丰富繁杂。其内容主要有以下几个方面。

一是记录行程。记录行程是纪行诗的基本要素，也是纪行诗不同于其他题材诗歌的主要特征。和瑛几乎每次出行都有诗歌创作，而每组纪行诗中也都记录了自己的行程，仅仅是阅读其纪行诗，就可以清楚地了解其行踪，简单勾勒其路线图。例如，"报政归京"的一组纪行诗，将诗题、诗句中的地理方位、地名等词提取出来作为节点，一一串联起来，便是其自西安往返京城的路线图。其28题36首诗歌中提取出来的节点依次为："潼关"（《渡象行》"潼关我见数番奴……风陵谋渡昆仑水"）→夏县、闻喜（《赠夏县鲁闻喜四两明府同年》）→获鹿（《获鹿道上》）→滹沱河（《滹沱河》）→顺义（《扫墓二首》"报政归来日"）→涿州（《晓发涿州》"涿鹿京南郡，冲繁第一程"）→安肃（《安肃白菜》）→清风店（《清风店》）→定州（《定州邮馆遇鄂制军话旧》）→正定（《过正定城市》，《铁菩萨》题下自注"正定府城"）→获鹿（《过获鹿蓬溪旧令刘进士德懋见访旅舍兼馈酒肴寄以志谢》）→井陉（《宿井陉》）→固关（《固关途次遇保砺堂司马自卫藏旋都小饮赋成七律》）→南天门（《南天门》"天门才下又关西"）→寿阳（《寿阳晓发》题下自注"经大树堙"）→大安驿（《大安驿立峰》）→平遥（《平遥县》）→仁义镇（《仁义镇》）→霍州（《霍州旅舍见郑板桥水墨兰竹自题云"山中闭户亲兰竹，不把春光卖与人"因赋绝句二首》）→赵城（《赵城旅舍忆青门阁郎五首》）→侯马镇（《晚发侯马镇》）→潼关（《早度潼关》）。[①] 连缀各节点，可知和瑛此次往返京城，是自潼关渡河，翻太行山，抵京城。在京城期间曾去顺义扫墓，后自京城出发西南行，经涿州、保定、定州、正定，抵获鹿，折西行，过固关，入山西界，经平定、寿阳到榆次，折南下，经平遥、灵石、霍州、平阳、绛州、解州、蒲州，

---

① 和瑛. 太庵诗草 [M].

在风陵渡渡河至潼关,入陕西界。再如,"驰驿赴藏"的一组纪行诗,不但有地点,还有日期,由此可知具体行程,其于乾隆五十八年(1793)除夕抵达雅州,在雅州度岁,初三至瓦屋山,翻越大关山、相公岭、飞越岭,初六到泸定桥,三月抵达拉萨。

二是刻画沿途所见景观。人在旅途,行走在一个相对陌生的自然环境当中,无论是高山大川还是草木鱼虫,都可以成为审美对象,走入诗人的世界。和瑛宦游各地,沿途所历山川河流、名胜古迹、山花野草等,皆笼入诗内。《相公岭》写道:

> 蜀相名传岭,摩空雪峤盘。动摇银海眩,呼吸绛宫寒。磴滑人颓缒,梯危马脱鞍。更从峰顶望,万顷玉阑珊。①

相公岭位于今四川雅安市南部,荥经、汉源两县边境的大相岭,是大渡河与青衣江的分水岭。相传诸葛亮曾屯兵于此,故得名。《卫藏通志》云:"冬春雪盛,险滑,行旅戒焉。"②《西藏赋》自注:"山顶冰澌木介如兜罗绵,冬夏不消,极称险滑也。"③ 可见险滑正是相公岭的特征,作者抓住此二字极力铺陈,首联总写雪岭之高耸,颔联专意写雪,颈联倾力摹滑,尾联回挽,照应首联,站在山顶俯视茫茫雪海。全诗在起承转合上颇有章法,在炼字琢句上也有功力。《登岱》写自己登临泰山所见所感:

> 天地气交山泽通,山独名泰为岳宗。左浮右拍涵众象,伯仲昆仑低华嵩。医巫闾脉跨海底,主宰生气转鸿蒙。经日万物出乎震,艮实成始而成终。我游羲图极否地,冰梯万仞摩苍穹。抽身已度化城里,放眼今越扶桑东。黄河一线渺金沙,清汶百折流玉虹。世人登岱尽皮相,绝顶那觉凌罡风。乃知山川奠禹力,大陆既作称兹雄。虞周时巡纪典颂,肃肃瞻拜青帝宫。碧霞玉女漫深考,祈求霖雨宣元功。万仙千佛尽乌有,七十二代封台空。独存摩崖字如掌,龙蛇点缀惊神工。稽古帝王戒盈满,开元此游夸郅隆。珠玉锦绣焚殿角,乐舞象马迁洛中。不如秦皇无字石,口碑付之千载公。④

登临泰山,和瑛感受到的不只是山势雄伟与气象壮观,还有泰山所承载的

---

① 和瑛.易简斋诗钞:卷一[M].上海:上海古籍出版社,2002:470.
② 卫藏通志·卷四·程站[M].李毓澍.中国边疆丛书·第一辑.台北:文海出版社,1965:258.
③ 和瑛.《西藏赋》校注[M].池万兴,严寅春,校注.济南:齐鲁书社,2013:248.
④ 和瑛.易简斋诗钞:卷三[M].上海:上海古籍出版社,2002:504.

177

深厚文化和沉重历史。面对厚重，诗人没有一味地顶礼膜拜，而是深入反思：碧霞玉女不过传说，万山千佛化为乌有，七十二代封禅台空空如也……往事悠悠，迹已难寻，唯有无字碑，千载之后，已有公论。《泰山杂咏·无字碑》亦云："逐客忙何事？丰碑篆未遑。边城多少字，万里海天长。"① 丰碑虽未著字，但横扫六合，包举宇内，实现大一统的功业，却是与海天共长。除了相公岭、泰山外，和瑛笔下还描写过九华山、瓦屋山、大关山、提茹山、大所山、瓦合山、丹达山、巴则山、甲错山、天山、弥尔岱山、祁连山、医巫闾山等大山，描写过杨震祠、灵谷寺、札什伦布、曲阜孔庙、济宁太白楼、嘉峪关、山海关等名胜。在流连风景、发为歌诗的时候，和瑛更多的时候喜欢把自己的情感融入其中，即观景生情，借景抒情。黄庭坚说"天下清景，初不择贤愚而与之遇，然吾特疑端为我辈设"②，观和瑛诗歌，可知所言不虚，天下清景与诗人不期而遇，怦然心动，遂相映生辉。

三是描写沿途所见风俗民情。中国文化中有采风的传统，"所以观风俗，知得失，自考正也"③。逮至近古，虽然采诗之官不再设，但走在路上，迥异的风俗民情也还是容易吸引诗人的关注。和瑛游历八方，多有诗歌记录沿途所见风俗民情。如《过正定城市》描写集市情景：

  买犊人喧市，称棉妇背墙。此邦休问岁，定是足余粮。④

集市上，人声喧哗，买卖繁荣，一片太平盛世的景象。再如《南天门》描写太行山中农家生活：

  背郭人家皆处穴，半山田亩尽成梯。寺僧避客闲蹲犬，村竖朝阳卧牧羝。⑤

太行山土质较厚，适宜依山掏挖土窑洞，且土窑洞节省建材又冬暖夏凉，故山中农家多为"穴居"；山高坡陡，平地不易，故农家因势利导，沿山开辟狭长的农田，一垅一垅逐级而上，远远望去犹如台阶，又似步梯，故称之为梯田。山中岁月悠然自得，寺中无往来香客，村外乏车水马龙，寺僧避闲，门犬静伏，牧童仰卧，沐浴着暖暖秋阳；牧羊撒欢，随意啃食周边野草，俨然一幅山居秋景图。《喀喇沁札萨公玛哈巴拉宅晚餐》则写塞北蒙古的新风情，诗谓：

---

① 和瑛. 易简斋诗钞：卷三 [M]. 上海：上海古籍出版社，2002：505.
② 释惠洪. 冷斋夜话：卷三 [M]. 陈新，点校. 北京：中华书局，1988：30.
③ 班固. 汉书·卷三十·艺文志 [M]. 北京：中华书局，1975：1708.
④ 和瑛. 太庵诗草 [M].
⑤ 和瑛. 太庵诗草 [M].

自变穹庐俗，居然安乐窝。筵开绰尔济，座献马思哥。野牧牛羊少，山村稼穑多。皇仁同一视，齐政在人和。①

世代游牧的蒙古人，如今一改旧俗，开始定居下来，过上农耕生活，野外放牧的牛羊少了，地里种植的庄稼多了。不管是游牧还是农耕，一视同仁，都可以过上安乐祥和的生活。相对于很多不愿意适应新生活，仍追忆草原驰骋的北方游牧民族的人，和瑛无疑要通达得多，并不认为放弃游牧便是忘祖背本。《兴平粥厂》描写的又是一幅令人心碎的灾后情景：

瘦女羸童趁远村，纷纷倒甑且翻盆。日斜得粥匆匆去，家有衰年饿依门。②

瘦弱的孩子提盆端甑从远村而来，赶到粥厂等着赈灾的稀粥。日暮时分方才领到稀粥，匆匆而去，原来家里还有走不动的老人，正倚着门扉等孩子们带稀粥回来呢。大灾无情人有情，关中虽然遭灾，但淳朴的民风还在。风俗民情入诗，既丰富了诗人的诗歌题材，也折射出诗人的情怀。

四是抒写羁旅情思。拜别祖墓，告别妻儿，踏上无尽的行程，行行重行行，诸多情思缘羁旅而发。《扬州舟次》谓："凌晨雨歇卧烟艇，初听扬州欸乃腔。谁识太庵新太守，太平人渡太平江。"③ 一路上的鞍马劳顿，难掩初次外任的兴奋。《九日还都省墓二首》写自己自外地归京，到祖墓前祭扫的情景。连年外任，不仅祖墓无暇祭扫，自己也是"还乡仍作客"④，在家也如远道而来的亲戚一般。"还乡仍作客"，写自己与家乡的疏离，与贺知章"儿童相见不相识，笑问客从何处来"的感触何其相似。落职西役，在哈密度岁，寄诗同年胡纪谟：

驿路七千二，年华六十三。伊吾除旧岁，叶尔税征骖。戎俗春光闹，劳人夜梦酣。五更羊胛熟，爆竹听何堪。⑤

和瑛时年六十有三，一路克日计程，风雨兼行，西征七千多里。时当除夕，千家万户团圆守岁，处处春光好。而自己还要西行，怕欣赏大好春光，只好在驿站酣睡。夜半，羊胛飘香，爆竹声声，惊醒了好梦。想别人，阖家团圞，看自己，孤身西行，真是情何以堪。《过辽阳城访故传胪王瑶峰同年宅并索齿录及

---

① 和瑛. 易简斋诗钞：卷四［M］. 上海：上海古籍出版社，2002：538.
② 和瑛. 太庵诗草［M］.
③ 和瑛. 太庵诗集［M］. 抄本.
④ 和瑛. 易简斋诗钞：卷一［M］. 上海：上海古籍出版社，2002：468.
⑤ 和瑛. 三州辑略·卷九·哈密度岁简胡息斋［M］//中国方志丛书·西部地方. 台北：成文出版社，1968：324.

其遗稿》云：

> 华表峰高宿草扃，杳无鹤唳到空庭。青年昔共趋三殿，白发今存聚五星。千里关山惭挂剑，一门衣钵许传经。书田不没生前草，沧海遗珠信有灵。①

遥想当年，金榜题名；思及今日，故交零落，七十多岁的老人过访当年同年的故居，忆昔悼今，诸多感伤怎能不涌上心头？

"古之能文者，多游历山川名都大邑，以补风土之不足，而变化其天质。"②和瑛在读万卷书的同时也在行万里路，汲取江山之助，成就了自己的诗艺。而大量纪行诗的创作，既是以诗歌的形式记录自己的生命历程、情感历程，也是摆脱日常经验、滥熟题材的一种自觉探索。

---

① 和瑛. 易简斋诗钞：卷四 [M]. 上海：上海古籍出版社，2002：529.
② 魏僖. 魏叔子文集外篇：卷八 [M]. 胡守仁，等，校点. 北京：中华书局，2003：401.

第五章

诗歌艺术特点

吴慈鹤谓和瑛诗歌"范水模山，感时体物，颉缉雅颂，撷掇风骚，乃欧梅之替人，夺苏黄之右席。既能思精体大，亦复趣远旨超，自成一家"①。符葆森《国朝正雅集》引《寄心盦诗话》称其诗"诗述诸边风土，可补舆图之阙"②。杨钟羲《雪桥诗话》谓其"闲事吟咏，文采烂然"③。诸家评点，可见其诗歌成就之一斑。

第一节 大量融入少数民族语汇

和瑛本身为蒙古族镶黄旗人，从小接受汉语教育，又通藏语等少数民族文字④，因此其在诗歌创作中，经常灵活融汇藏语、蒙古语、维吾尔语、满语等少数民族语汇入诗，扩展了诗歌的语言表现力。

一、融入少数民族语汇的类型

其融汇少数民族语汇入诗，主要分为通篇融入和偶尔融入两种情况。通篇融入以乾隆五十九年（1794）创作的《蛮讴行》为代表，原诗如下：

博穆_女恨不生中原，世为墨赛_{百姓}隶西番。阿叭_父阿妈_母尽老死，捞乌角角_{弟兄}趋沙门。剩有密商_{单身}年十五，早学锅庄踏地舞。胭脂粉黛通麻琼_{不见}，拉萨_{佛地}认通_{永远}充役苦。苏银_谁欢乐柳林湾，连臂叶通_唱声关关。自寻攉卡_夫

---

① 吴慈鹤.易简斋诗钞序［M］//和瑛.易简斋诗钞.上海：上海古籍出版社，2002：454.
② 符葆森.国朝正雅集：卷二十六［M］.刻本.北平：半亩园，1857（清咸丰七年）.
③ 杨钟羲.雪桥诗话全编·雪桥诗话·卷十［M］.雷恩海，姜朝晖，校点.北京：人民文学出版社，2011：586.
④ 赵相璧.历代蒙古族著作家述略［M］.呼和浩特：内蒙古人民出版社，1990：127.

181

索诺木造化，几迷妻坐就时开颜。上者确布富者饶塞藕金银，木的珍珠角鹿珊瑚缀囚首。萨通饮食丰盈褚巴衣服新，甲呛黄酒阿拉清酒不离口。次者买布贫者嫁农商，毕噶春动噶秋勤稞秧。闲时出玛街市售囊布氆氇，贡达晚樵汲无灯光。一朝攉卡夫还育密中国，亢罴房屋萧条谁悯惜。生儿携去塔戎布远方，陈各尼参昼夜泪如溙。忽听传呼朗仔辖管地方头目，安奔大人达洛今年修官衙。铲泥筑土莫共泽懒惰，鸠工火速董打来加。阿卓早晨胼胝落呢马日落，费尽涉磨气力萨糌粑食炒面。更番倜误端聂儿公干，章喀银亲交业尔把管事人。达楞今日无奈起蛮讴，相思苦楚端情交愁。播依番音那用吹令卜笛，甲唔敕勒动高楼。高楼索勒银钱赏，棕棕笑也越唱青云朗。来朝忙布多多买玛拉酥油，燃灯喇谷佛像前供养。祷祝来生多抢错叩头，男身宫脚保佑转中华。不然约古跟随河伯妇，乌拉差徭躲却随鱼虾。①

诗中小字为作者标注的汉语意思。全诗共 22 韵 44 句 308 字，除"甲唔敕勒动高楼""高楼索勒银钱赏"两句外，其余每句都有 1~2 个藏语语汇，字数多达 125 字，占总字数的三分之一。使用藏语语汇达 58 次之多，去除"攉卡"1 次重复，实际使用藏语语汇有 57 个。在一首诗歌中如此多地植入民族语汇，实属罕见。再如《嘉平月护送参赞海公统军赴藏四首》其一："万里乌斯藏，千层拉萨招。班禅参妙喜，达赖脱尘嚣。叩额诸番控，雕题百貊朝。家家唐古特，别蚌属庭枭。"② 在八句诗中，先后使用了乌斯藏、拉萨、招、班禅、达赖、唐古特、别蚌七个民族语汇，使用频率比较高，也基本上属于通篇融入。当然，在和瑛诗歌中，通篇融入民族语汇的诗歌并不是很多。

偶尔融入则是在整首诗中，并非句句融入，而只在个别诗句中融入，这种情形也最为普遍。如《嘉平月护送参赞海公统军赴藏四首》其三："青海诸番道，兼衣夏月过。冰天无汗马，雪峤有埋驼。地险达般岭，天通穆鲁河。噶达苏屹老，超蹀快如何。"③ 在八句诗中，诗人只融入了达般岭、穆鲁河、噶达苏屹 3 个民族语汇。再如《七夕遣怀》其二："布达拉前百丈碉，当年赞普渡银桥。"④ 在四句诗中融入了布达拉、赞普两个少数民族语汇。像这样只在个别诗句中融入少数民族语汇的现象，在和瑛诗集中比比皆是。

---

① 卫藏和声集 [M]. 抄本.
② 和瑛. 易简斋诗钞：卷一 [M]. 上海：上海古籍出版社，2002：465.
③ 和瑛. 易简斋诗钞：卷一 [M]. 上海：上海古籍出版社，2002：465.
④ 卫藏和声集 [M]. 抄本.

二、融入少数民族语汇的词性

在使用少数民族语汇入诗的过程当中，由于名词使用最为方便，接触也最多，因此名词出现的频次也最高，动词等则只是偶尔使用。在名词中，使用最多的是地名，其他如物名、职官名、人名等则要相对少一些。使用地名入诗，如《宿头塘》"阿喇柏桑西，喜宿头塘早"。阿喇柏桑，山名，在里塘西南三十里。《雪后度丹达山》："丹达寒山暮，青灯古庙存。"丹达山即今西藏边坝县南夏贡拉山，为入藏第一险阻。《札什城大阅番兵游色拉寺书事四十韵》："迢迢扎什城，路转溪桥曲……色拉寺中来，佛阁行厨沃。"扎什城也作札什城，清代在拉萨南建造的兵营。色拉寺为藏传佛教格鲁派三大寺之一，在拉萨北郊色拉乌孜山下。《夜抵僵里》："万里客中客，初贪聂党程。"聂党在今西藏曲水县。

使用物名入诗，如《喜闻廓尔喀投诚大将军班师纪事》其六"玛甲巢云岭，郎伽出日南"。玛甲，即玛卜甲，藏语孔雀名；郎伽即郎卜伽，藏语大象名。《东俄洛至卧龙石》："绝顶矗鄂博，哈达纷垂旒。"鄂博即土堆，边界标志；哈达即藏族在交往应酬等活动中赠送对方、敬献神佛的长条丝巾。《大招挈胡图克图即事》："古殿奔巴设，祥晨选佛开。"奔巴，藏语意为瓶子。《夏日遣怀即事以少陵"灯花何太喜，酒绿正相亲"为韵五律十首》其六："裸露不为羞，群酣阿拉酒。"阿拉酒，西藏一种清酒。

使用职官名入诗，如《嘉平月护送参赞海公统军赴藏四首》："班禅参妙喜，达赖脱尘嚣。""失策凭垂仲，抛戈耻戴绷。"垂仲即会占卜算卦的喇嘛，戴绷即藏军领兵头目。《夏日遣怀即事以少陵"灯花何太喜，酒绿正相亲"为韵五律十首》其四："牒巴庆弹冠，噶伦知束带。"牒巴即总管一类的官职，噶伦即总办西藏行政事务的僧官。《札什城大阅番兵游色拉寺书事四十韵》："湮然击节鼓，戴琫先起肃……如琫甲琫流，各各腰弰箙。"如琫、甲琫都是藏军领兵头目。

使用人名入诗的如《喜闻廓尔喀投诚大将军班师纪事》其五"国史传宗卡，元僧衍萨迦"。《出打箭炉》："宣使甲尔参，继绝本阿旺。"《东俄洛至卧龙石》："敦多伽木嗟，红帽萨迦流。"

使用动词入诗，如《辖载道上口占》"步步阑干密，声声亚古抬"。和瑛自注"蛮语阑干密，看道也"；亚古抬即"用力曳纤"。[①]《蛮讴行》中，"连臂叶通声关关"句，"叶通"下自注"唱"；"鸠工火速董来加"句，"董"下注"打"；"费尽涉磨萨糌粑"句，"萨糌粑"下注"食炒面"；"越唱青云朗"句，

---

① 和瑛. 易简斋诗钞：卷一 [M]. 上海：上海古籍出版社，2002：465.

"椶椶"下自注"笑也";"祷祝来生多抢错"句,"抢错"下自注"叩头";"男身宫脚转中华"句,"宫脚"下自注"保佑";"不然约古河伯妇"句,"约古"下自注"跟随"。①

使用副词、形容词等,如《蛮讴行》中"上者确布饶塞藕……次者买布嫁农商"句,在"确布""买布"下分别自注"富者""贫者";"铲泥筑土莫共泽"句,"共泽"下自注"懒惰";"来朝忙布买玛拉"句,"忙布"下自注"多多"。《宿库车城》"土甲荣奇木"句自注"回语奇木,广大也"。②《蝎子草》"世间小草原无忌,生怕群呼哈拉垓"句末自注"蒙古语畏惧之意"。③

三、融入少数民族语汇的手法

民族语汇无论是在字节、音韵还是语意等方面都与汉语有很大不同,和瑛在诗歌创作中灵活使用音译的民族语汇,准确地表达自己的诗意而不妨碍读者阅读,这得益于他在使用民族语汇时的一些技术处理。

一是使用割裂的手法。割裂是汉语创作中经常使用到的一种修辞手法,是一种特殊的借代,往往把古书中的一句话、一个词组,或者一个名字,截取其中的一部分,用来表达整体的意思。这种修辞手法在骈文及诗词创作中运用尤其广泛,如陶渊明《庚子岁五月中从都还阻风于规林二首》"再喜见友于"句中"友于"代指兄弟④,系割裂《尚书》"友于兄弟"一句⑤;韩愈《符读书城南》"岂不旦夕念,为尔惜居诸"中"居诸"代日月⑥,系割裂《诗经·柏舟》"日居月诸,胡迭而微"句⑦;白居易《答四皓庙》"君看齐鼎中,焦烂者郦其"中"郦其"即"郦食其"的割裂⑧。和瑛在将民族语汇入诗时,惯于使用割裂的修辞手法,以解决民族语汇字节过长的问题。如《喜闻廓尔喀投诚大将军班师纪事》其一"无量浮屠国,岩疆震廓酋"句中,"廓"即"廓尔喀"的割裂;《重阳九咏·望江》"恒沙出阿耨"句中,"阿耨"即"阿耨达池"的割裂;《纪游行》"布达札什法门同"句中,"布达"和"札什"分别是"布达

---

① 卫藏和声集 [M]. 抄本.
② 和瑛. 易简斋诗钞: 卷三 [M]. 上海: 上海古籍出版社, 2002: 513.
③ 和瑛. 易简斋诗钞: 卷四 [M]. 上海: 上海古籍出版社, 2002: 539.
④ 陶渊明. 陶渊明集: 卷三 [M]. 逯钦立, 校注. 北京: 中华书局, 1979: 73.
⑤ 刘宝楠. 论语正义: 卷二 [M]. 高流水, 点校. 北京: 中华书局, 1990: 66.
⑥ 韩愈. 韩昌黎诗系年集释: 卷九 [M]. 钱仲联, 集释. 上海: 上海古籍出版社, 1984: 1011.
⑦ 朱熹. 诗集传: 卷二 [M]. 上海: 上海古籍出版社, 1980: 15.
⑧ 白居易. 白居易集: 卷二 [M]. 顾学颉, 校点. 北京: 中华书局, 1979: 44.

拉"和"札什伦布"的割裂;《喜闻廓尔喀投诚大将军班师纪事》其六"玛甲巢云岭,郎伽出日南"句中,"玛甲"和"郎伽"分别是"玛卜甲""郎卜伽"的割裂;《希斋司空奉命节制全川,将东归,为赋韵诗三十首,述事志别》其六"最好花时节,香县第穆园"句中,"第穆"即"第穆呼图克图";《巩宁城望博克达山》"穆苏西接古冰颜"句中,"穆苏"即"穆苏尔达巴罕"。通过割裂的修辞,和瑛很好地解决了民族语汇字节长而诗句字数有限的矛盾,为民族语汇、新词语入诗提供了一种典范。

二是补充汉语义项。民族语汇音译入诗,除字节过长外,最重要的问题则是语意的不明确,处理不当则容易造成读者的阅读障碍。和瑛在遣民族语汇入诗的同时注意到了这一问题,并进行了较为妥善的解决。一者是后缀汉语义项,表明语汇的具体指向,减低阅读障碍,如达般岭、穆鲁河、扎什城、色拉寺、亚喜村、拔姆宫、阿拉酒等,在专用名词音译时,后缀汉语义项,使得读者一眼就能看懂"达般"是山名、"穆鲁"是河名、"扎什"是城池名、"色拉"是寺名、"亚喜"是村名、"拔姆"是宫观名、"阿拉"是酒名,即便是不理解、不明白民族语汇的具体语意,也基本能看懂诗歌所要表达的意思。一者是诗中自注,补充民族语汇的来历与具体内涵。如《蛮讴行》中,每个民族语汇下都自注汉语义项;《嘉平月护送参赞海公统军赴藏四首》其四"失策凭垂仲,抛戈耻戴绷"两句,句末分别自注"喇嘛能卜者名垂仲""番目领兵者名戴绷";《喜闻廓尔喀投诚大将军班师纪事》其六"玛甲巢云岭,郎伽出日南"两句,句末分别自注"孔雀名玛卜甲""象名郎卜伽";《辖载道上口占》"步步阑干密,声声亚古抬"两句,句末分别自注"蛮语阑干密,看道也""用力曳纤";《擦咙道上口占》"曲夺连江巩,层层石迭关"中,第一句句末自注"二山名",指明"曲夺""江巩"是两座大山;《蝎子草》"世间小草原无忌,生怕群呼哈拉垓"中,句末自注"蒙古语畏惧之意";《宿库车城》"土甲荣奇木,田庚徙惰兰"两句,句末自注"回语奇木,广大也,故其大头目名阿奇木伯克""惰兰,回人别种,专为酋长养鹰鹞者,今徙居此"。自注不仅释义,还补充了其他内容,更方便读者阅读理解。无论是后缀汉语义项,还是诗中自注,既保留了民族语汇的独特性,又解决了读者阅读的困难,增强了诗歌的蕴含美。当然,对于通行的或历史文献中已经普遍使用的民族语汇,和瑛则是径直使用,不再补充义项。如"达赖"一词,本为"西天大善自在佛所领天下释教普通瓦赤喇阇喇达赖喇嘛"和"班禅额尔德尼"的简称,但早已成为通行语,故和瑛在诗中屡次使用,都未曾出注。再如"拂庐"一词,本指吐蕃人所居的毡帐,杜甫

《送杨六判官使西蕃》谓"草轻蕃马健,雪重拂庐干"①,《旧唐书·吐蕃传》载吐蕃"贵人处于大毡帐,名为拂庐"②,可见"拂庐"在历史文献中已经广泛使用,也为大家所熟知,因此在"减汝拂庐征,为渠平屋足"等诗句中未再为"拂庐"补充汉语义项。

三是注意音韵和谐。诗歌是非常讲究格律的,追求一种平仄相间、平仄相对的音韵美。和瑛在使用民族语汇入诗的时候,也注重诗歌格律,注意音韵和谐,而并非一味削足适履,生搬硬套。如《蛮讴行》,全诗虽然使用了57个藏语语汇,多达125字,但始终坚持四句一韵、两韵一换的换韵原则,即便是藏语语汇作为韵脚,也都符合歌行体押韵的规范,全诗音节错综变化,跌宕多姿。再如:

古殿奔巴设,祥晨选佛开。(《大招掣胡图克图即事》)
仄仄平平仄　平平仄仄平
步步阑干密,声声亚古抬。(《辖载道上口占》)
仄仄平平仄　平平仄仄平
香焚螺甲净禅栖,丈六金身古殿齐。(《宿萨迦庙》)
平平平仄仄平平　仄仄平平仄仄平

和瑛在选用民族语汇入诗的时候,在选择对应的音译汉字的时候,已经注意到了诗歌的格律要求,注意到了平仄规律,从而使得诗歌虽然杂用民族语汇,但依然音韵和谐。

四是注重对仗工稳。对仗是格律诗的一个基本要求,讲究字数相同、词性相同、平仄对立、句法相似,且贵在自然巧妙。和瑛在使用民族语汇时,有意地形成对仗,而且对仗工稳。如《宿库车城》:"土甲荣奇木,田庚徙惰兰。""土甲"与"田庚"形成奇对,而"奇木"与"惰兰"也形成巧对,可谓遣词高手。《答吴寿庭学使同年见寄元韵四首》"蛮程每滞乌拉少,旅橐还欣糌粑多"中,"乌拉"对"糌粑",也颇见匠心。再如《重阳九咏·望江》"恒沙出阿耨,藏布护招提",《中秋对月书怀二首》其一"侧寒蛮岭外,清切楮江滨"等诗句,也都是巧用民族语汇构成对仗,且对仗工整。

和瑛在诗歌创作中大量融入民族语汇,而又音韵和谐,对仗工整,自然流畅,不显凿琢,为少数民族语汇、新词语等入诗提供了一种范例,为汉语诗歌创作注入了新的活力。

---

① 杜甫.杜诗详注:卷五[M].仇兆鳌,注.北京:中华书局,1979:377.
② 刘昫,等.旧唐书·卷一百九十六·吐蕃传[M].北京:中华书局,1975:5220.

第二节 诗歌学问化倾向

清代是中国传统学术最为繁盛和集大成的时代，"问学之业绝盛，固陋之习盖寡。自六书、九数、经训、文辞、篆隶之字，开方之图，推究于汉以后、唐以前者，备矣"①，且词人墨客也多潜心于学术，所谓"集周秦汉魏唐宋元明之大成，合性理、训诂、考据、词章而同化"。诗歌经过数千年的发展，积淀了厚重的历史经验，唐诗、宋诗各有专胜，横亘于前，清人也只能在宗唐祧宋之际另辟蹊径。由此，学问与诗歌有了更深入地契合，学问化便成了清诗的基本特征之一。

和瑛生活的乾嘉时期，正是清代学术的巅峰期，朴学盛行，号为乾嘉之学。乾隆三十六年（1771），和瑛进士中式；乾隆三十七年（1772），乾隆诏令设置四库全书馆，开始编纂《四库全书》，和瑛会试正考官刘统勋、副考官庄存与以及同年程晋芳、邵晋涵、周永年、李潢、王尔烈、周兴岱、范衷、仓圣脉、马启泰、陈昌齐、黄轩、吴树萱等人都有参与。刘统勋学养深厚，主持编纂了《同文韵统》《西域图志》《评鉴阐要》等书；庄存与精通六经，尤长于春秋，提倡今文经学，所著书后人汇为《味经斋遗书》；程晋芳为大藏书家，著有《周易知旨编》《尚书今文释义》《礼记集释》《群书题跋》《毛郑异同考》等；邵晋涵长于经学、小学，著有《邵氏易传》《孟子述义》《穀梁正义》《韩诗内传考》《尔雅正义》《史记辑评》《旧五代史考异》等；周永年长于校勘学，曾参与校勘《永乐大典》，辑录佚书甚多，《四库全书总目提要》子部多为其经理；李潢长于算学，著有《缉古算经考注》《九章算术细草图说》《海岛算经细草图说》等。其乡试同年中，庄炘深于声音训诂，参与校刻《一切经音义》；胡纪谟精于舆地之学，著有《泾源记》，和瑛赞其"谈经逾郑叟，注水迈郦生"，相期"河源探取日，更话月氏城"②。和瑛周围不乏学问大家，谈经论道也就成了生活中的一个重要内容。嘉庆十二年（1807），在乌鲁木齐效力赎罪的颜检有《五月一日疾愈，至都护署中与和太庵先生讲〈易〉用陶公〈乙巳岁三月为建威参

---

① 谭献. 箧中词叙［M］//介存斋论词杂. 复堂词话 蒿庵论词. 北京：人民文学出版社，1962：20.
② 和瑛. 三州辑略·卷九·哈密度岁简胡息斋［M］//中国方志丛书·西部地方. 台北：成文出版社，1968：324.

军使都经钱溪〉韵》一诗①，可为一证。

和瑛不仅生活在学问家之中，受其熏陶浸润，而且本人也是一个学者，一生涉猎广泛，著述众多，尤精于易学。可考或传世的经部著述有《读易汇参》《易贯近思录》《经史汇参》《经史汇参补编》《读易拟言内编》，史部著述有《卫藏通志》《回疆通志》《三州辑略》《热河志略》《续水经》，子部著述有《古镜约篇》《朌巁心经》《铁围笔录》《删注黄庭经》《心经集注》《风雅正音》《山庄秘课》等。著名学者张澍称其"《易贯近思录》中言三十六宫之义，为先儒所未及"②，成书赞其"邃于《易》"③，张珍臬谓《读易汇参》"尤生平学力之所荟萃""湛深易理，甄总群言……于消息、盈虚之道，三致意焉"④。又，和瑛《西藏赋》既具有"西藏志"的方志特征，又具有资料汇编的文献特点，"凡佛教、寺庙、官制、风物、物产、地界，无一不详"⑤，"加以丰富之注释，中具不经见之材料甚多"⑥。因此，姚莹称《西藏赋》"尤为讲边务者所当留意，不仅供学人文士之披寻也"。赵怀玉也谓和瑛"邃于《易》，工诗，尤精律吕之学"⑦。

和瑛精于易，笃于学，又深于情，专于诗，学者与诗人身份融为一体，当其发言为诗之际，也就难免把自己的学问融入进去，使得诗歌呈现出浓厚的学者之气，表现出强烈的学问化倾向。和瑛诗歌的学问化特点，主要体现在诗史意识、咏史诗、用典使事、以专门学问入诗、大量自注等方面。

一、诗史意识

杜甫"善陈时事"，真实再现了唐王朝由盛转衰时期的广阔社会生活，故目

---

① 颜检. 衍庆堂诗稿：卷五 [G] //清代诗文集汇编：第446册. 上海：上海古籍出版社，2010：281.
② 张澍. 养素堂诗集·卷九·和太莽宁制军以它事牵连降阶被旨以京堂补用和其留别入都元韵 [M] //续修四库全书：第1506册. 上海：上海古籍出版社，2002：219.
③ 成书. 多岁堂诗集·卷三·和太庵参赞英自喀什噶尔内召路过伊吾留宿衙斋快谈三日别后有诗见怀赋此却寄 [M] //续修四库全书：第1483册. 上海：上海古籍出版社，2002：458.
④ 张珍臬. 读易汇参跋 [M] //和瑛. 读易汇参. 刻本. 易简书室，1843（清道光二十三年）.
⑤ 李光廷. 西藏赋跋 [M] //陈建华，曹淳亮. 广州大典·第66册·守约篇乙集. 广州：广州出版社，2008：321.
⑥ 丁实存. 驻藏大臣考 [M]. 南京：蒙藏委员会，1943：76.
⑦ 赵怀玉. 收庵居士自叙年谱略 [M] //北图社古籍影印编辑室·乾嘉名儒谱：第9册. 北京：北京图书馆出版社，2006：509.

为"诗史"。宋末文天祥以诗记自己的抗金经历,金元之际元好问善用诗歌再现时事,明末清初吴伟业多写易代时事,故也都有"诗史"之称。黄宗羲、钱谦益等人进一步提出了"以诗补史"①"以诗续史"②等观点,强调用诗歌记录历史,赋予诗歌史学的功能。他们的观点代表着清代大多数诗人对诗歌历史价值的认定,诗史意识辉映清代诗坛。和瑛有着深厚的经世致用思想,其诗歌中亦有强烈的诗史意识,反映了广阔的社会生活,多有补史书之遗缺的作用。乾隆五十七年(1792),清军进藏驱逐廓尔喀,这是乾隆皇帝的"十全武功"之一,也是清代治藏兴边的重要转折点。对于驱廓保藏,和瑛倾注了极大关心,诗中多次提及此次战事。乾隆五十六年(1791)十二月,海兰察督兵入藏,和瑛时任陕西布政使,一路护送过境。临别时,有《嘉平月护送参赞海公统军赴藏四首》,叙廓尔喀之跳踉、进藏道路之险阻、清军将士之气概,批评"失策凭垂仲,抛戈耻戴绷",盛赞清廷对西藏的维护,"由来古佛国,持护仗天兵"③。乾隆五十七年(1792)八月,廓尔喀纳表入贡,和瑛有《喜闻廓尔喀投诚大将军班师纪事》六首,其一写筹运粮饷之艰辛,其二美福康安等人之谋略,其三赞将士之英勇,其四记廓尔喀王拉特纳巴都尔之请降,其五载对勾结廓尔喀的沙玛尔巴之处理,其六则歌藏境之太平。"藏地程途遥远,运送维艰;而就该处多为采买,又虑难于购办"④,故大军开拔后,朝廷特派孙士毅驻扎打箭炉,筹运军饷;大军节节进入,后勤补给线拉长,粮草时有不济,又紧急调派和琳、惠龄等负责后藏粮运,孙士毅移驻前藏。和瑛参与了后勤保障的具体工作,深知其中的艰辛,诗谓:"一年陈劲旅,万里馈军筹。白饭珠量少,青刍桂束售。宴何丰僦运,佛汗不须流。"⑤虽然万里转运军饷,但在孙士毅等人的精心操持下,基本保障了物资供应畅通,为驱廓保藏的胜利做出了贡献。乾隆五十九年(1794),和瑛进藏后,还见到了当时运送物资的民夫。物资粮饷被运到了前线,但他们却苦于没有盘缠,滞留在藏不能回家。和琳曾捐资帮助200多名民夫回川,并赋诗记事,诗题为《壬子岁春,敬斋相国率六师徂征廓尔喀,不再战而番民降服,永为外藩,某以筹办军糈来藏,事定随留镇抚,见川民运饷者流落

---

① 黄宗羲. 南雷文定前集·卷一·万履安先生诗序[M]//沈善洪主编. 黄宗羲全集·第10册·南雷诗文集: 上. 杭州: 浙江古籍出版社, 2005: 49.
② 钱谦益. 钱牧斋全集: 第二十五卷[M]. 钱曾, 笺注. 钱仲联, 标校. 上海: 上海古籍出版社, 2003: 800.
③ 和瑛. 易简斋诗钞: 卷一[M]. 上海: 上海古籍出版社, 2002: 465.
④ 卫藏通志: 卷十三[M]//李毓澍主编. 中国边疆丛书: 第一辑. 台北: 文海出版社, 1965: 597.
⑤ 和瑛. 易简斋诗钞: 卷一[M]. 上海: 上海古籍出版社, 2002: 465.

不能旋里，捐资拨兵护送启行，其有生计听留外，三次共得二百人，因诗以志焉》。和瑛唱和了此诗，并表示要萧规曹随，继续帮助滞留的民夫回家。① 和瑛二人的唱和，从另一个侧面反映了当时后勤保障的艰难与辛酸，展示了无名英雄们所付出的代价。廓尔喀投降后，纳表入贡，贡物中有5只驯象。乾隆将其中两只分别赏赐给达赖和班禅，另外三只解送至京。② 和瑛自西安赴京，在风陵渡适遇解京的驯象，有《渡象行》，刻画了驯象"脱离蛮瘴游闾阎"的形象，想象其在阳布城的困顿和在北京城的悠游，两相对比，讴歌圣明。③ 不论是滞留藏地的民夫，还是坐船渡河的驯象，这些细节都不会在史书中出现，却赖和瑛诗歌得以传之后世。和瑛《蛮讴行》也是一篇"惟歌生民病，愿得天子知"的诗作，借藏族女孩的不幸，集中展示了西藏普通百姓的苦难，也代表了和瑛对西藏诸多社会问题的观察和思考。也正是基于这样的观察和思考，和瑛才不止一次地表达"毛地产无多，氄僧食已太""减汝拂庐征，为渠平屋足"④ "口钱賨布减拂庐"⑤ 的愿望。此外，和瑛出巡后藏、戍守西域、出关巡海等都有一系列诗歌记述沿途见闻，更有《纪游行》《续纪游行》两首长诗记自己的"十万里驿马"⑥，颇有老杜一路行程一路诗的精神。在和瑛的诗歌中，史家的实录精神时有闪现，诗与史紧密结合，以诗歌的形式补充了历史的细节，弥补了历史的不足，很好地诠释了"以诗补史"的观点。

二、创作咏史诗

咏史诗是指以历史题材为咏写对象的诗歌，是借历史之酒杯浇诗人之块垒。优秀的咏史诗，不仅要有高超的诗才，还需要有深厚的史才，融史入诗，借史抒情。和瑛《题醉翁亭二首》其一谓："西湖曾宴四贤厅，又到滁阳访旧亭。名醉名贤同不朽，谁知翁醉是翁醒。"诗人凭吊欧阳修醉翁亭，诵其诗文，想见其为人，体味到醉翁之初心。这种体味，是建立在对欧阳修深入了解的基础之上的，而不只是面对醉翁亭的肤浅观感。乾隆五十五年（1790），和瑛创作了组诗

---

① 卫藏和声集 [M]. 抄本.
② 卫藏通志：卷十三 [M] // 李毓澍主编. 中国边疆丛书：第一辑. 台北：文海出版社，1965：774-775.
③ 和瑛. 易简斋诗钞：卷一 [M]. 上海：上海古籍出版社，2002：467-468.
④ 和瑛. 夏日遣怀即事以少陵"灯花何太喜，酒绿正相亲"为韵五律十首 [M] // 卫藏和声集. 抄本.
⑤ 和瑛. 易简斋诗钞·卷二·秋闱行 [M]. 上海：上海古籍出版社，2002：482.
⑥ 杨钟羲. 雪桥诗话全编·雪桥诗话三集·卷八 [M]. 雷恩海，姜朝晖，校点. 北京：人民文学出版社，2011：1824.

《咏史十七首》，分咏蔺相如、韩信、李广、冯夷、耿弇、寇恂、马援、来歙、赵云、羊祜、魏征、房玄龄、李光弼、张柬之、李泌、褚遂良、崔祐甫 17 位历史人物；乾隆六十年（1795），有《拟白香山乐府三十二章》，其中《耿恭传东汉》《师古五世孙》《鲁公国元老》《南阳张中丞》《人面中六矢》《中丞入睢阳》《天地塞其体》等章，分咏耿恭、颜杲卿、颜真卿、张巡、雷万春、南霁云、文天祥 7 人。在这些咏史诗中，诗人并不叙述人物生平，而是通过选取典型事例来刻画人物，在材料的取舍上，颇有史才。如《人面中六矢》章中，只用"人面中六矢，不动雷将军"两句来具体描写雷万春，用"断指""不能独食""箭射浮图"等六句三事刻画南霁云，最后用"男儿义不屈，三十六人焚"两句来总评雷万春、南霁云等人，在描摹人物形象上颇具功力。在对历史事件、历史人物的评价中，也能看出和瑛的史才。如《南阳张中丞》章，评价张巡等人坚守睢阳时谓："守死竟勿去，江淮保障遥。""安史之乱"中，张巡、许远等人死守睢阳城，其功过是非，在唐代时已经有了异议，有了不同看法，认为诸人死节睢阳不智不值。千年之后，和瑛却看到了张巡等人固守睢阳的价值和意义，为保障江淮赢得了时间和机遇，而江淮一带则是唐王朝的粮仓之所在，若江淮失守，则唐王朝将丧失最后的根本。和瑛咏史诗以学识入诗，显示了其深厚的史才和渊博的学识。

三、用典使事普遍化与偏僻化

用典即利用文献典故，使事即引用历史事件，用典使事笼统地说就是"用典故"。葛兆光谓："作为艺术符号的典故，乃是一个个具有哲理或美感内涵的故事的凝聚形态，它被人们反复使用、加工、转述，在这过程中，它又融摄和积淀了新意蕴，因此，典故是一些很有艺术感染力的符号。它用在诗歌里，能使诗歌在简练的形式中，包容丰富的、多层次的内涵，而且使诗歌显得精致、富赡而含蓄。"[①] 唐宋以降，诗中用典已经成为一种习惯。到清代，随着出版业的鼎盛，诗人的知识积淀益加丰厚；"文字狱"的大兴，包括旗人在内的读书人，多是战战兢兢；加之试帖诗和八股文的长期训练，用典使事便成为诗人作诗的常态和不二法门。综观和瑛的诗歌，典故使用非常普遍，在一首诗中甚至可以做到句句用典。如《拟白香山乐府三十二章·重德不重色》："重德不重色，喜旧不喜新。黄头承彦女，卧龙结良姻。四德阮一欠，百行允未纯。彦云尚难

[①] 葛兆光. 论典故：中国古典诗歌中一种特殊意象的分析[J]. 文学评论，1989（05）：19-30.

匹，公休良足臻。"先后罗列了诸葛亮与黄月英、许允与阮氏、王广与诸葛诞女等故实，从正反两面来阐明娶妻应"重德"而非"重色"。再如《风戈壁吟》："大块有噫气，一息千里通。巽二挠万物，折丹神处东。风穴地轴裂，风门天关冲。奇哉风戈壁，勃发乾兑冲。当夫初起时，黑霭蟠虬龙。焚轮瞬息至，万骑奔长空。石飞轻于絮，辎重飘若蓬。灵驼识猛烈，一吹无停踪。……"① 诗中堆砌了一大批关于风的典故，"大块""噫气"出自《庄子·齐物论》"夫大块噫气，其名为风"；"一息"出自王褒《圣主得贤臣颂》"追奔电，逐遗风，周流八极，万里一息"；梁萧琛《饯谢文学》也有"荆吴渺何际，烟波千里通"的句子；"巽二"借指风神，《易·说卦》有"巽为木，为风"之说，唐牛僧孺《幽怪录·滕六降雪巽二起风》谓"若令滕六降雪，巽二起风，即不复游猎矣"；"挠万物"出自《周易·说卦传》"动万物者莫疾乎雷，挠万物者莫疾乎风"；"折丹"也是风神，《山海经·大荒东经》"大荒之中有山名曰鞠陵于天，东极离瞀，日月所出，名曰折丹。东方曰折，来风曰俊，处东极以出入风"；"风穴"，相传北方寒风自其中而出，《楚辞·九章·悲回风》"依风穴以自息兮，忽倾寤以婵媛"；"风门"，风的出口，杜甫《热》"想见阴宫雪，风门飒沓开"；"乾兑"对应五行之金，方位之西和西北，故多借指西方；"蟠虬龙"，宋李纲《梁溪集》卷三十二《送赵正之判宗宝学之官闽中》有"御前奉命作大字，挥毫落纸蟠虬龙"之句；"焚轮"，《诗经·小雅·谷风》"维风及颓"，毛传"颓，风之焚轮者也"。和瑛使用典故，并不局限于经史，常常从笔记小说、佛典经书、民间传说中加以采择。《布达拉》："佛阁上层霄，横枝法嗣遥。南浮炎海日，东下浙江潮。"② 四句用佛经典故，天下有三个普陀山，一在印度，一在浙江，一在西藏，即布达拉。《署圃杂咏十八首·柳壁》："释家重面壁，圣门戒面墙……匡衡凿穷庐，达摩坐雪冈。"③ 儒释对举，径用佛教掌故。《留别班禅额尔德尼》"未入三摩地，先修七圣财"句，"七圣财"出自《报恩经》，一信，二精进，三戒，四惭，五闲舍，六忍辱，七定慧，七者能资用成佛，故名"七圣财"。《咏山花》"不应天女偷闲久，故遣曼陀贴地开"④ 中"曼陀"亦是佛教典故。《祭灶书怀二首》"黑突依僧堕"用《传灯录》中事⑤。《重阳九

---

① 和瑛. 三州辑略：卷九 [M] //中国地方志丛书·西部地方. 台北：成文出版社，1968：324.
② 和瑛. 易简斋诗钞：卷一 [M]. 上海：上海古籍出版社，2002：472.
③ 和瑛. 易简斋诗钞：卷二 [M]. 上海：上海古籍出版社，2002：495.
④ 和瑛. 易简斋诗钞：卷二 [M]. 上海：上海古籍出版社，2002：486.
⑤ 和瑛. 易简斋诗钞：卷二 [M]. 上海：上海古籍出版社，2002：488.

咏·梦高》"游仙守魄骴"句则出自《太上亳州碑》"身中阴阳既济为魄,人身精气不散为骴"两句①。《重阳九咏·闻梵》中"曲少文峰尹"用《江南野史》事,"谈无博士胡"用《搜神记》事②。《重阳九咏·嘲射》"忆昔欧阳子,嘲诙拙射萧"则用《太平广记》欧阳询诗嘲萧瑀不解射事③。《园中桃熟》中"那费三千岁""三巴春万树,何处问桃源"等句也都用小说中的典故④。还有《对菊书怀送项午晴秩满还蜀八首》用《夷坚志》事,《赋得鹃旦不鸣》用《清异录》事,《咏蝼蚁》用唐传奇《南柯记》事,《秋热》用费补之《梁溪漫志》事,《叩头虫》用《墨客挥犀》事等。《望多尔济拔姆宫》有"斗移星野外,豕化博蛮中"两句,用了西藏当地圣母化猪逐贼的民间传说⑤。《纪游行》"又如冈坚骡天王,一剑脱手千贼亡"用的也是西藏地方的传说⑥。不论是佛老典,还是小说典,抑或是地方传说,都不是一般读书人容易接触到的,但和瑛却"不妨合为一炉",融入自己的诗歌当中,并借助自注,化解生僻之弊。

四、以专门学问入诗

专门学问入诗,用诗歌来阐述学理,这是对宋诗"以议论入诗"的发展。和瑛以学问入诗,主要表现在用诗歌谈论佛学、谈论为官之道等。乾隆五十三年(1788)十月,乾隆将自己仿李迪的《鸡雏待饲图》墨刻颁赏各省督抚,以惊醒督抚"时时以保赤为念……勿忘小民嗷嗷待哺之情,庶几视民如子,克称父母斯民之责"。⑦ 和瑛有《成都题〈鸡雏待饲图〉呈李云岩制府》,谓:"啍抱鷔初长,生全在饷之。画师摹待哺,圣制廑由饥。桴鸒春台景,邮传蔀屋思。恤民千古鉴,愿勖小臣司。"⑧ 以"恤民"为鉴,主动回应乾隆"以保赤为念"的嘱托。《拟白香山乐府三十二章》中,《下吏事长官》《天府富四海》《妻子历官舍》《地道不爱宝》《天灾古代有》《文翁化巴蜀》《书扇鬼泣诉》《易系雷电卦》《听讼吾犹人》《牧羊去败群》《化盗称郅治》等章都是讨论为官之道的,强调为官之人要戒逢迎、禁侵渔、绝私蓄、重民事、救灾荒、兴教化、慎刑狱、宽法律、明听断、除豪奸、弭盗贼等,如同一部诗化的官箴。在《札什城大阅

---

① 和瑛.易简斋诗钞:卷二[M].上海:上海古籍出版社,2002:492.
② 和瑛.易简斋诗钞:卷二[M].上海:上海古籍出版社,2002:492.
③ 和瑛.易简斋诗钞:卷二[M].上海:上海古籍出版社,2002:493.
④ 和瑛.易简斋诗钞:卷二[M].上海:上海古籍出版社,2002:497.
⑤ 和瑛.易简斋诗钞:卷二[M].上海:上海古籍出版社,2002:474.
⑥ 和瑛.易简斋诗钞:卷二[M].上海:上海古籍出版社,2002:501.
⑦ 清实录·第十七册·高宗纯皇帝实录[M].北京:中华书局,1986:753.
⑧ 和瑛.易简斋诗钞:卷一[M].上海:上海古籍出版社,2002:460.

番兵游色拉寺书事四十韵》中，和瑛明言："练锐术无他，渴赏成心腹。银牌挂离离，帛端堆簇簇。茶布与牛羊，旅奠压平陆。犒赏欣有差，劣者施鞭扑。"①不仅练兵如此，管人、管事莫不如此，管理学的核心内容正在于"渴赏"，在于奖优罚劣。在《秋阅行》中，又阐明了自己的治藏之策："而今坐镇两儒服，柔坯刚甑归甄陶。筹边那徒振军旅，要使普陀无屯膏。口钱賨布减拂庐，荒陬绝徼无鸣鼙。庶几仁义为干橹，保障胜于穷六韬。"② 治藏安边，要循序渐进，以柔克刚；要减免徭役征赋，保障民生。和瑛熟稔佛学，在诗中也时常谈论佛理。在《札什城大阅番兵游色拉寺书事四十韵》中，借游色拉寺之际，批评所谓的真身佛塔，"笑问塔中僧，似晓传灯录。饥僧本骨人，肉山未免俗。肉僧成朽枯，骨山藏活肉"③。在《达赖喇嘛浴于罗卜岭往候起居》诗中，达赖喇嘛在罗布林卡度夏过沐浴节，他调侃道："笑渠离垢何缘洗，我欲临流把钓竿。"又说："本来无垢身，灌顶心自闲。"④ 借六祖慧能"菩提本非树，明镜亦非台。本来无一物，何处惹尘埃"的禅机与达赖喇嘛开玩笑。

五、大量自注

和瑛诗中喜用生僻典故，又多描写边地风土人情，融民族语汇入诗，这使得其诗歌语言难免生疏，读者不易读懂。为解决阅读困难的问题，不得不在诗中大量使用自注，用来交代典故来历和内涵、地理方位、汉语语意等内容。《蛮讴行》中大量使用藏语语汇，在音译入诗的同时，不得不自注汉语语意。《答和琳〈中秋无月〉》有"天柱峰头思道术，梅花风里忆词官"两句，两个典故都是僻典，遂自注："赵知微有道术，中秋无月备酒看，登天柱山赏玩，天开月莹，下山则阴晦如前。""永乐时，中秋赏月，云阴，召学士解缙赋诗，遂口占《落梅风》词一阕，饮过夜半，月复明。"《挽云岩李司马四首》中，凡是言及二人生平行事时，都有自注以补充说明。例如，"忆昔清江浦，沉疴勿药瘳"句下自注"丙午，余之任皖江时谒先生，病剧，几不能言"。"需贤重镇蜀，有客送临洲"句下自注"丁未，先生复节制四川，余送至临淮"。《辟勒山书事二十四韵》"撑霄弥勒台"句下自注"辟勒山又名弥勒台，昆仑东干"；"河源三迭上"句下自注"河源自温都斯坦西北大山中流出，至此五千余里，势若建瓴。出峡为玉河，曲屈流三千余里，至辟展东南入罗卜淖尔，即蒲昌海也。潜行地

---

① 卫藏和声集 [M]. 抄本.
② 和瑛. 易简斋诗钞: 卷二 [M]. 上海: 上海古籍出版社, 2002: 483.
③ 卫藏和声集 [M]. 抄本.
④ 卫藏和声集 [M]. 抄本.

下,至星宿海复出,绕积石山,名黄河";"鳞次龙沙坦"句下自注"《汉书》:白龙堆,沙漠也。今考吐鲁番、辟展、哈密迤西,戈壁悉在北天山之阳";"翚飞鹫岭嵬"句下自注"山势东行,至和阗分为二,南支通后藏西北之冈底斯雪山,古称鹫岭,佛书耆阇崛,又名阿耨达山";"巴延山似砺"句下自注"山自和阗东行,径七十九番族,名巴延喀喇达巴罕。山南为草地,金沙江南干渚水之源。山北为星宿海"。《巩宁城望博克达山》"博达神皋拥翠鬟,行人四望白云闲"句下分别自注"北天山之中,三峰合抱,高出群峦""南路土鲁番望之在北,苏巴什台望之在东北,巴里坤望之在西南,乌鲁木齐望之在东南";"弥勒南开晴雪圃,穆苏西接古冰颜"句下分别自注"弥勒岱玉山在叶尔羌西南,与北山同脉""穆苏尔达巴罕即冰山,在伊犁、阿克苏之间,亦与此山同脉"。《喜雪二首》其一"岂同西硬雨,更异北明霜"句下分别自注"西藏伏夏时多冰雨""轮台冬春昼降明霜"。这些自注的出现,极大地便利了读者阅读。当然,大量自注充斥其间,在一定程度上破坏了诗歌的整体性和流畅性。袁枚曾批评说:"人有满腔书卷,无处张皇,当为考据之学,自成一家。其次,则骈体文,尽可铺排,何必借诗为卖弄?……近见作诗者,全仗糟粕,琐碎零星,如剃僧发,如拆袜线,句句加注,是将诗当考据作矣。"[1]

六、学习"夺胎换骨、点铁成金"的法门

黄庭坚论诗:"诗意无穷,而人之才有限;以有限之才,追无穷之意,虽渊明、少陵,不得工也。然不易其意而造其语,谓之换骨法;窥入其意而形容之,谓之夺胎法。"[2] 又说:"自作语最难,老杜作诗,退之作文,无一字无来处,盖后人读书少,故谓韩、杜自作此语耳。古之能为文章者,真能陶冶万物,虽取古人之陈言入于翰墨,如灵丹一粒,点铁成金也。"[3] "宋人生唐后,开辟真难为"[4],黄庭坚面对丰厚的历史积淀,提出了师古人之意、古人之辞的作诗法门,从而达到"以故为新"的目的。和瑛尊崇苏黄,自觉学习黄庭坚诗法,故吴慈鹤谓其"乃欧梅之替人,夺苏黄之右席"[5]。其《咏萤火》"照书庸误老"

---

[1] 袁枚.随园诗话:卷五[M].顾学颉,点校.北京:人民文学出版社,1982:146.
[2] 释惠洪.冷斋夜话:卷一[M].陈新,点校.北京:中华书局,1988:15-16.
[3] 黄庭坚.黄庭坚全集·宋黄文节公全集:正集卷十八[M].刘琳,李勇先,王蓉贵,校点.成都:四川大学出版社,2001:475.
[4] 蒋士铨.忠雅堂集校笺:忠雅堂诗集:卷十三[M].邵海青,校.李梦生,笺.上海:上海古籍出版社,1993:986.
[5] 吴慈鹤.易简斋诗钞序[M]//和瑛.易简斋诗钞.上海:上海古籍出版社,2002:454.

句，自注"司马札诗：青萤一点光，曾误几人老"①，表明诗句源自唐朝诗人司马札，使用了"夺胎法"。《林西崖观察招游杜少陵草堂放船锦江访薛涛井登同庆阁晚酌四首》其二"酒逢知己忘为客"句、其三"美人宛在水之涯"句，皆用"夺胎法"。《一齿落有感》"豁白何堪耻"②则源自韩愈《落齿诗》"豁白殊可耻"，用了"换骨法"。《姜女庙》"诗人莫唱圆圆曲，争比长城照汗青"③又是点化吴梅村《圆圆曲》"一代红颜照汗青"而来。"夺胎换骨""点铁成金"正是宋人"以才学为诗"的表现，运用得当，则有化腐朽为神奇的妙处；否则，难免"蹈袭剽窃"之讥。和瑛掌握了"夺胎换骨"的法门，虽然还没达到化腐朽为神奇的境界，但也翻出另一番新意。

第三节 性情化书写

从《尚书》的"诗言志，歌永言"到《文赋》的"诗缘情而绮丽"，抒情言志逐渐被规定为诗歌的本质特征和主要功能，性情成为诗歌的构成要素。和瑛生活在乾嘉时期，诗歌的学问化倾向较为突出，但缘于自身草原文化精神的传承和特殊的生活经历，其抒写真性情的诗作亦复不少，且能较好地调适学问与性情的冲突。

一、草原文化精神烙印

蒙古族是一个长期以来生活在北方广阔草原上的古老民族，创造了一种与草原生态环境相适应的独特的草原文化，其基本精神包括英雄精神、自由精神、务实精神、开拓精神等。④和瑛祖籍蒙古卓素图盟喀喇沁地方，顺治元年（1644）其先祖随龙入京，方才隶属京都镶黄旗⑤。虽然和瑛生在北京、长在北京，但他身上流淌着草原文化的血液，日常生活中时常能看到草原文化精神的烙印，也保留了很多草原民族的生活习性。和瑛有《马捅酒歌》谓：

房星之精天驷光，渥洼青海名驹场。饥食雪山草，渴饮天池水，化为

---

① 和瑛.易简斋诗钞：卷三[M].上海：上海古籍出版社，2002：520.
② 和瑛.易简斋诗钞：卷四[M].上海：上海古籍出版社，2002：531.
③ 和瑛.易简斋诗钞：卷四[M].上海：上海古籍出版社，2002：536.
④ 乌云巴图，葛根高娃.论蒙古族传统文化的基本精神[J].内蒙古社会科学（文史哲版），1997（06）：70-76.
⑤ 额尔德特氏家谱[M].抄本.

刚中柔顺之潼浆。潼浆生不入烟火，蒸云沃雪羞杜康。清于醍醐冽于泉，酿蜜缩头甘醴藏。曲生风味岂不好，用物终嫌谋稻粱。身处脂膏不自润，屏绝麦黍头低昂。圣贤中之聊尔耳，井花冰液足清凉。却走丹田暖春风，入髓筋骨强。东坡真一过酽烈，洞庭春色名虚张。饮中八仙傥得此，当年肯入无功乡。①

题下自注"蒙古名气格"，"气格"是蒙古语马奶子酒的意思，可知诗中所谓"马㧖酒""潼浆"即马奶酒，唯"潼"或当作"湩"。《史记·匈奴列传》："得汉食物皆去之，以示不如湩酪之便美也。"裴骃集解："湩，乳汁也。"②《说文解字》亦谓："湩，乳汁也，从水重声。"马奶酒的原料是奶汁，不像酿制白酒需要消耗粮食；加工过程也是自然发酵而成，不像酿制白酒需要生烟点火，因此在酿制过程中已胜白酒一筹。马奶酒有驱寒、舒筋、活血、健胃等功效，在和瑛看来，苏轼笔下的真一酒、洞庭春色酒都是徒有虚名，杜甫笔下的"饮中八仙"倘若有机会喝到马奶酒，估计也不会有出世遁隐的想法了。和瑛曾谓自己的肠胃是"奶酪肠"③，追忆在西藏的生活则谓"酥茶潼酒浼诗肠"④，可见其经常饮用马奶酒。而喜喝马奶酒、推崇马奶酒，正是和瑛蒙古族生活习性的自然流露。

蒙古族为马背上的民族，向来崇尚英雄，好为骑射。和瑛虽然已经不在草原上生活，但骑射之艺却不生疏。清代科举考试中，八旗子弟要先考校骑射，骑射合格方有资格参加乡试、会试。《清史稿》卷一百八谓："乡、会场先试马步箭，骑射合格，乃应制举。庶文事不妨武备，遂为永制。"康熙二十八年（1689）三月，谕旨称："满洲以骑射为本，学习骑射，原不妨碍读书。考试举人进士，亦令骑射。倘将不堪者取中，监箭官及中式人一并从重治罪。"⑤乾隆二十二年（1757）十一月，谕旨谓："旗人考试生员、举人，年幼者多，着停止阅看骑射。由举人考试进士，皆系成丁之人。旗人骑射，乃分内应能之事，着阅其马步骑射，生疏者不准应试。倘不悉心阅看，惟派出之大臣等是问。"⑥和瑛作为旗人，乡试、会试接连及第，骑射当不生疏。不仅参加科举考试要考校骑射，即便是出仕以后，也不能放弃骑射，反而要时常加以练习。雍正四年

---

① 和瑛. 易简斋诗钞：卷二 [M]. 上海：上海古籍出版社，2002：491.
② 司马迁. 史记：卷一百一十 [M]. 北京：中华书局，1982：2899.
③ 和瑛. 易简斋诗钞：卷二 [M]. 上海：上海古籍出版社，2002：496.
④ 和瑛. 易简斋诗钞：卷二 [M]. 上海：上海古籍出版社，2002：500.
⑤ 清实录·第五册·圣祖仁皇帝实录 [M]. 北京：中华书局，1985：523.
⑥ 清实录·第十五册·高宗纯皇帝实录 [M]. 北京：中华书局，1986：1041-1042.

（1726）九月，鉴于"近来文官外任之人，渐渐不习于骑射"，曾谕旨要求"凡旗人外任文官六十岁以下者，限二年之内，仍须熟练骑射。倘二年后有不能骑射者，该督抚即行参劾"①。乾隆五十一年（1786），和瑛外任太平府知府，时常在府邸射圃中练习骑射，曾自诩"别有闲情悬一鹄，敢夸绝技中双凫"②。嘉庆三年（1798），和瑛在西藏任职，听闻四川骚乱，不无遗憾地说："安得柱弓矢，取象悬巢头。我老贾余勇，拟壮天山猷。一箭新罗去，射圃空夷犹。"③ 期望聊贾余勇，效仿薛仁贵箭定天山之事，平定骚乱。为此，和瑛还曾上书朝廷，请求入军平乱。和瑛不仅自己长于骑射，也还多次组织演武校猎等活动。马若虚《工布塘观校猎应和太庵宗伯命》一诗记和瑛在工布塘校猎的盛况，诗谓："豳诗才共咏，武备更端详。路本穷边外，威宜八极扬。高埤闲射隼，平楚漫开场。揖让先崇礼，论功必挽强。六均齐正鹄，百中巧穿杨。侍从飞髇急，番官颙首昂。欢呼杂吟诵，较胜乐徜徉。"④ 在盛京将军、承德都统任上时，和瑛亲自带队参与秋围冬猎等活动。组诗《冬猎杂诗》记其嘉庆十七年（1812）冬猎事，诗中有"年开第八秩，努力效廉颇"⑤ 之句，以廉颇自况。和瑛长于骑射，固然有当政者提倡鼓励骑射的原因，但归根结底还在于其心底凝结的草原文化精神。

和瑛性格中还有狂放的一面，这也是草原文化精神的体现。和瑛在《高慎躬解元中秋见怀诗冬至日始到遂次韵答和》中谓："光阴书剑两悬悬，弱冠交情镇可怜。五十六秋狂客月，万三千里梵王天。"⑥ 此诗作于嘉庆元年（1796），五十六岁的和瑛以"狂客"自喻。法式善《寄泰庵和宁方伯》称："酒半休看剑，花间且读书。少年旧狂态，老去可能除？"⑦ 谓和瑛少年时曾经轻狂，但这种轻狂并没有随着年龄、地位的变化而变化，虽然已任四川布政使，但"少年狂态"却未曾除去。马若虚《工布塘观校猎应和太庵宗伯命》亦称："艺输矍圃会，醉已次公狂。"⑧ 诗谓自己在骑射技艺等方面虽然略输一筹，但在醉态、

---

① 清实录·第七册·世宗宪皇帝实录［M］.北京：中华书局，1985：726.
② 和瑛.易简斋诗钞：卷一［M］.上海：上海古籍出版社，2002：456.
③ 和瑛.易简斋诗钞：卷二［M］.上海：上海古籍出版社，2002：494.
④ 马若虚.实夫诗存：卷三［M］//吴海鹰.回族典藏全书：第202册.兰州：甘肃文化出版社，银川：宁夏人民出版社，2008：156-157.
⑤ 和瑛.易简斋诗钞：卷四［M］.上海：上海古籍出版社，2002：530.
⑥ 和瑛.易简斋诗钞：卷二［M］.上海：上海古籍出版社，2002：488.
⑦ 法式善.存素堂诗初集录存：卷二［M］.刻本.萍乡：王埠，1807（清嘉庆十二年）.
⑧ 马若虚.实夫诗存：卷三［M］//吴海鹰.回族典藏全书：第202册.兰州：甘肃文化出版社，银川：宁夏人民出版社，2008：157.

狂态上可以比拟和瑛。不论是和瑛自称，还是朋友他称，都可以看出和瑛性格中狂放的一面。

二、服膺袁枚

袁枚在诗坛上久负盛名，与赵翼、蒋士铨并称"乾隆三大家"，主南方诗坛数十年。舒位《乾嘉诗坛点将录》誉袁枚为"及时雨"，与托塔天王沈德潜、玉麒麟毕沅同为"诗坛都头领"。① 袁枚论诗提倡性灵，是清代性灵派的主将。"性灵"一词，在南朝时期开始大量使用，陶弘景《答赵英才书》谓"任性灵而直往，保无用以得闲"②；何逊《早朝车中听望》中有"暂喧耳目外，还保性灵中"之句，《七召》中有"郑卫繁声，抑扬绝调，足使风云变动，性灵感召"之句③；刘勰《文心雕龙》中也多次出现，如《原道》"性灵所钟"，《宗经》"洞性灵之奥曲""性灵熔匠"，《情采》"综述性灵"，《序志》"岁月飘忽，性灵不居"等④；钟嵘《诗品》则用之论述阮籍，谓"《咏怀》之作，可以陶性灵，发幽思"⑤。袁枚所标举的"性灵"，肇源于钟嵘等人，继承和发展了晚明公安派"独抒性灵，不拘格套"的观点，强调诗要有性情。他说："诗者由情生者也。有必不可解之情，而后有必不可朽之诗。"⑥ "自三百篇至今日，凡诗之传者，都是性灵，不关堆垛。"⑦ "文以情生，未有无情而有文者。"⑧ 又谓："提笔先须问性情"⑨ "性情以外本无诗"⑩ "最爱言情之作"⑪。袁枚所标榜的性情、性灵，实质上都是情感，而且主张写真情实感。

和瑛步入诗坛之时，正是袁枚提倡性灵、声望日隆之际。乾隆五十一年

---

① 舒位. 乾嘉诗坛点将录［M］//沈云龙. 近代中国史料丛刊续编：第7辑. 台北：文海出版社有限公司，1974：15.
② 陶弘景. 陶弘景集校注［M］. 王京洲，校注. 上海：上海古籍出版社，2009：99.
③ 何逊. 何逊集校注［M］. 修订本. 李伯起，校注. 北京：中华书局，2010：118，235.
④ 刘勰. 文心雕龙注释［M］. 周振甫，注. 北京：人民文学出版社，1981：1，18，19，346，534.
⑤ 钟嵘. 诗品注：卷上［M］. 陈延杰，注. 北京：人民文学出版社，1980：23.
⑥ 袁枚. 小仓山房文集：卷三十［M］//周本淳，标校. 小仓山房诗文集. 上海：上海古籍出版社，1988：1802.
⑦ 袁枚. 随园诗话：卷五［M］. 顾学颉，点校. 北京：人民文学出版社，1982：146.
⑧ 袁枚. 随园诗话补遗：卷七［M］. 顾学颉，点校. 北京：人民文学出版社，1982：746.
⑨ 袁枚. 小仓山房诗集：卷四［M］//周本淳，标校. 小仓山房诗文集. 上海：上海古籍出版社，1988：73.
⑩ 袁枚. 小仓山房诗集：卷二十六［M］//周本淳，标校. 小仓山房诗文集. 上海：上海古籍出版社，1988：658.
⑪ 袁枚. 随园诗话：卷十［M］. 顾学颉，点校. 北京：人民文学出版社，1982：360.

(1786)秋,和瑛外任太平府知府,曾到随园专程拜访袁枚。遗憾的是因袁枚外出,二人未能见面。八年之后,和瑛得读袁枚诗集,题诗云:

> 名园曾访白云隈,虎踞关南看竹来。文苑龆年钦宿老,吟编万里得奇瑰。脱离尘迹堪称子,道尽人情信是才。风雅摩婆过半百,心花从此赖君开。①

诗从追忆八年前的拜访发端,名园即随园,首联下自注"丙午秋,余游金陵,访随园未遇"。当日情景历历在目,遗憾之情溢于言表。和瑛拜访随园时,已经四十六岁了,但在袁枚这样的宿老面前却是自称"文苑龆年",把自己当作一个初登文坛的小孩,对袁枚的推崇、尊敬无以复加。当年登门求教不得遇,如今身在万里之外,却意外地读到了袁枚的诗集,体味到诗中的"奇瑰",惊喜之情不是简单的语言所能表达的。拜读袁枚诗集,和瑛在万里之外体味到了袁枚的初心,他从"才子"入手来解读袁枚及其诗歌,盛赞其人"脱离尘迹",追求一种无拘无束、逍遥自得的生活,有圣贤之风范,称之为"子"亦不为过;盛称其诗"道尽人情",直指袁枚性灵说的核心,把握了袁枚诗歌的个中三昧,推崇书写这样的诗歌才是真正的大"才"。和瑛不无感慨地说,自己舞文弄墨也有五十多年了,细读袁枚诗集,方才开启慧心,得作诗真谛。

不仅和瑛服膺袁枚,在和瑛的朋友中,也不乏袁枚的追随者。和瑛与和琳在西藏共事半年多,二人经常诗酒唱和,"深谈不惜坐通宵"②。和琳可谓袁枚的忠实粉丝,袁枚在为女弟子席佩兰《长真阁集》作序时曾提及和琳,谓:"和希斋尚书在军中,札来云:每得随园片纸只字,朝夕讽咏,虔等梵经。"③ 和琳致信袁枚亦谓:"随园先生为当代龙门,余耳其名,无由一见。得《小仓山房诗集》,读而爱之,携置行箧,日夕玩咏不辍。"④ 和琳将《小仓山房诗集》带到西藏,福康安等人"因得读之"⑤。和瑛所读之袁枚诗集,当亦是和琳带入西藏之诗集。赵怀玉是和瑛在山东任职时的下属,二人颇为相得,多有唱和。赵怀

---

① 和瑛.题袁才子诗集[M]//卫藏和声集.抄本.
② 和瑛.甲寅冬仲予奉诏东旋谨成四律留别太庵[M]//卫藏和声集.抄本.
③ 席佩兰.长真阁集[G]//清代诗文集汇编:第464册.上海:上海古籍出版社,2010:615.
④ 袁枚.小仓山房诗集·卷三十五·福敬斋孙补山两相国和希斋大司空惠瑶圃制府同征西藏军中各寄见怀之作赋诗答谢[M]//周本淳,标校.小仓山房诗文集.上海:上海古籍出版社,1988:980.
⑤ 袁枚.小仓山房诗集·卷三十五·福敬斋孙补山两相国和希斋大司空惠瑶圃制府同征西藏军中各寄见怀之作赋诗答谢[M]//周本淳,标校.小仓山房诗文集.上海:上海古籍出版社,1988:979.

玉与袁枚交谊更深，《与袁子才大令书》谓："某束发后即闻先生之名，心向往之而不得见。及诵所为诗文，益向往之而复不得见。耿耿者遂十余年。辛卯夏，旃从过常，幸承风采，以为获侍君子矣。然而信宿之欢，三秋之别，恝如之思尤甚。不见文章气谊之间，宾师友朋之际，即一晤对且或难之，况其深者哉……感先生奖成后进，垂念世交，于某为独至也。"①《亦有生斋集》诗卷又有《寄袁丈枚》《和袁丈枚六十三生子诗》《辛丑岁余乞假归里，同人用辛字韵送别，今前辈程编修晋芳还南，将卜居白下，即用此韵奉送兼讯袁丈枚》《袁大令枚自言曾遇相士年七十六当死，以生挽诗索和，走笔奉答》《昨岁为袁丈枚作生挽诗，今春三月喜晤于吴门，复出告存诗见示，漫成五首》等诗。和瑛、和琳、赵怀玉等人都是袁枚的追随者，袁枚及其诗歌也是他们诗酒酬唱的引子。

三、性情化书写

和瑛具有草原文化精神的深刻烙印，这只是抒写真性情的客观条件、外在条件，只是具有了一种可能；而对袁枚的服膺，则使这种可能成为现实。综观和瑛诗集，真性情时有流露。

（一）饮酒赋诗中宣泄真情

对于中国文人而言，饮酒并不是为了解渴、补充水分等物质需求，而是追求酒对生活的美化、雅化，是一种精神享受。②在饮酒的过程中，往往借助酒精的麻痹、催化等作用，抒发情感，宣泄情绪，进而达到精神的愉悦与解脱。陶渊明《晋故征西大将军长史孟府君传》载："（桓）温尝问君：'酒有何好，而卿嗜之？'君笑而答曰：'明公但不得酒中趣耳。'又问听妓，丝不如竹，竹不如肉，答曰：'渐近自然。'"③王瑶阐释时说："其实所谓酒中趣即是自然，一种在冥想中超脱现实世界的幻觉。"④和瑛为蒙古族人，"少壮时能饮酒，尚气节"⑤，弃武从文后，率性任真的本性与酒文化更为契合，其诗中常常不离酒字。"酒逢知己忘为客，话到搜神不记朝"⑥，写知己对饮的忘情，以酒为媒，

---

① 赵怀玉.亦有生斋集：文卷十[G]//清代诗文集汇编：第419册.上海：上海古籍出版社，2010：644.
② 徐兴海.中国酒文化概论[M].北京：中国轻工业出版社，2010：3.
③ 陶渊明.陶渊明集：卷六[M].逯钦立，校注.北京：中华书局，1979：171.
④ 王瑶.中古文学史论[M].北京：北京大学出版社，1998：173.
⑤ 杨钟羲.雪桥诗话全·雪桥诗话三集·卷八[M].雷恩海，姜朝晖，校点.北京：人民文学出版社，2011：1825.
⑥ 和瑛.易简斋诗钞：卷一[M].上海：上海古籍出版社，2002：460-461.

朋友间一边喝酒一边尽情聊天，浑然忘却"独在异乡为异客"；"登临阁上胸尤阔，笑语灯前酒未慵"①，写登高饮酒的兴致，高阁远眺，心胸尤其开阔，酒兴随之更浓；"天末友朋聚，岁除诗酒赊"②，写朋友聚会，诗酒酬唱；"流觞烦曲子，抱瓮有羌儿"③，写山庄中的饮酒；"革囊出腊脯，银瓶倾玉醪"④"别寨灯燃梦，婪杯酒系情"⑤，写旅途中的饮酒。酒助诗兴，酒系人情，和瑛在饮酒的同时，也把自己的情感消融进去。《重阳九咏·携酒》谓：

> 桑落中华宝，携瓶偶一开。况逢黄菊节，绝少白衣来。脐暖千山雪，肠消九日杯。自防他席醉，恐上望乡台。⑥

桑落即桑落酒，产于河东，中华名酒之一。北魏贾思勰《齐民要术》卷七《笨曲并酒》记有桑落酒的详细酿制方法。⑦《水经注》卷四载："（蒲城）郡多流杂，谓之徙民。民有姓刘名堕者，宿擅工酿，采挹河流，酝成芳酎，悬食同枯枝之年，排于桑落之辰，故酒得其名矣。然香醑之色，清白若滫浆焉，别调氛氲，不与佗同，兰熏麝越，自成馨逸，方土之贡，选最佳酌矣。"⑧《洛阳伽蓝记》卷四亦载："河东人刘白堕善能酿酒。季夏六月，时暑赫晞，以罂贮酒，曝于日中，经一旬，其酒不动，饮之香美而醉，经月不醒。京师朝贵多出郡登藩，远相饷馈，逾于千里，以其远至，号曰'鹤觞'。亦名'骑驴酒'。"⑨庾信《卫王赠桑落酒奉答》《就蒲州刺史乞酒诗》两诗所言都是桑落酒。唐宋以来，桑落酒更是屡屡出现在诗人笔下，杜甫、苏轼、王世贞、吴伟业、朱彝尊等人都有提及，赋予了桑落酒丰富的文化内涵，和瑛称之为"中华宝"可谓名副其实。清代的西藏，交通不便，内地物资运到西藏十分不易。和瑛在西藏能得到一瓶中华名酒，可谓奢侈之极，等闲也不会拿出来品尝。时值重阳，登高望远，把酒赏菊，在这样一个富有文化意味的节日，和瑛才把珍藏的桑落酒拿出来享用。"酒入愁肠，化作相思泪"，几杯下肚，在驱散阵阵寒意的同时，也惹起了

---

① 和瑛.易简斋诗钞：卷一 [M].上海：上海古籍出版社，2002：461.
② 和瑛.易简斋诗钞：卷二 [M].上海：上海古籍出版社，2002：488.
③ 和瑛.易简斋诗钞：卷二 [M].上海：上海古籍出版社，2002：490.
④ 和瑛.易简斋诗钞：卷一 [M].上海：上海古籍出版社，2002：471.
⑤ 和瑛.易简斋诗钞：卷一 [M].上海：上海古籍出版社，2002：473.
⑥ 和瑛.易简斋诗钞：卷二 [M].上海：上海古籍出版社，2002：493.
⑦ 贾思勰.齐民要术校释·卷七·笨曲并酒 [M].缪启愉，校释.缪桂龙，参校.北京：农业出版社，1982：389-390.
⑧ 郦道元.水经注 [M].陈桥驿，译注.王东，补注.北京：中华书局，2009：28.
⑨ 杨衒之.洛阳伽蓝记校注：卷四 [M].范祥雍，校注.上海：上海古籍出版社，1978：203-204.

无尽的相思。和瑛自乾隆五十九年（1794）三月入藏，到作此诗的嘉庆二年（1797），在藏已经三年半，循例应该内调了，然而不但没有内调的音信，连探亲的机会都没有。此时此地，此情此景，思乡之情、牢骚之意都融入酒中，正好借酒浇愁，但诗人却宕开一笔，反劝自己和朋友不要喝醉，因为醉酒后更容易惹起相思愁。诗中，既有佳节品美酒的喜悦，又有独在异乡的哀怨，更有无处诉说的抑郁，诸多情感，都在一杯酒里。

（二）思亲思乡中饱含深情

和瑛长期在外地任职，抛妻别子，背井离乡，有时数年不能回家，因此在诗中常常书写对家乡、亲人、祖墓的牵挂，饱含深情，富有人情美。其驻藏八年，其间思乡之情最为浓郁。乾隆五十八年（1793）十一月，五十三岁的和瑛来不及进京陛见，告别家人，便从西安驰驿奔赴拉萨。在雅州城度岁时，感叹"年华惊岁杪，行李半云端"①。乾隆五十九年（1794）夏，和瑛在拉萨唱和和琳《宿宜党寄怀》诗时说："惆怅瓜期先鹿马，怜吾东望更搔头。"②"瓜期"，语出《左传·庄公八年》"齐侯使连称、管至父戍葵丘，瓜时而往，曰'及瓜而代'"，借指官员任期届满，和琳此时大约已接到将要离任的消息，而和瑛还有两年任期，故感慨和琳即将内调，而自己却只能眼巴巴地东望归路，像杜甫一样"白头搔更短"。六月二日，夜雨滂沱，和瑛辗转反侧，难以成眠，忆及英廉"雨声不放梦还家"之句，遂以诗句为韵，作《听雨词》七首，状思乡之情。英廉原诗为："昏烟漠漠隐林鸦，小寄蓬茅水一涯。寒意似催衣着絮，雨声不放梦还家。平生湖海人如旧，十载风尘鬓欲华。惆怅夜深还倚枕，依依短烛自垂花。"③诗中描写十年风尘，鬓毛将白，点点滴滴的雨声惊扰，使得梦中回家都不能。和瑛在第三、第六首诗中分别写道："天涯宦寄耆阇崛，责在司民兼选佛。禁当人定雨凄凄，万里怀归心岂不。""一洗尘氛靖百蛮，卧听绕阁水潺潺。万喧沉寂难成寐，留取乡心午睡还。"④"耆阇崛"是梵语音译，即灵鹫山，这里借指西藏。言说自己宦游西藏，肩负重任，夜深人静之际，怀归之心油然而生；时逢夜雨，辗转难眠，与英廉诗中所写之情绪，心有戚戚焉。夜雨扰梦，不能回家，和瑛只好无奈地说：那就留待午睡吧，午睡时再梦回故乡。扰梦的

---

① 和瑛. 易简斋诗钞：卷一：除日抵雅州度岁 [M]. 上海：上海古籍出版社，2002：469.
② 卫藏和声集 [M]. 抄本.
③ 英廉. 梦堂诗稿·卷四·客舍夜雨有感 [G] //清代诗文集汇编：第309册. 上海：上海古籍出版社，2010：63.
④ 和瑛. 六月二日夜雨滂沱喜而不寐偶忆梦堂先生"雨声不放梦还家"之句拈以为韵作听雨词七首 [M] //卫藏和声集. 抄本.

不只是夜雨，身在客途，潺潺溪水也会扰梦。《不寐》谓："恼切还乡梦，寒流枕上喧。兵戈销外徼，烽火忆中原。"① 思乡之情，虽一波三折，却绵绵不绝。

"独在异乡为异客，每逢佳节倍思亲。"和瑛宦寄天涯，家在京华，每逢佳节，倍感思亲。七夕之夜，和瑛写道："人间天上逢兹夕，叵耐愁云锁寂寥。""遥忆深闺增惆怅，牵牛独见在河西。""客途生怕说良辰，鹤驾猴山事岂真。梦里还家须发黑，笑看儿女学浮针。""生涯万里致空瓶，绮节消愁酒一经。天末两星看柳宿，更无情绪看双星。"② 天上牛郎会织女，地上儿女乞巧时，独在异乡，百无聊赖，唯有梦中还乡，想象天伦之乐。七月十五是民间传统节日，家家上坟扫墓，祭拜祖先，和瑛感慨："十年虚扫墓，风雨故园听。"③ 自乾隆五十一年（1786）外任至乾隆五十九年（1794），和瑛再没有中元扫墓的机会，明知自古忠孝不能两全，但心底的歉疚仍是无法排解。中秋是阖家团圆的日子，和瑛月圆人不圆，情绪自然不高。"往时迎竹马，此日逐林麕。几度关山怨，无端子夜悲"④，今昔对比，别情更甚，而"久客离情少，忘家异姓亲"的自我安慰更让人心碎。腊月二十三，京城家家户户祭灶，希望灶王爷"上天言好事，回宫降吉祥"，和瑛身在异乡，无奈地说："神赴四天供，人思万里家"⑤。

在儒家文化里，祖墓既是先祖安息之地，也是家族根脉所在，更是后代子息最重要的牵挂。唐代柳宗元贬谪柳州，四年未能祭扫祖墓，在向许孟容陈情时说："先墓所在城南，无异子弟为主，独托村邻。自谴逐来，消息存亡不一至乡间，主守者固以益怠。昼夜哀愤，惧便毁伤松柏，刍牧不禁，以成大戾。近世礼重拜扫，今已阙者四年矣。每遇寒食，则北向长号，以首顿地。想田野道路，士女遍满，皂隶佣丐，皆得上父母丘墓，马医夏畦之鬼，无不受子孙追养者。然此已息望，又何以云哉。"⑥ 不能亲临祭扫，这成为柳宗元心头无法抚慰的伤痛。和瑛深受儒家文化的熏陶，与柳宗元一样，逢年过节，不能亲到祖墓祭扫，也是深以为憾。中元之夕，和瑛不无自责地说"十年虚扫墓，风雨故园听"⑦。因此，有机会回京，和瑛总要到祖墓前祭拜一番，《九日还都省墓二首》谓："报政归来日，冠裳近上台。还乡仍作客，扫墓更嚅哀。杨叶堪成雨，松涛

---

① 和瑛. 易简斋诗钞：卷二 [M]. 上海：上海古籍出版社，2002：487.
② 和瑛. 七夕遣怀 [M] // 卫藏和声集. 抄本.
③ 和瑛. 易简斋诗钞：卷一 [M]. 上海：上海古籍出版社，2002：473.
④ 和瑛. 易简斋诗钞：卷二 [M]. 上海：上海古籍出版社，2002：498.
⑤ 和瑛. 易简斋诗钞：卷二 [M]. 上海：上海古籍出版社，2002：488.
⑥ 柳宗元. 柳宗元集：卷三十 [M]. 北京：中华书局，1979：781.
⑦ 和瑛. 易简斋诗钞：卷一 [M]. 上海：上海古籍出版社，2002：473.

待转雷。诸孙十年计，佳木勉滋培。""一点思亲泪，量应斗斛多。断云横塞影，寒日透林柯。万里心悬斾，三年腹饮河。荒邱空酹酒，鸡黍恨如何。"① 记述其乾隆五十八年（1793）自陕归京后祭拜祖墓的情景。长期在外地任职，回到家乡，反倒有了做客的感觉，所幸的是祖墓里松柏森森，杨柳依依，不至于荒废。嘉庆十六年（1811），和瑛自京赴盛京任职，专程到祖墓祭扫拜别，《大风拜别祖墓》谓："盘盂杂沓楮纷纭，杨雨松涛振不群。为护孙儿天马壮，故教一酹起风云。"② 此次出京，和瑛乃是失意远行，当摆下杯盘碗盏，祭奠先祖时，风起云涌，松涛阵阵，好似先祖明晓子孙的心意，特以大风磨砺子孙。

（三）描摹山水中寄寓性情

韩廷秀《题刘霞裳〈两粤游草〉》谓："随园弟子半天下，提笔人人讲性情。读到君诗忽惊艳，每逢佳处见先生。经年共领江山趣，一点真传法乳清。努力更成三百首，《小仓集》定不单行。"在韩廷秀看来，《两粤游草》之"江山趣"得袁枚之真传，可以与老师袁枚的《小仓山房诗集》并行不朽。袁枚盛赞弟子韩廷秀为古君子，并称此诗也是随园派。③ 和瑛一生"十万里驿马"④，在雪域高原、天山南北、白山黑水都留下了自己的足迹，自谓："夫士不阅名山大川，穷两间之奇奥，则无以遂其旷达磊落之胸。"⑤ 得江山之助，和瑛陶冶了旷达磊落的胸怀，体会到了江山之真趣。同时，他描摹自然山水，不乏清新自然，寄寓性情之作，有类"随园派"、得随园之意趣者。如《宿春堆寨》谓："清和月过半，不见春堆春。压帐霜如雪，窥帘月似人。"⑥ 诗中描写夜宿春堆的情景，语言通俗流畅，修辞巧妙自然。《辖载道上口占》："野鸟凌晨闹，平沙驿骑催。江流金甋水，石点赤钱苔。步步阑干密，声声亚古抬。跕波蛮队唱，音似断猿哀。"⑦ 自注"蛮语阑干密，看道也"，"亚古抬"下自注"用力曳纤"。无论是写景还是写人，都富有意趣。《送别刘慕陔邹斛泉中表东归六言诗

---

① 和瑛. 易简斋诗钞：卷一 [M]. 上海：上海古籍出版社，2002：468.
② 和瑛. 易简斋诗钞：卷四 [M]. 上海：上海古籍出版社，2002：525.
③ 袁枚. 随园诗话补遗：卷八 [M]. 顾学颉，校点. 北京：人民文学出版社，1982：786-787.
④ 杨钟羲. 雪桥诗话全编：雪桥诗话三集：卷八 [M]. 雷恩海，姜朝晖，校点. 北京：人民文学出版社，2011：1824.
⑤ 吴俊. 荣性堂集 [G] //清代诗文集汇编：第408册. 上海：上海古籍出版社，2010：421.
⑥ 和瑛. 易简斋诗钞：卷二 [M]. 上海：上海古籍出版社，2002：485.
⑦ 和瑛. 易简斋诗钞：卷二 [M]. 上海：上海古籍出版社，2002：486.

三首》其一：" 岭上白云东去，门前绿水西流。落落云容水态，都忘别恨离愁。"① 将离愁别恨都寄寓在白云绿水之上，颇有陶渊明"云无心以出岫"的意味。

四、调和性情与学问的关系

和瑛服膺袁枚，阅读和学习袁枚诗集对其作诗有很大的启发作用，但二人在看待性情与学问的关系上还是略有不同。性情与学问是中国诗学的两个重要命题，又是构成矛盾对立的一对命题。针对清代诗风日益学问化的倾向与弊端，袁枚力倡性灵，谓"诗有音节清脆，如雪竹冰丝，非人间凡响，皆由天性使然，非关学问"②，批评诗歌学问化，直斥以学问为诗。缘此，袁枚及其"性灵派"多遭非议。姚鼐谓之"诗家之恶派"③，章学诚径称"彼方视学问为仇雠，而益以胸怀之鄙俗，是质已丧而文无可附矣。斤斤争胜于言论之工，是鹦鹉、猩猩之效人语也"④。钱锺书平议章氏所论，然亦谓"随园以性灵识力为主，学问为辅"⑤。魏中林《古典诗歌学问化研究》进一步指出，袁枚虽然"没有太多地强调'学'，但绝对没有轻'学'"⑥。

和瑛也曾论及诗与性情的关系，嘉庆七年（1802）为吴俊《荣性堂集》做序时说："余读朱子《观心说》云：以心观物，则物之理得，非块然兀坐以守其炯然不用之知觉也。又尝读程子《定性书》云：所谓定性者，动亦定，静亦定。定则明，明则非应物之为累也。予于二子之言，得为诗之道矣。盖诗以言志，志者，心之所之。心能观物，则知觉愈灵，故诗可为心之声也。诗以陶情，情者，性之所见，性能常定，则动静皆明，故诗又为性之发也。"⑦ 邵雍《观物内篇》云："天所以谓之观物者，非以目观之也。非观之以目而观之以心也，非观之以心而观之以理也。天下之物莫不有理，莫不有性，莫不有命焉。"⑧ 朱熹在《观心说》中进一步发挥，谓："夫心者，人之所以主乎身者也，一而不二者也，

---

① 和瑛. 易简斋诗钞：卷二［M］. 上海：上海古籍出版社，2002：488.
② 袁枚. 随园诗话：卷九［M］. 顾学颉，校点. 北京：人民文学出版社，1982：326.
③ 姚鼐. 惜抱轩尺牍·卷四·与鲍双五［M］. 铅印本. 国学扶轮社，1910（清宣统二年）.
④ 章学诚. 文史通义校注［M］. 叶瑛，校注. 北京：中华书局，1985：569.
⑤ 钱锺书. 谈艺录［M］. 补订本. 北京：中华书局，1984：262.
⑥ 魏中林，等著. 古典诗歌学问化研究［M］. 北京：中国社会科学出版社，2012：406.
⑦ 吴俊. 荣性堂集［G］// 清代诗文集汇编：第408册. 上海：上海古籍出版社，2010：421.
⑧ 邵雍. 邵雍集［M］. 郭彧，整理. 北京：中华书局，2010：49.

为主而不为客者也，命物而不命于物者也。故以心观物，则物之理得。"① 和瑛发挥邵雍、朱熹等的学说，用以阐释"诗以言志"，建构起心与外物的关系，即以存养涵泳之心观照万事万物，进而体味物理、人情，观照自己的内心情感，反对久居书斋而不省物理、人情、世故。在这一点上，和瑛与袁枚有一致之处，反对"资书以为诗"，强调得"江山之助""领江山趣"。因此他在《三州辑略》中为《艺文门》撰小序时称："太史公南游江淮，上会稽，探禹穴，窥九疑，浮沉湘，涉汶泗，西征巴蜀，南略邛笮、昆明，周历数十载，著书百万言；李太白游江淮汶济，西经梁益，南穷滇池夜郎，过洞庭彭蠡，客游数千里，吟诗千首；邵康节生平所游历，不过走吴适楚，过齐鲁，客梁晋，久之归洛，曰'道在是矣'，遂传先天之学。脱令三子者，驰驱于万里之外，如罗娑、阿耨、勃律、蒙池、[履] 文教不加之地，睹诡风谲俗之奇，则龙门之集、青莲之什、河洛之书，必将发奇思，占奇句，要其会心，未有不奇而法者。盖宇宙间无分遐迩，大而象纬山川，细而虫鱼草木，无往而非文，无往而非诗，即无往而非道也。"② 司马迁、李白、邵雍等人仅仅是在中原地区游历一番，便已经成就了各自在史学、诗学、理学上的地位；假如他们能"驰驱于万里之外"，游历与中原截然不同的风光，领更多"江山趣"，得更多"江山助"，其成就恐怕更无可限量。当然，和瑛关于性情的表述是从理学一道衍生而来的，与袁枚所倡导的世俗人情也有很大差异。

在对待诗与学问的关系上，和瑛与袁枚也有所不同，和瑛并不反对学问，他在评价吴俊诗歌时说："因其诗而知其所学，因其学而知其所以为官。"③ 显然，和瑛通过吴俊的诗歌了解其经济学问，由其经济学问进而了解其如何为官履职。在这里诗歌不仅仅是"摇荡性情"的产物，更是辅政化民的工具与手段，将诗歌功能回归到儒家诗教的本身。

---

① 朱杰人，严佐之，刘永翔．朱子全书·第23册·晦庵先生朱文公文集［M］．上海：上海古籍出版社，合肥：安徽教育出版社，2002：3278.
② 和瑛．三州辑略：卷七［M］//中国方志丛书·西部地方．台北：成文出版社，1968：234.
③ 吴俊．荣性堂集［G］//清代诗文集汇编：第408册．上海：上海古籍出版社，2010：421.

第六章

对唐宋诗人的接受

清代是中国古典诗歌"集大成"的时代，尤其是乾嘉时期的诗学繁荣集中体现了这一特点。中国古典诗歌在唐朝时众体皆备，宋代"力破唐人余地"，金元时期进入中原腹地的少数民族诗人在诗歌方面的成就可与同时代的汉族诗人比肩。这些高度成熟的诗学遗产，都是和瑛诗歌创作的源泉，为其提供了丰富的营养。米彦青等学者已经注意到了和瑛诗歌"转益多师"的特点[①]，并初步介绍了和瑛对唐诗的汲取。

第一节 对杜甫的接受

"清代是杜诗学史上继宋代以后的第二次研杜高潮，也是杜诗学发展的集大成时代"[②]，诗坛上尊杜、学杜之风更盛，不仅汉族诗人尊杜、学杜，不少少数民族诗人也将其奉为圭臬。在诸多尊杜、学杜的诗人中，和瑛尤为引人注目，其学习杜诗数十年，以杂剧敷演杜诗，尊杜为著述之儒，学习借鉴杜诗，深得杜诗之真谛。

一、学习杜甫诗选

儿童入学，往往从读诗入手。蘅塘退士在《唐诗三百首·序》中谓："世俗儿童就学，即授《千家诗》，取其易于成诵"，并批评《千家诗》选诗"随手掇拾，工拙莫辨，且止五七律绝二体，而唐、宋人又杂出其间，殊乖体制"，遂精

---

① 米彦青. 清代蒙古族诗人和瑛与他的《易简斋诗钞》[J]. 内蒙古社会科学（汉文版），2006（04）：128-131；米彦青. 清代边疆重臣和瑛家族的唐诗接受[J]. 民族文学研究，2010（02）：25-31；孙文杰. 和瑛诗歌与宗唐[M]//中国唐代文学学会第十六届年会暨"唐代西域与文学"国际学术研讨会论文集，2012.
② 孙微. 清代杜诗学文献考[M]. 南京：凤凰出版社，2007：1.

选三百多首唐诗，汇为一编，"为家塾课本，俾童而习之"，又引民间谚语"熟读唐诗三百首，不会作诗也会凑"为自己的选本张本。①《千家诗》《唐诗三百首》等这些诗歌选本，如同字帖供临摹练字一般，是儿童习诗的范本。和瑛入学后，也需要观摩学习类似的诗歌范本，以学习作诗的基本常识和基本技能。他言及自己少年学诗的情景，谓：

> 任邱边随园先生著《杜律启蒙》十二卷，其注简明体要，其解平易近人，所谓诵其诗，论其世，知其人者，盖庶几焉。余少奉是编，若昏衢之得巨烛，吟抽默绎，越三十年，未敢视为寻常帖括。②

边随园即边连宝（1700—1773），字赵珍，后更肇畛，号随园，直隶任丘各庄村人。早年曾补博士弟子员，试博学鸿词科，晚年绝意仕进，留心古学。时人盛赞其"拄天撑地笔一枝"③，与纪昀、戈涛等并称"七子"④，又与袁枚并称"南北两随园"⑤。边连宝受其父影响，崇尚杜诗，效仿杜诗，"力追乎杜"⑥。在翻阅宋代以来杜诗注本后，他觉得"仇注先意而后事，于鄙意殊觉不合""千家杂而舛，赵注浅而略，顾氏注琐而凿，浦氏颇费苦心，然好为异说，而不足以自圆"⑦。"有憾于此，边氏遂力避前失，独出机杼"，编成《杜律启蒙》十二卷。戈涛谓《杜律启蒙》，"不毗故说，不倚己见，一以惬为当"。戈涛所言虽然不免誉美，但边氏在注解杜诗中也的确不乏可称道之处，尤其适合初学者来掌握杜甫作诗的章法、句法。例如，注解《将赴成都草堂途中有作先寄严郑公五首》第五首谓：

> 首联一抑一扬，次联承"生事微"，末二联承"还思归"，盖总括五首大意以为结束也。侧身天地，几无容足之所，乃更怀古；回首风尘，盖已艰苦备尝矣，故甘息机。"更"字逆折，"甘"字顺落。欲归草堂而依严

---

① 蘅塘退士. 唐诗三百首［M］. 陈婉俊，补注. 北京：中华书局，1959.
② 和瑛. 杜律精华［M］. 清抄本.
③ 蒋士铨. 题随园无双谱诗后［M］// 陶梁. 国朝畿辅诗传·卷三十四·边连宝. 刻本. 1839（清道光十九年）.
④ 钱陈群. 香树斋诗集续集·卷二·瀛海舟次寄怀边征君连宝刘太守炳戈编修岱李编修中简边检讨继祖戈庶常涛纪孝廉昀［M］//四库未收书辑刊·第九辑·第十八册. 北京：北京出版社，2000：391.
⑤ 李銮宣. 坚白石斋诗集：卷十一［M］. 刘泽，等，点校. 太原：山西人民出版社，1991：363.
⑥ 戈涛. 杜律启蒙叙［M］//边连宝. 杜律启蒙. 济南：齐鲁书社，2005.
⑦ 边连宝. 杜律启蒙凡例［M］//边连宝. 杜律启蒙. 济南：齐鲁书社，2005.

公,以为怀古、息机之地,但以一隐一显,一喧一寂为嫌。或云:二者可以并行不背,故不禁浩然有归志耳,直与第一首起联相呼应。观此可知公之依严,并无干求仕进之意,故曰"客身逢故旧,发兴自林泉"也。①

再如注解《宿府》:

> 首句点"府",次句点"宿",三四,宿府之景;下四,宿府之情。然"悲自语""好谁看",已打动下截矣。惟悲,故但自语,虽好而谁与看?上四字一读,"悲"字、"好"字一读,下二字一读,"悲""好"二字横插中间,句法倍觉沉郁顿挫。②

边氏注解杜诗,更注重疏解杜诗的章法、句法、字法,便于初学诗者了解掌握杜甫作诗的门径。后人也曾指出,其书名"标举'启蒙',正是指示初学作诗的学子以门径,通过其领悟,提高写作技巧,为科举考试打下良好的基础"③。

边氏《杜律启蒙》有启蒙初学者之效,因此当和瑛得到该书时,深感"其注简明体要,其解平易近人",读之如同"昏衢之得巨烛"。此后,和瑛"吟抽默绎",保存并翻阅《杜律启蒙》"越三十年",从中学习揣摩如何作诗。翻阅《杜律启蒙》三十多年,和瑛在学习杜诗方面可谓用功甚深。

"越三十年",因时在嘉庆四年(1799),和瑛五十九岁,上推三十年,也就是二十多岁,其时和瑛正在积极准备科举考试。清代科举考试,科目之一即为律诗,也即试帖诗。试帖诗虽为律诗,但因其仅限于科场使用,与一般诗体不同,在考官命题、学子作诗中有诸多特殊要求,如命题须有出处,结构略同八股,讲究起承转合,必须紧贴题意等。试帖诗与制艺一样都是读书人的必修课目,必须勤加练习。乾隆二十二年(1757)恢复科举中的诗赋考试后,试帖诗的训练也渐成风气,有人专门编选前代和当代的试帖诗,供读书人学习模仿,如毛奇龄有《唐人试帖选》,纪昀有《唐人试律说》《庚辰集》《我法集》等,翁方纲有《复初斋试律说》,法式善有《同馆试律钞》,王芑孙有《九家试帖》。④ 和瑛弃武从文,踏上科举仕进之路,他跟其他读书人一样,也需要学习

---

① 边连宝. 杜律启蒙 [M]. 韩成武,贺严,孙微,等,点校. 济南:齐鲁书社,2005:409-410.
② 边连宝. 杜律启蒙 [M]. 韩成武,贺严,孙微,等,点校. 济南:齐鲁书社,2005:418.
③ 王颖. 边连宝《杜律启蒙》研究 [D]. 石家庄:河北师范大学,2010:15.
④ 商衍鎏. 清代科举考试述录 [M]. 北京:生活·读书·新知三联书店,1958:249-254.

制艺和试贴诗。他十七岁师从何嵩堂，在学习制艺之余，也开始练习试贴诗。①边连宝的《杜律启蒙》正是以八股义法来解杜诗，指点作诗的门径，可视为试贴诗的入门之作，因此年轻的和瑛得到该书时，喜不自禁，谓"少奉是编，若昏衢之得巨烛，吟抽默绎，越三十年，未敢视为寻常帖括"。

二、编选《杜律精华》

和瑛认为杜甫的律诗，"其理至易，其法至简"，但注解家们一味地旁征博引，穿凿附会，反而掩藏了杜甫律诗的本来面貌，甚至把读者引向了歧路。他推崇边连宝的《杜律启蒙》，正是因为"其注简明体要，其解平易近人"，能够"诵其诗，论其世，知其人"，因此"吟抽默绎，越三十年"。然而《杜律启蒙》一书，收杜甫五律627首，七律151首，共778首，规模庞大；且只按五律、七律分类，分类简单。鉴于此，和瑛在《杜律启蒙》的基础上，"复慎加披拣，比依事类，列门十有六，得二百余首，题曰《杜律精华》，为草堂秘玩"②。《杜律精华》在《杜律启蒙》所收诗作中，精选了229首，大多为杜甫律诗的精粹，也是和瑛三十多年学习杜诗的经验积累。所收二百多首诗分为朝直、居处、时景、世事、感兴、宴集、游览、登眺、山川、寺庙、送别、怀忆、赠答、哀挽、咏古、赋物16类，每类当中大体按时间先后编排，便于读者按题材学习。另外，和瑛沿用了边氏的注解等内容，包括原书的版式、标记，最大程度保留了《杜律启蒙》的原样。马强才谓"《杜律精华》实为《杜律启蒙》的精缩本"，"目的是为读书人学习诗赋以应付考试提供一本较好的参考用书，突出其指导诗赋学习的功用"，③ 所言不虚。

和瑛在《杜律精华》中还留下了16条眉批，记录了自己学习杜诗的感悟和体验。例如，杜诗《春宿左省》中有"不寝听金钥"一句，边氏注解谓："'寐'一作'寝'，'寐'字胜，夜卧曰'寝'，寝熟为'寐'，亦无通宵不寐之理，但寝而不寐耳。"和瑛认同边氏的校语，特在书眉上朱笔批写"寐字胜"。又如边氏注解《一百五日夜对月》"斫却月中桂，清光应更多"时谓"三、四句，注说不一，总欠妥协，然亦不知究竟是何兴会，不敢妄为揣测，阙之可也"。和瑛朱笔眉批谓"与微云点缀、滓污太清同意，然却怨而不怒"，补充自

---

① 荣苏赫，赵永铣，等. 蒙古族文学史：第二卷 [M]. 呼和浩特：内蒙古人民出版社，2000：752.
② 和瑛. 杜律精华 [M]. 抄本.
③ 马强才. 清华大学图书馆所藏清代杜诗学著作四种经眼录 [J]. 杜甫研究学刊, 2010 (01)：83-88.

211

己的阅读体验，申边氏未竟之意。杜甫《喜达行在所三首》言"自京窜至凤翔"时，所历道路艰险。和瑛在第一首上加眉批，谓"荒山歧路，非身历者不知其言之工"。其时，和瑛有了自川赴藏的经历，也有穿越川陕蜀道的体验，因此读杜诗时才如此"心有戚戚焉"。在眉批中，和瑛还揭示了后学对杜甫的模仿与学习，如谓元好问《湘夫人咏》、李琬诗"蔓草野花留服饰，风魂月魄断知闻"都从杜诗来，谓王阮亭《沔县武侯祠》结句"从杜意翻进一层"。

三、凭吊杜甫遗迹

唐天宝四载（745），杜甫漫游到济宁，与许主簿等一起到南池游玩并赋《与任城许主簿游南池》，南池由此闻名。《济宁县志》载："古南池在城南三里许小南门外，小南门即故城也。地周二三里许，内有王母阁，阁西南水中有晚凉亭，夏日荷花盛开时，清香袭人，而白莲尤胜，每有游人燕集于是。旧有杜文公祠，祀李白、杜甫、贺知章三人。后从州人李毓恒议，并祀许主簿。"① 嘉庆七年（1802），和瑛时任山东巡抚，曾到济宁巡视，寻访过李白、杜甫在济宁的游踪，凭吊李白登过的南楼和杜甫游览过的南池，为杜甫塑像题诗：

  名士风流那独诗，南楼才过又南池。一生忧喜关君国，地以人传草木知。②

在和瑛看来，李白、杜甫不仅仅是诗仙、诗圣，也不仅仅以诗著称。当他们"放荡齐赵间，裘马颇清狂"之时，彰显了那个时代的名士风流，这才是令人称羡之处。

唐乾元二年（759），杜甫弃官西走秦州，十二月自同谷入蜀，至大历三年（768）正月出川，在四川生活了十年。杜甫入蜀后，在成都浣花溪畔建草堂定居，即所谓的杜甫草堂。杜甫两次入住成都杜甫草堂，在草堂生活数年，创作了大量诗歌作品。乾隆五十四年（1789），和瑛时任四川按察使，与林俊等人游杜甫草堂，有《林西崖观察招游杜少陵草堂放船锦江访薛涛井登同庆阁晚酌四首》，其第一首谓：

  草堂风物竟何如，花径蓬门到此初。唐代词臣真国士，汉家名相老邻居。阶前拜石频惊马，竹里敲云且驻车。更有残僧邀佛寺，黄衫朱履话

---

① 潘守廉．（民国）济宁县志：卷四［M］．铅印本．1927（民国十六年）．
② 和瑛．易简斋诗钞：卷三［M］．上海：上海古籍出版社，2002：506．

徐徐。①

和瑛初到草堂，一睹杜甫笔下的"花径""蓬门"，当年严武拜访杜甫时的情景仿佛就在眼前。而今自己与朋友一道来探访草堂，虽然也曾"竹里行厨""花边立马"，但斯人已逝，只有近旁的僧人唠唠叨叨，叙说着昔日风貌，令人不胜感慨。乾隆五十八年（1793）十二月，和瑛赴藏，途经成都，四川总督孙士毅在杨慎旧宅饯行。其时，孙士毅在杨慎旧宅新建绛雪书堂，和瑛赋诗称美，谓"草堂未许嘉名独，更有书堂锦里传"②，绛雪书堂将与杜甫草堂一样流芳后世，永传嘉名。和瑛离别成都，在城南道上再次凭吊杜甫草堂，感慨成都人杰地灵，而自己只能"自惭竹马难题句，惆怅前溪子美家"③。

四、敷演杜甫杂剧

杜甫向来都是戏曲取材的对象，元范康《杜甫游春》杂剧、佚名《众僚友喜赏浣花溪》传奇、清宋鸣珂《杜陵春》院本、李文翰《忆长安》传奇等都在演绎着杜甫故事，可谓"乐府争传太白狂，杜陵野老又登场"④。源于对杜甫的推崇与熟悉，和瑛在其杂剧《草堂寱》中也选择了以杜甫入戏，敷演杜甫的《饮中八仙歌》。剧中，和瑛以上八仙对应杜甫笔下的饮中八仙，以东方朔对应杜甫，借九仙谪落凡间，欢会草堂，拈出失意、饥寒困苦等来解读杜甫与饮中八仙的失意人生，可谓"浇愁还借八仙歌，云梦胸中作酒波"⑤。

杂剧不仅仅是以《饮中八仙歌》张本，作者在宾白、唱词中更是大量化用、引用杜甫诗句，甚至是集杜诗为曲。如第四折中，饮中八仙登场与杜甫相见，杜甫宾白"岂有文章惊海内，漫劳车马驻江干，快快道有请"，其中"岂有文章惊海内，漫劳车马驻江干"两句出自杜诗《有客》一诗，原诗本就是描写宾客来访的喜悦之情，这两句移用在这里算是恰到好处；杜甫初醒，唤家童斟酒回敬诸位大人，家童应声谓"舍南舍北皆春水，但见群鸥日日来，那里有什么大人"，其中"舍南舍北皆春水，但见群鸥日日来"两句出自杜诗《客至》，家童

---

① 和瑛．易简斋诗钞：卷一［M］．上海：上海古籍出版社，2002：460.
② 和瑛．易简斋诗钞：卷一［M］．上海：上海古籍出版社，2002：469.
③ 和瑛．易简斋诗钞：卷一［M］．上海：上海古籍出版社，2002：469.
④ 乐钧．青芝山馆诗集·卷二·澹思进士杜陵春院本题词［G］//清代诗文集汇编：第481册．上海：上海古籍出版社，2010：87.
⑤ 乐钧．青芝山馆诗集·卷二·澹思进士杜陵春院本题词［G］//清代诗文集汇编：第481册．上海：上海古籍出版社，2010：87.

借用，也是妙处。《石榴花》①的一段唱词共8句57字，除了"只因为""不枉我"两个虚词和"照"一个动词外，其余都借用了杜甫的成句，分别来自杜甫《严中丞枉驾见过》《狂夫》《怀锦水居止二首》《月》《严公仲夏枉驾草堂兼携酒馔》《山馆》《宿府》《玄都坛歌寄元逸人》《九日蓝田崔氏庄》等诗。

和瑛用"多受饥寒困苦"六字来概括杜甫的一生，反映的不只是一个历史事实，也是作者对杜甫人生的高度概括和深刻体认，更是自己一生的写照。和瑛家族世代武职，父辈曾任御前侍卫，但和瑛却弃武从文，13岁时读完五经，18岁开始练习制艺，直到28岁方才考中举人，31岁考中进士，签分户部学习行走，步入仕途比同龄人迟得多。在户部蹉跎十多年，46岁时京察一等，始得外任知府，此后辗转安徽、四川、陕西等地，官至布政使。但好景不长，乾隆五十八年（1793），和瑛53岁，奉命赴西藏办事，在西藏任职长达8年之久，嘉庆六年（1801）五月才离开西藏。返回京城，席不暇暖，半年内先后任户部侍郎、仓场侍郎、安徽巡抚、山东巡抚等职。嘉庆七年（1802），和瑛62岁，更是因故发配乌鲁木齐效力赎罪，在新疆任职长达八个年头。和瑛一生仕途不甚得意，又不能像唐代文人那样遁隐解脱，因此只好借杜甫与饮中八仙的酒杯来浇自己胸间的块垒。

五、尊杜甫为著述之儒

杜甫虽然一生"奉儒守官，未堕素业"②，但一直以来都是被目为诗人，不入儒林。然和瑛在肯定其诗歌成就的同时，却进一步尊杜甫为著述之儒，将其纳入儒林体系。他在《古镜约篇》卷下《著述》中说：

> 昔称，知杜者莫如元稹、韩昌黎。稹之言曰："上薄《风》《骚》，下该沈、宋，铺陈终始，排比声韵，词气豪而风调情深，属对切而脱弃凡近。"昌黎之言曰："屈指诗人，工部全美，笔追清风，心夺造化。天光晴射洞庭秋，寒玉万顷清光流。"二子之论杜诗，可谓当矣。宋人称为诗史，以其可以论世知人也；明人称为诗圣，以其温柔敦厚也。两代之赞杜诗，可谓至矣。然而《新、旧唐书》悉惑于刘斧《摭遗》小说之言，而有"牛炙白酒，一夕醉死"之语，是皆诬子美之甚者也。夫子美以不世出之才，而功名未遂，事业无所表见，其不著于名臣、循吏传也固宜。然考其学问经济，发露于篇章，虽托咏微物，具有至理渊涵，非与闻性与天道者，不

---

① 和瑛. 草堂瘖：第四折 [M] // 和瑛丛残. 抄本.
② 杜甫. 杜诗详注：卷二十四 [M]. 仇兆鳌, 注. 北京：中华书局，1979：2172.

能道只字。况当天宝之末,天子蒙尘,黎民琐尾,子美于颠沛流离之际,勃发其忠君爱国之诚,倘所谓终食不违仁者,非耶?当不仅以诗史、诗圣传也。嗟乎,子美生不逢时,殁无知己,一诬于刘昫,再诬于宋祁,数千年后,又不见传于儒林逸传,吾故取仇太史之表彰,补朱文端之缺略,起子美而慰之,其亦可以不恨也夫。①

在和瑛看来,元稹、韩愈推崇杜甫,宋明以来谓诗史、诗圣,只不过是肯定杜甫在诗歌方面的成就而已;新旧《唐书》因袭小说家语,谓死于牛酒,更是对杜甫的诬陷与丑化。杜甫一生功业未遂,不入名臣循吏列传,情有可原;但其学问经济,其忠君爱国之诚,足以使其列入儒林传,而不仅仅是一介诗人。他感叹后人不知杜甫,故起而慰之,将杜甫列入著述之儒的行列,并为之立传,可谓深知杜甫者。

陆游失意大散关后,"细雨骑驴入剑门",曾感叹"此身合是诗人未"。显然,陆游并不甘心只做一个诗人。中国古代的诗人们大多都不甘心只做一个诗人,他们上下求索,往往旨在兼济天下,实现"修齐治平"的人生理想。和瑛浸染杜诗数十年,诵其诗,论其世,深知"一生忧喜关君国"的杜甫,不只是一位诗人,更是一位儒者、一位国士,所谓"名士风流那独诗"。他在《林西崖观察招游杜少陵草堂放船锦江访薛涛井登同庆阁晚酌四首》的第一首中,谓杜甫"唐代词臣真国士,汉家名相老邻居"②。杜甫是一代"词臣",更是一代"真国士",与汉代名相诸葛亮比邻而居毫无愧色。

六、化用杜甫诗句

在谈及自己如何作诗时,和瑛曾谓"苦吟惭畏杜"③"诗歌怀杜甫"④,可见其向杜甫学习的自觉。综观和瑛的诗歌创作,随处可见其亦步亦趋学习杜甫的痕迹。

化用杜诗者,如《访三原山长王恭寿孝廉》中"小酌高轩兴未央,盘餐市远味偏长"⑤,化用杜甫《客至》"盘飧市远无兼味"句;《头道水瀑布次孙补

---

① 和瑛. 古镜约篇 [M] //富察恩丰, 辑. 周斌, 校点. 八旗丛书: 上. 重庆: 西南师范大学出版社, 北京: 人民出版社, 2012: 96-97.
② 和瑛. 易简斋诗钞: 卷一 [M]. 上海: 上海古籍出版社, 2002: 460.
③ 和瑛. 易简斋诗钞: 卷二 [M]. 上海: 上海古籍出版社, 2002: 505.
④ 和瑛. 易简斋诗钞: 卷二 [M]. 上海: 上海古籍出版社, 2002: 507.
⑤ 和瑛. 易简斋诗钞: 卷一 [M]. 上海: 上海古籍出版社, 2002: 466.

山相公韵》中"但希题壁留青眼,何碍层云荡素胸"①,化用杜甫《望岳》"荡胸生层云"句;《宿头塘》中"砚冻墨不濡,指直笔欹倒"②,化用杜甫《自京赴奉先县咏怀五百字》"指直不得结"句;《分赋赏心十咏·读》中"万卷何能破,群书在会通"③,化用杜甫《遣闷戏呈路十九曹长》"读书破万卷"句;《分赋赏心十咏·吟》中"律惭垂老细,思入远人骚"④,化用杜甫《遣闷戏呈路十九曹长》"晚节渐于诗律细"句;《希斋司空奉命节制全川将东归为赋韵诗三十首述事志别》其二十二:"文章叨命达,勋业愧才凡"⑤,化用杜甫《天末怀李白》"文章憎命达"句;《宜椒道上》中"一剑寒暄割,西风扑面骄"⑥,化用杜甫《望岳》"阴阳割昏晓"句;《暮春大雪四首》其一中"拥炉释子闭碉楼,露寝番黎无瓦片"⑦,模仿了杜甫《自京赴奉先县咏怀五百字》"朱门酒肉臭,路有冻死骨"句;《对菊书怀送项午晴秋满还蜀八首》其五中"感时频溅泪,不独断离肠"⑧,化用杜甫《春望》"感时花溅泪"句;《中渡至西俄洛》中"猬缩马牛蹄"⑨、《甘州歌》中"行人到此缩如猬"⑩,皆化用杜甫《前苦寒行》"牛马毛寒缩如猬"⑪句。

步杜诗韵者,如《山庄落成题曰"挹翠"用杜少陵〈游何将军山林〉韵赋诗》《泰安试院七柏一松歌用少陵〈古柏行〉韵》等。又有限用杜诗诗句为韵者,如《夏日遣怀即事以少陵"灯花何太喜,酒绿正相亲"为韵五律十首》等。

化用杜诗意境者,如《答〈壬子岁春敬斋相国率六师徂征廓尔喀……〉元韵》描写役卒离家时的情景,谓:"当其初出役,泣别妻儿娇。父母握手嘱,生还继宗祧。仁者念及此,草木回枯焦……"⑫此情此景,与杜甫《兵车行》中"耶娘妻子走相送,尘埃不见咸阳桥。牵衣顿足拦道哭,哭声直上干云霄"的描写有异曲同工之妙。

---

① 和瑛. 易简斋诗钞:卷一 [M]. 上海:上海古籍出版社,2002:470.
② 和瑛. 易简斋诗钞:卷一 [M]. 上海:上海古籍出版社,2002:471.
③ 卫藏和声集 [M]. 抄本.
④ 卫藏和声集 [M]. 抄本.
⑤ 卫藏和声集 [M]. 抄本.
⑥ 和瑛. 易简斋诗钞:卷二 [M]. 上海:上海古籍出版社,2002:474.
⑦ 和瑛. 易简斋诗钞:卷二 [M]. 上海:上海古籍出版社,2002:484.
⑧ 和瑛. 易简斋诗钞:卷二 [M]. 上海:上海古籍出版社,2002:498.
⑨ 和瑛. 易简斋诗钞:卷一 [M]. 上海:上海古籍出版社,2002:471.
⑩ 和瑛. 易简斋诗钞:卷三 [M]. 上海:上海古籍出版社,2002:510.
⑪ 杜甫. 杜诗详注:卷二十一 [M]. 仇兆鳌,注. 北京:中华书局,1979:1845.
⑫ 卫藏和声集 [M]. 抄本.

学习杜甫，化用杜诗，更为突出的是和瑛秉承杜诗的"史诗"品质，深得杜甫之心。和瑛自成都赴藏以及驻藏期间，效仿杜甫的一路风尘一路诗，用诗歌记述自己的人生，直面苦难的现实。在和瑛笔下，道路的艰险、藏地百姓的苦难、宗教上层的骄奢，历历在目。《蛮讴行》等诗，亦颇具"史诗"气象；《札什伦布六十初度》等诗，也有沉郁顿挫的味道。

和瑛曾谓"世上多吟六快活，何如子美主诗坛"①，不愿追逐世俗的"六快活"，企慕像杜甫一样主持诗坛，成就自己的宦意与文情。他熟读杜诗，编选杜诗，用心体味杜诗，深得杜甫之心，可谓杜甫千年而后一知己。

第二节　对韩愈、白居易、李商隐等中晚唐诗人的接受

和瑛在尊杜学杜的同时，也取法其他唐代诗人，从多方面汲取营养。其学习接受的唐代诗人主要有韩愈、白居易、李商隐。

一、接受韩愈

"文起八代之衰，而道济天下之溺"②，这是苏轼在《潮州韩文公庙碑》中对韩愈的赞誉，代表了后人对韩愈道德文章的评价。陈寅恪《论韩愈》："唐代之史可分前后两期，前期结束南北朝相承之旧局面，后期开启赵宋以降之新局面，关于政治社会经济者如此，关于文化学术者亦莫不如此。退之者，唐代文化学术史上承先启后转旧为新关捩点之人物也。"③ 代表了后人对韩愈历史地位的认可。在儒学式微之际，韩愈"以兴起名教弘奖仁义为事"④，"深探本元，卓然树立，成一家言"⑤，对宋明理学产生了深远影响。文学方面，韩愈倡导发起"古文运动"，开创"韩孟诗派"，提倡散文，反对骈文，以文为诗，追求诗歌语言生新，上承杜甫，下开苏黄，奠定了宋诗的发展方向。和瑛生活的时代，正是宋明理学最后的辉煌时期，自幼便接受了宋明理学的正统教育，文学上复古思潮泛滥，尊杜、尊韩、尊宋，风气正炽。因此和瑛对韩愈不但熟悉，而且

---

① 和瑛. 易简斋诗钞：卷二 [M]. 上海：上海古籍出版社，2002：500.
② 苏轼. 苏轼文集：卷十七 [M]. 孔凡礼，点校. 北京：中华书局，1986：509.
③ 陈寅恪. 金明馆丛稿初编 [M]. 北京：生活·读书·新知三联书店，2009：332.
④ 刘昫，等. 旧唐书·卷一百六十·韩愈传 [M]. 北京：中华书局，1975：4203.
⑤ 欧阳修，等. 新唐书·卷一百七十六·韩愈列传 [M]. 北京：中华书局，1975：5265.

尊崇，有意识地向韩愈学习。

（一）尊韩愈为传道之儒

和瑛有感于"经也者，史之镜也；史也者，人之镜也。合经与史，则古之人皆今之人之镜也"，遂衷辑历代儒臣、士吏事迹，编成《古镜约篇》，以供士君子"反镜而索照"。① 书中，和瑛首标"儒宗"门，并将儒学之士分为授经之儒、传道之儒、治世之儒等，列韩愈为传道之儒之首。韩愈生活的时代，正是儒学衰微、佛老交侵之时，"其言道德仁义者，不入于杨，则入于墨；不入于老，则入于佛"②。对此，韩愈倡言儒学道统，认为"尧以是传之舜，舜以是传之禹，禹以是传之汤，汤以是传之文武周公，文武周公传之孔子，孔子传之孟轲，轲之死，不得其传焉"③。孟子之后，儒学道统不继，韩愈自觉承担起了儒学薪火相传的使命，以大无畏的精神捍卫儒学道统。他感叹："释老之害过于杨墨，韩愈之贤不及孟子，孟子不能救之于未亡之前，而韩愈乃欲全之于已坏之后，呜呼，其亦不量其力且见其身之危，莫之救以死也！虽然，使其道由愈而粗传，虽灭死万万无恨。"④ 故韩愈"抗颜为师"，力攘佛老，著"《原道》《原性》《师说》等数十篇，皆奥衍闳深，与孟轲、扬雄相表里而佐佑六经"⑤，阐明先王之道，力求圣人之志。和瑛称"士不通经，不足以为儒""圣言浩邈，勿为穿凿附会以乱其真，务为切实贯通以畅厥旨"⑥，与韩愈心有戚戚焉。和瑛盛赞韩愈："韩文公，毅勇儒也。其忠见于《谏佛骨表》，其诚见于《驱鳄鱼文》。其文卓然树立，成一家言，而左右六经。其武见于乘遽入汴，及厉声谕吴庭凑。洵见道君子，豪杰之士也。程子曰：'其言孟子没，不得其传，非有所袭于前也。'若无所见，其所传何事耶？或以为因文见道，然一尊孔孟，力排二家，开宋儒之先，非见道，何以为文？至其刊落陈言，汪洋大肆，一出于正，乃行文

---

① 和瑛．古镜约篇：序［M］//富察恩丰，辑．周斌，校点．八旗丛书：上．重庆：西南师范大学出版社，北京：人民出版社，2012：43．
② 韩愈．韩昌黎文集校注：卷一［M］．马其昶，校注．马茂元，整理．上海：上海古籍出版社，1986：14．
③ 韩愈．韩昌黎文集校注：卷一［M］．马其昶，校注．马茂元，整理．上海：上海古籍出版社，1986：18．
④ 韩愈．韩昌黎文集校注：卷三［M］．马其昶，校注．马茂元，整理．上海：上海古籍出版社，1986：215．
⑤ 欧阳修，等．新唐书·卷一百七十六·韩愈列传［M］．北京：中华书局，1975：5265．
⑥ 和瑛．古镜约篇［M］//富察恩丰，辑．周斌，校点．八旗丛书：上．重庆：西南师范大学出版社，北京：人民出版社，2012：43．

之浩气耳。信乎拨衰反正,邹贤后一人,为道学渊源之首。"① 韩愈于君忠,于民诚,文以载道,奋不顾身,攘斥佛老,力倡古道,传承孔孟之学,奠定了宋代道学的基础,故和瑛尊之为"毅勇儒"。

(二) 熟悉韩愈事迹

和瑛非常熟悉韩愈的生平事迹,《古镜约篇》用非常精练的语言介绍韩愈生平,谓:"韩愈,字退之。能通六经。擢进士第。操行坚正,鲠言无忌讳,数遭贬黜。谥曰文。"寥寥二十余字,概括了韩愈的一生,颇有史才。不仅在《古镜约篇》中介绍评论韩愈,在诗歌创作中也多次用韩愈的事典。唐元和十二年(817)年,裴度督师平定淮西叛乱,韩愈作《平淮西碑》,称美之。后来因韩文中归功于裴度,引起了别人的不满,有人将碑推倒,朝廷遂令段文昌重制碑文。到宋代,好事之人重翻旧案,又磨去段文,新刻韩文。和瑛在《题巴里坤南山唐碑》中称:"吁嗟韩碑已仆段碑残,犹有姜碑勒青嶂。"用韩碑仆倒和段碑磨灭,反衬姜碑屹立青山。明彭大翼《山堂肆考》卷三十一《碑·班超纪功》谓:"唐姜行本高昌之役为行军总管,出伊川,距柳谷百里,其处有汉班超纪功碑。行本乃磨去古刻,更刊已颂,陈国威灵。"② 元和十四年(819),韩愈因上《谏佛骨表》,贬谪潮州。当他带着生病的女儿匆匆离开长安,途经蓝关时,有《左迁至蓝关示侄孙湘》,谓:"一封朝奏九重天,夕贬潮阳路八千。欲为圣明除弊事,肯将衰朽惜残年。云横秦岭家何在,雪拥蓝关马不前。知汝远来应有意,好收吾骨瘴江边。"③ 和瑛《百尺垂虹》中有"君不见,蓝关雪磴嘲迁韩"之句④,反用韩愈"雪拥蓝关马不前"事。一个"迁"字,明贬实褒,韩愈犯颜直谏,貌似迂腐,实则却是力攘佛老,万死不辞,实乃毅勇之儒、豪杰之士。《新唐书》韩愈本传载:"初,愈至潮,问民疾苦,皆曰:'恶溪有鳄鱼,食民畜产且尽,民以是穷。'数日,愈自往视之,令其属秦济以一羊一豚投溪水而祝之曰……祝之夕,暴风震电起溪中,数日水尽涸,西徙六十里,自是潮无鳄鱼

---

① 和瑛.古镜约篇 [M] //富察恩丰,辑.周斌,校点.八旗丛书:上.重庆:西南师范大学出版社,北京:人民出版社,2012:43.
② 彭大翼.山堂肆考:卷三十一 [M] //文渊阁四库全书:第974册.台北:台湾商务印书馆股份有限公司,1986:512.
③ 韩愈.韩昌黎诗系年集释:卷十一 [M].钱仲联,集释.上海:上海古籍出版社,1984:1097.
④ 和瑛.易简斋诗钞:卷三 [M].上海:上海古籍出版社,2002:515.

患。"① 和瑛《次韵秦芝轩中丞听雨》中"驱鳄宜师韩"②、《项午晴和前诗赋四韵答之》中"我惭驱鳄手"③、《和沈舫西太守登岱元韵二首》中"默祷愧希韩"④ 等句，都用了韩愈《驱鳄文》中"鳄鱼一夜匿迹"的典故，借以表达自己的爱民情怀。

（三）师法韩诗

嘉庆三年（1798），和瑛在《署圃杂咏十八首》其十八《诗囊》中谓："果称诗坛将，何独师黄韩。搜我奶酪肠，淘洗有余欢。括囊庶无咎，聊足偿粗官。"⑤ 此时和瑛驻藏已五年，适应并喜欢上拉萨的清闲生活，政事多暇，醉心于艺文，所谓"矻矻辨鲁亥，聊吾岁月娱"⑥。他将自己的人生定位于"诗坛将"，要向白居易等诗人学习，而不只是向韩愈、黄庭坚等人学习。可知，和瑛一度曾自觉地向韩愈学习，师法韩孟诗派。综观其传世诗歌，也是随处可见韩孟诗派，特别是韩愈诗歌的影响。和瑛在沈阳时有《和蒋丹林〈猫侍母食歌〉韵》，称美蒋祥墀的孝义家风，言其家小猫"每日必俟母猫先食毕而后食"⑦ 之事。诗末谓："此事君比董姚奇，此诗我愧韩苏补。"董即董召南，韩诗即韩愈《嗟哉董生行》诗，韩诗称美董召南隐居行义孝且慈，其家"家有狗乳出求食，鸡来哺其儿，啄啄庭中拾虫蚁，哺之不食鸣声悲，彷徨踯躅久不去，以翼来覆待狗归"⑧。和瑛自称蒋家之事比董家之事更令人称奇，只是自己诗才有限，诗歌无法同韩诗相提并论，可知和瑛有意模仿韩诗，欲与韩诗相比拟。韩愈有《齿落》诗，发齿落之感。和瑛齿落，亦有《一齿落有感》纪之，并在"豁白何堪耻"句下自注"昌黎《落齿诗》云：豁白殊可耻"⑨，效仿韩愈之痕迹愈加明显。毕宝魁《韩孟诗派研究》认为韩孟诗派的特点之一即苦吟，并指出苦吟在杜诗中已经出现，到韩愈及韩孟诗派时有了进一步的发展，从内容上看是"吟苦"，即述说世道不公及自身之不幸遭遇；从诗人处境来看是"苦吟"，即

---

① 欧阳修，等. 新唐书·卷一百七十六·韩愈列传 [M]. 北京：中华书局，1975：5262-5263.
② 和瑛. 易简斋诗钞：卷一 [M]. 上海：上海古籍出版社，2002：465.
③ 和瑛. 易简斋诗钞：卷二 [M]. 上海：上海古籍出版社，2002：492.
④ 和瑛. 易简斋诗钞：卷三 [M]. 上海：上海古籍出版社，2002：505.
⑤ 和瑛. 易简斋诗钞：卷二 [M]. 上海：上海古籍出版社，2002：496.
⑥ 和瑛. 易简斋诗钞：卷二 [M]. 上海：上海古籍出版社，2002：496.
⑦ 黄汉. 猫苑：卷下 [M]. 刻本. 瓮云草堂，1852（清咸丰二年）.
⑧ 韩愈. 韩昌黎诗系年集释：卷一 [M]. 钱仲联，集释. 上海：上海古籍出版社，1984：80.
⑨ 和瑛. 易简斋诗钞：卷四 [M]. 上海：上海古籍出版社，2002：531.

身处痛苦磨难之中也继续吟咏叹息；在创作态度上则是刻苦严肃，刻意追求，刻意求新。① 和瑛诗歌也有苦吟的特点，且与韩愈不无关系。《和沈舫西太守登岱元韵二首》谓："苦吟惭畏杜，默祷愧希韩。"② 这里，诗人用互文的修辞，谦称自己在苦吟方面不及杜甫、韩愈。和瑛驻守西藏八年，谪戍新疆七年，"天西兀兀守残晖"③，境遇之苦，失意之痛，亦非一般人可比。《札什伦布六十初度二首》其二："甲子人间世，吾过七五周。壶中看日月，天外度春秋。博望槎犹系，班生笔未投。百蛮碑到处，黄卷足忘忧。"和瑛出巡到札什伦布时，恰逢六十岁生日，功业未成，唯有一卷黄卷聊以忘忧。在南疆时，和瑛有《喀浪圭卡伦》诗，谓："此日罽帷悬库露，几年驿酪忆蓬婆。磨牛步步皆陈迹，争比崎岖历落多。"历落崎岖，又何止一段山路。受时代环境和政治身份的局限，诗人虽然不敢流露太多的哀怨，但在西藏诗、西域诗中，淡淡的苦楚却无法遏制，时有"吟苦"之句。和瑛还长于锤炼诗句，力求生新，颇有"吟安一个字，捻断数茎须"之风。例如，《出巡后藏夜宿僵里》"河山环野暗，霜月带沙明"④两句，遣词琢句，颇有匠心。《巩宁城望博克达山》："博达神皋拥翠鬟，行人四望白云闲。遥临地泽千区润，高捧天山一掬悭。弥勒南开晴雪屳，穆苏西接古冰颜。钟灵脉到伊州伏，为送群峰度玉关。"⑤ 诗中用"拥""捧""伏"等一系列拟人化的动态词，细腻刻画了博克达山的高峻。同时，这首诗也体现了"以文为诗"的特征，采用赋体手法，分别从上下四方描写博克达山，属于比较典型的韩诗风格。

二、接受白居易

和瑛的诗歌风格主体上是宋诗的风格，继承了杜甫、韩愈、苏轼等人的传统，但其学习对象却不局限于此。他在《署圃杂咏十八首》其十八《诗囊》中说："梁园杜荀鹤，一枕泥可叹。更拟香山老，乐地黄居难。数数诋痴符，诗名怕野干。果称诗坛将，何独师黄韩。"⑥ 可见，其在"师黄韩"之余，"更拟香山老"，自觉向白居易学习。其学习白居易，主要表现在以下几方面。

---

① 毕宝魁. 韩孟诗派研究 [M]. 沈阳：辽宁大学出版社，2000：283-286.
② 和瑛. 易简斋诗钞：卷三 [M]. 上海：上海古籍出版社，2002：505.
③ 和瑛. 易简斋诗钞：卷三 [M]. 上海：上海古籍出版社，2002：516.
④ 和瑛. 易简斋诗钞：卷一 [M]. 上海：上海古籍出版社，2002：473.
⑤ 和瑛. 易简斋诗钞：卷三 [M]. 上海：上海古籍出版社，2002：517.
⑥ 和瑛. 易简斋诗钞：卷二 [M]. 上海：上海古籍出版社，2002：496.

（一）模拟白居易的新乐府

新乐府是相对古乐府而言，并在乐府基础上衍变而来的，往往自立新题，以反映时事、关心民生为主。李白、杜甫、元结、顾况等人是新乐府的先驱，张籍、王建、元稹、白居易、李绅等继承和发扬了"感于哀乐，缘事而发"的现实主义精神，高扬"为君、为臣、为民、为物、为事而作"的旗帜，掀起了新乐府运动。白居易被视为新乐府运动的主帅①，其《与元九书》全面阐述了新乐府运动的诗学主张。《新乐府十五首》是新乐府的典范之作，确立了新乐府的基本范畴，被后人誉为"一部唐代《诗经》""洵唐代诗中之钜制，吾国文学史上之盛业"②。乾隆六十年（1795），和瑛在拉萨模仿白居易的新乐府，创作了组诗《拟白香山乐府三十二章》。这32首诗，与白居易《新乐府十五首》一样，都是"首句标其目"，以首句为题，继承《诗经》的命题方式，如《载咏鹡鸰诗》《钜鹿甘粗粝》等。白居易《新乐府》题下多有小序，交代诗歌主旨，和瑛拟作也大多如此，如《周雅咏棠华》题下自注"亲兄弟也"、《却缺耕于野》题下自注"敬夫妇也"、《世称知己交》题下自注"信朋友也"等，共有16首诗题下保留了小序。白居易自称《新乐府》"言直而切，欲闻之者深诫"，和瑛诗亦然，不加曲饰，直陈己见，如《重德不重色》谓："重德不重色，喜旧不喜新。黄头承彦女，卧龙结良姻。四德阮一欠，百行允未纯。彦云尚难匹，公休良足臻。"开篇两句，径言主旨，娶妻当重德而不宜重色；随后又用诸葛亮娶黄承彦之女黄月英以及《世说新语》中许允妻阮氏巧答"妇有四德，卿有其几"、诸葛诞女批评丈夫王广"不能仿佛彦云，而令妇人比踪英杰"等典故，以古诫今，从正反两面进行论说。当然，白居易新乐府语言平易，追求老妪能解的效果，和瑛则是大量堆砌典故，以才学为诗。白居易新乐府都是描写时事，和瑛则是借古讽今，拿古人说事，拿观念说事，缺乏白居易直斥现实的犀利。

（二）继承元白唱和诗的传统

白居易《酬微之》谓："满箧填箱唱和诗，少年为戏老成悲。声声丽曲敲寒玉，句句妍辞缀色丝。吟玩独当明月夜，伤嗟同是白头时。"《余思未尽，加为六韵，重寄微之》又谓："海内声华并在身，箧中文字绝无伦。遥知独对封章草，忽忆同为献纳臣。走笔往来盈卷轴，除官递互掌丝纶。制从长庆辞高古，诗到元和体变新。"诗中自注"予与微之前后寄和诗数百篇，近代无如此多有

---

① 钟优民. 新乐府诗派研究 [M]. 沈阳：辽宁大学出版社，1997：188.
② 陈寅恪. 元白诗笺证稿 [M]. 北京：生活·读书·新知三联书店，2009：121，124.

也"。① 元稹《上令狐相公诗启》谓："稹与同门生白居易友善，居易雅能为诗，就中爱驱驾文字，穷极声韵，或为千言，或为五百言律诗，以相投寄。小生自审不能以过之，往往戏排旧韵，别创新词，名为次韵相酬，盖欲以难相挑耳。江湖间为诗者，复相仿效，力或不足，则至于颠倒语言，重复首尾，韵同意等，不异前篇，亦自谓为元和诗体。"②《白氏长庆集序》亦谓："予始与乐天同校秘书之名，多以诗章相赠答。会予谴掾江陵，乐天犹在翰林，寄予百韵律诗及杂体，前后数十章。是后，各佐江、通，复相酬寄。巴蜀江楚间洎长安中少年，递相仿效，竞作新词，自谓为'元和诗'。"③ 元白二人往来唱和，诗才友情交相辉映，唱和之多之勤，为前代所绝无。而后世学者也尝谓所谓"诗到元和体变新"，内涵之一便是元白二人的唱和之作。陈寅恪在言及"元和体"时便曾指出，元白"次韵相酬之长篇排律，如《白氏长庆集》壹叁《代书诗一百韵寄微之》，及《元氏长庆集》拾《酬翰林白学士代书一百韵》，《白氏长庆集》壹陆《东南行一百韵》，及《元氏长庆集》壹贰《酬乐天东南行一百韵》等"即属于"元和体诗"④。岳娟娟指出，唱和诗到元白后，才真正进入跨时空的私人领域，他们深化了唱和诗的主题，确立了次韵的规范，将排律大量使用到唱和中，改变了唱和诗的游戏、竞技目的，将议政、抒情等功能融入唱和之中。⑤ 元白唱和诗在当时便为人所仿效，后世更是相沿成风。宋严羽《沧浪诗话》谓："古人酬唱不次韵，此风始盛于元白皮陆，而本朝诸贤乃以此而斗工，遂至往复有八九和者。"⑥ 和瑛亦好唱和之作，乾隆五十九年（1794），在西藏与和琳叠相唱和，唱和诗25题116首，其中和瑛62首，和琳54首；酬赠诗4题36首，其中和瑛1题40首，和琳3题6首；联句2题，后汇编为《卫藏和声集》。和瑛、和琳往复酬唱，有多达四次者。是年夏，和琳出巡后藏，夜宿宜党，有《宿宜党寄怀》：

  骊驹一月抵三秋，都为遐荒少宦游。支帐群看酺伯雅，乘船谁信步碉楼。髦山四面偕君伫，新柳千条不我留。野宿风光殊可绘，二更弓月挂峰头。

---

① 白居易. 白居易集：卷二十三［M］. 顾学颉，校点. 北京：中华书局，1979：503.
② 元稹. 元稹集：卷六十［M］. 冀勤，校点. 北京：中华书局，1982：633.
③ 元稹. 元稹集：卷五十一［M］. 冀勤，校点. 北京：中华书局，1982：554-555.
④ 陈寅恪. 元白诗笺证稿［M］. 北京：生活·读书·新知三联书店，2009：347.
⑤ 岳娟娟. 唐代唱和诗研究［D］. 上海：复旦大学，2004：177-182.
⑥ 严羽. 沧浪诗话［M］//何文焕. 历代诗话. 北京：中华书局，1981：699.

和瑛收到和琳诗后，次韵相答，有《答寄怀元韵》：

招西入夏冷如秋，系念文旌赋远游。握别童山环氊帐，归来弦月满僧楼。敲诗兴共忘醒醉，选佛场宜听去留。惆怅瓜期先鹿马，怜吾东望更搔头。

行至春堆，和琳叠韵，有《春堆再迭前韵》：

春堆风冷讶深秋，笑我无端热宦游。剩有泉声喧毳幕，却无人迹倚危楼。客途藉酒偏难醉，诗思凭邮不暂留。聊托蜀笺相慰问，未能心事话头头。

和瑛再叠《寄答前韵》：

硕画筹边费两秋，壮哉佛土不虚游。欢逢客里芝兰室，喜结天涯棣萼楼。倚马缥缃频传寄，渴人醍醐且封留。性真见处唯诗酒，何必禅关棒喝头。

又叠前韵作《前诗既成适别蚌寺僧送白牡丹至复用前韵寄怀》：

番俗何曾麦有秋，天教鹿韭上方游。春寒耐尽骊山寺，雪艳初登谢客楼。顽仆插瓶聊我伴，残僧护槛为公留。定□布算同心赏，富贵花中有白头。

和琳在札什伦布接到和瑛诗，作《札什伦布对雨适接太庵和韵寄怀之作迭前韵》：

山房晓雨气支秋，珍重蛮笺慰客游。寡和阳春骄楚馆，可餐闺秀艳隋楼。花王似受空王戒，国色端为好色留。我本情痴绕蒜发，正防笑我肤如头。

和瑛再和，作《代白牡丹答迭前韵》：

释迦院里度春秋，蕴藉冰容待冶游。节近天中犹见雪，园开地母且登楼。霜根欲倩韩仙染，玉蕊全凭殷士留。空到色香真妙喜，何妨簪上老人头。

在叠相唱和中，二人使用韵字完全相同，但诗意却是相承、相答，甚至韵同意殊，颇有元白"名为次韵相酬，盖欲以难相挑"之风。在《卫藏和声集》中，也不乏长篇唱和诗，如《蛮讴行》多达22韵，《壬子岁春敬斋相国率六师徂征廓尔喀……》有16韵，《大暑节后，得食王瓜、茄子，喜赋十二韵，兼以

《致谢》有12韵。最为难得的是，与元白一样，和瑛、和琳二人在游戏、竞技的同时，也不忘诗歌的诗教功能，以诗歌的形式揭示西藏百姓的苦难生活，阐发自己的政治理念，如《蛮讴行》，二人的唱和互为表里，互相补充。和瑛原诗侧重塑造生活在社会下层的女性形象，用白描的手法诉说了"博穆"的艰辛生活；和琳和诗开篇便说"佛教为己非为人，君不见，三藏刍狗劳斯民。黄衣坐食黑衣养，役及妇女都无瞋"，直接揭示了"博穆"艰辛生活的根源。和瑛诗中，"博穆"受尽磨难，无奈之下发声为歌，歌其事歌其苦，所谓"达楞无奈起蛮讴，相思苦楚端交愁"；和琳诗则以"夏日舒长柳婆娑，苦中作乐连臂歌"领起，详细描写了"博穆"们在树荫下边唱边跳的情境。和瑛与和琳在西藏的唱和，受元白唱和诗的影响应该说是非常明显的。

（三）化用白诗

和瑛不仅继承和学习了白居易的诗学主张、诗歌创作，在自己的诗歌创作中也时常直接化用白居易的诗句。例如，《阅赈道中作杂诗九首》其二《兴平令》中有"一餐十户中人赋"之句，直接化用了白居易《秦中吟十首》第十首《买花》"一丛深色花，十户中人赋"的诗句。和瑛不只是简单化用白居易的诗句，而是同时也借鉴和学习白居易新乐府诗语言平易的风格，创作了一些通俗易懂而不卖弄才学的诗歌。如《阅赈道中作杂诗九首》其三《兴平粥厂》："瘦女羸童趁远村，纷纷倒甑且翻盆。日斜得粥匆匆去，家有衰年饿倚门。"诗人纯用白描手法，描写灾年下远村儿女到粥厂领粥的情形，可谓言少而情深，语淡而味醇，深得白居易诗歌三昧。

三、接受李商隐

米彦青在《清代蒙古族诗人和瑛与他的〈易简斋诗钞〉》以及《清代边疆重臣和瑛家族的唐诗接受》[①] 两文中都曾指出，和瑛学习古人，最为后人所激赏的是他两首模仿李商隐诗歌的长篇纪游诗，即分别作于嘉庆四年（1799）和嘉庆十八年（1813）的《纪游行》与《续纪游行》。《纪游行序》谓："山庐寂静，梵阁清寒，偶忆丙午至己未，游十四载，山川风景，如在目前，爰效玉溪生转韵体，作《纪游》一百七十六句。"[②]《续纪游行序》云："前诗《纪游》，

---

① 米彦青．清代蒙古族诗人和瑛与他的《易简斋诗钞》[J]．内蒙古社会科学，2006（04）：128-131；米彦青．清代边疆重臣和瑛家族的唐诗接受[J]．民族文学研究，2010（02）：25-31．

② 和瑛．易简斋诗钞：卷二[M]．上海：上海古籍出版社，2002：499．

起乾隆丙午，止嘉庆己未，盖行十万余里。自庚申至癸酉，阅十四载，又历四万余里，其间景物聊可更仆。兹留守陪都，公余仿李义山转韵二百句，为《续纪游行》，恐阳里子华未免操戈逐儒生也。"① 所谓转韵体，即转韵诗，转韵也即换韵，一首诗中根据内容表达的需求连续转换若干韵。转韵一般分为两种形式，一种是转韵距离、韵脚平仄皆不固定的自由式，一种是转韵距离、韵脚平仄相对稳定的固定式。李商隐有《偶成转韵七十二句赠四同舍》诗，作于大中四年（850），时在武宁节度使卢弘止幕府任职，形式上为固定式转韵，两韵一转，平仄交替，末四句叠用两韵换韵，内容上则是一首自叙生平的抒情诗，"第一段自入徐幕叙起，引出卢弘止辟己入幕之经过。第二段以追叙与卢之旧谊发端，着重叙述自会昌末至入徐幕期间之经历遭遇，为全诗中心部分。……全诗以自叙生平遭际、抱负性格为经，以叙述与幕主卢弘止之交谊为纬"②。和瑛所称"玉溪生转韵体""李义山转韵"都是指此诗，《纪游行》《续纪游行》都是两韵一转，平仄交替，也都是用七言古诗自叙人生经历，是诗人向唐诗、向李商隐自觉学习的明证。符葆森《国朝正雅集》引《寄心庵诗话》盛赞和瑛《纪游行》两诗，云："太庵先生官半边陲，有《纪游行》《续纪游行》两诗，自云前行十万余里，续行四万余里，可谓劳于王事矣。诗述诸边风土，可补舆图之缺。"③ 此言不虚。在藏时，和瑛有《对菊书怀送项午晴秩满还蜀八首》，"紫薇新苑里，近日取霜栽"句下自注"见李义山《野菊》诗"。④ 李商隐诗原作"紫云新苑移花处，不取霜栽近御筵"⑤，和瑛仅仅是稍加点化而已。此亦可见和瑛对李商隐诗歌的熟悉与自觉学习。

和瑛与李商隐都好用典故。用典是中国古典诗歌的重要手法，既能使语言典雅渊博，又能有效地拓展有限文字所能表现的历史时空和内涵，极大地丰富意蕴，并且含蓄精练，耐人寻味。⑥ 而好用典故，善用典故，正是李商隐诗歌的主要特征之一。黄彻《䂬溪诗话》明言"李商隐诗好积故实"⑦。陈永正在评价李商隐《牡丹》诗时说："义山是善于用典的老手，全诗八句，用了八事，'一气涌出，不见襞积之迹'，这是最不容易做到的。北宋初西昆派的先生们，

---

① 和瑛.易简斋诗钞：卷四 [M].上海：上海古籍出版社，2002：533.
② 刘学锴，余恕诚.李商隐诗歌集解：第三册 [M].北京：中华书局，1988：1098.
③ 符葆森.国朝正雅集：卷二十六 [M].刻本.1857（清咸丰七年）.
④ 和瑛.易简斋诗钞：卷二 [M].上海：上海古籍出版社，2002：498.
⑤ 刘学锴，余恕诚.李商隐诗歌集解：第三册 [M].北京：中华书局，1988：1036.
⑥ 张海鸥.诗词写作教程 [M].广州：中山大学出版社，2011：187.
⑦ 黄彻.䂬溪诗话：卷十 [M]//丁福保.历代诗话续编.北京：中华书局，1983：399.

写起诗来就翻书，抄袭典故，堆叠而无味，形成一种非常恶劣的文风。"① 李商隐善于用典，西昆体诗人效之以救宋初白体之"顺熟""容易"，虽然使典用事难免堆砌，但对于宋诗"以才学为诗"的特点不无推动作用。自宋诗以来，文人作诗鲜有不使用典事者。和瑛步入诗坛之时，政治上"文字狱"更趋严酷，学术上朴学日渐盛行，诗学上由"变"反"正"，推崇清雅醇正，救济前后七子"诗必盛唐"的流弊，以"学"为诗、以诗饰世等风尚无可避免地急剧涌起。在这样的环境下，和瑛从学诗开始便受到了使事用典的良好熏陶。同时，和瑛又精熟六经诸史，著有《读易汇参》《读易拟言》《易贯近思录》《经史汇参》《古镜约篇》等经史著述，这为他使事用典打下了良好基础，写诗时可以做到信手拈来而不必翻书查典故。和瑛好用典故，前已述及，如在《拟白香山乐府三十二章》中，一改白居易新乐府之平易而大量堆砌典故，几乎每章都有三五个典故。李商隐不仅用典多，而且好用僻典。宋惠洪《冷斋夜话》曾批评："诗到李义山，谓之文章一厄。以其用事僻涩，时称西昆体。"② 蔡居厚《蔡宽夫诗话》亦谓："其用事深僻，语工而意不及，自是其短，世人反以为奇而效之。"③ 至元好问更是感叹："望帝春心托杜鹃，佳人锦瑟怨华年。诗家总爱西昆好，独恨无人作郑笺。"④ "世人效之""诗家总爱"，恰说明李商隐影响之深远，宋金以来不乏追踪李商隐而好用僻典者，和瑛也是"效之"者之一。其用僻典，一是用佛老典。和瑛有佛教信仰的基础，涉猎广泛，因此对佛教典籍比较熟悉，经常信手拈来。《署圃杂咏十八首·柳壁》："释家重面壁，圣门戒面墙。……匡衡凿穿庐，达摩坐雪冈。"⑤ 儒释对举，径用佛教掌故。《咏山花》"不应天女偷闲久，故遣曼陀贴地开"⑥ 中"曼陀"亦是佛教典故。《祭灶书怀二首》"黑突依僧堕"用《传灯录》中事。⑦《重阳九咏·梦高》"游仙守朒朒"句则出自《太上亳州碑》"身中阴阳既济为朒，人身精气不散为朒"两句。⑧ 二是用小说典。《重阳九咏·闻梵》中"曲少文峰尹"用《江南野史》事，"谈无

---

① 李商隐，陈永正. 李商隐诗选［M］. 广州：广东人民出版社，1984：45.
② 释惠洪. 冷斋夜话·卷四·西昆体［M］. 陈新，点校. 北京：中华书局，1988：33.
③ 胡仔. 苕溪渔隐丛话前集·卷二十二·西昆体［M］. 廖德明，校点. 北京：人民文学出版社，1962：146.
④ 元好问. 元好问诗编年校注：论诗绝句三十首［M］. 狄宝心，校注. 北京：中华书局，2011：56.
⑤ 和瑛. 易简斋诗钞：卷二［M］. 上海：上海古籍出版社，2002：495.
⑥ 和瑛. 易简斋诗钞：卷二［M］. 上海：上海古籍出版社，2002：486.
⑦ 和瑛. 易简斋诗钞：卷二［M］. 上海：上海古籍出版社，2002：488.
⑧ 和瑛. 易简斋诗钞：卷二［M］. 上海：上海古籍出版社，2002：492.

博士胡"用《搜神记》事。① 《重阳九咏·嘲射》"忆昔欧阳子,嘲诶拙射萧"则用《太平广记》欧阳询诗嘲萧瑀不解射事。② 《园中桃熟》中"那费三千岁""三巴春万树,何处问桃源"等句也都用小说中典故。③ 《对菊书怀送项午晴秩满还蜀八首》用《夷坚志》事,《赋得鹍旦不鸣》用《清异录》事,《咏蝼蚁》用唐传奇《南柯记》事,《秋热》用费补之《梁溪漫志》事,《叩头虫》用《墨客挥犀》事等。三是用地方传说。《望多尔济拔姆宫》有"斗移星野外,豕化博蛮中"两句。④ 多尔济拔姆宫即女活佛多吉帕姆主持的桑丁寺,在西藏羊卓雍错湖的东岸,为藏传佛教噶举派寺庙。其中"豕化"便用了当地的传说,和瑛诗中自注"昔藏地遭乱,斗姥化豕逐贼,遁去"。《纪游行》"又如冈坚骡天王,一剑脱手千贼亡"⑤ 用的也是西藏地方的传说。骡天王即西藏拉耳塘寺供奉的护法神骡子天王。和瑛《西藏赋》自注:"由札什伦布西行一日,山阳有冈坚寺,内供骡子天王像。相传天王除藏中妖贼时,手剑一挥,千人头尽落,成神于此,至今奉为护法。"⑥ 传统用典,多出自经史,能为人所熟知。和瑛用典,不论是佛老典还是小说典,抑或是地方传说,都不是一般读书人所能接触到的,因此难免生僻之弊。

第三节　对邵雍、苏轼等宋代诗人的接受

宋诗,从时间上来说,居于唐与明清之间,具有承上启下的作用,沟通了唐诗与明清诗歌;从诗学价值上来说,居于唐诗之后,而又不甘沉寂,唯有别开蹊径,开拓出不同于唐诗的一路,为后人树立了新的诗歌范式。对于明清诗人而言,尊宋者固然要学习宋诗,即便是尊唐者,也不能过门不入,轻易就越过宋诗而直达唐诗。缘此,明清诗人或多或少都与宋诗和宋代诗人有一些纠葛。作为一名尊杜习杜的清代诗人,和瑛与宋诗有着更多更深的渊源。

---

① 和瑛.易简斋诗钞:卷二[M].上海:上海古籍出版社,2002:492.
② 和瑛.易简斋诗钞:卷二[M].上海:上海古籍出版社,2002:493.
③ 和瑛.易简斋诗钞:卷二[M].上海:上海古籍出版社,2002:497.
④ 和瑛.易简斋诗钞:卷二[M].上海:上海古籍出版社,2002:474.
⑤ 和瑛.易简斋诗钞:卷二[M].上海:上海古籍出版社,2002:501.
⑥ 和瑛.《西藏赋》校注[M].池万兴,严寅春,校注.济南:齐鲁书社,2013.

一、接受邵雍

邵雍（1011—1077），字尧夫，号安乐先生、伊川翁等，北宋著名哲学家、易学家、理学诗派代表诗人。生于河南衡漳（今河南林州市康节村），后迁居共城（今河南辉县）。在共城时，其母李氏过世，筑庐苏门山，守制三年。其间随李之才学义理之学、性命之学和物理之学。三十七岁，徙居洛阳，传授"先天之学"。称其住所为"安乐窝"，自号"安乐先生"。仁宗嘉祐及神宗熙宁中，先后被召，皆不赴。去世后，哲宗追谥康节，世称康节先生。著有《皇极经世》《渔樵问答》《击壤集》等。

（一）传邵子易学

邵雍与和瑛都精通易学，这是和瑛接受邵雍的基础与前提。邵雍少时与书无所不读。迁居共城，筑庐苏门山后，始从李之才学易。《宋史》本传谓："北海李之才摄共城令，闻雍好学，尝造其庐，谓曰：'子亦闻物理性命之学乎？'雍对曰：'幸受教。'乃事之才，受《河图》《洛书》、宓羲八卦六十四卦图像。之才之传，远有端绪，而雍探赜索隐，妙悟神契，洞彻蕴奥，汪洋浩博，多其所自得者。及其学益老，德益邵，玩心高明，以观夫天地之运化，阴阳之消长，远而古今世变，微而走飞草木之性情，深造曲畅，庶几所谓不惑，而非依仿象类、亿则屡中者。遂衍宓羲先天之旨，著书十余万言行于世。"① 与邵雍一样，和瑛也醉心于易学。颜检贬谪乌鲁木齐时，经常与和瑛交流易学，其《五月一日疾愈至都护署中与和太庵先生讲〈易〉用陶公〈乙巳岁三月为建威参军使都经钱溪〉韵》谓："养疴息吾庐，襟怀澹无积。坐卧手一编，自娱在古昔。情若依蒲鱼，懒如倦飞翮。数日将迎稀，遂令知交隔。今朝天景佳，出门当行役。散步游芳园，揲蓍参《周易》。消息知盈虚，话言叙离析。真意得窗间，悠然忆竹柏。"② 颜检与和瑛共同参详《周易》，讨论消息盈虚，探得此中真意。成书与和瑛曾共事户部，其《多岁堂诗集》卷三《和太庵参赞英自喀什噶尔内召路过伊吾留宿衙斋快谈三日别后有诗见怀赋此却寄》中有"一榻皋比闻讲《易》"之句，自注"太庵邃于《易》"。杨钟羲《雪桥诗话》也谓和瑛"平生湛深经术，尤邃于《易》，尝著《读易汇参》一书"③。和瑛传世著述中，与

---

① 脱脱，等. 宋史·卷四百二十七·邵雍传 [M]. 北京：中华书局，1977：12726-12727.
② 颜检. 衍庆堂诗稿：卷五 [G]//清代诗文集汇编：第446册. 上海：上海古籍出版社，2010：281.
③ 杨钟羲. 雪桥诗话全·雪桥诗话·卷十 [M]. 雷恩海，姜朝晖，校点. 北京：人民文学出版社，2011：586.

《周易》相关联的有《读易汇参》《易贯近思录》《经史汇参》《经史汇参补编》《读易拟言内篇》等。马若虚称美和瑛著《经史汇参》谓："公余弄柔翰，六经缵鸿绪。万卷真读破，星宿罗胸腑。"① 张澍在《和太莘宁制军以它事牵连降阶被旨以京堂补用和其留别入都元韵》，以召公比况和瑛，称美其"《易贯近思录》，中言三十六宫之义，为先儒所未及"②。和瑛于《周易》用功之勤之深，可见一斑。

邵雍博学精思，在本体论、象数论、历史观诸方面都做出了创造性的贡献，二程后学胡安国建议将其与二程、张载陪祀文庙③，朱熹《伊洛渊源录》尊其为理学先驱④，《宋史·道学传》将其与周敦颐、张载、程颢、程颐并列为北宋道学五子，可见其在理学方面的重要影响。魏了翁服膺邵雍易学，谓："众人以《易》观《易》而滞于《易》，先生以《易》观心而得于心，其《方圆图》《皇极经世》诸书，消息阴阳之几，贯融内外之分，盖洙泗后绝学也。"⑤ 明清时期，也多有推崇邵雍者，黄畿著《皇极经世书传》，自序称"邵子之学，其仲尼之学乎"⑥；康熙提倡新儒学，竭力表彰宋明理学创造者，为邵雍祠题写"学达性天"匾额⑦，立邵雍后裔为五经博士⑧，并为其辩解，称康节"乃深明《易》理者，其所有占验，乃门人所记，非康节本旨"⑨。朱彝尊《经义考》卷二百七十一《皇极经世书》著录为"拟经"，并著录宋以降王豫《皇极书体要》、张行成《皇极经世索隐》、邵伯温《皇极经世内外篇解》、张栻《经世纪年》、蔡元定《皇极经世指要》、周奭《经世节要》、朱中《经世及补遗》、丘富国《经世补遗》、祝泌《皇极经世书钤》、马廷鸾《皇极观物外篇解》、方回《皇极经世

---

① 马若虚. 实夫诗存·卷一·题太庵宗伯己未诗集后 [M] //吴海鹰. 回族典藏全书：第202册. 兰州：甘肃文化出版社，银川：宁夏人民出版社，2008：30.
② 张澍. 养素堂诗集：卷九 [M] //续修四库全书：第1506册. 上海：上海古籍出版社，2002：219.
③ 李心传，辑. 程劳秀，删补. 道命录·卷三·胡文定公乞封爵邵张二程先生列于从祀 [M] //续修四库全书：第517册. 上海：上海古籍出版社，2002：522-523.
④ 朱杰人，严佐之，刘永翔. 朱子全书·第20册·伊洛渊源录 [M]. 上海：上海古籍出版社，合肥：安徽教育出版社，2002：983-991.
⑤ 朱彝尊. 经义考：卷十九引 [M] //文渊阁四库全书：第677册. 台北：台湾商务印书馆股份有限公司，1986：203.
⑥ 朱彝尊. 经义考：卷二百七十一引 [M] //文渊阁四库全书：第680册. 台北：台湾商务印书馆股份有限公司，1986：490.
⑦ 清实录·第五册·圣祖仁皇帝实录 [M]. 北京：中华书局，1985：370.
⑧ 赵尔巽，等. 清史稿·卷七·圣祖本纪 [M]. 北京：中华书局，1976：256.
⑨ 爱新觉罗·玄烨《谕王道化》，转引自张西平. 中西文化的一次对话：清初传教士与《易经》研究 [J]. 历史研究，2006（03）：74-85+100.

考》、郑松《皇极经世书续》、耶律楚材《皇极经世义》、杜瑛《皇极引用》《皇极疑事》《极学》、蔡仁《皇极经世衍数》、齐履谦《经世书义式》《经世外篇微旨》、安熙《续皇极经世书》、徐骧《皇极经世发微》、朱本《皇极经世解》、朱隐老《皇极经世书解》、刘诚《补注皇极经世》、周瑛《皇极经世管钥》、杨廉《皇极经世启钥》、倪复《皇极经世通解》、童品《皇极经世书内篇注》、黄畿《皇极经世书传》、余本《皇极经世观物外篇释义》、钟芳《皇极经世图纂》、贡珊《皇极解》、叶良佩《皇极经世集解》、吕贤《皇极经世解》、周正《皇极经纬》、余嘉谟《皇极经世书注》、张芝初《经世续卦》、张启《皇极经世声音谱》、吴琉《皇极经世钤解》、詹景凤《经世略意》、陈荩谟《皇极图韵》、郁文初《皇极经世抄》、无名氏《皇极经世书类要》共43部传解、续编《皇极经世书》的著述。及至乾隆编纂《四库全书》时，不仅收入邵雍《皇极经世书》十二卷，还收入了宋张行成《皇极经世索隐》二卷、《皇极经世观物外篇衍义》九卷、《易通变》四十卷、宋祝泌《观物篇解》五卷附《皇极经世解起数诀》一卷、清王植《皇极经世书解》十六卷、宋王湜《易学》一卷等演邵子之说之书，其中《皇极经世索隐》《皇极经世观物外篇衍义》两书还是从《永乐大典》中辑录而来的。和瑛生活在乾嘉时期，恰逢宋明理学昌明时期，同年中也多有参与《四库全书》编纂工作者，使其有便利机会接触邵雍之易学。在《古镜约篇》中，和瑛列邵雍为传道之儒，尊其为邵子、夫子。论其先天之学，谓："其先天之学，夫子自谓心法，试以《横图》《圆图》《方图》推之，证以《皇极经世书》，其于天地人物元会运世之理靡不包举，信乎《易》兼三才，而夫子一以贯之也。"① 又为其辩解说："程子曰：'尧夫内圣外王之学也。其心虚明，遇事能先知。'先知者，其诚也，岂管、郭之术哉？"② 认为邵雍将易学一以贯之，而非简单的术数之学。在评论邵雍之后，不惮繁复，又引《参伍错综论》《先天圆图论》《圆图天象论》《方图地形论》《岳渎合洛书论》《卦象近取诸身论》《形体八卦论》《卦象远取诸物论》《易卦取象论》等文，进一步展示了邵雍先天之学的内涵。

邵雍学《易》，非为"章句师"，重融会贯通，善于应用。他说："知《易》者，不必引用讲解，是为知《易》。孟子著书未尝及《易》，其间《易》道存

---

① 和瑛.古镜约篇：卷上［M］//富察恩丰，辑.周斌，校点.八旗丛书：上.重庆：西南师范大学出版社，北京：人民出版社，2012：67.

② 和瑛.古镜约篇：卷上［M］//富察恩丰，辑.周斌，校点.八旗丛书：上.重庆：西南师范大学出版社，北京：人民出版社，2012：67.

焉，但人见之者鲜耳。人能用《易》，是为知《易》，如孟子可谓善用《易》者也。"① 肯定孟子善于用《易》，此也正是邵雍所追求的易学境界，他很少直接引用《周易》文辞，而是在文辞之外进行发挥，进而建立自己的易学体系。邵雍用《易》，最具代表性的便是其《皇极经世书》。该书乃"衍《易》作经"②，重在以史证经，提出皇（以道化民）、帝（以德教民）、王（以功劝民）、伯（以力率民）四种政治历史模式，辅以《周易》及八卦等推演，"纪帝尧至于五代历年表，以见天下离合治乱之迹，以天时而验人事""帝尧至于五代书传所载兴废治乱、得失邪正之迹，以人事而验天时"③ "本诸天道，质以人事，兴废治乱，靡所不载"④。在书中，邵雍打破了按王朝兴衰来观察历史的方法，提出了一种不同于五德终始、三统循环的全新的历史观，为观察历史提供了新的参照系。⑤ 受邵雍"借《易》以推衍"方法论的影响，和瑛著书也多是这种模式。《读易汇参》书末有张珍皋跋，谓和瑛"所著录不下数千卷，是书尤生平学力之所荟萃"，"湛深易理，甄总群言，申以己意，大旨一宗传义，而以后世政治得失之迹证明经文，盖于消息、盈虚之道，三致意焉"。⑥ 所谓"以后世政治得失之迹证明经文"，正是邵雍《皇极经世书》中"以人事而验天时"的路数。其《易贯近思录》"言三十六宫之义，为先儒所未及"⑦，将《周易》内容分类编排，有学修、言行、摄生、正家、君道、臣道等22个条目，而每条下除经文疏解外，往往繁引历代事迹以印证。《经史汇参》及《经史汇参补编》也是以史证经，以经注史，经史参照。可知，和瑛易学著述多是祖述邵雍家法。

（二）用邵子事

和瑛不仅祖述邵雍易学，在自己的诗文创作中也多次用邵子典故。《三州辑略》卷七《艺文门》小序云："太史公南游江淮，上会稽，探禹穴，窥九疑，浮沅湘，涉汶泗，征巴蜀，南略邛筰、昆明，周历数十载，著书百万言。李太

---

① 邵雍. 邵雍集：观物外篇下之中［M］. 郭彧，整理. 北京：中华书局，2010：159.
② 王湜. 易学·皇极经世节要序［M］//文渊阁四库全书：第805册. 台北：台湾商务印书馆股份有限公司，1986：683.
③ 王植. 皇极经世书解：卷首上引邵伯温语［M］//文渊阁四库全书：第805册. 台北：台湾商务印书馆股份有限公司，1986：251.
④ 王植. 皇极经世书解：卷首上引张嶟语［M］//文渊阁四库全书：第805册. 台北：台湾商务印书馆股份有限公司，1986：252.
⑤ 唐明邦. 邵雍评传［M］. 南京：南京大学出版社，2011：205-206.
⑥ 和瑛. 读易汇参［M］. 刻本. 易简书室，1843（清道光二十三年）.
⑦ 张澍. 养素堂诗集：卷九［M］//续修四库全书：第1506册. 上海：上海古籍出版社，2002：219.

>>> 第六章 对唐宋诗人的接受

白游江淮汶济，西经梁益，南穷滇池夜郎，过洞庭彭蠡，客游数千里，吟诗千首。邵康节生平所游历，不过走吾适楚，过齐鲁，客梁晋，久之归洛，曰'道在是矣'，遂传先天之学。脱令三子者，驰驱于万里之外，如罗婆、阿耨、勃律、濛池文教不加之地，睹诡风谲俗之奇，则龙门之集、青莲之什、河洛之书，必将发奇思，占奇句，要其会心，未有不奇而法者。盖宇宙间无分遐迩，大而象纬山川，细而虫鱼草木，无往而非文，无往而非诗，即无往而非道也。"① 在这里，和瑛将司马迁、李白与邵雍并提，用以阐明"读万卷书"更要"行万里路"的道理，为自己编纂三州艺文志张目。邵子易学，恢复了象数易学的传统，使得象数易学与义理易学并驾齐驱。在后人眼里，邵子最擅长的也是术数，其《皇极经世书》在《四库全书》中也是被归入术数类的。乾隆五十二年（1787）四月十日，时任颖州府知府的和瑛，与阜阳县令张护等游城北刘秀才勺园，欣赏牡丹。不凑巧的是，和瑛一行刚坐下，便狂风大作，无法开宴，只好返回。和瑛不无遗憾地赋诗，谓"倘邀康节先生卜，绣幄应防料峭风"②，如果邀请了邵子卜卦，就可以提前做好防风的准备了，不至于如此扫兴。乾隆五十八年（1793），和瑛赴藏，途经严君平故里，谓："术也通乎道，先生道术全。能猜天上石，却下日中帘。康节遗经古，东方谲谏贤。谁知君卖卜，扬子得薪传。"③将邵雍与卖卜成都的严君平相提并论，谓其术数后继有人，扬雄、邵雍等人得其真传。邵雍寓居洛阳之初，房屋破旧，生活寒苦。宋嘉祐七年（1062），邵雍五十二岁，洛阳地方官王宣徽承头，退居洛阳的达官贵人慷慨解囊，为其在洛阳天宫寺西、天津桥南营建新居。新居有房30间，门前还有一座花园，园中池水荡漾，竹影婆娑，"好景尤难得"④。乔迁新居，过着衣食无忧、自由自在的日子，邵雍感叹"行年五十二，老去复何忧……饱食高眠外，自余无所求"⑤，遂将新居命名为"安乐窝"。嘉庆二十年（1815），时任热河都统的和瑛出巡，在喀喇沁札萨公玛哈巴拉家用晚餐，看到昔日游牧四方的百姓也开始定居生活，不由感叹"自变穹庐俗，居然安乐窝……野牧牛羊少，山村稼穑多"⑥。当地百姓不再逐水草而居，不再一顶帐篷度岁月，而是定居下来，开始农耕新生活。睹此情景，深知先祖游牧艰辛的和瑛，忍不住将玛哈巴拉的新家比作洛阳城里

---

① 和瑛. 三州辑略 [M] //中国地方志丛书·西部地方. 台北：成文出版社，1968：234.
② 和瑛. 易简斋诗钞：卷一 [M]. 上海：上海古籍出版社，2002：458.
③ 和瑛. 易简斋诗钞：卷一 [M]. 上海：上海古籍出版社，2002：469.
④ 邵雍. 邵雍集·伊川击壤集：卷四 [M]. 郭彧，整理. 北京：中华书局，2010：226.
⑤ 邵雍. 邵雍集·伊川击壤集：卷四 [M]. 郭彧，整理. 北京：中华书局，2010：228.
⑥ 和瑛. 易简斋诗钞：卷一 [M]. 上海：上海古籍出版社，2002：538.

邵雍的安乐窝。和瑛诗文中多次用邵子事,既可以看出其对邵子的熟悉,更能看出其对邵子精神的认同与接受。

(三) 学邵子诗歌

邵子长于易学,但于诗歌也颇为用心,曾谓"安乐窝中快活人,闲来四物幸相亲。一编诗逸收花月,一部书严惊鬼神""安乐窝中诗一编,自歌自咏自怡然"①。邵子诗集为《击壤集》,存诗3000余首②,自称"击壤三千首,行窝十二家"③。作为哲学家,其诗最突出的特点便是以诗阐述哲理,这是唐诗中比较少见的内容,却是宋诗的时代特征。《四库全书总目提要》论及《击壤集》时说:"自班固作《咏史》诗,始兆论宗;东方朔作《诫子诗》,始涉理路。沿及北宋,鄙唐人之不知道,于是以论理为本,以修词为末,而诗格于是乎大变。此集其尤著者也。"④邵子能将以诗说理推向极致,除得益于其深厚的哲学底蕴,还因为其源出白居易,借鉴了白居易的浅易表达形式,使得深蕴的义理能够得以直率、畅达、随意地表达出来⑤。因此,"以哲理为诗",既是邵子诗歌最大的特点,也是其被尊为理学诗派创始人的重要因素。和瑛在宗邵雍易学的同时,也学习了邵雍的"以哲理为诗"的特点。其于乾隆六十年(1795)在拉萨创作的《拟白香山乐府三十二章》,形式上继承了白居易的新乐府,内容上却是一改"诗言志"的传统,转而说理。例如,《牧羊去败群》章:"牧羊去败群,地瘠羊可肥。养禾除螟螣,农勤岁少饥。點马利衔辔,柱后惠文依。勿以卖菜翁,遂令啼鸡微。破柱壮李膺,击剑贤翁归。济南苍鹰鸷,夏门卧虎威。侧目任列侯,强项标禁闱。丁刚不可屈,千载愧脂韦。"⑥诗人通过类比说理、例证说理的方式,阐明了治民务去豪奸的道理。

钱锺书《谈艺录》谓"宋人诗中有专用语助,自成路数,而当时无与于文流者,邵尧夫《击壤集》是也""理学家如邵康节、陈白沙、庄定山,亦好于近体起结处,以语助足凑成句"⑦。郑定国《邵雍及其诗学研究》附录中专文论邵雍诗歌使用语助词的特点,在胪列邵氏诗中语助词情形后,指出邵雍"开宋

---

① 邵雍. 邵雍集·伊川击壤集:卷九 [M]. 郭彧,整理. 北京:中华书局,2010:317-318.
② 邵雍. 邵雍集 [M]. 郭彧,整理. 北京:中华书局,2010:9.
③ 邵雍. 邵雍集·伊川击壤集:卷十七 [M]. 郭彧,整理. 北京:中华书局,2010:461.
④ 永瑢,等. 四库全书总目·卷一百五十三·集部六 [M]. 北京:中华书局,1965:1322.
⑤ 许总. 宋明理学与中国文学 [M]. 南昌:百花洲文艺出版社,2010:212.
⑥ 和瑛. 易简斋诗钞:卷二 [M]. 上海:上海古籍出版社,2002:482.
⑦ 钱锺书. 谈艺录 [M]. 补订本. 北京:中华书局,1984:77,181.

人诗中专用语助词的风气",称"邵氏刻意以散文化的口语入诗,因此大量采用语助词。对于大量语助词所可能造成的诗句散文化的现象,邵氏应有自觉,其本意就是如此"①。邵雍大量使用语助词等虚词入诗,进一步推动了诗歌的散文化,对于"以文为诗"的宋诗特征有着重要的推动意义。而在和瑛的诗歌中,驱遣语助词的现象也非常普遍,如"岂有为霖志,而无出岫心"②"佐以木鱼子,清于玉版芽"③"台城夸幻术,余得鲙残不"④"但使普天皆化蝶,颍川何必凤凰来"⑤。和瑛集中,语助词比比皆是,其喜用语助词、善用语助词,与邵雍有遥相呼应之关联。

二、接受苏轼

吴慈鹤在《易简斋诗钞序》中盛赞和瑛"乃欧梅之替人,夺苏黄之右席",《雪桥诗话》则称和瑛"诗皈依苏黄"⑥,都将和瑛诗歌风格指向了宋诗。和瑛诗歌之宋诗气息,除了直接学习杜甫、韩愈外,与苏轼也有很大的关系。

(一) 遗物中有苏轼诗集抄本

苏轼是一位思想旷达、性格豪放、感情奔放、想象丰富的诗人,和瑛则是一名蒙古族诗人,长期戍边,有着与生俱来的豪放性格和旷达襟怀,二人相似的个性,使得和瑛极容易在阅读苏诗中产生共鸣,喜欢并学习苏诗。北京大学图书馆收藏有《和瑛丛残》一函,共7种8册,其中多为和瑛手著或手抄之本,当系遗物,为后人所收集收藏。《和瑛丛残》中收有《东坡诗注》一册,封内题"高祖简勤公手钞"。简勤为和瑛谥号,此题字为其后人所标识。此本有网格,工笔抄写,不抄苏轼诗原文,唯大字单行抄所注之词句,小字双行抄注解之内容。手抄苏轼诗句及注解,并作为遗物流传后人,和瑛对苏轼及其诗歌的欣赏可见一斑。

(二) 尊苏轼为治世之儒

和瑛《古镜约篇·儒宗门》列诸子为授经之儒、传道之儒和治世之儒。韩愈、朱熹等人皆为传道之儒,而将苏轼与刘向、郑众、杨震、陆贽、欧阳修、

---

① 郑定国.邵雍及其诗学研究[M].台北:文史哲出版社,2000:419-458.
② 和瑛.易简斋诗钞:卷一[M].上海:上海古籍出版社,2002:457.
③ 和瑛.易简斋诗钞:卷一[M].上海:上海古籍出版社,2002:457.
④ 和瑛.易简斋诗钞:卷一[M].上海:上海古籍出版社,2002:457.
⑤ 和瑛.易简斋诗钞:卷一[M].上海:上海古籍出版社,2002:459.
⑥ 杨钟羲.雪桥诗话全编·雪桥诗话三集:卷八[M].雷恩海,姜朝晖,校点.北京:人民文学出版社,2011:1825.

韩琦、范仲淹、司马光、吕公著以及郑侠等十人同列为治世之儒，是所谓"处则为名儒、高士，出则为循吏、名臣"①者。和瑛也对苏轼给予了很高的评价，谓其"自为举子，至为侍从，必以爱君为本，忠规谠论，挺挺大节，群臣无出其右"②，从参加科举考试直到出任翰林学士，苏轼在朝之日，始终以"爱君"为根本，为国、为君、为民，进言建策，在人臣之大节上，一时同僚没有能超过苏轼者。同时，又引苏轼《议学校贡举状》《谏买浙灯状》《上皇帝书》等章奏，见其识与忠心，可谓以儒学立身，以治世济民为己任；而其奏陈之事，条分缕析，切中时弊，虽不为人主时相所采信，但历史发展恰恰证明了苏轼的担忧。苏轼虽有忠君之心，治世之能，堪当宰相之任，"但为小人忌恶排挤，不使安于朝廷之上，故窜谪流离以终其身"③，和瑛借托克托之口，感叹"终不得大用，惜哉"。

（三）用苏事

苏轼是和瑛诗集中提到次数最多的前代诗人之一。纵观和瑛一生，虽然没有像苏轼那样"窜谪流离以终其身"，但"不使安于朝廷之上"的遭遇却与苏轼非常相似。和瑛驻守西藏八年，还京后席不暇暖，又外任山东巡抚，在山东不足一年，缘事发配新疆，从新疆返回后不几年，又相继到盛京、热河任职。因此，和瑛对苏轼的人生遭际心有戚戚焉，在诗中经常以苏轼自喻，借苏轼说事。乾隆五十一年（1786）六月，和瑛外任太平府知府，到任后曾游历池州、宁国、安庆、江宁诸府。自太平府西行，入池州境，过五溪桥，远望九华山，有《五溪桥望九华山》诗，谓："分明坡老壶中景，马上于今面面看。"④"壶中景"即苏轼《壶中九华诗》所描写之异石。诗序称："湖口人李正臣蓄异石九峰，玲珑宛转，若窗棂然。予欲以百金买之，与仇池石为偶，方南迁未暇也。名之曰壶中九华，且以诗纪之。"⑤和瑛自远处眺望，九华山犹如苏轼笔下的九峰异石，可以上下左右，仔细端详。和瑛行至池州府治，在黄溢口渡江时，遇

---

① 和瑛．古镜约篇：序[M]//富察恩丰，辑．周斌，校点．八旗丛书：上．重庆：西南师范大学出版社，北京：人民出版社，2012：43.
② 和瑛．古镜约篇：卷下[M]//富察恩丰，辑．周斌，校点．八旗丛书：上．重庆：西南师范大学出版社，北京：人民出版社，2012：90.
③ 和瑛．古镜约篇：卷下[M]//富察恩丰，辑．周斌，校点．八旗丛书：上．重庆：西南师范大学出版社，北京：人民出版社，2012：90.
④ 和瑛．易简斋诗钞：卷一[M]．上海：上海古籍出版社，2002：457.
⑤ 苏轼．苏轼诗集：卷三十八[M]．王文诰，辑注．孔凡礼，校点．北京：中华书局，1982：2047-2048.

大风,《纪游行》中描写到"夜半长江一叶舟,抛天胁月黄溢浦"①。苏轼有《泗州僧伽塔》载其行舟遇风事,曰:"我昔南行舟系汴,逆风三日沙吹面。舟人共劝祷灵塔,香火未收旗脚转。回头顷刻失长桥,却到龟山未朝饭。至人无心何厚薄,我自怀私欣所便。耕田欲雨刈欲晴,去得顺风来者怨。若使人人祷辄遂,造物应须日千变。今我身世两悠悠,去无所逐来无恋。得行固愿留不恶,每到有求神亦倦。退之旧云三百尺,澄观所营今已换。不嫌俗士污丹梯,一看云山绕淮甸。"②和瑛在《黄溢浦渡江遇风》中写道:"乾坤一噫本偶然,戏我何如戏坡老。"③拿苏轼遇风事来调侃,苏轼旷达,"得行固愿留不恶",造物主刮风,应该刮到苏轼那里,而不是刮到自己这里。乾隆五十一年(1786)十二月,和瑛调任颍州知府。欧阳修和苏轼都曾任颍州知州,欧阳修晚年辞官后又家居于此,为颍州地方文化烙上了深深的印记。和瑛《纪游行》"欧先苏后风调古"④之句,即盛赞此事,谓欧苏二人先后任职颍州,推动了当地的文教事业,百姓重学,古风犹存。第二年六月,和瑛到清颍书院考核学生,携阜阳县令张护、蒙城县令裴振等在西湖劝农,又在西湖畔宴集。面对西湖美景,徘徊于松柏间,和瑛不由想起了疏浚西湖、泛舟颍水的苏轼,谓"东坡老居士,须眉曾泛颍"⑤。元祐六年(1091)八月,苏轼出任颍州知州,虽然在任仅半年,但苏轼赈饥救灾、弭盗安民、发展生产、兴修水利、请停八丈沟工程等,做了许多于民有益的事情。⑥苏轼政暇时则经常与友人饮酒赋诗,同泛颍水。《泛颍》中写道:"我性喜临水,得颍意甚奇。到官十日来,九日河之湄。吏民笑相语,使君老而痴。使君实不痴,流水有令姿。绕郡十余里,不驶亦不迟。上流直而清,下流曲而漪。画船俯明镜,笑问汝为谁。忽然生鳞甲,乱我须与眉。散为百东坡,顷刻复在兹。此岂水薄相,与我相娱嬉。声色与臭味,颠倒眩小儿。等是儿戏物,水中少磷缁。赵陈两欧阳,同参天人师。观妙各有得,共赋泛颍诗。"⑦苏轼虽被排挤出朝廷,但在颍州,豁达的他一方面致力于抚育百姓,力

---

① 和瑛. 易简斋诗钞:卷二[M]. 上海:上海古籍出版社,2002:499.
② 苏轼. 苏轼诗集:卷六[M]. 王文诰,辑注. 孔凡礼,校点. 北京:中华书局,1982:290-291.
③ 和瑛. 易简斋诗钞:卷一[M]. 上海:上海古籍出版社,2002:457.
④ 和瑛. 易简斋诗钞:卷二[M]. 上海:上海古籍出版社,2002:499.
⑤ 和瑛. 易简斋诗钞:卷一[M]. 上海:上海古籍出版社,2002:459.
⑥ 刘奕云. 苏轼知颍州主要政绩考评[J]. 阜阳师范学院学报(社会科学版),1986(03):135-140+28.
⑦ 苏轼. 苏轼诗集:卷三十四[M]. 王文诰,辑注. 孔凡礼,校点. 北京:中华书局,1982:1794-1795.

所能及地为朝廷分忧；另一方面则饮酒赋诗，进行着有限的自我调适，排遣胸中的郁积。苏轼的豁达影响到了和瑛，因此当百姓报驱蝗大捷，蝗虫僵死时，和瑛不以为瑞，反而作诗自警，谓："但使普天皆化蝶，颍川何必凤凰来""僵头抱叶休称贺，须记飞曾入境来"。① 乾隆五十七年（1792），关中大灾，和瑛时任陕西布政使，亲往各地巡查灾情，部署赈灾。途中，夜宿民家，见院中菊花绽放，生机勃勃，和瑛赋《宿上涨渡民家咏白菊花》："最喜陶家径未荒，数丛冷蕊过重阳。凝晖不怕遭梅妒，未到霜时已傲霜。寒生虚室露华流，坡老书中墨渍收。人淡喜逢秋色淡，此花应上老人头。"② 诗中"坡老书"即苏轼《仇池笔记》，书中《论菊》谓："菊，黄中之色，香味和正，花叶根实，皆长生药也。北方随秋早晚，大略至菊有黄华乃开，岭南冬至乃盛。地暖，百卉造化无时，而菊独后开。考其理，菊性介烈，不与百卉并盛衰，须霜降乃发，岭南尝以冬至微霜也。仙姿高洁如此，宜其通仙灵也。"③ 和瑛一生屡遭贬斥，长期任职边疆，但诗中并不见文人常有的牢骚，这与诗人生性旷达有关，也与受苏轼生活通达态度的影响有关。

（四）用苏诗

和瑛对苏轼的学习，还体现在袭用其诗韵和诗、以其成句赋诗以及化用诗句上。《易简斋诗钞》中有《放鱼用东坡韵》《题昼圃五峰祷雨图用东坡张龙公诗韵》《五月朔，东郊观麦，泛大明湖，燕集小沧浪，用东坡〈迁鱼西湖诗〉韵》3首诗，分别用苏轼《次韵潜师放鱼》《祷雨龙公既应刘景文有诗次韵》《西湖秋涸，东池鱼窘甚，因会客，呼网师迁之西池，为一笑之乐。夜归，被酒不能寐，戏作放鱼一首》，此3首步韵诗，不仅和韵，而且和意，因难见巧。嘉庆二十一年（1816）十月，和瑛在京有《赋得"家在江南黄叶村"》，称"坡老题名迹，秋风忆故园"。④ "题名迹"指苏轼《书李世南所画秋景二首》诗所言题画事，"家在江南黄叶村"也出自该诗。《喀什噶尔巡边》中"边沙夜净马蹄印，岭雪春消雁爪痕"⑤ 两句，也明显可以看出苏轼诗句的影子。

（五）沿用苏轼对韩愈的评价

苏轼在韩愈的接受史上具有"第一读者"的作用和意义。他在《潮州韩文

---

① 和瑛. 易简斋诗钞：卷一 [M]. 上海：上海古籍出版社，2002：459.
② 和瑛. 易简斋诗钞：卷一 [M]. 上海：上海古籍出版社，2002：466.
③ 苏轼. 东坡志林 仇池笔记 [M]. 华东师范大学古籍研究所，点校注释. 上海：华东师范大学出版社，1983：259.
④ 和瑛. 易简斋诗钞：卷四 [M]. 上海：上海古籍出版社，2002：541.
⑤ 和瑛. 易简斋诗钞：卷三 [M]. 上海：上海古籍出版社，2002：514.

公庙碑》中说:"自东汉以来,道丧文弊,异端并起,历唐贞观、开元之盛,辅以房、杜、姚、宋而不能救。独韩文公起布衣,谈笑而麾之,天下靡然从公,复归于正,盖三百年于此矣。文起八代之衰,而道济天下之溺,忠犯人主之怒,而勇夺三军之帅。岂非参天地,关盛衰,浩然而独存者乎!"① 这成为后人对韩愈道德文章的评价标准。和瑛在《古镜约篇》中尊韩愈为传道之儒,并盛赞韩愈为"毅勇儒","其忠见于《谏佛骨表》,其诚见于《驱鳄鱼文》。其文卓然树立,成一家言,而左右六经。其武见于乘遽入汴,及厉声谕吴庭凑。泂见道君子,豪杰之士也"②。和瑛盛赞韩愈,所着眼者,也即文、道、忠、勇,与苏轼所论所据完全一致。

钱锺书《谈艺录》称"唐之少陵、昌黎、香山、东野,实唐人之开宋调者"③,而邵雍、苏轼等人则是宋调的奠定者,和瑛服膺杜甫,师法韩白,追步邵苏,深得宋调之精华,其诗虽偶有唐音,但主流是宋调。和瑛对古代诗人的深入学习和模仿,与同时期的其他蒙古诗人乃至少数民族诗人相比要更为明显,更为自觉。

---

① 苏轼.苏轼文集:卷十七[M].孔凡礼,点校.北京:中华书局,1986:509.
② 和瑛.古镜约篇[M].富察恩丰,辑.周斌,校点.八旗丛书:上.重庆:西南师范大学出版社,北京:人民出版社,2012:43.
③ 钱锺书.谈艺录[M].补订本.北京:中华书局,1984:2.

第七章

《西藏赋》

创作边疆舆地赋，是清代赋学鼎盛的重要标志之一。乾隆御制《盛京赋》首开先河，周煌《中山赋》、纪昀《乌鲁木齐赋》、吴兆骞《长白山赋》、王必昌等同名《台湾赋》、高拱乾等同名《澎湖赋》等继之而起，一时蔚然成风。在清代众多边疆舆地赋中，最为人注目的是乾嘉道之际出现的和瑛《西藏赋》、吉林英和（1771—1840）《卜魁城赋》、大兴徐松（1781—1848）《新疆赋》。三篇赋作都是鸿篇巨制，都关注边陲疆域，描绘岁时风物、礼俗典故、人情物状等内容。光绪年间，华阳王秉恩将三赋汇刻，名为"西藏等三边赋"。

《西藏赋》并自注24882字，其中正文4463字，注文20419字，是文学史上唯一一部以西藏为描写对象的赋体文学作品，既是赋作精品，也是微型方志，具有文学与学术的双重价值，弥足珍贵。赵逵夫先生曾断言："（和瑛）更早地将顾炎武的学术精神体现于新的边疆开发与防卫的思想之中，体现于学术研究与文学创作之中，而他的一篇《西藏赋》，更使他彪炳于文学史册。"[①]

第一节　版本及流传

嘉庆二年（1797）五月，和瑛完成了《西藏赋》及自注并付梓刊行[②]。在此后的两百多年里，《西藏赋》广为流传，多次被传抄翻刻，先后被收入《榕园丛书》《八旗文经》等大型丛书中。在两百多年的传刻过程中，《西藏赋》以刻本、钞本等形式流传，也出现了几种不同的版本。孙福海硕士学位论文《卫藏

[①] 和瑛.《西藏赋》校注[M].池万兴，严寅春，整理.济南：齐鲁出版社，2013：3.
[②] 姚莹《康輶纪行》卷八《宗喀巴开教》条谓《西藏赋》"成于乾隆五十八年（1793）癸丑，时为驻藏大臣"。案，此说不可取，乾隆五十八年和瑛尚在进藏途中，似不具备作《西藏赋》的客观条件。又，姚莹谓和瑛时任驻藏大臣，因此得以看到《布达拉经簿》，此《经簿》为"剌麻之家谱"，如此则此事亦应在乾隆五十八年后。

方志 雪域奇葩——〈西藏赋〉研究》及《〈西藏赋〉版本考》①、池万兴等人的《〈西藏赋〉校注·前言》②等著述都对《西藏赋》流传中出现的版本进行了介绍。笔者在参考以上著述的基础上，结合自己资料翻检所得，将《西藏赋》流传版本胪列如下：

一、嘉庆二年写刻本

刻本，一卷一册，半页8行，行20字，注文小字双行。白口，四周双边，单鱼尾，黑色界栏，末署"嘉庆二年岁次丁巳五月卫藏使者太庵和瑛著"。邓衍木《中国边疆图籍录》谓："《西藏赋》一卷，（清）和宁撰。清嘉庆二年（一七九七）和氏写刻本一册（德化李氏木犀轩藏）。"③德化李氏即李盛铎（1859—1934），收藏有《卫藏通志》抄本，著有《木樨轩藏书题记及书录》。

二、《四川通志》本

刻本，小字双行，无注，附录于常明、杨芳灿等重修《四川通志》卷一百九十二第31—38页。《四川通志》有嘉庆二十一年（1816）刻本，京华书局、巴蜀书社、江苏广陵古籍刻印社等影印出版。

常明，满洲镶红旗人，时任四川总督。杨芳灿（1753—1815），字蓉裳，江苏无锡人。乾隆拔贡，官知县、户部员外郎，时任锦江书院山长。《杨蓉裳先生年谱》云："嘉庆十九年十月，中志书府将此告竣，公以作客久，竟欲南旋……"④后因常明等人极力挽留，遂续聘留任。嘉庆二十年（1815）十一月病逝于安县县署。著有《真率斋稿》《芙蓉山馆诗词稿》等。重修《四川通志》二百二十六卷，有天文、舆地、食货、学校、武备、职官、选举、人物、纪籍、纪事、西域、杂类十二志。其中《西域志》六卷，"首列江卡，自东而西，以次叙载，志其山川营置，纪其风土人物，以备职方"⑤。

---

① 孙福海．卫藏方志 雪域奇葩：《西藏赋》研究［D］．咸阳：西藏民族学院，2009；孙福海．《西藏赋》版本考［J］．西藏民族学院学报（哲学社会科学版），2011（01）：87-89．
② 和宁．《西藏赋》校注［M］．池万兴，严寅春，校注．济南：齐鲁书社，2013．
③ 邓衍木．中国边疆图籍录［M］．北京：商务印书馆，1958：207．
④ 杨芳灿，余一鳌．杨蓉裳先生年谱［M］//北京图书馆藏珍本年谱丛刊：第120册．北京：北京图书馆出版社，1999：88．
⑤ 常明，杨芳灿，等纂修．四川通志·卷一百九十一·西域志［M］．台北：京华书局，1967：5569．

三、澄清堂钞本

钞本，页9行，行22字，无网格，白口，小楷工整抄写，朱笔圈点、改易，时有眉批。封面题作"钞本西藏赋"，封里一左上题有"钞本西藏赋"，下有小字注"丙寅仲春重订"及"马十八"印；封里二右上署"澄清堂钞本"，下有"严匡山"印。赋前有未署名之题记；赋末有"道光二十四年二月二十六日"跋，并有"张丙瑛""虎头"两印。书末又有大字"同治二年六月十有二日西斋居士目疾，偶开欢喜志之"等字。复旦大学图书馆收藏。

《题记》谓："研京炼都之才，黄绢幼妇之辞，太庵先生非徒与文士争席也。绝域荒徼，知者且希。控驭失宜，易生蠢动。然自阿旺罗卜藏嘉木磋达赖喇嘛通好之后，二百余年无西北两边患，厥功伟矣，太庵用意远矣。乃今以乍丫、里塘蛮触之鬨，将来必酿兵戈，则此赋要矣。谕蜀之使，方欲西驰，其扰攘可立而待也。"

《跋》谓："严匡山，名烺，滇之宜良人，由兰州道升任至湖北藩司，卒于任。此其官甘肃时所抄……匡山之子秋槎与余为僚婿，故此册在余斋，阅竟为记其颠末如此。"可知《钞本西藏赋》为严烺所抄。"秋槎"即严烺之子严廷中（1795—1864），字古卿，号秋槎，一号岩泉山人，别署秋槎居士、红豆道人。

四、《守约篇》丛书本

刻本，页10行，行21字，注文小字双行，收入《守约篇丛书》乙集。首题"西藏赋一卷""守约篇乙集"，中缝有"西藏赋卷"，版心下有"榕园丛书"。赋末有李光廷跋，谓："右《西藏赋》一卷，和宁撰。公号太庵，蒙古镶黄旗人，乾隆中翰林，官至礼部尚书，卒谥简勤。此书成于嘉庆二年，结衔称'卫藏使者'，则任驻藏大臣时作也……此篇总赋西藏，凡佛教寺庙、官制风俗、物产地界无一不详，而山水尤晰。魏默深《圣武记》作于道光，犹以雅鲁藏布江为金沙江源，贻讥有识。此书在嘉庆之世，已能探源析委，并图经之舛亦为正明，则以身居此土，访查较易也。《赋》不仿《京都》，而文采烂如，足供讽诵。注尤详晰，虽中间以三藏为三危、为东天竺，俱不免于传会，然百瑜一瑕，不累大体。言西藏者，此其职志耳。公子璧昌，号星泉，两江总督。孙恒福，号月川，直隶总督。兄弟三人，谦福乙未进士，翰林院侍讲。同福不仕。曾孙今亦有官翰林部署者，实蒙古之世家。余在都，与公曾孙锡佩韦卿同事吏部者数年，不知公有著作。此本为陈兰甫买自书肆，举以寄赠者，而韦卿已卒于川

<<< 第七章 《西藏赋》

东道任矣。因抄丛书，亟以著录焉。同治甲戌八月番禺李光廷识。"①《守约篇丛书》卷首目录中分别著录书名、版本来源及著者，《西藏赋》著录为"西藏赋一卷""家藏本""国朝和宁撰"等，此"家藏本"即"陈兰甫买自书肆，举以寄赠者"。

李光廷（1812—1880），字著道，号恢垣，广东番禺人。咸丰元年（1851）中举人，次年中进士，任吏部封验司主事，曾主讲禺山书院。同治二年（1863）补学海堂学长，嗣执掌端溪书院以终。工诗及骈散文，尤精研史学地理，有《汉西域图考》《广元遗山年谱》《北程考实》《宛湄书屋文钞》等著述。晚年以抄书自娱，编成《守约篇丛书》，同治十三年（1874）刊行。丛书分甲乙丙三集，其中甲集为经部，共24种，乙集为史部，共16种，丙集为子部、集部，共24种，合计收书63种160卷，各书后都有李氏跋。卷首目录后附有李光廷自序，交代编选缘起，称："唐前古笈，远则弥珍，而何镗《汉魏丛书》尚存八十余种；唐宋说部，汗牛充栋，而商濬《稗海》亦百余种。二书世多有，今皆不录。又如吾粤伍氏之《岭南遗书》《粤雅堂丛书》、潘氏之《海山仙馆丛书》已见者，亦不录。合数书而去取之，得六十三种。其余医卜星相释道之书，不搀入焉。虽无多，而精华毕备，守则约而施则博矣。年老善忘，特选是篇，以消永日，可以息神，可以定志。倘集赀刊之，嘉惠士林，斯不特一人之娱也。汉张苍年老无齿，以乳为养。说者谓其寿百八十岁。此书其余之乳也夫。同治甲戌五月番禺李光廷恢垣氏识。"②《守约篇丛书》有同治十三年（1874）李氏刻本，为粤东省城西湖街富文斋承接刊印，广东省立中山图书馆藏，《广州大典》第五辑据以影印出版。

《西藏赋跋》中所言"陈兰甫"即陈澧（1810—1882），字兰甫、兰浦，号东塾，广东广州人。道光十二年（1832）举人，六应会试不中。先后受聘为学海堂学长、菊坡精舍山长。于天文、地理、乐律、算术、古文、骈文、填词、书法，无不研习，著述达120余种，著有《东塾读书记》《汉儒通义》《声律通考》等，今人编有《陈澧集》。陈澧与李光廷交情莫逆，为李氏《守约篇丛书》作序，称："李君恢垣所著书既刊行于世，余读之服其详博，而叹其苦搜力索耗精力而为之也。近者李君自谓年老不著书而抄书，抄成六十三种而为之序录。余读之而悟养生之道焉。凡人必有所好，有所好则不能自已而或以害以其生。

---

① 李光廷.西藏赋跋[M]//陈建华，曹淳亮.广州大典·第66册·守约篇乙集.广州：广州出版社，2008：321.
② 李光廷.守约篇序[M]//陈建华，曹淳亮.广州大典·第65册·守约篇丛书.广州：广州出版社，2008：4.

李君之所好者，书也，不能自已者也。然使执养生之说，举所好之书而弃绝之，则非所以养生矣。有目而不能观览，与无目同；有手而不披寻，与无手同；有口而不吟讽，与无口同；有心而不思绎，与无心同，是则与死何异，而谓之养生乎？此其所养者，无用之生也。善养生者，当养有用之生。观览而不劳其目，披寻而不劳其手，吟讽而不劳其口，思绎而不劳其心，非惟不劳，而又以乐之。目得观览而乐也，手得披寻而乐也，口得吟讽而乐也，心得思绎而乐也，不亦善乎。李君又告余曰：'吾日日抄书，不知岁月之逝也。'余曰：'是不惟养生，且以延年矣。老而好书者，当如是。'书之以为所抄书序。同治十三年十月，陈澧书于秀山之在此山斋。"①

五、《反约篇》本

钞本，页9行，行25字，注文小字双行，无界栏，篇首题 "西藏赋一卷" "蒙古和宁撰"，篇末有李光廷跋，钞入《反约篇》乙集。

《反约篇》收藏于福建师范大学图书馆，封面、封里俱题 "反约篇"三字，目录署 "反约篇目录"，内容与李光廷《守约篇丛书》相同。《中国丛书综录》著录为 "（清）李光廷辑" "清同治中番禺李氏钞本"。②

六、元尚居《西藏等三边赋》本

刻本，页10行，行21字，注文小字双行，白口，单鱼尾，版心署有 "西藏赋" "元尚居校刊"字样，每页有耳口，记每页所刻字数。篇末有李光廷跋，与 "守约篇本"版式相同。国家图书馆等藏，全国图书馆文献缩微复制中心《中国边疆史志集成》第一部第七本据此本影印。

光绪八年（1882）至光绪九年（1883）间，王秉恩汇刻《卜魁城赋》《新疆赋》《西藏赋》三赋为《西藏等三边赋》，一函二册，其中《西藏赋》《卜魁城赋》为一册，《新疆赋》为一册。《西藏赋》前有牌记 "光绪壬午八月元尚居校刊华阳徐道宗署检"。王秉恩（1845—1928），字息存，一作雪岑、雪澄、雪丞、雪城，号茶盦，四川华阳人，著名藏书家、书法家。同治十二年（1873）举人，光绪初，官广东提法史、广东按察使。张之洞深为器重，推荐提调广雅书局，主持刊刻《广雅丛书》。入民国后，寓居上海。王秉恩精于校勘，精通目

---

① 陈澧. 守约篇序 [M]//陈建华，曹淳亮. 广州大典·第65册·守约篇丛书. 广州：广州出版社，2008：1.
② 上海图书馆编. 中国丛书综录：一 [M]. 上海：上海古籍出版社，1982：199.

录学，藏书丰富，著有《养云馆诗存》。

七、《西藏图考》本

刻本，页10行，行22字，小字双行，黑口，四周单边，单鱼尾，版心有"西藏图考卷之八　艺文考下"字样，题作"和宁西藏赋注"。《西藏赋》收于黄沛翘《西藏图考》卷八《西藏艺文考》下。黄氏题下自注："公号泰安，改名瑛，乾隆五十九年驻藏。此赋刊于嘉庆二年，川省有赋无注，屡访不获，拟注亦不果。适文大臣硕奉命驻藏，道出成都。与谈甚洽，出此见示。亟录以付梓。注内间有增减，一是集已载即不重出；一原注有未详者，兹引佛经、《字典》增注之，非敢臆断也。"① 可知黄氏对和瑛自注有所增删纠讹。例如，和瑛自注"天竺国有东、西、南、北、中五天竺，今考康卫藏在天竺之东，为东天竺"，黄氏断语"此公之讹也"。《西藏图考》有光绪二十年（1894）夏京都申荣堂校刊本，文海出版社1965年据以影印，又有西藏人民出版社1982年印行吴丰培校订《西招图略　西藏图考》本。

黄沛翘，字寿菩，湖南善化人，同治六年（1867）举人，因军功以道员记名简放，加布政使衔，署成锦龙茂兵备道。著有《西藏图考》《四川峨山图志》《澹园诗文集》等。黄沛翘多年参与西南边务，认识到西藏"西南攘印缅，西北御俄罗斯，正北又为新疆之后障，坤维大局，斯其咽喉，未雨之谋，履霜之戒，其可忽耶"②。为此，他广泛搜集西藏史地资料，请人绘制西藏地图，"汇群书而互证，集众说以从同"，自光绪十一年（1885）八月至光绪十二年（1886）五月，编成《西藏图考》八卷并付梓刊刻，③"卷首谨载宸章，尊王之义也；次程站；次山川、城池等汇考，有未尽者复分天地人物四门以补之；又次艺文，而附之以外夷考终焉"④。

八、《八旗文经》本

刻本，页12行，行23字，小字双行，黑口，四周单边，双鱼尾，版心著

---

① 黄沛翘. 西藏图考·卷八·西藏艺文考［M］//李毓澍. 中国边疆丛书：第一辑. 台北：文海出版社，1965：488-489.
② 黄沛翘. 西藏图考：卷一［M］//李毓澍. 中国边疆丛书：第一辑. 台北：文海出版社，1965：41.
③ 黄沛翘. 西藏图考［M］//李毓澍. 中国边疆丛书：第一辑. 台北：文海出版社，1965：11.
④ 黄沛翘. 西藏图考［M］//李毓澍. 中国边疆丛书：第一辑. 台北：文海出版社，1965：10.

"八旗文经卷四　赋丁"字样及页码。《八旗文经》由盛昱、杨钟羲合编，光绪二十七年（1901）八月刊于武昌，华文书局股份有限公司1969年《中华文史丛书》之九十八据光绪刊本影印，辽沈书社1988年影印出版马甫生等标校本。

盛昱（1850—1900），字伯熙，爱新觉罗氏，隶镶白旗，谥文愍。妻为和瑛孙恒福之女。杨钟羲称其"简贵清谧，崇尚风雅，所交皆一时魁杰，以文章道义相友善。文誉满海内，益自淬奋，于学无所不窥，读书日尽数十卷，博闻强识，其考订经史及中外地舆，皆精核过人。尤练习本朝故事，大至朝章国宪，小至一名一物之细，皆能详其沿袭改革之本，而因以推见前后治乱之迹。若撮其言，录为一书，三百年来闳博之君子，未有能及者也"①。著有《蒙古世系表》《雪屐寻碑录》《郁华阁文集》等。杨钟羲（1865—1940），字子晴，谥文敬，汉军正黄旗人，著有《雪桥诗话》。光绪十七年（1891）十二月，杨钟羲以翰林院编修进京，初识盛昱，从此联系密切，"遂有第录三百年八旗文字之约"②。《八旗文经》沿用传统文体范畴，沿袭《昭明文选》体例，收录了197名八旗作者的650篇文章，全书六十卷，其中正文五十六卷，作者考三卷，附录一卷，张之洞作序。

九、张氏《榕园丛书》本

刻本，行款、版式、内容等都与"守约篇丛书本"完全相同，仅删去卷首"守约篇乙集"中"守约篇"三字。《西藏赋》收入《榕园丛书》第三函。

《中国丛书广录》著录："《守约篇》，清李光廷编，清粤东李氏刻本。"按语云："是书原为张丙炎辑，丙炎丁忧返里，属李光廷校刊。李殁，板归丙炎子允颐，增刻《扬州足徵录》三种，易名《榕园丛书》。"③ 张允颐重辑《张氏榕园丛书》自序谓："丛书之刻，汇四部为一编，俾零星散帙借巨轶以传，法至善也。先君榕园公，昔官京曹校书，清秘藏旧本未经刊行者甚夥。又旁搜私家著述，种类益多。同治庚午出守廉州，携之任所。丙子移肇，将付剞劂。遇李公光廷于穗垣，赞成斯举，因以校勘属之。次年居忧返里，又续刻若干种，尚未竟板之。存粤者，李先序而行之，世人据后跋为断，只知为李氏所刻，不知其出于先君也。逮后镌竣，先君于壬寅随即归道山，久庋未印，无以应海内之求。

---

① 盛昱．意园文略：卷首［G］//清代诗文集汇编：第772册．上海：上海古籍出版社，2010：204．
② 杨钟羲．来室家乘［M］//沈云龙．近代中国史料丛刊续编．台北：文海出版社，1975：20．
③ 阳海青．中国丛书广录［M］．武汉：湖北人民出版社，1999：179，180．

癸丑初夏，允顗捡补残脱，付之手民，印以行世，而冠其首曰'张氏榕园丛书'，明非李氏所刻。后跋一仍其旧，不复改署，亦先君之志也，阅者鉴诸。癸丑初夏真州张允顗敬书。"① 榕园公即张丙炎（1824—1905），字午桥，号榕园，一号药农，晚清扬州"竹西九老"之一。咸丰九年（1859）进士，同治九年（1870）由翰林院编修出知广东廉州，光绪二年（1876）移知肇庆，后升道员，加盐运使衔。光绪三年（1877）以母忧而归，遂不复出，优游林下二十余载。光绪三十年（1904）重宴鹿鸣，赐侍读学士衔。一生博雅好古，富收藏，喜吟咏，工金石，著有《冰瓯馆词》等。张允顗为张丙炎之子，贡生，三十八岁时捐纳知府。1913年，重辑《榕园丛书》，甲乙丙三集沿用《守约篇》，惟挖去"守约篇"三字；增刻续刻一集，新收焦循《扬州足徵录》、阮元《儒林传稿》、梅漪老人（姚文田）《阳宅辟谬》三种。

刘锦藻《清续文献通考》著录有《张氏榕园丛书》及甲乙丙三集目录，并谓："是编卷首题签曰'守约篇丛书'，张允顗改题曰'张氏榕园丛书'；目录曰'守约篇目录'，允顗改题曰'榕园丛书'目录；每种第一行下方甲集曰'守约篇甲集'，乙集曰'守约篇乙集'，丙集曰'守约篇丙集'，允顗则削去'守约篇'三字而单称甲集、乙集、丙集。同治甲戌陈澧之序属之番禺李光廷，即光廷跋语亦以此书若出自手录，而允顗之序则谓先君榕园公同治庚午由京曹出守廉州，丙子移肇，属李光廷校勘，越岁丁艰归，板之存粤者，李先序而行之。然阅李刻，版心仍其名曰'榕园丛书'。谚所谓张冠李戴，洵不诬也。而允顗一刻版藏冰瓯仙馆，且附续刻焦循《扬州足徵录》二十七卷、阮元《儒林传稿》四卷、姚文田《阳宅辟谬》一卷共三种，然则允顗如班固之续彪书，光廷如郭象之窃庄注，两书互证，得失可知矣。"②《续修四库全书总目提要》著录《守约篇》，谓之清李光廷编，"同治甲戌[按：当作'戌']广东刻本"，"是书分甲乙丙三集，题曰'守约篇'，实即《榕园丛书》也。李氏故后，书版归张允顗，增焦循《扬州足徵录》等书三种，改称曰'榕园丛书'。书前序例，大致相同"③。

李光廷《众家注尔雅跋》谓："（黄泉）生平刻书最多，乱后皆遭焚毁。是篇流传亦少，张午桥太守嘱为刻之，以供好古之嗜云。光绪戊寅春番禺李光廷

---

① 张允顗. 榕园丛书［M］. 刻木. 1912（民国元年）.
② 刘锦藻. 清续文献通考·卷二百七十二·经籍考［M］. 杭州：浙江古籍出版社，1988：10173.
③ 中国科学院图书馆整理. 续修四库全书总目提要：第29册［M］. 济南：齐鲁书社，1996：731.

识。"《离骚注九歌注跋》谓:"《离骚注》一卷、《九歌注》一卷,安溪李光地撰……张午桥太守有此书,因合为一卷抄之,以备一种云。光绪戊寅三月番禺李光廷识。"又《守约篇》版心题记为"榕园丛书",李氏故后《守约篇》版归张氏,谓李氏掠美于前,或有误解。

十、《〈西藏赋〉校注》本

池万兴、严寅春校注,齐鲁书社2013年出版。该书以"嘉庆本为底本,以《反约篇》丛书、《榕园丛书》《守约篇》《元尚居汇刻三赋》《西藏图考》《八旗文经》《四川通志》为校本"进行了全面校勘,参诸本异文,合诸本之善,提供了一个相对完善的版本。编者对《西藏赋》及自注都进行了注解,有助于读者进一步了解赋文。赵逵夫为该书作序。《前言》部分则初步介绍了和瑛及其《西藏赋》,简要分析了《西藏赋》的文献价值和艺术价值。

第二节　对汉大赋的突破与超越

汉大赋也称逞辞大赋、体物大赋,兴起并盛行于两汉,以司马相如《子虚》《上林》、扬雄《羽猎》《河东》、班固《两都》、张衡《二京》等为代表,铺陈名物、排比辞藻,好用古文奇字和双声叠韵,凡铺排处多用整齐的韵文,叙述提顿处则多用散文句。[①] 汉大赋既是汉赋的代表,也是赋体的典范,在赋体史上占有重要地位,对后世影响尤为深远。清代以《西藏赋》《新疆赋》《乌鲁木齐赋》等为代表的舆地大赋,往往都继承了汉大赋的传统,从铺陈手法到赋体结构等都受到深刻影响。不过,和瑛等作者在创作舆地大赋的时候,并非一味地模仿汉大赋,反而时有突破与超越,推动了赋体的发展,赋予汉大赋以新的活力。以《西藏赋》为例,其对汉大赋的发展主要有以下几端。

一、创作主旨由风谏趋于资政

风谏即用委婉曲折的语辞规劝君主等,是士大夫用智慧规范王权、干预王道得失的一种积极形式。《孔子家语·辩政》谓:"忠臣之谏君,有五义焉:一曰谲谏,二曰戆谏,三曰降谏,四曰直谏,五曰风谏。"王肃注:"风谏,依违

---

① 马积高. 赋史 [M]. 上海:上海古籍出版社,1987:8.

远罪避害者也。"①《诗经》"乐而不淫,哀而不伤"确立了以诗为谏的风谏传统。汉兴,罢黜百家,独尊儒术,王权进一步集中,颜斶"王前"式的锐气进一步消磨,士大夫规范王权的企图,唯有寄托于风雅传统,曲终雅奏,薄有风谏。司马迁称司马相如的赋,"卒章归之于节俭,因以风谏""虽多虚辞滥说,然其要归引之节俭,此与《诗》之风谏何异"②,又谓"《子虚》之事,《大人》赋说,靡丽多夸,然其指风谏,归于无为"③。扬雄早年创作《羽猎》《河东》诸赋,规模司马相如,亦是"将以风之"④。班固《两都赋序》谓:"言语侍从之臣若司马相如、吾丘寿王、东方朔、枚皋、王褒、刘向之属,朝夕论思,日月献纳;而公卿大臣御史大夫倪宽、太常孔臧、太中大夫董仲舒、宗正刘德、太子太傅萧望之等,时时间作,或以抒下情而通讽谕,或以宣上德而尽忠孝,雍容揄扬,著于后嗣,抑亦雅颂之亚也。"⑤ 扬雄晚年悔其少作,称之为"童子雕虫篆刻""壮夫不为",又说"赋可以讽乎""讽则已;不已,吾恐不免于劝也"⑥,恰是对汉赋劝百讽一、风谏作用未能很好发挥的隐忧。不论是言语侍从之臣还是公卿大臣,其赋作旨归多在风谏,因此付俊琏拈出"风谏"二字言说汉赋,认为"汉代人不仅以'风谏'作为评赋的标准,而且当作写赋的准则"⑦。

《西藏赋》虽然承袭了汉大赋的形式,但风谏的传统却没有保留,更多的只是"润色鸿业",称扬天朝声威。和瑛创作《西藏赋》之时,正值中央王朝成功驱逐廓尔喀,廓尔喀纳表称降并贡驯象、孔雀等方物之际。此次胜利,不仅最高统治者引以为傲,乾隆皇帝自诩为"十全武功"之一,文武大臣乃至普通文人也都不自觉地有一些兴奋,发自内心地颂扬王朝的武略。大军入藏时,和瑛奉命沿途护送过境,有《嘉平月护送参赞海公统军赴藏四首》,谓"失策凭垂仲,抛戈耻戴绷。由来古佛国,持护仗天兵"⑧;大军凯旋,又有《喜闻廓尔喀

---

① 杨朝明,宋立林. 孔子家语通解:卷三 [M]. 济南:齐鲁书社,2009:163.
② 司马迁. 史记·卷一百一十七·司马相如列传 [M]. 北京:中华书局,1982:3002,3073.
③ 司马迁. 史记·卷一百三十·太史公自叙 [M]. 北京:中华书局,1982:3317.
④ 班固. 汉书·卷八十七下·扬雄传 [M]. 北京:中华书局,1975:3575.
⑤ 班固. 两都赋序 [M]//萧统编,李善著. 文选:卷一. 上海:上海古籍出版社,1986:1.
⑥ 扬雄. 扬子法言·卷二·吾子篇 [M]. 黄寿成,点校. 沈阳:辽宁教育出版社,1998:4.
⑦ 付俊琏. 俗赋研究 [M]. 北京:中华书局,2008:15-16.
⑧ 和瑛. 易简斋诗钞:卷一 [M]. 上海:上海古籍出版社,2002:465.

投诚大将军班师纪事》，声称"未教过玉垒，那许渡金沙""尧阶习干羽，仪舞备陈堪"①；廓尔喀进贡驯象，有《渡象行》，感叹"象身幸不为齿焚，脱离蛮瘴游闾阎。太平有象乐优游，禄享天庾庆朋盍"②。在《西藏赋》里，和瑛依然不吝笔墨，对清王朝驱逐廓尔喀的胜利予以讴歌。赋中在描写班禅所居之札什伦布寺时谓："刀剑一挥，禅座讵伤乎法济；金衣两设，邪人何畏乎初昌""大师还竺，辉生道场"。自注"乾隆五十六年辛亥，廓尔喀犯顺，扰后藏边界。七月，占据聂拉木、济咙。八月，班禅移住前藏。九月，贼入札什伦布，掠财物以归。""乾隆五十七年壬子五月，班禅额尔德尼仍还札什伦布住锡"③。从自注中可知，廓尔喀侵藏，班禅被迫逃离驻锡之地，直到大军驱逐廓尔喀后，方才返回札什伦布。对廓尔喀的入侵，和瑛用法济大师和六祖慧能的典故，为邪不胜正张本；而班禅返回札什伦布，则用辩才重返天竺寺的典故来称美。苏辙《龙井辩才法师塔碑》："沈公遘治杭，以谓上天竺本观音大士道场，以声音忏悔为佛事，非禅那居也，乃请师以教易禅。师至，吴越人争以檀施归之，遂凿山增室，几至万础，重楼杰观，冠于浙西，学者数倍其故……居十七年，有僧文捷者，利其富，倚权贵人以动转运使，夺而有之，迁师于下天竺。师恬不为忤，捷犹不厌，使者复为逐师于潜。逾年而捷败，事闻朝廷，复以上天竺畀师。捷之在天竺也，吴人不悦，施者不至，岩石草木为之索然。及师之复，士女不督而集，山中百物皆若有喜色。清献赵公抃与师为世外友，亲见而赞之曰：'师去天竺，山空鬼哭。天竺师归，道场光辉。'"④ 和瑛虽然没有肉麻的吹捧，但字里行间无不流露出对天朝声威的颂扬。

与汉大赋相比，《西藏赋》的风谏主旨虽然淡化，但受经世致用思想的影响，其资政作用更为显著。西藏虽然地处徼远，政治、经济、文化等迥异于中原，但在"安众蒙古"⑤ 等事关国家安全和主权完整方面具有不可比拟的特殊性。经过清代初期的治藏实践，清朝中央政府认识到，治理西藏不仅需要完善的章程，更需要保证治藏方针政策的延续性。第二次驱逐廓尔喀之后，福康安、孙士毅、和琳等人大力整顿西藏地方，制定了一系列章程，即《钦定藏内善后

---

① 和瑛.易简斋诗钞：卷一［M］.上海：上海古籍出版社，2002：467.
② 和瑛.易简斋诗钞：卷一［M］.上海：上海古籍出版社，2002：468.
③ 和宁.《西藏赋》校注［M］.池万兴，严寅春，校注.济南：齐鲁书社，2013：85，89.
④ 苏辙.栾城集·栾城后集·卷二十三［M］.曾枣庄，马德福，校点.上海：上海古籍出版社，1987：1440-1441.
⑤ 爱新觉罗·弘历.喇嘛说［M］//李毓澍.中国边疆丛书·第一辑：第15册.台北：文海出版社，1965：98.

章程二十九条》，进一步强化中央政府对西藏地方的直接管理。《钦定藏内善后章程二十九条》颁布后，福康安、孙士毅陆续离藏，而和琳则留藏任钦差办事大臣，具体执行既定的治藏方针政策。乾隆五十八年（1793），"稍谙卫藏情形"的和瑛进藏协助和琳办事；乾隆五十九年（1794），又急调松筠进藏，接替和琳。在确定松筠接任和琳后，乾隆特别强调："卫藏地方经和琳悉心整顿，定立章程，一切驾驭各部落，训练番兵，所办俱有条理。仍著和琳、再向松筠将钜细事宜，面为告知，俾得循照成规经理，倍臻妥协，以副委任。"① 并将谕旨以五百里加急，分别传给和琳、松筠二人。当天又发谕旨，再次要求"和琳俟松筠抵藏，面行交代，并将应办事宜详悉告知"。② 嘉庆元年（1796）正月，乾隆传谕班禅额尔德尼，又称："前因藏内事务，噶布伦等措置乖方……命尚书和琳革除积习，酌定章程，一切井然有绪。又命松筠等驻彼，循守成规，办理诸事。"③ 可见在驻藏大臣的人选上，朝廷颇费苦心，考虑良多。而在交代离任一事上，更是反复叮咛。离任者要"钜细事宜，面为告知"，继任者要"循守成规，办理诸事"，保证中央确定的治藏方略的顺利延续。基于朝廷对驻藏大臣交代及治藏方略延续性的重视，和琳离任之际，可能已经启动了《卫藏通志》的编纂工作，方便"循守成规，办理诸事"，而不只是简单地"面为告知"。同样，松筠自驻藏大臣离任时，也曾编纂有《西招图略》，旨在"便于交代，以代口述之未尽者"④；和瑛于嘉庆六年（1801）离任时，也曾"将藏内一切应办事宜纂成则例，作为交代"⑤。和瑛编纂则例已经亡佚不可见，唯其撰著的《西藏赋》广为流传，在一定程度上发挥了"则例"的作用。嘉庆间，四川官署将《西藏赋》视为入藏必读之书予以刊刻。黄沛翘在《西藏图考》卷八《西藏赋》题下自注中提及文硕进藏任驻藏大臣时途径成都，曾向其出示所携带的《西藏赋》。⑥ 姚莹《康輶纪行》卷九《〈西藏赋〉言疆域》盛赞《西藏赋》"于藏中山川风俗制度，言之甚详，而疆域要隘，通诸外藩形势，尤为讲边务者所当留

---

① 清实录·第二十七册·高宗纯皇帝实录 [M]. 北京：中华书局，1986：432.
② 清实录·第二十七册·高宗纯皇帝实录 [M]. 北京：中华书局，1986：432.
③ 清实录·第二十七册·高宗纯皇帝实录 [M]. 北京：中华书局，1986：1002.
④ 松筠. 松筠丛著 [M] //北京图书馆古籍珍本丛刊：第79册. 北京：书目文献出版社，1998：673.
⑤ 《一史馆藏宫中朱批奏折》，转引自刘丽楣. 关于驻藏大臣与达赖喇嘛相见礼仪问题 [J]. 中国藏学，1997（01）：69-75.
⑥ 黄沛翘. 西藏图考·卷八·西藏艺文考 [M] //李毓澍. 中国边疆丛书：第一辑. 台北：文海出版社，1965：488.

意"①。在一定程度上,可以说《西藏赋》实际上就是一部微型方志,是缩小版的西藏百科全书,是文学形式的交代则例。

二、描写内容由中原都邑走向边疆塞漠

汉大赋描写题材虽然比较广阔,但其中不少是以反映宫廷生活或京都生活为主的,视野多局限在京城周围。纪昀《乌鲁木齐赋自序》谓:"自汉而后,以赋为古诗之流,缀文之臣,类多雍容揄扬,按地形,撼方志,皆述中土之山川都会,而外域罕闻也。"②纪氏所言,正是汉大赋以来之所短。赋作题材由中原都邑走向边疆塞漠,清代舆地大赋厥功甚伟。清代疆域"东极三姓所属库页岛,西极新疆疏勒至于葱岭,北极外兴安岭,南极广东琼州之崖山,莫不稽颡内向,诚系本朝。于皇铄哉!汉、唐以来未之有也"③。文人士大夫也多有机缘奔赴徼远,领略异域风情,进而在文学中再现。纪昀《乌鲁木齐赋自序》称:"钦惟我皇上圣神广运,月窟以西,冈不绥定……前以奉职无状,蒙恩薄遣,发往兹土,戴罪效力。庐此五年,俾得备览其幅员风物与其民鼓舞作新,咏仁滔德。兹奉恩纶,复回旧里,感激皇仁,倍万众庶,因于习睹之余,不揣捣昧,谨撰《乌鲁木齐赋》一篇。"④欧阳锓《天山赋序》亦谓:"余以岭外人来宰焉支,摄白亭,客姑臧,日与山对,得非缘耶!独叹其偃塞遐荒,弗获与中华名胜骋美黄图,为大可惜。顾具此奇特,竟落吾辈眼中,又不可谓非山之幸也。倘澹漠置之,不更可惜乎!爰即所见闻,考诸载籍,征之同人,不揣拿鄙,敷陈其名为《天山赋》,将以归示我南人,使知造物磅礴奇崛之气,或钟于人,或钟于物,有不可穷其涯涘矣,亦犹望洋兴叹而已。"不论是纪昀还是欧阳锓,皆因其身临异域,得以完成舆地大赋,这是汉大赋作者所不能具备的前提条件。郭维森、许结在《中国辞赋发展史》中指出:"在历史上,京都赋的繁盛与盛世文学相关,而至清赋的中兴,除乾隆御制《盛京赋》外,那种源于盛世精神的京都大赋的骋夸与热情,已转向对边陲疆域的描写,即代表盛世气象的地舆赋的崛兴。"⑤转向边陲疆域,正是清赋与汉赋在描写内容方面最重要的区别,也是清

---

① 姚莹.康輶纪行:卷九[M].施培毅,徐寿凯,点校.合肥:黄山书社,1990:262.
② 和瑛.三州辑略·卷八·艺文门[M]//中国方志丛书·西部地方.台北:成文出版社,1968:288.
③ 赵尔巽,等.清史稿·卷五十四·地理志[M].北京:中华书局,1976:1891.
④ 和瑛.三州辑略·卷八·艺文门[M]//中国方志丛书·西部地方.台北:成文出版社,1968:288.
⑤ 郭维森,许结.中国辞赋发展史[M].南京:江苏教育出版社,1996:831-832.

赋为赋史所做出的主要贡献。

清朝未入关前，清太宗皇太极便与厄鲁特蒙古和硕特部首领顾实汗、第五辈达赖阿旺罗桑嘉措建立了联系，并延请达赖赴盛京。入关后，达赖、班禅、顾实汗各遣使入贡不绝，顺治九年（1652）达赖赴京朝觐，十年敕封达赖金册金印，封为"西天大善自在佛所领天下释教普通瓦赤喇怛喇达赖喇嘛"，确立了达赖的封号及其在西藏的政教地位，也确定了清朝在西藏地方的主权关系。康熙晚年，"驱准保藏"胜利后，清朝废除了独揽西藏政务大权的"第巴"制度，建立了由四人组成的噶伦政府，加强对西藏的管辖。至设立驻藏大臣，清朝对西藏的管理进入了新的阶段，西藏直接隶属中央管辖。在加强对西藏管辖的同时，清朝也不断派员到西藏勘界、考察，实地调查西藏风土人情。康熙四十八年（1709）至康熙五十年（1711），侍郎赫寿作为特使前往拉萨负责收集西藏地理资料并绘制西藏舆图。乾隆五十六年（1791），派喇嘛楚儿沁藏布兰木占巴、理藩院主事胜住等测绘西藏舆图。乾隆五十九年（1794）十一月，大军进藏平定准噶尔之乱，康熙帝要求诸大臣加强对西藏地区地理情况的调查和记录。乾隆时，又派传教士蒋友仁等对新疆、西藏进行实地测绘，在康熙《皇舆全览图》的基础上，完成全国实地测绘的《乾隆十三排地图》（又名《乾隆内府舆图》）。康熙年间，焦应旗《藏程纪略》记载了自西宁入藏的路线和沿途见闻，杜昌丁《藏行纪程》记载了自云南入藏的道路。雍正时王我师《藏炉总记》，则分别叙述了从四川、青海、云南入藏的交通路线。乾隆五十九年（1794），清朝派员实地勘界，设立鄂博，划清了与西南邻国的疆界。这些举措，都是清王朝在西藏地方行使主权的具体表现，也是王朝声威的具体体现。也正是有了这些基础，和瑛才有条件创作完成《西藏赋》。

和瑛与西藏多有渊源，其信奉藏传佛教，刊印《西藏志》等，对西藏事务接触较早，了解较深。也正是因为其"稍谙卫藏情形"①，方才从陕西布政使调任西藏帮办大臣，更换成德，帮同和琳办事。自乾隆五十九年（1794）进藏，到嘉庆六年（1801）离藏，和瑛在西藏生活长达八年之久，其间曾四次赴后藏巡视，对西藏风土人情等非常熟稔。其《西藏赋》并自注约两万九千字，为迄今所见唯一一篇以赋体形式描写西藏风土人情的作品。赋作先叙西藏方位、名号，收束于拉萨；次叙布达拉、四大寺及班禅、达赖之生活；再叙除夕跳布扎等节庆活动；又叙官制、兵制、人民疆域、风俗政令、物产之殊；最后叙西藏山川、程站。这是第一次有著作对西藏的地理、历史、气候、物产、风俗等进

---

① 清实录·第二十七册·高宗纯皇帝实录［M］.北京：中华书局，1986：238.

行全方位、多层次、多角度的铺陈与描绘,直观展现了西藏边疆对于国家的重要性。后世学者在论及《西藏赋》时,也往往着眼于此。李光廷谓《西藏赋》,"凡佛教寺庙、官制风俗、物产地界无一不详,而山水尤晰"①。姚莹称《西藏赋》"于藏中山川风俗制度,言之甚详,而疆域要隘,通诸外藩形势,尤为讲边务者所当留意"②。丁实存《驻藏大臣考》说,和宁"在藏著《西藏赋》一篇,于西藏之地理、历史、气候、物产、风俗等均有叙述,加以丰富之注释,中具不经见之材料甚多"③。池万兴等指出《西藏赋》"既具有'西藏志'的方志特征,又具有资料汇编的科学文献特点"④。

三、描写手法由简单单一发展到繁杂多变

铺张扬厉是汉赋最基本的艺术特征,赋家在体物之际总是极尽其能地铺陈其事、张扬其物,所谓"极声貌以穷文"⑤"总众类而不厌其繁"⑥。如司马相如《子虚赋》描写云梦泽之物产:

> 其土则丹青赭垩,雌黄白坿,锡碧金银,众色炫耀,照烂龙鳞。其石则赤玉玫瑰,琳珉昆吾,瑊玏玄厉,碝石武夫。其东则有蕙圃:蘅兰芷若,芎䓖菖蒲,江蓠蘪芜,诸柘巴且。其南则有平原广泽:登降陁靡,案衍坛曼,缘似大江,限以巫山;其高燥则生葳菥苞荔,薛莎青薠。其埤湿则生藏莨蒹葭,东蔷雕胡,莲藕觚卢,菴闾轩于。众物居之,不可胜图。其西则有涌泉清池,激水推移,外发芙蓉陵华,内隐钜石白沙;其中则有神龟蛟鼍,玳瑁鼈鼋。其北则有阴林巨树,楩枏豫章,桂椒木兰,蘗离朱杨,楂梨楟栗,橘柚芬芬;其上则有鹓雏孔鸾,腾远射干;其下则有白虎玄豹,蟃蜒貙犴。⑦

此种铺写,只是一种简单地罗列,虽然做到了"不厌其烦",穷其所有,但

---

① 李光廷.西藏赋跋[M]//陈建华,曹淳亮.广州大典:第66册:守约篇乙集.广州:广州出版社,2008:321.
② 姚莹,施培毅,徐寿凯,点校.康輶纪行[M].合肥:黄山书社,1990:262.
③ 丁实存.驻藏大臣考[M].南京:蒙藏委员会,1943:76.
④ 和瑛.《西藏赋》校注[M].池万兴,严寅春,校注.济南:齐鲁书社,2013:8.
⑤ 刘勰.文心雕龙注释[M].周振甫,注.北京:人民文学出版社,1981:80.
⑥ 程廷祚.青溪集·青溪文集[M].宋效永,校点.合肥:黄山书社,2004:67.
⑦ 司马相如.司马相如集校注[M].朱一清,孙以昭,校注.北京:人民文学出版社,1996:2.

第七章 《西藏赋》

手法单一，故难免排比类书、板重堆砌之讥。①

相对于汉大赋的简单铺写，和瑛《西藏赋》着力于形象描绘，力避枯燥铺陈，在铺写手法上有了较长足的进步。铺写物产是大赋中最难写的部分，《西藏赋》在描写西藏物产时写道：

> 其物产则天藏女池，盐晶泻卤；仙山宝矿，金屑流华。藏香贵盛安贡恰，木碗重扎木扎鸦。铜铁铅锡，硫磺硇砂。松脂檀末，苦库俺巴。草则吉祥书带，紫茜红花，马蔺牛舌，羊草芦葭。木则松柏珍贵，杨柳权柂。胡桃结核，火榴绽葩。花则牡丹傲雪，桃杏铺霞。剪秋罗，幽芳露滴；虞美人，妙舞风斜。罂粟盘，盛玉盂之云子；万寿菊，披金粟之袈裟。石竹映文章之草，蜀葵开旌节之花。果则长生竞掬，百合纷拿。毛桃流液，酸橘软牙，苹婆似卵，哀梨比楂。谷则青稞大麦，秈稻香秔。麻乌米扁，蚕绿豌颊。蔬则菠薐夏脆，菘叶秋荣。王瓜架缀，莴苣畦盈。葱挺蒜抱，韭带荾英。芹钗茴穗，茄赘芄瑛。辣冰莱菔，甜玉蔓菁。禽则曲水宿鸿，羊卓鹅凫。济咙雕鹞，寺住黄鸳。顶巢鸠鹊，乌鬼号空。鸽王栖阁，洋鸡味朱。云鸡羽爵，象鼻鹰裙。雉头鸭脚，蛰燕遯藏。雄鸡劣弱，鹦鹉蛮声。林杪听鸠，门前罗雀。兽则獠羊獵犬，蕃马牦牛。骑驴禅觅，跨骡神留。狼豹为赞，鹿豕与游。獐狍猎获，猞猁生囚。野饶狐兔，家畜猫猴。狮闻风于西海，象负法于神州。鱼则慈音喷浪，白小随流。虫则蜻蜓闹夏，斑毛卜秋。②

这一段铺陈，内容上，矿产草木、果蔬谷物、禽兽虫鱼，林罗万象，无一不包；语言上，句句押韵，四六结合，变化多端。更为难得的是作者在铺陈名物的同时，能够抓住各自的特点与特性加以描写，使之形象生动，一改汉大赋"板重堆砌"之弊，亦无"繁华损枝，膏腴害骨"③之病。例如，关于兽类的描写，作者罗列了羊、犬、马、牦牛、驴、骡、狼、豹、鹿、豕、獐、狍、猞猁、

---

① 如艾南英《序王子巩〈观生草〉》云："《上林》《子虚》《两京》《三都》，读其文，不过如今之学究据《通考》《类要》之书，分门搜索，相袭为富，求其一言一字出于心之所自得，无有也；《客难》《解嘲》《宾戏》《七发》《七启》《七辨》《七征》之类，前创后师，命辞遣意如出一辙，此与今之稚子执笔为八股，字字摹仿钞袭，有何差异，读其文不终卷而使人厌恶。"（黄宗羲. 明文海：卷三百一十二[M]. 北京：中华书局，1987：3214.）

② 和瑛.《西藏赋》校注[M]. 池万兴，严寅春，校注. 济南：齐鲁书社，2013：184-194.

③ 刘勰. 文心雕龙注释[M]. 周振甫，注. 北京：人民文学出版社，1981：81.

狐、兔、猫、猴、狮、象等动物，除"獂羊㹎犬，蕃马牦牛"两句是简单罗列外，其余都有较详细的刻画，驴则觅禅，骡则天王坐骑，狼豹等猛兽作为馈赠礼品，鹿、猪则与人共处，獐、狍由猎人猎获，猞猁则要活捉，野外到处都有狐狸、野兔，家里则畜养猫、猴，狮子风闻产于西海，大象则被送往内地传法……在穷尽罗列之际，予以多种描写，各种形象跃然纸上，可谓"写物图貌，蔚似雕画"①。《西藏赋》中的其他铺陈也多如此，既有汉大赋铺张扬厉的优秀传统，又注意变换铺陈手法，精心刻画，富有艺术美感，这是和瑛对汉大赋的自觉扬弃。

四、大量增加自注

汉大赋喜欢堆砌生字僻字，如"崇山矗矗，巃嵸崔巍；深林巨木，崭岩参嵳；九嵏嶻嶭，南山峨峨"②，将一系列表山的字堆砌在一起；又如"卢橘夏熟，黄甘橙榛，枇杷柿樧，亭柰厚朴；樗枣杨梅，樱桃蒲陶"③，将一系列表木的字堆砌在一起，这固然给人在视觉上造成一种刺激，但也令人读之生厌，不忍卒读，后人讥之为"字林""字窟"是有一定道理的。《西藏赋》铺陈西藏情事，篇幅宏大，既不可避免地沿袭了汉大赋堆砌生字僻字的习惯，又承袭了魏晋以来大量使用典故的传统，还因为西藏情事的陌生，使得读者在阅读《西藏赋》时困难重重。赵逵夫在编纂《历代赋评注·明清卷》及调整旧稿选目时，"都曾考虑过是否选《西藏赋》的问题，终因篇幅太大，原注文字又多，而有些地方注释确有些困难，而未能入选"④。《西藏赋》的难读难懂，可见一斑。和瑛在创作《西藏赋》时，增加自注，减低难度，无疑为读者阅读提供了方便。

《西藏赋》并自注共24882字，其中正文4445字，注文20437字。最长的一条注文有828字，是所注正文的5.5倍。在自注中，一是注明典故。如"三男共女，罔有后先"句下自注"关中语谓姒娣为先后，见昌黎诗"。⑤昌黎诗即韩愈《南山诗》，诗中有"或齐若友朋，或随若先后"之句，钱仲联《韩昌黎诗

---

① 刘勰. 文心雕龙注释[M]. 周振甫, 注. 北京：人民文学出版社, 1981：81.
② 司马相如. 司马相如集校注[M]. 朱一清, 孙以昭, 校注. 北京：人民文学出版社, 1996：23.
③ 司马相如. 司马相如集校注[M]. 朱一清, 孙以昭, 校注. 北京：人民文学出版社, 1996：24.
④ 和瑛.《西藏赋》校注[M]. 池万兴, 严寅春, 校注. 济南：齐鲁书社, 2013：1.
⑤ 和瑛.《西藏赋》校注[M]. 池万兴, 严寅春, 校注. 济南：齐鲁书社, 2013：177.

集释》引《方言》:"先后犹娣姒也。"又引《释名》:"以来先后言也。"①《尔雅·释亲》:"长妇谓稚妇为娣妇,娣妇谓长妇为姒妇。"郭璞注:"今相呼先后,或云妯娌。"② 二是解释典章名物。例如,"噶布伦领四方之政治,权居岳牧之尊;仓储巴综五库之藏储,职等金仓之掌"两句下分别自注"噶布伦四名,总理通藏。钱谷、刑名、兵马及升调大小番目悉禀于钦差衙门,以定行止。乾隆五十八年《钦定章程》:内外番目议给三品至七品顶戴。噶布伦系三品衔,岁支俸银、缎匹,由京理藩院按年支领""商卓特巴俗名仓储巴,系四品衔,管理商上及大招库藏",解释了噶布伦、仓储巴两个职位的职掌、品级等内容。三是交代事件背景。例如,"刀剑一挥,禅座讵伤乎法济;金衣两设,邪人何畏乎初昌"句下自注"乾隆五十六年辛亥,廓尔喀犯顺,扰后藏边界。七月,占据聂拉木、济咙。八月,班禅移住前藏。九月,贼入札什伦布,掠财物以归";"大师还竺,辉生道场"句下自注"乾隆五十七年壬子五月,班禅额尔德尼仍还札什伦布住锡"。在自注中,作者交代了廓尔喀入侵,劫掠札什伦布,导致班禅额尔德尼出奔拉萨以及驱逐廓尔喀后班禅额尔德尼重返札什伦布的经过。通过自注,和瑛对赋作涉及内容进行了疏解阐释、补充说明,在方便读者阅读的同时,更在一定程度上扩充了赋作的信息容量,弥补了赋体自身的局限。

和瑛《西藏赋》自注具有显著的纪实性,可与史志相互印证,互为补充。③其纪实性主要体现在以下四个方面。一是证史之载,即自注中提供的有关信息可与史志记载相印证,加强史志记载的可信度。如"畏天花而弃子如遗"句下自注:"藏地小儿向不出痘,近岁传染甚盛。遇有出痘者,遂弃之荒山僻野,冻馁而死,其俗甚惨。自乾隆五十九年劝谕达赖喇嘛,捐资于离藏幽僻处所建盖房间,供给糌粑、酥茶,以资抚养。又派妥干番目经理。如此数年来,全活甚众,藏风稍变。其札什伦布暨察木多照此行之,有效。"大昭寺门前有和琳于乾隆五十九年(1794)三月所立的《劝人恤出痘碑》,其碑文载:"夫痘症之症乃先天余毒,人所不免,苟治养得宜,断无不生之理。乃唐古忒遇有出痘之人,视恶疮毒痈为尤甚,即逐至旷野岩洞,虽亲如父子、兄弟、夫妇,亦不暇顾,竟至百无一生者,深堪悯恻。予于藏北浪荡沟之处,捐资修平房若干间,俾出痘番民得以栖止。捐给口粮,派拔汉番弁兵经理。调养全活者十有其九,僧俗

---

① 韩愈.韩昌黎诗系年集释·卷四·南山诗[M].钱仲联,集释.上海:上海古籍出版社,1984:453.
② 周祖谟.尔雅校笺·卷上·释亲[M].南京:江苏教育出版社,1984:51.
③ 魏娜.论中唐诗歌自注的纪实性及文献价值[J].文献,2010(02):39-50.

当已知痘症非必不可治之患，因严谕前后藏，劝令达赖喇嘛、班禅，遇有痘症，各捐给口粮，作为定例。"① 将和琳碑文与和瑛自注相比较，二者虽各有侧重，但关于处理痘症患者的记载却是一致的，可以互相印证。二是补史之缺，弥补史志记载所未详尽者。如"尔其卓书特之西鄙分，大金沙之神泷，衍达木楚克之派分，成雅鲁藏布江"等句下自注，注明了雅鲁藏布江的源头、流向、支流等，如同一篇实地考察后的调研报告，而如此详尽的记载，在此前史志关于雅鲁藏布江的描述中是不多见的。三是纠史之讹，纠正史志记载中的讹误之处。"拜木戎，赛尔之一线才通"句下自注引有《旧志》关于白木戎及其居民的记载，和瑛根据自己的观察和阅历，称"今考西南外番并无白木戎之名。乃知白布缠身者，作木朗也。披藏绸偏单者，巴勒布也。通宗里口子者，哲孟雄也"，纠正了《旧志》关于白木戎记载之误。② 李光廷也曾谓《西藏赋》"凡佛教寺庙、官制风俗、物产地界无一不详，而山水尤晰。魏默深《圣武记》作于道光，犹以雅鲁藏布江为金沙江源，贻讥有识。此书在嘉庆之世已能探源析委，并图经之舛亦为正明"，其纠正史志讹误可见一斑。四是融裁方志，直接将方志中的材料移植到自注中。这一特点主要表现在关于山川和程站的铺叙中，其关于程站方面的铺叙，不论是路程道里还是当地风土人情等都是直接来自《卫藏通志》，仅仅是个别文字方面的融裁。

第三节　叙事策略研究

叙事学是 20 世纪 60 年代兴起于法国的一种文学批评方法，强调对叙事文本做技术分析。20 世纪 70 年代，叙事学已成为西方文学理论和批评界普遍关注和讨论的领域，它吸收了现代语言学尤其是索绪尔的语言学理论、俄国形式主义、法国结构主义、后结构主义、接受美学等理论，是由众多学科和学派共同构建的产物。③ 20 世纪 80 年代，随着新时期的到来，中国学者以一种如饥似渴的热情把包括叙事学在内的形形色色的西方思想移植过来，企图为我所用。张隆溪《故事下面的故事——论结构主义叙事学》（《读书》1983 年第 11 期）是国内最早介绍西方叙事学的文章，胡亚敏《结构主义叙事学探讨》（《外国文学

---

① 张虎生. 劝人恤出痘碑汉文碑文校注 [J]. 中国藏学, 2006 (02)：180-187, 305.
② 和瑛.《西藏赋》校注 [M]. 池万兴，严寅春，校注. 济南：齐鲁书社, 2013：198-199.
③ 胡亚敏. 叙事学 [M]. 武汉：华中师范大学出版社, 2004：7-10.

研究》1987年第1期）和徐贲《小说叙述学研究概观》（《文艺研究》1988年第4期）较为系统地介绍了叙事学理论，布斯《小说修辞学》（华明、胡晓苏、周宪翻译，北京大学出版社1986年）则是修辞叙事学方面引进最早的一部著作。①伴随着译介热潮的兴起，叙事学理论也逐渐为国内学者所接受、认可，并付诸实践，用以分析中国的叙事文本。当然，叙事学在中国传播的同时，也有吸收改造的过程，学者以中国叙事文学史的考察为基础，探索建构中国叙事学的独特规律。陈平原《中国小说叙事模式的转变》（上海人民出版社1988年）、赵毅衡《苦恼的叙述者——中国小说的叙述形式与中国文化》（北京十月文艺出版社1994年）、董乃斌《中国古典小说的文体独立》（中国社会科学出版社1994年）、杨义《中国叙事学》（人民出版社1997年）、傅修延《先秦叙事研究：关于中国叙事传统的形成》（东方出版社1999年）等著述都为此做出了积极贡献，而发掘中国文学悠久丰厚的叙事传统，基于中国文化传统和叙事文本的中国化叙事学也正在建立。

赋是中国文学特有的一种文体，由于其"包括宇宙，总览人物""铺采摛文，体物写志"等特点，天然具有叙事的因素，因此学者在借用叙事学理论阐释中国文学时，赋也成为关注的重点之一。董乃斌《中国古典小说的文体独立》一书中把辞赋列为"叙事"的文学，并从虚构故事的叙述框架、叙述描绘客体世界的精细程度、多样化的叙事风格等方面分析了赋体文章对小说文体的影响。②此后，宁稼雨《诗赋散体化对六朝小说生成的作用》（《天津大学学报》1999年第2期）、朱迪光《"赋"的含义及其对传奇、话本的影响》（《西南民族学院学报》2002年第3期）、陈节《论赋与唐传奇的关系》（《福建师范大学学报》2002年第1期）、程毅中《叙事赋与中国小说的发展》（《中国文化》2007年第1期）等则进一步从叙事的角度申述赋体对小说的影响。胡大雷《论赋的叙事功能与中古赋家对事件的参与》（《广西师范大学学报》2000年第1期）、刘湘兰《论赋的叙事性》（《学术研究》2007年第6期）、傅修延《赋与中国叙事的演进》（《江苏社会科学》2007年第9期）等立足赋体的叙事性，具体分析了赋的叙事特征，用叙事学的理论分析赋体文本，推进了叙事学的中国化。

和瑛《西藏赋》是清代疆域大赋的代表，也是唯一一部用赋体形式描写西藏人和事的文学作品，是中国赋体文学中的一朵奇葩。本文拟借用叙事学的理

---

① 韩益睿. 西方叙事学在中国的传播与演变 [D]. 兰州：兰州大学，2006：32-33.
② 董乃斌. 中国古典小说的文体独立 [M]. 北京：中国社会科学出版社，1994：125-138.

论，参考燕师《论词的叙事性》① 等著述论断，对《西藏赋》的叙事策略做具体分析。

一、创作主旨的叙事指向

浦安迪在《中国叙事学》中界定叙事的概念时说，"叙事就是作者通过讲故事的方式把人生经验的本质和意义传示给他人""不外乎是一种传达人生经验本质和意义的文化媒介"②，进而从叙事的功能性入手，分析抒情诗、戏剧和叙事文的不同。用浦安迪的观点来分析赋，可以发现这种介于诗文之间的独特文体，更多的时候是倾向于抒情诗而非叙事文，具有较强的抒情特性。从赋体生成角度来看，关于赋的起源，尽管众说纷纭，但最有代表性的观点主要为"不歌而诵谓之赋"③"古诗之流"④"原本《诗》《骚》，出入战国诸子"⑤ 等，追本溯源，赋体的源头与"诗"密不可分，赋与"言志"密不可分；从赋体流变角度来看，骚体赋、抒情小赋、文赋固不必言，即便是兴于两汉的逞辞大赋，也是寓讽喻于其中，旨在讽喻抒情而非仅仅体物叙事。

赋至清代，特别是舆地大赋的大量出现，赋的讽喻性、抒情性衰弱，取而代之的是叙事性、知识性。徐松跋英和《卜魁城赋》云："国家抚有六合，尽海隅出日，咸入版籍。康熙、乾隆中，屡测星度，刊定舆图，于是绩学之士，闭户著书，能知宇宙之大。又恭读高宗纯皇帝圣制《盛京赋》，流天苞以阐地符，一时名公巨卿如周海山先生使琉球，作《中山赋》，纪晓岚先生谪西域，作《乌鲁木齐赋》，和泰庵先生镇卫藏，作《西藏赋》。独黑龙江界在东北边，曩惟方恪敏公有《卜魁杂诗》及《竹枝》之作。而研都炼京，天则留待我树琴夫子，发擿文章，为封疆增色，升高能赋，山川能说，兼此二难，是足以垂不朽矣。"⑥ 可以看出，英和创作《卜魁城赋》的直接动机是国家版籍的扩大，旨在"为封疆增色"，进而"润色鸿业"，而讽喻之意荡然无存。

与《卜魁城赋》等一样，和瑛的《西藏赋》铺陈西藏疆域，有"为封疆增

---

① 张海鸥. 论词的叙事性［J］. 中国社会科学，2004（02）：148-161+207.
② 浦安迪. 中国叙事学［M］. 北京：北京大学出版社，1996：5-6.
③ 班固. 汉书：卷三十［M］. 北京：中华书局，1975：1755.
④ 班固. 两都赋序［M］//萧统，编. 李善，著. 文选：卷一. 上海：上海古籍出版社，1986：1.
⑤ 章学诚. 校雠通义·内篇三·汉志诗赋第十五［M］. 刘公纯，标点. 北京：古籍出版社，1956：43.
⑥ 杨钟羲. 雪桥诗话全编·雪桥诗话·卷九［M］. 雷恩海，姜朝晖，校点. 北京：人民文学出版社，2011：517.

色"的一面,但更重要的则在于资政,在于为后人了解西藏、认识西藏提供第一手文献。基于朝廷对驻藏大臣交代及治藏方略延续性的重视,和瑛曾"将藏内一切应办事宜纂成则例,作为交代"。不过,和瑛编纂则例已经亡佚不可见,但其《西藏赋》却广为流传,在一定程度上发挥了"则例"的作用。在一定程度上,可以说《西藏赋》实际上就是一部微型方志,是缩小版的西藏百科全书,是文学形式交代则例。

二、自注的叙事功能

《西藏赋》正文 4445 字,而作者自注则多达 20437 字,且不少自注都是内容详瞻,事件完整,叙述要素齐备,有较强的叙事功能。例如,"填海架梁,西开梵宇"句下自注:

> 《经簿》：拉萨地乃海子也。唐公主卜此地为妖女仰面之形,海子乃妖女心血,是为海眼,须将海眼填塞,上修庙宇如莲花形,乃得吉祥。藏王遂兴工将海子四面用石堆砌。海眼中忽现出石塔三层,用石抛击,然后用木接盖,其空隙处,熔铜淋满,海眼平涸。时有龙王献洋船式样,用石堆之,大招始成。①

自注引《经簿》之记载,通过公主相地、湖中涌塔、龙王献宝等情节,叙述了大昭寺修建的缘起与过程,是一个完整的、富有传奇性与神秘色彩的历史故事。唐公主即文成公主,藏王即松赞干布。唐贞观年间,松赞干布迎娶了尼泊尔赤尊公主和唐王朝的文成公主,两位公主分别带了释迦牟尼八岁等身像和十二岁等身像。为了安置佛像,在文成公主提议下,松赞干布下令修建大、小昭寺来供奉两尊等身像。文成公主亲自主持修建了小昭寺,供奉十二岁等身像,此寺大门朝东,以示公主悲思汉唐之故。赤尊公主主持修建大昭寺,进展很不顺利,墙一直是修了就倒,根本建不起来。文成公主谙熟星象和五行说,遂夜观天象,日察地形,发现拉萨河谷形如仰卧的罗刹女,而拉萨红山东二里许的卧塘湖正是罗刹女的心脏,池水是罗刹女的血液。于是,文成公主提出只有填平池塘,就地建寺,寺才能建成,填平池塘还必须用山羊驮土,否则永远不能把湖填平。按照文成公主的建议,大昭寺终于建成,其全称为"惹萨噶喜墀囊祖拉康",意即由山羊驮土而建的佛殿。大昭寺坐东向西,屹立在拉萨 1600 多年,是西藏现存最辉煌的吐蕃时期建筑,也是西藏最早的土木结构建筑。

---

① 和瑛.《西藏赋》校注 [M]. 池万兴,严寅春,校注. 济南:齐鲁书社,2013:50.

又如"挺身缒险,撒手飞绳"句下自注:

> 正月二日,作飞绳戏,从布达拉最高楼上系长绳四条,斜坠至山下,钉桩栓固。一人在楼角,手执白旗二,唱番歌毕,骑长绳俯身直下。如是者三。绳长三十余丈。后藏花寨子番民专习此技。岁应一差,免其余徭。内地缘竿、踏绳,不足观也。①

赋文中仅仅是用8个字概略地描写西藏高空滑绳表演,而自注中则详细叙述了高空滑绳表演的时间、地点、表演内容与形式等诸多要素,甚至还将此项表演与内地缘竿、踏绳等杂技表演进行了对比。和瑛在西藏生活了八年,多次观看过此项表演,娓娓道来,让读者有身临其境之感。

自注这种交代式、说明式叙事功能,在一定程度上弥补了赋体等抒情文叙事方面的不足,扩展了抒情文的叙事功能,增强了抒情文的叙事效果。

三、隐喻叙事

隐喻既是一种"言在此,而意在彼"的修辞手法,也是一种"近取诸身,远取诸物"的叙事方式,是"将感知体悟到的事物、思想、情感等投射到与其有质的区别的另一事物、意象、象征或者词语之上的过程"②。浦安迪在《中国叙事学》中强调"寓意的读法是古典小说研究的一个必不可少的层面""奇书文体却一定要经常作为寓言来读"③。其实不只是古典小说,不只是明代四大奇书为代表的奇书文体,所有艺术形式都是隐喻的,或多或少都具有寓意,中国文学尤其如此。《系辞》说:"古者包牺氏之王天下也,仰则观象于天,俯则观法于地。观鸟兽之文,与地之宜。近取诸身,远取诸物。于是始作八卦,以通神明之德,以类万物之情。"④ 所谓"近取诸身,远取诸物",实际上正是一种隐喻思维。和瑛深谙易学,其《西藏赋》亦是"近取诸身,远取诸物"的产物,字里行间往往隐喻着"微言大义"。

浦安迪说,寓意在贯通运用时,"便成为立意谋篇或立主脑的方法了""可以窥见整个故事结构与未曾直接言明的复杂思想模式相契合"。⑤ 综观《西藏赋》,和瑛最核心的寓意便是大一统,即西藏是中央政府直接管辖下的一个行政

---

① 和瑛.《西藏赋》校注 [M]. 池万兴,严寅春,校注. 济南:齐鲁书社,2013:111.
② 陈庆勋. 艾略特诗歌隐喻研究 [M]. 上海:上海人民出版社,2008:63.
③ 浦安迪. 中国叙事学 [M]. 北京:北京大学出版社,1996:125,126.
④ 李道平. 周易集解纂疏·卷九·系辞 [M]. 潘雨廷,点校. 北京:中华书局,1994:621-623.
⑤ 浦安迪. 中国叙事学 [M]. 北京:北京大学出版社,1996:127.

区域。《西藏赋》开篇先叙西藏之方位,谓:"粤坤维之奥域,实井络之南阡。"①《说文解字》谓:"奥,宛也。室之西南隅。"② 西藏地处中国西南,故和瑛谓之"坤维之奥域",恰是把中国比之一室,西藏则为"室之西南隅"此句下和瑛自注又谓:"西藏距京师一万三千里为前藏,由前藏至后藏又千里,由后藏至西南极边又二千余里,乃坤维极远之地。"③ 在这里,和瑛以京师为坐标,标明前藏、后藏及西南极边之距离,此种地理观念也正是中央政府中心说的一种隐喻。司马迁在《太史公自叙》中论及《史记》体例时谓:"二十八宿环北辰,三十辐共一毂,运行无穷,辅拂股肱之臣配焉,忠信行道,以奉主上,作三十世家。"④ 池万兴阐释司马迁大一统民族思想时曾指出,《史记》本纪、表、书、世家、列传的五体结构是一种司马迁民族思想表述法,形象反映了司马迁的大一统民族思想。⑤ 和瑛以京师为坐标,叙述西藏方位,正是把西藏视为众星之一拱卫北辰,群辐之一环绕车毂,以此象征君臣之道,隐喻大一统。

隐喻大一统,还表现在对前后藏的铺写上。京师之于中国为中心,则拉萨之于西藏亦为中心,因此,和瑛在铺写西藏情事时,先叙拉萨,再叙周边。《西藏赋》在开篇介绍西藏方位、来历后,笔锋一转,开始着重描写拉萨,谓:"乌斯旧号,拉萨今传。其阳则牛魔僧格,搴云蔽天;札拉罗布,俯麓环川。其阴则浪荡色拉,精金韫其渊;根柏洞噶,神螺现其巅。左脚孜而奔巴,仰青龙于角箕之宿;右登龙而聂党,伏白虎于奎觜之躔。夷庚达乎四维,羌蛮兑矣;铁围周乎百里,城郭天然。藏布衍功德之水,机楮涌智慧之泉。池映禄康插木于后,峰拥磨盘笔洞于前。普陀中突,布达名焉。"⑥ 作者不厌其烦地铺写拉萨山川,甚至不惜与后文铺写西藏山川时有重叠,足见拉萨之中心地位。在描写西藏寺庙时,亦是遵循先拉萨再周边的原则,谓:"其寺则两招建自唐朝,丰碑矗矗;万善兴于公主,古柳娟娟。填海架梁,西开梵宇。背山起阁,东望云天。……尔乃桑鸢色拉,别蚌甘丹,垂仲神巫,木鹿经坛。"⑦ 作者不仅先从拉萨城内的大昭寺、小昭寺说起,更是对两寺有着细致刻画,至于黄教四大寺桑耶寺、色拉寺、哲蚌寺、甘丹寺则是一笔带过,只罗列名字。另外,在铺写达

---

① 和瑛.《西藏赋》校注 [M].池万兴,严寅春,校注.济南:齐鲁书社,2013:1.
② 许慎.说文解字·卷七·下 [M].徐铉,校定.北京:中华书局,1963:150.
③ 和瑛.《西藏赋》校注 [M].池万兴,严寅春,校注.济南:齐鲁书社,2013:1.
④ 司马迁.史记·卷一百三十·太史公自叙 [M].北京:中华书局,1982:3319.
⑤ 池万兴.司马迁民族思想阐释 [M].西安:陕西人民教育出版社,1995:130.
⑥ 和瑛.《西藏赋》校注 [M].池万兴,严寅春,校注.济南:齐鲁书社,2013:12-21.
⑦ 和瑛.《西藏赋》校注 [M].池万兴,严寅春,校注.济南:齐鲁书社,2013:48-55.

赖、班禅及布达拉宫、扎什伦布寺时，也处处遵循先拉萨后日喀则的原则。由中心辐射四方，由内及外，这正是"二十八宿环北辰，三十辐共一毂"的生动体现，是大一统思想的内在要求。

隐喻大一统，亦表现在材料的取舍上。同样是关于西藏寺庙的描写，和瑛选取"丰碑""古柳"两个意象加以摹画，并在自注中注明"丰碑"即唐蕃会盟碑，"古柳"即唐柳。而对大昭寺、小昭寺则用"填海架梁，西开梵宇""背山起阁，东望云天"等来铺写，"填海架梁"建大昭寺正是文成公主的贡献，小昭寺为文成公主所建，其坐西向东，"东望云天"，也是"公主悲思中国"的缘故。直到今天，一碑一柳一公主依然是作为汉藏一家亲、唐蕃甥舅谊的象征，而和瑛将目光凝聚在一碑一柳之上，也是大有深意之举。再如，铺陈西藏东部部落时，谓："工布、达布、江达，险凭隘口；波密、拉里、边坝，隶属西招。硕板多之么髒，宰桑就获；洛隆宗之孔道，第巴输徭。类伍齐红帽之流，土城寺建；察木多三藏之一，喀木名遥。乍丫多盗，桑艾为枭。"① 在提及各个地方时，多言说其风土人情；唯独在提及硕板多和洛隆宗时，拈出"宰桑就获"和"第巴输徭"二事说事。硕板多也作苏班多、说板多、舒班多、学巴多、硕督、硕板督、硕班多、硕般多、鲜朵、学多，西藏宗卡之一，1960年与洛隆宗合并为洛隆县。宰桑即陀陀宰桑，和瑛自注称"准噶尔占据西藏，遣陀陀宰桑至硕板多一带剥削僧俗。康熙五十八年（1719），定西将军统师进剿，陀陀宰桑潜回藏。遣外委等追索马郎，擒获送京"。洛隆宗也作洛宗、妥宗、路隆、罗隆，西藏宗卡之一，1960年与硕板多宗合并为洛隆县。《西藏图考·程站考》："洛隆宗在类伍齐西南，为藏、炉通津，亦西海进藏之要隘。原隶西藏部属，委碟巴二员管理。康熙五十八年（1719）大兵进藏，该地碟巴、番民倾心投诚，采办军粮，挽运无误。"第巴即碟巴，"第巴输徭"即康熙五十八年大兵进藏，洛隆宗第巴等采办军粮事。康熙时，大兵进藏，平定准噶尔之乱，是清政府治理新疆、西藏，捍卫国家统一的的重要举措，和瑛在叙述风土人情之际特意标榜"宰桑就获"和"第巴输徭"二事，其隐喻之意正是讴歌清王朝捍卫国家大一统。

隐喻大一统，亦表现在典故的使用上。在赋中，和瑛特意提及驻藏大臣与达赖见面礼仪问题，谓"兜罗哈达讯檀越如何，富珠礼翀答兰奢遮莫"。自注："旧俗：驻藏大臣见达赖喇嘛，以佛礼瞻拜。乾隆五十八年奉旨：'钦差驻藏大

---

① 和瑛.《西藏赋》校注［M］.池万兴，严寅春，校注.济南：齐鲁书社，2013：203-208.

臣与达赖喇嘛系属平等，不必瞻礼，钦此。'以后皆宾主相接也。"富珠礼翀《元史》"富珠哩翀"的典故出自《元史》，史载：元文宗时，以年札克喇实为帝师，至京师，敕朝臣一品以下皆白马郊迎，众大臣俯伏进觞，帝师不为动。国子祭酒富珠礼翀举觞立进，说："帝师，释迦之徒，天下僧人师也。余，孔子之徒，天下儒人师也。请各不为礼。"帝师笑而起，一饮而尽。众人为之凛然。① 和瑛以"孔子之徒"自喻，与达赖"宾主相接"，所坚持的不仅仅是皇帝旨意，而是中央与地方的统属关系。《西藏赋》在叙及作木朗、洛敏汤时，谓："作木朗唇亡齿寒，洛敏汤皮存毛在。"作木朗、洛敏汤都是后藏西部边界上的小部落，是西藏与廓尔喀的缓冲地带，后来都被廓尔喀吞并，故和瑛用"唇亡齿寒"和"皮之不存，毛将焉附"两个典故形容之，流露出深深的隐忧。

四、片段式叙事

浦安迪以如何处理"事"来区分叙事文与抒情文，他说：

> 假定我们将"事"，即人生经验的单元，作为计算的出发点，则在抒情诗、戏剧和叙事文这三种体式之中，以叙事文的构成单元为最大，抒情诗为最小，而戏剧则居于中间地位。抒情诗是一片一片地处理人生的经验，而叙事文则是一块一块地处理人生的经验。当然，我们事实上很难找到纯抒情诗、纯戏剧或者叙事文的作品。在具体的文学现象中，同一部作品往往可以同时包含上述三方面的因素，它们互相包容，互相渗透，难解难分。②

在浦安迪看来，小说等叙事文体，一定要通过丰富、完整的的事件来构成故事，塑造人物，传递社会生活或历史的经验。赋是一种介于诗文之间的特殊文体，既具有诗的抒情特点，又具有文的铺陈特征，其所承载的人生经验既非一片一片处理，亦非一块一块处理，而是长于片段式处理，通过一个个小片段的联缀，进而传递较为完整的"事"。

《西藏赋》作为疆域大赋，其所处理的人生经验是和瑛对西藏风土人情等的感知，进而为治藏理藏提供鉴戒，这是和瑛创作《西藏赋》的主旨。然而，由于赋体文体的特殊性，其叙事只能通过一些片段和细节来实现。例如，"遂有宗喀巴雪窦潜修，金轮忏悔；无上空称，喇嘛翻改。持团堕之盆，披忍辱之铠。

---

① 宋濂，等. 元史［M］. 北京：中华书局，1976：4222.
② 浦安迪. 中国叙事学［M］. 北京：北京大学出版社，1996：7.

紫祓韬光，黄冠耀采。萨迦开第一义天，拉萨涨其三昧海。龙象遴于沙门，衣钵传诸自在。此达赖传宗，班禅分宰。拟北山之二圣，化西土于千载也。"在这一段文字中，和瑛叙述了宗喀巴潜心佛法，倡导宗教改革，壮大黄教的经历，以及宗喀巴圆寂后形成达赖、班禅两大活佛体系的局面。若结合作者自注，其叙事不亚于一篇叙事文。

又如，"刀剑一挥，禅座讵伤乎法济；金衣两设，邪人何畏乎初昌。法嗣横枝，声传绝幕。大师还竺，辉生道场。"此八句叙廓尔喀侵藏之事。乾隆五十六年（1791）七月，廓尔喀妄启边衅，侵扰后藏，相继攻占聂拉木、济咙。八月，班禅额尔德尼躲避锋芒，移退拉萨。九月，廓尔喀军队侵入扎什伦布，洗劫一空。清朝中央政府立即从各地抽调兵力，派福康安为大将军、海兰察为参赞大臣，率兵入藏，驱逐廓尔喀。乾隆五十七年（1792）五月，廓尔喀纳表称降并归还了在扎什伦布劫掠之物，班禅额尔德尼也从拉萨返回扎什伦布。赋中虽然堆砌了法济大师、六祖慧能、辨才等僧人的典故，但叙事脉络还是清楚完整的。

再如，"哲孟雄，臧曲之千家尚骇"句下自注"后藏西南边外一小部落。其地今为廓尔喀所侵，尚有藏曲大河北岸迤东三处寨落也"。哲孟雄即锡金。臧曲，也作藏曲，即今印度提斯塔河，发源于喜马拉雅山干城章嘉峰的泽母冰川，流经锡金、印度，进入孟加拉国后于奇尔马里附近汇入贾木纳河。松筠《西招纪行诗》中"廓番无敢前"句下自注："帕克哩为藏地南门，保障西南，界连哲孟雄部落，其部人户无多，向与唐古忒通好，西有大河名藏曲，唐古忒依为险津要隘。先是河西原有哲孟雄所属人户，后经廓尔喀侵占，以河为界，盖因藏曲水深溜急，不能渡船，仅有索桥数绳，廓番无能逾越，是藏曲既为哲孟雄保障，又为帕克哩屏障。"康熙三十九年（1700），廓尔喀军队入侵锡金，攻占锡金当时的首都拉达孜，锡金国王越境逃亡到西藏，在热日宗的春丕谷避难，作为宗主的达赖喇嘛将此地赐给他使用，这也就是后来的亚东。乾隆末年，清军驱逐廓尔喀后，锡金本欲收复其失土，由于不丹军队突然倒戈攻击锡金，锡金腹背受敌，结果锡金在提斯塔河谷地以西的大片领土仍然沦于廓尔喀之手，而提斯塔河谷地以东的领土则被不丹占领，锡金只保有提斯塔河上游的领土。"千家尚骇"四字，把哲孟雄遭廓尔喀入侵后的现状描写殆尽。

赋中所叙之"事"，往往都是一些片段，一些点画，远远称不上独立叙事，必须借助于史传等叙事文本的辅助才能勾勒出相对完整的一段"人生经验"。

五、全知视角与限知视角交错

视角"是作者和文本的心灵结合点，是作者把体验到的世界转化为语言叙事世界的基本角度"。① 视角有全知、限知之别，全知是作者对作品中的人事、心理和命运拥有全知的权利和资格，并表现在作品叙事之中；限知则是作者在叙述事件原因、过程和结果的发展链条中出现了限定和隐藏，不做全景式表现。

《西藏赋》所要呈现的是西藏的历史现状、风土人情、山川河流等内容，全景式展示西藏的方方面面，因此和瑛采取了全知视角的叙事策略。开篇先写西藏地理方位，再写拉萨山川，接着写西藏宗教，随后陆续展开设官、治兵、人民疆域、风俗政令、物产、部落、山川等内容，展开了一幅西藏画卷。在具体描写中，也往往采取全知视角，如铺写疆域部分，从西部写起，依次交代其西南、南、东南、东、东北、北、西北之所有，如同扫描仪一般将西藏版图扫描一遍。铺写物产时，则是矿产、草、木、花、果、谷、蔬、禽、兽、鱼、虫等逐一描摹，一一图形，网罗殆尽。

与总体上的全知视角不同，在处理细节、局部时，和瑛往往采用限知视角加以描写。例如，"五百余户之蒙古，驻自丹津；三十九族之吐蕃，分从青海"两句，只是说自丹津起驻扎有五百多户蒙古人，三十九族从青海划分而来，隐去了其他信息。赋中隐去的信息，在自注中得以补充，自注谓："青海蒙古王于五辈达赖喇嘛时带领官兵赴藏护卫，留驻五百三十八户在达木地游牧。协领八员，佐领八员，骁骑校八员，听驻藏大臣调遣。丹津，蒙古王之名也。"又谓："那木称、巴延等处番民共七十九族。其地为吐蕃之旧属，居四川、西宁、西藏之间，昔为青海奴隶。自罗卜藏变乱之后，渐次招抚。雍正九年勘定界址，近西宁者四十族，归西宁都统管辖；近西藏者三十九族，归驻藏大臣管辖，设总百户、散百长，岁纳贡马银两。"又如，"乍丫多盗，桑艾为枭"两句只是点名乍丫、桑艾两地的民风，其余不再提及。自注则谓："察木多东五百里，昔为阐教正副胡图克图掌管。康熙五十八年颁给印信，住持乍丫大寺。其地三山环逼，二水交腾，穷僻荒凉。其俗乐劫好斗，婚姻多不由礼。"又谓："阿足塘东北江卡塘，正北名桑艾巴，番部，其人凶狠，好劫夺行旅，俗名夹坝云。"补充说明了乍丫、桑艾两地的方位、自然环境等，更对其民风做了详细介绍，使读者了解其因果原委、来龙去脉。

《西藏赋》的叙事，在总体上采取了全知的视角，局部则多采取限知视角；在正文中多采取限知视角，在自注中多采取全知视角：呈现出全知视角与限知视角交错进行的态势。

---

① 杨义. 中国叙事学 [M] //杨义. 杨义文存：第一卷. 北京：人民出版社，1997：191.

六、空间方位叙事

在中国文化中有四方铺叙的传统，如"其自西来雨？其自东来雨？其自北来雨？其自南来雨"的甲骨卜辞已经有了明确的四方铺叙，周易六十四卦也隐含了八方概念，而《山海经》的篇目安排更具有内外、四方的意识。这种按照一定空间方位叙事的理念，既是观照外部世界的技术方式，也是描绘外部世界的艺术手段。① 因此，当以铺陈为特点的赋体出现时，按照空间方位叙事也便成了赋体的重要谋篇手段。晋葛洪《西京杂记》卷二载司马相如谈作赋经验云："合綦组以成文，列锦绣而为质。一经一纬，一宫一商，此赋之迹也。赋家之心，苞括宇宙，总览人物，斯乃得之于内，不可得而传。"② 司马相如所云正是以空间方位为序来组织赋文的奥秘。李立曾统计《全汉赋》收录的赋家、赋作中，有23人的42篇作品使用了空间方位叙事。③ 朱光潜在谈及诗赋区别时亦云："一般抒情诗较近于音乐，赋则较近于图画，用在时间上绵延的语言表现在空间上并存的物态。诗本是'时间艺术'，赋则有几分是'空间艺术'。"④ 抓住"空间"二字，区别诗赋，所言甚为独到。《西藏赋》传承了汉赋，特别是汉大赋的传统，其在运用空间方位叙事方面也是得汉赋真传。其空间叙事主要有以下几种模式.

一是方位叙事，按照一定的方位顺序，依次叙述，如"乌斯旧号，拉萨今传。其阳则牛魔、僧格、搴云蔽天；札拉、罗布，俯麓环川。其阴则浪荡、色拉，精金韫其渊；根柏、洞噶，神螺现其巅。左脚孜而奔巴，仰青龙于角箕之宿；右登龙而聂党，伏白虎于奎觜之躔""人民疆域之殊也……其西……其西南……其南……其东南……其东……其东北……其北羊八井、噶勒丹、噶尔藏骨垒，乃青海属番之界；其西北克里野、纳克产、腾格里诺尔，乃达木游牧之场。左通准噶尔，西达叶尔羌也"⑤ "其部落……其西……其东……"，其叙事顺序或阴阳，或左右，或四方，无一不是按照方位顺序，依次铺陈。其在叙述山川一节，虽无明确的方位词出现，但依然是自西向东，梯次铺陈，从最西端

---

① 李立.论汉赋与汉画空间方位叙事艺术［J］.文艺研究，2008（02）：50-59.
② 刘歆.西京杂记校注·卷二·百日成赋［M］.葛洪集，向新阳，刘克任，校注.上海：上海古籍出版社，1991：91.
③ 李立.论汉赋与汉画空间方位叙事艺术［J］.文艺研究，2008（02）：50-59.
④ 朱光潜.诗论［M］.北京：生活·读书·新知三联书店，1984：203.
⑤ 和瑛.《西藏赋》校注［M］.池万兴，严寅春，校注.济南：齐鲁书社，2013：13-15，161-173.

的冈底斯山和雅鲁藏布江说起，一路向西，述及阿里、日喀则、山南、林芝、昌都诸山川河流，方位顺序亦清晰可见。

二是空间叙事，在不同的空间中轮流转换，包括历史空间和区域空间。历史空间中的转换如"乌斯旧号，拉萨今传""图伯特其旧名，唐古特其今号"等句。乌斯、拉萨，新旧对举；图伯特、唐古特古今轮换。区域空间的转换，如开篇叙写拉萨山川，后文又写阿里等地的山川；先写达赖之居于布达拉，次写班禅之居于扎什伦布，而写节庆佛事时又回到拉萨、回到布达拉，不同区域交错转换。

三是连类叙事，以空间方位为经，以类别为纬，方位与类别相结合，形成清晰明确的叙述脉络和层级板块结构，从而构成赋作基本的组图框架。[①] 整体上来说，《西藏赋》属于连类叙事，依次罗列，以类枚举宗教、设官、治兵、人民疆域、风俗政令、物产、部落、山川等内容。具体到细节上亦采用类举罗列的方式叙事，如写西藏自然环境谓"风来阊阖，日跃虞渊。斗杓东偃，月窟西联"[②]，从日、月、风、北斗四个方面来说；写达赖居住在布达拉宫的生活情景，则说"食则麦屑毡根，饮则鸠盘牛酪，衣则黄氉紫驼，居则彩甍丹臒。优钵净瓶，玉盂金杓。三幡比以离离，百玩灿其愕愕"，罗列了达赖生活中衣、食、居、用等方面。同时，在方位叙事、空间叙事过程中，以空间方位为序，所铺陈对象也往往连类列举。以空间方位为序，连类列举，这是赋作铺陈的基本方式。

[①] 周兴泰. 唐赋叙事研究［D］. 上海：上海大学，2009：147.
[②] 和瑛.《西藏赋》校注［M］. 池万兴，严寅春，校注. 济南：齐鲁书社，2013：2-3.

第八章

《草堂瘖》

清代杂剧是元明杂剧的延续，是我国戏曲史的重要一环和有机组成部分。清代杂剧成就之一体现在其作家、作品众多。据傅惜华《清代杂剧全目》统计，清杂剧作家有姓名可考者550余人，作品1300余种，留存1150余种①，而且此统计尚不完全，新的作家、作品还在不断发现中。和瑛《草堂瘖》杂剧即为新发现之戏剧作品，且敷演杜诗为戏，学界鲜有言及者。

第一节 历代杜甫戏叙录

自金院本《杜甫游春》以来，杜甫便一直是戏曲创作的热门题材，元明清历代皆有杜甫戏出现，计有18种之多②，具体如下：

1. 金院本《杜甫游春》。佚，陶宗仪《南村辍耕录》有著录③。这是后世杜甫戏的滥觞，惜戏文已不见传，其具体内容亦无从知晓。

2. 元范康《曲江池杜甫游春》。佚，简名《杜甫游春》，钟嗣成《录鬼簿》卷下"方今才人相知者"中有著录，云："范子英，杭州人。明性理，善讲论，能辞章，通音律。因王伯求其《李太白贬夜郎》，乃编《杜甫游春》，笔下新奇，盖天资卓异，人不可及也。"④

3. 元佚名《众聊友喜赏浣花溪》。题目正名作"圣明君命玩春和景，众聊友喜赏浣花溪"，简名《浣花溪》，有明抄本传世，《孤本元明杂剧》据以校印。

---

① 杜桂萍. 清杂剧之研究及其戏曲史定位 [J]. 文艺研究, 2003 (04): 92.
② 杜甫戏来源主要参考张忠纲等《杜集叙录》（齐鲁书社2008年）、王昊《明清戏曲家剧目撷补》（《戏曲艺术》2012年第1期）、郝兰国《杜甫戏曲初探》（《杜甫研究学刊》2013年第2期）等。
③ 陶宗仪. 南村辍耕录·卷二十五·诸杂大小院本 [M]. 北京：中华书局, 1959: 308.
④ 钟嗣成. 录鬼簿：卷下 [M]. 上海：上海古籍出版社, 1978: 32-33.

该剧四折，敷演贺知章等人假日齐聚杜甫浣花溪庄赏春事，其中贺知章、李适之、王（李）琎、崔宗之、张旭、苏晋、李白、焦遂等人俱为《饮中八仙歌》中人物。此剧以杜甫等人游春欢会咏歌盛世，《孤本元明杂剧提要》称其"事出附会……曲文平庸"①。

4. 元佚名《杜秀才曲江池》。佚，《李氏海澄楼藏书目》著录②，《戏文叙录》似据王九思杂剧《杜子美酤酒游春》而考其本事，言："杜甫游春至曲江，目睹宫廷萧条，追忆往事，不堪回首，以为此乃李林甫所施恶政之结果。杜甫入贾婆酒店饮酒，适卫太郎亦在此，见杜甫至，便趋前共饮。论及时政，卫竟称赞起李林甫来。杜不悦，怫然而去。又至慈恩寺旁酒家独酌，俄顷岑参寻杜至此，邀其同游渼陂。杜甫遂携妓至钓鱼台，忽忆严子陵归隐七里滩垂钓事，不禁有隐栖之想。正在此时，房琯派人来报，已升杜甫为翰林院学士，杜坚辞不受，宁归隐于民间。"③

5. 明沈采《杜子美曲江记》。《四节记》之一。《四节记》又作《四游记》，分别敷演杜甫等四人的故事，一人一节一景，春为《杜子美曲江记》，夏为《谢安石东山记》，秋为《苏子瞻赤壁记》，冬为《陶秀实邮亭记》。《四节记》全本已佚，仅存散出曲文。吕天成《曲品》将之著入能品，并谓："沈作此以寿镇江杨邃安相公者。初出时甚奇，但作得不浓，只略点大概耳，故久之觉意味不长。"④ 又谓："纪游适则逸趣寄于山水……元老解颐而进卮。"⑤ 则《杜子美曲江记》亦不过借古人游赏之事，表现文人士大夫寄情山水的逸趣。《曲海总目提要》著录《杜子美曲江记》云："因少陵曲江诗，有'典衣''尽醉'之句，故标其事而增饰成之也。剧云，天宝十三载，杜甫奏赋三篇，授集贤院待制，迁左拾遗。与礼部贺知章、翰林李白，共诣曲江游乐。甫与黄四娘旧好，四娘居曲江头万花村，三人因就饮花下。寻避安禄山之乱，甫依节度使严武于蜀。四娘亦他徙，依杜韦娘以居。甫在蜀时，知章、白亦同流寓，相与造甫，登台览古。严武亦来访，报李猪儿已刺禄山。于是甫与贺、李，同归京师。四娘亦偕杜韦娘，返曲江旧宅。甫寻夙好，复与贺、李诣饮，用相欢庆云。"⑥《词林逸响》月卷收有《杜子美曲江记》数曲：

---

① 王季烈. 孤本元明杂剧·提要 [M]. 北京：中国戏剧出版社，1958：39.
② 刘念兹. 南戏新证 [M]. 北京：中华书局，1986：66.
③ 彭飞，朱建民. 戏文叙录 [M]. 台北：财团法人施合郑民俗文化基金会，1993：79.
④ 吕天成. 曲品：卷下 [M]. 吴书荫，校注. 北京：中华书局，1990：181.
⑤ 吕天成. 曲品：卷上 [M]. 吴书荫，校注. 北京：中华书局，1990：11.
⑥ 黄文旸. 曲海总目提要：卷十七 [M]. 北京：人民文学出版社，1958：834-835.

〔晓行序〕芳草香是。纵寻闲步履，迹印红泥。罗衣上，薰染百花香气。黄鹤，飞上绿杨，声声如劝杯中绿蚁。青旗遥，知是卖酒，家住在杏花村里。

〔黑麻序〕拂衣，解下金龟，向前村换酒，满拚沉醉。念承平之世，有几人遭际，得意。笑谈皆契友，歌舞有名妓。细思之，人须是及时游乐，逢场作戏。

〔锦衣香〕少壮时，能有几？进酒卮，休辞醉。达者须知，浮生似寄。朝回日日典春衣，大家痛饮，尽醉方归，享明皇厚赐。乐陶陶，满怀春意，与造化同游衍。四时和气，却疑身在，华胥梦里。

〔浆水令〕悦醉眸袄桃繁李，聒醉耳燕语莺啼。人生快乐是便宜，瞬息之间，物换星移。休迷恋，名和利，青春何处无乐地。天将暮、天将暮，游情未已。相留恋、相留恋，夕阳时。

〔尾声〕夕阳时，山气紫。一醉能将万事除，从此风情入梦思。①

曲词中多有纵酒怡情、及时行乐之意，加之此剧为祝寿之作，可以想见全剧乃是借杜甫、贺知章、李白等人的名头，来敷演游戏之作。

6. 明王九思《杜子美酤酒游春记》。题目为"唐肃宗擢用文臣，曲江媪不识诗人"，正名为"岑评事好奇邀客，杜子美酤酒游春"，简名有《酤酒游春》《曲江春》等，《渼陂集》《盛明杂剧》等俱有收录。该剧写至德二载（757），杜甫授右拾遗，乘官闲无事，前往曲江赏春，感慨时事，追念盛世，怒斥李林甫嫉贤妒能、奸邪乱政，而叹自己壮志难酬。杜甫出场自称："自幼读书，要与朝廷出力，端的要致君尧舜上，再使风俗淳。不料举进士不第。天宝十三年，明皇主人在御，曾献《大礼》三赋。明皇主人，甚是称赏，使我待制集贤院，后除我参军之职。只想与朝廷建立大功业，不幸天下有事，蹭蹬到今日。"唱道："想着我少年时分，读书万卷笔通神。那时节，李邕识面，王翰为邻。两手要扶唐社稷，一心思画汉麒麟。谁承望天边黄阁隔千峰，不觉的镜中白雪盈双鬓。辜负了两朝帝主，空忧了万国黎民。"② 杜甫到曲江饮酒，先是卖酒贾婆趋炎附势，拒客于楼下，继之又因卫大郎赞李林甫诗，杜甫大骂李林甫，被卖酒贾婆赶出酒楼。杜甫只得到大雁塔下别寻酒家，赊酒买醉。岑参寻杜甫，相邀

---

① 许宇. 词林逸响：月卷[M]//王秋桂主编. 善本戏曲丛刊：第二辑. 台北：台湾学生书局，1984：683-686.
② 王九思. 渼陂集·卷七·杜子美酤酒游春记[M]. 台北：伟文图书出版社有限公司，1976：1434.

同游，二人先登慈恩寺塔，又遇农夫小饮，望紫阁峰，泛渼陂舟，上钓鱼台，杜甫渐露归隐之志。杜甫屡次唱道："高冢外麒麟卧草，小堂中翡翠为巢。推物理须行乐。浮名蜗角，何用绊吾曹！""雁飞不到处，人被利名牵。为着这利名场，奔忙到始终。我如今老来也，方才自懂。""我待要避人来也，住在这紫云深洞。"①在渼陂游赏，房琯来宣，肃宗要将杜甫升官授赏，杜甫坚辞不受，决意归隐。唱道："从今后青山止许巢由采，黄金休把相如买，摩挲了壮怀。想着俺骑马上平台，登楼吟皓月，倚剑观沧海。胸中星斗寒，眼底乾坤大。你看那薄夫匪才，谁是个庙堂臣？怎做得湖海士？羞惭杀文章伯。紫袍金阙中，骏马朝门外，让与他威风气概。我子要酤酒再游春，乘桴去过海。"②作者通过杜甫的所见所忆所感所言，塑造出一个疾恶如仇、落拓不羁、失意归隐的文人形象。同时，该剧中大量融裁杜诗入宾白、唱词，既有诗化、雅化倾向，又贴合杜甫形象，用杜诗抒杜情。祁彪佳《远山堂剧品》谓："王太史作此痛骂李林甫，盖以讥刺时相李文正者，卒以此终身不得柄用。一肚皮不合时宜，故其牢骚之词，雄宕不可一世。"③何良俊盛赞："虽金元犹当北面，何况近代！"④

7. 明许潮《浣花溪午日吟》。简名《午日吟》，为《泰和记》之一种，一折短剧，依杜甫《严中丞枉驾见过》等诗，敷演杜甫、严武事。杜甫避乱居成都，端午日，剑南节度使严武携诸公子过访草堂。诸人坐于草堂之上，眼前龙舟竞发，江中夺锦，遂一边观赏，一边联句吟诗，乐以终日。剧中极写严杜知己之谊，兼有及时行乐之意，所谓"莫把欢娱当等闲，若耶溪水今空湛""莫把欢娱当等闲，习家池馆今空湛"⑤。明人黄嘉惠评点此剧，谓"宾白纯用诗句，阅之一过，胜读少陵集矣"⑥。其实不止宾白，包括唱词在内，也多用杜甫诗句，可谓集杜之作。剧中又有梓州刺史送歌姬、郑驸马令龙舟供奉、何将军送角黍蒲酒艾虎诸事，皆杜诗中之人物，事则为附会点缀。

8. 明屠本畯《饮中八仙记》。一折杂剧，未见著录。该剧依杜甫《饮中八

---

① 王九思. 渼陂集·卷七·杜子美酤酒游春记 [M]. 台北：伟文图书出版社有限公司，1976：1451-1452+1456+1459.
② 王九思. 渼陂集·卷七·杜子美酤酒游春记 [M]. 台北：伟文图书出版社有限公司，1976：1471.
③ 祁彪佳. 远山堂明曲品剧品校录 [M]. 黄裳校、录. 上海：古典文学出版社，1957：165.
④ 何良俊. 四友斋丛说：卷三十七 [M]. 北京：中华书局，1959：340.
⑤ 许潮. 浣花溪午日吟 [M] //王季烈编. 孤本元明杂剧. 北京：中国戏剧出版社，1958.
⑥ 沈泰. 盛明杂剧二集：卷六 [M]. 北京：中国戏剧出版社，1958.

仙歌》敷演而作，演太憨生隐居洗墨溪畔，值七十寿诞，杜甫、王维、高适三人，以麻姑酒一樽、《八仙图》一帧为贺，杜甫为诵《饮中八仙歌》，众人欢饮而别。今存刻本，收录于既勤堂活字印本《甬上屠氏宗谱》，并谓："辰州公七十生辰，自填《洗墨溪太憨生庆寿词》。诙谐滑稽，一时传诵之。拟公为东方曼倩一流人物。词名《饮中八仙记杂剧》，录之以见先世之风流云。"① 另有马廉据此过录本，收入《鄞居访书录》第三册内，有注谓"洗墨溪太憨生寿词"，正文署"明鄞屠本畯七十生辰自撰"。②

9. 明汤显祖《牡丹亭》。传奇，全名《牡丹亭还魂记》，二卷五十五出，万历二十五年（1597）秋完成，叙杜丽娘与柳梦梅之间的爱情故事。此剧虽非围绕杜甫及其诗作敷衍故事，但却借用杜甫身份，将女主人公身份设置为杜甫后人，剧中也时常有杜甫身影出现。例如，杜丽娘之父杜宝报家门时说："自家南安太守杜宝，表字子允，乃唐朝杜子美之后。"非同寻常，只因是杜甫之后。"吾家杜甫，为飘零老愧妻孥。（泪介）夫人，我比子美公更可怜也。他还有念老夫诗句儿，俺则有学母氏画眉娇女。"杜宝又将自己身世与先祖杜甫作比较。刘晓凤《杜甫文化影响的一瞥——以〈牡丹亭〉为中心的讨论》称："汤显祖将主人公杜丽娘、柳梦梅设置为诗圣子美、唐宋八大家之一柳宗元的后人，为人物性格塑造、思想表达、故事敷衍奠定坚实基础。"③

10. 佚名《杜陵花》。《杜集叙录·明代篇》将之著录为明代，并云"《今乐考证》《曲考》《曲海目》《曲录》皆著录。已佚，本事不详，疑与杜甫有关。"④ 清代李斗《扬州画舫录》卷五⑤、梁廷枏《曲话》卷一⑥皆著录有国朝无名氏传奇《杜陵花》，或为同一剧目。

11. 清朱素臣《杜少陵献三大礼赋》。杂剧，已佚，亦不见著录。沈德潜《归愚诗钞》卷十《凌氏如松堂文宴观剧》诗："忆昔康熙岁辛巳，横山先生执牛耳，堂开如松延众英，一时冠盖襄阳里，酒酣乐作翻新曲。"小字注云："时朱翁素臣制曲，有《杜少陵献三大礼赋》《琴操问禅》《杨升庵妓女游春》诸剧。"⑦

---

① 甬上屠氏宗谱·卷三十六·逸事［M］.木活字本.1919（民国八年）.
② 马廉.鄞居访书录［M］.稿本.
③ 刘晓凤.杜甫文化影响的一瞥：以《牡丹亭》为中心的讨论［J］.杜甫研究学刊，2013（02）：56-65.
④ 张忠纲，等.杜集叙录［M］.济南：齐鲁书社，2008：149.
⑤ 李斗.扬州画舫录：卷五［M］.汪北平，涂雨公，点校.北京：中华书局，1960：119.
⑥ 梁廷枏.曲话：卷一［M］.上海：上海有正书局，1916：13.
⑦ 康保成.李玉、朱素臣、丘园生平史料的发现［J］.中山大学研究生学刊，1987（02）.

12. 清黄之隽《饮中仙》。杂剧，即《四才子》剧之一，《四才子》包括《郁轮袍》《梦扬州》《饮中仙》《蓝桥驿》四种杂剧。亦作《饮中八仙》，一卷四折，以《饮中八仙歌》张目，以《新唐书·张旭传》为本事，叙八人封仙事。杜康因造酒，封为醉乡国王，贺季真、李太白等在长安建起杜康祠。张旭时任常熟县尉，擢京职长史，入京途中与"醉僧"怀素邂逅，又同观公孙大娘与徒李十二娘舞剑，悟得草书之法。抵京后，与贺知章、李琎、李适之、崔宗之、苏晋、李白、焦遂七位，齐聚杜康祠，轮流做东，乘醉出游。杜康上奏，加封八人仙号，分别为眼花落井之仙、移封酒泉之仙、衔杯乐圣之仙、玉树临风之仙、长斋绣佛之仙、三杯草圣之仙、斗酒百篇之仙和高谈雄辩之仙。

13. 清曹锡黼《同谷歌》。《四色石》之四，有乾隆二十三年（1758）颐情阁原刊本，郑振铎收入《清人杂剧初集》。《四色石》包括《张雀网廷平感世》《序兰亭内史临波》《宴滕王子安捡韵》《寓同谷老杜兴歌》四种杂剧。《同谷歌》正名为《寓同谷老杜兴歌》，本事为杜甫《乾元中寓同谷县作歌七首》诗，剧写杜甫西入秦州，寓居同谷事。时兵戈满地，儿女饥寒，亲故遥远，令其伤心落泪。一日，二邻人闻其能诗能赋，好义任侠，乃携酒榼为其洗尘。三人饮酒，二邻人谈及几日来风霜雨雪侵袭，如何御冬。杜老诉苦，霎时风起，手持长锸，只有长叹。且只为年岁饥荒，家人死者殆半，原有弟妹，如今不知状况如何，说之下泪，乃作歌七首，以述情怀。郑振铎《四色石跋》说："《寓同谷》，写杜甫寓于同谷，感时歌吟事。此事亦无人谱过。杜甫一生，可谱之事甚多，然剧作家知道捉住者则绝少。许潮尝谱《午日吟》，然剧情甚为无谓，还不如锡黼此作之较为扼要可观也。"①

14. 清夏秉衡《诗中圣》。传奇，《秋水堂三种》之一，二卷三十二出，乾隆三十九年（1774）完成。该剧主要写杜甫忧国忧民的情怀及与李白等人的深厚友谊，从杜甫家居闻李白召为翰林开始，叙及杜甫与房琯、严武的交谊，寓居同谷的贫困等，最后以杜甫与李白饮酒赠诗作结。沈德潜称夏秉衡传奇"直欲与玉茗争衡，非只夺昉思、东塘之座"。

15. 清宋鸣珂《杜陵春》。传奇，已佚，《今乐考证》著录。清乐钧《澹思进士杜陵春院本题词》云："乐府争传太白狂，杜陵野老又登场。词人每爱谈天宝，水绿山青易断肠。""浇愁还借八仙歌，云梦胸中作酒波。我合伤心君合笑，诗人从古不登科。""偶吟戏蝶与娇莺，黄四娘家寄远情。遂使浣花添本事，红

---

① 郑振铎. 清人杂剧初集［M］. 刻本. 长乐：郑氏，1931（民国二十年）.

牙重谱艳歌声。"① 从乐钧题词中可以看出,该剧乃敷演杜甫故事,剧涉饮中八仙、黄四娘等。

16. 清张声玠《寿甫》。杂剧,《玉田春水轩杂出》之九,一折,依杜甫《饮中八仙歌》成剧。剧写饮中八仙,因赋性疏狂,上帝许于醉乡深处一切自便。时至浣花仙叟初度之期,八仙联袂至草堂,为杜甫贺寿。杜甫设宴以待,同醉尽欢。酒后,八仙邀杜甫同往醉乡。杜甫与众仙偕行。结诗云:"遭逢天宝乱离年,难把生辰考旧编。附会与公称一寿,烦他八个饮中仙。""瑶池西母寿诞开,祝嘏仙人八洞偕。故事翻新同一例,红氍毹上好安排。"凌玉垣题词谓:"酒国恒春仙寿长,高歌天宝感苍茫。莫吟饭颗相嘲句,且与先生入醉乡。"胡湘跋称:"不到皇州与益州,骑箕高会醉乡侯。个中更有词人寿,能了先生一代愁。"②

17. 清和瑛《草堂寱》。杂剧,四折,据杜甫《饮中八仙歌》敷演而成。剧叙上八仙在西王母蟠桃会上醉酒失仪,被玉帝谴谪凡间,化为贺知章、李白等饮中八仙,"来试探,名场险"。东方朔也因在蟠桃会上偷摘蟠桃,折取桃枝,被谪落人间,化作杜甫并"多受饥寒困苦"。暇日,杜甫思念饮中八仙,应梦真君卢生亲到草堂为其托梦。梦中,饮中八仙携手造访草堂,与杜甫醉饮一场。

18. 李文翰《忆长安》。传奇,据杜甫《月夜》敷演而成。张祥河《李云生太守忆长安传奇书后》云:"鄜州月共古人看,旧址羌村土木完。(新建拾遗祠于羌村)他日锦城祠祭日,神弦齐唱《忆长安》。""故交樗散画师传,万里伤心邂逅边。陷贼当年郑司户,更谁诀别到重泉。""丹心为国为朝堂,长恨何为讽汉皇。野老吞声曲江上,但传侍辇及昭阳。"③汤成彦《题李云生太守〈忆长安〉乐府遗稿四首》云:"渔阳鼙鼓夕烽红,人事萧条感愤中。回首京华伤落叶,侧身天地叹飞蓬。""清辉玉臂闺愁远,凄咽珠喉法曲工。梦冷鄜州前度月,浣花溪畔自春风。""楼东赋笔似长门,一斛珠抛掩泪痕。已分贱工同报国,由来痴婢解酬恩。""昭阳殿里苔空合,凝碧池头草渐昏。怨煞肥环终误主,杜陵野老暗声吞。""海隅严谴傍孤城,樗散偏缘误盛名。赖有密章陈帝座,终期同志复神京。""苍茫泉路悲穷檄,整顿乾坤仗老成。可惜中兴房次律,琴工门下太纵横。""笙鹤遥天欲赴迟,遗言犹遣索题诗。为传忠爱千秋感,绝似吾家四

---

① 乐钧.青芝山馆诗集:卷二 [G] //清代诗文集汇编:第481册.上海:上海古籍出版社,2010:87.
② 郑振铎.清人杂剧二集 [M].刻本.长乐:郑氏,1934(民国二十三年).
③ 张祥河.小重山房诗词全集:鹤在集 [M].道光刻光绪增修本.

梦词。""竟筑仙龛迎白傅，（时太守归道山已经旬日）空余乐府唱红儿。杜鹃啼罢春花老，禅榻吟成鬓已丝。"① 从诗中词语不难看出，此剧取材于杜甫著名的诗作《月夜》，故事背景当为安史之乱，主要内容是杜甫与妻女悲欢离合、与郑虔生离死别等情节。②

综观以上18种杜甫戏，可以看出：

第一，杜甫始终是戏曲的热门话题，杜甫戏常编常新。中国是一个诗歌的国度，杜甫是这个国度最伟大的诗人之一，自唐以来，解杜释杜者，踵武不绝，异彩纷呈。宋代已有"千家注杜"之说，宋以降更是卷帙浩繁，蔚为大观。尊杜学杜已经渗透到文人日常生活的方方面面，文人在创作中用杜事、步杜韵、和杜诗、集杜句等不胜枚举。张潮（1650—?）曾将《饮中八仙歌》制成酒令，云"逢口则饮，逢钩则转，顺行起令""口穿破者不算""遇酒字者一巨觥""正酒共三十七杯又三大杯"。③ 郑方坤《杜诗宣和谱自序》亦谓："少日读杜诗皆能上口，忆曾侍先大夫花间杂咏，酒以次行。客有举《宣和谱》征令者，随所遇牌色，拈唐人诗一句。余时所阄得者为《五巧合谱》云'油瓶盖'者，漫声应曰'一片花飞减却春'；继得'断幺'，则曰'南海明珠久寂寥'；最后得'大四对'，则曰'天下朋友皆胶漆'。于是座客皆称善。"④ 以杜诗为酒令，杜甫对文人生活的影响之深，可见一斑。戏曲这一文体出现后，援杜入戏，便成为解读杜甫的又一形式；而杜甫的才子形象、落魄生涯，颇符合戏曲要素，也易于入戏。因此，伴随着戏曲的成熟发展，杜甫的身影屡屡出现在戏曲中，所谓"乐府争传太白狂，杜陵野老又登场"⑤。

金院本是中国戏曲成熟的标志，其题材内容也多为后来者所演绎翻用。金院本《杜甫游春》将杜甫、游春两要素融裁入戏，在一定程度上可以说是确立了杜甫戏的基本套路。元明戏曲沿袭金院本的这一传统，出现了范康《曲江池杜甫游春》等3部以游春为主要关目的杜甫戏。而据王九思《杜子美沽酒游春记》内容，也大略可以窥见金院本《杜甫游春》、范康《曲江池杜甫游春》、佚名《杜子美曲江记》等杜甫戏的大致内容。佚名《众聊友喜赏浣花溪》则开启

---

① 汤成彦. 题李云生太守《忆长安》乐府遗稿四首 [M]//孙雄. 道咸同光四朝诗史甲集：卷二. 刻本. 1910（清宣统二年）.
② 王昊. 明清戏曲家剧目摭补 [J]. 中国戏曲学院学报，2012（01）：59-62，58.
③ 张潮. 檀几丛书余集·卷下·饮中八仙令 [M]. 上海：上海古籍出版社，1992：463-464.
④ 詹宣猷. 建瓯县志：卷十二 [M]. 铅印本. 1929（民国十八年）.
⑤ 乐钧. 青芝山馆诗集·卷二·澹思进士杜陵春院本题词 [G]//清代诗文集汇编：第481册，上海：上海古籍出版社，2010：87.

了以杜甫《饮中八仙歌》为本事敷演故事的先河，驱遣诗中人物登上舞台，融裁杜诗而成戏曲。此后，《饮中八仙记》《饮中仙》《杜陵春》《草堂寱》等剧皆用不同形式，从不同角度，演绎了《饮中八仙歌》。在清代，剧作家进一步关注杜甫其他作品，仿此而解读《乾元中寓同谷县作歌七首》《月夜》等诗作，出现了《寓同谷老杜兴歌》《忆长安》等戏曲。杜甫戏代有佳构，常编常新。

第二，剧作者熟稔杜甫及杜诗，大量引用、化用杜诗。杜甫戏的剧作者，无疑都熟悉杜甫及其诗歌。王九思为明代"前七子"之一，主张"文必秦汉，诗必盛唐"，其"意境浑厚"的诗风也主要是学习杜甫①，其杂剧散曲也多摘用模拟杜甫②。宋鸣珂"尝游桑调元、陈奉兹之门，二人诗皆追摹老杜。三十以后专学同邑帅家相（号卓山）。论者以为《卓山集》佳处不逊杜陵，而鸣珂也不让卓山"③。和瑛对杜甫及其诗歌尤其熟稔，早年得边连宝编《杜律启蒙》，"吟抽默绎，越三十年"，至嘉庆四年（1799）又在《杜律启蒙》基础上"慎加披拣"，编选而成《杜律精华》；④ 在四川、山东任职期间，游览杜甫遗迹，凭吊诗圣，有《林西崖观察招游杜少陵草堂放船锦江访薛涛井登同庆阁晚酌四首》《题南池杜子美像》等诗作，盛赞杜甫"名士风流那独诗"⑤；诗中化用杜甫成句，步杜甫诗韵的作品不在少数，如《山庄落成题曰"挹翠"，用杜少陵〈游何将军山林〉韵赋诗十五首》；诗学主张更是标榜学杜，自谓"苦吟惭畏杜"⑥ "诗歌怀杜甫"⑦；在《古镜约篇》中进一步尊杜甫为著述之儒，纳入儒林体系，谓之有"不世出之才……学问经济，发露于篇章，虽托咏微物，具有至理渊涵，非与闻性与天道者，不能道只字……当不仅以诗史、诗圣传也"⑧，可谓深知杜甫者。正是因为对杜甫的推崇与熟稔，剧作者方才以杜甫入戏。

对杜诗的熟稔还表现在剧中驱遣杜诗人物，宾白、唱词化用、套用杜诗成句等方面。在上列诸剧中，出场人物多寡不同，但出场人物除杜甫外，大多都

---

① 李俊义. 王九思诗歌浅论［J］. 聊城大学学报（社会科学版），2010（02）：307-309.
② 高瑞玲. 王九思及其杂剧、散曲创作研究［D］. 太原：山西师范大学，2012.
③ 张忠纲，等. 杜集叙录［M］. 济南：齐鲁书社，2008：419.
④ 和瑛. 杜律精华［M］. 抄本.
⑤ 和瑛. 易简斋诗钞·卷三·题南池杜子美像［M］//续修四库全书：第1460册. 上海：上海古籍出版社，2002：506.
⑥ 和瑛. 易简斋诗钞·卷三·和沈舫西太守《登岱》元韵二首［M］//续修四库全书：第1460册. 上海：上海古籍出版社，2002：505.
⑦ 和瑛. 易简斋诗钞·卷三·夜雨书怀用蠡涛《西园夜月》韵［M］//续修四库全书：第1460册. 上海：上海古籍出版社，2002：507.
⑧ 和瑛. 古镜约篇［M］//富察恩丰，辑. 周斌，校点. 八旗丛书：上. 重庆：西南师范大学出版社，北京：人民出版社，2012：96-97.

是杜甫诗歌中曾提及的人物。例如，许潮《浣花溪午日吟》演严武携诸公子迢访草堂事，本事为杜甫《严中臣枉驾见过》等诗，剧中又安排梓州刺史送歌姬、郑驸马令龙舟供奉、何将军送角黍蒲酒艾虎诸事，此为杜诗曾提及的人物。沈采《杜子美曲江记》、宋鸣珂《杜陵春》剧中所提及之黄四娘，亦是杜诗中人物，系从"黄四娘家花满蹊"诗句中借来。至于剧中宾白、唱词化用、套用杜诗成句更是比比皆是。例如，王九思《杜子美沽酒游春》中直接引用了杜甫"紫气关临天地阔，黄金台贮俊贤多"（《承闻河北诸节度入朝欢喜口号绝句十二首》其九）、"秦城楼阁烟花里，汉主山河锦绣中"（《清明二首》其二）、"青娥皓齿在楼船，横笛短箫悲远天……不有小舟能荡桨，百壶那送酒如泉"（《城西陂泛舟》）等诗句。剧中第二折写杜甫赎朝衣时，因抨击李林甫触怒卫大郎而被酒店老板驱离，不得不换酒家典衣饮酒，此时，剧作者直接引用杜甫《曲江对酒》来抒情，非常契合杜甫的情感，将剧中杜甫与诗中杜甫完美统一，使人有庄生化蝶之感。许潮《浣花溪午日吟》也大量化用、引用杜诗，以至于黄嘉惠评点云："宾白纯用诗句，阅之一过，胜读少陵集矣。"① 引用或化用杜甫诗作入戏，也使剧作更具有诗化倾向，更典雅蕴藉。

第三，剧作者往往借杜甫酒杯浇自己的块垒。杜甫戏与其他戏曲一样，存在着脱离舞台、走向案头等文人化的特点，由"代圣贤立言"转向自抒胸臆，关照文人之心。所谓："士我之性情爱借古人之性情而盘旋于纸上，宛转于当场"②"假托故事，翻弄新声，夺人酒杯，浇己块垒"③。沈采《杜子美曲江记》借杜甫游春之事，许潮《浣花溪午日吟》借严武过访草堂之事，言说"及时游乐，逢场作戏"的主题。王九思《杜子美沽酒游春》，论者多谓其乃借杜甫之口，讽刺时相。屠本畯《饮中八仙记》乃自寿之剧作，其中张扬的是自己的"风流"。诸剧往往是借杜甫一生困苦失意的形象来抒写自己内心的情感。

第二节 《草堂寤》对杜甫戏的发展

在杜甫戏中，以《饮中八仙歌》为本事的剧目最多，有佚名《众聊友喜赏

---

① 沈泰. 盛明杂剧二集：卷六［M］. 北京：中国戏剧出版社，1958.
② 吴伟业. 吴梅村全集·卷六十·辑佚［M］. 李学颖，集评标校. 上海：上海古籍出版社，1990：1213.
③ 尤侗. 西堂文集·西堂杂俎二集·卷三·叶九来乐府序［G］//清代诗文集汇编：第65册. 上海：上海古籍出版社，2010：127.

浣花溪》、屠本畯《饮中八仙记》、黄之隽《饮中仙》、宋鸣珂《杜陵春》、张声玠《寿甫》、和瑛《草堂寤》等剧作。相对于其他剧作，《草堂寤》在出场人物、故事情节、塑造杜甫形象、解读杜诗等方面都有一些新的拓展与变化。

一、出场人物更加多样，故事情节更加丰富

在杜甫戏中，出场人物除杜甫外，大多都是杜甫诗歌中曾提及的人物。例如，许潮《浣花溪午日吟》演严武携诸公子过访草堂事，穿插有梓州刺史送歌姬、郑驸马令龙舟供奉、何将军送角黍蒲酒艾虎诸事，皆为杜诗曾提及的人物。沈采《杜子美曲江记》、宋鸣珂《杜陵春》剧中所提及之黄四娘，俱从"黄四娘家花满蹊"等诗句中借来。唯黄之隽《饮中仙》假借杜康而引出饮中八仙，不复依傍杜诗。至和瑛《草堂寤》，杜诗之外的人物进一步增多，先后有八洞神仙、东方朔、卢生等人物登场，以结构故事、推进情节。

（一）八洞神仙谪落凡尘事

剧中所言八洞神仙即传说中的八仙，分别是蓝采和、汉钟离、曹国舅、何仙姑、韩湘子、吕洞宾、张果老、李拐仙，李拐仙也即铁拐李。此八仙并非同时出现，吕洞宾、张果老等人的故事在唐代小说中已经出现，何仙姑等人的出现则晚得多。元明时期大量神道剧中多有八仙故事，八仙故事也渐趋丰富完备，至迟在明嘉靖年间，八仙群体最终固定，组成人员不再变化。[1] 八仙故事借助道教文化，大量出现在戏曲、小说、绘画等艺术形态中，在社会中流传广泛，影响深远，成为人们最熟悉、最喜欢的神仙群体。杜甫《饮中八仙歌》作于天宝年间，以贺知章、李琎、李适之、崔宗之、苏晋、李白、张旭、焦遂为八仙。范传正《李公新墓碑》载"时人以公及贺监、汝阳王、崔宗之、裴周南等八人为酒中八仙，朝列赋谪仙歌百余首"[2]，可知饮中八仙的出现要早于八仙故事，尤其早于八仙群体的成型。不过饮中八仙属于雅文化、大传统的范畴，而八仙故事则属于俗文化、小传统的范畴，和瑛将晚出的八仙故事与饮中八仙相联系，谓"八洞神仙在西王母蟠桃会上醉酒失仪，有干仙律，罚降凡间去者"，化为饮中八仙，既增添了戏曲的故事性、可读性，同时又赋予饮中八仙群体"谪仙"的身份，为塑造群体"谪仙"形象打下了基础。当然，和瑛也非随意附会，而是有一定的现实基础，即李白"谪仙人"的传说只是将李白"谪仙"的身份扩大到饮中八仙群体。

---

[1] 王永宽. 八仙传说故事的文化底蕴探析 [J]. 中州学刊，2007（05）：186-191.
[2] 詹锳. 李白全集校注汇释集评：第 1 册 [M]. 天津：百花文艺出版社，1996：11.

(二) 东方朔谪落凡尘事

东方朔是汉武帝时期著名赋家，性格诙谐，言词敏捷，滑稽多智，常在武帝前谈笑取乐，寓以讽谏，入《史记·滑稽列传》。东方朔以其滑稽多智，才高见弃的"不遇"形象出现在中国文化传统中，并被附会了种种传说，其中偷盗王母仙桃便是经典之一。《汉武故事》载："东郡送一短人，长五寸，衣冠具足。上疑其精，召东方朔至，朔呼短人曰：'巨灵，阿母还来否？'短人不对，因指谓上：'王母种桃，三千年一结子，此儿不良，已三过偷之。失王母意，故被谪来此。'"[1] 类似的记载也见于《汉武帝内传》《博物志》等小说中。此后，东方朔偷桃故事与祝寿文化相联系，在戏曲、绘画等艺术形式中广泛使用，成为家喻户晓的故事。《草堂寤》第三折中，言东方朔在蟠桃会上使用隐身法，"盗吃数颗，又折取大枝，法在不宥，诏贬下界，多受饥寒困苦"，遂谪落凡尘，化为杜甫。和瑛借东方朔偷桃事张本，以"不遇"为基础，将杜甫与东方朔附会在一起，赋予杜甫"谪仙"身份。

(三) 得道卢生应梦事

卢生本为沈既济小说《枕中记》中人物，小说写卢生在邯郸客店遇道士吕翁，倚枕入梦，梦中科考及第、出将入相，享尽荣华富贵。八十岁时，病发不愈，临终之际，一惊而醒，转身坐起，一切如故，吕翁依然旁坐，店主人黄粱饭尚未蒸熟。卢生由此悟得人世荣华不过黄粱一梦，遂伴吕翁而去。剧中，和瑛自此写起，卢生登场自我介绍说："小仙卢生，只因为邯郸一梦，悟道修真，得成正果，玉帝封我为应梦真君，掌管人间三梦。"叙卢生之事，补《枕中记》之结尾，别有意趣。卢生出场后，送游仙枕到浣花草堂，杜甫缘此得以成梦，梦中与饮中八仙欢会一番。四更天，卢生抽枕而去，杜甫渐从梦中醒来。卢生的出场，为杜甫与饮中八仙的欢会提供了合理性，推动了故事情节的有序发展。同时，借卢生黄粱一梦的故事，映射杜甫草堂之梦，梦中多少欢乐事，醒来皆成空。

二、一场草堂梦，一群失意人

杜甫早有才名，七岁学诗，十五岁即名动洛阳，所谓"赋料扬雄敌，诗看子建亲。李邕求识面，王翰愿卜邻"。二十岁后，又漫游吴越，放荡齐赵，以养望待时。天宝五载（746），"自谓颇挺出"的杜甫来到长安，寻求"立登要路

---

[1] 班固. 汉武故事[M]. 北京：中华书局，1991：4.

津"的机会。天宝六载（747），唐玄宗下诏求贤，杜甫赴选，但被李林甫以"野无遗贤"的借口拒之于门外。自此杜甫开始了困顿长安的生涯，过着"朝扣富儿门，暮随肥马尘"的日子。"饥卧动即向一旬，敝衣何啻悬百结""残杯与冷炙，到处潜悲辛"便是杜甫这个时期困顿生活的真实写照。奔走干谒十年，直到天宝十四载（755）十月，四十四岁的杜甫方才得任右卫率府兵曹参军。是年冬，杜甫回家探亲，却是"入门闻号啕，幼子饿已卒"，遭遇中年丧子的不幸。天宝十五载（756）夏，安禄山叛军攻破潼关，杜甫携家人裹挟于难民之中，逃至鄜州羌村。安顿好家人后，杜甫只身奔赴行在，途中被叛军抓获，关押在长安，目睹了兵后长安的破败。至德二载（757）四月，杜甫得间逃离长安，至凤翔行在，"麻鞋见天子，衣袖露两肘"。肃宗感其忠诚，任为左拾遗，职在劝谏朝政、举荐人才。但好景不长，闰八月，杜甫便奉旨回家探亲，离开了行在。十一月，唐军收复长安，杜甫与家人亦入长安。至德三载（758）六月，杜甫再度离开长安，外任华州司功参军。在华州遭遇天灾人祸，乾元二年（759）秋，杜甫辞去华州职务，西逃秦州，开始了"满目悲生事，因人作远游"的漂泊生涯。在秦州停留三月，复经同谷、剑南，年底抵达成都，所谓"一岁四行役"。乾元三年（760）春，在成都西郊浣花溪营建草堂，并在此度过了两年半的安稳生活。代宗宝应元年（762）秋，杜甫辞别草堂，送严武回朝。严武离开四川后，四川陷入战乱，杜甫再次辗转兵燹，所经"路衢唯见哭，城市不闻歌"。在成都，杜甫一度入严武幕府，表为检校工部员外郎，此后再无任职。久滞蜀中，杜甫早有归计，离开成都东下，一路上先后因病不得不栖止云安、夔州等地，到大历三年（768）春方才出峡至江陵。落魄荆湘时，杜甫已经"右臂偏枯左耳聋"，时常"疏布缠枯骨，奔走苦不暖""苦摇乞食尾，常曝报恩腮"，生活艰辛，令人心酸。大历五年（770）秋，杜甫病死耒阳，后人附会"牛炙白酒，一夕醉死"。杜甫一生，可谓历尽"饥寒困苦"，和瑛拈出"多经饥寒困苦"来言说杜甫的一生，也是对杜甫人生的精准概括。和瑛选取杜甫寓居草堂、晚年最安逸的时期来建构故事，表露凄凉之感。剧中谓："此地虽有花竹庄园，叵耐南村群童欺吾老；虽有邻翁笑语，亦不过隔篱呼取尽余杯。想昔年客游东郡，座对贤人酒，门听长者车，是何等兴会。到今日，寄寓锦城，蜀酒禁愁得，无钱何处赊，又是何等凄凉。你看数间茅屋，早为秋风所破，安得大厦千万间，大庇天下寒士俱欢颜，风雨不动如安山，好不闷煞人也。"杜甫学比蹄涔，才同蝉翼，数十年颠沛，似萍踪雪爪。栖身草堂，本为晚年幸事，奈何尚有诸多凄凉。管中窥豹，则其困顿长安、辗转兵燹、流寓两川、落魄荆湘等时期所经"饥寒困苦"，恐怕更难以想象。

剧中出场的其他人物，无一不是失意之人。八洞神仙因在西王母蟠桃会上醉酒失仪，被玉帝谴谪凡间，此为仙界失意人。八仙细故被谪，反倒自我消解，谓"独领仙班不合潦倒霞觞"，自嘲"到人间看他花帽砑光""来试探，名场险"。八洞神仙化为饮中八仙，游历尘世。八人皆"才高一石"，在现实当中却是个个不如意，仕途多坎坷，不得不遁入山水间、酒林中，徒唤"杨柳奈何天"，此为酒界失意人。现实中的东方朔同是"不遇"之人，神仙东方朔也因在蟠桃会上偷摘蟠桃、折取桃枝而被谪落人间，并要"多受饥寒困苦"。《枕中记》主人公卢生"衣短褐，乘青驹"，栖于客舍，见吕翁衣装敝坏，乃感叹："吾常志于学，自惟青紫可拾，今已适壮，犹勤畎亩。"卢生志于学，但年已及壮，犹自困顿，亦是失意之人。"人生失意无南北"，亦无古今。

三、谪仙杜甫

谪仙即被贬谪的神仙，神仙世界虽然无忧无虑、自由自在，但犯有过错的神仙跟在人世间一样，也要遭受责罚。例如，葛洪《神仙传》载淮南王刘安升仙后，坐不敬，被责罚看守仙界厕所三年。仙界责罚最广泛的方式莫如打落凡尘，降为凡人，是为谪仙、谪仙人。当然，谪落凡间一般是有时限的，时限一到，即可重升仙界。托名刘向的《列仙传》中较早出现"谪仙"一词，载有谪仙瑕丘仲的故事；《魏书·释老志》载成公兴因"失火烧七间屋，被谪为寇谦之作弟子七年"。这些谪仙故事多少都带有一些神秘色彩，有着半人半神的特点。及至李白登上诗坛并被称为"谪仙"，"谪仙"被赋予了诗人的人格特征，具有了文采华美、风度飘逸的新内涵，而李白也几乎垄断了这一称号，其他诗人充其量也只是偶尔借用一下，即便是白居易、苏轼这样的诗人，其谪仙称号也没能广为流传。[①] 李白、杜甫并称为盛唐"双子星座"，但杜甫却从来没有谪仙的荣誉，虽有诗圣之称，但终究与神仙无缘。

和瑛尊崇杜甫，在《古镜约篇》中言：

> 昔称，知杜者莫如元稹、韩昌黎。稹之言曰："上薄《风》《骚》，下该沈、宋，铺陈终始，排比声韵，词气豪迈而风调情深，属对切律而脱弃凡近。"昌黎之言曰："屈指诗人，工部全美，笔追清风，心夺造化。天光晴射洞庭秋，寒玉万顷清光流。"二子之论杜诗，可谓当矣。宋人称为诗史，以其可以论世知人也；明人称为诗圣，以其温柔敦厚也。两代之赞杜诗，可谓至矣。然而新旧唐书悉惑于刘斧《摭遗》小说之言，而有"牛炙

[①] 黄景春. 漫说谪仙 [J]. 中国道教，2006 (02): 28-31.

白酒，一夕醉死"之语，是皆诬子美之甚者也。夫子美以不世出之才，而功名未遂，事业无所表见，其不著于名臣、循吏传也固宜。然考其学问经济，发露于篇章，虽托咏微物，具有至理渊涵，非与闻性与天道者，不能道只字。况当天宝之末，天子蒙尘，黎民琐尾，子美于颠沛流离之际，勃发其忠君爱国之诚，倘所谓终食不违仁者，非耶？当不仅以诗史、诗圣传也。嗟乎，子美生不逢时，殁无知己，一诬于刘昫，再诬于宋祁，数千年后，又不见传于儒林逸传，吾故取仇太史之表彰，补朱文端之缺略，起子美而慰之，其亦可以不恨也夫。①

在和瑛看来，杜甫一生"奉儒守官，未堕素业"，不仅仅是诗史、诗圣，更是一代醇儒，堪入儒林传，可谓深知杜甫之心。在《草堂寤》杂剧中，和瑛发挥想象，把杜甫与东方朔相联系，塑造出一个谪仙杜甫的形象，使之与李白等人一样登入仙界，成为一名谪仙人，将李白谪仙的内涵加诸杜甫之上，构成了其对杜甫的独特解读。

第三节 《草堂寤》艺术成就

和瑛作为清代的蒙古族高级官员，参与戏曲创作，为剧坛添彩。其《草堂寤》既具有杂剧发展的时代共性，也具有独特的个性。

一、因杜成戏，集杜为曲

源于对杜甫的推崇与熟悉，和瑛以杜甫入戏，敷演《饮中八仙歌》而成《草堂寤》杂剧，以杜甫困顿草堂为背景，以八洞神仙对应饮中八仙，人物风神、言行举止俱围绕《饮中八仙歌》的描写而展开。此剧写杜甫与饮中八仙的失意，与其说是填词作剧，倒不如说是借剧本形式来为杜甫及其《饮中八仙歌》做注解，所谓"浇愁还借八仙歌，云梦胸中作酒波"②。

《草堂寤》杂剧不仅以《饮中八仙歌》张本，而且在宾白、唱词中大量化用、引用杜甫诗句，甚至集杜诗为曲。宾白集杜诗者，如第四折中饮中八仙登

---

① 和瑛.古镜约篇［M］//富察恩丰，辑.周斌，校点.八旗丛书：上.重庆：西南师范大学出版社，北京：人民出版社，2012：96-97.
② 乐钧.青芝山馆诗集·卷二·澹思进士杜陵春院本题词［G］//清代诗文集汇编：第481册.上海：上海古籍出版社，2010：87.

场与杜甫相见，杜甫谓"岂有文章惊海内，漫劳车马驻江干，快快道有请"。"岂有文章惊海内，漫劳车马驻江干"两句出自杜诗《有客》，原诗本就是描写宾客来访的喜悦之情，两句移用在这里算是恰到好处；杜甫初醒，唤家童斟酒回敬诸位大人，家童应声谓"舍南舍北皆春水，但见群鸥日日来，那里有什么大人"。"舍南舍北皆春水，但见群鸥日日来"两句出自杜诗《客至》，家童借用，也是妙处。唱词集杜诗、化杜诗者如"石榴花"：

只因为少微星照百花潭，丹心白发添。花边立马簇金鞍，北风天正寒。栖息一枝安，致身福地何萧散。兴来今日尽君欢，不枉我竹里行厨洗玉盘。

杜甫有"寂寞江天云雾里，何人道有少微星"（《严中丞枉驾见过》）、"万里桥西一草堂，百花潭水即沧浪"（《狂夫》）、"万里桥南宅，百花潭北庄"（《怀锦水居止二首》）等句，这里谓"少微星照百花潭"，当是化用杜诗。"丹心白发添"一句则是化用杜甫《月》"只益丹心苦，能添白发明"两句。而"花边立马簇金鞍""竹里行厨洗玉盘"等句出自《严公仲夏枉驾草堂兼携酒馔》，"北风天正寒"出自《山馆》，"栖息一枝安"出自《宿府》，"致身福地何萧散"出自《玄都坛歌寄元逸人》，"兴来今日尽君欢"则出自《九日蓝田崔氏庄》。再如"粉蝶儿""醉春风"等唱词也都是全部引用杜诗，可谓集杜为曲。

二、自抒胸臆，以写我心

在明清时代，文人士大夫多把戏曲这一艺术样式作为一种特殊的文体来使用，以抒发自己的心怀。清初吴伟业在为李玉《北词广正谱》所作序中谓："士之不遇者，郁积其无聊不平之概于胸中，无所发抒，因借古人之歌呼笑骂，以陶写我之抑郁牢骚。而我之性情爱借古人之性情而盘旋于纸上，宛转于当场。"[①] 徐燨《写心杂剧》以自己一生事迹为情节，其自序曰："《写心剧》者，原以写我心也。心有所触，则有所感，有所感，则必有所言，言之不足，则手之舞之，足之蹈之，而不能自已者，此予剧之所由作也。"[②] 廖燕更是以自己为剧中主人公，"剧皆自出其名，以己身登场，乃纯然自述之作。以负不羁之才，困顿风尘，抑郁无聊，故所作直抒其胸臆也"[③]。诸家所言，都指向了张扬情

---

① 吴伟业. 吴梅村全集·卷六十·辑佚 [M]. 李学颖，集评标校. 上海：上海古籍出版社，1990：1213.
② 徐燨. 写心杂剧 [M]. 刻本. 吴江：徐氏梦生堂，1789（清乾隆五十四年）.
③ 傅惜华. 清代杂剧全目·卷二·廖燕小传 [M]. 北京：人民文学出版社，1981：70.

怀，自抒胸臆。

和瑛《草堂寱》杂剧，拈出"多受饥寒困苦"六字来指称杜甫的一生，其所反映的并不仅仅是历史事实，而是作者对杜甫人生的一种深刻体认。剧中谓贺知章为"四明狂客饮中仙"、汝阳王为"麴部尚书"、李适之"避贤初罢相，乐圣且衔杯"、崔宗之"豪饮放青年"、苏晋"以醉为醒"、李白"杯杓里烟霞吸老"、焦遂为"酩酊狂客"等，亦非仅指饮中八仙仕途失意，而是借饮中八仙之酒杯，浇自己之块垒。所谓"自幼学书，学书不成；学剑，学剑不成；参禅，参禅不得；谈玄，谈玄不得"，也是作者自身的写照。和瑛七岁启蒙，但直到二十八岁方才考中举人，三十一岁考中进士，签分户部学习行走，步入仕途比同龄人迟得多。在户部蹉跎十多年，四十六岁时京察一等，始得外任知府，此后辗转安徽、四川、陕西等地，官至布政使。好景不长，乾隆五十八年（1793），和瑛五十三岁，奉命赴西藏办事，在西藏任职长达八年之久，是清代在藏时间最长的驻藏大臣。嘉庆六年（1801）返回京城，席不暇暖，半年内先后任户部侍郎、仓场侍郎、安徽巡抚、山东巡抚等职。嘉庆七年（1802），和瑛六十二岁，更是因故发配乌鲁木齐效力赎罪，辗转南疆、北疆，又是一个八年。和瑛一生仕途不甚得意，又不能像唐代文人那样遁隐解脱，因此只好借杜甫与饮中八仙的酒杯来浇自己胸间的块垒。王永宽等在《清代杂剧选·前言》中指出，"清杂剧常常选取那些与作者本人的身世、遭际及心理状态有一定联系、便于表达个人情感的题材，描写的人物常常有作者的影子……作者的目的主要不是再现社会生活，而是披露个人内心世界，表现自己对社会和人生的深刻思考，并求得自身情感的被人理解"[①]。这段话用来表述《草堂寱》的成就，也是合适的。

三、淡化矛盾，消解冲突

杂剧一般都篇幅短小，元杂剧通行的是"一本四折"，明清杂剧也是以三折、四折者居多。在有限空间内，要扮演一个完整的故事，还要紧紧抓住观众的注意力，这就要求剧作家在剧本创作过程中注重尽快入戏，结构离奇紧凑的故事，制造尖锐的矛盾冲突。而善于组织精巧故事、制造矛盾冲突也正是戏曲家关汉卿的艺术特点之一。但明代中期以来，随着杂剧抒情性的增强，叙事性逐步削弱，呈现出无故事、无情节、无冲突的发展态势。和瑛的《草堂寱》杂剧虽然在形式上还保留了元杂剧"一本四折"的传统，但是并不以结构故事见

---

① 王永宽，杨海中，幺书仪. 清代杂剧选 [M]. 郑州：中州古籍出版社，1991：5-6.

长，剧中也没有什么矛盾冲突，叙述的故事也很简单。尽管剧中有神仙谪落凡间和神仙托梦的桥段，但故事并不以此为重心来展开；剧中有八仙、杜甫、卢生等19个人物登场，但人物与人物、角色与角色之间并没有矛盾冲突；剧中唯一的矛盾便是杜甫思念饮中八仙而不得见，然而这只是托梦的缘由，并没有形成扣人心弦的对立与冲突。

和瑛作为一名蒙古族作家，用汉语熟练地进行戏曲文学创作，融八仙戏、杜甫戏为一体，檃括诗歌，敷演成剧，丰富了杂剧的题材内容，是蒙汉文化交流融合的生动体现。剧作集杜诗为曲，以才学为戏，书写自己的失意人生，是一部典型的案头剧，这也是乾嘉时期杂剧创作乃至戏曲创作的共同风尚。

结　语

果戈理说："他（普希金）一开始就是民族的，因为真正的民族性不在于描写农妇穿的无袖长衫，而在于表现民族精神本身。诗人甚至描写完全生疏的世界，只要他是用含有自己的民族要素的眼睛来看它，用整个民族的眼睛来看它，只要诗人这样感受和说话，使他的同胞们看来，似乎就是他们自己在感受和说话，他在这时候也可能是民族的。"① 和瑛家族世居喀喇沁地方，清初始从龙入京，隶属蒙古镶黄旗。和瑛身上流淌着蒙古族的血脉，他用自身特有的蒙古族民族精神感受着中原及边疆的文化，用自己的视角诠释着中华传统文化，创作完成了千余首诗歌以及一篇《西藏赋》、一部《草堂寤》杂剧，从而确立了自己在清代中前期蒙古族作家中的重要地位。他是蒙古族重要的文学家之一，是乾嘉时期蒙古族汉文创作的标志性人物。

清代是中华民族大融合、大交流的重要时期，是中华文化大发展的关键环节。和瑛身上传承着蒙古族文化，其通晓汉、满、蒙、藏等多种民族语言，又钻研经学，精于易学，汲取了儒家文化的精髓，加之一生宦游南北，出关入塞，领略了不同的地域文化、民族文化，深得"江山之助"，是多民族文化融合交流的鲜活标本。

和瑛推崇杜甫，目杜甫为著述之儒，编选杜甫诗选《杜律精华》，敷演杜甫戏《草堂寤》杂剧，对杜甫及其诗歌有着深刻而独到的了解，在诗歌题材、艺术手法、艺术风格等方面也都自觉地向杜甫学习。同时，他向韩愈、白居易、李商隐、邵雍、苏轼等唐宋诗人学习，学习的主流倾向则是"宋调"。和瑛广泛地向前人学习，主动接受诸家之所长，转益多师，生动体现了清代诗歌集大成的时代特点。

和瑛弃武从文，由科举进入仕途，惕厉中外，多有惠政。其一生笔耕不辍，

---

① 果戈理. 关于普希金的几句话 [M] //果戈理, 等. 文学的战斗传统. 满涛, 译. 上海：新文艺出版社，1954：2-3.

精于经学音律,长于诗文歌赋。自和瑛始,其家族逐渐积累起了厚重的文化资本,成为一代蒙古世家。其后代子孙中,璧昌、恒福、锡珍等皆为封疆大臣,璧昌、谦福等俱有诗集传世,"得继简勤公,以书香世其家"[①]。

---

① 文康《桐华竹之实轩诗草序》,谦福《桐华竹实之轩诗草》[G]//清代诗文集汇编:第632册. 上海:上海古籍出版社,2010:63.

参考文献

一、专著

[1] 艾绍濂.（光绪）续修临晋县志 [M].刻本.1880（清光绪六年）.

[2] 白居易.白居易集 [M].顾学颉，校点.北京：中华书局，1979.

[3] 白·特木尔巴根.古代蒙古作家汉文创作考 [M].呼和浩特：内蒙古教育出版社，2002.

[4] 班固.汉书 [M].北京：中华书局，1975.

[5] 北图社古籍影印编辑室.乾嘉名儒谱 [M].北京：北京图书馆出版社，2006.

[6] 毕宝魁.韩孟诗派研究 [M].沈阳：辽宁大学出版社，2000.

[7] 边多.西藏音乐史话 [M].北京：中国藏学出版社，2006.

[8] 边连宝.杜律启蒙 [M].韩成武，贺严，孙微，綦维，点校.济南：齐鲁书社，2005.

[9] 岑参.岑参集校注 [M].陈铁民，等，校注.上海：上海古籍出版社，1981.

[10] 常明，杨芳灿，等.四川通志 [M].台北：京华书局，1967.

[11] 陈澧.陈澧集 [M].上海：上海古籍出版社，2008.

[12] 陈士珂.孔子家语疏证 [M].北京：中华书局，1985.

[13] 陈寅恪.金明馆丛稿初编 [M].北京：生活·读书·新知三联书店，2009.

[14] 陈寅恪.元白诗笺证稿 [M].北京：生活·读书·新知三联书店，2009.

[15] 李商隐，陈永正.李商隐诗选 [M].广州：广东人民出版社，1984.

[16] 成书.多岁堂诗集 [M]//续修四库全书：第1483册.上海：上海古籍出版社，2002.

[17] 程廷祚．青溪集［M］．宋效永，校点．合肥：黄山书社，2004．

[18] 池万兴．司马迁民族思想阐释［M］．西安：陕西人民教育出版社，1995．

[19] 崔鸿．十六国春秋［M］//摛藻堂．四库全书荟要：第203册．影印本．台北：世界书局，1988．

[20] 戴伟华．唐代幕府与文学［M］．北京：现代出版社，1990．

[21] 德勒格．内蒙古喇嘛教史［M］．呼和浩特：内蒙古人民出版社，1998．

[22] 邓衍木．中国边疆图籍录［M］．北京：商务印书馆，1958．

[23] 邓之诚．桑园读书记［M］．北京：生活·读书·新知三联书店，1955．

[24] 丁福保．历代诗话续编［M］．北京：中华书局，1983．

[25] 董乃斌．中国古典小说的文体独立［M］北京：中国社会科学出版社，1994．

[26] 杜甫．杜诗详注［M］．仇兆鳌，注．北京：中华书局，1979．

[27] 杜公瞻．高士奇．编珠［M］//文渊阁四库全书：第887册．台北：台湾商务印书馆股份有限公司，1986．

[28] 恩华．八旗艺文编目［M］．关纪新，点校．沈阳：辽宁民族出版社，2006．

[29] 法式善．清秘述闻［M］．北京：中华书局，1982．

[30] 范晔．后汉书［M］．北京：中华书局，1965．

[31] 房玄龄，等．晋书［M］．北京：中华书局，1974．

[32] 伏俊琏．俗赋研究［M］．北京：中华书局，2008．

[33] 符葆森．国朝正雅集［M］．刻本．北平：半亩园，1857（清咸丰七年）．

[34] 傅惜华．清代杂剧全目［M］．北京：人民文学出版社，1981．

[35] 高塘．（乾隆）临汾县志［M］．刻本．1779（清乾隆四十四年）．

[36] 谷苞．新疆历史人物［M］．乌鲁木齐：新疆人民出版社，1989．

[37] 顾炎武．顾亭林诗文集［M］．北京：中华书局，1959．

[38] 郭维森，许结．中国辞赋发展史［M］．南京：江苏教育出版社，1996．

[39] 国家图书馆分馆．中华历史人物别传集［M］．北京：线装书局，2003．

[40] 韩愈. 韩昌黎诗系年集释 [M]. 钱仲联, 集释. 上海: 上海古籍出版社, 1984.

[41] 韩愈. 韩昌黎文集校注 [M]. 马其昶, 校注. 马茂元, 整理. 上海: 上海古籍出版社, 1986.

[42] 何乔新. 椒邱文集 [M]//文渊阁四库全书: 第1249册. 台北: 台湾商务印书馆股份有限公司, 1986.

[43] 何绍基. 东洲草堂诗钞 [M]. 刻本. 1857 (清咸丰七年).

[44] 何文焕. 历代诗话 [M]. 北京: 中华书局, 1981.

[45] 何逊. 何逊集校注 [M]. 李伯起, 校注. 修订本. 北京: 中华书局, 2010.

[46] 和琳. 芸香堂诗集 [M]//四库未收书辑刊: 第拾辑. 北京: 北京出版社, 2000.

[47] 和瑛. 古镜约篇 [M]//富察恩丰, 辑. 周斌, 校点. 八旗丛书. 重庆: 西南师范大学出版社, 北京: 人民出版社, 2012.

[48] 和瑛. 回疆通志 [M]//中国边疆丛书: 第二辑. 台北: 文海出版社, 1966.

[49] 和瑛. 三州辑略 [M]//中国方志丛书·西部地方. 台北: 成文出版社, 1968.

[50] 和瑛. 西藏赋校注 [M]. 池万兴, 严寅春, 整理. 济南: 齐鲁出版社, 2013.

[51] 和瑛. 易简斋诗钞 [M]//续修四库全书: 第1460册. 上海: 上海古籍出版社, 2002.

[52] 贺长龄, 等. 皇朝经世文编 [M]. 石印本. 上海: 中西书局, 1899 (清光绪二十五年).

[53] 蘅塘退士. 唐诗三百首 [M]. 陈婉俊, 补注. 北京: 中华书局, 1959.

[54] 洪亮吉. 更生斋集 [M]//清代诗文集汇编: 第414册. 上海: 上海古籍出版社, 2010.

[55] 胡亚敏. 叙事学 [M]. 武汉: 华中师范大学出版社, 2004.

[56] 胡仔. 苕溪渔隐丛话 [M]. 廖德明, 校点. 北京: 人民文学出版社, 1962.

[57] 华东师范大学古籍研究所. 东坡志林 仇池笔记 [M]. 上海: 华东师范大学出版社, 1983.

[58] 黄沛翘. 西藏图考 [M] //李毓澍. 中国边疆丛书：第一辑 [M]. 台北：文海出版社，1965.

[59] 黄庭坚. 黄庭坚全集：宋黄文节公全集 [M]. 刘琳，李勇先，王蓉贵，校点. 成都：四川大学出版社，2001.

[60] 黄宗羲. 明文海：卷三百一十二 [M]. 北京：中华书局，1987.

[61] 惠洪. 冷斋夜话 [M]. 陈新，点校. 北京：中华书局，1988.

[62] 纪大椿. 新疆地方志简介 [M]. 长春：吉林省地方志编纂委员会，吉林省图书馆学会，1985.

[63] 纪昀. 四库全书总目提要 [M]. 石家庄：河北人民出版社，2000.

[64] 蒋祥墀. 散樗老人自纪年谱 [M] //北京图书馆藏珍本年谱丛刊：第126册. 北京：北京图书馆出版社，1999.

[65] 金启孮. 清代蒙古史札记 [M]. 呼和浩特：内蒙古人民出版社，2000.

[66] 柯愈春. 清人诗文集总目提要 [M]. 北京：北京古籍出版社，2001.

[67] 礼阔泉. （民国）顺义县志 [M] //中国地方志集成·北京府县志辑. 上海：上海书店出版社，2002.

[68] 李宝嘉. 官场现形记 [M]. 北京：人民文学出版社，1957.

[69] 李慈铭. 越缦堂日记 [M]. 扬州：广陵书社，2004.

[70] 李道平，潘雨廷. 周易集解纂疏 [M]. 北京：中华书局，1994.

[71] 李昉，等. 太平御览 [M] //文渊阁四库全书：第893册. 台北：台湾商务印书馆股份有限公司，1986.

[72] 李放. 八旗画录 [M] //周骏富. 清代传记丛刊：第80册. 台北：明文书局，1985.

[73] 李放. 皇清书史 [M] //周骏富. 清代传记丛刊：第87册. 台北：明文书局，1985.

[74] 李光廷. 守约篇丛书 [M] //陈建华，曹淳亮. 广州大典：第五辑. 广州：广州出版社，2008.

[75] 李桓. 国朝耆献类征初编 [M] //周骏富. 清代传记丛刊：第146册. 台北：明文书局，1985.

[76] 李銮宣. 坚白石斋诗集 [M]. 太原：山西人民出版社，1991.

[77] 李孟符. 春冰室野乘 [M]. 张继红，点校. 太原：山西古籍出版社，1995.

[78] 李冗. 独异志 [M]. 张永钦，侯志明，点校. 北京：中华书

局，1983.

[79] 李盛铎. 木樨轩藏书题记及书录 [M]. 张玉范，整理. 北京：北京大学出版社，1985.

[80] 李树. 中国科举史话 [M]. 济南：齐鲁书社，2004.

[81] 李心传，程劳秀. 道命录 [M] // 续修四库全书：第517册. 上海：上海古籍出版社，2002.

[82] 李肇. 唐国史补 [M]. 上海：上海古籍出版社，1979.

[83] 郦道元. 水经注 [M]. 陈桥驿，译注. 王东，补注. 北京：中华书局，2009.

[84] 廖祖桂，等. 《钦定藏内善后章程二十九条》版本考略 [M]. 北京：中国藏学出版社，2006.

[85] 刘宝楠. 论语正义 [M]. 高流水，点校. 北京：中华书局，1990.

[86] 刘锦藻. 清续文献通考 [M]. 杭州：浙江古籍出版社，1988.

[87] 刘勰. 文心雕龙注释 [M]. 周振甫，注. 北京：人民文学出版社，1981.

[88] 刘歆. 西京杂记校注 [M]. 葛洪集，向新阳，刘克任，校注. 上海：上海古籍出版社，1991.

[89] 刘昫，等. 旧唐书 [M]. 北京：中华书局，1975.

[90] 刘学锴，余恕诚. 李商隐诗歌集解 [M]. 增订重排本. 北京：中华书局，1988.

[91] 柳开. 河东先生集 [M] // 文渊阁四库全书：第1085册. 台北：台湾商务印书馆股份有限公司，1986.

[92] 柳宗元. 柳宗元集 [M]. 北京：中华书局，1979.

[93] 陆贾，等. 新语·新书·扬子法言 [M]. 沈阳：辽宁教育出版社，1998.

[94] 马端临. 文献通考 [M]. 杭州：浙江古籍出版社，1988.

[95] 马积高. 赋史 [M]. 上海：上海古籍出版社，1987.

[96] 马若虚. 实夫诗存 [M] // 吴海鹰. 回族典藏全书：第202册. 兰州：甘肃文化出版社，银川：宁夏人民出版社，2008.

[97] 马祖常. 石田文集 [M] // 文渊阁四库全书：第1206册. 台北：台湾商务印书馆股份有限公司，1986.

[98] 孟保. 西藏奏疏 [M]. 黄维忠，季垣垣，点校. 北京：中国藏学出版社，2006.

[99] 缪启愉，缪桂龙. 齐民要术校释 [M]. 北京：农业出版社，1982.

[100] 穆彰阿等纂修. 大清一统志 [M]. 上海：上海古籍出版社，2008.

[101] 欧阳修，宋祁. 新唐书 [M]. 北京：中华书局，1975.

[102] 潘衍桐. 两浙輶轩续录 [M] //续修四库全书：第1685册. 上海：上海古籍出版社，2002.

[103] 彭大翼. 山堂肆考 [M] //文渊阁四库全书：第974册. 台北：台湾商务印书馆股份有限公司，1986.

[104] 彭定求，等. 全唐诗 [M]. 北京：中华书局，1960.

[105] 浦安迪. 中国叙事学 [M]. 北京：北京大学出版社，1996.

[106] 七十一. 西域闻见录 [M] //中国边疆史志集成·新疆史志：第一部. 北京：全国图书馆文献缩微复制中心，2003.

[107] 钱谦益. 钱牧斋全集 [M]. 钱曾，笺注. 钱仲联，标校. 上海：上海古籍出版社，2003.

[108] 钱仪吉. 碑传集 [M]. 靳斯，标点. 北京：中华书局，1993.

[109] 钱锺书. 谈艺录 [M]. 补订本. 北京：中华书局，1984.

[110] 钱仲联. 清诗纪事 [M]. 南京：江苏古籍出版社，1989.

[111] 钦定大清一统志 [M] //文渊阁四库全书：第483册. 台北：台湾商务印书馆股份有限公司，1986.

[112] 钦定大清一统志 [M] //文渊阁四库全书：第475册. 台北：台湾商务印书馆股份有限公司，1986.

[113] 钦定外藩蒙古回部王公表传 [M] //文渊阁四库全书：第454册. 台北：台湾商务印书馆股份有限公司，1986.

[114] 钦定西域同文志 [M] //故宫博物院编. 故宫珍本丛刊：第726册. 海口：海南出版社，2001.

[115] 秦国经. 中国第一历史档案馆藏清代官员履历档案全编 [M]. 上海：华东师范大学出版社，1997.

[116] 清会典事例 [M]. 北京：中华书局，1991.

[117] 清实录 [M]. 北京：中华书局，1985—1986.

[118] 荣苏赫，赵永铣，梁一儒，等. 蒙古族文学史 [M]. 呼和浩特：内蒙古人民出版社，2000.

[119] 商衍鎏. 清代科举考试述录 [M]. 北京：生活·读书·新知三联书店，1958.

[120] 邵海青，李梦生. 忠雅堂集校笺 [M]. 上海：上海古籍出版

社，1993．

[121] 邵雍．邵雍集［M］．郭彧，整理．北京：中华书局，2010．

[122] 沈凤翔．（同治）稷山县志：卷六［M］．石印本．1865（清同治四年）．

[123] 沈佺期，宋之问．沈佺期宋之问集校注［M］．陶敏，易淑琼，校注．北京：中华书局，2001．

[124] 沈善洪．黄宗羲全集［M］．杭州：浙江古籍出版社，2005．

[125] 盛昱．八旗文经［M］．马甫生，等，标校．沈阳：辽沈书社，1988．

[126] 舒位．乾嘉诗坛点将录［M］//沈云龙．近代中国史料丛刊续编：第7辑．台北：文海出版社有限公司，1974．

[127] 司马迁．史记［M］．北京：中华书局，1982．

[128] 司马相如．司马相如集校注［M］．朱一清，孙以昭，校注．北京：人民文学出版社，1996．

[129] 松筠．松筠丛著［M］//北京图书馆古籍珍本丛刊：第79册．北京：书目文献出版社，1998．

[130] 宋濂，等．元史［M］．北京：中华书局，1976．

[131] 苏轼．苏轼诗集［M］．王文诰，辑注．孔凡礼，校点．北京：中华书局，1982．

[132] 苏轼．苏轼文集［M］．孔凡礼，点校．北京：中华书局，1986．

[133] 苏辙．栾城集［M］．曾枣庄，马德福，校点．上海：上海古籍出版社，1987．

[134] 孙殿起．贩书偶记［M］．上海：上海古籍出版社，1999．

[135] 孙微．清代杜诗学文献考［M］．南京：凤凰出版社，2007．

[136] 唐明邦．邵雍评传［M］．南京：南京大学出版社，2011．

[137] 陶保廉．辛卯侍行记［M］//续修四库全书：第737册．上海：上海古籍出版社，2002．

[138] 陶弘景．陶弘景集校注［M］．王京洲，校注．上海：上海古籍出版社，2009．

[139] 陶渊明．陶渊明集［M］．逯钦立，校注．北京：中华书局，1979．

[140] 脱脱，等．宋史［M］．北京：中华书局，1977．

[141] 王聘珍．大戴礼记解诂［M］．王文锦，点校．北京：中华书局，1983．

[142] 王溥．唐会要［M］．上海：上海古籍出版社，2006．

[143] 王钦若,等.册府元龟 [M].台北:台湾中华书局股份有限公司,1996.

[144] 王绍曾.清史稿艺文志拾遗 [M].北京:中华书局,2000.

[145] 王湜.易学 [M]//文渊阁四库全书:第805册.台北:台湾商务印书馆股份有限公司,1986.

[146] 王叔磬,孙玉溱.古代蒙古族汉文诗选 [M].呼和浩特:内蒙古人民出版社,1984.

[147] 王瑶.中古文学史论 [M].北京:北京大学出版社,1998.

[148] 王永宽,杨海中,幺书仪.清代杂剧选 [M].郑州:中州古籍出版社,1991.

[149] 王植.皇极经世书解 [M]//文渊阁四库全书:第805册.台北:台湾商务印书馆股份有限公司,1986.

[150] 卫藏通志 [M]//李毓澍.中国边疆丛书:第一辑.台北:文海出版社,1965.

[151] 魏源全集编辑委员会.魏源全集 [M].长沙:岳麓书社,2004.

[152] 魏中林.古典诗歌学问化研究 [M].北京:中国社会科学出版社,2012.

[153] 文良,朱庆镛.同治嘉定府志 [M]//中国地方志集成·四川府县志辑 [M].成都:巴蜀书社,1992.

[154] 翁方纲.石洲诗话 [M].陈迩冬,校点.北京:人民文学出版社,1981.

[155] 吴丰培,曾国庆.清代驻藏大臣传略 [M].拉萨:西藏人民出版社,1987.

[156] 吴丰培,曾国庆.西藏驻藏大臣制度的建立与沿革 [M].北京:中国藏学出版社,1989.

[157] 吴丰培.新疆回部志 [M]//中国边疆史志集成·新疆史志:第一部.北京:全国图书馆文献缩微复制中心,2003.

[158] 吴伟业.吴梅村全集 [M].李学颖,集评标校.上海:上海古籍出版社,1990.

[159] 西藏社会历史藏文档案资料译文集 [M].陆莲蒂,王玉平,等译.北京:中国藏学出版社,1997.

[160] 西藏志 卫藏通志 [M].拉萨:西藏人民出版社,1982.

[161] 鲜于煌.中国历代少数民族汉文诗选 [M].北京:民族出版

社，1988.

[162] 向达．唐代长安与西域文明［M］．石家庄：河北教育出版社，2001.

[163] 萧统．文选：卷一［M］．李善，注．上海：上海古籍出版社，1986.

[164] 谢彬．新疆游记［M］//民国丛书：第二编．上海：上海书店，1990.

[165] 谢建勋，丁晓翁，荆鸿．辽海古诗征［M］．沈阳：辽沈书社，1989.

[166] 星汉．清代西域诗研究［M］．上海：上海古籍出版社，2009.

[167] 徐坚．初学记［M］．北京：中华书局，1962.

[168] 徐世昌．晚晴簃诗汇［M］．北京：中国书店，1989.

[169] 徐松．西域水道记［M］．朱玉麒，整理．北京：中华书局，2005.

[170] 徐兴海．中国酒文化概论［M］．北京：中国轻工业出版社，2010.

[171] 许慎．说文解字［M］．徐铉，校定．北京：中华书局，1963.

[172] 许总．宋明理学与中国文学［M］．南昌：百花洲文艺出版社，2010.

[173] 薛宗正．边塞诗风西域魂：古代西部诗揽胜［M］．乌鲁木齐：新疆青少年出版社，2003.

[174] 薛宗正．历代西陲边塞诗研究［M］．兰州：敦煌文艺出版社，1993.

[175] 阳光，关永礼．中国山川名胜诗文鉴赏辞典［M］．北京：中国经济出版社，1992.

[176] 阳海青．中国丛书广录［M］．武汉：湖北人民出版社1999.

[177] 杨衒之．洛阳伽蓝记校注［M］．范祥雍，校注．上海：上海古籍出版社，1978.

[178] 杨义．中国叙事学［M］//杨义．杨义文存：第一卷．北京：人民出版社，1997.

[179] 杨钟羲．雪桥诗话全编［M］．雷恩海，姜朝晖，校点．北京：人民文学出版社，2011.

[180] 姚鼐．惜抱轩诗文集［M］．刘季高，标校．上海：上海古籍出版社，1992.

[181] 姚莹．康輶纪行［M］．施培毅，徐寿凯，点校．合肥：黄山书社，1990.

[182] 姚元之．竹叶亭杂记［M］．北京：中华书局，1982.

[183] 殷璠．河岳英灵集注［M］．王克让，注．成都：巴蜀书社，2006.

[184] 元好问．元好问诗编年校注［M］．狄宝心，校注．北京：中华书局，2011.

[185] 元稹. 元稹集 [M]. 冀勤, 校点. 北京: 中华书局, 1982.

[186] 袁枚. 随园诗话 [M]. 顾学颉, 点校. 北京: 人民文学出版社, 1982.

[187] 袁枚. 小仓山房诗文集 [M]. 周本淳, 标校. 上海: 上海古籍出版社, 1988.

[188] 袁行云. 清人诗集叙录 [M]. 北京: 文化艺术出版社, 1994.

[189] 云峰. 蒙汉文学关系史 [M]. 乌鲁木齐: 新疆人民出版社, 1997.

[190] 张海鸥. 诗词写作教程 [M]. 广州: 中山大学出版社, 2011.

[191] 张佳生. 独入佳境: 满族宗室文学 [M]. 沈阳: 辽宁人民出版社, 1997.

[192] 张力均. 清代八旗蒙古汉文著作家政治思想研究 [M]. 沈阳: 辽宁民族出版社, 2007.

[193] 张澍. 养素堂诗集 [M] //续修四库全书: 第1506册. 上海: 上海古籍出版社, 2002.

[194] 张维屏. 国朝诗人征略 [M]. 陈永正, 点校. 广州: 中山大学出版社, 2004.

[195] 张曜, 等. 山东通志 [M] //山东文献集成编纂委员会. 山东文献集成: 第一辑. 济南: 山东大学出版社, 2006.

[196] 张镇. 解梁关帝志 [M]. 宋万忠, 武建华, 标注. 太原: 山西人民出版社, 1992.

[197] 张忠纲, 等. 杜集叙录 [M]. 济南: 齐鲁书社, 2008.

[198] 章学诚. 文史通义校注 [M]. 叶瑛, 校注. 北京: 中华书局, 1985.

[199] 赵尔巽, 等. 清史稿 [M]. 北京: 中华书局, 1976—1977.

[200] 赵相璧. 历代蒙古族著作家述略 [M]. 呼和浩特: 内蒙古人民出版社, 1990.

[201] 赵翼. 陔余丛考 [M]. 北京: 中华书局, 1963.

[202] 赵翼. 赵翼全集 [M]. 曹光甫, 点校. 南京: 凤凰出版社, 2009.

[203] 赵永铣, 等. 蒙古族文学史 [M]. 呼和浩特: 内蒙古人民出版社, 2000.

[204] 赵宗福. 历代咏藏诗选 [M]. 拉萨: 西藏人民出版社, 1987.

[205] 震钧. 天咫偶闻 [M]. 北京: 北京古籍出版社, 1982.

[206] 郑定国. 邵雍及其诗学研究 [M]. 北京: 文史哲出版社, 2000.

[207] 中国社会科学院考古研究所. 殷虚妇好墓 [M]. 北京: 文物出版

社，1980.

[208] 钟嵘. 诗品注 [M]. 陈延杰，注. 北京：人民文学出版社，1980.

[209] 钟兴麒，王豪，韩慧. 西域图志校注 [M]. 乌鲁木齐：新疆人民出版社，2002.

[210] 钟优民. 新乐府诗派研究 [M]. 沈阳：辽宁大学出版社，1997.

[211] 周采泉. 杜集书录 [M]. 上海：上海古籍出版社，1986.

[212] 周济，等. 介存斋论词杂著 复堂词话 蒿庵论词 [M]. 北京：人民文学出版社，1962.

[213] 周妙中. 清代戏曲史 [M]. 郑州：中州古籍出版社，1987.

[214] 周轩. 清宫流放人物 [M]. 北京：紫禁城出版社，1993.

[215] 周祖谟. 尔雅校笺 [M]. 南京：江苏教育出版社，1984.

[216] 朱保炯，谢沛霖. 明清进士题名碑录索引 [M]. 上海：上海古籍出版社，1980.

[217] 朱光潜. 诗论 [M]. 北京：生活·读书·新知三联书店，1984.

[218] 朱杰人，严佐之，刘永翔. 朱子全书 [M]. 上海：上海古籍出版社，合肥：安徽教育出版社，2002.

[219] 朱熹. 诗集传 [M]. 上海：上海古籍出版社，1980.

[220] 朱彝尊. 经义考 [M] // 文渊阁四库全书：第677册. 台北：台湾商务印书馆股份有限公司，1986.

[221] 祝注先. 中国少数民族诗歌史 [M]. 北京：中央民族大学出版社，1994.

二、期刊

[1] 曹彪林.《卫藏通志》作者辨析 [J]. 西藏研究，2009（04）：76-80.

[2] 高近，靳炎.《三州辑略》版本研究 [J]. 伊犁师范学院学报（社会科学版），2010（01）：51-55.

[3] 何晓东. 关于扎什城的几件历史档案 [J]. 西藏档案，2012（02）：92-93.

[4] 李军，刘延琴.《西藏赋》民俗述考 [J]. 青海民族大学学报（社会科学版），2012（04）：93-99.

[5] 李军.《三边赋》之《西藏赋》论略 [J]. 船山学刊，2012（04）：136-141.

[6] 刘坎龙，吕亚宁. 论唐代西域屯垦戍边诗的思想意蕴 [J]. 新疆大学学

报（哲学·人文社会科学版），2011（06）：114-120.

[7] 马强才. 清华大学图书馆所藏清代杜诗学著作四种经眼录［J］. 杜甫研究学刊，2010（01）：83-88.

[8] 米彦青. 清代边疆重臣和瑛家族的唐诗接受［J］. 民族文学研究，2010（02）：25-31.

[9] 米彦青. 清代中期蒙古族家族文学与文学家族［J］. 内蒙古大学学报（哲学社会科学版），2011（02）：5-8.

[10] 孙文杰. 和瑛诗歌与西藏［J］. 西藏大学学报（社会科学版），2012（04）：132-138.

[11] 孙文杰. 描摹风物，反映统一：和瑛新疆诗简论［J］. 滨州学院学报，2012（02）：98-101.

[12] 王安芝. 清代新疆文献《回疆通志》考略［J］. 兰州教育学院学报，2012（05）：30-31.

[13] 王昊. 明清戏曲家剧目撼补［J］. 戏曲艺术，2012（01）：59-62+58.

[14] 王树森. 地理与考据之学影响下的清代都邑赋［J］. 淮北煤炭师范学院学报（哲学社会科学版），2009（01）：90-91.

[15] 魏娜. 论中唐诗歌自注的纪实性及文献价值［J］. 文献，2010（02）：39-50.

[16] 乌日罕. 试论《西藏赋》文体特征［J］. 赤峰学院学报（汉文哲学社会科学版），2011（05）：119-120.

[17] 吴承学. 江山之助：中国古代文学地域风格论初探［J］. 文学评论，1990（02）：50-58.

[18] 吴相洲. 唐诗繁荣原因重述［J］. 北京大学学报（哲学社会科学版），2009（05）：63-67.

[19] 央珍，喜饶尼玛. 清代汉藏文学艺术交流［J］. 中央民族大学学报（哲学社会科学版），2010（05）：105-109.

[20] 张海鸥. 论词的叙事性［J］. 中国社会科学，2004（02）：148-161+207.

[21] 周明初. 走出冷落的明清诗文研究——近十年来明清诗文研究述评［J］. 文学遗产，2011（06）：147-155.

三、论文

[1] 刘志佳. 汪廷楷西行草整理与研究［D］. 乌鲁木齐：新疆师范大

学，2011.

[2] 孙福海. 卫藏方志 雪域奇葩：《西藏赋》研究 [D]. 西安：西藏民族学院，2009.

[3] 乌日罕. 清代西藏社会的百科全书：评和瑛《西藏赋》[D]. 呼和浩特：内蒙古民族大学，2006.

[4] 周兴泰. 唐赋叙事研究 [D]. 上海：上海大学，2009.

四、其它

[1] 爱新觉罗·弘历. 御制诗二集 [G] //清代诗文集汇编：第321册. 上海：上海古籍出版社，2010.

[2] 德保. 乐贤堂诗钞 [G] //清代诗文集汇编：第344册. 上海：上海古籍出版社，2010.

[3] 管世铭. 韫山堂诗集：卷九 [G] //清代诗文集汇编：第393册. 上海：上海古籍出版社，2010.

[4] 晋昌. 戎旃遣兴草 [G] //清代诗文集汇编：第456册. 上海：上海古籍出版社，2010.

[5] 孔广森. 骈俪文 [G] //清代诗文集汇编：第431册. 上海：上海古籍出版社，2010.

[6] 乐钧. 青芝山馆诗集 [G] //清代诗文集汇编：第481册. 上海：上海古籍出版社，2010.

[7] 鲁九皋. 鲁山木先生文集 [G] //清代诗文集汇编：第378册. 上海：上海古籍出版社，2010.

[8] 谦福. 桐华竹实之轩诗草 [G] //清代诗文集汇编：第632册. 上海：上海古籍出版社，2010.

[9] 邵晋涵. 南江文钞：卷六 [G] //清代诗文集汇编：第405册. 上海：上海古籍出版社，2010.

[10] 盛昱. 意园文略 [G] //清代诗文集汇编：第772册. 上海：上海古籍出版社，2010.

[11] 石韫玉. 独学庐五稿 [G] //清代诗文集汇编：第447册. 上海：上海古籍出版社，2010.

[12] 松筠. 藩疆揽要 [G] //国家图书馆分馆. 清代边疆史料抄稿本汇编：第十册. 北京：线装书局，2003.

[13] 孙士毅. 百一山房诗集 [G] //清代诗文集汇编：第347册. 上海：

上海古籍出版社，2010.

[14] 吴俊. 荣性堂集 [G] //清代诗文集汇编：第408册. 上海：上海古籍出版社，2010.

[15] 吴树萱. 霁春堂集 [G] //清代诗文集汇编：第412册. 上海：上海古籍出版社，2010.

[16] 席佩兰. 长真阁集 [G] //清代诗文集汇编：第464册. 上海：上海古籍出版社，2010.

[17] 颜检. 衍庆堂诗稿 [G] //清代诗文集汇编：第446册. 上海：上海古籍出版社，2010.

[18] 杨芳灿. 芙蓉山馆全集 [G] //清代诗文集汇编：第435册. 上海：上海古籍出版社，2010.

[19] 姚莹. 东溟文外集 [G] //清代诗文集汇编：第549册. 上海：上海古籍出版社，2010.

[20] 英廉. 梦堂诗稿 [G] //清代诗文集汇编：第309册. 上海：上海古籍出版社，2010.

[21] 章铨. 染翰堂诗集 [G] //清代诗文集汇编：第404册. 上海：上海古籍出版社，2010.

[22] 赵怀玉. 亦有生斋集 [G] //清代诗文集汇编：第419—420册. 上海：上海古籍出版社，2010.

后　　记

　　十三年前，年届不惑的我，借对口支援之便利，负笈南下，就读中山。蜗居春晖，忝列燕门，得夫子耳提面命，有良友切磋琢磨。安乐园闭关一年，秦粤间奔波二载，工余之际，堆砌二十万字，竟得以顺利毕业，拿到了一纸文凭。一纸在手，晋职等俗事屡屡得逞，但修改打磨论文的初心却消磨殆尽。九年了，新材料未能补充，老问题尚未解决，实在是愧对燕师，愧对导师组，愧对答辩委员会诸师的指导与期许。

　　近年来，学校及学院都在轰轰烈烈地推进学科建设，拟申报博士学位授权点，作为其中一员，我得添砖加瓦，产出一点所谓的学术成果，于是尘封的论文被我倒腾出来，申报出版资助，列入出版计划。如今，出版社催着交稿，将论文再次浏览一过，修改若干讹误，也算给论文画上了一个不太圆满的句号。

　　论文要出版，循例都要有前言以叙事，有后记以抒情，然敲下"后记"二字，却久久难以下笔。无他，毕业以来，案牍劳形，俗事缠身，论文遂束之高阁，积尘三尺。如今重提出版之事，循例写篇后记，既不"深于情"也不"长于诗"，实难下笔。平平淡淡的日子，平平淡淡的论文，更没有什么可以感慨，或者说也没有什么能够感慨的。

　　人生寥寥，论文草草，但诚如毕业感言所说，感恩一路走来遇到的诸多贵人。早年求学时，赖父母兄妹的鼎力支持和无私付出；入职语文系，承诸师同好的谆谆教导和殷殷提携；南下中山后，蒙燕师等师不弃不舍和循循善诱……贵人相助，得以一路走来。一路走来，不敢或忘贵人相助，常怀感恩之心。

　　感谢西藏民族大学对我的培育和扶持，希望在向上一路越走越宽。

　　是为记。

癸卯年六月记于日光城拉萨